이야기가 아닌,
삶의 마무리처럼.

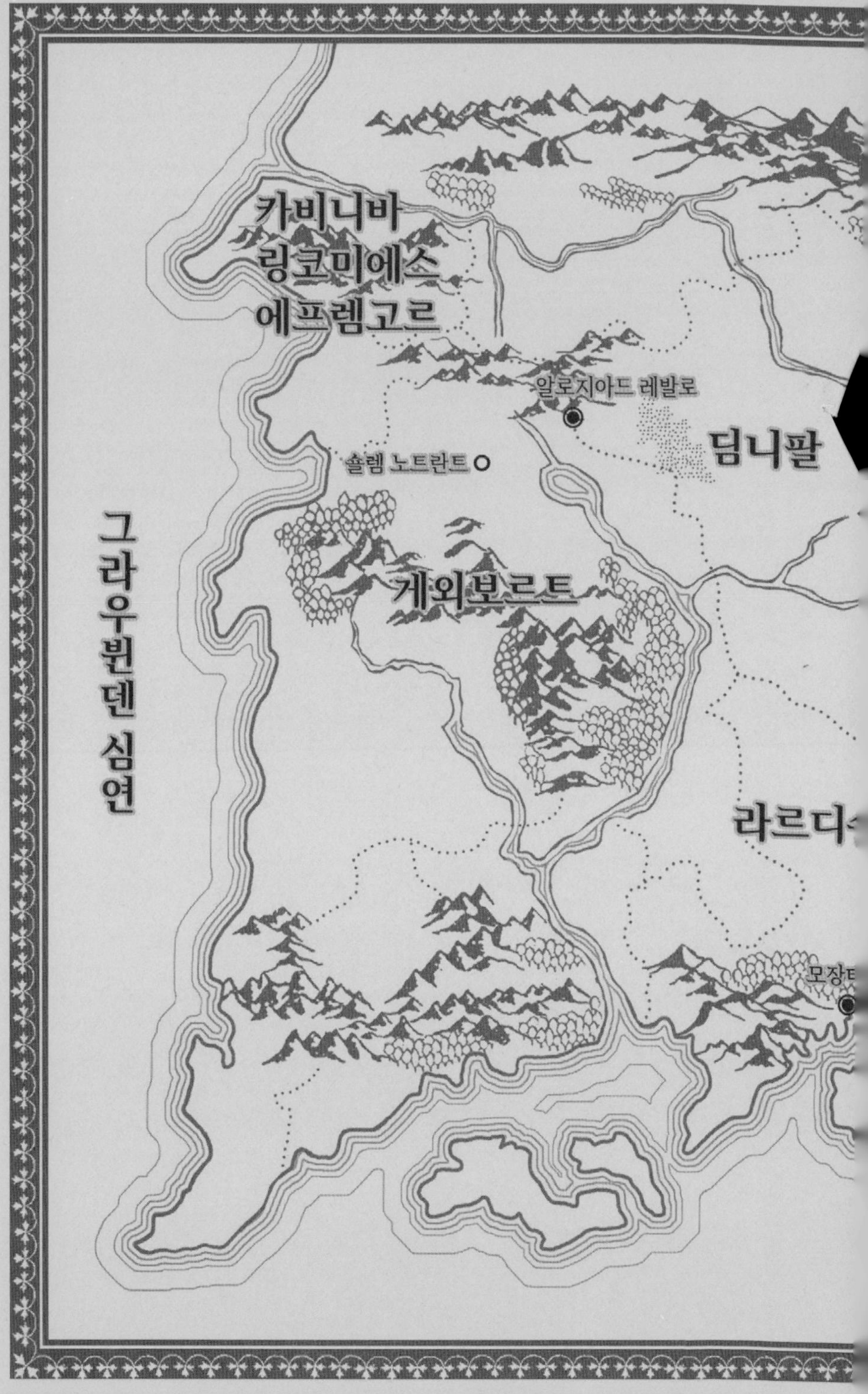
카비니바
링코미에스
에프렘고르
알로지아드 레발로
딤니팔
솔렘 노트란트
그라우뷘덴 심연
게외보르트

북부 산맥
N
W
E
S
반-나티나모
일라리쿰
오스페다
알로치아드 졸피
동부 연합
알론조
캄비
포티미외
무타스 민지대
사막
남부 상업 조합
생 로욜

나무를
담벼락에 끌고
들어가지 말라

나무를 담벼락에 끌고 들어가지 말라

제 3 부

– 하 –

윤진아 장편소설

파피루스

CONTENTS

3부

-하-

3부
-하-

발렌시아는 낮은 언덕에 도착했다. 넓은 막사 옆 기사 수십이 전령의 깃대를 메고 서 있었다. 각 군에서 가장 위험한 임무에 뽑혀 온 이들은 엄중하기가 잉그레의 철과 같았다.

문득 제 비유에 인상을 찌푸렸다. 마뜩잖았다. 전쟁 중 사적인 감정을 동원하지 않으려 했으나 밟히면 꿈틀 움직이는 불쾌감마저 묵살할 수는 없었다.

숨을 한 번 내쉬었다. 등 돌려 대평원을 바라보았다.

얼어붙은 땅 위로 열기가 끓어올랐다. 온전히 사람이 빚은 열기로, 흡사 겨울 입김이 아니라 아지랑이처럼 보일 지경이었다.

적의 전선이 넓어 고개를 돌려도 대오에 끝이 없었다. 그는 역겨운 것을 보는 시선으로 게외보르트 진영 가장자리의 마름쇠를 바라보았다. 새까맣다. 딤니팔 기병에 대처하는 방법은 나라별로 각기 달랐으나, 서부의 야만인들만큼은 확실히 경우를 몰랐다.

그는 인상을 찌푸린 채 보다 짧게, 두꺼운 층으로 선 아군을 검토했다. 가장 우측에서 적기사단이 이를 갈고 있었다. 포티미외에 참여하지 않았음에도 그들은 언제나 딤니팔이 준비할 수 있는 최상의 전력으로, 이 회전 동안 가장 많이, 멀리 움직일 부오部伍였다. 이끌이 타타나 경은 잡다한 기사들에게 묻혀 보이지 않았다. 그의 바래서 평범한 갑옷이야말로 경험의 상징이리라.

발렌시아는 기척을 느끼곤 언덕 기슭을 바라보았다. 자멘테가 올라오고 있었다. 그녀는 전선에 나서기가 여의치 않아, 그 대신 사령부의 무게를 지킬 예정이었다.

그녀는 그 옆에 바짝 붙어 말에서 내렸다.

인사 없이 말했다.

"제가 연설문을 볼 수 있겠습니까?"

"이미 서찰을 각 군의 우두머리에게 전달했다. 회전이 끝난 뒤, 찢어지지 않고 남은 종이가 있다면 볼 수 있겠군."

"여분이 없다니 참 급하게 보내셨습니다."

"……."

"승리하실 수 있겠습니까?"

"내용은 어제 사령부에서 공유했으며, 귀관들 역시 동의한 바다."

"열 중 여섯이라는 숫자는 불안합니다."

"나는 그 숫자를 긍정적으로 보고 있다. 자멘테 경, 질문이 많군. 본론을 이야기해라."

그녀는 웃었다. 드문 일이었다.

"발렌시아 경, 오늘 고생이 많으실 겁니다. 아래에서 최전선 보고를 전달받고 올라왔습니다. 때입니다. 새를 날리시겠습니까?"

"아니. 신호는 저쪽이 먼저 내리겠군."

"기선을 제압할 필요도 있습니다."

"불필요하다. 내가 여기 있다는 사실을 모두가 안다."

자멘테는 잠시 그를 바라보았다.

찰나, 짐승 울음소리가 들렸다. 아니, 짐승이 아니었다. 게외보르트의 꼬리가 부르르 떨리더니, 곧이어 굴먹굴먹한 유리병을 두드리는 듯한 소리로 변했다. 묵직하게 으르렁댔다. 대평원이 진동하며 어린 군마가 놀라 날뛰었다.

이에 딤니팔의 각적角笛이 반응했다. 크고 맑으며 차가운 공기와 같았다. 소리는 겨울에 녹아들었다. 서리처럼 얽혀, 스며들었다. 상대를 겁주기 위한 목적이 아니었다. 오로지 딤니팔을 위해, 스스로의 정렬과 평정을 위한 조치였다. 사방에서 투레질 소리가 들렸다.

게외보르트 중앙 열이 달려들었다. 불쑥, 파도의 일부처럼 튀어나왔다.

발렌시아도, 자멘테도 전혀 놀라지 않았다. 이미 평원에 군사를 정렬시킬 때부터 아군이 수세守勢로 나가게 될 것을 예상했다.

그는 종기사가 끌고 온 말에 올랐다. 자멘테가 인사했다.

"적기사단으로 가십니까?"

"아니. 타타나 경은 뛰어난 기사다. 요량 있게 적응할 수 있으리라. 브레타냐 경에게 간다."

그녀는 강하게 동의했다.

"마땅히 총사령관을 맞이해야 할 겁니다."

발렌시아는 대답하지 않은 채 몸을 돌렸다. 마치 말과 같은 몸인 듯 편안하게 놀리다가, 점차 걸음을 재촉했다. 언덕 등성이에 대기하던 기사 십수 명이 그를 따라 달려나갔다.

자멘테는 극도로 깊은숨과 함께 말을 물리라 명했다. 그녀는 이 자리에서, 전장의 꼭대기에서 단 한 발자국도 떼지 않을 것이다. 모든 것을 보고, 눈에 기록하고, 가진 정보에 따라 즉각적으로 판단할 예정이었다. 그것이야말로 오늘 그녀에게 주어진 가장 중요한 임무였다.

발렌시아는 간이 탁자 위로 투구를 내려 두었다.

종기사가 갑옷에 묻은 피를 닦기 위해 달려왔다. 그의 호들갑을 손으로 멈추었다. 대신 수갑手甲을 맡긴 뒤, 기사가 꾹 쥐고 있던 무명천을 빼앗아 들었다. 스스로 깨끗이 하겠다는 신호였으며, 지금 그에게는 그보다 중요한 것이 있었다. 발렌시아는 느릿느릿 걸어가 말에 매인 미늘창과 단창 몇 개를 건넸다. 대부분 좋지 않은 방향으로 강하게 부딪쳐 균형이 비틀려 있었다. 종기사는 문제를 파악하여 재빠르게 떠났다.

발렌시아는 아직 식지 않은 피를 닦으며 자멘테에게 다가갔다.

그녀가 제게 보고할 내용은 없었다. 전령기사에게 동일한 내용을 공유받았을뿐더러, 오히려 스스로 싸움을 확인하고 오는 만큼 전황에 더 가까이 있었다.

다만 중요한 것은 이 자리의 광경이었다.

경장을 갖춘 자멘테가 말했다.

"세 시간 경과, 좋지 않습니다. 일부러 진영을 두텁게 세워 좌측 방어를 도모하셨습니다만, 생각보다 단단하지 않습니다."

딤니팔은 게외보르트보다 살짝 짧은 진영을 가졌다. 의도적이었으며, 회전이 전개됨에 따라 다소 짧은 왼쪽이 포위당하지 않도록 호선을 그리며 뒤로 물러날 계획이었다. 게외보르트가 굳건히 세워 둔 마름쇠벽을 해체하여 딤니팔 기사의 기동성을 확보하고, 동시에 우측을 밀어붙여 상대 진영을 혼란스럽게 만들고자 했다.

게외보르트가 끊임없이 좌측으로 따라와 딤니팔을 포위하려 했으므로, 전술은 성공했다. 그러나 물러나는 속도에는 한계가 있고, 부딪치는 강도에도 차이가 있었다. 딤니팔의 왼팔은 그의 예상보다 연약했다.

그는 느릿느릿 말했다.

"전술이 잘못되지 않았다. 용맹이 부족하다."

"현장은 어떻습니까? 특별히 만나 뵌 이는 있으십니까?"

"좌사방은 결국 내가 있는 상황에서 물러나야 했다. 트리흐트의 홉펜제가 이를 갈더군."

"직접 결투를 신청하셨습니까?"

"그래."

"경께서 승리하고, 그들이 주저하는 동안 부리나케 도망치셨겠군요."

"수습할 수 있는 시간을 벌었다."

발렌시아는 맨손을 내려다보았다. 아직 몸이 상하지도, 갑옷이 무겁지도 않았다. 그는 문득 잊었던 일이 생각난 사람처럼 피를 닦았다.

"다시 내려가십니까?"

"반 시간 뒤에 나간다."

"혼자서는 힘드실 텐데요. 사람을 불러야겠습니다."

더 이상 기름기가 묻어 나오지 않는 천을 내려 두었다. 아직 웅덩이 같은 피가 남아 있었다.

"이음매는 전부 닦았으니……."

그는 갑작스레 몸을 기울였다. 자멘테가 인상을 찌푸리며 같은 곳을 바라보았다.

"우측, 아니, 게외보르트 좌측은 예츠트의 창인가? 그들과 맞서 싸우는 것은 적기사단인가?"

"맞습니다……."

"전령!"

"경."

"예츠트의 창이 일부러 물러나는 듯 보인다. 따라가면 안 된다. 전령!"

다른 이가 보기에 아직 난잡한 전황으로 보일 법했다. 그러나 발렌시아에게는 저것이 어떤 결말로 끝날지가 아주 분명했다.

갑자기 자멘테가 입을 열었다.

"아니요, 경. 예츠트의 창은 게외보르트의 심장입니다. 어떤 대가를 치르든 저들을 잡아야 합니다. 저들이 도망가는 상황이라면 쳐 죽이기에 이보다 적기가 없습니다."

"안 된다. 적기사단은 멀리 쫓지 않고 즉각 돌아와 좌칠방을 도와야 한다. 진영에서 멀어지면 적어도 두세 시간 동안 중앙 전투에 가담하지 못할 텐데, 우리가 이 시점에 적기사단을 이탈시킬 순 없다."

"예츠트를 잡아야 합니다. 지금 그들을 잡지 않으면 그 전력 그대로 딤니팔의 후방을 공격할 겁니다."

순식간에 달려온 전령이 어쩔 줄을 모르고 서 있었다. 발렌시아는 이것이 언쟁이라고는 전혀 생각지 못하다가, 서서히 몸을 돌렸다. 그는 제 명령에 항의하는 것을 반역으로 여길 정도로 닫힌 사람은 아니었다. 그러나 지금은 달랐다.

"자멘테 경, 분명히 하라. 항명인가?"

"지금 쫓지 않으면 예츠트의 창은 전열을 정비한 뒤 좌측으로 돌아와 저희 뒤를 칠 겁니다. 적군은 '일부러' 물러나고 있습니다. 반 게르츠는 경이 긴 회전 동안 적기사단을 멀리 이탈시키지 않을 사람이라는 사실을 알고 있습니다. 경을 오해하게 만드는 것이 저들의 계획입니다."

발렌시아는 강한 의심을 느꼈다. 그러나 전령 앞에서 함부로 입을 열 수는 없었다.

"자멘테 경, 적기사단이 지금 이탈하면 우리에겐 여유 기사병이 없다. 우측은 버틸 수 있으나, 그들의 도움이 없는 상황에서 좌측이 무너지면 끝장이다."

"저들도 마찬가지입니다. 예츠트의 창이 꽁무니에 불을 달고 돌아다니면 절대 도움을 줄 수 없습니다. 저희의 기사 수가 많은 만큼 차라리 그들을 묶어 두는 편이 이득입니다."

그는 결코 동의할 수 없었다. 모든 것을 넘어서, 계획 이상으로 진영이 흐트러지면 앞을 내다볼 수 없게 된다. 적기사단이 예츠트의 창을 따라 언덕 너머로 사라지는 것보다는, 서로가 가용한 병력을 회수하여 품위 있게 물러나는 편이 나았다.

“경께서도 저희의 좌측이 불안하다고 하셨습니다. 그 자리를 예츠트의 창이 찔러 오면 얼마나 속수무책으로 무너지겠습니까? 저들은 애초부터 속임수 공격을 목표로 회전에 배치되었습니다.”

발렌시아는 이를 갈았다.

“마치 저들의 전술서를 미리 읽어 보기라도 한 듯 말하는군, 자멘테 경.”

자멘테는 잠시 침묵했다. 그러나 아주 짧았다.

“경, 우리는 이겨야 합니다.”

발렌시아는 그녀를 무시한 채 우측 진영을 바라보았다. 예츠트의 창은 서서히 퇴각하고 있었다. 적기사단은 사태를 파악한 듯 전열을 정비했다. 그들이 오늘 받은 명령은 ‘예츠트의 창을 주살할 것’이며, 따라서 오와 열을 맞추는 순간 숨 쉴 틈도 없이 적을 쫓을 것이 분명했다.

그는 깨달았다. 지금 전령이 달려간들 돌이킬 수 없었다.

단 몇 분이 지체되었지만, 지체한 것 또한 자신의 잘못이지만, 이미 늦었다.

발렌시아는 전령을 물렸다.

그는 노대를 지키는 모양새의 자멘테에게 바짝 다가섰다. 그녀는 곧게 선, 뼈대가 큰 사람이었으나, 금세 그의 그림자에 덮였다.

“어수대의 기록을 봤나.”

그의 목소리는 너무도 낮아서 쇳소리가 났다.

자멘테는 천천히 대답했다.

“아닙니다.”

“너를 신뢰했기에 봉인을 공유했다.”

“적기사단과 함께 정예 보병이 자리해 있으므로, 우측은 잘 지켜질 겁니다. 또한 예츠트의 창이 게외보르트의 전열에서 제거된 덕에 우리는 더 이상 기병을 우려할 필요가 없습니다. 예츠트는 도망가는 상대에게 발군의 실력을 자랑하는 적기사단이 처리할 겁니다."

"그만. 네 죄를 묻고 있다."

"경."

"어수대의 기록을 읽었나."

"아닙니다."

"어수대에게 따로 질문한 것이 이런 목적이었나?"

"아닙니다."

"'한 달 내 회전에 쓸 수 있는 새매는 몇 마리냐고' 물었다. 그것이 첫 회전에 사용할 수 있는 정보를 의미했나? 만일 폐하께서 협정에 동의하지 않으시면 이미 이용한 정보를 어찌 되갚을 생각인가? 그보다 그 정보의 진실성이 담보되지 않은 상황에서 용납할 수 없는 행동이다."

자멘테는 한 걸음 물러서 전장을 향해 한쪽 팔을 뻗었다.

"경, 이것을 신뢰하셔야지요."

그는 그녀를 노려보았다.

"손에 잡히는 승리를 확인하셔야 합니다."

"너는 내 말에 대답하지 않았다."

"이것이 제 대답입니다."

발렌시아는 전일까지 자멘테가 적극적으로 주장하던 전술이 무엇이었는지 기억하려 노력했다. 사령부에서 그녀가 무게를 얹어 주었던 의견들을 떠올리려 애썼다. 그러나 의미가 없었다. 모든 것이었다. 그녀는 모든 계획의 일부였다.

그녀 너머로, 적기사단이 예츠트를 따라 적의 대오 깊숙이 파고드는 모습을 보았다. 예츠트의 창은 영원히 달아날 것처럼 보이다가, 한순간 당황한 듯 무리 안에 머물렀다. 전열의 가장자리이기에 그들은 적기사단을 포위할 수조차 없었다. 예츠트는 단지 도망치다가, 등에 창과 칼을 맞고 급하게 돌아서 엉망진창인 대열을 정비하려 노력했다. 물론 적기사단은 그 여유를 잠자코 넘기지 않을 것이다.

발렌시아는 화를 억누르며 말했다.

"너는 내 허가 없이 어수대의 정보를 사용했다. 그 사실을 공개하지 않고 전술에 녹였다. 이는 사령부에 대한 기만이다."

"저는 아무 정보도 사용하지 않았습니다. 이번 승리는 온전히 경과 사령부의 업적입니다."

"승리하지 않았다. 입조심하라."

자멘테는 더 이상 말을 잇지 않았다. 그녀는 결코 죄를 인정할 생각이 없는 듯했다. 어수대의 이야기를 함께 들었고 봉인을 공유했으니, 증명할 방법이 없었다.

그는 자만했다. 그들의 이해가 딤니팔의 승리로 같으니, 자멘테는 절대로 자신의 뜻을 어길 수 없으리라 생각했다.

그러나 믿음을 지는 방법은 여러 가지다.

발렌시아는 그제야 그녀의 배신이 어떤 형태인지 알게 되었다. 승리가 곧 도덕인, 벼랑 끝에 선 확신이었다. 자멘테는 이기는 방법에 전혀 개의치 않았다. 아직 잉그레의 허가가 없다는 사실도, 정보의 진위를 가려내는 일이 선행되어야 한다는 사실도 그녀에게는 불필요했다. 당장 손에 쥐고 확인을 해야 했던 것이다. 제 승리를 확인해야 했던 것이다.

그는 칼자루를 쥐었다.

"나는 이 사실을 폐하께 고할 것이다. 증거가 없다는 사실을 인정하되, 범죄를 은폐하는 데 동참하지 않겠다."

"저는 죄를 저지르지 않았습니다. 하지만 경께서 그런 의심을 하신다면, 저희 간의 오해를 푸는 것이 급선무일 듯합니다."

"'오해'?"

"저희는 딤니팔의 승리를 원합니다. 저를 불신하십니까? 그래서는 이길 수 없습니다."

"폐하의 처분을 기다릴 뿐이다. 나는 너를 개인적으로 경멸하지만 그것이 장애가 되지는 않을 것이다."

"좋습니다."

발렌시아는 무언가를 더 말하려 했으나, 종기사가 수갑을 건네는 바람에 우뚝 섰다. 종기사는 그들 사이의 어색한 기류를 눈치채지 못한 듯 새굵은 명주 천을 꺼냈다. 예를 표한 뒤, 기름을 담뿍 묻혀 말없이 갑옷을 닦기 시작했다.

자멘테는 단호했다.

"경, 제가 무모했던 역사를 보셨습니까? 저는 동기를 죽이기 전, 세 번 질문했습니다."

"……."

발렌시아는 얼굴을 찌푸렸다. 그것은 그녀가 유일하게 인정하지 않는 살인이었다.

그는 종기사를 밀어냈다.

말없이 돌아 몇 발자국 뒤의 투구를 집어 들었다. 썼다. 시야가 좁아졌다.

발렌시아는 사령부를 떠났다.

그들은 여섯 시간 뒤 승리했다.

언덕 위의 선택이 승패를 갈랐다.

예츠트의 창은 적기사단이 그토록 깊숙이 따라 들어올 줄 짐작하지 못했다. 그 탓에 난장판으로 전투에 응했고, 예츠트의 창을 희생시킬 수 없던 게외보르트가 정예병을 돌리며 좌측 전황이 기울었다. 딤니팔은 아주 느리고 확실하게, 하루 종일 이어지는 밀물처럼 승리했다.

발렌시아는 몸을 숙여 마름쇠를 주워 들었다. 아직 날이 살아 있었으나 굳은살 박힌 손을 베지는 못했다.

그는 반 게르츠를 생각했다. 그는 적장이 여섯 수 앞을 내다보았다고 생각할 것이다. 그렇지 않다면, 무려 적기사단을 적군 진영에 포위될 지경으로 깊이 보낼 수 없기 때문이다. 그러나 그것은 제 혜안과는 상관이 없었다……. 그때 자멘테가 가로막지 않았더라면 그는 분명 적기사단을 불러 세웠을 것이다. 추격을 멈추고 돌아가 남은 자리를 방어하라고, 예츠트의 창이 어느 살에 꽂힐지는 그 뒤 생각하겠노라고.

발렌시아는 이런 방법이 아니라도 승리할 수 있었으리라 생각했다. 그러나 가정은 무의미하다. 이미 일은 벌어졌다. 자멘테는 봉인을 열었고, 누구보다 적극적으로 사용하고 있었다.

그녀에게 침묵을 명하겠노라 결심했다. 그리고 다음 회전이, 부디 잉그레의 명이 도달한 뒤 벌어지기를 바랐다.

그는 시체가 쌓인 승리를 바라보았다. 마름쇠를 던졌다.

발렌시아는 말에 올라 사령부로 향했다.

외르타는 판과의 만남을 생각했다. 그들은 첫 번째 수업 이후로 두 번을 더 만났다. 소년은 확실히 열과 성을 다해서, 나날이 실력이 나아지고 있었다. 가끔은 자신이 따라가기가 벅찰 지경이었다.

그리고…… 그녀는 아직도 고백하지 못했다. 판의 해사하고 맑은 얼굴, 그리고 그의 장갑을 보면 갑자기 말문이 막혔다. 당신은 어떻게 여기에 온 거야? 입이 찢어져도 물어볼 수 있겠는가. 그에게 질문하는 것조차 기만적이라는 생각이 들었다. 이미 전부 알면서 모른 체하고 있잖니.

수업 자체는 소일거리로 재미있었다. 더욱이 어린 친구가 발전하는 모습을 본다면 뿌듯하지 않기도 힘들 것이다. 그러나 죄책감과 호기심이 뒤엉켜 엄청난 늪을 만들었다.

그녀는 어찌할 바를 모른 채 한숨을 쉬었다.

누군가 문을 두드렸다.

외르타는 벌떡 일어서 창문을 내다보았다. 그러나 사람 흔적은 없이, 편지 하나가 창에 꽂혀 있었다.

그녀는 급히 달려나가 편지를 뜯었다.

외르타, 체후體候가 청고淸高하신지 여쭙습니다. 소개해 주신 대사제와 사제들이 당신에게 언제나 적절한 도움을 제공하기를 바랍니다.

언제나 그다웠다.

그녀는 뒤늦게야 겉봉에 적힌 이름을 확인한 뒤 —'외르타 발미레'— 문을 꾹 닫고 들어왔다. 채신머리없이 탁자 위에 걸터앉았다. 긴장하기보다는 기대하는 마음이 더 컸다. 그녀는 긴 대화를 하는 기분으로 편지를 읽어 내려갔다.

조금 뒤, 그녀는 편지를 한 번 더 읽었다.

외르타는 생각하는 얼굴로 편지를 껴안았다가, 놀라 떨쳐 냈다. 그럴 의도는 아니었다.

그의 가지런한 글씨를 내려다보았다. 목소리가 들리는 듯했다. 그녀는 놀랍게도 그의 말에 위로를 받았다. 그의 침묵이 아니라, 그의 말에 위로를 받았다. 누가 거짓말을 하는 것 같지만…….

오로지 당신의 고통에 귀 기울이는 것만이 제 최선이며, 이로써 보탬이 된다면 뼈에 살이 돋아나듯 기쁠 것입니다.

당신이 다짐하셨던바 칼을 드시길 바랍니다. 그것만이 이 먼 곳에서, 가까이 있더라도 영원히 멀 곳에서 제가 애타게 올릴 수 있는 말씀입니다.

……부정할 수 없었다.

외르타는 한 번 더 편지를 읽었다. 미지근한 물을 부은 듯 배 속이 따듯해졌다. 그의 말 한 마디 한 마디가 고마웠다. 정말 그 스스로를 짓이겨 썼다는 것이 느껴졌다.

그녀는 빠르게 일어섰다. 종종걸음으로 책상에 다가가 흰 종이를 펼쳤다. 시간이 흘러 자신은 지난 편지보다 더욱 단단해졌다. 특히 그에게 이런 편지를 받은 직후라면, 마치 무적이라도 된 듯한 느낌이었다. 할 말이 너무 많았다.

발렌시아, 회전에서 승리했길 바라. 그리고 어딘가 다치지는 않았겠지? 총사령관이 그렇게 나다니는 일은 드물다고 들었어. 제발 불필요하게 그러지 좀 말렴. 당신 목숨이 여섯 개도 아니고.

아무도 없는 방에서 크게 혀를 찼다. 포티미외에 있을 적에는 크게 걱정하지 않았건만 돌이켜 생각해 보니 정말 미친 짓이었다. 한 해가 지난 지금, 그가 들개처럼 돌아다닐 것을 생각하면 한숨부터 났다.

나는 요새 판 도사린이라는 소년 사제에게 게외보르트 왕실 언어를 가르쳐 주고 있어. 판은 어렸을 적부터 캄비에 있었지만, 열다섯을 채운 작년에야 사제가 되었단다. 대사제는 어린아이들에게 선택지를 주기 위해서 기다린다고 하네. 좌우간 여러 언어를 배우는 것이 그들의 소양 중 하나라, 어쩌다 보니 이방인인 내가 돕게 되었다. 판의 경우, 배우는 속도가 빠르고 본인도 노력해서, 지금 내 일 중 가장 보람차단다. 어제도 그를 가르치러

갔는데 내가 부탁했던 양의 세 배를 해치운 채 기다리고 있지 않겠니?

그녀는 판에 대해 더 말하고 싶었다. 그러나 몰래 훔쳐 들은 것을 편지에 쓰기엔 아무래도 염치가 서지 않았다.

가끔 호수로 산책을 나가 하염없이 바라본다. 조금만 걸어 들어가도 잠길 듯 깊고 고요하지. 당신이 이 광경을 영원히 보지 못하리라는 사실에 안타까움을 느껴. 하지만 캄비의 희고 낮은 지붕이 함께하지 않을 뿐, 우리가 함께 봤던 호수는 같지 않겠니. 그걸 기억했으면 좋겠구나. 고요하고, 몹시 아담하지만 동시에 아주 큰 아침과 비슷해. 기억하지 못하겠다면 상상을 더해 보렴. 전쟁터에서는 어려운 일이겠지만, 큰 위안이 되리라 생각한단다. 정말 평온해.

이 자리에 있으면 평온한 공기 덕에 내가 무엇을 겪었는지 잊어버리곤 한단다. 그리 중요하지 않은 것처럼 느껴져. 그러다가…… 갑자기 번뜩이지.

의식의 흐름대로 글을 쓰던 중, 잠시 멈추었다.

이야기했듯 이 발작적인 감정은 별로 건강하지 않아. 이제 겨우 당신에게 모습을 드러낼 수 있게 되었지만, 가끔 내 솔직함이 부담스러울까 걱정이 된다. 짐을 아등바등 이겨 내는 것은 어쨌든 내 일이지, 당신 일이 아니잖아. 그렇게 평생 헤엄치는 사람 옆에 있다 보면 지칠 수 있겠다는 생각이 들어. 내가 당신을 너무 쇠하게 만드는 것은 아닐까? 물속에서 헤매던 와중 결국 당신이 먼저 가라앉지는 않을까? 그 상상이 가끔 나를 불편하게 한다. 아니, 나는 괜찮아. 당신이 경청하는 것도 참 좋아. 다 좋은데…….

혀를 찼다.

편지를 사이에 두고 당신을 더듬는 짓도 돌이켜 보면 실수일 것 같아 걱정이 된다.

그녀는 긍정적인 기분을 포착하려 애썼다.

하지만, 그래도.

희미하게 웃었다. 그 뒤에 어떤 내용을 쓸지 알고도 미소 지을 수 있었다.

열일곱의 나는 아주 순진했단다. 세상을 너무 믿었다. 의심이 많았으나, 적어도 세상이 어떤 품위 있는 법칙 위에서 굴러가고 있다고 생각했다. 로크뢰는 그것을 이용해서 나를 불렀고, 강간했다.

와, 세상에, 이런 표현을. '폭행당했다'도 아니고, '이득을 취했다'도 아니고, '욕보였다'거나 '안았다'도 아니었다. 그녀는 정확히 말했다. 그가 자신을 강제로 간음했노라 말했다.

그는 시월의 첫날 나를 강간했고, 나는 겨우내 생사를 오간 뒤 생 로욜로 붙잡혀 갔다. 처음으로 왕의 붉은 침실에서 그를 받았을 때 아델을 가진 것 같다. 나는 여행길에 지쳐 제대로 움직이기는커녕 말도 할 수 없었는데 희한하게도 그것이 그에게 장애물이 되는 것 같지는 않더군. 나는 무엇보다 내 뼈가 서로 부딪쳐 아팠어. 아델이 올 것을 미리 알았더라도, 아프지 않기는 힘들었을 거야.

폭행은 의외로 설명하기가 쉽다. 왜냐하면 그는 단 한 가지 이유로 나를 때렸으니까. 내가 그와의 관계를 거부할 때, 그뿐이었다. 때문에 오히려 이

건 강간의 일종이지 분풀이로 손을 드는 것과는 달랐다. 그가 때리든, 때리지 않고 단지 힘을 주든, 아니면 무색의 방에 가두어 나를 협박하든 결론은 다 똑같았다. 덕택에 나도 고통을 하나로 분류하기가 쉬웠다. 그냥 맞는 것쯤은 아직도 죽을 만큼 두렵진 않다. 다만 분명히 이성적인 합의를 가지고 폭력을 행사하려는 행동이 날 미쳐 버리게 하지.

지금 이 이야기를 하는 것은…… 참을 만하다. 쓰고 있는 내 손을 봤는데, 떨리지 않았단다. 할 수 있으니까 하는 거야. 할 수 있다는 것을 확인하려 하는 거지.

그녀의 손은 실제로 떨리지 않았다. 다만 펜대에 힘을 강하게 주어 땀이 고였다.

이렇게 써 보니 조금은 알겠다.

사실 지난번 고백했던 것처럼, 내게 분노와 수치심만 남은 건 아닐 거란다. 폭행은 결국 인생의 일부일 뿐이고, 그럼에도 다른 적지 않은 것들이 나를 웃게 만들었으니까. 바위가 나를 짓눌러도 등 뒤 모래 알갱이가 자금자금 스며드는 것과 마찬가지지. 아델은 물론이거니와 당신도 가끔 내 기분을 웃기게 만든다. 평화로운 오후에 홀로 헐떡이더라도, 천장을 노려보다 마침내 작게 미소 짓는 것이지. 내 고통을 가라앉게 만드는 부드러운 기억과 감정이 있단다. 참으로 다행이라고 느껴.

이불이 눌리는 듯한 환각이 있어도 주먹을 꽉 쥐면…… 아델이 작은 몸짓으로 침대에 올라오던 기억을 떠올릴 수 있어. 그 아이가 올라온다고 생각해. 그러면 공기는 더 이상 으르렁대지 않고, 짐승은 새털처럼 가벼워져 봄과 같이 날아가지.

물론 가끔은 당신이 생각나. 아니, 당신은 그와 비슷해서 더 자주 생각이 나. 전쟁터의 침상이 떠올라. '미라이예를 겁간자로 보지 말라'는 당신의 우스운 말이 생각나서 갑자기 열이 푸시식 식어. 모든 것이 꿈같고, 농담 같다가, 결국 사라져. 그러면 눈을 뜨고 많이 웃어.

만일 내게 분노와 수치심밖에 없다면, 그 감정을 이겨 내는 힘은 어디서 왔겠니? 나는 다소 의심스러운 눈길로 내 마음속 창고를 뒤져 보고 있단다. 앞서 토로한 내용이 설혹 홀로 있는 밤 내게 고통으로 다가올지 몰라도, 그래도 희망을 가지고 있다.

그녀는 문장 위로 펜을 톡톡 두드렸다. 잉크가 튀었다. 그러나 새로운 종이를 꺼내지 않았다. 제 행동은 감정의 표현이었고, 따라서 점점이 남은 얼룩도 자신이 그에게 전하고 싶은 마음이었다.

외르타는 조금 떨어진 자리에서 편지를 이었다.

그리고 당신의 고백 역시 고맙게 받겠다. 드러나게 부족한 부분이 없어, 더더욱 모자라 보이지 않도록 애쓰는 사람들의 이야기는 그리 드물지 않지. 당신 고민이 사소하다는 뜻이 아니라, 내가 확실히 이해했음을 알리고 싶단다. 오르막길에서 굴러떨어지지 않도록 계속 움직이고는 있는데 끝이 안 보이고 높이도 항상 비슷한 것이지.

그것이 당신의 고민이라면 나 역시 존중한다. 그 누구도 당신이 특별히 애쓴다고 생각하진 않을 거야. 하지만 나만큼은 당신이 노력하고 있다는 사실을 잊지 않으마. 가장 사소한 서류까지 직접 처리하고, 밤새워 송사를 듣고, 전술을 백여섯 번씩 검토하고…… 누군가는 '당신이 원래 그렇다'고 생각할지 모르나 나는 아니란다. 발렌시아, 당신이 노력하고 있다는 사실을 안다. 달리는 다리에 힘이 되지는 못하겠지만, 그래도 곁에서 박수 소리가 들리면 좀 낫지 않겠니?

그녀는 열심히 쓰다가 문득 그의 편지를 바라보았다. '당신에게 건넨 청혼이 거절당한 뒤, 무너지고도 극복했기 때문입니다. 적어도 극복하는 과정에 있습니다.' 거짓말을 하지 말라고 윽박질렀더니, 애써 한 문장을 덧붙여 둔 모습이 짠했다.

당신이 나에 대한 마음을 추스르고 있다니 다행이구나. 이번에야말로 정직하게 말해 주어서 고맙다. 바라건대 우리 서로 좋은 관계로 거듭났으면 한다. 친구라는 단어로 우리 사이를 단정 짓긴 두렵다. 벗이라기에는 지나치게 가까워, 혈육과 같이 떼어 낼 수 없는 연이기를 소망한단다.

외르타는 앙히에에 대해 쓸까 하다가, 더 이상 이야기를 꺼내는 것조차 그에게 상처가 될까 걱정했다. 주먹을 꾹 쥐곤 희망 섞인 이야기로 마무리를 지었다.

당신의 승리를 바라지만 그보다 더, 당신 몸이 상하지 않기를 바란다. 이번 회전에서도 무사히 돌아왔기를 희망하며, 소식은 꼭 전달 주렴.

외르타 발미레.

외르타는 종이를 접기 전 그가 보낸 편지가 정말 한 장인지 확인하고 싶었다. 성큼성큼 창문으로 걸어가 바깥을 내다보았다. 「전술」에 대한 이야기는 없는 건가? 외르타는 문을 살짝 열어 바깥으로 나갔다. 추위에 덜덜 떨며, 혹 얇은 종이가 떨어졌을 것을 대비하여 문 앞, 화분 사이사이, 심지어 돌 틈새까지 꼼꼼하게 확인했다. 아무것도 없었다.

그녀는 그가 바빠서 책을 읽지 못하겠거니 생각했다. 전혀 실망하지 않았다. 그의 편지를 기다리는 것 역시 또 다른 기쁨이었다.

외르타는 집 안으로 돌아가 편지를 싸맸다. 얼마 지나지 않아 곰가죽 같은 외투를 찾아 뒤집어쓰곤, 체신소遞信所를 향해 종종걸음을 쳤다.

발렌시아는 개인 책상을 정리하던 중 열흘 전 자카리에게 보낸 편지 사본을 발견했다. 그 어떤 것과 비교할 수 없을 정도로 귀중한 기밀이었으나, 도저히 사령부에 둘 수 없었다. 자멘테가 항시 자리를 지켰기 때문이다.

자신은 리미니-마투넨 회전 이후 자멘테를 질책하지 않았다. 칭찬하지도 않았다. 단지 예상한바 승리했다는 듯 침묵했고, 그것이 어느 정도 사령부를 겸손하게 만들었다. 그들은 그것이 총사령관의 교양인 줄 알 것이다.

그는 편지를 펼쳤다.

라 딤니파 카타름 생로 자카리 디본도네 이니고 산테카를로, 모든 딤니팔의 수장, 오스페다의 성주, 잉그레의 지고한 주인, 눌라레의 후예, 알론조 캄비의 수호자.

배계拜啓.

폐하의 충실한 신으로서 딤니팔 군사를 총괄하는 발렌시아 마조레 기지얀 미라이예가 봉서 올립니다. 제 간국幹局이 부족하여 뒤늦게 폐하께 상황을 보고드립니다.

미리 편지로 말씀드린 바와 같이, 모리달 예레크 반 살. 파빈쎄 아른 반 *알무삿* 이위. 님파레 감라. 보안을 우려하여 상세히 말씀드릴 수 없으나 신속히 적용할 수 있도록 저희 내부에 미리 서류를 확보한 상황입니다. 이 내용은 저와 당사자, 자멘테 경의 감시하에 무덤과 같이 봉했다는 점을 맹세합니다.

그러나 제 과오로, 자멘테 경이 해당 서류를 지난 리미니-마투넨 회전에 이용했다는 점을 무겁게 고백합니다. 첫째로 총사령관, 부사령관이 함께 봉인을 감독한 것이 패인이었습니다. 또한 저는 그녀가 아무것도 확실하지 않은 상황에서 감히 서류를 이용하리라고는 짐작하지 못했습니다. 이에 관리를 소홀히 한 점 어떤 벌로도 감히 용서받을 수 없을 것입니다.

급신으로 전달받으셨듯 딤니팔은 리미니-마투넨 회전에서 승리를 거두었습니다. 게외보르트군에 약 삼만의 출혈을 강요했습니다. 이는 게외보르트 전체 군사의 오분지 일에 해당합니다. 그들이 군대를 보충하기 전 저희가 최소 두 번의 회전을 더 강요할 수 있으리라 예상합니다. 이 경우 딤니팔이 완패하지 않는 이상 빠른 승전보를 전달드릴 수 있습니다.

그러나 승리와 별도로, 자멘테 경의 비행을 부디 심리하여 처단해 주시길 감히 요청드립니다. 첫째, 아직 왕명이 하달되지 않은 상황에서 행동에 나선 자는 역도입니다. 둘째, 만일 서류가 잘못되었다면 직접 영향을 받은 적기사단이 자멸하는 것을 넘어, 저희 군 전체가 위험했을 것입니다. 당일 출전한 칠만의 대다수가 몰살당했으리라 믿습니다. 셋째, 부관이 총사령관의 의지에 정면으로 반역하였습니다. 이러한 선례를 남길 수 없습니다.

바라건대 엄중히 다스려 주십시오.

신 딤니팔 군 총사령관 발렌시아 마조레 기지 얀 미라이예 하감下鑑.

발렌시아는 천천히 편지를 접었다. 공식 문서가 아니기에 사본을 만들 필요는 없었으나, 오로지 스스로 곱씹기 위해 마련해 두었다.

그는 아직도 자멘테가 어수대의 정보를 미리 확인했다는 사실을 믿을 수 없었다. 놀라울 정도로 무모했고 또한 불경했다. 언덕 위에서 그녀가 제 말을 막아서던 광경이 어제 일처럼 선명히 떠올랐다. 군사가 칼을 들고 파도처럼 쏟아져 나가는데, 돌이킬 수 없는 상황에서…….

맥박이 강하게 뛰었다.

그는 전쟁터에서 누군가 제 명령에 반항하는 상황을 상상하기 어려웠다. 특히 그 사람이 자신이 죽일 수 없는 이라면 문제는 더욱 심각해진다. 그는 언덕 위에서 자멘테를 죽이지도, 냉정하게 설득하지도 못한 채 정신 사나운 도마뱀처럼 오갔다.

발렌시아는 다시는 그런 상황을 겪고 싶지 않았다. 자멘테는 딤니팔의 승리를 원하는 이상 서로 신뢰할 수 있노라 했지만, 아니었다. 그는 단언할 수 있었다. 그들은 달랐다. 그는 그녀에게 조치를 취해야 한다고 믿었다.

승리를 위해 부리는 조잡한 술수는 어떤 상황에서도 용납할 수 없었다.

어수대의 정보를 사용하는 것이 '조잡한 술수'인 것은 아니었다. 정보는 언제든지, 다만 잉그레의 허가를 받고 정식으로 운용할 예정이었다. 앙히에와 어수대원이 오스페다에 도달하는 시점을 생각하면, 왕명이 내려지기 전까지 기껏해야 한 달에서 두 달, 한 번에서 두 번의 회전만 기다리면 되었다. 자멘테는 그토록 짧은 시간을 참지 못한 것이다. 그 인내심의 부족이 딤니팔 군의 낯을 상하게 만들었다. 군이 모르고 사령부가 몰라도, 자신이 알았다. 자신이 모욕받았다.

이것은 과정이 발라야 한다는 제 믿음에서 비롯되었지만, 그것뿐만은 아니었다. 그는 자멘테에게 개인적으로도 조롱당했다. 제 눈앞에서 이런 짓을 꾸밀 수 있다는 것을…….

그는 천천히 한숨을 쉬었다. 그녀는 꽤나 여러 번 경고했다. 전쟁 전부터, 서부가 배신당하기 전부터, 자신이 공작이 되기 전부터.

"발렌시아 경."

직속 경비 기사였다.

"들어가서 보고드려도 되겠습니까? 개인 서신에 대한 내용입니다."

"들어와."

키 큰 기사가 조용히 들어와 예를 표했다. 그는 등 뒤 두꺼운 천막을 단단히 닫은 뒤 몇 발자국 더 걸어왔다. 발렌시아는 습관적으로 칼자루에 손을 얹었다.

"잉그레에서 급신이 도달했습니다."

그는 탁자에 금속 통을 내려 두었다.

그러나 그의 손에는 편지가 한 장 더 남아 있었다. 발렌시아는 인상을 찌푸린 채 기다렸다.

"하나는 알론조 캄비에서 온 서신입니다."

"……."

그는 찰나, 침상 위의「전술」을 바라보았다.

"잉그레 서신이 왕명으로 밀봉되었기에 비밀리에 찾아왔습니다."

"그래. 확인하겠다."

발렌시아는 성큼 걸어와 기사가 내려 둔 금속 통을 잡아 들었다. 경비 기사는 혹시 훔쳐보게 될까 두려운지 급하게 막사를 나섰다. 발렌시아는 막사 입구가 안정적으로 닫힌 뒤에야 암호를 넣어 편지를 꺼냈다.

발렌시아 경, 일을 크게 만들지 마라. 짐은 자멘테를 역도라고 생각하지 않으며, 정보 역시 결과적으로는 옳았다.

물론 그대의 세 번째 지적만큼은 타당하다. 상관 뒤에서 일을 꾸민 죄는 마땅히 벌해야겠지. 그러니 짐이 그녀에게 데아미치와 파네요, 자릴로를 빼앗아 미라이예에 줌세. 어차피 명령 불복종 건은 그대와 자멘테만이 알고 있으니 개인적으로 해결하는 방법을 제안하네.

혹 잊었을까 봐 부연하는데 데아미치, 파네요, 자릴로를 뜯어낸다는 것은, 자멘테의 생팔을 뜯어내는 것과 마찬가지네. 심지어 잉그레에 몰수하겠다는 것도 아니고 그대에게 주겠다는 거야! 검토해 보게. 그대만 만족스러우면 바로 시행하고, 다른 복안이 있다면 즉각 이야기하게.

단, 결코 자멘테를 부사령관직에서 끌어내지 말게. 왕명이네.

발렌시아는 깊은 한숨을 쉬었다.

그대는 용건을 서두에 요약하는 것을 좋아하니 우선 이렇게 하고, 천천히 설명함세.

첫째, 자멘테를 사령부의 한 축에서 밀어내겠다는 생각은 꿈에도 하지 말게. 그냥, 아예 생각을 하지 말게. 절대 불허하네. 서부가 이 전쟁에 얼마나 전력을 다하고 있는지 그대도 잘 알 걸세. 그렇게 잘 아니 자멘테에게 내용을 투명하게 공개한 거겠지. 그건 아주 잘한 거야. 이번에도 그대의 판단력을 믿네.

둘째, 협정에 대해 이야기하겠네. 혹 정직한 미라이예 공작이 마음의 짐을 느낄까 봐 이야기하네. 명심하게. 우리가 정보를 써먹었다고 *알무샷*의 요구를 받아 줄 필요는 없네. 솔직히 더 나아가, 이미 정보를 받은 상황에 입을 씻은들 무슨 상관인가?

물론 지금 가진 정보보다 *알무샷*의 부하가 돌아가 실시간으로 내다 꽂아 줄 정보가 훨씬 좋기는 하겠지. 하지만 말이 그렇다는 거네. 대가 없이 정보를 줄 정도로 *알무샷*의 상황이 화급하다는 걸 잊지 말라고. 그러니 절대 리미니-마투넨 회전의 승리를 빚으로 생각하면 안 되네. 오히려 긍정적으로 생각하게. 미리 정보의 가치를 알게 되다니, 짐이 판단하는 데 좋은 추가 되지 않겠나.

그는 여전히 왕에게 반대했다. 이건 개인적인 문제가 아니라, 절차상의 문제였다. 공적인 신뢰의 문제였다.

셋째, 정보를 더 사용할지, 하지 않을지에 대해선 그대 판단에 따르겠네.

아무튼 짐은 승리를 원하니 참고하게.
항상 수고가 많네.
라 딤니파 카타름 생로 자카리 디본도네 이니고 산테카를로.

발렌시아는 편지를 두 번 읽지 않았다. 왕은 확고했다. '자멘테가 정보를 사용했지만 승리했으니 전혀 개의치 않겠다. 다만 네 개인적인 감정이 상했을 테니 벌을 주겠다.'

그는 거슬리는 화를 눌렀다.

몸을 일으켜 자멘테를 불렀다.

홀로 자카리의 편지를 지키면 지킬수록 냉정을 잃을 것이다. 그러니 차라리 빠르게 왕명에 따르는 편이 나았다. 한 가지 바람이라면, 마음속 불만을 내뱉지 않고 끝낼 수 있기를 바랐다. 그는 노력할 예정이었다.

"발렌시아 경."

막사 바깥이었다. 자멘테는 마치 기다렸다는 듯 빠르게 도착했다.

"들어와."

막사가 살짝 걷혔다. 닫혔다. 자멘테는 입구에 붙어 서 있었다. 가까이 다가올 생각은 없는 듯했다. 그녀의 시선이 책상 위에 놓인 금속 통에 와 닿았다. 긴장한 표정이 떠올랐다.

그는 이 건을 빠르게 넘기려 했다.

"자멘테 경, 폐하께서는 네 과오를 용서하셨다. 네 부사령관 직위에는 변함이 없다."

"……."

"그러나 네가 총사령관에게 공유하지 않고 단독 행동을 펼쳤단 사실에는 크게 실망하셨다. 이에 데아미치, 파네요, 자릴로의 소유권을 미라이예에 넘기도록 명하셨다."

한순간 자멘테의 시선이 일그러졌다. 발렌시아는 그녀가 대가를 각오했을지 문득 궁금했다. 자카리가 이번 잘못을 묵과하리라 생각할 정도로 순진하지는 않을 것이다. 그러나 이 정도 규모의 출혈을 짐작했을지 알고 싶었다.

그는 그녀의 균열에 감사했다. 그로써 힘을 잃지 않고 마지막 명령까지 내릴 수 있었다.

"다시는 경의 사익을 위해 정보를 사용하지 마라. 정도에 어긋나는 일을 하기 전 속죄금을 생각하라. 경이 이해하는 언어가 이토록 천박하다면, 나도 같은 말을 쓸 수밖에 없다. 자멘테는 금번의 배 이상으로 손해를 볼 것이다."

"……."

"자멘테 경."

"예. 후한 처분에 감사드립니다. 추후에는 이런 일이 없도록 처신하겠습니다."

발렌시아는 그녀의 맹세를 믿지 않았다.

"혹시 정보의 사본이 있나?"

"경, 그것이야말로 반역입니다. 저는 어수대가 유효하다고 전달한 정보까지만 읽었습니다. 단 한 번 확인하고 다시는 건드리지 않았습니다."

"어수대가 어떤 정보가 적절하다고 고백했나? 앙히에를 통해 건넨 질문이 바로 그것이었나? 내가 답변을 전달하지 않았음에도 이해할 수 있는 방식인가?"

"예. 서부 왕녀와 소통할 때 썼던 게외보르트 암호가 있습니다. 상황이 여의치 않을 경우 특히 유용하지요. 이 방법에 대해서는 정식으로 보고드리겠습니다. 경께서도 불가피하게 쓰셔야 할지 모르겠습니다."

"……."

"경, 제가 경의 신뢰를 되찾기 어렵다는 사실을 압니다. 하지만 사년 동안 이 순간을 기다려 온 서부를 잊지 않으셨으면 좋겠습니다. 어수대가 저희 친족의 목을 효수한 것은 차라리 괜찮습니다. 그것은 작은 정情일 뿐입니다. 그러나 다른 모든 십이공회가, 심지어 내전 계략에 동참하신 폐하까지 서부를 경원시하는 것은 참지 못합니다. 저희는 하찮은 권력욕을 부리다 실패하여 추한 낯을 보인 가문으로 남을 수 없습니다."

그는 침묵을 지켰다.

"저는 자멘테의 이름으로 전승해야 합니다. 그래야만 서부의 자존심을 다시 일으켜 세울 수 있습니다. 그것을 위해서라면 무슨 짓이든 할 수 있습니다. 믿지 않으시겠지만, 저는 폐하께 이보다 더 큰 벌을 받을 것을 각오했습니다. 사실상의 반역이라고 생각했습니다. 하지만 저는 제 누이를 죽였듯 저를 죽일 수 있었습니다. 모두 자멘테를 위한 일입니다."

"……."

"경께서 미라이예를 대수롭지 않게 여기신다고, 다른 모든 이가 가문에 대해 가벼운 마음이리라 생각지 마십시오. 저는 목숨을 걸었습니다."

발렌시아는 처음으로 반응했다.

"나가."

자멘테는 그를 바라보았다.

침묵이 흘렀다.

그녀는 막사를 떠났다.

발렌시아는 한동안 외르타의 편지를 읽지 않았다. 품에 지녔을 뿐 단 한 번도 펼치지 않았다. 글을 열기에는 그 앞에 너무 많은 일들이 산적해 있었다.

그는 맹세를 믿지 않는 편이었다. 때문에 자멘테를 감시하기 위해 주의를 기울였다. 그녀의 의견에 반하여 더 이상 쪼갤 수 없을 정도로 질문했고, 정교하게 발라냈다. 제 태도를 숨기려 노력했지만 성공적이라는 생각은 들지 않았다.

차라리 총사령관 본연의 임무, 즉 지난 회전에 대한 내용이었더라면 지금껏 그래 왔듯 익숙하게 대처할 수 있었으리라. 리미니-마투넨의 전술을 복기하고, 반성하고, 게외보르트의 추후 대응을 여러 갈래로 예상하여 다음 경로를 짰을 것이다. 그때 필요한 것은 건조한 사실과 근거뿐이었을 테니.

그는 답이 있는 문제들을 풀고 싶었으나, 상황이 여의치 않았다.

"발렌시아 경."

손끝으로 굴리고 있던 나무 말을 세워 두었다. 한나절 동안 이어진 토의를 겨우 파한 참이었다.

톨레도는 마지막으로 나가는 기사를 등진 뒤 입구를 단단히 막았다. 얼굴이 잔뜩 굳어 있었다. 방금까지 리미니-마투넨에 대해 농담하던 사령부의 일원이라기에는 이상한 행동이었다.

발렌시아는 질문했다.

"용건은?"

"자멘테에서 데아미치, 파네요, 자릴로의 소유권을 넘겨받으셨습니까?"

그는 바로 대답하지 않았다.

상대는 이미 아는 내용을 질문하고 있었고, 자신에게는 어리석은 답을 하지 않을 시간이 필요했다. 데아미치, 파네요, 자릴로. 잉그레에서 미라이예에 떠넘긴 자멘테의 자산이었다. 당연하지만 분명히 비밀로 이루어진 거래다. 그러나 톨레도는 알로지아드의 수장이므로…….

"알로지아드에서 그 세 곳으로 파견되는 잉그레와 미라이예의 수하를 확인했다고 들었습니다."

"가문을 감시하는 것이 경의 임무인가?"

"톨레도의 유일한 특권이지요. 어쨌든 그런 것들은 감출 수 있는 종류가 아닙니다. 두 대가문 사이로 세 곳의 영지가 움직이는데 비밀로

할 수 있겠습니까?"

"영원히 숨길 생각은 없었다. 그러나 적어도 조용하게 지나갈 수 있었다. 톨레도가 제 일이 아닌 자리에 함부로 참견하지 않는다면 충분히 가능한 일이지."

"경, 저는 '제 일이 아닌 자리에 함부로 참견하는 것'이 아닙니다."

발렌시아는 사령부 입구를 다시 한번 확인했다. 주변 기척이 느껴지지 않았다.

"발렌시아 경, 미라이예와 자멘테 간의 불화도 물론 저를 불안하게 만듭니다만, 총사령관과 부사령관의 마찰은 전쟁을 기울게 만듭니다. 아니요, 불화가 아니라고 말씀하지 마십시오. 자멘테가 미치지 않은 이상 데아미치, 파네요, 자릴로를 포기할 리 없습니다. 북부 몰살의 악명을 뒤집어쓰고 얻은 땅입니다."

"첫째, 다른 가문이 자연스레 알게 되는 시점까지 침묵하라. 이는 공작이 아니라 총사령관의 명이다. 네 말처럼 불필요한 소문이 퍼져 군의 혼란을 부를까 우려한다. 둘째, 이것은 불화에서 비롯된 것이 아니라 개인적인 거래에 불과하다. 그러니 더 이상 개의치 말라."

톨레도는 떠나지 않았다. 발렌시아는 그의 저런 표정을 잘 알았다. 날카롭지는 않으나, 단호하고 정확한 시선이었다.

"경, 저는 경의 권위와 계급에 복종합니다. 경께서 말씀하신 내용에 따를 것을 깊이 맹세합니다."

"……."

발렌시아는 여전히 맹세를 믿지 않는 사람이었다.

"그러나."

"그만."

"알로지아드가 거래에 침묵한들 달라지는 건 하나도 없습니다. 특히 지금처럼 경께서 자멘테 경의 의견에 일일이 반박하신다면 누구라도 이상한 낌새를 느끼기 마련입니다."

"반대하지 않았다."

"의견에 '반대'하지는 않으셨을 겁니다. 하지만 미숙련병에게 창을 쥐여 주어야 하는 보편타당한 이유를 말해 보라, 마름쇠의 용도를 설명하라, 트리흐트의 기사 규모를 논하라는 기초적인 단계까지 질문하시면 상황은 어색해집니다. 자멘테 경에게 설명을 요구하는 것이 아니라 그분을 심문하시는 것처럼 보입니다."

"논거를 명확히 하기 위해 필요한 절차다."

"경께서는 리미니-마투넨 회전 이후 변하셨습니다. 그리고 다른 사람을 속여도 포티미외에서 함께했던 기사들까지 속이실 수는 없습니다. 경께서 그나시오 경을 얼마나 신뢰하셨는지에 대해선 모르는 이가 없지 않습니까. 경은 대부분의 경우 그나시오 경이 회의를 마무리하도록 두셨습니다."

발렌시아는 하마터면 레발로의 자멘테보다는 포티미외의 그나시오를 신뢰한다고 말할 뻔했다. 공무에 개인적인 이해관계가 있다면 아주 많은 것이 달라지므로 이는 당연하다. 제게 선택의 폭이 넓었더라면 그나시오를 선택했을 것이다.

"……."

그러나 그렇게 믿었을 뿐, 내뱉지 않았다. 그는 마지막 순간에야 가까스로 그것이 남들에게 어떻게 들릴지를 깨달았다.

톨레도는 사정을 모른다. 따라서 자멘테와 그나시오 간의 실전 경험과 신체적 능력을 직접적으로 비교할 것이다. 혹은 총사령관이 그것을 비교하여 취사선택했다고 생각할 것이다. 발렌시아는 그런 오해가 싫었다. 오물 같은 말에 녹을 수는 없었다.

"발렌시아 경."

"내가 자멘테 경에게만 유독 가혹하다고 생각하나? 사투르니나 경,

타타나 경, 본잘 경…… 다른 모든 기사들에게는 침묵했던가?"

"……."

"포티미외 때와는 다르다. 나는 지난 리미니-마투넨에서 사령부의 행동거지에 크게 실망했다. 경들이 그처럼 기본 전술 지식에 무지하리라곤 상상하지 못했다."

거짓은 아니었다. 승패와 무관하게, 자신은 어떤 회전에서든 수백 개의 실수를 발견하는 사람이었다. 방금 전 회의에서도 습관처럼 사령부를 꾸짖었다.

톨레도는 잠시 침묵했다.

"경들에게는 기초적인 지도가 필요하니 앞으로도 내가 변할 것을 기대하지 말라."

"……."

"톨레도 경."

"저는 침묵하겠습니다. 그러나 영지 할양 건이 다른 십이공회원에게 알려지기까지 긴 시일이 걸리지는 않을 겁니다. 그 파란에 미리 대비하셨으면 좋겠습니다."

"더 이상 이 건에 대해 논하지 마라. 명령이다."

"……예."

톨레도는 떠나야 할 때를 아는 사람이었다. 그는 곧장 사령부를 나갔다.

발렌시아는 가만히 서 있었다.

다시 한번 적기사단을 표시한 나무 말을 매만졌다. 손 안에서 굴리다가, 어떤 언덕 위에 가만히 내려 두었다. 손을 뗐다. 몸을 일으켰다.

그는 품에 손을 넣었다. 이제 그 행동은 습관에 가까웠다. 외르타의 편지가 여러 장 잡혔다. 그중에는 아직 읽지 않은 편지도 있었다. 종이가 구겨질 정도로 강하게 쥐었다.

그러나 이번에도, 열지 못했다. 그에게는 아직 해결해야 할 일이 남아 있었다.

벌써 열흘 넘도록 소식이 없었다. 전투가 아주 오래전에 끝났을 텐데……. 그렇지만 크게 걱정하지 않아도 될 것이다. 만일 딤니팔이 회전에 패배했고 총사령관까지 패사敗死했다면 알론조 캄비가 오래전에 알았겠지.

요새는 온종일 그 생각이었다. 마지막으로 보낸 편지에 답장이 오지 않았기 때문이다. 발렌시아가 첫 회전 후 바빠졌을 뿐이라고 스스로를 설득했지만, 그래도 내심 걱정이 되었다. 어딘가를 다치지는 않았을까? 혹 딤니팔의 패배가 수복할 수 없을 정도로 컸을까?

외르타는 생각에 잠긴 채, 판의 보금자리 앞 계단을 올랐다.

그리고 헛디뎠다. 그녀는 큰 소리를 내며 바닥에 나동그라졌다.

"아! 젠장!"

소란을 들은 듯, 집 안에서 누군가 우당탕탕 달려오는 듯했다. 문이 벌컥 열렸다.

"발미레!"

외르타는 투덜대며 바깥 허벅지를 두드렸다. 정통으로 넘어져 멍이 들었을지 모르겠다. 다행히 왼쪽 다리가 아니었다.

판은 쓰러진 그녀에게 손을 내밀었다. 외르타는 순간적으로 그의 장갑에 집중했다. 물론 아주 찰나였으며, 곧장 팔을 뻗어 그의 도움을 마주 잡았다. 그들의 아귀는 살짝 어긋나 있었다. 그녀가 상대를 단단히 붙잡기 싫어했던 탓에 쥔 모양이 다소 엉성했다.

그는 주저하지 않고 그녀를 잡아당겨 일으켰다. 혹은, 일으키려 했다.

그녀는 그가 아니라 그의 장갑을 당겼다.

다시 한번 나동그라졌다.

이번엔 바닥에 등을 정통으로 찧은 외르타가 얼얼한 표정으로 판을 응시했다. 정확히 무슨 일이 일어났는지 몰랐다. 그러나 짐작하건대 스스로 판을 제대로 붙잡지 못한 것 같았다.

판은 주먹을 꽉 쥐고 있었다. 급하게 오른손을 뒤로 숨겼다.

외르타는 번개 맞은 듯 눈을 크게 떴다. 판은 맨주먹이었다. 그녀는 난장판에서 빼앗아 온 장갑을 돌려주려 했으나, 제 손에 없었다. 속으로 욕설을 내뱉었다. 경황이 없는 도중 서로 잡고, 서둘러 잡아당기고, 힘이 맞지 않아 굴러떨어졌다. 그 와중 장갑을 빼앗았을뿐더러 심지어 어딘가에 내팽개친 것이 분명했다.

외르타는 아무것도 못 본 사람처럼 행동하려 노력했다.

"장갑, 어디 떨어졌지? 잠시, 검은 장갑이라 바로 눈에 띌 텐데. 아!"

그녀는 화분 사이에 떨어진 장갑을 발견한 뒤 기어갔다. 아주 빠르게, 눈이 노란 맹수보다 빠르게 다다랐다고 자신할 수 있었다. 그녀는 장갑을 움켜쥐곤 벌떡 일어섰다. 마치 승리자처럼. 자신이 무엇에 승리했는지는 까맣게 잊었다.

"장갑!"

정적.

판은 그녀를 똑바로 바라보고 있었다.

외르타는 준비하지 못한 상황에서 그간 미뤄 온 순간이 닥쳤음을 깨달았다.

그녀는 수업을 시작하고도 한 달이 훌쩍 넘은 시점까지 잘도 침묵해선, 결국 패배를 인정했다. 한동안 묻어 두기로 결심했다. 우리가 그렇게 급하게 굴 필요는 없잖니. 좀 더 유대를 쌓고 대화를 나누면 좋겠다. 어차피 이곳에 평생을 머무를 텐데, 언젠가는 말할 수 있겠지. 어려운 말은 미래의 자신에게 맡기기로 결심했다.

"발미레."

외르타는 침묵했다.

판은 천천히 손을 앞으로 보냈다. 편하게 배꼽 위로 내려 두었다.

그녀는 시선을 피하다가 실수를 깨닫곤 눈을 질끈 감았다.

판은 성큼 다가와 그녀가 뻗고 있던 장갑을 가져갔다.

"감사합니다."

그녀는 어색하게 다시 그를 바라볼 수 있었다.

판은 치부를 감추지 않았다. 외르타는 처음으로 그의 맨손을 발견했다. 찰나, 그러나 아주 긴 찰나, 그의 일그러진 손을 보았다. 다시 고개를 숙였다. 심장이 쿵쿵 뛰었다. 그 손은 사람의 것이라기보다는 끝이 잘린 나무토막 같았다. 누군가 큰 돌로 수십 번 찧은 듯 뼈의 형상을 찾기 힘들었다.

그녀는 그의 수치심이 아니라 자신의 수치심을 발견했다. 흉측한 신체가 제 일부를 떠오르게 했다. 그 손에 묻어 있는 폭력도, 그리 다르지는 않았다. 외르타는 자신의 왼발을 노려보았다.

공기 너머로 그가 질문했다.

"저는 괜찮습니다."

"……."

"불편하시다면 오늘 수업은 하지 않으셔도 좋아요."

"……."

"발미레?"

"괜찮아. 들어가자."

뻣뻣하게 시선을 들었다. 판은 다시 장갑을 꼈다. 스스로 민망하다기보다는 남이 불편할까 걱정하는 모양새였다. 외르타는 그의 배려가 언짢았다. 제 몸을 감추려 드는 그의 모습을 보면 마치 자신 또한 평생 왼발을 내보이면 안 될 것 같았다.

"나는 괜찮아, 판."

"아니에요. 이게 보기 좋을 리는 없지요. 그래서 가리고 다니는걸요."

"괜찮아. 다들 그런 구석 하나는 있을 텐데."

"설마요."

판이 희미하게 웃었다.

"들어오세요."

그녀는 팔과 다리가 맞는 걸음으로 급하게 집에 들어섰다. 익숙한 판의 향이 났다. 갓 구운 빵과 같은 냄새였다. 그녀는 이것이 그가 실제로 뒤뜰에서 음식을 하기 때문이라고 생각하길 좋아했다. 아니나 다를까, 판은 다과를 마련하려는 듯 뒷문으로 나섰다.

느릿느릿 의자에 앉았다. 판이 책상 위에 마련해 둔 번역물을 바라보았다. 그의 향과 똑같이 가지런하고 탐스러웠다.

그녀는 종이를 잡았다. 그러나 글이 눈에 들어오지 않았다. 단단한 말씨로 문을 뚫었지만, 자리에 앉자마자 머리가 하얗게 변한 셈이다. 이런 식으로 그를 발견하게 될 줄은 상상도 못 했다. 내가 봤던 광경을 무시할까? 하지만 그토록 이 순간을 바라왔지 않나? 과거에 대해, 과거를 대하는 본인의 마음가짐에 대해 물어봐야 하지 않을까?

문득 어린 소년이 대단하다고 생각했다. 흉한 손에 당황하는 이들은 적지 않았으리라. 그러나 자신은 그들과 달리, 판의 흉한 손을 보기도 전, 장갑이 벗겨진 모습을 발견하자마자 발작적으로 등을 돌렸다. 분명히 달랐다. 어디선가 사정을 훔쳐 들었다고 생각할 텐데도, 판은 질문하지 않았다. 단지 위로했다. 열다섯 소년치고는 몹시 어른스러운 태도가 아닌가.

"어떠세요?"

외르타는 흘끗 시선을 들었다. 판은 장갑을 낀 손으로 찻잔을 내려두었다.

외르타는 갑작스레 그의 손을 부여잡았다.

판이 멈추었다.

"발미레."

"……손은 괜찮니?"

"괜찮습니다. 오래된 상처예요."

"혹시 나한테 물어볼 건 없고?"

판은 얼떨떨한 표정으로 고개를 기울였다.

"예……?"

"왜 내가 장갑을 빼앗고 바로 놀랐는지 궁금하지도—."

"대사제님께 들으셨겠지요. 아니면 바냐 미쇠도 저에 대해 잘 아시니까요. 비밀이 아니기에 당황할 이유가 없습니다. 창피하지도 않고요."

"……."

"오늘 치 분량을 검토해 주시겠어요? 드릴 질문이 많아요."

"……."

외르타는 종이로 시선을 돌리지 않았다. 대신 그를 빤히 바라보았다. 그는 멋쩍게 웃다가 결국 대답했다.

"왜 그렇게 뚫어져라 쳐다보십니까?"

"글씨를 쓰는 데 불편하진 않니?"

"물론 멀쩡한 손과는 달라요. 깃펜을 쥘 때의 느낌이라면, 아무래도 지지하는 손가락이 단단하지 못한 것 같습니다. 자주 흔들립니다. 다만 보통 사람들이 쥐는 느낌을 몰라서 정말 그들보다 불편하긴 한 건지, 불편하다면 얼마나 불편한 건지 잘 모르겠어요."

"……."

"아무튼 발미레보다는 제가 글씨를 잘 쓰는 것 같은데요."

"아니……. 알겠어……."

"혹시 기분이 상하셨나요? 농담이었습니다. 죄송해요."

외르타는 물벼락을 맞은 듯 벌떡 일어섰다. 그녀가 여전히 상대의 손을 부여잡고 있었기에, 판 역시 기겁하며 같이 일어섰다.

"왜 죄송해?"

"……화나셨나요?"

"……."

"발미레……."

"……."

"혹시 제게 하실 말씀이 있으십니까?"

"……."

"아프지 않느냐는 질문은 안 들을 거예요. 안 아프니까요."

외르타는 혼란스러운 눈으로 판을 바라보았다. 그는 전혀 당황하거나 흥분한 사람처럼 보이지 않았다. 바냐. 물 흐르듯 말하던 바냐가 떠올랐다. 사제들 특유의 성격일까? 그러나 바냐조차 본인 이야기를 마무리하며 큰 숨을 내쉬었다. 어떤 기억들은 더 긴 호흡을 필요로 하는 법이다.

판은 그녀보다 더 평온하고 깊었다. 단지 괜찮으시냐는 듯 걱정스러운 얼굴이었다. 지금까지 그는 일관적으로 침착했다. 제 모든 것이 썩 자랑스럽지는 않지만 그렇다고 크게 수치스럽지도 않은, 정말 평범한 사람 같았다. 단지 흉측한 손을 남에게 보여 주기 싫은 모양이었다. 자신이 아니라, 오로지 고상한 상대가 놀랄까 두려워 가려 둔다는 태도였다.

그를 위한 것이 아니다. 그녀를 위한 행동이었다.

외르타는 그 순간 에쎄씨나의 말을 이해했다.

"고통을 극복한 체해도 상관없으니 무엇보다 많이 표현하고 씨앗을 포착하라고 부탁했단다. 그래야 그다음이 있어."

바냐를 기억했다. 바냐는 말하는 도중 자주 인상을 찌푸렸지만, 그래도 본인의 이야기를 했다. 캄비에 머무른 세월 동안 자주 말해 온 듯 말은 간결했고 고통 또한 정확했다. 그러나 판은…….

판은 자유로운 한 손으로 찻잔을 밀어 주었다. 그들은 아직도 뻣뻣하게, 나란히 서 있었는데, 구태여 자신이 진정하도록 도우려는 태도가 눈에 밟혔다. 마치 누구보다 침착해지고 친절을 베풀어야 한다는 강박에 시달리는 것 같았다.

그의 그런 행동에 마침내 마개를 뜯었다.

"난 강간당했어."

판이 딸꾹질을 했다.

"그래서 대사제가 일부러 우리를 붙여 두려 한 거야. 이야길 좀 해 보라고. 마치 그게 실제로 무슨 도움이 되기라도 할 것처럼 말이지. 나의 벗과 고통을 공유하면 몰라, 세계 반대편에 서 있는 듯한 당신과 공유해서 서로 나아질는지 모르겠다."

"……."

"내게 과거가 있고, 당신이 그런 어머니를 가졌다고 해서 유대감이 생길지 궁금하다. 우리의 상처는 엇갈려 났는데, 어떻게 맞물려 아물 수 있을까?"

"……."

"아, 나 역시 네 손과 같은 증거가 있단다. 이것 봐 봐."

"믿어요!"

그러나 외르타는 무시했다. 바지를 걷어 올렸다. 신을 벗고 발을 보여 주려 했다. 판이 한순간 옷자락을 붙잡았지만, 그녀가 떨치자 맥없이 쓰러졌다.

그녀는 왼발을 들어 흰 돌바닥 위에 당당하게 올려 두었다.

"이건 내 기억이야."

판은 양 손바닥을 쫙 펴선 눈앞을 가리고 있었다. 보지 않겠다는 태도였다.

"발미레, 이건 옳지 않아요."

"왜? 당신은 다친 손을 보여 주어도 자유로운 인간이고, 심지어 당황하는 사람을 배려해 친절을 베풀 줄도 아는데, 나는 그러면 안 되니?"

"설마요. 그럴 리가요. 발미레께선 저보다 훨씬 경험이 많으신걸요. 저는 애송이예요……."

"나도 내 과거에서 자유롭다. 이 발을 보여 주어도 더 이상 아무렇지 않단다."

"발미레, 제 손을 보신 것은 어쩌다 일어난…… 실수였고…… 굳이 당신의 상처를 보여 주실 필요는 없습니다."

"나는 지금 아침에 뭘 먹었다고 이야기하듯 평온하단다. 내 발은 수치스럽지 않아."

"제가 부끄러워요."

판은 급기야 온 얼굴을 감쌌다. 가만히, 작은 공처럼 주저앉았다.

"죄송해요. 저는 노력했어요."

외르타는 그를 따라 앉았다.

판의 숨소리는 거칠었다. 신음을 흘리는 듯하다가, 기침처럼 변했다. 그러다 다시 헐떡였다. 그녀는 저 감정이 무엇인지 아주 잘 알았다. 기분 나쁘게 벅찬 느낌. 기쁨도, 슬픔도, 분노도, 억울함도 느껴지지 않건만, 단지 정체 모를 안개에 휩싸여 갑작스레 세계가 조여들고 아무것도 할 수 없는 느낌. 그렇게 사라지는 느낌.

외르타는 짧게 말했다.

"네가 멀쩡한 척하는 게 싫었어."

그녀의 말에선 더 이상 예의를 찾아볼 수 없었다. 그러나 매정하지는 않았다.

새처럼 맨발로 다가갔다. 그의 둥지 속으로 몸을 기울였다.

"판."

"……."

"너는 침착한 척했어. 내가 유난하다는 듯 굴었어. 다친 손을 보고 놀라는 모습을 아무렇지 않게 여겼어. 나보고 더 유연하게 굴라고, 고작 이따위 것을 보고 놀라느냐고 타박했잖니."

"당신은 어른이잖아요. 이해했어야 해요."

그 목소리는 뼈로 만든 동굴 안쪽에서 들렸다. 느리고 떨렸다.

"우리 사이에서 어른인지 아닌지는 아무짝에도 소용이 없어. 기껏해야 몇 번의 계절을 더 보았다고 눈먼 칼을 막아 낼 수 있겠니? 아니야. 단지 고통을 겪고 얼마나 오래 지났는지, 얼마나 극복했는지가 중요할 뿐이지."

"아니요, 발미레. 당신이 제 엉터리 같은 가면을 무시했어야 한다고 말하는 거예요. 제가 아무리 꾸며 내는 것처럼 보여도 당신은 그걸 무시했어야 한다고요. 저는 제 손에 대해 이야기하기 싫습니다. 저한테 왜 이러시는 거예요?"

"그래서 말한 거야. 내가 너보다 어른이 아니라서 이렇게 막되어먹게 들이박는 거라고."

"당신은 나보다 나이가 훨씬 많아요!"

"말했잖니. 나는 어른이 아니란다. 고통이 후빈 상처에서 새로 태어나 아직 열 살이 안 되었다."

"그 전까지의 삶이 있었을 거 아니에요? 그걸 누가 훔쳐 가기라도 하나요? 왜 저를 공격하고도 억울한 척하세요?"

"아, 강도질을 당했고말고."

판은 갑작스레 침묵했다.

"판, 왜 나를 배려했니? 내가 살면서 나쁜 건 하나도 안 보고 산 사람처럼 보였니? 아니 만일 그렇다손 쳐도, 사람이 다친 모습을 보고 흉하다고 생각할 사람 같았니?"

"저는 당신 사정을 몰랐어요."

"알았으면?"

"적어도 제가 고통에 있어서 우위에 있는 척하지는 않았겠죠. 가소롭잖아요."

외르타는 한참 당당하다가, 가소롭다는 말에 상처를 받았다.

"가소롭다고?"

그러나 판을 비웃을 수 없었다. 자신도 더 고통받은 사람이 더 성숙하다는 생각에서 그리 멀리 떨어져 있지 않았다. 그녀는 수없이 발렌시아를 얕잡았다. 그보다 자신이 훨씬 많은 경험과 고통을 겪었다고 믿었다. 그는 영원히 고통을 모를 사람이며, 따라서 계속 그 자리에, 멀리 떨어져 있으라고, 그편이 낫다고 생각했다.

"죄송해요. 비교하고 싶지는 않아요. 하지만 버릇이에요."

"버릇……?"

"제게는 다른 사제들과 삶을 비교하는 나쁜 습성이 있어요."

"……그들 중 네가 가장 힘들었다고 생각하니?"

"아마도요. 사제들은 각자의 사정을 잘 이야기해서 비교하기가 쉽거든요. 저는 태어났을 때 손이 뭉개졌습니다. 그곳을 떠날 때까지 항상 경멸당하고, 또 맞고 자랐어요. 죄송하지만 저는 제정신이 아니에요."

"너는 제정신이야."

"아니에요."

그는 얼굴을 보여 주지 않은 채 고집을 피웠다.

"내가 방금 알아낸 게 있어."

"마구잡이로 말하지 마세요."

"이제야 대사제가 널 만나 보라고 권유한 이유를 알겠다. 너는 너보다 고통받지 않은 사람에게는 이야기를 들을 생각이 없었던 거야. 그냥 잔뜩 감춘 뒤 친절하기만 했겠지. 너는 대사제의 바람조차 지키지 않았어. 더 많이 이야기하고, 명료하게 표현하지 않았단 말이야."

"……."

"하긴, 넌 대사제의 부탁을 경청할 생각이 없었겠구나. 그녀는 신이고, 신은 고통을 모르니까."

"당신이 이렇게 무례하게 저를 넘겨짚으시는데, 그러면 저도 그대로 무례하게 대답해 드릴게요. 제가 만약 그 수준이라면, 대체 무슨 자신감으로 당신이 저보다 고통받았다고 주장하시는 거예요? 저는 저밖에 모르는 바보라 아마 죽어도 인정하지 않을 텐데요."

외르타는 이 대화를 통해 결심했다. 낮게 말했다.

"알려 줄 생각 없다. 나는 너와 고통을 겨루지 않을 거야."

"……."

"나를 도운 사람은 살면서 단 한 번도 폭력에 당하지 않은 사람이야. 앞으로도 영원히 아프지 않을 사람이지. 너도 상처의 무게에 큰 가치를 두지 않길 바란다."

"저는 그냥 사제가 되고 싶어요. 그뿐이에요."

"가장 고통받았다는 사실을 증명하고 싶어서?"

"제게 남은 건 그것밖에 없어요. 그만 괴롭히세요."

"……."

"그리고 마지막으로…… 믿으실지 모르겠지만 저는 겪은 고통의 무게로 사람을 판단하지 않아요. 저는 남에게 아무 감정이 들지 않아요. 그러니 그 사람에 대해 생각하는 게 아니라, 저에 대해 생각할 뿐이에요. 다른 사람들보다 낮은 자리에 있을수록 기분이 나아지거든요."

외르타는 소리 나지 않도록 한숨을 쉬었다. 천으로 발을 감쌌다. 고개를 빳빳이 든 채 일어섰다.

판은 여전히 죽은 돌덩이처럼 웅크리고 있었다. 그녀는 딤니팔이 뱉어 낸 돌을 바라보았다.

"'외르타'라고 부르렴."

"……."

"화가 가라앉으면 전갈을 보내 두고."

그녀는 그가 번역해 둔 종이쪽을 한 아름 들고 떠났다.

"저 물에 들어가면 죽나?"

바냐는 기가 막힌다는 듯 외르타를 돌아보았다.

"사람은 물에 빠지면 죽습니다."

그녀는 사제를 쏘아보았다.

"무슨 뜻인지 알잖니."

"그럼 발만 담가 보십시오."

"이 겨울에 괜찮은 거야?"

"제가 도와드리지요."

바냐는 무릎으로 기어 와 그녀의 신발을 잡았다. 외르타는 잠깐 그녀를 막을까 고민했다. 아, 무슨 소용이람. 그녀는 판과의 마지막 만남 이후 더 이상 제 왼발이 수치스럽지 않다는 사실을 깨달았다. 그날 욱하는 마음으로 벗었으나, 아무 일도 없었다. 제 마음속에도 아무 일이 없었다. 그녀는 갑작스레 아문 상처에 놀랐다. 어떤 극적인 대화나 사건 없이 서서히 나아졌다. 알로지아드에서의 대화, 캄비, 정직한 편지들, 시간…….

예전에도 흉한 발 모양을 부끄러워한 것은 아니었다. 그보다는 그 흉한 발이 연상시키는 과거를 부끄러워했으므로, 이것은 단순히 발이 아니라 제 과거에 대한 태도가 바뀌었다는 것을 의미했다. 정말 이상하리만치 좋은 징조였다. 많은 것이 모든 방향으로 나아지고 있었다.

바냐는 발을 감싸고 있던 천을 풀었다.

캄비의 사제는 콧등을 찡그렸다. 점점이 찍힌 황금이 울었다.

그녀는 외르타의 눈을 똑바로 바라보았다.

"발미레, 여긴 어쩌다 다치신 건가요? 불편하시면 대답하지 않으셔도 됩니다. 발미레는 사제도 아니시고—."

"남편한테 맞았어."

"죽일 새끼네."

"죽였어."

"좋습니다. 이제 대사제님께서 지옥으로 굽어살피시겠지요."

"지옥이 있니?"

"있길 바라지요."

"사제가 하는 대답치고는 한심하구나."

바냐가 헛웃음을 터뜨렸다. 외르타는 그녀가 소리 내어 웃는 모습을 처음 보았다.

"아무튼 한번 들어가 보세요."

그녀는 과하게 예의를 차리지 않고 담담히 본론으로 돌아왔다. 외르타는 바냐의 태도가 좋았다. 그녀에게선 고통의 관록이 느껴졌다.

외르타는 모래를 툭툭 털고 일어섰다. 오늘은 따스운 겨울이었으며 호숫가는 바람 한 점 없이 근사했다. 털 안감이 덧대인 바지를 졸라맸으니, 잠시 겨울 물을 밟는다고 감기에 걸리지는 않겠지.

그녀는 총총 걸어가 얕은 물에 오른발을 담가 보았다. 물은 따뜻했다. 그녀는 작게 탄성을 지른 뒤 왼발도 호수에 담갔다.

"바냐, 물이 따스해."

"캄비잖습니까."

"와, 몸이라도 담글 수 있을 것 같다."

"아니요. 안 됩니다. 그러진 마세요. 겨울이에요. 그리고 여기가 공공장소란 걸 알고 계시지요?"

"뭐 어때?"

외르타는 윈발을 드러낸 것과 벌거벗은 것의 차이를 느끼지 못하는 사람이었다. 자신에게 윈발은 그 정도로 연약하고 무방비한, 제 신체의 핵심과 같은 곳이었다. 때문에 다친 발에 당당할 수 있는 지금, 그녀는 다른 부위를 민망하다고 느낄 수 없었다. 부끄러운 감각만 특별히 마비된 느낌이었다.

외르타는 바짓부리가 잔뜩 젖는 것도 아랑곳하지 않은 채 호숫가를 걸어 다녔다. 맨발에 와 닿는 흙모래가 반가웠다. 이게 얼마 만인지 몰랐다. 땅을 밟고, 해를 받고, 한여름의 녹음처럼 당당한 발. 그 자유로운 기분이 좋았다.

"그만 첨벙거리세요. 자칫하면 바지를 전부 말리셔야 합니다."

그녀는 제자리에서 빙글빙글 돌았다. 무언가를 시험하는 태도였다.

"지금 이 정도라면 여름에는 정말 멋지겠구나."

"여기서 물놀이를 할 만한 인간이 있겠습니까? 그런 걸 좋아하는 나이대의 사람도 드물고요, 사제들은 흥이 없고요."

"그럼 내가 해 주지."

"마음대로 하세요. 하지만 여름에도 깊이 들어가시면 안 됩니다. 물이 무릎에 닿는 순간 나오셔야 합니다."

"왜? 나는 어렸을 때 파도에서도 헤엄치는 법을 배웠어."

"발미레, 제가 아무렇지 않게 말씀드려도 여기는 알론조 캄비입니다. 대륙의 눈이지요. 스무 발자국 이상 들어가면 바닥이 꺼지고 그대로 쓸려갑니다. 물살이 없다고 방심하지 마십시오. 진짜는 물 아래에 있으니까요."

"스무 발자국이면 저쯤 되려나?"

"아니, 그만합시다. 나오십시오."

바냐는 들고 있던 책을 큰 소리가 나도록 덮었다. 벌떡 일어서선, 성큼성큼 다가왔다. 외르타는 실실 웃으며 몇 발자국 도망갔지만, 곧장 뒷덜미를 잡혔다.

“오늘 당신 죽는 모습을 보는 건 계획에 없었습니다. 그만 들어가세요.”

“죽기는 무슨. 난 발등도 겨우 젖었어.”

“지난달에 여기서 사람이 사라졌습니다.”

외르타는 깜짝 놀랐다가도 곧장 의혹의 눈초리를 보냈다. 그녀의 말은, 예전 자신이 아델에게 위험한 곳에 들어가지 말라고 경고할 때 꾸며 냈던 거짓말과 아주 비슷했다.

“만들어 낸 이야기지?”

바냐는 말없이 그녀를 끌어냈다. 외르타는 손짓으로 알겠다는 표시를 한 뒤 적당한 위치에 주저앉았다. 물론 여전히 호수 가장자리와 발이 맞닿을 정도로 가까웠다. 사제는 곧장 무릎을 굽혀 그녀를 따랐다. 발끝으로 땅을 디딘 채, 언제라도 달려 나갈 수 있도록 준비된 자세였다.

“발미레, 사람을 부득불 붙들어 이 자리까지 끌고 나오셨습니다. 저도 이제 용건을 들어야지요. 캄비를 보고 싶다는 허랑방탕한 소리만 빼고 말입니다.”

“……대사제에 대한 이야기를 듣고 싶어. 당신은 얼마나 모셨지?”

“스물여섯부터 십 년쯤 되었습니다. 모셨다기에는 어폐가 있습니다만.”

“정말 신이야?”

“저는 지옥을 대하듯 신을 믿습니다.”

바냐는 지옥이 있기를 ‘바란다’고 말했다.

“발미레, 한 가지 여쭤보겠습니다. 사제가 되고 싶으십니까?”

단숨에 아니라고 말하지 못했다. 그 잠깐의 갈등이 그녀를 놀라게 했다.

“……대사제는 내가 이미 사제라고 생각하던데. 도망쳐 캄비에서 쉬겠다는 마음가짐이라면 서로 다르지 않다더구나.”

"아니요. 꽤 다를 텐데요. 대사제님께선 실제로 자살한 사람만을 받으십니다."

"……."

정적. 상대의 검은 눈이 자신을 꿰뚫었다. 바냐는 몹시 가까이 있었다. 숨소리가, 아니 열기가 들릴 정도로 가까웠다. 그들은 아무 말도 나누지 않았으나 아주 많은 것을 이해했다.

사제는 몸을 기울여 손님과 이마를 맞댔다.

"정말 죽어야 합니다."

"알아."

"저는 항상 목을 매달았습니다. 사실 이곳에 와서도 목을 매달았습니다."

"나는 수없이 죽은 까닭에 어떤 죽음을 묘사해야 할지조차 모르겠다."

"저는 제 탓에 돌아가신 부모님을 떠올립니다. 저를 원망하지 않으셨으리라는 생각에 가슴이 찢어집니다."

"나는 폭력과 아이의 죽음을 떠올린다. 부단히 노력했지만, 아직도 가끔은 숨이 막힌다."

"고문당하던 밤이 떠오릅니다. 제 배 속에는 아직도 철로 만든 막대가 남아 있습니다. 마침내 도망쳤으나, 제 불안정함을 견디지 못한 벗이 캄비를 권했습니다. 저는 그동안 아주 여러 번 저를 해쳤습니다."

"남편을 죽여 복수했다. 그것만으로는 부족하다는 사실을 몰랐다. 고통스러운 삶에 목표까지 잃어, 몹시 힘든 시간을 보냈다. 자해하여 몇 달을 침대에 누워 있었다."

"캄비에 도착한 뒤 제가 당신을 맞이했던 그 낮은 언덕에서 굴러떨어졌습니다. 저는 이곳에 누구의 허가도 없이 혼자 왔지만, 왠지 모르게 어디로 가야 할지를 알고 있었습니다. 길을 가로질러 대사제관으로 들어갔습니다. 지하의 홀에서 대사제님을 처음 뵈었습니다. 그분은 말씀하셨습니다. '죽지 말거라. 많은 것을 배우려무나. 자리를 마련해 주마.'"

"……."

"그리고 작은 방에서 한숨도 자지 못한 채 다음 날을 맞이했습니다. 다른 사제가 저를 아침 조회에 데려갔으며, 스스로 지은 옷을 선물했습니다. 저는 그날 수십 명의 사제 앞에서 저와 제 고통을 소개해야 했습니다. 처음에는 보잘것없었습니다. 반란에 가담했으나 실패하여 왔다고 에둘러 말했습니다. 그날 사제들과 대화를 나누었고, 그들은 지금의 저처럼 정확하게 이야기하는 사람들이었습니다. 그다음 날에는 또 다른 수십 명이었습니다. 전날과 똑같이, 반란에 가담했으나 실패하여 왔다고 말했습니다. 그다음 날, 또 다른 사람들에게 이번에는 한마디를 덧붙였습니다. 반란에 가담했으나, 실패하여 '고문당했고' 도망쳤다고 했습니다. 그다음 날에는 어떤 고문을 당했는지 조금씩 묘사했습니다. 제가 마지막으로 털어 낸 고통은 부모님의 죽음이었습니다. 그리고 제가 정확히 무슨 실수를 저질렀는지도요."

"……."

"대사제님께선 어떤 분이시냐고 물어보셨지요. 저도 잘 모릅니다. 그분과 아주 많은 이야기를 나눈 뒤에도 저는 여전히 안개를 헤집는 듯한 느낌을 받습니다. 대사제님은 저희가 기억할 수조차 없는 날들을 살아남으셨습니다. 또한 지금 이 얇고 넓은 세상의 모든 것을 꿰뚫어 보십니다. 저는 그분을 믿습니다. 그분의 현명함과, 저희를 안타깝게 여기시는 마음을 믿습니다. 제 삶에 아무도 없다고 생각하는 순간 갑작스레 떠오르는 이가 있다는 것은 얼마나 다행인 일인지요. 그것이 제가 생각하는 신성입니다."

외르타는 대사제의 말을 기억했다. 그녀는 사람들이 가짜 신을 만들어 삶을 지탱하고 있다고 말했다. 바냐의 설명은 언뜻 비슷한 듯하면서도, 달랐다.

그녀는 좀 더 잘 이해하기 위해 마지막으로 질문했다.

"대사제는 아무리 많은 금이 실린 마차를 예비해 두어도 사제들이 떠나지 않는다고 했어. 당신은 왜 떠나지 않았지?"

"저는 여전히 잘 죽을 수 있으니까요."

"……."

"달릴 때에는 앞을 볼 수밖에 없습니다. 내리막길에서는 멈추기 힘듭니다. 저는 대사제님께서 부탁하신 목적지에 도달하기 위해 끊임없이 뛰고 있습니다. 이 달리는 다리가 작은 성취입니다. 하지만 아주 작습니다. 저는 지금도 언제든 달리는 습관을 죽일 수 있습니다. 이곳에서의 시간이 오히려 제 결심을 단단히 만들어 주었습니다. 이 순간은 잠깐의 유예일 뿐이고, 사실 제 운명은 삶의 종말이라는 사실을요."

"……."

"제 삶에 대사제님이 계시다고 생각하는 동시에 단지 그분뿐이라는 사실을 깨닫습니다. 그것은 마치 하늘 꼭대기에서 지하로 떨어지는 기분입니다. 저는 제정신이 아닙니다."

바냐는 담담했다. 이마를 맞댄 와중에도 사제의 몸은 떨리지 않았다. 외르타는 그 무기력한 감정을 잘 알았다. 일주일 굶은 몸으로 홀로 누워 있듯, 이명 소리가 작게 들릴 것이다. 삶이 온통 그러했다.

"간혹 캄비를 떠나는 사제들이 있습니다. 주로 사제가 된 지 다섯 해 안쪽인 사람들이 따듯한 봄날 훌쩍 일어서곤 하지요. 십 년은 안 됩니다. 저도 잘 알고 있습니다."

"……."

"제가 미리 약속했던 대로 헛간 앞에 쟁기를 놓았더라면 들키지 않았을 겁니다. 제 벗과, 소원한 형제들과, 그리고 부모님은 살아 계셨겠지요."

바냐는 천천히 몸을 뗐다.

"발미레, 방금 전 제가 캄비에 사람이 빠져 죽었다고 말씀드린 것은 거짓이 아닙니다. 이제 캄비에는 저보다 오래 묵은 사제가 드뭅니다. 십 년 전 제가 처음 이곳에 왔을 때에는 수백 명의 사제들이 있었는데요, 그 사람들이 전부 어디로 갔겠습니까?"

"……."

"새 삶을 찾아 떠난 사제는 제가 있던 동안 열 손가락에 꼽습니다."

"……."

"나머지는?"

외르타는 바싹 마른 입술을 벌렸다. 그러나 아무 말도 할 수 없었다.

바냐는 자리에서 일어섰다.

"참, 조만간 드리려고 했던 이야기가 있습니다. 지금이 좋겠군요. 저는 이번 봄에 파견을 나갑니다. 지역의 작은 캄비들을 관리하고, 잠시 머물러 아이들을 가르치고, 사람을 치료한 뒤 돌아오지요. 한 계절이 될 수도 있고 몇 년이 될 수도 있습니다."

외르타는 어쩌면 영원이 될 수도 있겠다고 생각했다. 그녀가 다시 캄비로 돌아올까?

"제가 떠나면 아마 판이 당신 시중을 들 겁니다. 대사제님을 모시는 것은 한두 달간의 수련에 불과하니까요."

"……."

"판에게 관심을 너무 많이 쏟지 마시길 권합니다. 그 아이가 나아가길 바라지만, 그는 이미 여섯 해 동안 캄비에 머물렀습니다. 큰 기대를 하지 마세요. 그런 것들이 오히려 사람을 괴롭게 만듭니다."

"……."

"저는 제게 아주 많은 기대를 했습니다."

바냐는 책을 주워 든 뒤 뒤돌아 걸어갔다. 그녀의 뒷모습은 여전히 여유로웠다. 바지는 품이 넓었고 걸음은 일자로 똑바랐다.

어떤 충동이 일었다.

"상그로 벨레트리."

바냐는 멈추지 않았다.

앙히에는 대수문에 입을 맞출 뻔했다. 고향이 반가워서가 아니라, 마침내 이 지옥 같은 동료에게서 벗어나 쉴 수 있었기 때문이다.

그는 몇 달 동안이나 블랑쉬와 동행하고도 그녀를 도무지 알 수 없었다. 그리고 알 수 없는 이와 함께하는 여행은 항상 사람을 곤두서게 만든다. 대륙의 절반 이상을 거치며 그녀가 약을 잘 다룬다는 점, 체술體術에 뛰어나 구태여 힘을 쓰지 않고도 사람을 제압할 수 있다는 점, 한마디도 하지 않고 열흘을 버틸 수 있다는 점을 배웠다. 마음을 놓기엔 그다지 적절하지 않은 정보이며, 그 탓에 제대로 잠을 이룬 날이 드물었다.

앙히에는 장례식에 온 듯한 제 두건을 더 단단히 조였다. 잉그레 앞에 섰다. 잉그레는 비사 오필라와 달리 무식한 뒷문이 없었다. 오로지 정문, 그리고 정확한 각도를 지켜 나머지 세 방향에 난 작은 문들뿐이었다.

무명이 기다리고 있었다.

그녀는 경비 기사를 물리곤 그들을 안내했다. 아무리 얼굴을 가리고 있다고 한들, 더러운 망토의 여행객들이 잉그레에서 눈에 띄지 않을 리 없으니 인적 드문 복도로 숨어들어야 했다.

앙히에는 새끼 집무실을 지나며 헛기침을 내뱉었다. 그쪽으로 들어갈 줄 알았는데. 무명은 그들을 다른 방으로 안내한 뒤 두건을 벗도록 했다. 블랑쉬와 무명은 서로를 죽은 무정물처럼 대했다. 그는 무미건조한 두 여자의 시선을 견디며 조금 토할 것 같다고 생각했다.

무명은 방 안의 방에 접어들었으며, 발을 걷고 벽을 밀치고 문을 열었다. 비밀통로라기보다는 복도를 지나지 않기 위한 편법인 듯했다. 그들은 그렇게 수십 개의 방을 가로질렀다. 심지어 한 방에서는 무명이 허름한 계단을 끌어 내려 놀라 자빠질 뻔했다.

그들은 마침내 어떤 평범한 방에 도착했다.

다른 방과 전혀 구분이 되지 않았다. 그러나 무명은 새로운 문을 여는 동시에 잉그레의 예를 표했다. 아, 나는 지금까지 지나온 방의 개수를 세지도 못했는데. 앙히에는 투덜대며 습관처럼 예를 따라 했다. 그리고 블랑쉬 젤로가 자신보다 완벽하게 예를 표하는 모습을 훔쳐보았다.

자카리는 소파 위, 몸을 젖힌 채 그들에게 주의를 두지 않았다. 꽤나 오래.

그는 여전히 앞을 바라보지 않곤 말했다.

"칠월 열넷, 네가 놓친 어수대를 다시 보는 기분이 어떤가?"

"감죄勘罪를 앙망합니다. 제 목숨으로도 사죄드릴 수 없을 것입니다."

"나가."

무명은 깊이 인사한 뒤 방을 나섰다.

앙히에는 입을 꾹 다물었다. 어떤 말을 꺼내야 할지 모르겠다고 생각했다. 차라리 형님과 재회했을 땐 개인적인 감정에 복받쳐 진짜 용건에 건조하게 굴 수 있었다. 그러나 잉그레의 주인 앞에서는 어찌할 바를 모르고 얼어붙었다. 어쨌든 자신은 비사의 석묘에서 구르다 온 배신자라는 점도 양심을 괴롭혔다.

자카리가 앞을 바라보았다. 그는 짙은 녹색을 입고 있었다. 가라앉은 차림이 눈부신 금발을 잡아 주었다. 앙히에는 갑작스레 안도했다. 고향의 왕이 한결같아 겨우 현실로 돌아온 느낌이었다. 기껏해야 몇 달 되지 않은 사이에 자카리가 변했으리라고는 생각하지 않았지만, 그래도 그 모습 덕에 단단히 땅을 짚을 수 있었다.

"낯짝하고는."

"……."

"어디 산속에 들어가 화적질을 한다고 해도 믿겠군."

"폐하……."

"짐은 네가 죽은 줄 알았다."

왕은 제 형님보다 직설적이었다. 앙히에는 어찌할 바를 모른 채 고개를 숙였다.

"외르타 발미레가 저 인간의 출신에 대해."

여전히 푹 수그러든 모양이라 보지는 못했지만, 자카리가 블랑쉬 젤로를 손짓했다는 사실을 알았다. 그는 그녀와 용건을 나누기는커녕 인사조차 할 생각이 없는 듯했다. 왕은 어수대를 못 본 척 무시했다.

"침묵하여 잉그레의 철에 가두었다. 미라이예가 게외보르트에 살해당한 까닭에 손상될 딤니팔의 위신이 끔찍했으며, 네가 죽고 발미레가 고문받아 정신이 나갈 공작도 걱정되었다. 네 죽음에서 비롯된 파란을 어찌 처리해야 할지 몰라 한동안 잠을 이루지 못했다."

"……."

"그래서 꽤나 늦게 짐 역시 네 죽음에 충격받았다는 사실을 깨달았다. 그 충격을 억누르기 위해 다른 정치적인 건들을 실제보다 과장했다. 별 소란을 다 떤 뒤 엉망진창인 서류과 감정 위에 앉아 되짚었지. '정신 차리자.'"

"폐하, 죄송합니다. 모든 것이 제 부주의에서 비롯되었습니다."

"네가 주의했다고 무엇이 달라졌겠나. 아무튼 살아 돌아와 다행이다."

앙히에는 생각보다 다급히 말했다.

"저도 다시 폐하를 뵐 수 있어서 기쁩니다. 진심으로, 개인적으로 기쁩니다."

자카리는 손짓으로 앉으라는 신호를 했다.

앙히에는 마치 화살에라도 맞은 듯 블랑쉬를 돌아보았다.

"둘 다 앉아."

"딤니팔의 주인께 백배百拜를 올립니다. 공작이 따로 고하였으나, 폐하를 직접 알현하여야만 저희의 진의를 더 잘 아뢸 수 있다고 믿었습니다."

블랑쉬는 이제야 처음으로 왕을 보았다는 듯이 반응했다. 그는 그녀의 종 같은 태도에 진저리가 났다.

자카리는 턱을 매만지며 소파에 파묻혔다.

"짐이 아는 내용은 많지 않다. 발터하임부르겐이 반 슈체친 제거를 목적으로 짐과 내통할 의사가 있다는 사실만 전달받았다. 그 과정에서 양쪽으로 신뢰도가 있는 앙히에를 납치해 연락책으로 썼다고. 이것만으로는 부족하다. 어수대, 더 설명해."

"예. 말씀하신 대로 비사 오필라는 사십칠 년간 왕을 지지한 반 슈체친을 단죄코자 합니다."

이 자리에 있는 왕이 인상을 찌푸렸다. 그는 순간적으로 무엇이 문제인지 깨닫지 못한 듯했다. 앙히에는 입을 벌렸지만, 할 말을 꾸역꾸역 삼킨 뒤 걸어 잠갔다.

"사십칠 년은 장장 세 명의 주인을 섬길 시간이며, 말단 귀족이어도 그 교활함이 분에 넘칠진대 열 곳의 대영지를 소유한 귀족이라면 절대 용납될 수 없습니다."

"알겠다."

"폐하, 반 슈체친은—."

"그만하고 넘어가지. 왜 짐을 설득하려 하나. 짐은 관심이 없어."

블랑쉬는 눈을 한 번 깜박였다.

"폐하, 폐하께서 그 이유에 공감하시는 것이 제 목숨보다 중요합니다. 협정의 동기가 의심스럽다면 저희가 어찌 신뢰를 얻겠습니까?"

"……."

"게외보르트의 귀족들은 각자의 왕을 선택하고 모시며, 그 충성의 무게만큼 보답받습니다. 반 슈체친은 스무 살이 되기 전 막시밀리안 5세의 어머니, 통칭 헨리에타 노이지들러 퀼릉스를 강력하게 지지하여 한미한 봉급 기사에서 손꼽히는 숄렘의 대귀족으로 거듭났습니다. 그는 왕녀에게 자녀 둘을 바쳤으며 또한 영구적인 장애를 얻었을 만큼 영광스레 충성했습니다. 이에 헨리에타 노이지들러 퀼릉스는 집권 후 그를 치하했습니다."

앙히에는 시선을 돌렸다. 그는 그 이야기가 어떻게 끝났는지 알고 있었다. 또한 개인적으로 누군가에게 찔린 듯 속이 아프기도 했다.

"왕녀가 집권했을 때 왕녀의 아들은 열다섯 살이었습니다. 막시밀리안 5세는 십이 년 뒤 왕의 권리를 주장했습니다. 권력 이양 과정이 부드럽지는 못했습니다. 선왕의 유일한 힘은 반 슈체친이었습니다. 헨리에타 노이지들러 퀼릉스는 반 슈체친의 계략으로 유폐되었으며, 막시밀리안 5세에 의해 처형당했습니다."

"반 슈체친을 탓할 게 아닌데. 그건 너희 선왕이 특별히 말종이라서가 아니냐?"

"폐하, 저희의 지주를 모욕하지 않으셨으면 좋겠습니다. 비사 오필라의 무오성無誤性을 존중해 주십시오."

자카리는 양손을 들어 보였다.

앙히에는 스스럼없는 왕을 보며 갑작스레 제 속의 딤니팔을 재발견했다. 새삼스레 자신이 언제나 고향의 왕을 사랑해 왔다는 사실을 깨달았다. 잉그레 속 습관 하나하나를 보며 지금껏 지고 있던 짐을 벗어던졌다. 비밀 협약이란 사실 무거운 책임이지 않나. 발터하임부르겐의 난장 맞을 협박을 생각한다면 더욱 그렇다. 이것은 형님을 만난 뒤에도 좀처럼 해결되지 않고 앓는 이처럼 남아 있었다.

그러나 이제는 자카리가 문제를 해결하리라는 근거 없는 믿음이 들었다.

앙히에는 보다 안도한 표정으로 대화를 경청했다.

"막시밀리안 5세 집권 삼십 년 뒤, 반 슈체친은 저희의 폐하를 지지했습니다. 그는 그 과정에서 선왕을 시해했습니다. 그리고 지금에 이르렀습니다. 반 슈체친은 세 명의 승리자를 모셨으며, 그중 둘을 배신했습니다."

"어쨌든…… 왕을 둘이나 죽였으면 불안하긴 하겠군. 그 부분은 이해했다."

앙히에는 그가 하나도 이해하지 못했다는 사실을 깨달았다. 자카리는 반 슈체친의 문제가 아니라 너희 풍습의 문제라고 이야기하려는 것을 꾹 참고 있는 모양이었다.

"아닙니다, 폐하. 어수대의 무능을 치죄할지언정, 그것으로 새 주인을 흠잡을 수는 없습니다. 저희는 그와 같이 불미스러운 일이 일어날 때마다 내부 인원을 처형합니다. 책임 소재를 가리기 위함입니다."

"썩 알고 싶지 않은 주제군."

"왕은 그 자체로 절대자입니다. 그분의 결정은 신의 뜻입니다."

"아."

"저희가 반 슈체친을 처분하고자 하는 이유는 그자의 자신감과 재물, 권력이 폐하께서 용납하시는 한도를 넘었기 때문입니다. 반 슈체친은 한 번, 혹은 두 번의 승리 이후 얼마든지 남부에 칩거할 수 있었습니다. 약간 량의 지원으로 자신의 의사를 밝히고 면피할 수 있었습니다. 그러나 그는 누구보다 적극적으로 내전에 참여했습니다. 그에게서 엿보이는 권력욕이 지독합니다."

"알겠다. 지난 사십 년 동안 그의 행실이 믿음직스럽지 않았다는 사실만으로도 충분하다. 공감되고말고. 선왕과 그 전대 왕을 죽인 귀족을 굳건히 믿기에 짐은 담력이 좀 부족해서."

블랑쉬는 고개를 숙였다. 앙히에는 처음으로 그 얼굴에서 불만을 발견했다. 네 발로 기어 산을 넘으면서도, 서른여섯 시간 동안 말을 달리면서도 무뚝뚝하던 표정이 반응하자 기분이 좋았다.

"……저희의 진심을 이해해 주셔서 송구하기 이를 데 없습니다. 게외보르트는 반 슈체친을 제거해야 합니다. 그러나 불행히도 귀족 사회에서 그의 영향력이 크므로 실각시키기 위해선 적절한 명분이 필요합니다. 이번 전쟁이 그 무기가 될 수 있기를 간곡히 바랍니다."

"……."

"그를 위해 딤니팔에 모든 정보를 투명하게 제공할 용의가 있습니다. 제가 어수대의 연락책으로 소식을 전달받아 총사령관에게 공유할 예정입니다. 어수대의 소식조消息鳥는 게외보르트 역사상 단 한 번도 탈취당한 역사가 없습니다. 보안에 대해서는 안심하셔도 좋습니다."

"당연히 안심하고 있다. 탈취당하면 우리가 아니라 게외보르트의 목이 날아가잖나. 너희 사이의 누군가 안다면 어떤 소란이 벌어질지 감히 상상하기도 어렵군."

"예. 비사 오필라가 심혈을 기울여 보호할 것입니다. 여러분의 금속제 통보다 더 철저할 것을 맹세합니다."

"……."

"협정이 어그러질 경우, 여러분께서 요를림에 쏟은 십수 년은 듀아네일의 멸망까지 낙인찍힐 겁니다. 그라우빈덴 군사에 맞서 딤니팔의 서북부를 온전히 지키지 못할 테니 말입니다. 또한 당연히 저희의 자산인 외르타 발미레의 목숨을 거둘 예정입니다."

자카리는 다소 지루한 표정으로 협박을 듣고 있었다.

"그리고 폐하의 첫 아이 역시 살아남지 못할 것입니다."

앙히에는 그녀가 장자 살해 협박을 들고나올 줄 상상도 하지 못했다. 아무리 발터하임부르겐이 암시했더라도, 환심을 사야 하는 상대 앞에서 직언을 내뱉는 것은 언제나 좋지 않은 선택이었다.

그는 급하게 자카리를 돌아보았다.

왕은 웃고 있었다.

앙히에는 그가 미친 줄로만 알았다.

"아, 아니……. 너희 왕이 직접, 가서, 그 말을, 하, 하라더냐?"

그는 웃느라 제대로 말을 잇지 못했다.

"아 젠장, 너무 추, 추하고 절박하지 않나."

"……."

"짐은 좀 더, 근사한 협박을 원했다. 그라우번텐 군사를 차출하겠다는 말이 차라리 더 멋지고 효과적인 제안처럼 들리는군."

"폐하의 첫 아이는 아들입니다."

갑자기 웃음이 뚝 그쳤다.

"폐하, 베디냐테 마라디아가에게 어떤 의미를 부여하시든 저희는 괜찮습니다. 그가 잉그레에 머무는 유일한 어수대라고 생각하실 수도 있고, 그에게 위해를 가하심으로써 어수대를 손상시켰다고 믿으셔도 좋습니다. 그것은 폐하의 의지입니다. 그러나 어수대가 잉그레에 조직한 것만큼 철저한 권외 구조는 없습니다. 생 로욜 일 다시 일 장이었던 제가 보증할 수 있습니다."

"……."

"물론 저희가 안전히 협정을 체결한다면, 저뿐 아니라 어수대의 목숨을 바치겠습니다. 이번 전쟁 동안은 오로지 딤니팔에 복무할 것을 맹세합니다."

"짐이 무슨 칠면조도 아니고, 끓였다가 찬물에 담갔다가 아주 잘하는 짓이다."

"저희가 서로의 이익에 헌신한다는 사실을 신뢰하시면 걸림돌이 없을 것입니다."

앙히에는 자리를 뜨고 싶어서 안절부절못했다. 자리를 뜨면 우선 자신이 편해질 것이고, 자카리 역시 마음대로 블랑쉬 젤로를 죽일 수 있을 테니.

"앙히에."

"……예."

"네 평을 듣고 싶군."

"폐하, 제 의견은 잠깐 스쳐 지나간 저희 형님의 평보다 쓸모가 없습니다. 이 눈은 두더지보다 못해요."

그는 눈 위를 꾹꾹 찌르며 질문을 피하려 했다.

"네 형님은 보안을 우려하여 침묵했다. 전쟁터에 머무르는 총사령관인 이상 앞으로도 아무 말 못 할 거다."

"……."

"네가 솔 하딘사에 불을 질렀을 때보다 조용하군."

"하딘사에는 배상했—."

앙히에는 말을 뚝 멈추고 자카리를 바라보았다. 그는 이기죽거리는 태도였다.

"아, 알겠습니다. 저는 돌려 말씀드리지 않을 겁니다. 폐하께서 화가 나셔서 이번에야말로 진짜 저를 죽이시겠다고 결심하셔도 어쩔 수 없습니다. 제 운명으로 여기겠습니다."

"안 죽일 테니 말해 봐. 아무리 몹쓸 의견이라도 지금 이 인간들이 짐의 '장자'를 죽이겠다고 하는데 그것보다 나쁠 리는 없지 않나."

"폐하, 저 쥐새끼들은 농담하는 게 아닙니다. 진심입니다. 조심하셔야—."

"네 의견을 말해라."

턱에 힘을 주었다.

"예. 저는 게외보르트의 사고방식을 이해합니다."

"……."

"제가 내전에 참여할 적, 일왕녀와 그녀의 남편이 이 어수대와 정확히 동일한 말을 했습니다. 게외보르트에 미라이예가 있다면 자신들이 가장 먼저 할 일은 그 가문을 멸족하는 것이라고 했어요. 같은 이치로, 만에 하나 왕자가 왕위에 오른다면 반 슈체친을 제거해야 할 텐데, 그의 세력이 너무도 비대해서 어찌할지 모르겠다고 했지요. 저는 이번 전쟁이 발터하임부르겐 나름의 해답이라고 생각했습니다."

"이것은 배신자의 의견인가?"

자카리는 여전히 인자한 웃음을 짓고 있었다.

앙히에는 좋은 지도자를 응시했다.

"짐이 몇 년 동안 게외보르트 내전에 참여한 이를, 가장 최근엔 심지어 어수대에게서 살아 돌아온 사람을 믿어야 하나?"

"……."

앙히에는 짧지 않은 시간 리볼텔라를 제 인생의 왕으로 여겼다. 묘지에서 그녀와 손잡고, 그녀를 진정으로 이해하는 사람은 그 아우가 아니라 자신이라는 점을, 자신이야말로 진정한 그녀의 후계자라는 점을 알아차렸다. 그녀를 왕으로 삼아 그녀에게 복종하기로 결심했다. 리볼텔라는 비사 오필라의 신조를 지키고 제 나라를 부강하게 만드는 데 평생을 투신했다. 따라서 자신은 세상에 유일하게 남은 리볼텔라의 수하로서, 어수대보다 더 지독하게 굴겠다고 결심했다. 그것이야말로 멈춰 있던 삶에서 뛰쳐나가는 방법이라고, 드디어 앞으로 달릴 수 있노라 기뻐했다.

그러나 변한 형님을 만난 뒤 깨달았다. 리볼텔라는 죽었다. 자신은 죽은 그녀를 상상할 뿐이었다. 리볼텔라가 삶을 대하는 태도, 단호함과 품위는 본받을 수 있다. 그러나 삶의 목표라면……. 리볼텔라와 그녀의 목표를 상상하는 것은 그녀를 모욕하는 짓이었다. 그녀가 변할 가능성을 무시한 셈이었다. 그녀는 누군가에게 삶을 덧칠당하지 않은 채 조용히 쉴 권리가 있었다.

그는 레발로의 종소리 아래에서 천천히 일어섰다.

"폐하, 이것은 제 개인적인 의견입니다. 저는 미라이예에 속하지 않듯 게외보르트에 속하지 않습니다."

"……."

"홀로 고민하고 내린 결론에 대해 말씀드렸습니다. 제가 개인적으로 감정을 가진 유일한 사람은 죽었습니다. 일왕녀가 없다면 게외보르트는 아무것도 아닙니다. 오히려 지금껏 그들을 증오하며 생을 낭비하지 않은 저 스스로가 용하다고 생각합니다. 제게는 그녀뿐이었고, 그런 그녀를 게외보르트가 죽였으니까요."

"……."

"삶에서 확실한 기억은 단 한 사람뿐입니다. 저는 그녀를 이해하기 위해 육 년을 쏟아부었습니다. 그녀의 사고방식을 익혔습니다. 공감하지는 못했지만, 역사책처럼 그녀를 배웠습니다. 제 기억 속 지식을 헤집어 폐하께 말씀드립니다. 일왕녀는 반 슈체친을 죽이고 싶어 했습니다. 그를 죽이는 것이 당연하다고 믿는 사람이었습니다."

자카리는 소파 팔걸이를 따닥따닥 두드렸다. 앙히에는 감히 왕에게 연설하는 듯 들리지 않았으면 좋겠다고 생각했다.

"게외보르트는 국정에 왈가왈부하는 귀족을 원하지 않습니다. 그들이 가장 이상적으로 여기는 귀족은 입 닥치고 재산을 챙기는 거부巨富뿐입니다. 그들에게는 비사의 권력을 쪼갤 생각이 조금도 없기 때문입니다. 딤니팔에는 귀족이 보유할 수 있는 군사의 상한이 없습니다만, 게외보르트는 아닙니다. 귀족 각자가 보유할 수 있는 군사가 그리 많지 않으며, 모든 기사단이 비사에 속해 있습니다. 그 차이는 저보다 폐하께서 더 잘 아시지 않습니까……."

"반 슈체친의 사병은 얼마나 되지?"

"사만삼천입니다."

블랑쉬가 대뜸 끼어들었다. 앙히에는 그 숫자에 깜짝 놀랐다.

자카리가 기가 막힌 듯한 기침을 내뱉었다.

"……거기서 몇천만 더 불어났더라면 이 작전조차 못 쓰고 당했겠군."

"그도 감히 반역을 저지르지는 못했을 것입니다. 그러나 칼을 쥐고 있다는 감각을 즐겼을 것이 분명합니다. 그런 불편한 관계를 견딜 수 있는 왕은 없습니다."

"미라이예의 사병이 몇이더라?"

앙히에는 긴장했다. 물론 자카리가 자신보다 잘 알 것이다. 그러나 제 태도가 관건이었다.

"이만오천입니다, 폐하. 그러나 주로 영지 수호를 목적으로 한 군사이기에 각지에 흩어져 있습니다. 또한 상시 소집된 병사는 이번 전쟁에 모조리 동원된 것으로 알고 있습니다."

"미라이예가 아니라더니 변호하는 모습이 장하다."

"……."

자카리는 손뼉을 쳤다. 소리는 그의 손안에 갇혀 둔탁했다.

"그러면 더 들어보지, 블랑쉬 젤로. 딤니팔에 어디까지 보상할 예정인가?"

"스트레파르입니다."

"인상적이군."

"그리고 딤니팔 금화 삼천만 장과 왕녀의 목숨을 보장하겠습니다. 아시듯 이 시점에서 왕녀의 목숨은 딤니팔의 명예를 상징합니다. 딤니팔이 대륙의 도덕으로서 그녀를 라르디슈 내전에서 구출했으니 이제 게외보르트의 잔악한 손에서 보호하시면 됩니다."

"어수대가 우리말을 잘하는데."

"또한 그라우뷘덴 심연에서 나오는 귀금속의 십분지 일을 독점적으로 유통할 수 있는 권한을 딤니팔 상단에 부여하겠습니다. 기간은 일년으로 한정합니다만, 어떤 국영 상단이든 저희가 심사하지 않겠습니다. 오로지 딤니팔의 권한입니다."

앙히에는 게외보르트의 제안이 너무도 후하여 어떤 반응을 보일 수가 없었다. 형님에게 고한 것보다 훨씬 나아간 수준이었다. 그는 다소 불안한 눈빛으로 왕을 바라보았다. 자카리는 저 정도 보상에 무뚝뚝한 체 구는 것이 더 우습게 보이리라고 생각한 듯했다.

"너희 왕은 게외보르트를 거덜 내기로 작정했나?"

블랑쉬 젤로가 희미하게 웃었다. 앙히에는 몸을 젖혀 그녀에게서 떨어졌다.

"폐하의 이웃은 그 정도로 흔들리지 않습니다."

"……."

"부디 적절한 거래가 되기를 소원합니다."

"일은 그리 단순하지 않다. 우리가 지금 전쟁을 벌이게 된 이유를 기억하라. 짐은 너희처럼 귀족들을 죽이기는커녕 항상 교양 있게 배려한다. 따라서 너희에게 극심한 피해를 입은 서부를 생각해야만 한다."

"자멘테 후작은 저희의 사죄를 받아들였습니다. 그녀는 합리적인 사람입니다."

"……."

앙히에는 어수대의 말에 부연해야만 할 필요를 느꼈다.

"블랑쉬 젤로가 직접 자멘테 후작에게 엎드려 사죄했습니다."

"반응은?"

"후작은 흔쾌히 받아들이셨습니다."

자카리는 눈살을 찌푸렸다. 그는 무언가를 말할까 고민하는 듯했으며, 그것은 보다 개인적이었다.

"폐하……?"

"앙히에, 잠깐 나가 있어라. 무명이 안내해 줄 거다."

앙히에는 당황했다. 블랑쉬를 흘끗 바라보았다. 자카리는 무언의 질문을 이해한 듯 대답했다.

"그래. 어수대 말고, 너."

"예. 혹시 제가 나간 뒤 폐하의 안전을 위해—."

"무명이 지금 이 자리에 없다고 생각하느냐?"

그는 사람의 기척을 느끼지 못하곤 혼란스러워졌다. 그러나 지체할 틈이 없었다. 왕명이었다.

앙히에는 벌떡 일어서 예를 표했다.

두건을 끌어 내린 뒤 방을 나섰다.

소리 나지 않도록 문을 닫았다. 복도는 조용했으며, 무명은커녕 개미새끼 한 마리조차 없었다. 앙히에는 어리둥절한 채로 이곳저곳을 둘러보았다. 잉그레를 제집처럼 드나들던 자신이 보기에 이곳은 본디 집무실 용도로 지어진 곳이 아니었고, 따라서 소리가 문을 넘을 위험이 있었다. 자카리가 독대를 원했다면 이 망나니가 훔쳐 듣는 것을 기뻐하지 않을 것이다.

그는 투덜거리며 보다 큰 복도로 나가기로 결심했다. 무명이, 왕과 총사령관의 표장을 건 채 돌아다니는 수상한 두건잡이를 무시하지는 않겠지.

그는 중앙계단이 있는 방향으로 성큼성큼 걸어갔다. 시종이 여럿 곁을 지나갔다. 시녀들도 빠르게 걸음을 옮겼다. 그들은 왕의 술정을 의도적으로 무시하는 데 도가 튼 사람들이었다. 앙히에는 휘파람이라도 불 수 있겠다고 생각했다.

그러다 잠시 걸음을 멈췄다. 누군가가 계단 위에서 내려오고 있었다.

그녀는 지상층으로 가려는 듯 조심스레 계단을 타는 모양이었다. 아주 느렸다. 앙히에는 목까지 들어찬 말을 삼켰다. 배가 보름달처럼 부푼 사람이라면 그것보단 더 조심해야 해. 그는 그녀를 부축해 주고 싶었다. 오랜만에 보았기도 하지만, 자신이 그녀의 지난 산달에 방문했을 때 어떤 일이 있었는지를 기억했기 때문이었다.

그러나 고개를 더 깊이 숙이고, 단지 지나쳤다. 어쩌면 걸음은 좀 더 느려졌을지 모르겠다.

"……거기."

앙히에는 당황하지 않았다. 오히려 그녀가 완전히 모른 체했다면 더 놀랐을 것이다.

손목을 걷어 표장을 보여 주었다. 뒤돌아보지도, 어떤 말을 하지도 않은 채 다시 걸음을 뗐다. 상대가 자신의 등을 노려보는 것이 느껴졌다. 의혹에 찬 눈초리로, 그러나 죽은 사람을 상상하다니 내가 미친 게 분명하다는 시선으로 보고 있을 것이다.

그는 모퉁이를 꺾어 들어 숨었다.

앙히에는 그날 세 번째 복도에서 무명에게 붙잡혀 유폐되었다. 무명은 제 안전을 위한 조치라고 설명했지만 태도가 꽤나 불쾌했다. 그는 무명에게 썩은 양배추처럼 생겼다는 악담을 한 뒤 창문과 문을 모두 봉쇄당했다.

이틀 뒤 부름을 받았다. 다시 한번 얼굴을 가린 채 굽이굽이 숨겨진 방을 찾았다. 제 멋진 눈썰미를 감안했을 때, 무명은 이전과 같은 방을 되짚는 것이 틀림없었다. 앙히에는 그동안 블랑쉬 젤로와 폐하가 밤샘 토론이라도 했을지 미칠 듯이 궁금해했다. 또한 그 방에 도달했을 때 자신을 기다리는 것이 젤로의 목이고, 안타깝지만 너도 사지 중 몇 군데를 잘라야겠다는 말을 듣는 것은 아닐지 의심했다.

그는 긴장한 채 무명이 열어 주는 문을 바라보았다.

블랑쉬 젤로는 칼처럼 소파에 꽂혀 있었다. 그러니까, 살아 있었다.

앙히에는 자신이 실망했는지 안도했는지 모르겠다고 생각했다. 고개를 돌리자 창가에 앉은 자카리가 보였다. 꽤나 방탕한 태도였다. 두 사람 모두 마지막으로 봤을 때와 같은 옷이었다.

"앙히에, 이 건은 받아들인다."

마치 오늘 아침에는 포리지를 먹겠다는 말처럼 평이했다.

왕은 어깨를 으쓱였다.

"널 내쫓았다고 서운해하진 마라. 짐은 네 의견을 충분히 경청했다."

앙히에는 충동을 이기지 못하고 물어보았다.

"폐하께서 언급하셨듯 제 과거가 적절하지 못하고, 이번엔 심지어 적국의 왕을 만났기 때문에 저를 의심하시는 겁니까?"

"……그렇다기에 짐은 이틀 동안 어수대와 단둘이 있었는데. 짐은 옛날이나, 네가 살아 돌아온 지금이나 똑같은 생각이다. 짐에게 너는, 공작의 아우라는 위치만 제하면, 완전히 가용하지 않은 전력이야. 저 블랑쉬 젤로보다 무가치하지."

"저는 이번에도 잉그레의 표장을 잃어버렸습니다. 제 충성심은—."

"그걸 신경 쓴 사람은 네 형님밖에 없다."

"……."

자카리는 크게 하품을 했다.

"문서로 남기는 것은 불허한다. 이에 대해 우리 쪽에서 아는 이는 짐과 무명 몇, 너, 공작, 자멘테 후로 한정한다. 이외 누구에게도 공개할 수 없다. 관련인이 모조리 죽는다면 그대로 사라질 비밀일 것이다. 너도 땅에 묻힐 때까지 함구해야 한다."

"예, 명심하겠습니다."

"게외보르트 측에서는 관련된 어수대원 몇과 발터하임부르겐만이 안다. 우리는 자존심밖에 잃을 것이 없지만 저치들은 제 목줄이 쥐였으니 더 철저할 것이다. 그 부분은 믿어 의심치 않는다."

"……."

"너희는 당연하지만 레발로로 돌아간다. 젤로는 정보를 전달할 것이고, 너는…… 네 신상을 복구하기 위한 조치다."

"예?"

"네가 살았다고 공표해야 하지 않겠느냐. 돌아가는 길에선 굳이 얼굴을 감추지 마라. 블랑쉬 젤로가 남장을 하고 네 수하인 체하며 군영에 머무르는 게 좋겠다."

"저 얼굴에 남장을 시킨다고요?"

"짐이 멍청한 소리를 하는 사람 같나?"

"죄송합니다."

"너는 기사직이 싫어 또다시 도망친 망나니라고 생각해라. 갑작스레 현실 감각이 돌아와 형님을 보러 갔지만, 그가 분노하여 문전박대를 한 거지. 폐하께 진실을 고하고 돌아오기 전까진 받아 주지 않겠다고! 그러나 네가 잉그레에 방문하자 짐이 후하게 말했지. 형님에게 용서를 구하면 짐도 용서하겠노라. 그래서 형님 곁에서 잡일을 하며 그의 마음이 움직일 때까지 기다리는 거야. 물론 잠깐의 여행길 동안 얻은 부하를 버리지 못해 동행하는 아량도 보여 줘야겠지."

왕은 생각보다 신나게 제 변명을 만든 모양이었다.

"참, 죽은 두 종기사의 가문에는 짐이 직접 보상하겠네. 그들을 죽인 것은 감히 알로지아드에 출몰한 화적 떼였고, 그 화적 놈들은 무명이 평정했다. 시체는 아무 데서나 가져다 쓸 예정이야. 이야기는 잘 숙지했나?"

"……예."

"그래. 그럼 이제 그만 떠나."

"……."

앙히에는 왕에게 물어보고 싶은 내용이 너무 많았다. 그러나 어수대와 대화하기 위해 자신을 내쫓은 이유가 있을 것이다.

그는 마지막으로 제 속에서 가장 바보 같고 무해한 질문을 꼽기로 했다.

"그 전에 한 가지만 여쭤봐도 될지요?"

"해 봐."

"외르타에게 알려도 됩니까?"

"협정과 관련된 내용은 당연히 안 된다. 하지만 네가 살아 있다는 사실에 대해선 마음대로 해라……. 그 사람도 이만 알론조 캄비에서 나와야 할 텐데. 네가 죽은 것도 아니고, 짐이 사과해야 하는 내용도 있고……. 언제 한번 전갈을 보내야겠군. 아니, 짐이 직접 네가 살아 있다는 전갈을 보내겠네."

"……."

앙히에는 왕이 어떤 부분을 불편해하는지 잘 알고 있었다. 그가 본인의 잘못을 안다면, 구태여 이 자리에서 말을 꺼내 분위기를 망치고 싶지 않았다. 비록 자카리가 며칠 못 잔 듯 산만하게 굴고 있었지만, 지금 당장 자존심을 버리고 딤니팔의 이득을 취하려는 사람이었다. 앙히에는 그의 뒤끝 없는 결단력을 언제나 좋아했다.

"폐하, 명을 받잡아 최대한 빠르게 레발로로 돌아가겠습니다."

"좋은 자세야."

"감사합니다."

"무운을 비네."

"그보다는 사기꾼의 능력이 필요할 것 같습니다."

"이미 충분하잖나."

앙히에는 웃으며 잉그레의 예를 표했다.

발렌시아는 얼굴을 일그러뜨렸다.

"다시 한번 말해."

그는 경멸을 숨기지 못한 채 체세나를 바라보았다. 체세나는 실수를 깨닫곤 고개를 숙였다.

"죄송합니다."

"다시 한번 똑바로 말해."

"……자멘테 경, 너무 오랫동안 전장에서 떠나 계셨습니다."

"자멘테 경은 네가 종기사 표장을 지니고 있을 때부터 전장에 있었다. 너는 오늘부로 사령부에서 제명된다."

누군가 기침을 했다. 톨레도의 걱정스러운 시선이 느껴졌다. 그러나 이 순간 그 사소한 것에 신경 쓸 겨를이 없었다. 그는 제 곁에 있는 자멘테를 돌아보지 않으려 노력했다.

체세나는 십이공회의 손이었으나, 아무도 명령에 대적하지 못했다.

"체세나 경은 사령부 출입증을 반환하고 적기사단 휘하에서 대대장 지위를 받도록."

지방 귀족에 불과한 적기사단장 타타나가 체할 것 같은 표정을 지었다.

발렌시아는 한 사람 한 사람을 노려보았다.

"언사를 조심해라. 경들이 제정신이었다면 내가 주의를 줄 필요가 없었을 것이다. 그러나 리미니-마투넨 이후 사령부의 행동거지를 보자니 이 자리에 선 이들은 내 신뢰를 받을 자격이 없다. 첫째, 나와 자멘테 경의 선택이 아니었다면, 딤니팔은 리미니-마투넨에서 패배했다. 그 정도로 기초 체력과 지식이 부족했다. 경들의 무능을 명백히 드러내는 회전에 나는 차라리 감사해야겠노라 생각했다. 우리는 포티미외 전쟁 초반보다 더 부족한 상황이다."

숨소리조차 나지 않았다.

"둘째, 그렇게 우둔하게, 요행에 따라 승리했음에도 오만하기 짝이 없는 행동거지가 나를 실망하게 만든다. 첫 승리에 힘입어 다음 회전 또한 손쉬우리라 믿었나? 대체 경들은 어디서 전쟁 경험을 쌓았나? 눈의 방패?"

"……."

"셋째, 나는 자멘테 경에게 선을 넘은 발언을 몇 번 발견했다. 이번만큼은 몹시도 모욕적인 언사라 단죄했으나, 이것이 최초는 아니다. 너희가 반역을 꾀하는 것인지 궁금하군. 사투르니나 경, 본잘 경, 페자로 경. 탑에서 떨어진 광대처럼 내뱉기 전에 언동을 점검하라. 경들에게는 용병대가 받는 정도의 존중도 아깝다."

이번에는 십이공회의 손이 아닌, 십이공회원이 지적당했다. 본잘의 얼굴이 굳었다.

발렌시아는 서부 귀족들이 모두 자멘테와 같은 이해를 가지고 있으리라 생각했다. 그러나 본잘은 생각보다 더 어리석은 모양이었다. 자멘테가 명예 회복을 위해 얼마나 노력하고 있는지 무지한 채로, 똑같은 서부라면 왜 자신이 부사령관으로 선발되지 않았는지에 대해 불만을 가진 모양이었다. 발렌시아는 그의 유치한 마음가짐을 이해하지 못했다. 그러나 그것은 분명히 그 자리에 있었다.

톨레도와 눈이 마주쳤다.

"두 대가문 사이로 세 곳의 영지가 움직이는데 비밀로 할 수 있겠습니까?"

그는 여전히 개인적인 거래에 자멘테가 영향받는 이유를 몰랐다. 어떤 사정이 있는 줄 알고 감히 십이공회의 일원이자 전쟁에 걸맞은 평판을 갖춘, 자신이 직접 부사령관으로 임명한 사람을 얕잡는다는 말인가? 발렌시아는 리미니-마투넨 사건 이후 그녀의 부사령관 직위를 해제해도 다들 양식 있게 행동하리라 착각했다. 때문에 겁 없이 이를 제안했으나, 얼마 지나지 않은 지금 생각하기에는 자카리가 제 선택을 용납하지 않은 것이 아주 다행이었다. 저들은 자신이 다소 까다롭게 군다는 이유만으로도 함부로 행동하고 있었다.

"발렌시아 경, 발언을 허가해 주십시오."

발렌시아는 인상을 찌푸린 채 자멘테를 돌아보았다.

그녀에게는 아무 표정이 없었다. 평소의 자멘테와 똑같았다.

그는 고개를 끄덕였다.

"저는 불복종 죄를 물어, 체세나 경의 직위 해제를 원합니다."

"……."

"사령부 출입 권한을 부여하지 않는 것만으로는 부족합니다. 당장 오스페다로 복귀시켜야 합니다. 군의 기강을 다잡기 위해 필수적인 일입니다."

발렌시아는 그제야 그녀가, 자신이 첫 마디를 뗄 때까지 기다렸다는 사실을 깨달았다. 그간의 모욕을 민감하게 느꼈겠지만, 자신과의 개인적인 불화, 그리고 군의 위계서열을 존중하여 침묵한 것이다. 이제 총사령관이 인지했으니 그를 존중하여 처음으로 요청하는 듯했다.

그는 자멘테의 대처가 과하다고 생각했다. 그러나 이 순간 그녀를 거절할 수 없었다. 그녀를 말린다면 지금까지 자신이 쏟아부었던 일장 연설은 한 줌 재가 될 것이다. 짐작했어야 했다. 그녀는 백중일 형을 집행한 이가 아닌가.

"허가한다."

이번에야말로 사령부의 몇이 이를 드러냈다.

발렌시아는 그 모습에 아주 조금 남아 있던 미련을 버렸다. 그들이 지은 죄에 마땅한 벌을 받는 것이다. 지금 이 마음가짐이라면 사람을 죽여도 시원치 않았다.

"체세나 경, 당장 채비하여 군영을 떠나라. 솔 체세나에는 내가 직접 전갈을 쓰겠다."

"경, 감히 말씀을 올리자면—."

"'공작'이다."

그는 더 이상 그의 총사령관이 아니었다.

"결단을 숙고해 주시길 요청드립니다. 제가 짧은 식견으로 저지른 실수입니다. 다시는 같은 일이 일어나지 않을 것입니다. 죄송합니다, 자멘테 경. 제 입이 이곳이 군이라는 사실을 잠시 잊었습니다."

"방금 네 죄를 전부 고백한 셈이군. 오늘은 이만 파한다."

사령부는 우물쭈물 선 채로 주저했다.

"내가 사람을 죽이기라도 해야 말을 들을 텐가."

"……."

"톨레도 경, 체세나 경의 전출을 감독하라. 전부 나가."

가장자리에 있던 카스틸리오네의 포데스티가 천막을 걷었다. 그는 십이공회가 아니었기에 오스페다의 사정을 살필 필요가 없었다. 담백하게 복종하여, 그대로 떠났다. 그를 포함하여 이 자리에서 유이하게 십이공회가 아니었던 타타나는 중간지대에 있어 안절부절못하는 모습이었다. 나머지는 단지 주저하며 그를 바라보고 있었다.

발렌시아는 이 숨 막히는 위계를 참을 수 없었다.

그는 뒤돌아 사령부를 떠났다.

전쟁터에 와서도 정치 놀음에 눈치를 보는 사령부가 믿기지 않았다. 그는 급기야 자신이 총사령관으로 임명된 것이, 이번 전쟁에 포티미외보다 훨씬 많은 이해관계가 얽혀 있고, 이에 따라 더 많은 십이공회원이 출전하기 때문인 것은 아닌지 의심했다. 자신의 능력과는 전혀 상관이 없는 것이다.

개인 막사에 들어서자 본격적으로 화가 치솟았다. 제게 모든 책임을 떠넘기고 전리품 분배에 골몰하는 사령부에 진저리가 났다. 총사령관이라는 같잖은 자리에서 내려와 알론조 캄비로 도망가고 싶은 마음이었다.

발렌시아는 갑작스레 품속의 편지를 찾았다. 자멘테와의 갈등을 봉합한 뒤 보다 차분한 마음으로 외르타와 대화할 수 있기를 바랐다. 이 고단한 늪 끝에 그래도 그녀의 편지가 남아 있노라 생각했으며, 덕택에 항상 희망을 감춘 듯 단단했다.

그러나 더 이상 견딜 수 없었다. 최악의 상황에서 외르타를 마주한다는 사실을 알았으나, 희망을 뜯지 않고는 금방이라도 익사할 것 같았다.

그는 잔뜩 구겨진 편지를 열었다.

외르타는 발렌시아의 답장, 판의 소식, 바냐의 여행길 중 무엇이 먼저일지 궁금했다.

침대에 대자로 누워선 위를 바라보았다. 오래된 천장에는 곰보 자국 같은 홈이 여럿 패여 있었다. 그녀는 꽃점을 치듯 세기 시작했다. 발렌시아, 판, 바냐, 발렌시아, 판, 바냐……. 미신은 발렌시아를 꼽았다. 혹 편애하는 마음으로 잘못 센 것일까? 벌써 이십 일이 넘도록 연락이 없는데, 제 어설픈 희망이 스스로를 속였을지 모르겠다.

외르타는 베개 아래로 비죽이 튀어나온 발렌시아의 편지를 꺼냈다. 큰 의미가 있는 것은 아니었다. 단지 자주 읽는 글을 손 닿는 곳에 두려 했을 뿐이다.

그녀는 첫 번째 편지를 잘못 뽑곤 얼굴을 찡그렸다.

제가 혼처를 정했음을 말씀드립니다. 톨레도의 종가문, 미렘마 백의 장녀입니다.

이제 인정해야 했다. 서로 마음 상했던 부분을 극복한 뒤에도, 그녀는 발렌시아의 첫 번째 편지를 몹시 싫어했다. 그의 결혼 이야기가 자꾸만 눈에 밟혔다.

'나는 그의 결혼에 개의치 않는다.' 그토록 단호하게 거절했다면 당연한 일이다. 그렇지만 그가 자신에게 미련을 버리지 못한 상황에서 결혼하는 것이 건강할지 걱정했다. 그에게도, 리베 미렘마에게도 적절하지 않을 것 같았다…….

물론 네 일이 아니지, 외르타.

그녀는 편지를 내팽개치곤 뒹굴 굴렀다.

차가운 해 아래에서 사흘 동안 마른 이불은 버석버석 서늘한 냄새가 났다. 아무도 찾지 않는 삶은 평온했으나 조금 지루했다. 판의 작업물은 오래전에 첨삭했고, 도서관에서 빌린 책은 다 읽었고, 어제는 잠을 열네 시간 잤다. 옷장도 욕실도 잘 청소했으며, 뒤뜰에 있는 다 죽은 부엌으로 달걀을 요리해 보려 했으나 실패했다. 아무리 골똘히 생각해도 할 일이 없었다. 아주 완벽하게 자유로웠다.

누군가 창문을 두드렸다.

외르타는 바람보다 빠르게 일어서 달려갔다.

문을 벌컥 열자, 미처 떠나지 못한 사제가 몸을 뒤로 젖혔다. 그녀는 소식꾼이 얼마나 급히 자리를 뜨는지 알았기에 그보다 빨랐다는 사실이 조금 민망했다. 사제는 마지막 남은 친절처럼, 바닥에 내려 두었던 어떤 가벼운 포장을 건넸다. 포장 위에는 편지가 꽂혀 있었다.

외르타는 그 자리에서 겉봉투를 뜯었다.

겪으신 고통에 감히 드릴 말씀이 없습니다.

그것이 첫 문장이었다. 그는 심지어 안부를 묻지도 않았다.
외르타는 집 안에 들어가지 못한 채 천천히 주저앉았다.

외르타, 편지가 부담을 줄 것을 걱정하지 않으셨으면 좋겠습니다. 제게는 당신이 솔직하지 않은 것만이 상처가 됩니다. 당신의 진심을 죽음처럼 경청하고 있습니다. 이야기를 함으로써 회복하실 수 있다면 저는 기쁠 따름입니다. 아니, 그것만이 제 유일한 쓰임이 될 것입니다. 저를 궂은비에 잠시 머무르는 동굴로 여겨 주십시오.

수만 번의 칼질조차 노력하는 당신 한숨에 미치지 못합니다. 당신이 그처럼 어려운 과제를 지니고 있음을 누구보다 잘 압니다. 그것을 아주 조금이나마, 제 시쁜 행동으로 위로할 수 있어 다행입니다. 무거운 과거를 덜 수는 없겠지만 그보다 더 많은 기억을 드리고 싶습니다. 고통을 여러 겹의 아마포로 덮어 생의 어느 날 들추었을 때 먼지만 남아 있기를 소원합니다.

그녀는 쭈그려 앉아선 꿈쩍도 하지 않았다.

당신 곁에 머물고 싶습니다.

누구에게도 도움이 되지 않는 말씀을 드렸습니다. 이것이 청혼과 다를 바 없음을, 제가 그때와 똑같은 실수를 저지르고 있음을 압니다. 하지만 지난날을 그토록 자세히 기억하신다면 제가 드릴 수 있는 답은 이뿐입니다. 번견처럼 당신의 평온을 축내겠습니다.

진의를 오해하실 것이 두려워 말씀드립니다. 맹세컨대 저는 당신에게 다른 바람을 가지지 않았습니다. 단지 당신이 괴로운 시간에 말벗이 될 수 있기를 소원합니다. 가장 충실한 관계로 남겠습니다. 그러니 부족한 편지를 너그러이 인내해 주시면 감사하겠습니다.

편지 속 문장은 불안정한 쪽배처럼 돌아다녔다. 발렌시아는 마음과 다른 소리를 하느라 끔찍하게도 글을 못 쓰고 있었다. 외르타는 편지의 내용보다, 그가 얼마나 복받쳤는지, 얼마나 생각 없이 종이에 달려들었는지만을 기억했다.

총사령관직이 해제되는 즉각 당신에게 가겠습니다. 저는 오스페다보다 당신을 먼저 뵐 예정입니다. 물론 거절하시면 따르겠습니다만, 당신의 명을 받기 전까지 제 종착지는 알론조 캄비입니다.

부디 건강히 계시길 바랍니다.

저 역시 당신의 말에 위로받았으며, 금번 회전에서 부상 없이 승리했습니다.

발렌시아 마조레 기지 얀 미라이예.

편지는 끝났다.

외르타는 잠시 종이를 들고 있었다. 그에게 지금까지 받았던 글 중 가장 짧은 탓에 잠시 길을 잃었다. 한참 목마르던 와중 물이 동난 듯한 느낌이었다.

자신을 향한 위로가 부족하지는 않았다. 부족한 것은 그의 근황이었다. 아무래도 전쟁 중이기 때문이겠지만, 그가 자신의 이야기를 하지 않자 마음이 허전했다.

물론, 잠깐 흔들렸을 뿐이다. 그녀는 눈을 꾹 감은 채 편지를 껴안았다. 그의 말이 따듯할 수 있으리라곤 상상하지 못했다. 지금까지의 편지에서 그랬듯 적확하고 건조하게 위로할 수 있을지언정, 온기로 자신을 달랠 수 있을 줄 몰랐다.

그러나 이제 그는…….

외르타는 몸을 떼곤 글자를 바라보았다.

총사령관직이 해제되는 즉각 당신에게 가겠습니다.

거절할 생각은 없었다. 그러나 수락의 언어를 뱉기도 어려웠다. 외르타는 그가 제 반응을 짐작했을지 궁금했다. 거절도 수락도 하지 못하는 제 우유부단한 태도를 노렸을까?

그녀는 한숨을 내쉬었다.

"발렌시아……."

그녀는 편지를 응시하다가…… 마침내 일어섰다. 함께 온 작은 물건을 든 채 집 안으로 들어갔다.

물건을 탁자 위에 내려 두고 종이 포장을 뜯었다. 쪽지가 툭 떨어졌다.

캄비의 축복을 받은 새가 아니기에 책을 다시 돌려드리기 어렵습니다. 일부만 발췌하여 묶음으로 발송합니다. 총 열두 장이며, 모든 종이에 번호를 매겨 두었습니다.

그녀는 조용히 자리에 앉았다. 눈앞에 드러난 거친 종이 묶음을 매만졌다. 종이는 갈색 끈으로 단정히 묶여 있었는데, 그것마저 발렌시아처럼 느껴졌다.

종이를 펼치는 순간 감탄사를 내뱉었다. 제 새끼손톱만 한 글씨가 한 장을 빼곡히 메우고 있었다. 그녀는 그가 바쁜 시간을 쪼개 얼마나 고민했을지 알아 감동했다. 그리고 새가 들고 갈 수 있는 무게를 면밀히 계산하여 한 장에 최대한 많은 이야기를 욱여넣었다는 사실도 알아차렸다. 별수 없이 미소 지었다.

그녀는 속으로 읊조렸다.

'나는 결국 당신을 좋아해.'

그가 마지막 편지에서 답을 찾았기에, 드디어 자유롭게 그를 좋아한다고 말할 수 있었다.

외르타는 그간 발렌시아의 노력에 값을 치를 생각을 하지 않았다. 노력은 자기만족일 뿐이며, 게외보르트의 딸인 자신에게 중요한 것은 결과라고 믿었다. 그녀는 안타깝고 답답한 마음으로 벼랑 아래를 내려다보았고, 그는 영영 그 자리에 도달하지 못할 듯 아둔했다. 그러나 마침내 부서질 듯 악문 잇새 사이로 올바른 대답을 들은 것이다.

외르타는 그의 진심 어린 말에 위로받았다. 벼랑을 기어오른 사람과 가까스로 문명인처럼 손을 마주 잡았다. 이제 그와 차근차근 이야기하며, 자리를 옮겨 가며, 수천 개의 꼬인 매듭을 풀 수 있을 것만 같았다. 닫힌 동굴을 열어야만 숨겨진 황금을 발견할 수 있듯, 그가 답을 찾았기에 그간의 노력이 비로소 가치를 가졌다. 외르타는 발렌시아가 얼마나 애썼을지를 짐작하곤 감동했다.

답을 찾은 발렌시아를 신뢰했다. 더 이상 그가 무턱대고 자기 비하나 틀린 위로를 쏟아붓는다고 생각하지 않았다. 그의 모든 말은 자신을 향해 핏발 서 있었다. 그만큼 몸서리쳐지게 진심이었다.

그녀는 그가 남은 인생 동안 자신을 위해 선택할 사람이라는 사실을 깨달았다. 능력에 한계가 있어 실패할지언정 의도는 항상 곧을 것이다. 다시는 캄비 앞의 청혼처럼 그녀를, 그 스스로를 기만하지 않을 것이다.

이 신뢰와 애정은 이성 간의 것이라기엔 불분명하다. 적어도 외르타는 그렇게 이야기했다. 순전히 자신이 그 감정에 대해 잘 몰랐기 때문이다. 다만 그녀는 아직도 허리에 닿는 손을 기억하면 입 안이 바짝 마르는 사람이었다. 발렌시아가 명백히 욕심을 삼가고 있을 때에는 온몸의 신경이 곤두섰다. 금방이라도 도망갈 수 있도록 몸을 움츠리곤 했다.

그러나 그와 만난 지도 제법 시일이 지나지 않았나. 감각이 기억 속에 묻힌 덕에 그녀는 순간적으로 의심할 수 있었다. 관계하지 않으면 애정이 없는 거야? 그가 자신에게 원하는 것이 그뿐일 리 없다.

외르타는 천천히 종이를 내려 두었다.

크게 숨을 마시고, 다시 내쉬었다.

'그가 자신에게 원하는 것이 그뿐일 리 없다.'

외르타는 지금껏 그가 자신을 사랑한다면 정서적인 것을 넘어 육체적인 것을 바라리라 생각했다. 그가 자신에게 원하는 것이 '그뿐'일 리 없으므로. 그러나 그 문장이 갑자기 동전처럼 뒤집혔다. 그가 자신에게 애정을 가졌다면, 그가 원하는 것이 육체적인 것뿐일 리 없다. 어쩌면 일부일 수 있겠으나, 비 온 뒤 웅덩이처럼 가끔 고여 있을 뿐 평야의 광경은 되지 못하는 것이다.

'그가 원하는 것이 그뿐일 리 없다.' 문장은 항상 칼날처럼 그녀를 겨누고 있었다. 그러나 그것이 뒤집히자, 이제는 그녀가 자루를 쥐게 되었다. 당황했다.

저를 궂은비에 잠시 머무르는 동굴로 여겨 주십시오.

항상 그의 욕심을 겁냈다. 때문에 그가 애정의 티끌만큼이라도 드러내면 기겁해선 야단을 쳤다. 그것이 대화든, 편지든 상관없었다. 나에 대한 감정을 드러내기만 해 보라는 듯 도끼눈으로 몽둥이를 들고 있었다. 그랬기에 발렌시아는 자꾸만 감정을 숨기고, 다시 숨기고, 그러나 배어 나오고, 고통받고, 끝끝내 알론조 캄비의 사제들처럼, 진물처럼 말했다.

무거운 과거를 덜 수는 없겠지만 그보다 더 많은 기억을 드리고 싶습니다.

세상의 어떤 바보라도 이 문장에서 애정을 읽어 낼 수 있었다. 그는 이번 편지에서 감정을 감추는 데 완벽히 실패했다.

그러나 괜찮았다. 외르타는 그가 감정을 드러내도 겁나지 않았다. 겁나지 않는다는 것은, 그가 다가와도 된다는 뜻이었다. 아니, 자신이 다가가도 된다. 더 이상 가까워지는 것이, 애정을 표현하는 일이 두렵지 않았다.

외르타는 정리하지 않은 잡동사니를 걷어내며 책상으로 다가갔다. 종이를 꺼냈다.

당신 덕에 위로를 받았어. 당신에게만 위로를 받을 수 있어. 고마워.

길게 쓸 필요가 없었다. 외르타는 답장이 오지 않아도 괜찮다고 생각했다. 감정이 꽉 차서, 이미 충분했다.

웃음을 지우지 못한 채 덧붙였다.

기회가 닿을 때 내가 반드시 당신을 만나러 가마.
외르타.

그녀는 정말 나갈 심산이었다. 적절한 시점에 그를 만나기 위해 이 평온한 곳을 벗어날 준비가 되어 있었다. 여행이야말로 자신이 발렌시아를 허락하기 위해 필요한 첫걸음이라고 믿었다.

그녀는 그를 만나러 갈 것이다. 아주 멀리, 혹은 아주 가까이. 전쟁의 끄트머리에서, 제 감정의 시작에서.

외르타는 짧은 편지를 접었다.

사투르니나는 조마조마하게 금일의 패배를 보고했다. 총사령관은 쇳덩이 같은 얼굴로 상황을 경청한 뒤, 끔찍한 벌을 몇 가지 내렸다. 그러나 여섯 번을 연속으로 졌다면 더할 말이 없을 정도로 단지 민망할 따름이었다.

최근 딤니팔은 몇천 단위의 전투에서 미친 듯이 무너지고 있었다. 이런 평야에서 작은 전투를 치른다면, 사령부 전술에 의지하기보다는 대대의 용맹, 순발력이 큰 역할을 차지한다. 사투르니나는 한숨 속에서 인정했다. 우리는 포티미외군보다 무능하다. 너무 많은 소속과 입들이 종알거리고 있었다.

그는 서릿발 같은 분위기에서 튕겨져 나왔다. 돌멩이를 걷어찼다.

"사령부 절반만 타타나 경과 포데스티 경 같았어도……."

"입조심하게."

그는 거의 딸꾹질을 할 뻔했다. 자신이 줄의 마지막이었기에 누가 이 자리를 지키고 있으리라는 생각을 하지 못했다. 그는 몸을 돌려 톨레도 경을 확인한 뒤에야 가슴을 쓸어내렸다.

"그러지 마십시오. 죽는 줄 알았습니다."

"내가 아닐 수도 있었네. 조심 좀 하게."

"죄다 연공서열로 올라가선—."

"경!"

톨레도는 속삭이듯 호통쳤다.

사투르니나는 투덜대며 길 한쪽을 가리켰다. 그들은 서로가 이야기를 나누기 위해 어디로 가야 하는지 잘 알았다.

그들은 곧 마구간에 들어왔다. 저녁잠을 방해받은 말들이 투루루거렸다.

"이번이 회전 이후 여섯 번째 패배입니다. 전 뭘 어떻게 해야 할지 모르겠습니다."

"포티미외와 달라진 건 십이공회원이 몇 명 더 참여했고, 소속들이 좀 더 다양하다는 점밖에 없네. 불평하지 말게. 특히 남 탓하지 말고. 우리 능력이 부족해서야."

"제가 타타나 경이었으면 사령부에 불을 질렀을 겁니다. 물론 짚단에는 경과 저도 포함됩니다."

톨레도가 인상을 찌푸렸다.

"십이공회를 다 태워 버려야 성에 찬다는 말인가?"

"발렌시아 경께서 체세나 경을 내쫓으셨을 때 솔직히 엄청나게 투덜댔습니다. 저희가 다양한 세력 간의 합을 맞추기 위해 얼마나 애썼는데 그런 모욕을 주시다니, 말도 안 된다고 생각했습니다. 포티미외에서의 발렌시아 경을 떠올리곤, 왜 이번엔 이렇게 경우가 없으신지 도무지 이해가 안 간다고 불평했습니다."

"그 말도 지금처럼 내가 들었지."

"그런데 육연패……. 저희가 멍청하다는 사실이 옳았으니……. 이제 저는 사령부가 더 불안합니다. 몇 명은 여전히 자멘테 경을 못 미더워하고, 몇 명은 서부를 싫어하고, 몇 명은 그냥 정신을 못 차리고, 나머지는 고래 싸움에 등이 터지고 있고……."

"제발, 말 좀 조심하게. 경이 이야기하는 '몇 명'에 십이공회원이 있다는 사실을 잊었나?"

"체할 것 같아요. 십이공회가 여섯입니다. 십이공회의 절반이 여기에 있다는 말입니다. 발렌시아 경, 자멘테 경, 브레타냐 경, 본잘 경, 루틸로 경, 페자로 경. 아예 불참한 그나시오와 안니발레를 제외하면 저와 경, 체세나, 데군다만 꼬맹이들을 보냈습니다. 그나마도 체세나 경은 이제 안 계시지요."

"내가 꼬맹이인 것 같지는 않네."

"포티미와 때는 십이공회원이 적었습니다. 사령부에서 입을 여는 게 훨씬 기분 좋은 일이었다고요."

"경은 요지를 잘못 파악하고 있어. 십이공회가 많고 또 멍청해서 우리가 패배하고 있는 게 아니네. 아직 딤니팔 군이 모인 지 얼마 되지 않았고, 적들은 최근 내전으로 경험을 쌓았다는 사실을 경이 일부러 누락했지 않나. 심지어 딤니팔은 첫 회전에서 대승을 거두었네."

"예. 하지만 그때 발렌시아 경께서는 승리하고도 사령부를 탓하셨지 않습니까? 회전 이후론 저희가 개별 전투에서 착실히 무능력을 증명하고 있고요. 사기를 진작하기에 좋은 상황 같지는 않습니다."

"경은 여전히 잘못 생각하고 있어. 온전히 우리 잘못으로 지는 것은 아닐세. 발렌시아 경께서도 틀린 판단을 하실 때가 있네. 오늘만 해도 적기사단을 부적절한 순간에 철수시키셨지 않나? 적기사단이 반 시간만 더 있었어도 전투의 향방이 바뀌었을 것이네."

사투르니나는 당황한 시선으로 톨레도를 바라보았다.

"그러면 지금 저희도 엉망이고, 발렌시아 경도 엉망이라는 말씀이십니까?"

톨레도는 이마를 짚었다.

"아니. 우리는 지금 예열 중이니, 경이 자학에 가까운 헛소리를 그만했으면 좋겠다는 말이지."

"저희가 머리부터 흔들리고 있다는 게 제 생각만은 아닙니다. 물론 군의 십이공회가 다 죽어야 한다는 건 제 생각입니다."

"내가 이런 유치한 불평을 하나하나 들어 주고 있을 수는 없어. 경도 정신을 차려야 하네. 매 전투를 복기하고 어떻게 발전할 수 있을지 연구해야 하네. 말로만 포데스티 경, 타타나 경 운운하지 말고 정말 가서 사사하게. 경이 그들을 존중한다면 배움을 구할 수 있겠지."

사투르니나는 처음으로 진지하게 고개를 끄덕였다.

"훌륭한 제안이십니다."

"제발 다음 전투에선 좀 덜 죽어 보게."

"예."

"사령부에 불지르지 말게."

"예."

"쉬게. 오늘 고생했네."

사투르니나는 톨레도에게 짧게 묵례하곤 마구간을 나섰다.

톨레도는 깨어 있는 말 몇 마리를 쓰다듬어 준 뒤, 조금 지나 천막을 떠났다. 곧장 사령부로 향했다.

"발렌시아 경, 톨레도입니다."

잠깐의 정적 뒤, 들어오라는 소음이 들렸다.

톨레도는 기이한 것을 보는 기분이 되어 나란히 앉은 발렌시아와 자멘테를 바라보았다. 그들은 마주 보고 앉은 두 개의 석상 같았다. 아주 단단히 굳어 있었다. 그는 방금 전 사투르니나에게 자신만만하게 다짐했던 말과 달리 앞날이 캄캄해지는 것을 느꼈다.

"분부하신 내용 보고드립니다."

"……."

"사기가 좋지는 않습니다. 육연패를 한 뒤라면 마땅히 그래야 하지만, 그럼에도 위험 수준이라고 생각합니다. 다들 제가 경께 보고드린다는 사실을 알 텐데도 직설적으로 불만을 토로했습니다. 방금 전 사투르니나 경은 사령부에서 십이공회가 사라졌으면 좋겠다는 말까지 하더군요. 지도指導가 마음에 들지 않는다는 이야기를 감히 꺼낼 지경이었습니다."

"……."

"체세나 경을 제명하신 지금에 이르러선 오히려 경께 불만이 들리길 바라는 것 같습니다. 다들 민감합니다. 제게 불평하지 않은 사람은 단 두 명인데, 아마 아실 겁니다."

"포데스티 경, 타타나 경."

"예. 맞습니다. 두 사람만 제외하고 십이공회원은 죄다……."

그는 '나불댔다'는 표현 외에 다른 것을 찾지 못하고 잠시 헤맸다.

"이해했다."

"감사합니다. 어려우시겠지만 저희에게 전투의 승리를 되찾아 주셔야 합니다. 다시 승리한다면 저희도 언제 풀이 죽었냐는 듯 공로에 취할 겁니다."

"소규모 평원 전투의 승패는 용맹과 순발력에 달려 있다. 내가 관여할 수 있는 여지가 적다."

"압니다, 경……. 그렇기에 어려우실 것이라고 말씀드렸습니다. 하지만 부탁드립니다."

"그 외의 것도 보고해."

"……다들 여전히 자멘테 경을 의심하고 있습니다. 체세나 경을 엄벌하신 이후에도 전혀 변하지 않았습니다. 죄송합니다, 자멘테 경."

자멘테는 고개를 끄덕였다.

"다행히 아직까지 발렌시아 경께 불만을 품은 사람은 없습니다. 전쟁보다 지주의 권력에 더 익숙한 십이공회원이 넷이나 되는데도, 경이 체세나 경을 내쫓으신 뒤에도, 그분들은 아직 경을 믿고 있습니다. 경이 지금껏 쌓아 오신 과업을 존중하시는 것으로 판단됩니다."

"……."

"그러나 십이공회원을 다스리시려면 여전히 큰 승리가 필요합니다. 근시일 안에 정말 괜찮은 승리가 필요합니다. 육연패는 어렵습니다.

아니면 적어도, 자멘테 경, 경께서 서부를 설득하셔야 합니다. 서부가 좀 덜 발언하도록, 주변에서 경계하지 않도록 그들을 억제하셔야 합니다. 본잘 경, 브레타냐 경과 막역한 사이시지 않습니까."

"그 사실을 이 전쟁터에서 몇 번 의심하게 되었지."

톨레도는 깊은 한숨을 내쉬었다.

"제가 연락꾼 역할을 하는 데에도 한계가 있습니다. 경, 사령부가 바스라지고 있습니다……. 승리가 필요합니다. 저희가 유일하게 가졌던 승리는 경께서 짓밟으셨습니다."

"경도 그 사실에 불만이 있는 것처럼 들리는군."

"당연히 불만이— 아닙니다. 없습니다."

"내 말이 틀렸나?"

"사실을 떠나 구태여 저희 사기를 죽이실 이유는 없었습니다."

"사령부는 주제 파악을 해야 했다."

그는 이마를 짚고 싶었다. 적어도 다른 사령부 일원을 대할 때에는 격 없이 한숨을 쉴 수라도 있었지, 지금 자신 앞의 두 사람은 완전히 돌벽이었다. 한 사람은 경원시당하는 벽이고, 한 사람은 경멸당하는 벽. 톨레도는 그나시오가 그리웠다. 총사령관과 부사령관 중 하나는 '대화'를 하는 사람이어야 했다. 대화를 하지 않으면, 적어도 승리를 주어야 했다.

"더 이상 보고할 내용이 없으면 나가라."

"예."

"고생했다."

"아닙니다. 쉬십시오."

발렌시아는 고개 숙인 채 나가는 톨레도를 바라보았다. 그가 머리로 천을 걷고 나가는 모습은 아주 볼썽사나웠다.

그는 탁자를 몇 번 두드렸다.

"경, 더 논의하실 일이 있습니까?"

자멘테는 이미 반쯤 일어서 있었다. 그러나 손을 들어 막았다.

"톨레도 경에게 사령부 동향을 보고받은 뒤 이야기하려 했다. 나는 오늘 전투 직후 잉그레에서 허가를 받았다."

"……."

그는 그녀 앞으로 종이를 밀었다.

이야기는 들었네. 모든 내용을 진실로 믿고 잘 사용할 것을 잉그레가 명하네. 전선은 스트레파르로, 위반할 시 모든 내용이 공개되네. 그 이상 가는 치욕이 없단 점을 잘 알 걸세. 자세한 내용은 인편이 전달할 테니 새겨듣게.

내용은 간결했다. 자멘테는 종이를 접으며 자리에 앉았다.

"경께서 연패하도록 둔 것에 성과가 있으시길 바랍니다. 아무튼 게외보르트는 전혀 눈치채지 못했을 겁니다."

"이제 게외보르트는 문제가 되지 않는다. 사령부가 이렇게까지 빠르게 무너질 줄은 몰랐다. 내 계산 착오다."

"걱정하지 마십시오. 경이라면 다시 고삐를 쥐실 수 있을 겁니다."

발렌시아는 잠시 시선을 돌려 그녀를 바라보았다. 그녀의 말은 어딘가 이상했다. 자신을 존중하는 듯하면서도 얕잡고 있었다. '경이라면' 하실 수 있을 겁니다. 마치 본인은 할 수 없다는 듯.

"톨레도 경이 지적했듯, 사령부는 지금 가장 하찮은 승리에도 만족할 것이다."

"경께서 가진 권위로 승리를 부여하십시오. 따르겠습니다."

여전히 이상했다. 이제 그도 게외보르트에서 정보를 받아 수행할 뿐인 꼭두각시인데, 우리 사이에 무엇이 다르다는 말인가? 왜 자신은 가능하고 본인은 어렵다는 것인가? 단순히 총사령관을 예우하는 말인가?

발렌시아는 마침내 물었다.

"마치 나 혼자 이길 수 있다는 듯이 말하는군, 자멘테 경. 그러나 우리 손에 쥐인 정보는 동일하다. 우리는 정확히 동일한 능력을 가지고 있다. 그러니 나만이 승리할 수 있다는 말은 옳지 않다."

"경의 능력을 존중해서 드린 말씀이 아닙니다."

상대는 예상보다 정직했다.

"그렇다면 총사령관이라는 지위인가?"

"아닙니다."

자멘테는 일어서 사령관의 책상으로 다가갔다. 두 사람이 공유하는 보관함을 열고, 두터운 종이 묶음을 꺼냈다. 발렌시아는 그녀가 자신의 말을 무시할 작정임을 깨달았다.

그녀는 블랑쉬 젤로의 밀고를 들고 와 자리에 내려놓았다.

"절반씩 나누어 보시지요."

"경은 나를 존중하지 않는군."

"제가 앞을 가져가겠습니다."

"경은 내가 미라이예를 가벼이 여긴다고 말했다."

"잡담할 시간이 없습니다."

"경에게 질문하고 있다."

자멘테는 종이를 절반 덜어 가며 말했다.

"제게 답할 의무가 없다고 말씀드릴 수도 있을 겁니다. 하지만 경께서 체세나 경에 대한 부탁을 들어주셨으니 답하겠습니다. 제 대답은 지난번과 다르지 않습니다. 경께서 가벼이 여기는 모든 것들과, 당연히 누리는 어떤 것들이 제게는 전부입니다. 이것이 선문답처럼 들리신다면, 경께선 사정을 모르는 것입니다."

발렌시아는 침묵했다. 알 듯 모를 듯 했다. 그는 외르타와 앙히에를 넘어선 누군가에 대해 생각하는 것이 생소했다. 옛날이라면 상상조차 할 수 없었을 것이다. 그러나 이제는 적어도 장님처럼 더듬어 가고 있었다.

"중요한 정보는 따로 정리하겠습니다. 어수대가 영리하게도 분류별로 나누어 두었는데, 각기 정리하면 적절한 전략을 떠올릴 수 있을 것 같습니다. 어떻게 생각하십니까?"

"그렇게 하겠다. 경은 내가 이해하길 바라고 설명하는 건가?"

"아니요. 질문하셨기에 대답한 겁니다. 저는 단 한 번도 경의 이해를 구한 적이 없습니다. 그것은 비굴한 일입니다."

"……."

"잉크를 건네주시겠습니까?"

그는 유리병을 살짝 밀었다.

"경은 꾸준히, 능력이 아닌 다른 이유 때문에 내가 승리하는 것이라고 암시했다. 그 기저에 깔린 함의가 불쾌하다."

"그만하십시오. 서로에게 겸연쩍습니다."

그는 실수를 알면서도 말했다. 아마 그녀의 대답이 궁금했기 때문이리라.

"무타스 디무어는 경과 비슷한 사람이었지만 나를 존중했다. 무엇이 다른지 모르겠군."

그제야 청산유수처럼 흘러나오던 말이 뚝 끊겼다. 고개를 돌리자, 자멘테가 눈을 감고 있었다. 그녀는 무언가를 참고 있는 듯 보였다. 그러나 그것도 순간, 다시 시선이 팽팽해졌다.

"무타스 디무어는 자살한 딤니팔의 주적입니다. 부적절한 주제입니다."

"그녀는 딤니팔에 패배했다. 우리에게 패배한 적은 언제나 적절하다."

"경, 경은 무타스 디무어도 저도 이해하지 못하십니다. 이해하지 못하는 두 사람을 비슷하다고 하시다니, 저희 모두에게 무례한 일이라고 생각합니다.”

“내가 경을 모를 수는 있다. 하지만 무타스 디무어는 몇 년 동안 맞수로 싸운 상대다. 당연히 경보다는 내가 잘 알겠지.”

“아니요.”

자멘테는 완강했다.

발렌시아는 사실 대화를 시작하며 그들이 닮았다고 생각하지 않았다. 혹 닮았노라 생각했더라도, 스쳐 지나가는 일광 같은 감상이었을 것이다. 그러나 자멘테가 철문을 닫고 돌아서자, 그제야 자신이 어떤 핵심을 짚었다는 사실을 깨달았다.

그는 옛날 디무어와 자신이 같은 위치에서, 편평한 접시 위에서 겨룬다고 믿었다. 그가 그녀를 존중했기에 모든 이가 그녀의 능력에 걸맞은 대우를 하리라 생각했다. 그러나 그녀는 적을 다스리고도 휘하를 다스리지 못한 사람이었다. 디무어는 그에게 이해당하기를 거부했다. 마지막은 세상에 바치는 조롱 같은 자살이었다.

그는 자멘테와 자신이 같은 십이공회라는 위치에서 평등한 우두머리라고 생각했다. 그가 그녀의 능력, 서부의 이해관계를 합리적으로 고려하여 부관으로 임명했기에, 모든 이가 그녀의 능력에 걸맞은 대우를 하리라 생각했다. 그러나 그녀는 총사령관을 설득하고도 휘하를 설득하지 못한 사람이었다. 자멘테는 그에게 이해당하기를 거부했다. 빗장을 닫아걸었다.

물론 자멘테는 절대 자살하지 않을 것이다. 그녀는 오히려 사람을 죽였다. 발렌시아는 이 차이가 자멘테를 더 질기게 만든 힘인지 의심했다.

그러나 그들 간의 공통점도 모르는 사람이 차이를 짐작하는 데에는 한계가 있는 법이다.

그는 인상을 찌푸린 채 종이로 고개를 숙였다. 왜 디무어를 주제로 꺼냈을까. 이해하기 힘들었다. 정말 저열하게도, 같은 여성이라 떠올렸을까? 그렇다면 두 사람에게 너무나 모욕적인 일이 될 것이다. 그토록 유능한 두 사람을 묶는 고리를 단 하나밖에 발견하지 못했다면 이는 제 상상력이 결핍되었기 때문이리라.

"발렌시아 경, 혹시 트리흐트 관련 문서를 가지고 계십니까?"

"……조금 더 뒤에 있다. 아직 확인하지 못했다."

"예츠트에서 트리흐트로 인원이 사천오백 차출되었다는 항목을 발견했습니다. 갑작스럽고 이상한 일입니다만, 연유가 상세하지 않습니다. 혹시 트리흐트 구간에 설명되어 있다면 말씀 부탁드립니다."

"알겠다."

"예. 경, 그리고 다시는 제게 사적으로 질문하지 마십시오. 저희가 갇힌 명령 체계에서조차 상관이 사적인 질문을 강요할 권한은 없습니다."

"미안하다."

"예. 차라리 명예로운 질문을 하십시오. 제게 왜 싸우는지 하문하십시오. 그렇다면 저는 지난번처럼 대답할 겁니다. 저는 자멘테를 위해, 서부의 수장을 위해 무슨 짓이라도 불사하겠습니다."

그러나 발렌시아는 아직도 사적인 질문을 상상하고 있었다. 그는 자멘테와 디무어가 왜 목숨을 걸고 있는지 모르겠다고 생각했다. 자신이 특별히 무감한 사람일 수도 있지만, 제 기억 속 총사령관이었던 톨레도 노백작이나, 직전에 저를 보좌한 그나시오를 떠올리자면 모두 여유로운 이들이었다. 이미 십이공회라는 자리를 가진 상황에서 굳이 능력을 증명할 필요가 없는 사람들이었다. 자멘테 역시 마찬가지가 아닌가. 서부의 맹주라는 자리는 보검처럼 이어져 내려온 것이고, 그녀가 특별히 목숨 걸어 숫돌에 갈 필요는 없었다. 무엇이 그녀를 저토록 절박하게 만드는지 몰라 의아했다.

"자멘테의 무궁한 영광과 제 후계를 위해 노력하고 있습니다."

발렌시아는 자신이 미라이예의 무궁한 영광과 자신의 후계를 위해 노력하고 있다고 말하는 광경을 떠올렸다. 바보 천치 같았다.

"또한 폐하께서 내리신 터울이 안전하지 않았다면 자멘테는 결단코 이 자리에 오르지 못했을 것입니다. 그 영구한 빛을 떠올리며 잉그레에 충성을 바칩니다."

발렌시아에게 가문은 만성 통증 같은 것이었다. 있는 듯 없는 듯 존재하다가, 자신이 예상하지 못할 때 닥치는 짜증스러운 고통이었다. 한 몸이기에 버릴 수 없어 제 손으로 뺨을 때리며 살았다.

"충분한 답이 되셨으리라 믿습니다."

그는 하나도 이해하지 못했다. 그러나 침묵으로 긍정했다.

자멘테는 만족스러운 듯 고개를 끄덕였다.

발렌시아는 정적 속에서 기억을 되짚었다. 자멘테는 말했다. 그가 가벼이 여기는 것들, 당연히 누리는 것들이 자신에게는 전부라고. 그리고 이 문장은 아주 현실적인 이야기라고.

문득 종이 한 장을 들추었다. 다음 장으로 넘어갔다.

발렌시아는 자신이 가벼이 여기는 가문과, 총사령관이라는 직위를 떠올렸다. 반면 자멘테는 처음부터 끝까지 가문을 강조하고 있었다. 얼기설기 매인 밧줄처럼 생각했다. 왜 내게 하찮은 것이 그녀에게 그토록 중요한가.

"경, 혹시 군사와 같이 편제된 어수대에 대한 이야기가 있으면 부탁드립니다."

"그래."

다시 침묵이 흘렀다.

발렌시아는 게외보르트 군과 딤니팔 서부와의 관계를 설명하는 부분에서 멈추었다. 블랑쉬 젤로의 문체는 아주 건조했으나, 암시하는 바가 있었다. 그는 문득 생각난 것처럼 말했다.

"톨레도 경의 말을 경청했을 것이다. 사투르니나 경은 십이공회 전체가 아니라, 서부를 싫어하고 있다. 페자로 경과 루틸로 경이 불만을 조장했을 가능성도 적지 않다."

"……압니다."

"또한 그 수장인 경에게 집안 단속을 잘 시키라는 경고를 보내고 있다. 이미 경이 서부를 제어하기 어려워졌다는 사실을 알고도 다짐시키는 것이다."

"예."

"내가 경을 다시 신뢰하기 시작한 뒤에도 서부가 고집을 피우고 있던가? 체세나를 제명한 뒤에도?"

"상황이 어렵습니다."

"내가 경이 아니라 본잘 경이나 브레타냐 경을 부관으로 임명해야 했나?"

자멘테는 입을 다물었다. 발렌시아는 그녀가 화를 낼 줄 알았다. 순간적으로 침묵이 흐르자 당황했다.

"작금에 이르러 냉정하게 봤을 때, 경께서 다른 두 사람 중 하나를 선택하셨더라면 서부가 보다 부드럽게 일을 진행할 수 있었을 것 같습니다. 이 정도로 저항이 심할 줄은 몰랐습니다."

"……내가 경 대신에 경험이 일천한 두 사람 중 하나를 선택해야 했다고? 그것이 이 전쟁에 도움이 되리라 믿나?"

"어차피 게외보르트의 정보로 승리를 얻는다면—."

"까막눈에게는 글을 쓰라고 명할 수 없다."

"말씀이 과하십니다. 그 정도는 아닙니다."

"나는 최선을 선택했다. 잘못되지 않았다. 경이 선을 넘은 뒤에도 여전히 그렇게 생각한다."

"저도 저 개인이 최선이라는 점에는 동의합니다만, 공리公利를 보았을 때에도 이것이 최선이었을지는 미심쩍습니다. 사람의 능력이 크게 중요하지 않은 경우도 있습니다."

발렌시아는 미라이예가 한순간 자멘테를 의심하여 터진 갈등이 이 정도로 큰 파장을 부를지 몰랐다. 아주 작은 단검이었다. 사소한 상처였다. 그러나 저 자존심 강한 자멘테가 결국 자신보다 다른 사람을 선택하는 편이 나았으리라 말하는 것이다.

오히려 그 말에는 그녀보다 그가 더 불쾌해했다. 한 사람을 선택했다고 끝까지 무조건 믿어야 할 필요는 없지 않은가. 상황에 따라 다툴 수도 있는데, 언쟁을 벌인 뒤 왜 한 사람만 영구적으로 손상을 입는지 이해할 수 없었다. 미라이예와 자멘테는 잉그레에선 아주 공평한 땅에 서 있었다. 우리는 심지어 빠르게 앙금을 털어 냈는데, 사람들의 시선은 전혀 변하지 않았다.

"발렌시아 경, 사투르니나 경이 그리 말했다면, 아마 곧 더 많은 입이 이 전쟁에서 서부의 '과한' 욕심을 지적할 겁니다. 저희가 얻을 이득이 보일 때마다 들고 일어날 겁니다. 제가 부사령관이고, 또한 이미 미라이예와의 마찰이 표면화되었기에 피할 수 없는 일입니다. 사욕으로 국력을 동원하는 주제에 균형을 지키는 미라이예의 충고조차 듣지 않는다고 말할 겁니다."

"장난감 병정도 다루지 못하는 청맹과니들이……."

"경, 피할 수 없습니다. 저는 대비하고 있습니다. 하지만 쉽지 않을 겁니다. 본잘과 브레타냐가 자멘테를 전폭적으로 지지하지 않는 상황에서는 더욱 그렇습니다. 제 영지에 대한 사정을 모르니 어쩔 수 없습니다만, 스스로 쌓은 신뢰가 다소 얄팍했다는 생각은 듭니다."

"……."

"그래서 대승적으로 말씀드린 겁니다. 만일이란 없지만, 브레타냐 경이나 본잘 경을 임명하셨더라면 이야기가 조금 달랐을 것이라고요. 그들은 저처럼 어수대의 정보를 불법적으로 이용하여 경과 마찰을 빚지 않았을 겁니다. 또한 경의 공격에 이 정도로 취약하지 않았을 겁니다."

"스스로 한 행동을 후회하나?"

"아니요. 저는 두 번이고 세 번이고 같은 짓을 할 수 있습니다."

"'만일'이 없다면?"

"지금의 저는 부사령관직을 놓지 않을 겁니다. 어떤 오명을 쓰든 이 자리에서 승리를 보겠습니다. 서부의 이득을 계산하는 것은 그다음입니다."

"내가 협조해야 하나?"

"전승을 원하시고, 경의 선택에 후회하지 않으시려면, 그렇습니다."

"나는 전승을 원한다. 게외보르트에 받아 낼 것이 있다."

"그렇다면 어렵겠지만 협조해 주십시오."

"내 선택을 후회하지 않아야겠군."

당신 덕에 위로를 받았어. 당신에게만 위로를 받을 수 있어. 고마워.

기회가 닿을 때 내가 반드시 당신을 만나러 가마.

외르타.

편지는 외르타의 진심이었다.

발렌시아는 마침내 긴 한숨을 내뱉었다. 그들은 이 이상 서간을 주고받을 필요가 없었다. 영원히 그녀의 동굴이 되겠다던 지난 고백은 사실 청혼에 가까웠다. 외르타는 종이 위로 사랑을 읽고도 당신을 허락하겠노라 말했다. 그가 숨기지 못해 벅차 했던 감정을 받아들였다. 뼈가 드러난 애정을 포옹했다.

외르타는 그녀의 선언처럼 때가 오면 캄비를 떠날 것이다. 호수는 삶의 쉼표에 불과했다는 듯, 그 고통을 겪고도 다시 바깥 물살을 헤치고 나올 것이다. 자신을 만나기 위해, 자신의 위로가 그녀에게 의미 있었기에.

발렌시아는 이미 외르타의 발에 입을 맞추었다. 그들을 가로막는 것은 수십 밤의 거리뿐이었다.

그는 천천히 종이를 책상에 떨어뜨렸다.

외르타는 가장 아픈 상처에 제 입김을 허락했다. 애정을 받아들였다. 자신이 그녀에게 가기 전 그녀가 먼저 다가오겠다고 선언했다. 항상 단호한 사람이라면, 세상에 나온 글이 어느 정도의 각오일지 짐작하기 쉬웠다. 발렌시아는 외르타가 자신에게 무엇을 허락할지 알았다.

연인이 될 수도 있었다.

이것은 상상이 아니었다. 그녀가 직접 건넨 말이었다.

이 순간이 닥치면 기쁠 것이라고 생각했다. 그러나 어쩐지 기분이 이상했다.

사랑하는 사람이 이겨 낸 역경에 비해 자신은 지나치게 부족했다. 외르타는 적을 죽였고, 딸의 죽음을 극복했고, 새로운 사람들을 만났고, 상처를 이야기했으며, 마침내 새로운 애정에 손을 얹었다. 반면 자신은 포티미외를 떠났을 적에 비해 바뀐 것이 없었다. 외르타와 앙히에를 이해한 것은 단지 제 마음에서 비롯되었을 뿐이며, 실제로는 티끌만큼도 움직이지 않았다. 그는 여전히 '발렌시아 마조레 기지 얀 미라이예' 그대로, 전쟁의 총사령관이자 미라이예 공작으로 남아 있었다.

발렌시아는 제 마음이 바뀌었다는 사실만으로 그녀에게 낯이 설지 모르겠다고 생각했다. 귀한 손님을 맞이할 준비가 되지 않은 무지렁이 같았다. 그녀가 성은을 내리자 초조해졌다.

새 종이를 꺼냈지만 펜을 들지 못했다.

변하지도, 포기하지도 않은 인간. 이번 전쟁에서 승리한 뒤 그녀와 만난들 청혼을 거절당했던 당시의 자신과 무엇이 다르겠는가. 죽은 시체가 되어 그녀에게 가긴 부끄러웠다.

그는 이제야 지금껏 제 감정이 수치스러웠던 이유를 깨달았다. 결국 스스로를 한 번도 바꾸거나 희생하지 않았으므로, 내심 무례한 애정이라는 사실을 알았던 것이다. 그녀는 고통을 겪고도 마음을 열었다. 그렇다면 나는 어떻게 바뀌었기에 그녀의 마음을 얻은 것인가. 변하지 않았다면, 여전히 그녀만 내게로 걸어오고 있나.

발렌시아는 자리에서 일어섰다.

물론 그녀에게 답장할 것이다. 삼천군도와 북부 산맥에 겨울이 닥칠 때까지 당신을 사랑한다고 고백하리라. 영영 혼인하지 않아도, 후계를 꿈꾸지 않아도 좋으니 당신이 나를 독점하길 바란다고 말할 것이다.

그러나 이번에는 실수하지 않을 작정이었다.

제 애정은 그녀에게 아무것도 아니었다. 더 노력해야 했다.

발렌시아는 막사를 떠났다.

외르타는 얇은 외투를 여몄다. 그녀는 알론조 캄비에 도착한 이후 처음으로 캄비의 언덕 계단을 걸어 올라갔다.

시간을 맞추지 못했을까 조마조마했다. 삼십 분이나 일찍 나섰는데 이토록 인기척이 드물다니, 혹시 약속을 잘못 들었나? 걸음을 재촉했다. 편한 바지와 신 덕에 따가운 풀이 두렵지 않았다.

"아, 바냐!"

사람 그림자를 보자마자 소리쳤다. 누군가가 돌아보았다.

"늦은 건, 아니지?"

그녀는 달려가느라 헉헉거리면서 외쳤다.

"아니요!"

누가 바냐가 아니랄까 봐, 아주 크고 웅장한 목소리였다.

"걸어오십시오! 발 조심하시고요!"

외르타는 조금 속도를 늦추었다. 잘 닦인 오솔길에선 흙냄새가 풍겼다. 조마조마한 봄이 숨어 있었다. 짐승 아가리로 들어가던 예전 기억과 다르게, 이제는 제 터전인 듯 평온했다.

"발미레, 제가 누굴 걱정할 계제는 아니지만, 그래도 다친 발을 신경 쓰셔야지요."

"신경 쓰면서, 왔단다. 괜찮아. 그런데 혼자 가니? 마차는 있는데 마부가 없네."

"둘일 필요 있습니까? 제가 몹니다."

"그러면 굳이 마차일 이유가 없잖니……. 말이 훨씬 빠르기도 하고."

"문을 열어 보시겠어요?"

그녀는 어깨를 으쓱이며 단출한 짐마차의 문을 열어젖혔다. 수레는 온갖 책, 종이, 공구로 가득 차 있었다. 그녀는 몇 가지를 살펴보다가, 잡동사니 안에 털썩 주저앉았다.

"가서 뭘 할 거야?"

"작은 집이나 다리를 짓는 데 도움을 줍니다. 작업을 관리 감독하며 아이들을 가르치고요. 보통 한 마을에서 반년 정도 머무릅니다."

책을 읽는 듯한 기색이었다.

"어디로?"

"중부 알로지아드 살렘, 팔스 근방 마을로 향합니다. 지난여름 비가 심하게 왔다고 들었습니다."

"혼자 간들 마법을 부릴 수는 없을 텐데."

"저희는 수표를 지불하니까요. 알론조 캄비의 수표는 가장 가까운 알로지아드성에서 교환할 수 있습니다. 보수가 높지는 않지만, 사제들이 영주의 손이 닿지 않는 곳으로 간다는 사실을 잊으시면 안 됩니다.

저희는 환대받지 않는 경우가 오히려 더 드뭅니다."

"마을 한 곳에만 있을 거야?"

"아니요. 최소 다섯에서 스무 군데까지 돌 예정입니다. 어쩌면 더 길어질 수도 있습니다. 지난번 외유 시에는 급한 일이 있어 중간에 마무리 짓고 돌아왔거든요."

외르타는 잠깐 할 말을 잃었다.

"……십 년? 가능한 거야?"

"보급은 언제든 알로지아드를 통해서—."

"그것 말고, 여기에 있었던 시간이 십 년이라고 하지 않았니? 떠나서 그만큼을 보내겠다고?"

"예."

순간적으로 이해했다. 그녀는 돌아올 생각이 없는 것이다.

외르타는 수레 바닥을 꾹 짚었다. 얇게 깔려 있던 천이 오그라들었다. 바냐는 단호하게 다물린 시선으로, 이에 대해 말하지 않겠다는 의사를 분명히 했다.

"……."

"사제들과 이야기는 다 마쳤습니다. 혹시 더 용건이 없으시다면 정시에 떠나고자 합니다."

"아직 십 분 남았어."

"더 궁금하신 내용이 있으십니까?"

외르타는 애써 그녀의 사생활이 아닌 질문을 뒤졌다. 대화가 길어진들 뾰족한 수를 생각하진 못할 테지만, 어쨌든 찾아야 했다. 이 시간을 조금 더 늘려야 했다.

"……판!"

"판 도사린 말씀이십니까? 혹시 문제가 있습니까?"

"지난번 호숫가에서 당신은 판에게 기대하지 말라고 했어."

"예. 조언을 드렸습니다. 지금까지 변하지 않았다면, 앞으로도 어려우리라고요."

"판은 대화할 거야."

"발미레, 그를 잘 아십니까? 판 도사린은 본인 이야기를 쉽게 하는 사람이 아닙니다. 저만 해도 그에게 간략한 사정밖에 듣지 못했습니다. 그나마도 가끔 아침 조회 시간에, 고장 난 시계처럼 반복되는 이야기를 들을 뿐이지요."

"판은 아직 말하는 법을 못 배웠을 뿐이야. 너무 어린 나이에 와서, 아무도 가르치지 못한 것뿐이지."

"당신이 가르칠 수 있다고 자신하십니까?"

"그건 스스로 해야 해. 바냐 당신은 그가 할 수 없으리라고 믿는 거고, 나는 할 수 있다고 믿는 거고."

바냐는 새삼스레 그녀를 바라보는 듯했다. 여러 번 눈을 깜박이더니, 느릿느릿 생각을 전했다.

"왜 그렇게 판에게 집착하십니까? 혹 대사제님의 부탁 때문입니까?"

외르타는 웃음을 터뜨렸다. '집착'이라니! 살면서 단 한 번도 자신을 향하리라고 생각지 못한 단어였다. 내가 누군가에게 '집착'한다니!

"바냐, 시간이 흐르면 함께 아쉬운 부분들을 발견하게 되잖니. 결국 다 부족한 사람들끼리 쌓는 관계인걸. 단지 신경 쓰는 것만으로 집착한다고 말할 수는 없단다."

"……."

"나는 다친 발을 언급하기는커녕 아프지도 않은 척했어. 그러다 말하기 시작했지. 고통이 나아지지는 않아도, 그래도 공유하고 위로받을 용기가 생겼어. 너희 사제들이 원하는 것과 똑같잖아. 내가 해 왔듯 판도 할 수 있을 거란다."

"잘못 말씀하셨습니다. 저희가 아니라 대사제님께서 원하시는 것이겠지요."

그녀는 인상을 찌푸렸다. 시야가 좁아질 정도로 과장되게 일그러뜨렸다. 정말 불쾌해서라기보다는, 자신이 얼마나 화가 났는지 알리기 위해서였다.

"그렇게 말하면 당신은 대사제의 후의를 받을 자격조차 없는 거야."

바냐는 어깨를 으쓱이곤 손을 내밀었다. 이제 그만 수레에서 내려오라는 표시였다. 외르타는 그녀의 손을 마주 잡지 않고 버텼다. 그들은 줄다리기를 하듯 서로를 노려보았으며, 마침내 사제가 먼저 양보했다.

"저도 그렇게 생각합니다."

"……."

"제게는 자격이 없습니다. 이제 그만 내려오시겠습니까?"

외르타는 바냐의 문이 단단히 잠겨 있다는 사실을 알았다. 사실 처음 만난 순간부터 지금까지, 심지어 캄비 앞에서 그녀의 과거를 들었을 때에도 그 문이 열린 적은 없었다.

바냐는 스스로 고통을 면밀히 관찰한 뒤 사망 선고를 내렸다. 더 많이 살피고 표현했기에 빠져나갈 구멍이 없다는 사실을 깨달았다. 그런 사람에게 자신이 어떻게 더 이야기해 보라고, 그러면 통증과 더불어 살 수 있노라고 충고하겠는가.

외르타는 수레에서 내려왔다.

"바냐, 내가 판에 대해 이야기하고 싶었다고 생각해? 지금 당신을 배웅하고 있는데?"

"아니요. 그렇게 생각하지 않습니다."

"……."

외르타는 손을 내밀었다. 바냐 역시 주저하지 않고 맞잡았다. 나무 사이로 드는 햇살에, 살짝 숙인 이마에, 그녀의 황금 점이 빛났다. 다시 시선이 맞닿고, 악수를 마무리 지었다. 바냐는 부서지길 기다리는 고대의 성벽 같았다.

바냐는 수레 뒤를 천으로 가렸다. 마지막으로 점검한 뒤 가벼운 걸음으로 마부석에 올랐다. 돌아보지 않고 고삐를 내리쳤다.

외르타는 길과 풀밭의 애매한 경계에 서서 그 광경을 바라보았다. 갑자기 정신을 차렸다.

그녀는 빠르게 걸어가 마부석 옆에 붙었다.

"나는, 캄비에서 나갈 거야."

"멋진 앞날이 기다리고 있기를 빕니다."

"대사제에게 금이 실린 마차를 받으면 여행을 떠날 수 있다. 어쩌면 당신을 다시 만날 수도 있겠지."

"늦지 마세요."

바냐가 마지막 말을 흘렸을 때, 짐마차는 이미 따라잡기 힘든 속도였다. 외르타는 가지런한 흙먼지 사이로 천천히 걸음을 멈췄다. 짐마차는 가뿐히 떠났다.

외르타는 가만히 자리에 서 있다가, 곧 몸을 돌렸다.

오솔길로 접어들며 곰곰이 생각했다. 언덕을 내려가면서도 생각했다. 첫 만남 때 바냐가 누워 있던 의자를 지나치며 생각했다. 방사형으로 난 큰길과 작은 길을 지나며 생각했다.

그녀는 판의 집 앞에 다다랐다.

창문은 두터운 커튼이 가리고 있었다. 겨울을 버틴 화분만이 그가 죽지 않았다는 증거로, 주인의 흔적을 찾기 어려웠다. 본시 사제들이란 이토록 꿈처럼 사라지는 사람들일까. 오늘 바냐가 그러했듯.

판이 자신을 부르길 바랐다.

그녀는 잠시 그의 집 앞에 머무른 뒤 떠났다.

발렌시아는 겨울이 가시지 않은 전쟁터를 바라보았다.

병사들이 구름같이 맞붙었다. 함성이 땅을 울렸으나 그리 인상 깊지 않았다. 이미 딤니팔의 패배를 알고 있었으므로.

그들은 오늘 패배할 예정이었다. 발렌시아는 평소와 똑같이 전장에 나아가 대부분의 것들을 망치고 돌아왔다. 진로를 수정하고, 무의미한 결투로 시간을 지체하고, 적절하지 않은 명령을 내렸다. 놀라운 점은 한 사람도 반대하지 않았다는 점이다. 손톱만 한 눈치라도 있다면 총사령관의 잘못을 알 텐데, 아무도 말을 꺼내지 못했다.

이해하기 어려웠다. 상황이 심각하다면 스스로 저지른 잘못을 점검해 보고, 설혹 입 밖에 내지 못하더라도 앞으로 다시는 그런 일이 없도록 되새겨야 할 것 아닌가. 이토록 움츠러든 분위기라니 진력이 났다. 이젠 화를 느끼지 못했다. 물레방아처럼 덜거덕거리며 할 일을 할 뿐이다.

"에취!"

누군가 기침을 했다.

발렌시아는 스스로 낸 기침 소리에 곤두서 있는 타타나를 돌아보았다.

적기사단의 수장인 타타나는 상황을 보고하자마자 전투 속으로 도주하려 했다. 그도 자신에게 침묵하는 사람 중 하나로, 아마 남작위를 가진 사람으로서는 더더욱 떠나는 쪽이 편했을 것이다. 그러나 자신은 전투 추이를 보고 나아가라 명했다. 이것을 악취미적인 명령으로 해석해도 그리 틀리지는 않을 것이다.

그가 빤히 응시하자, 타타나는 바닥을 내려다보았다. 칼자루를 쥔다. 두드리고, 다시 핏줄이 설 정도로 꽉 쥐었다.

발렌시아는 물었다.

“가장 최근 적기사단이 소집된 시점이 언제지?”

타타나는 칼자루에서 손을 떼곤 허리를 곧게 세웠다. 매캐한 허공을 바라보며 말했다.

“경 휘하의 동부 원정에 종사했습니다.”

“당시 적기사단의 수장은 체세나 백이었다. 언제 교체되었나?”

“이번 대對게외보르트 전쟁부터 교체되었습니다. 본디 부기사단장으로서 행정 업무 등을 대리했으며, 이후 체세나 백께서 저를 후임으로 지정하셨습니다. 출신은 동부 체세나 올로스-칼라 영지 휘하 타타나 남작가입니다.”

“경의 출신에 대해 질문한 적 없다.”

“…….”

“지휘하는 데 있어 어려운 점은 없나?”

“예. 대대장들과는 잘 알던 사이라 전혀 불편하지 않습니다. 이번 전쟁에서 최선의 결과를 내고자 서로 합심하고 있습니다.”

발렌시아는 더 이상 대화를 시도하지 않기로 했다. 상대는 잔뜩 긴장해 있었다. 원래도 말수가 적은 사람이었지만, 패배를 목전에 둔 상황에서는 더더욱 침묵하고 싶은 모양이었다.

“잘 알겠다. 타타나 경, 이제 나가 적기사단을 퇴각시켜라.”

“……경, 외람되오나, 지금 상황에서 적기사단이 버티지 않으면 좌측이—.”

“나가.”

“……예.”

이상하게도, 잘못된 명령을 내리자 머릿속이 시원해졌다. 자신은 틀렸다. 지금까지 한마디도 대꾸하지 않던 타타나가 반박할 정도로 틀렸다. 타타나, 더 나아가 적기사단은 제 명령이 틀렸다는 사실을 안다.

앞에서 복종하더라도 분명 불평할 터, 이토록 명백한 잘못을 저지른 총사령관을 경멸하지 않기는 힘들 것이다.

타타나는 전쟁터로 돌아갔다.

발렌시아는 전령에게 잘못된 것과 바른 것을 적절히 섞어 명했다. 해가 뉘엿뉘엿 졌다. 회전은 한밤중에야 끝날 것이다. 정확한 사정은 동이 튼 뒤에야 정리할 수 있을 테니 시간 여유가 있었다.

그는 어슬렁거리는 짐승처럼 사령부를 지켰다. 결코 자리를 뜨지 않았으나, 한자리에서 굳건한 총사령관 같지도 않았다. 소리 높여 군사들을 이끌지도, 화를 내지도 않았다. 마치 전쟁터가 아닌 무풍지대에서 있는 듯했다.

발렌시아는 한 시간 뒤 내통자를 잡았다는 이야기에 처음으로 제대로 된 반응을 보였다.

그는 소식을 전한 기사를 노려보았다.

"내통자의 소속은?"

"세르바씨 출신의 방랑 기사 연대장입니다. 그나시오 백작가 휘하 영주군에 속해 있었습니다."

분노에 찬 말이 먼저였고, 그 뒤로 기사들이 한 사람을 포박해 끌고 왔다. 무리가 시끄러웠으나 전쟁터의 소란에 비할 바는 아니었다. 그들은 총사령관 앞에 사람을 내팽개쳤다. 남자는 방랑 기사 답게 수염이 덥수룩했으며, 그 사이로 피멍 든 상처가 보였다.

"보고해."

"숙영지에서 불시 수색 중 발각되었습니다. 수상하게 보이는 천막 사이를 뜯어, 딤니팔 중앙군 전력을 명시한 문서를 발견했습니다. 금일 숙영지를 관할하셨던 루틸로 경과 중앙군 일부를 이끄셨던 톨레도 경께서 먼저 내용을 확인하셨습니다."

"루틸로 경, 진실을 보장하나?"

한 발자국 물러나 있던 루틸로가 나직이 말했다.

“예.”

오래전부터 십이공회원이었던 그의 공대는 다소 비틀린 존중처럼 느껴졌다. 자신이 보장했으니 의심을 허락하지 않겠다는 태도였다.

“증거를 가지고 왔나?”

“예.”

루틸로는 딱딱한 얼굴로 종이 뭉치를 건넸다. 제 보증으로 모자라 한 번 더 문서를 보여 주어야 하는 상황이 마음에 들지 않는 모양이었다.

발렌시아는 내용을 확인한 뒤 돌려주었다.

잠시 주변을 둘러보았다. 투구 속에서, 또는 험악한 상처와 검댕이 묻은 얼굴로, 그러나 모두가 같은 색으로 자신을 바라보고 있었다. 어둠 속 비늘 있는 것들의 노란 눈 같았다. 그들은 이미 상대가 무엇을 해야 할지 정해 두었다. 총사령관은 칼을 들어야 했다.

발렌시아는 니소르를 쥐었다가, 살짝 힘을 풀었다.

재판관인가, 처형인인가.

물론 지금껏 총사령관은 모든 배반자들을 즉결 처형해 왔다. 사령부 앞 공터에 불러와 목을 베었다. 그것만이 질서를 유지하는 방법이라고 생각했기 때문이다.

그러나 그 수고에 돌려받는 것은 저런 시선뿐이다. 총사령관이 배반자를 처단해야 마땅하다는 시선. 저들에게는 자신이 마치 군을 대신하는 조잡한 칼이라도 되는 모양이다. 그들 속에서 이미 우상이 굳어, 제게는 더 이상 결정할 권한이 주어지지 않는 듯했다.

발렌시아는 인정해야 했다. 꼭 네가 직접 죽였어야만 했나? 살인만이 권위를 세우고, 그로써 세워진 권위가 군을 통치하리라 믿었나?

네 선택이었다. 너는 기사고, 기사답게 선택한 것이다. 어느 순간부터 선택이라기보다는 습관에 가까워졌다. 그러자 사람들은 제 습관조차 존경했다. 그는 불필요하게 상징이 되었다. 그 대가가 지금 자신을 바라보는, 살인으로 기강을 잡아 주길 바란다는 시선이었다.

사람들은 회전에 크게 패배하곤 더욱 초조한 모양이었다. 이제 총사령관이 사람을 죽여선 흐트러진 기사들을 다시 붙잡아야 한다고 믿는 듯했다. 그 바람은 모욕적이다. 자신이 이성理性으로 인도할 수 없는 살인자가 된 느낌이었다. 자신이 저렇게 생각하도록 만들었기에 더 욕되었다.

시선이 지겨웠다. 기사들이 총사령관의 능력을 신뢰했다면, 공정한 재판관에게 맡기겠다는 태도가 먼저였으리라. 그러나 그들은 재판관을 보지 않았다. 대신 망나니 살인자 취급을 했다. 아무리 크게 패배했어도, 총사령관이 평소처럼 처형하면 군의 사기가 올라 다음 회전에서 다시 이길 수 있다는 믿음이었다. 그토록 어리석고 무책임한 믿음이 어디 있는가.

그는 주변을 돌아보았다. 반 시간 전부터 침묵으로 곁을 지키던 자멘테와 눈이 마주쳤다. 그녀가 살짝 고개를 기울였다. 무슨 뜻인지는 잘 몰랐다.

다시 한번 배반자를 내려다보았다.

"자멘테 경."

자멘테가 천천히 고개를 돌렸다. 예상치 못한 순간에 불렸을 텐데 여전히 평온했다.

"예."

"경이 처분을 맡아라."

"예."

행동은 빨랐다. 그녀는 한 발자국 걸어 나오며 동시에 칼을 뽑아 들었다.

소리보다 바람이 먼저였으며, 빠르다기보단 묵직했다. 자멘테는 배반자의 가슴을 신중하게 찔렀다. 갈비뼈 사이 쇳조각이 우득 하고 박혔다. 배반자가 피를 토하며 무너졌다.

발렌시아는 제 선택이 옳았다고 생각했다. 이로써 사령부도 믿음을 의탁하지 않는 방법을 배웠을 것이다. 총사령관이 칼을 든들 어떤 것도 해결되지 않음을, 승리를 위한 진정한 무기란 끝없이 첨삭한 전술, 잘 벼려진 개개인의 용맹이라는 점을 이해했을 것이다.

그는 시체에서 고개를 들었다. 저들이 잘못을 깨닫고 민망해하는 모습을 보면 웃을 수 있을 것 같았다.

그러나 분위기가 이상했다. 고요한 와중 시선만 웅성거렸다. 다들 얼굴이 붉으락푸르락할 정도로 당황하고 있었다. 총사령관의 위엄을 기대했건만, 불쾌하고 잔인한 것을 보아 경악한 표정이었다. 놀라고, 외면하고, 시선을 교환하고.

자멘테는 아랑곳하지 않은 채 칼을 닦아 넣었다.

"치워."

그녀의 명에 몇몇 기사가 튀어나왔다. 그들은 고개를 푹 숙이고 있었는데, 인사를 하려는 것인지 감히 눈을 마주치지 못하는 것인지 분간하기 힘들었다.

"숙영지로 복귀."

"……."

"자리를 오래 이탈하지 말라."

"……."

"내 말이 이해하기 어렵나?"

루틸로가 자멘테를 노려보았다. 몹시 짧은 순간이었다. 그는 마치 아무 일도 없었다는 양 예를 표하고 뒤돌았다.

사람들은 차츰 흩어졌다. 숙영지에서 온 일부 인원이 사라지자 다시 이전처럼 황량한 사령부가 되었다.

남은 이는 단둘이었다.

"발렌시아 경, 좌측을 살펴보고 오겠습니다. 여기선 전황이 잘 안 보입니다."

발렌시아는 자멘테를 돌아보았다.

그는 아직까지도 감정을 정리하지 못하고 있었다. 무뚝뚝한 살인, 사람들의 반응, 백안시白眼視하는 눈들.

"저는 단 한 번도 경의 이해를 구한 적이 없습니다. 그것은 비굴한 일입니다."

발렌시아는 그녀가 이번 세기에 유일하게 백중일 형을 집행한 사람이라는 사실을 기억하고 있었다. 그 결단이 필요했던 이유를 이제야 깨달았다. 자멘테가 내뱉은 모든 말을 이해하지는 못해도, 적어도 그녀가 왜 사람을 죽였는지는 알 수 있었다. 그녀는 자신처럼 어떤 상징성을 획득하지 못했기에 부당하게 대우받는 것이다. 그 대우를 엄격한 처벌로 이겨 내려 했을 뿐이다.

상징을 가진 그는 노예가 되었고, 상징을 가지지 못한 그녀는 경멸당했다.

능력이 아니라 명패를 보는 얼뜨기들에게 화가 났다. 화를 내던 도중 어떤 결심을 발견했다. 물을 끼얹자 푹 젖은 모래 속 잔해가 보였다. 그는 그 결심이 언제부터 자리에 있었는지 몰라 혼란스러웠다. 화가 났다가, 혼란스러워졌다.

그는 갑작스레 입을 열었다.

"자멘테 경."

"예."

"당신은 나와 정확히 동일한 정보를 안다."

'경'이 아니었다. 그녀의 눈이 가늘어졌다.

"예."

"그리고 능력도 우수하다. 우리는 비슷한 수준의 성취를 이룰 수 있을 것이다."

"말씀을 분명히 해 주십시오."

"더 나아가 당신은 이 전쟁에서 승리하고자 하는 마음이 누구보다도 강하다. 나보다 의지가 굳건한 단 한 사람이라고 장담할 수 있다."

"발렌시아 경, 용건을 말씀해 주십시오."

그는 잠시 멈추었다. 자멘테의 어두운 눈을 바라보았다.

지금까지 자신은 가문의 수장으로서 언제나 다른 가문을 바라보았다. 미라이예가, 자멘테를 바라보았다. 그와 그녀는 없었다.

그러나 지금 그는 개인적이었다. 자신이 무엇을 해야 할지 알았다.

"자멘테 경, 총사령관직에 대비하라."

그녀는 고개를 홱 들었다. 금방이라도 그를 들이받을 듯했다.

"방금 무어라 말씀하셨습니까?"

"당신은 이미 들었다."

"아니요. 제대로 듣지 못했습니다."

"일이 진전되면 더 상세히 논할 수 있을 것이다."

"일이 어떻게 진전되는지—."

"지금까지처럼 임무를 수행하며 대기하라."

"총사령관직을 위임하겠다는 말씀이십니까?"

발렌시아는 팔을 들어 진영의 좌측을 가리켰다.

자멘테는 명령을 이해했다.

"……."

그는 결심한 바닥을 딛고 있었다. 분명 단단했으나, 땅 아래 구슬이 굴러가 금방이라도 중심을 잃을 것만 같았다. 처음으로 삶에서 후퇴하는 기분이었다. 그런데 패배하는 것은 아니었다. 혼란스럽고, 이상했다. 동시에 확실했다. 스스로 결정했다. 익숙하지 않다는 이유로 삶을 변명할 순 없다.

그는 전장을 바라보았다.

앙히에는 산적처럼 두르고 있던 모피를 벗었다. 비록 외투가 아니라 목도리에 가까울 정도로 작았지만, 그래도 긴 여행길을 지켜 준 소중한 벗이었다.

그는 모피를 넘기며 기사에게 경고했다. 비싼 거야! 잘 다뤄! 그러던 중 자카리의 변명을 떠올렸다. 아차, 죄지은 아우 시늉을 하라셨지. 저, 흥분해서 죄송합니다. 형님께서 주셨거든요. 물론 얼굴을 가린 기사는 별달리 반응이 없었다. 더 나아가 무자비한 태도로 그의 상의까지 빼앗아 갔다. 앙히에는 막사에 들어가서 벗기라고 외칠 뻔했다. 본인은 수십 겹을 껴입어 오늘 날씨가 얼마나 추운지 모르나 본데.

앙히에는 맨살을 부여 쥔 채 제자리에서 뛰었다. 흰 입김이 차라리 옷이었다. 지나가던 톨레도가 한마디 했다. 도축당하는 소 같군. 너무 추워서 제대로 대들지 못했다. 군영에 정식으로 입영하겠다는 통지를 보내고, 입구에서 한 번 검사를 받고, 다시 기사 군영 앞에서 검사를 받고, 또 이 사령부 한복판에서 검사를 받는 것이다. 서류부터 몸뚱이까지, 머리부터 발끝까지.

"아!"

앙히에는 무례하지 않을 정도로만 언성을 높였다. 오로지 추위를 견디기 위해서였다. 고개를 돌리자 또 다른 기사가 블랑쉬에게 다가가고 있었다. 블랑쉬? 지금 나한테 하는 것처럼 검사하겠다고? 그는 깜짝 놀라 그들에게 한 발자국 다가섰다.

"그자는 제 하수인입니다. 제가 신분을 보장하겠습니다. 미라이예의 적자嫡子가 보장합니다."

"총사령관께서는 당신을 일반 종기사로 대우하라 명하셨습니다. 종기사의 하수인은 들어보지 못했습니다. 설혹 저자가 용납되더라도, 당신이 수색받아야 한다면 당신에게 딸린 하인도 마찬가지입니다."

"하지만—."

여자인데—.

누군가 사령부 천막을 걷고 나왔다.

기사가 절도 있게 예를 표했다.

"그만해라."

앙히에는 내가 벌거벗기 전에 말해 주었으면 얼마나 좋았겠느냐고 생각했다. 넉 달 만에 형님을 보고 처음 한 생각이 이 따위라니.

"하인은 르나치 경의 숙소에 머무르게 해라."

"예. 따로 수색하지 않아도 되겠습니까?"

"르나치 경이 보증했다."

"예."

기사는 즉각 복종한 뒤 블랑쉬와 함께 떠났다.

앙히에는 바닥에 내팽개쳐진 옷가지를 노려보았다. 모피, 외투, 겹겹이 껴입은 상의, 신발이 먼지 구덩이 속에 굴러다녔다. 또한 여기저기 단검과 손도끼가 흩어져 있었으며, 누가 봐도 귀한 검 두 자루 위에는 발자국이 남아 있었다. 정말 무지막지한 대접이로군.

"이건 공개적으로 모욕을 주기 위한 이유 외에는 아무것도—."

"입 다물어. 너는 미라이예의 수치다."

그는 미리 약속했다는 사실을 알면서도 괜히 형님을 노려보았다. 상대의 표정은 평소와 다름이 없었다. 그러나 언젠가 한 번쯤은 저 이야기를 하고 싶었던 것 같다는 의심이 들었다.

앙히에는 계속 멋지게 쏘아보고 싶었으나, 급히 옷가지부터 주워 입었다. 정말 추웠다. 리넨으로 만든 얇은 상의를 걸치자마자 드디어 살았다는 생각이 들었다. 그는 자신을 바라보는 시선에 아랑곳하지 않고 차림을 가다듬었다.

"장검을 들어도 되겠습니까? 형님께 예우를 갖추기 위함입니다."

"허가한다."

그는 리볼텔라의 검과 스투레를 허리에 맸다. 그리고 죄인처럼 섰다. 형님은 쉽사리 말을 잇지 않았다. 그동안 지나가는 기사들이 흘끔거리고, 심지어 사령부의 일원 몇 명이 뜨악한 시선으로 자신을 훑어보는 것이 느껴졌다. 얼굴에 아로새겨진 상처 탓도 있겠지만, 아무래도 심문자의 태도가 더 눈길을 끌었을 것이다.

"너는 기사직에서 두 번이나 도망쳤다. 첫 번째에는 십 년을 도망쳤고, 이번엔 반년 만에 돌아왔으니 이를 발전이라고 불러야 할지 모르겠군."

"죄송합니다. 깊이 반성하고 있습니다. 이번 전쟁에 최선을 다하겠습니다."

"너를 받아 주는 것은 오로지 폐하의 은덕 덕분이다. 폐하께서 용서하지 않으셨다면 내가 직접 너를 처형했으리라."

"……."

"종기사로서 자멘테 경을 잘 보좌하길 바란다. 물론 경이 천박한 네 성질을 알고도 받아 주었다는 사실에 먼저 감사를 표해야 할 것이다."

"예, 명심하겠습니다."

잠시 침묵이 흘렀다. 그는 죄인처럼 이 자리에 서 있는 것이 가장 무거운 벌은 아닐까 생각했다. 지나가는 사람들마다 자신을 노려보는 것이 의심을 더했다.

한참 뒤에야, 그러니까 정말 한참 뒤에야, 형님은 자신을 충분히 효시했다고 생각한 모양이었다.

그는 뒤돌아 막사로 들어갔다. 앙히에는 눈치를 보다가 그를 따라나섰다.

"앙히에."

"'미라이예의 수치'라고 부르시지요."

발렌시아는 인상을 찌푸렸다.

"폐하께 전달받지 못한 건가?"

"불평한 거야. 아직도 농담을 농담으로 못 받네."

"실랑이할 시간 없다."

"농담이라니까."

그는 아우를 무시했다. 그에게는 농담보다 중요한 용건이 있었다.

한겨울에 수확한 결심이었다. 폼메른 회전에서 배신자를 처형한 뒤 돌이키지 않았다.

갑작스러운 결단은 때때로 놀라웠으나, 그것은 단지 결심이 강철보다 단단하기에 놀라운 것이었다. 오히려 이 긴 시간 동안 눈치채지 못했다는 사실이 당황스럽기만 했다.

"형님……?"

그는 앙히에를 뚫어져라 바라보았다. 아우는 급하게 걸쳐 입은 외투탓에 빈틈이 많은 사람 같았다. 아니, 그는 원래 빈틈이 많은 사람이었다. 그 빈틈은 차라리 여유와 아량이었다. 그는 그것이 제 동기의 어리숙한 결정을 경청할 정도로 큰 틈일지 궁금했다.

"네게 말할 것이 있다."

"어."

"나는 총사령관직을 자멘테 경에게 넘길 예정이다."

앙히에는 한 발자국 뒤로 물러났다.

침묵.

그는 다시 두 발자국 앞으로 걸어왔다. 앙히에의 표정은 담담한 편이었다. 그가 움직이지 않았더라면 제 말을 들었다는 사실조차 눈치채지 못했을 것이다.

이 순간은 어쩐지 어린 시절을 떠오르게 하는 면이 있었다. 선택을 신중히 하라며 윽박지르던 밤, 앙히에의 칼을 부러뜨리던 그 밤. 그때처럼 스스로를 믿는 것보다, 제 믿음이 옳길 바라는 마음이 수천 배는 더 컸다. 비정상적으로 머리가 큰 짐승이었다.

"알겠어."

그들은 서로를 바라보았다.

발렌시아는 그제야 아우를 찬찬히 뜯어볼 수 있었다. 앙히에는 담담했다. 그의 형님이 총사령관직을 넘기겠노라 말했건만, 전혀 동요하지 않았다.

발렌시아는 의심을 감추지 못한 채 질문했다.

"짐작했나?"

"전혀 몰랐어."

"어떻게 침착할 수 있는 건가?"

앙히에는 어깨를 으쓱였다.

"외르타 때문에? 이젠 형님의 모든 행동에 외르타라는 이유를 붙일 수 있을 것 같아. 승리가 확실한 상황에서 형님이라면 그녀를 만나기 위해 어떤 미친 짓이라도 할 수 있겠지. 듣자마자 떠오르더라고."

발렌시아는 희미하게 웃었다. 그가 무엇을 오해했는지 알았다.

"앙히에, 나는 그녀에게 가지 않는다."

앙히에는 그제야 얼굴을 찡그렸다.

"뭐?"

소리는 날카로웠다.

"오해하지 마라. 알론조 캄비에 가기 위해 총사령관직을 내려놓는 것이 아니다. 나는 사령부 기사로 종군하여 이 전쟁을 끝낼 것이다. 몇 년이 걸려도 그것만이 내 의무이며, 또한 외르타의 목숨을 보장받기 위해 스스로 기울일 수 있는 최대한의 노력이다."

"……."

"이제 생각이 바뀌었나?"

"그럼 대체 왜……?"

"나는 짧지 않은 인생 동안 물러나 본 적이 없다. 무언가를 희생해 본 적은 더더욱 없다. 그것이 더 이상 자랑스럽지 않다."

자신이 가진 어떤 상징성을 포기하고 싶었다. 그렇게 내려오는 것에도 용기가 필요했다.

앙히에는 입을 벌렸다. 그러나 빈 공기만 새어 나왔다.

발렌시아는 이번에야말로 긴 침묵을 견뎌야 했다.

"나는……."

"……."

"이런 말이…… 아니, 이런 이야기를 들을 줄은……."

"……."

그는 인내심 있게 기다렸다.

"……."

"정말이야? 정말 직위를 내려놓고 남한테 복종하겠다고? 형님이 종기사이던 시절 말고 단 한 번이라도 그런 적이 있던가? 북부에서조차 부사령관 감투를 쓰고 있었잖아. 남이 명령하면 '예' 하고 따를 자신 있어?"

"내가 남에게 복종하지 못해서 총사령관인 것은 아니겠지. 무언가를 해내는 것은 어렵고, 해내지 않는 것은 아주 쉬운 일이다."

"아니. 형님, 해내는 거야. 복종도 '해내는' 거야."

"할 수 있다."

앙히에는 들은 체도 하지 않았다.

"종기사를 치렀던 눈의 방패와도 다를 거야. 이젠 형님이 공작이라고 눈감아 줄 사람이 없단 말이야. 지금 사령부에 십이공회가 몇 명이야? 본인이 더 잘 알걸."

"앙히에, 나는 할 수 있다고 말했다."

"요는, 어차피 스트레파르까지 싸울 예정이면 왜 형님이 계속 총사령관을 하면 안 되냐는 거야. 총사령관직을 때려치우고 외르타를 보러 가겠다면 누가 뭐래? '미쳤구나' 혀를 차면서 달려가는 뒷모습을 볼 뿐이지."

"앙히에—."

"다 떠나서, 폐하께서 허락하실 것 같아?"

"어제 편지를 올렸다. 첫째, 협정을 맺었으니 이 전쟁은 이제 질 수 없는 전쟁이다. 둘째, 나는 사령부에서 물러나지 않는다. 전쟁의 끝까지 여기 있겠다. 폐하께서는 이해하실 것이다."

"폐하께서 형님을 이해해 주셔야 하는 이유가 있나? 나부터 납득하지 못하고 있는데?"

"아무 상관 없는 내가 우두머리에 있어 서부가 갈라지고 있다. 나는 서부가 영광을 독차지하도록 만들 것이다. 그들은 마침내 이득을 생각하며 접붙을 것이다."

앙히에는 눈을 굴렸다. 침 튀기도록 외치다가, 갑자기 침묵했다. 계산하는 눈이었다. 이것이야말로 형님이 총사령관직을 넘기는 진짜 이유라고 생각한 모양이었다. 이제야 말이 되지 않느냐고 언뜻 불만을 터뜨리는 기색이 보였다.

"……그렇지만 그건 서부의 일이고, 미라이예와는 무관하지. 승리하면 오히려 미라이예가 가져가는 이득이 커질 뿐이야. 굳이 직위를 내려놓는 수모까지 견딜 필요는 없다. 형님이 내려오면…… 지금 게외보르트와 맺은 협정을 아무도 모르니…… 결국 서부의 힘만으로 승리한 게 된단 말이야. 오로지 서부의 힘으로!"

"상관없다."

"서부가 전쟁의 부를 독차지하고, 형님은 총사령관직에서 굴러떨어졌다는 평판이 좋다고?"

"감내할 만하다."

"대체, 하나도 이득이—."

"앙히에, 이것은 개인적이다. 그래서 네게 먼저 말했다."

"……."

그는 말을 고르지 않았다. '개인적'이기에 보다 솔직했다.

"나는 더 이상 영광을 누리고 싶지 않다. 내 진정한 능력으로 무엇을 일구었는지 더 이상 알 수 없게 되었다. 북부, 동부, 포티미외, 대게외 보르트전……. 내가 이룬 성과인지 내 직위나 상황이 우연히 불러온 성과인지 모르겠다. 깊이 생각하면 할수록 더더욱 내 것이 아닌 공을 훔쳐 온 듯 느껴진다."

"……."

"누군가 나를 믿고 있다는 사실도 지겹다. 그들은 나를 보는 것이 아니라 내가 상징하는 십이공회의 보수적이고 무던한 지주를 믿는 것이다. 그 믿음이 끔찍하다. 그들이 나를 보는 대로 내가 움직일까 두렵다. 움직이지 않는 시체는 물살을 더해 줄 뿐이다."

"……대체 누가 그런 의심을 뿌린 거지? 신비하군."

앙히에는 반박하지 않았다. 발렌시아는 오히려 그 모습에 안도했다. 허공에 거미줄을 쳤다고 생각했건만, 아우는 그것이 어떤 나무에 걸려 있는지 보이는 모양이었다.

"아무튼 형님이 내려놓기로 했다니 이상하고도 반갑네. 물론 사령부에 환멸이 나서 내린 결정이라니 놀랍진 않고."

"……."

"정말 외르타 생각은 하나도 안 한 거지?"

"……."

그는 침묵했다. 자신이 준비가 되었는지 모르겠다고 생각했다.

"형님?"

"아마……."

말을 끊었다.

앙히에가 몸을 숙여 귀 기울이는 모습이 보였다. 상대가 한마디라도 내뱉었다면, 발렌시아는 기력을 잃었을 것이다. 말하지 못한 채 쪼그라들었으리라.

그러나 침묵이 흘렀다.

마침내 발렌시아는 한숨을 내쉬었다.

"나도 포기할 수 있다."

"……."

"그녀가 그 사실을 알았으면 한다."

"……."

앙히에는 천천히 걸어와 탁자에 걸터앉았다. 종이가 몇 장 날아갔지만 아랑곳하지 않았다.

그들은 마치 처음 보는 사람처럼 서로를 바라보았다.

아우가 이 모습에 생경해하는 것은 당연하나, 자신도 그를 새롭게 발견할 줄은 미처 몰랐다. 아우는 형이 한 번도 보지 못한 표정을, 더 이상 동정에 값을 치를 수 없다는 사실을 깨달은 표정을 하고 있었다. 이제 손에 잡힐 듯한 감정에 건넬 수 있는 것은 그의 진심뿐이다. 앙히에는 멀리서 내팽개칠 수 없었다. 주먹질을 하더라도 다가와야 했다.

앙히에는 기어이 웃음을 터뜨렸다.

"하하하……."

"……."

"그래. 이걸 이렇게라도 들은 게 어디야? 고마워, 형님."

"……."

발렌시아는 상대가 부끄러워하고 있다는 사실을 눈치챘다. 그러나 굳이 캐묻지 않았다. 이제 그도 알 수 있을 것 같았다. 가깝기에 더욱 말할 수 없는 작고 치졸한 기쁨들.

앙히에는 손바닥으로 탁자를 탕탕 두드렸다.

"형님, 소식을 들으면 걔도 놀라 자빠질 거야. 꼭 직접 전달해. 왜 그랬는지도 하나하나 써. 하나하나 고백을 하란 말이야. 내가 당신 때문에 얼마나 깊이 속을 파헤쳤는지 이야길 해야 아쉽지 않지."

"……."

발렌시아는 대답하지 않았다. 자신은 결정하기 전에도, 결정하고 난 뒤에도 외르타를 생각했다.

"마지막으로 그간 궁금했던 거 하나만 묻고 갈게."

"말해."

"지난번에 자멘테 경이 내게 물어본 건 뭐였어? 무슨, 회전에 쓸 수 있는 새매?"

"……."

"날 좀 믿어봐."

"자멘테 경은 너를 통해 그날부로 사용할 수 있는 정보를 얻었다. 그로써 첫 회전에서 승리했다. 실로 수단과 방법을 가리지 않는 방법이었다. 아직까지도 그 무모함이 마음에 걸린다. 총사령관직을 넘겨받는다면 그녀도 자제하리라 믿지만, 믿음만으로는 쉬이 해결되지 않는 부분이 있다."

"……."

앙히에는 자신을 뚫어져라 바라보았다. 한심한 듯하면서도 동정심이 담긴 표정이었다.

발렌시아는 배움을 구하는 자세로 그를 불렀다.

"앙히에?"

"……."

"더 할 말이 있나?"

"총사령관직이 뭐라고 자멘테 경이 지금껏 해 왔던 태도를 바꾸겠어?"

"나는 끊임없이 십이공회와 군의 상징이 되어 부려 먹혔다. 그러나 내게 족쇄일지언정 어떤 이에게는 권위였을 것이다. 나는 자멘테 경이 한 번도 나와 같은 상징을 획득하지 못했기에 잔인했던 것이라 생각한다. 그녀도 군의 상징이 된다면, 나아질 것이다. 경험하고 체득할 것이다."

앙히에는 눈을 깜박였다.

"형님이 알 거라고 기대하지 않았어. 당연한 거야."

"……."

"하지만 우애로 말씀드리는데, 좀 생각해 봐. 왜 자멘테 후가 잔인하겠어? 아니 그 전에, 왜 형님은 자멘테 후가 잔인하다고 생각하는 거야? 형님이 동부 원정 어느 전투에서 포로를 몰살시켰다는 사실을 기억하긴 해? 나한테까지 소문이 났어. 그럼 뭐가 다른 거야?"

그는 해묵은 과거를 끌고 오는 앙히에에게 눈살을 찌푸렸다. 잊고 있었다.

"동부 원정에서는 필요한 일이었다."

"자멘테 후에게도 아마 필요한 일이었을 거야."

"경우가 다르다."

"계속 그렇게 믿어 봐. 포로 수천을 죽였단 사실을 다 까먹은 사람이 있고, 기껏해야 멍청이들에게 백중일 형을 집행했다고 평생 기억되는 사람이 있는데 차이가 없다고 생각해 봐."

그는 인상을 찌푸렸다. 동부 원정에서는 모든 결정이 전략적이었다. 그것을 잔인하다고 말할 수는 없다.

그러나 그가 질문을 열기 전, 아우가 가로챘다.

"아, 아니. 형님을 이해시키려고 한 건 아니야. 몰라도 괜찮아. 오히려 알면 화가 났을걸. 내가 어떤 대가를 치르고 배운 건데."

앙히에는 씩 웃었다. 그러나 잇새에 힘을 지나치게 준 나머지 웃는 것인지 우는 것인지 모를 얼굴이 되었다.

"아무튼 알겠어. 잘 들었어."

"……."

"형님, 깊게 생각하지 마. 어차피 배울 수도 없어. 배울 필요도 없어. 괜찮아. 불필요하게 혼란스러울 뿐이야."

"나는 선문답할 생각이 없다."

"나도 안 해. 여행길이 길었다. 이만 쉬러 갈게."

그를 물끄러미 바라보았다.

앙히에는 탁자에서 훌쩍 뛰어내렸다.

"형님이 포기할 수 있다는 사실이 좋네. 다른 모든 걸 차치하고라도……. 그래도 사람이 변해서……. 멈춰 있지 않았단 사실만으로도 충분해."

"흔쾌히 받아들여 고맙다."

"……."

"외르타보다도, 네게 먼저 전하고 싶었다. 평가하는 말을 경청하고 싶었다. 나도 모르는 사이 많이 배웠다."

아우는 헛기침을 했다.

"그만, 에취, 그만, 큼, 합시다."

발렌시아는 미소 지었다.

경악한 시선 사이로 부드럽게 이야기했다.

"그러고 보니 네게 전할 소식이 있다."

"어, 흐큼, 뭐?"

"폐하의 첫 후계자께서 안전히 탄생하셨다. 모두 건강하시며, 후계자께선 잉그레의 축복하에 정식으로 임명되실 것이다."

"와!"

"비 전하께 드리고 싶은 말이 있다면 직접 하도록."

"정말, 와! 다행이다! 잘됐다! 아들인 거지? 게외보르트가, 개 같은 놈들이—."

"무슨 소린가? 왕녀 전하시다."

앙히에는 갑자기 미친 사람처럼 웃음을 터뜨렸다.

"아! 하하하! 아, 그렇지! 잉그레잖아!"

"앙히에?"

"하하! 개놈들! 사내애, 사내애 하더니! 꼴 좋다!"

"게외보르트 말인가?"

"하하하! 아흑! 하하! 아, 형님, 고마워! 정말 웃기고 좋은 소식이었어!"

발렌시아는 인상을 찌푸렸다.

"앙히에."

앙히에는 들은 체도 하지 않은 채 천막을 떠났다. 그의 웃음소리는 천 너머에서도 들렸다. 흐느꼈지만, 전혀 슬퍼 보이지 않았다. 발렌시아는 아우가 웃다가 쓰러졌을지도 모르겠다고 생각했다. 그 정도로, 그 이상으로, 환희를 담은 웃음이었다.

그는 고민하며 자리에 앉았다.

자카리는 발렌시아의 편지를 두드렸다.

라 딤니파 카타름 생로 자카리 디본도네 이니고 산테카를로, 모든 딤니팔의 수장, 오스페다의 성주, 잉그레의 지고한 주인, 눌라레의 후예, 알론조 캄비의 수호자.

배계拜啓. 폐하의 덕혜에 감읍하며 딤니팔 군사를 총괄하는 발렌시아 마조레 기지 얀 미라이예가 봉서 올립니다.

폐하께 감히 말씀드립니다. 총사령관직을 야즈밀라 수스 폰소 얀 자멘테 경에게 양선讓先하고 싶습니다.

지난 석 달간, 총사령관직은 십이공회 간의 이권 다툼으로 모욕받은 자리가 되었습니다. 저들은 전술로 이끌 수 없습니다. 중요한 것은 전리품뿐입니다. 그렇기에 당장 전리품을 말하지 않고, 이후에도 이윤을 논하지 않을 것으로 판단되는 미라이예는 물 밑의 싸움을 부추길 뿐입니다. 제가 축이 되지 못해 중심이 흔들리는 것입니다.

이에 누구보다 냉정하게 각자의 몫을 분배한다는 평판을 가진 자멘테 경에게 직무를 맡기고자 합니다. 그녀는 천박하지 않으면서도 사리에 밝게 분쟁을 조율할 줄 압니다. 부사령관으로서 그녀가 가진 무게와 총사령관으로서 그녀가 가질 무게는 전혀 다를 것입니다. 무엇보다 자멘테 경은 서부의 수장이며, 이 전쟁의 주역입니다.

폐하께 여쭙고 싶습니다. 폐하께서는 십이공회가 사령부에 복종하지 않을 것을 알고 계셨습니까? 그것을 아시고 제게 총사령관직을 맡기셨으며, 자멘테를 부사령관으로 임명하도록 유도하셨습니까? 서부의 전쟁이지만, 동시에 서부에 벌을 주고자 미라이예가 공과 책임을 빼앗도록 두셨습니까? 그 역위逆位가 불편한 상황을 만들 것을 아셨습니까? 미라이예가 폐하의 목적을 위해 움직인 것입니까?

저희의 승리가 유력한 가운데 폐하께 간청드립니다. 저 역시 전쟁이 끝날 때까지 사령부를 지켜 자멘테 경을 보조할 예정입니다.

제 신념은 단단斷斷합니다.

하찰下察을 굽어 바랍니다.

신 딤니팔 군 총사령관 발렌시아 마조레 기지 얀 미라이예 하감下鑑.

발렌시아는 꽤나 흥분해 있었다.

물론 자카리는 역정을 내지 않았다. 곰곰이 생각에 잠겼다.

발렌시아가 자멘테를 임명하도록 유도했다. 맞다. 그것은 제 결정이었다. 브레타냐, 본잘이 있는데 왜 자멘테였을까? 그녀와 군의 불편한 동거를 알면서도 내가 왜 그랬을까? 몸이 비틀려 가며 전쟁에 종사하고도 그들이 그녀를 인정한 것은 십이공회 명패가 주어진 뒤였다. 그녀와 명패가 하나가 되었을 때 마침내 전쟁터에서의 기억이 빛을 발했을 뿐, 그 이전 그녀는 아무것도 아니었다. 아무것도 아니도록, 군이 말했다.

자카리는 자멘테가 군의 부사령관으로 온전하지 못할 것을 알고 있었다. 브레타냐와 본잘은 썩 속이 넓은 사람들이 아니다. 그녀가 그들의 몫을 제대로 챙겨 줄 때에도 그럴진대, 군에서 속절없이 흔들리고 있을 때라면 두말할 나위 없을 것이다. 그리고 사령부에서 서부가 받쳐주지 않는 수장은 철이 없는 산맥일 따름이다.

몇 년 전의 실수를 괘씸히 여겨 일부러 자멘테를 벌한 것인가? 자멘테가 진창에 처박히기를 바랐던가? 미라이예와 중앙이 야욕을 드러내 서부의 모두를 불편하게 만들고, 무엇보다 자멘테의 낯을 망가뜨릴 목적이었던가? 그녀의 불안한 위치를 날이 잘 든 칼로 노렸던가?

어쨌든 발렌시아는 이를 악문 채 이만 물러나겠다고 말했다.

그가 자신의 저의를 알았는지, 아니, 제 저의가 있기는 했는지 잘 몰랐다. 어쩌면 자신은 발렌시아야말로 최고의 선택이고, 그를 보조할 유능한 서부의 수장이라니 이 이상 가는 조합이 없다고 순진하게 생각했을 수도 있다. 자멘테가 불안하지만 그와 그녀라면 충분히 헤쳐 나갈 수 있다고 믿었을지도 모른다.

사실 아직도 조금쯤 믿고 있었다.

그는 편지를 내려다보았다.

제 신념은 단단斷斷합니다.

제 믿음은 그만큼 단단하지 않았다.

그는 잠시 생각한 뒤 답장을 썼다.

회신은 짧았다. 그러나 지금까지의 가벼웠던 서간과 달리, 왕의 인주가 필요했다. 그는 반지를 빼 천천히 붉은색을 묻혔다. 문질러 찍었다. 제 결단은 항상 이런 식이다. 사람을 위하지 못하면서도 위할 수밖에 없어 우유부단한 심줄. 위선자를 견디기 힘들었다.

종이를 접는데, 누군가 문을 두드렸다.

고개를 들었다. 이 자리에 허락 없이 들어올 수 있는 이는 단 한 사람, 아니, 이제 두 사람이었다.

자카리는 레아와 아이를 보며 웃었다.

"이렌……."

어스름이 질 무렵이었다.

앙히에는 시체에 박힌 창을 빼내려 애썼다. 전투가 끝난 뒤, 생존자를 수색하던 중 달려든 적이었다. 그 정도로 악착같았지만 동시에 약했다. 반사적으로 상대했을 뿐인데 어느 살에 잘못 들어간 걸까.

그는 시체를 밟은 뒤 양손으로 창을 붙잡았다. 강하게 잡아당겼다. 이번에는 확실히 느꼈다. 날이 어딘가에 걸린 듯했다. 창대를 가깝게 쥐곤, 몇 번 덜그덕거리며 시체를 헤집었다. 마침내 어긋난 위치를 찾았다. 그는 시체의 품에 손을 넣어 엉망진창으로 얽힌 사슬 갑옷을 풀어 주었다. 식지 않은 피가 흘러나왔다.

그렇게, 소란하지 않게 창을 회수했다.

앙히에는 콧김을 내뱉으며 일어섰다. 아직 자신이 맡은 구역을 전부 순회하기까지는 한참이나 남았다. 어둠이 깔리면 곤란해질 테니 지체할 시간이 없었다.

그는 걸어갔다. 창을 거꾸로 들곤 뭉툭한 끝으로 바닥에 깔린 시체를 찔렀다. 제 주인은 불필요한 포로를 남기지 않도록 명령했으나, 곧이곧대로 살인을 저지를 마음은 없었다. 형님에게도 말씀드렸듯 '복종도 해내는' 것이다. 자신은 정말 노력하고 있었고, 이것이 최대한이었다. 사람을 죽이지 않겠다는 갸륵한 마음가짐은 아니었지만 조작된 싸움에 당당하기는 어려운 법이다. 적어도 자신은 그러했다.

한참 전에 예정된 승리였다. 그저 형님과 자멘테 경이 마침내 이기기로 결정한 첫 전투였다. 앙히에는 정해진 싸움에 참가해선 파도에 휩쓸렸다. 하찮은 종기사임에도 주인의 명으로 쫓겨나갔으니, 깨작깨작 눈앞의 사람을 죽일 뿐이었다. 다만 그렇게 불성실한 사람에게도 딤니팔의 승리가 잘 보였다. 작은 전투라도 꼭두각시처럼 죽어 나가는 사람들을 보자면 도저히 유쾌할 수 없었다. 물론 긴장되지도 않았다.

너무나 안정된 길에 접어들어 하마터면 자신이 게외보르트 내전 이후 처음으로 전투에 참가했다는 사실마저 잊을 뻔했다. 그냥…… 내키지 않는 것이다. 놀금에서 어거지로 장부를 정리하는 느낌이라고나 할까. 수 시간을 이어진 전투 중에도, 지금도 애써서 사람을 죽이고 싶진 않았다. 모든 게 조금씩 얼떨떨했다.

앙히에는 창대 아래 꿈틀거리는 감각을 느꼈다. 쓰러진 사람을 살짝 부축해 올렸다. 다행인지 불행인지 딤니팔 군 소속이었다. 병사는 정신이 나간 상태에서도 피 섞인 기침을 터뜨렸다. 그는 조심스레 부상병을 내려놓고, 바닥에 연기를 피웠다. 곧 다른 이들이 다가와 회수할 것이다.

그 뒤에도 그는 사람들을 아주 많이 구조했다. 보통의 경우였다면 안전지대를 확보하는 위험한 임무였겠지만, 이 조작된 싸움에서는 잡무에 가까웠다. 연기를 너무 많이 피워 눈이 매운 것만이 조금 힘들 뿐이었다. 주변을 둘러보자 제 구역이 아닌 곳은 대부분 고요하여, 아무래도 그 혼자만 사람을 살린 것 같았다. 앙히에는 투덜대며 전장의 가장자리에 섰다.

"자네, 아주 성실히 확인했군."

그는 순간적으로 콧김을 한번 들이마셨다. 상대가 제 말랑한 마음을 조롱하는 것인지 파악하기 어려웠다. 그리고 이미 늦었다는 사실에 놀라며, 적기사단의 수장에게 예를 표했다.

"한낱 종기사일 뿐입니다. 말씀 낮추십시오."

타타나는 못 들은 척 말에 매인 무기를 정리했다.

"타타나 경, 다른 구역은 어찌 되었는지 여쭤보아도 되겠습니까?"

"포로로 잡은 게외보르트 부상병은 기껏해야 열 명 이하……. 아마 자네가 살린 적이 다른 모두가 살린 적보다 많을걸."

앙히에는 연기가 피어오르는 제 구역을 돌아보았다. 전혀 후회되지 않았다.

"첫 전투라 동정했느냐는 무례한 질문은 하지 않을 거야. 그리고 자네가 동정했다고도 생각하지 않아."

"동정하지 않았습니다……."

"오히려 다른 이들이, 연달아 패배한 뒤 간만에 얻은 승리에 흥분하여 생존자를 남기지 않은 것이지. 그들이 이성적이지 못했으니 혹 누군가 자네를 탓해도 계면쩍어하지는 말아."

그는 그제야 타타나를 제대로 바라보았다. 간신히 적기사단의 수장이라는 사실만 알았기에, 그를 처음 살피는 것과 다름없었다. 나이를 짐작하기 어려운 사람이었다. 얼굴은 이미 초로를 지나고 있었지만,

머리칼이 소년처럼 검었다.

"다만 자멘테 경이 기뻐하시진 않을 걸세. 자네는 그분의 종기사잖나."

그는 부지불식간에 깨달았다. 아, 젠장. 이럴 상황이 아니었구나. 하긴 아무리 미라이예의 새끼라도, 적기사단장이 종기사에게 괜히 말을 걸 리 없었다. 누가 자신을 꾸짖기 위해 타타나를 보낸 것일까? 적기사단의 수장을 부릴 수 있는 사람은 단둘뿐이다. 물어보기엔, 타타나가 이미 인사 없이 등을 돌린 뒤였다.

앙히에는 가까운 사령부를 바라보았다. 전투에 참여하지도 않은 형님의 새하얀 갑옷이 가장 먼저, 그리고 그 옆에 선 자멘테 경이 보였다. 둘 중 누가 경고했을지 고민했다. 전투에 게을리 임하지 말라고, 게외보르트의 협정을 안다는 사실로 자만하지 말라고. 둘 모두 충분히 자신에게 주먹질을 할 사람들이었다.

그는 천천히 사령부 쪽으로 걸어갔다.

점차 두 사람의 모습이 커졌다. 형님은 무어라 명령을 내리고 있었다. 총사령관직을 때려치우겠다고 말하는 이가 대체 어쩌면 저렇게 성실할 수가 있나. 조금 웃었다. 저 낯짝을 하고 다 그만두겠다고 말하면 사람들이 얼마나 놀랄까.

앙히에는 종기사답게 한참을 돌아 사령부 가장자리에 섰다. 감히 그 자리에 설 자격이 없어, 고개를 길게 뺀 모습으로, 마치 어쩌다 보니 지나간다는 듯 어정거리기만 했다. 눈에 띄지 않도록 행렬에 섞여 몇 번이나 아슬아슬하게 주변을 오갔다.

형님은 주로 전투 후 처분에 대한 이야기를 하고 있었다. 엄격했고 건조했다. 그러다 보니 누군가 승리를 칭송할 때마다 거의 화를 내는 듯했다. 저 모습이나, 내가 오늘 많은 포로를 살린 모습이나……. 완전히 똑같은 행동이었다. 짐작했지만 형님 역시 전투에 그다지 열의를 가지지 않은 모양이었다.

그제야 타타나 경을 보낸 사람이 자멘테라는 사실을 확실히 깨달았다. '전투에는 진지하게 임하라'는 건가. 이거 진짜 너무하네.

갑자기 자멘테가 움직였다.

앙히에는 흠칫 놀라 병사들 사이로 숨어들었다. 그러나 자멘테는 정확히 자신이 있는 자리로 걸어왔다.

그녀는 소리를 높이지 않았으나, 그는 패배에 승복했다.

앙히에는 성큼 앞으로 나서 예를 표했다.

"자멘테 경, 명하신 대로 좌측 사분지 일을 점검했습니다."

"연기가 자욱하여 시체를 태우는 것으로 착각했다."

"……."

"포로는 적을수록 좋다고 했지."

"예."

"전혀 죽이지 않았나?"

"저를 공격한 기사 한 명을 죽였습니다."

"하나?"

"예."

"전투 중엔?"

"세 명에게 중상을 입혔고 한 사람을 죽였습니다."

"각 일만이 대결한 전투에서 병사 둘을 죽인 것이로군."

"종기사로서 죽지 않기 위해 최선을 다했습니다."

그는 고개를 들지 않았다.

"르나치."

"예."

"오늘 처형은 네가 도맡아라."

"어떤 처형…… 을 말씀하시는 겁니까……?"

"내부 군법 위반자, 탈출한 포로."

"언제……."

자멘테는 손짓했다. 고개 숙인 그의 시선에 담길 정도로 낮게.

그는 몸을 일으켜 세웠다. 그녀는 이미 저벅저벅 걸어가고 있었다. 그녀가 향하는 방향에는, 잠시 명령을 멈추곤 자신을 바라보는 형님이 보였다. 시선을 돌렸다. 어쩔 수 없잖아.

"자멘테 경, 이 자리에 종기사는 용납되지 않는다."

앙히에는 형님의 말에도 멈추지 않고 걸어갔다. 아마 그는 자멘테를 이기지 못할 것이다. 그녀에게 총사령관직을 넘기겠노라 결심한 지금이라면 더더욱.

"경, 포로 처형을 할 겁니다. 다른 기사들이 전투 처리로 바쁜 상황이니 아량을 베풀어 주십시오."

형님은 인상을 찌푸리는 듯했으나, 더 이상 나무라지 않았다.

자멘테는 총사령관이 선 자리에서 조금 떨어진 깃대로 다가갔다.

"죄인이 오면 처형해라. 어떤 무기를 사용해도 무방하지만, 자비롭게 죽여라."

그녀는 곧장 제자리로 돌아갔다. 이제 이 텅 빈 자리에는 경비 기사 두엇과 저뿐이었다.

앙히에는 그녀가 총사령관의 대화에 끼어들 때까지, 아주 길게 바라보았다. 그녀가 악의를 가지고 명한 것은 아닐 것이다. 오히려 지시에 불복한 종기사를 자비롭게 도닥인다고 여길 사람이었다.

그러다 순간적으로 발렌시아와 눈이 마주쳤다. 형님은 참 아무것도 모르시지. 형님만큼 공정한 사람이 아니라면, 십이공회원 중 자멘테의 종기사로 혈육을 보낼 사람은 없었을 거예요. 그렇게 기사직을 가치 절하고 싶지 않았을 거라고요.

형님은 아직도 사령부가, '미라이예 가주'가 아닌 모두를 차별한다고 믿고 있었다. 때문에 그들의 노예가 되고 싶지 않아 뒤돌아 뺨을 갈겨 주겠다고 선언했다. 그러기만 한다면 모두가 당혹한 채, 총사령관에게 생각을 의탁했다는 사실을 부끄러워하리라 믿는 모양이었다.

아, 형님. 사람들이 그렇게 합리적이기만 해도 세상은 훨씬 더 나은 곳이었을 텐데.

앙히에는 발렌시아와의 대화에서, 그리고 이번 작은 전투에서 깨달았다. 자멘테는 죄렛으로 자살한 리볼텔라였다. 형님은 본인이 불공정한 사람들의 상징이 되는 것을 싫어했지만, 그 사람들이 왜 불공정했는지는 죽었다 깨나도 모를 사람이었다.

바로 그렇기 때문에 자신은 자멘테를 거역할 수 없었다. 나랏님도 뒤에서 욕하는 세상이건만, 자신은 그조차 할 수 없었다. 심정적으로 반항할 수도 없다는 말이다. 종기사가 전투에 불성실했다는 이유만으로 목을 몇 개 더 자르도록 떠밀리고 있었지만, 자멘테라면 불가항력이라고 생각했다. 그녀에게 정신 빠진 부하를 두었다는 평판은 용납되지 않으니까.

갑자기 콧등에 무언가 차가운 것이 닿았다. 하나, 둘, 띄엄띄엄, 우수수. 앙히에는 위를 올려다보았다. 안개비가 내리기 시작했다. 전장에 피워 둔 연기가 꺼지기 전 모든 부상병을 이송해야 할 텐데 걱정이 되었다.

"종기사."

그는 경비 기사의 나직한 목소리에 칼자루를 쥐었다. 스투레였다. 고개를 돌리자 여덟 명의 죄인이 줄줄이 걸어차였다. 앙히에는 주저하며 말했다.

"부탁드립니다."

경비 기사는 한 사람의 목덜미를 잡아 그 앞으로 끌고 왔다. 무릎을 꿇려, 낮은 처형대에 목을 얹었다.

앙히에는 시야에 맺힌 빗물을 쓸었다. 양손으로 스투레를 들었다. 숨을 들이마셨다. 팔이 아니라 복부에, 어깻죽지 아래에 힘을 주었다.

칼을 휘둘러 죄인의 목을 베었다.

목은 마른 풀밭 위로 부드럽게 떨어졌다.

앙히에는 얼굴을 일그러뜨리지 않으려 노력했다. 경비 기사가 다가와 시체를 치우고, 다음 사람을 다시 앉혔다. 그는 이전 사람처럼 순순히 엎드리지 않아 오금을 걷어차이기까지 했다.

그는 다시 한번 숨을 들이켰다. 크게 들어 목을 베었다. 이번에도 단칼에 떨어져 나갔다. 팔이 저릿저릿했다.

두 사람을 죽이자 형님이 마침내 시선을 피했다. 굳이 그를 찾지 않았지만 느낄 수 있었다. 마치 눈을 수백 겹 가진 곤충이라도 된 듯한 느낌이었다.

앙히에는 뻐근한 팔을 들어 다시 한 번 휘둘렀다. 세 사람. 한 번 더. 네 사람. 다섯 사람. 여섯 사람. 일곱 사람. 마지막. 여덟 사람.

"수고했다."

앙히에는 경비 기사의 치하를 듣는 둥 마는 둥 천을 꺼냈다. 한 번에 힘을 너무 많이 쓴 탓에 팔이 덜덜 떨렸다. 억지로 억지로 피를 정돈한 뒤 칼을 회수했으며, 그 와중 얼굴에 잔뜩 묻은 물기를 훔쳤다. 땀인지 빗물인지는 잘 몰랐다.

그는 천을 내팽개친 뒤 자멘테에게 보고하려 했다. 종기사 주제에 막되어먹게 떠날 수는 없으니. 그러나 그녀가 먼저 손을 들어 자신의 걸음을 멈추었다. 흔든다. 되었으니 이만 떠나.

앙히에는 턱을 악문 채 등을 돌렸다.

결국 오늘 두 자릿수를 죽였군. 그래, 적어도 조작된 싸움에서 사람을 베어 먹은 것은 아니잖아. 마음속에서조차 자멘테에게 짜증을 낼 수 없었다. 이상한 죄책감이 그를 막았다. 불만을 가졌지만 표현할 수 없어 답답했다.

그는 한참이나 걸어가 군마를 임시로 매어 두는 장소에 도착했다. 가장자리에 있던 말의 고삐를 잡았다. 맥이 빠져 있던 나머지 누군가가 제 손을 낚아채는 것조차 느끼지 못했다.

앙히에는 기겁하여 몸을 돌렸다.

블랑쉬는 입에 손을 얹었다. 거의 일주일 동안이나 혼자 막사에 처박혀 얼굴을 볼 수 없던 그녀는 이제 남자처럼 보였다. 턱이 두터워졌고, 눈썹과 안와眼窩는 더 두텁고 깊었으며, 가짜 목젖이 있었다. 이 정도면 놀랄 법도 한데, 그는 아직 멍멍한 기분이었다. 놀라기에는 너무 지쳐 있었다.

"미라이예, 새로운 소식이 있다. 저들이 바쁘니 우리가 먼저 정리해야 한다."

목소리도 남자 같았으나, 여전히 놀라지 않았다.

그리고 그녀의 용건에도 관심이 없었다. 앙히에는 반사적으로 말했다.

"너는 딤니팔의 후계자가 여자애인 줄 몰랐지."

블랑쉬의 표정이 변했다. 그는 그녀가 저 정도로 동요하는 모습을 처음 보았다. 그제야 처형의 여파로 일그러졌던 마음이 살짝 풀렸다. 헛웃음이 나왔다.

"너나 발터하임부르겐이나, 잉그레가 후계를 맞이할 준비를 하고 있으니 당연히 사내애일 거라고 생각한 거야. 다른 가짓수는 상상하지도 못한 거라고."

"……."

"이런 딤니팔도 결국 졸렬하기 짝이 없는데, 게외보르트에 뭘 기대했나."

"……."

앙히에는 얼굴을 닦으며 말에 올랐다.

"너힐 놀릴 마음도 안 든다."

"……."

"할 일이 있다면서. 빨리 가자."

욜란다 그네젠은 단단한 돌바닥에 이마를 박았다. 무명의 손바닥을 보자마자 말에서 그대로 굴러떨어진 셈이다.

그녀는 초조하게 생각했다. 내가 저지르려던 범죄가 들킨 걸까? 폐하께서 나를 찾으시는 이유가 뭘까?

"일어나. 주의가 쏠린다."

"예."

거의 몸을 내던졌기에, 비척비척 몸을 일으켰다. 이마를 문지르자 피가 살짝 배어 나왔다. 무명은 자신에게 '일어서'라고 말하지 않았다. 다리를 세울 수는 없다. 그녀는 피 묻은 손으로 돌을 짚었다. 다시 한번 고개를 숙였다.

"편지를 받잡아라."

그래. 이런 것이 닥칠 줄 알았지. 그녀는 두 손으로 무명이 건네는 종이를 받았다. 편지는 단단히 밀봉되어 있었다.

"홀로 확인해야 한다."

"예."

무명은 몸을 돌렸다. 이다는 그래선 안 되는 줄 알면서도, 숨을 들이켰다. 무슨 말을 하려다가 차마 내뱉지 못하고 삼켰다.

그러나 무명이 멈추었다.

"말해."

"죄송합니다. 실언이었습니다."

"내뱉지 않으면 실언이 될 수도 없다. 말해."

"예. 제가 가는 방향에 변함이 없어도 될는지 감히 여쭙습니다."

"혜서惠書를 확인해라. 나는 네게 명령할 위치에 있지 않다."

"예. 송구했습니다."

이다는 양손에 힘을 꾹 쥐었다가, 편지를 구기고는 깜짝 놀라 일어섰다. 천만다행으로 무명은 이미 사라진 뒤였다.

그녀는 조심스레 폐하의 전갈을 품에 넣었다.

지금은 대낮의 알로지아드. 그것도 사람이 가장 많은 알로지아드 진이었다. 또한 엎어지면 오스페다가 닿을 거리이므로, 지나가는 사람 백 중 하나는 제 얼굴을 알 것이다. 감히 폐하께서 비밀로 전한 서간을 칠칠치 못하게 열어 볼 수 없었다.

그녀는 사실 단 한 번도 잉그레와 연락을 나누지 않았다. 일개 평민에게는 너무도 당연한 일이다. 폐하의 명을 전달받은 적은 있지만, 그것은 상고나 솔 미라이예를 통했을 뿐이며 모든 일이 부수적이고 또한 공적이었다. 익숙하지 않아 온몸이 떨렸다. 부정하겠지만, 아마 공포에 가까울 것이다.

욜란다는 숨을 들이켠 뒤 뚜벅뚜벅 걸어갔다. 방금 전 떠났던 알로지아드 진의 방이라면 안전하겠지. 폐하의 의지를 확인해야 한다. 잉그레를 거역할 수는……. 그녀는 이를 악물었다. 내가 반역을 저지르려던 건가?

그녀는 어리둥절한 듯한 숙소 주인의 손을 잡고 마구 흔들었다. 세르지, 내 친구. 어제 묵었던 방이 급해. 그녀의 손에는 금 한 장이 있었다. 상대는 동전 뒤집듯 활짝 웃었다. 아무도 못 들어갈 테니 안심하라고.

욜란다는 계단을 두 칸씩 뛰어올라 갔다. 헉헉대며 문을 열고, 잠그고, 자신이 아침에 헝클어 두었던 이불 위에 털썩 주저앉았다.

급히 왕의 서찰을 꺼냈다.

욜란다 그네젠. 네가 하려는 짓을 안다. 너를 용서한다. 그렇게 하도록 해라.

그제야 숨을 제대로 쉴 수 있었다. 그녀는 살아남았다.

외르타 발미레의 안전은 짐이 보장하겠다. 짐이 너를 허락했듯 그녀도 허락하겠다. 또한 네가 발미레에게 가장 가까운 인편이므로, 별첨한 편지를 맡긴다. 발미레에게 정확히 전달해라.

편지 아래에는 봉인된 종이가 있었다. 그녀는 당연히 그것을 열어 볼 생각조차 품지 않았다. 그대로 가장 깊은 옷자락에 넣었다. 알론조 캄비에 도착하기 전까진 절대 몸에서 떼지 않을 것이다.

그녀는 한숨을 쉬며 그대로 침대에 누웠다. 긴장이 풀린 탓에 온몸이 저릿저릿했다.

한참 전, 군영에서 들었던 목소리를 기억했다.

"외르타 발미레는 알론조 캄비로 떠났다. 이것은 그녀의 소지품으로, 보관 장소가 마땅치 않아 부탁받은 것이다."

외르타는 미라이예 공자가 '사망한' 뒤 오스페다에서 쫓겨났다. 사실상 죽을 때까지 알론조 캄비에 유폐당한 것과 마찬가지다. 누구도 그녀가 퇴출당한 이유를 몰랐지만, 놀금의 소상만큼은 알 수 있었다. 욜란다는 앙히에가 실종되었다는 사실을 왕실과 같은 속도로 깨달았다. 그 직후 미라이예의 식객이 잉그레로 끌려갔으며, 소리 소문 없이 알론조 캄비로 떠났다고? 바보가 아닌 이상 의심할 수밖에 없는 상황이었다. 의심뿐일까, 외르타의 목숨과도 같은 소지품을 타인이 지니고 있다는 사실을 깨달은 뒤엔 더 돌이킬 수 없었다. 확실했다.

외르타는 앙히에의 실종에 책임을 지고 추방당했다.

욜란다는 앙히에가 죽었다는 사실에 갈팡질팡하던 순간조차 그녀를 찾아야 한다고 생각했다. 그것만이 자신이 끔찍이도 잘못 이끌었던 여행길에 대한 보상이 될 것이다. 목숨 걸고 그녀를 수행하리라. 더 이상 그녀는 원하지 않는 곳에 머물 필요가 없었다. 두 번째 모장티는 없다.

욜란다는 물론 스스로 왕명을 거스르고 있다는 사실을 알았다.

폐하의 편지를 받고 이 정도로 헐떡이는 사람이 대범한 결심을 할 수 있을 리 없다. 이성이 조금이라도 남아 있었더라면 당연히 외르타를 외면했을 것이다. 하지만 외길이었다. 자신은 홀린 듯 알론조 캄비로 향했다. 순식간에 군량을 계약해 톨레도 경에게 전한 뒤, 끊임없이 동쪽으로 왔다. 오로지 모장티에 흘렸던 죄를 주워 담기 위해서였다.

그런 자신의 불경한 의도를 폐하께서 알아차리신 것이다. 아기 솜털과 같이 뻔은 소식꾼들에게 죄를 묻고 싶지 않았다. 어차피 상대가 잉그레일뿐더러, 저부터 행보를 숨기지 않았으므로. 하지만 폐하께서 어떻게 제 머릿속을 꿰뚫어 보셨는지는 도무지 알 수가 없었다. 폐하께서는 놀금의 새끼 상고가 외르타 발미레에게 어떤 잘못을 저질렀는지 모르시지 않나. 죄책감이란 것을 얼마나 오랫동안 짊어질 수 있는지 모르시지 않나.

욜란다는 잉그레의 혜안을 어떻게 가늠해야 할지 몰랐다. 또한, 불측한 행동을 용서해 주신 폐하께도 머리를 조아려 감사드렸다. 폐하께서 제 등에 순풍을 불어, 더 부푼 마음가짐으로 그녀에게 갈 수 있게 되었다. 외르타가 원하는 방향으로 키를 돌릴 수 있도록 좋은 배가 될 것이다.

그녀는 한참 동안이나 눈을 가린 채로 있었다.

그리고…….

"전하, 왜 합하께…… 그토록 소중한 물건을……."

묻어 두려던 의심이다. 아주 이상한 사건이니까. 절대로 불가능한 마음이니까…….

그러나 전하께서 소녀로 돌아오셨다면 이 어찌나 기쁜 일인가?

욜란다는 튕겨 오르듯 일어났다.

가자.

외르타는 두 달 만에 마침내 판에게 연락을 받았다. 바냐가 떠나고도 달이 진 뒤였다.

판은 그간 귀신처럼 외르타를 챙겼지만 절대 얼굴을 볼 수 없었다. 잘 세탁된 옷이나 식사를 문 앞에 두고 도망쳤으므로. 필요한 것이 있으면 언제나 종이에 써 문 앞에 두어야 했다.

그녀는 평온하게 기다렸다. 두 달은 무슨, 반년이고, 몇 년이고 기다릴 수 있었다. 제 삶은 그를 위한 것이 아니므로, 그와 멀찌감치 떨어져 유연하게 뻗어 나갈 것이다. 그 와중 사람에게 기대를 버리지 않는 것은 쉬운 일이었다. 근사하기도 했다. 푹신하고도 질긴 표면을 지닌 감정. 단단한 것만이 건강한 품성은 아니었다. 외르타는 그 개울을 지나왔다. 머무를 수도 있었지만, 그래도 햇볕에 따습게 마른 뭍이 좋았다.

외르타는 다시 한번 쪽지를 열었다.

내일 정오에 저희 집으로 와 주세요. 판 도사린.

그녀는 시간에 딱 맞추기 위해 집 앞 의자에 앉아 있었다. —누군가 버리려던 의자를 자신이 직접 끌고 와 보금자리 앞에 놓은 것이다.— 그림자를 보니 아직 시간이 조금 남았다. 이제야 처음으로 조바심이 났다. 무릎에 두었던 책을 꽉 쥐었다. 판을 재촉하는 마음이 아니라, 그저 '바람'이 컸다.

그를 만나면 마치 우리의 마지막 만남이 어제 일인 듯 태연하게 굴어야겠다. 그가 고민의 시간을 보내지 않았다고 생각해야지. 부끄럽지 않도록 해 주어야지. 그가 말꼬를 트면 노력을 존중하리라. 자신은 충분히 그럴 수 있었다. 오로지 판을 믿기 때문에.

사실 냉정하게 본다면 그와 몇 달을 지낸 자신이 바냐보다 더 자신만만할 이유는 없었다. 그러나 믿음은 대개 이성적이지 않다. 그녀는 판이 부들부들 떨던 모습을 기억했다. 오로지 그 장면만이 그의 삶을 설명한다고 느꼈다. 도드라진 뼈를 보여 줄 수 있는 소년이라면 더 많은 것을 드러낼 수 있을 것이다.

고개를 들었다. 기둥에 붙은 해가 살짝 움직였다.

그녀는 기다렸다는 듯이 벌떡 일어섰다. 성큼성큼 판에게로 향했다.

한겨울에 만났지만, 이제는 봄이었다. 그것은 시간이지만 동시에 공간이기도 하다. 날이 따듯해졌다. 사람도 조금은 녹았을 것이다.

얼마 지나지 않아 판의 작은 집이 보였다. 자신이 오가며 눈여겨보았던 화분들에는 꽃이 피어 있었다. 판은 자신에게 찾아오지 않았지만 그래도 꾸준히 주변을 돌보았다. 그것만큼 희망적인 신호가 없었다. 그녀의 걸음이 살짝 빨라졌다. 집 앞 계단을 올랐다.

문에 종이가 붙어 있었다.

대사제님 댁으로 와 주십시오.

자신이 아는 판이라면 '여러 번 부탁드려 죄송하다'는 말 정도는 할 법했다. 외르타는 고개를 기울였다. 어떤 감정이 담겨 있을지 살폈지만 그는 여전히 반듯한 정자로 남아 있었다. 그래도 꽃이 살아 있었는데.

그녀는 터벅터벅 뒤돌아 다시 길을 떠났다. 대사제가 급하게 소집했을 수도 있지. 자신과의 약속을 어길 수 없어 곧장 대사제의 저택으로 불렀을 것이다. 조금 돌아간다고 서운해할 필요는 없다. 어쨌든 꽃이 살아 있었으니까.

외르타는 높은 기둥을 지났다. 대사제의 저택은 금세 눈앞에 보였다.

꿀빛 금발을 지닌 소년이 계단에 앉아 있었다. 소년은 자신을 발견한 듯 일어섰다. 외르타는 반갑게 달려갔다.

“판.”

“안녕하세요? 오랜만입니다, 발미레.”

“딱히, 얼마 안 되었지 않니.”

그녀는 의기양양하게 자신과의 약속을 지켰다. 엊그제 만났던 것처럼 해야 해.

“무슨 용건으로 불렀니?”

그는 대답 대신 책을 턱 건넸다. 외르타는 어리둥절한 채 품에 껴안은 책 두 권을 둘러보았다. 같은 내용의 책이었다. 그러나 판이 건넨 표지에는 그의 글씨가 새겨져 있었다.

그녀는 조심스레 판의 책을 열었다. 내용은 게외보르트어로 전부 번역되어 있었다. 엉성했지만 그래도 초심자로서는 만족스러운 수준이었다. 그녀는 이것이 판의 보답인가 하여 살짝 웃었다.

“벌써 다 끝냈구나. 대단하다.”

“발미레, 저는 더 이상 당신에게 게외보르트어를 배우지 않을 겁니다. 이 정도면 충분히 기초를 다졌고, 이 이상은 다른 사제들과 토론하면서도 익힐 수 있어요. 볼일은 다 끝났습니다. 그러니 다신 만나 뵙지 않았으면 좋겠습니다. 오늘 대사제님께 발미레의 담당을 바꿔 달라고 요청드리려 합니다. 그래서 이쪽으로 모신 거예요.”

외르타는 입을 살짝 벌렸다.

“뭐……?”

꽃이 살아 있었는데.

"빨리 끝날 거예요. 바쁘신 시간을 축내진 않겠습니다."

"……그럼 내 담당은……?"

"여성 사제를 원한다면 요청하십시오. 대사제님께서 흔쾌히 들어주실 테니까요."

"나는 당신이 좋은데."

그녀는 무턱대고 내뱉다가, 잠깐 말을 멈췄다.

아니다. 그럴 필요는 없다. 실수여도 진심이었다.

"……."

"어차피 우린 지금도 얼굴을 안 보는 사이잖니. 굳이 바꿔야 할 필요가 있어?"

"네."

"이 좁은 캄비에 살면서 얼굴을 안 보겠다고?"

"그만하세요."

판은 인상을 찌푸렸다.

외르타는 난간에 책을 내려두고는 판을 똑바로 마주 보았다. 그의 눈은 아름다웠지만, 의심을 품고 있었다. 그렇기에 조금 위태로워 보였다.

"판, 바냐는 떠났어."

"그게 저와 무슨 상관입니까?"

"바냐는 너한테 쓸데없이 기대하지 말라고 했어."

"……그녀가 옳습니다. 당신과 저는 아무 사이도 아니니까요."

"대사제 역시 당신과 아무 사이도 아니지. 하지만 너도 그녀에게 기대하는 바가 있지 않아?"

외르타는 한 걸음 다가갔다. 그는 뒤로 물러났다. 더 다가가자, 더 물러났다. 그녀는 그가 벽에 등을 붙일 때까지 걸어갔다. 판은 주변을 한번 둘러보더니 입술을 깨물었다. 이곳은 광장에 선 집이었다. 시선이 쏠리길 바라지 않는 모양이었다.

그는 마치 당장이라도 달려들 맹수를 보듯 외르타를 경계했다.

"제 요청을 흔쾌히 들어주지 않으실 테죠."

"당신이 진심으로 원한다면 당연히 거절하지 않겠다. 하지만 걷어차 내쫓진 말렴. 나와 이야기를 해, 잠깐이라도."

그는 고개를 급하게 젓더니 뒤쪽으로 손짓했다. 그의 장갑이 유난히 눈에 띄었다.

"잠시 말씀 나누시지요. 돌아가면 노대가 있습니다."

그녀는 그가 가리킨 방향으로 몸을 돌렸다. 설마 도망가진 않겠지. 먼저 저벅저벅 걸어갔다. 슬쩍 돌아보자니 판이 버려진 책을 한 아름 안고 따라오는 모습이 보였다. 화분의 꽃도 살아 있었고, 그의 배려도 그대로였다.

외르타는 고민하며 노대로 향했다. 여느 집이라면 헛간 마당에 가까울 공간을, 희고 넓은 돌이 손잡이처럼 받치고 있었다. 난간이 울뚝불뚝 솟아 사뭇 위험해 보였다. 어느 부분은 종잇장처럼 올라와 있고, 어느 부분은 그대로 굴러떨어지기 딱 좋게 생겼다. 대사제는 어린아이 낙서 같은 취향을 가진 모양이다.

외르타는 가장자리로 다가갔다. 경사진 곳에 위치한 노대라 높지는 않았지만, 그래도 조심하는 편이 좋을 것 같았다. 그녀는 가장 넓은 난간이 있는 곳에 기댔다.

판은 여러 걸음 거리를 둔 채 멈춰 섰다.

"똑바로 말씀드릴게요. 저는 당신을 '외르타'라고 부를 마음이 없습니다. 굳이 당신과 이야기를 나눌 필요를 못 느끼겠습니다."

외르타는 멀뚱히 그를 보았다.

"판."

"……."

"혹시 죽을 거야?"

"……아니요. 저는 오랫동안 살 겁니다."

"대사제의 약도 듣지 않는데, 당신이 어떻게 살아남을 수 있겠어?"

"그만하세요."

"판, 너는 열다섯이야."

"그래서요?"

"내 삶이 박살 났을 때보다도 어려. 그렇기에 당신이 고통받는 모습을 보면 속이 쓰리다."

"저는 지금 고통받지 않고 있어요."

외르타는 앞으로 몇 걸음이나 다가가 판을 마주 보았다. 그의 긴 속눈썹이 그녀에게 그림자를 드리웠다. 이 어린아이와도 키 차이가 나서, 몸을 꼿꼿이 세워야 했다. 그의 팔뚝을 툭 쳤다. 그림자가 아닌 존재를 확인해야 했다……. 그는 그 자리에 있었다.

"조용했던 여러 달 동안 대체 무얼 생각한 거니?"

"번역했어요. 제 할 일을 마쳤을 뿐입니다."

"더 설명해."

"전부 말씀드렸습니다."

"판."

"그만하세요. 당신은 고위 귀족이고, 무슨 사건에 휘말렸는지는 몰라도 곧 지위를 회복하시거나, 복귀하지 못하더라도 보금자리를 얻어 이 호수에서 떠나실 겁니다. 그런 분은 저와 전혀 무관합니다."

"변명도 정말 가지가지야."

판은 조용했다. 네가 어쩌겠냐는 태도였다. 그녀는 그처럼 허황된 얼굴을 무척 싫어했다.

침묵이 흘렀다. 외르타는 바냐에 이어 이런 판을 마주 보자 맥이 빠졌다. 진저리가 났다.

"당신에게 대사제는 정말 아무것도 아니구나. 아니, 당신뿐만 아니라 모든 사제들에게 대사제는 아무것도 아니구나. 그분이, 아, 결국 내가, 안타까움을 담아, 이렇게 부르게 되는구나, 그분이 왜 거리를 두시는지 알겠다."

"저는 캄비의 사제입니다."

"저리 꺼져."

외르타는 그의 옷깃을 내팽개쳤다. 뒤로 물러나 난간을 짚었다. 맑은 하늘을 올려다보았다.

"……발미레."

변성기에 접어든 목소리는 좀 더 가까워졌다. 그녀는 대답하지 않았다. 어차피 제 이름도 아니었다.

"저는 당신이 왜 화를 내시는지 모르겠습니다. 오히려 제가 사생활을 침범당했다는 이유로 화를 내야 합니다. 제가 여기 사제로 머무른다고 해서 대사제님께 절 들쑤실 수 있는 권리가 생기는 건 아니지요. 하물며 그분이 다른 사람에게 저를 도와 달라고 부탁하셨던들, 대체 그게 무슨 소용입니까?"

"판 도사린, 너는 아직도 장갑조차 못 벗고 있어."

"남들이 보기에 흉하니까."

"그렇게 영원히 거짓말해 봐."

"발미레, 당신이 동의하지 않아도 저는 대사제님께 요청드릴 겁니다. 담당 사제를 바꿔 달라고요. 그러니 지금 이 자리에서 당신과 이야기를 나누는 건 순전히 제 호의입니다."

외르타는 바닥을 내려다보았다. 목소리는 더 가까워져, 거의 숨소리가 들릴 지경이었다.

"저는 당신을 거절합니다."

외르타는 소년이 속삭이는 소리를 잘 들었다. 눈을 살짝 감았다.

"적어도 네 이야기를 해 주고선 거절하면 좋을 거야."

"당신은 나와 그렇게 가깝지—."

"너는 내가 얼마나 많은 사람에게 내가 강간당했노라 편히 이야기했을 것 같니?"

"……."

얘야, 용기를 내 봐.

"그건 당신이 나를 잘 모른 채 믿은 거고요."

……그녀는 결국 그의 멱살을 붙잡았다.

"너는 삶에 기회가 얼마 찾아오지 않는다는 사실을 알아야 해……. 단순히 자존심 때문에 거절해선 안 돼."

"그래서 당신이 제 기회라고요?"

"그래."

외르타는 뒷걸음질을 쳤다. 땅을 더듬었다. 미끄러졌다.

"정말, 발미레. 웃기는 말씀을 하세요. 저는 캄비에서 사제로 잘 살 거예요. 그렇게 육 년 동안 있었는데 대체 무엇이 문제라고요?"

그녀는 씩씩거리며 그를 잡아당겼다. 어린아이에게 화를 내지 않으려 했지만 마음처럼 잘 되지 않았다.

판은 아까부터 반항하기는커녕 그녀에게 꿰이고 싶은 사람처럼 행동하고 있었다. 때문에 그를 확 잡아당기자, 곧장 중심이 기울었다. 그녀는 걸음을 헛디뎠다.

그는 힘을 쓰지 않았다. 힘을 쓰기는커녕 근육이 쪼그라든, 자기 의지가 하나도 없는 식물처럼 행동하고 있었다. 그대로 쓸려 왔다. 외르타는 제 위로 무게가 쏠리자 그제야 깜짝 놀라 소년을 밀어내려 했다.

하지만 난간이 없었다.

외르타는 숨이 막히는 소리를 냈다.

판의 눈이 크게 뜨였다. 예상치 못했다는 태도였다. 하지만 발버둥을 쳐도 이미 늦었다.

그들은 그대로 경사진 곳으로 굴러떨어졌다.

외르타가 먼저 모래사장에 등을 찧었고, 판은 애써 그 옆에 얼굴을 박았다. 그러나 둘 모두 멈추지는 못했다. 그대로 굴렀다. 숨을 멈추고, 모래를 먹고, 캑캑거리고, 다시 구르고, 또 굴렀다. 외르타는 허리가 부서질 것 같다고 생각했다. 서로서로 번갈아 땅에 부딪쳤기에 판 때문은 아니었다. 얼마 안 되는 높이에서 굴러떨어졌지만 충격이 익숙하지 않았다.

그들은 반동을 이길 만큼 강한 사람들이 아니었다. 외르타가 먼저 흙모래 속에 손을 짓눌렀다. 그러나 그가 그녀를 덮쳤고, 다시 한번 더 굴렀고, 판도 손을 짚었고, 다시 굴렀고, 그녀도 멈추려 노력했고, 판이 크게 외쳤고, 마침내 외르타가 그를 밀쳐 냈다.

그들은 빈 자루처럼 널브러졌다. 호수가 코앞이었다.

외르타는 숨을 터트렸다. 흙을 조금 먹은 것 같았다. 누운 채 기침을 하자 아무 소용이 없었다. 결국 바닥을 짚고 일어서 침을 뱉었다.

물론 판은 그녀 이상인 듯했다. 그는 땅을 짚고 미친 듯이 헛구역질을 했다.

외르타는 아직 상황에 적응하기에 바쁜 판을 바라보았다. 마치 돌격병이라도 된 듯 씩씩하게, 정신을 못 차린 판 위로 올라갔다.

“더 굴러가! 저기에 처박혀! 지금 죽어!”

판은 대답할 기운이 없는 것처럼 보였다. 그녀는 그 순간을 놓치지 않았다.

“네 말처럼 나는 곧 여길 나갈 거란다. 기회는 여러 번 오지 않아. 그러니, 널 위한 기회가 여러 번 온다고 생각하면 안 돼! 왔을 때 부여잡고, 네 것으로 만들어야 해! 놓치면 끝인 거야!”

갑자기 판의 마음속 불씨가 살아난 듯했다. 그는 그녀를 뿌리쳤다.

소년의 힘인지라, 거의 때린 것과 마찬가지였다. 외르타는 충격받은 눈으로 나동그라졌다.

판은 벌떡 일어섰다.

"당신이 내 유일한 기회라고 생각하지 말아요! 진짜 오만해서 웃기잖아요! 남과 고통을 겨루지 않겠다고 하셨죠? 당신은 겨루지 않고도 이미 내 위에 있는 것처럼 구는걸! 난 그 태도가 같잖아서 거절한 거야!"

"내가 언제……!"

"지금 이게 아닌 것 같아?"

"난 한 번도 내가—."

"당신은 날 '구원'하려 해요! 당신도 이미 알면서! 남이 할 수 있는 일이 아닌 걸 알면서도 나를 구원하려고 해! 대사제님도 할 수 없다고 고백하신 거야……! 원래 그딴 건 남한테 할 수 없는 거라고 인정하셨다고……."

"난—."

"당신 갈 길이 힘든 걸 남에게 보상받으려 하지 말아요. 이제 그만해요."

외르타는 갑작스레 침묵했다.

판은 더 이상 열에 들떠 있지 않았다. 그간 마음에 품고 있던 생각을 겨우 풀어내듯, 거의 침착하기까지 했다.

"당신 혼자 극복했을진 몰라요. 하지만 완벽하진 않은 거야."

"……."

"그러니까 나를 붙잡고 살아 있는 증거로 만들려 하는 거죠. 난 당신이 극복했다는 증거가 되어야 하는 거라고, 혼자가 아니라 둘이지 않느냐고, 이렇게 극복할 수 있는 사람이 여럿이라고 애꿎은 나를 쥐어짜고 있는 거지."

"……."

"발미레, 정직해져요. 제발 날 위하는 척이라도 하지 마세요."

"……."

"지긋지긋해. 대사제님도, 당신도. 차라리 대사제님은 내게 관심이라도 없으시지, 당신은 그렇게 곤두서 갖곤."

그녀는 입술을 깨물었다.

"죽어도 인정 못 하실 겁니다. 끝끝내 본인은 선의라고 믿을 거예요."

"……."

"저는 선의에 별 관심이 없어요. 그렇게 좋은 세상이라고 생각 안 해요."

"……."

침묵이 흘렀다.

판은 짧게 한숨 쉬곤 몸을 돌렸다. 외르타는 눈을 꽉 감았다 떴다. 그의 숨 한 오라기가 끔찍한 선단처럼 느껴졌다. 그것이 제 가장 끝에 있는, 가장 얇은 털을 건드렸다. 그러자 모든 것이 바람을 맞은 듯 기울었다.

그녀는 한순간 손을 뻗었다. 그의 바지 깃을 붙잡았다.

"내 욕심이야."

"……."

"사실 나를 위한 거였어."

"……진심이에요?"

"네 말……."

"……."

"네 말이 맞을 거야……."

판은 천천히 돌아 쭈그려 앉았다.

"내가 괜찮아졌으니…… 너도 그럴 수만 있다면 좋겠다고 생각했어."

"……."

"그렇지만……."

외르타는 주먹을 꽉 쥐었다. 아무것도 보이지 않았지만, 판이 제 주먹을 빤히 바라보고 있다는 사실을 알았다. 그래서 갑작스레 몸을 일으켰다. 그의 맹랑한 눈과 시선을 마주쳤다.

“하지만 너는 한 가지 중요한 사실을 잘못 알고 있어.”

“뭘요?”

“난 극복한 게 아니야.”

“발미레.”

내내 생각해 온 것인데도, 띄엄띄엄 말했다. 그것이 최선이었다.

“그냥…… 이제는…… 내 차례이기 때문이야.”

판은 숨을 들이켰다. 감동적이지는 않았다. 마치 어처구니없는 말에 소리를 지르기라도 할 듯한 기세였다.

하지만 한참 뒤에도 주변은 고요했다. 그는 숨을 들이켰던 자세 그대로 고개를 들지 않았다. 외르타 역시 모래 섞인 땅을 노려보았다. 그들은 서로를 외면했다.

“극복하지 못하고도 이제는 내가 먼저니까, 무시하고 걸어가는 거야……. 그렇기에 때때로 도움이 필요할 수도 있고……. 네가 지적한들 부끄럽진 않구나.”

판의 몸이 동그래졌다. 주춤주춤 줄어들었다.

하얀 바닥에 얼룩인지 그림자인지 모를 것이 졌다. 하나, 둘.

그녀는 기어갔다. 몸을 숙여 속삭였다.

“생채기는 남을 수 있다. 생채기라 불러도 좋고, 영원토록 흉질 상처라고 불러도 좋다. 삶이 상처를 보상해 주리라 생각지 말거라. 좋은 순간들은 자주 오지 않아. 어쩌면 영영 안 올지도 모르고.”

판은 주먹을 쥐었다.

외르타는 몸을 더 굽혔다. 파도 같은 호수의 바람 소리가 들렸다. 캄비다웠다. 그녀는 그것이 손톱만 한 신성이라도 발휘하기를 바랐다. 제 짧은 말에 무게를 실어 이 어린 소년을 도울 수 있으면 좋겠다고 생각했다. 물론, 제 이기심도.

판은 짧은 말을 읊조렸다. 투덜거리는 불평에 가까웠다. 그것은 반성처럼 들리지 않았다. 심지어 방금 전까지 악쓰던 내용에서 그리 멀지도 않았다.

하지만 그녀는 안도의 웃음을 지었다. 그의 어깨를 두드렸다.

"하지만 나아가지 않으면 알 수 없단다……. 판, 나를 도와주겠니?"

밤이었다. 그들은 노대를 지붕 삼아 앉아 있었다.

"난 게외보르트의 왕녀야. 딤니팔로 망명했단다."

"아."

"놀라지 않았구나."

"제가 지금 놀라 무엇을 어떡하겠어요?"

"동시에 이번 전쟁의 명분이기도 하지. 그럼 이제 내가 왜 쫓겨났는지 짐작하겠니?"

"모르겠어요. 전쟁엔 관심이 없습니다. 딤니팔은 제 나라도 아니에요."

"정말 칼 든 것처럼 다 잘라 내는구나."

"당신은 제가 그렇게 세상에 관심이 많은 것처럼 보이십니까?"

"전혀 아니야. 단지 놀라는 모습을 보고 싶었을 뿐이지."

"……이제 제가 놀라든 말든 상관없지 않으세요?"

또 다른 밤이었다. 그들은 판이 번역한 책을 펼쳐 두고 있었다. 외르타의 엉망진창인 글씨로 첨삭된 여러 문장이 보였다.

그녀는 펜으로 그의 손등을 누르며 말했다. 그는 여전히 장갑을 끼고 있었다.

"판, 이상한 질문을 하네. 내가 왜 너와 친해지려 노력했냐고? 그날 당신이 정확하게 짚어 주었잖니. 그 답이 맞았어."

“정말입니까? 오로지? 절, 당신이 살아남은 증거로 삼겠다고요? 그렇게 편찮으신 분처럼 보이진 않았는데요.”

“당신이 나아질 수 있다는 희망이 곧 내 힘이 된다. 날 도와주겠다고 한 말을 잊었니? 이기적이지만, 동시에 당신을 위한 거야.”

“우린 여전히 아무 사이도 아닙니다. 아시잖아요.”

“이 이야기를 미처 못 했다. 우리가 아무 사이도 아니기 때문에 도움이 되는 거란다. 나를 사랑하는 이가 내 덕분에 변했다고 내가 눈이나 깜빡할 줄 아니?”

판은 꺾꽂이를 한 화분을 건넸다. 외르타는 그의 집 앞에서 보았던 꽃을 알아보곤 빙그레 웃었다.

“그날 당신 집 앞에 피어 있는 꽃을 봤단다. 그것만으로도 모든 게 잘되고 있다고 생각했지. 당신이 한순간 거절했다지만, 곁을 돌볼 줄 아는 사람은 그리 쉽게 포기하지 않아. 힘이 있다는 증거였어.”

“그리 대단한 정성은 아닙니다. 아침저녁으로 해 드는 자리에 옮겨 주기만 하면 잘 자라요.”

“난 죽겠다고 결심했을 때 아무것도 안 했다.”

“…….”

“정말 아무것도 안 했어. 세상 빛이 보이지도 않았지.”

“…….”

“꽃? 흙조차 말려 죽였을걸.”

“죽일 생각이라면 애초에 키우지 않았을 거예요.”

“그러니까.”

“애당초 제가 삶을 포기할 거라고 누가 그랬습니까? 전부 당신 짐작이었잖아요.”

“아직도 그런 말을. 부끄럽지도 않니?”

"늙은이들이란."

외르타는 애써 구운 브로콜리를 판에게 먹였다. 그는 참 싫어했다. 판이 더 이상 자신과 대화하길 꺼리지 않았으니 아무래도 요리에 문제가 있나 본데, 도통 알 수가 없었다. 기껏해야 레몬즙, 올리브유, 소금과 함께 구웠을 뿐인데 맛없을 수가 있나?

판은 몸을 돌려 한참 물을 마신 뒤 투덜거렸다.

"아시겠지만 전 이야기 안 할 거예요."

"알겠어."

"하기 싫은 게 아니라 할 거리가 없는 겁니다. 당신이 아는 내용이 끝이에요."

"기억하길 원하지 않을 수도 있고."

"손이 뭉개지던 고통을 알아요. 그뿐입니다. 제 친족의 얼굴은 전혀 못 보았어요. 차라리 다행이지요. 아무도 죽이겠다는 생각을 품지 않았으니까."

"네 성姓도 모르니?"

"모릅니다. 그게 저를 살렸어요."

"복수는?"

"그에 고통받지 않은 게 저를 살렸다고 말씀드렸습니다."

"……."

"캄비에서 여러 해 버틴 제가 용하다고 생각하신 거 다 압니다. 비결이라면 복수하지 않는 것이죠."

"……."

"저는 외딴 방에 갇혔고 얼마 없는 하인들은 결코 제 이름을 부르지 않았습니다. 저를 때리면서도 제 가면 같은 이름을 불렀을 뿐입니다. 캄비에 오던 길조차 잘 기억나지 않아요. 그걸 굳이 되짚어 추적할 생각은 없습니다. 그렇게 마음먹은 순간 복수는 포기한 셈이에요. 제가 그래요. 고통은 하나하나 기억하지만 무력해요."

"진심이니?"

"바냐 미쇠를 기억하세요."

"바냐는……."

"이루지 못할 복수는 사람을 좀먹습니다. 당신이 고통과 같이 간다고 말씀하셨듯 이건 제 방법이에요."

"……."

외르타는 화분을 다듬는 그의 모습을 살피려 애썼다. 식물을 옮겨 심는 것은 생각보다 어려운 일이었다. 목걸이 덩굴과는 차원을 달리했다. 그러나 그의 손길은 대단히 섬세했다. 지난 여덟 해 동안 익힌 것이 마음 수련이 아니라 원예라고 해도 믿을 정도였다.

"당신도 언젠가 바냐처럼 알론조 캄비에서 나갈 거니?"

"한 번도 나가 본 적 없어요. 하지만 기다리다 보면 적절한 시점에 대사제님께서 권하신다고 들었습니다."

"나가고 싶나?"

"알론조 캄비에 머무른 지 여러 해가 지났으니 바깥사람들은 제 얼굴을 알아보지 못하겠지요. 음……. 누가 절 헤집을 위험만 없으면 해 보고 싶습니다. 특히 평범하게 사는 사람들을 보면 좋을 것 같다고 생각합니다. 귀족들의 사고방식은 지긋지긋해요."

"만일 나중에 내가 당신을 초청하면 놀러 오긴 할까?"

"당신을 만나는 거야 무슨 상관이겠습니까? 당신은 왕족이면서도 저 같은 사람을 스스럼없이 대해 주시는 편인데요. 하지만 그 환경은 싫습니다. 그런 환경이 없을 거라고 제게 보장해 주셔야 해요."

"그건 보장할 수 없어. 개인적으로 당신에게 편견은 없겠지만, 난 요릴림이 아니라 주변을 바꿀 의욕이 없단다."

"그럼 캄비를 나가신 뒤 다시 뵙긴 어렵겠네요."

"이렇게 이야기를 나누는 것만으로도 만족한다. 이런 건 힘이고, 힘은 사라지지 않지. 나는 당신을 믿어. 당신이 한 번 창문을 열어 주었으면 그것으로 된 거야."

"……."

"판."

그들은 노대에 앉아 있었다. 예전에도 생각했지만, 무려 대사제의 노대에 누구나 허락 없이 들어올 수 있다는 사실은 조금쯤 너무한 일로 느껴졌다. 그러나 사제인 판조차 신경 쓰는 기색이 아니었다. 오히려 그가 이곳으로 이끌었다. 대사제가 선물로 들어온 근방 도시의 과일을 그에게 건넸기 때문이다.

"어차피 오래 보관 못 한답니다. 오늘 밤도 넘기지 못할 거래요."

"무슨, 그런 과일이 있다니."

외르타는 이미 껍질을 까서 한 움큼 먹고 있었다.

"맛은 있구나. 생긴 것답지 않아."

"당신은 생각보다 소박한 입맛이세요."

"그렇지만 이런 것보단, 설탕에 관심이 많아서, 스흡, 으, 이 꼭지 부분은 뭐야? 왜 시지?"

"음……. 제가 한번 보겠습니다."

"으, 퉤!"

판은 그녀에게서 과일을 가져가 요모조모 뜯어보았다. 그녀보다는 농부에 가까운지 자못 진지한 표정이었다.

외르타는 난간이 없는 방향으로 대롱대롱 다리를 내놓았다.

"그러고 보니 예전에 이 노대에 누가 기대어 있는 모습을 보았지. 저어 아래 호숫가에서, 아무도 없겠다고 생각하며 홱 돌았는데 노대에 불이 있었어. 저녁이었거든. 어떤 그림자가 날 보았단다. 작고 단단한 여자였다."

"누구나 이곳에 들어올 수 있는 것은 맞지만 그런 여성은 한 분이시죠."

"대사제."

"그래요."

"나중에 대사제 본인도 감시했다고 고백하더군."

"대사제님은 굳이 당신을 감시하실 필요가 없습니다. 보지 않아도 다 아시는데요……. 아, 이 속이 좀 덜 익었군요. 발견하기 쉽지 않아요. 이건 버릴게요."

그는 과일을 호숫가에 던졌다. 데굴데굴 굴러간다. 마치 얼마 전 똑같은 위치에 구른 우리 둘 같다는 생각을 하며 웃었다. 새로운 알을 집어 들었다.

"호숫가에 노대가 난 집은 얻기 힘들겠지?"

"아, 대사제님께서 거주하시는 곳이 아니면 개인 용도로 사용되는 곳은 없어서요. 전부 기관입니다. 도서관도 있고 회관도 있고 세탁이나 청소를 위한 본산도 있고. 정말 높은 귀족 나리들께서 요양을 오셔도 가장자리 집은 얻으실 수 없어요."

"아쉽네……."

외르타는 아침에 일어나서 바로 캄비를 보는 삶은 어떨까 상상해 보았다. 생각보다 더 아름다웠다.

그녀가 그렇게 생각하든 말든, 판은 웅크린 채 계속 과일을 감별하는 모양이었다. 그래도 오늘까진 괜찮을 줄 알았다고 읊조리는 소리가 들렸다. 저가 손을 팔랑팔랑 흔들자, 하나를 툭 넘겼다. 그녀는 만족했다.

"이 광경은 참……."

"전하?"

외르타는 몸을 홱 돌렸다.

누가 제 머리 위로 번개를 때린 것 같았다.

욜란다 그네젠이었다.

그녀는 진심으로 자신이 헛것을 본다고 생각했다. 그것이 아니라면야, 이 자리에서 이다를 볼 이유가 없잖은가. 말도 안 되었다. 만일 그녀가 실제로 캄비에 왔다 한들 내가 여기 있다는 사실을 누가 알아 안내해 준다고? 내 담당 사제도 여기 있는걸.

그녀는 멍하니 앉은 채 판을 건드렸다.

"저 사람, 당신도 보여?"

"……어제 오래 주무셨잖아요. 헛것을 보실 이유가 없어요."

"보여? 들려?"

"예. 보이고, 들립니다. 무례하세요."

그러나 정작 이다는 소리 없이 입을 벌리기만 할 뿐, 무어라 조리 있게 말하지 못했다. 외르타가 바닥을 짚고 일어설 때까지 멍하니 그녀와 판, 그리고 주변을 둘러볼 따름이었다.

외르타는 전부 거짓말 같다고 생각했다. 그래서 곧장 이다의 손을 잡았다.

"이다……? 정말? 진짜야?"

"여기가 어디지요……?"

"알론조 캄비. 대사제관의 노대란다. 어떻게 왔기에 네가 어디 있는지도 모르니?"

"저는……."

외르타는 상대가 혼란스러워하는 모습을 보며 점차 정신을 차렸다. 손 안의 단단한 피부가 현실감을 일깨워 주었는지도 모른다. 방황하던 시선을 꽉 잡아 이다에게로 고정했다. 항상 어른스러웠던 그녀는 자신이 처음 보는 모습을 하고 있었다. 제게 죄를 저질렀노라 자책할 때에도 이 정도로 경황없어 보이지는 않았다. 슬퍼할 뿐, 그녀의 뿌리는 흔들리지 않았다. 그러나 지금은 모든 것이 아주 멀리 있었다.

외르타는 그녀의 손을 아주 꽉 쥐었다.

"욜란다 그네젠."

"……."

"여기 있는 거니? 어떻게 온 거야?"

"전하……. 전하께서 알론조 캄비로 추방당하셨다는 소식을 듣고 달려왔어요."

"응."

"캄비에 발을 딛는 순간부터 이곳으로 와야겠다는 생각이 강하게 들었어요. 무엇이 어찌 되었는지 모르겠어요. 저는 정확히 와야 할 장소로 쭉 걸어왔어요."

"이다, 이다. 괜찮아? 정신 차려."

판이 자리에서 일어섰다.

"저희 집에서 차를 대접하겠습니다."

"우리 집으로 가도 되는—."

"저는 따뜻한 음식을 제공할 수 있어요."

외르타는 패배했다.

판은 비틀거리는 욜란다를 부축했다.

"……아마, 대사제님께서 이분이 당신을 찾는단 사실을 알고 계셨을 겁니다. 그러니 인도하셨겠지요."

"난 도무지, 그런 터무니없는……."

"지금까지 겪고도 회의적인 말씀을 하세요……. 다섯 달이면 권능을 느끼기엔 충분한 시간이라고 생각하는데요."

"권능은 몰라도, 네가 그런 단어를 입에 담으면서도 대사제의 바람을 무시하는 고집불통 어린놈이란 사실은 잘 알겠다."

"화내지 마시고요……."

외르타는 투덜거렸다.

그들은 얼마 지나지 않아 판의 집에 도착했다. 그는 잠금쇠조차 걸려 있지 않던 집을 활짝 열었다. 성큼성큼 걸어가 의자에 욜란다를 앉혔다. 그녀는 더 이상 충격받은 표정이 아니었지만, 얼굴에는 여전히 어리둥절한 기색이 남아 있었다.

외르타는 무턱대고 판의 욕실에 들어가 데운 물에 천을 담갔다. 꾹 짜선, 달려 나왔다. 주저앉은 욜란다 앞에 곧장 무릎을 꿇었다. 그녀의 뺨에 따뜻하고 축축한 천을 문질렀다.

"이다."

"……."

욜란다는 거의 반 시간이 흐른 뒤에야 입을 열었다.

"전하……."

"응, 이다. 난 여기 있단다."

"건강하셔서 다행이에요……."

"네 건강이 걱정인걸. 괜찮니?"

"기억이 분명하지 않아요. 저는 태어나서 한 번도 이렇게까지 멍청해졌던 적이 없어요. 심지어 알론조 캄비에 처음 방문한 것도 아니란 말이에요."

"난 상식적으로 생각하지 않기로 했단다. 캄비에 대해선 딤니팔인들이 더 잘 알 텐데."

"아……. 하지만 이 감각은 좋지 않아요. 제 근본을 벌거벗기는 느낌이에요. 좋지 않아요……. 저는 캄비에 들어올 때까지만 해도 전하와 함께 떠나겠다는 의지로 가득 차 있었다고요. 하지만 이제는 귀신에 홀린 듯 당혹스럽기만 해요."

외르타는 이상한 단어를 포착했다.

"나와 함께 '떠난다'고 했니?"

욜란다는 갑자기 부르르 떨었다. 그뿐 아니라, 급히 품을 뒤지다 하마터면 의자 옆으로 고꾸라질 뻔했다. 외르타는 당황하여 손님을 부축했다.

"이다!"

"전하……."

"정신이 없어 보여. 하루 정도 푹 쉬고 이야기해야 한다. 내 집으로 오렴."

"아니에요. 그럴 시간이 없어요. 드릴 소식이 있으니까요."

그녀는 어렴풋이 금빛이 도는 종이를 건넸다.

외르타는 편지가 빛 속으로 들어오는 순간 정체를 깨달았다.

"……혹시 왕의 소식꾼이 되었니?"

"전 혼자 알론조 캄비로 향하고 있었어요. 그러다 폐하께 행선지를 들켰고…… 왕명을 받드는 것 외엔 선택지가 없었어요."

"……."

마침 판이 따뜻한 스튜를 탁자에 내려 두었다. 몇 걸음 떨어져 침대에 걸터앉는다. 물론 그렇게 공간을 내주고도 본인이 이 자리에 있어도 될지 곤란해하는 시선이었다.

그녀는 인상을 찌푸린 채 편지를 노려보았다. 딤니팔의 왕이 또 얼마나 기상천외한 궤변을 늘어놓았을지 모른다. 궁금하지도 않고, 그저 귀찮았다.

천천히 편지를 펼쳤다.

외르타 아델라이데 기위 얀 발미레.

그대에게 사죄한다.

앙히에는 살아 있다. 그가 단독으로 저지른 일탈이었다.

심장이 철렁 내려앉았다. 편지가 반쯤 구겨졌다.

외르타는 눈을 꽉 감았다가 다시 떴다. 살아 있대. 세상에……! 정말, 정말 다행이었다. 이 멍청한 놈이 혼자 도망갔다 돌아왔대도, 그럼으로써 약속을 어겼대도 괜찮았다.

죽었던 사람이 돌아온다면 충격이 커야 할 텐데, 제 마음은 예상보다 부드러웠다. 따듯한 소리와 함께 빛이 들어왔다. 덕분에 구석진 곳에 숨겨 두었던 감정을 발견했다. 오히려 그의 죽음을 받아들였기에, 똑같은 평온 속에서 그의 삶을 받아들일 수 있는 것이다.

앙히에는 죽지 않았다. 그 자식이 죽을 리 없지. 발터도 그리 한가한 사람이 아니지 않나. 한순간 그토록 절망했으면서 믿음이 돌아오자 그것이 전부였다. 사막에서 비를 맞자마자 곧바로 피어오른 식물 같았다. 언제나 그럴 가능성이 있던 씨앗. 그동안 보이지 않았다. 그리고 비가 한 방울 떨어지자 여느 때처럼 아주 크게 불타올랐다.

외르타는 미소 지으며 다시 편지를 들었다.

짐의 무지로 빼앗았던 작위를 다시 수여하겠다.

앙히에가 살해당했다는 사실은 딤니팔의 자존심을 손상시켰다. 짐에게 그것은 죽음 이상으로, 게외보르트가 단순히 재미로 미라이예의 깃대를 부러뜨릴 수 있다는 증명과 마찬가지였다. 그렇기에 지나치게 화를 냈다.

하지만 그 개인의 비행이었다는 사실을 알자 짐은 갈 곳이 없게 되었다. 십이공회 앞에서도 발버둥 칠 단어가 없되, 하물며 그대 앞에선 어떤 말도 고르기 힘들다. 단지 왕의 판단을 반성할 따름이다.

그대에게 짐이 빼앗았던 모든 권리를 다시 부여한다. 발미레 영지는 그대의 물건이다. 더 나아가 오스페다에 솔 발미레를 마련하겠다. 솔 발미레에 방문하기 여의치 않다면 바로 영지로 떠나도 좋다.

그대와 안면이 있는 욜란다 그네젠이 캄비로 향하고 있다. 짐은 그네젠이 그대를 수행하는 길을 방해하지 않겠다. 완전한 거취의 자유를 부여한다. 그대 원하는 대로 누리길 바란다.

라 딤니파 카타름 생로 자카리 디본도네 이니고 산테카를로.

외르타는 편지를 접었다.

"음……."

머리를 긁적였다.

"폐하의 말씀은……."

"……."

주변 사람들이 편지를 조금이라도 훔쳐봤을까 생각하며 고개를 돌렸다. 그러나 욜란다도 판도 아예 종이를 외면하고 있었다. 그녀는 딤니팔 왕의 권력을 다시금 마음속에 새겼다.

그러나 그것이 제 말을 막지는 못했다. 외르타는 단호했다.

"이 말씀은 내게 큰 의미가 없다. 참 오래된 오만이지."

"……."

"내가 알론조 캄비를 떠날 거라고, 그걸 바랄 거라고 누가 생각한 거야? 이건 폐하의 생각이셔. 짐작일 뿐이야. 그것도 아주 틀린."

"……폐하께서 캄비를 떠나라고 하세요?"

드디어 따뜻한 음식과 물을 몇 모금 취한 욜란다가 물었다. 말씨가 훨씬 차분했다. 판 역시 오목하게 가라앉은 시선으로 그들을 바라보고 있었다.

"아니. '명령'하진 않으셨다. 다만 내가 원하리라 굳게 믿고 계셨다. 앙히에가 명명백백히 살아 있으니 무죄 방면하노라 선언하시네. 이래서야 뭐라고 답해야 할지 모르겠구나. 말씀은 감사하지만 난 캄비에 있겠다고? 그러면 또 폐하께선 당신 호의를 무시한다고 내심 불쾌하게 여기실지 모르겠다."

앙히에의 이름이 나오자 이다가 움찔했다. 그러나 작은 움직임에 불과했으며, 그녀는 놀라지 않았다는 듯 차분하게 이어 말했다.

"하나만 더 여쭤볼게요. 계속 알론조 캄비에 계시려고요?"

"떠날 이유가 있니?"

욜란다는 큰 소리가 나도록 컵을 내려 두었다.

"하지만."

"……."

"……."

"하지만, 뭐?"

"……."

"……이제 너도 조금 침착해진 듯하니 물어보마. 왜 캄비로 온 거니?"

"경황없이 말씀드렸지만요, 저는 전하를 이곳에서 탈출시키기 위해 왔어요."

그녀는 언제 흔들렸냐는 듯 단호했다.

"저는 전하께서 감금되셨으니 도와야 한다고 생각했어요. 어떤 일이 있어도, 그것이 설혹 폐하를 거스르는 행동이 될지라도요. 저는 반역을 각오했어요."

"그만하렴. 무섭게."

"무서우셨다면 저는 성공한 것이에요. 그 정도로 확고했어요."

"……이해가 안 가는구나. 내가 그렇게 절박할 것 같았니? 캄비도 몹시 좋은 곳인데…… 굳이 오스페다나 다른 도시로 나가고 싶어 했을까?"

외르타는 그녀와 마지막으로 만났던 조각길을 떠올렸다. 기억이 흐릿했지만, 딱히 이 땅에서 영달을 꾀하겠노라 고집 피우진 않았던 것 같다. 그녀는 딤니팔의 재물과 지위에 전혀 관심이 없었으므로. 그러니 이다, 대체 무슨 소리야?

그녀는 의심스레 상대를 바라보았다. 무슨 착각을 하고 있는 걸까 불안했다.

욜란다는 두 손을 모아 쥐었다.

“저는 이번 전쟁에서 보급품 일부를 맡고 있어요. 딤니팔에 적을 둔 대형 상단, 특히 귀족가와 연계되어 있는 곳이라면 당연한 임무죠. 그렇기 때문에 전쟁 사령부에도 여러 번 방문하였어요. 자연스레 합하도 만나 뵙게 되었고요.”

“아, 그러니?”

“합하께서 전하의 물건을 가지고 계셨어요.”

외르타는 눈을 깜박였다.

“……내가 줬으니 당연히 보관하고 있겠지.”

그리 말하면서도, 맥이 뛰었다. 편지 밖에서 그의 소식을 들은 것은 참 오랜만이었다. 이다는 레발로의 발렌시아를 보았을 것이다. 그의 흐릿하고 싸한, 살이 아니라 몸의 빈 공간에서 쏟아지던 향을 기억했다.

“아니요.”

외르타는 화들짝 놀랐다. 욜란다의 목소리가 제 상상을 깨뜨렸는데, 깨어나자 더 이상 무슨 상상이었는지 기억나지 않았다.

“…….”

“합하가 아니세요. 전하께서 저를 놀래 주셨어요.”

“…….”

“전하, 합하를 사랑하세요?”

“……무슨 소리야?”

“롬이 있었어요.”

“…….”

"롬이 있었다고요."

어떻게 답해야 할지 몰랐다.

"이 긴 시간 뒤에도 간직하고 계신 롬이라면 어떤 의미일지 짐작할 수 있어요. 아무리 모자란 저라도요. 전하, 전하."

"……."

"그런 분께서 캄비에 갇혀 계시도록 두고 볼 수가 없었어요. 부족하나마 전하의 행복을 돕는 것이 모장티에서의 잘못을 사죄드릴 수 있는 방법이라고 생각했어요. 그 죄를 평생 회복할 수 없다는 사실에 가슴이 미어져요. 그러나 적어도, 이번만큼은 전하의 자유를 돕겠어요."

욜란다의 시선은 단호함을 넘어 거의 엄중해 보이기까지 했다. 외르타는 주저했다. 너무 많은 대답들이 마음속에서 소용돌이쳤다.

"이다……."

"왜 합하께 롬을 선물하셨나요? 그분이 그것을 그토록 귀하게 간직하실 줄 아셨나요?"

"……."

"왜 아직까지도 사랑하지 않는다고 말씀을 못—."

"사랑하지 않아."

말하는 순간, 이상한 느낌이 들었다.

외르타는 바닥을 노려보았다.

욜란다뿐 아니라, 판이 자신을 바라보는 것이 느껴졌다. 이런. 도망치고 싶었다. 그와는 삶과 죽음에 대해 진지하게 논해 왔다. 그러다 갑자기 애정을 들키려니 민망했다. 비장한 가운데 어린 강아지를 던진 듯했다.

판이 일어섰다.

"제가 자리를 비켜 드려야 할 것 같습니다."

"아, 아니야."

"괜찮아요. 사적인 이야기니까요."

"아니야!"

"……?"

"판, 여기 있어."

외르타는 그의 반응 덕분에 정신을 차렸다. 자신이 흐려지면 안 되었다.

"이다, 내가 발렌시아를 헤아려 여기서 나가리라 생각한다면 큰 오산이다. 그는 내가 없는 동안 내 물건을 보관할 뿐이야. 그러니 단순히 내가 그를 좋아한다는 이유, 좋아하는 건, 그러니까 인간적으로 좋아한다는, 하기 때문에, 이 평온한 곳을 포기하고 나가리라 생각하면 정말 큰 착각이란다."

그녀는 한겨울 빙판에 미끄러진 사람처럼 끊임없이 말실수를 했다.

한숨을 쉬었다. 스스로도 변명의 여지가 없다는 사실을 깨달았다.

"아무튼 아니야……. 난 알론조 캄비가 좋단다."

이다는 책상 위를 더듬어 외르타의 손을 감쌌다.

"전하, 아니, 백작님."

"……."

"폐하께서 허락하셨으니, 저는 살인을 저지를 각오가 되어 있어요. 제 돈은 누구든 죽일 수 있어요. 그러니 저희 앞길을 막는다면 전부 죽일 거예요. 이곳부터 레발로, 아니 이제는 그보다 멀리 계시겠지, 그러니 그 이상까지 전하를 인도하겠어요."

"……."

"백작님께서 그러마고 말씀만 하신다면."

외르타는 마주 잡은, 아니, 붙잡힌 손을 내려다보았다.

자신은 이미 발렌시아에게 말했다. 당신 덕에 위로받았으므로 당신을 향해 가겠노라고. 그러나 편지에서 짚어야 하는 부분이 있었다. '기회가 닿을 때'. 그 단어들을 만지작거리자면 어쩐지 아직은 이르다는 느낌이 들었다.

특히 이곳을 떠나는 것은, 정말 완벽한 선택처럼 보였기 때문에 가끔 두려웠다. 자신이 그를 바란다고 모두에게 알리는 것 같았다. 친구로서의 선택보다는, 내가 이 순간 당장 당신을 봐야겠다는 열망이 섞인 선택.

더군다나 발렌시아는 지난 자신의 편지 이후 근 두 달간 답장이 없었다. 물론 그녀는 이 시점에 이르러선 그에게 단단한 믿음을 가지고 있었으므로, 그가 답장하지 않는다고 해서 특별히 불안하지는 않았다. 다만 발렌시아가 그 정도로 일에 전념할 수 있는 사람이라는 사실이 조금쯤 마음에 걸렸다. 삶에 여전히 빈틈이 없다고 생각했다. 자신은 얼기설기 엮인 바구니인데, 저 사람은 완벽하게 만들어진 자기瓷器 같았다. 그렇기에 아무리 자신을 사랑한다 고백한들 영원히 뚫고 들어갈 창을 찾지 못할까 문득 걱정이 되었다.

"백작님."

"……."

"말씀만 해 주세요."

외르타는 손을 비틀어 빼냈다.

"아니야."

"백작님께서는 합하께 롬을 보내셨어요. 합하께서는 백작님의 롬을 가지고 계셨고요. 저는 두 분께서 유대를 쌓으셨다고 생각했어요."

"그뿐이란다. 나는 알론조 캄비를 떠날 생각이 없다."

욜란다는 더 질문하기 직전에 입술을 깨문 듯했다.

"……알겠어요."

"……."

"저는 백작님의 평온을 방해하고 싶지 않아요. 이미 용건을 말씀드린 마당에 제가 여기 계속 있는다면, 혹 재촉하는 것처럼 보일 수 있어요. 그러니 저는 더 이상 백작님의 보금자리, 캄비에 머무르지 않겠어요."

"……."

"하지만 앞 도시에서 달포간 기다릴게요. 혹시 백작님의 마음이 변하실 수도 있으니까요."

"공연히 네 시간만 낭비하는 것은 아닐까 걱정이 되는구나."

"제 시간은 백작님의 것이에요. 마음 쓰지 마세요."

그녀는 자리에서 일어섰다. 이 와중에도 그녀가 참 담백하고 직선적인 사람이란 생각이 들었다. 소문을 들었다면 제 안부가 궁금할 법도 한데, 입 한번 열지 않고 용건만 전달하다니. 그러나 그 짧은 용건에도 자신을 위하는 마음이 바다 같았다. 의심할 수 없었다.

외르타는 따라 일어섰다. 잠깐 주저하다가, 그녀를 잡아당겼다.

포옹했다.

"고마워."

욜란다가 고개를 끄덕이는 것이 느껴졌다. 단호한 턱이 제 어깨를 눌렀다가, 사그라졌다.

"내 소식이 없더라도 전쟁이 마무리되면 다시 한번 들려 주렴."

"물론이죠. 이 만남은 처음일 뿐이에요. 이젠 백작님께서 자유로운 곳에 계셔서 더 좋아요."

"한 달."

"네. 기다릴게요. 기다리지 않을게요."

그들은 물러났다. 다시 한번 인사했다.

욜란다는 몸을 돌려 사라졌다.

발렌시아에게.

짐의 잘못을 인정한다.

짐은 희망적이었다. 예전 너를 떠올리곤 사령부를 잘 다잡아 운영할 수 있으리라 믿었다. 하지만 네가 얼마나 많이 변했는지 미처 헤아리지 못했군. 그 사실을 잊으면 안 되는데 말이야. 너는 더 이상 사령부를 짓밟을 수 있는 인간이 아니다. 이제 주변을 살피고 신경 쓰기 시작했다. 그러면서도 청렴한 재판관을 꿈꾸니 도통 정신이 들지 않을 것이다. 그런 이에게 십이 공회의 비열한 이기심까지 존중하라는 것은 무리한 바람이겠지.

짐의 이기적인 희망을 반성한다.

하지만 네가 알아 두면 좋겠다. 비열함을 무시하지 못하면, 공평할 수도 없다. 신경 써 균형을 잡는다는 것은 환상에 불과하다. 짐의 충고다.

짐은 네게 유감이 없다.

야즈밀라 수스 폰소 얀 자멘테에게 총사령관 직위를 양선하도록 허가한다.

라 딤니파 카타름 생로 자카리 디본도네 이니고 산테카를로.

발렌시아는 흘려 쓴 서간과 위압감이 서린 임명장을 나란히 내려놓았다.

자신이 보낸 편지는 아무리 양보해도 화를 억누르지 못한 횃불이었다. 그러나 의외로 왕의 답변은 호의적이었다. 상황상 그가 구태여 반대하지 않으리라 생각했지만, 흔쾌히 청을 들어주었다는 점은 여전히 그를 놀라게 했다. 왕에 대해 알고 있다고 믿었다. 착각이었나. 갑자기 막막해졌다. 그를 제대로 이해하기 위해서는 갈 길이 아주 멀다는 생각이 들었다.

이상한 편지였다. 개인적으로 시작하는 듯하더니 왕의 이름으로 돌아갔다.

차라리 모든 문장이 딱딱한 공문서였더라면 받아들이기가 수월했을 것이다. 그러나 자카리는 풀린 실타래 같았다. 왕 됨을 포기하지 않으면서도 친절히 내려와 손을 내밀었다. 왕의 배려심이 깊다는 사실을 잘 알고 있었지만, 실제로 겪는 것은 또 다른 느낌이었다. 누가 허락 없이 제 몸에 손을 댄 듯 놀랐다.

왕의 결정이 정말 이 한심한 총사령관을 위한 것인지 믿기 어려웠다. 마음 뜬 사람을 전장에 앉혀 두면 별다른 성과가 나지 않으리라 생각했나? 그래서 차라리 빠르게 내쫓고 더 순종적인 자멘테를 들이기로 했나?

헛소리다. 자카리는 제 의견을 존중했다. 아니, 사실, 그는 항상 그러했다. 제가 머리를 열어 보인 것이 처음이었을 뿐이다.

발렌시아는 편지를 뚫어져라 바라보았다.

그에게는 전쟁의 승리와 함께 바칠 것이 있었다.

임명장을 품에 넣었다.

자신이 의사를 타진한 지도 꽤나 오래되었다. 그렇기에 자멘테는 크게 충격받은 것 같지 않았다. 오히려 지금까지 꾸준히 생각한 듯 침착했다.

"발렌시아 경, 왜 제 의사를 묻지 않으셨습니까?"

"총사령관직을 맡을 마음이 없나?"

"논점을 벗어나셨습니다. 저는 지금 경께 여쭙는 겁니다. 저희에게 시간은 많았습니다. 왜 묻지 않으셨습니까? 제게 의견을 묻는 것이 그리 어려우셨습니까?"

"경이 답을 재촉했단 사실을 알고 있다."

"아신다니 다행입니다."

"내 눈앞에서 앙히에에게 사람을 죽이도록 강요하더군."

자멘테는 그제야 의자를 밀어 자리에 앉았다.

"그렇다면 말씀하십시오."

"……."

"총사령관이라는 막중한 책임을 맡기면서도 제게 의견을 구하지 않은 이유를 듣고 싶습니다."

"경의 이득이 걸린 일이니 전쟁을 소홀히 하지 않을 것이다. 딤니팔은 승리한다. 그 이상 이유가 필요한가?"

"그건 당신 입장입니다."

그는 잠깐 침묵했다.

"저는 물론 제 임무를 잘 완수할 겁니다. 하지만 당신이 예의 바르길 바랍니다."

"경은 이미 이유를 알고 있다."

"그러니 말씀하십시오."

발렌시아는 세 번 거절한 다음에야 자신이 답을 피하고 있었다는 사실을 깨달았다. 많은 사람에게, 자카리와 앙히에에게 고백하고도 정작 그 장본인에게 말하기가 어려웠다. 어쩐지, 계면쩍다는 느낌이 들었다. 그녀에 대해 논하는 것이 아니라 제 감정에 대해 논하는 것처럼 느껴졌다.

"……."

그러나 침묵할 수 없었다. 그녀의 말처럼 예의를 지켜야 했다.

"사령부를 혼란케하는 십이공회 무리들을 경멸했다. 미라이예는 그들 생각처럼 중립적이고 무던한 지주가 아니다. 그렇게 착각하며 날뛰는 모습을 더 이상 볼 수 없었다."

"그리고?"

그는 그녀가 모든 것을 알고 있다는 사실을 깨달았다. 단지 제 입으로 듣길 바라는 것이다.

"……당신이 신뢰를 얻지 못해 고생한다고 생각했다. 무례한 이들은 장님처럼 당신을 무시했다. 실제 눈앞에서 벌어지는 일보다는, 당신의 지위, 역사, 인상 따위를 생각했다. 나는 그런 행태를 용납하기 어려웠다."

"……."

"그들이 잘못을 깨닫기를 기대한다."

"포기하는 이유는 그뿐인가? 목표가 너무 대승적이지 않나. 당신이 입을 손해는 막심하되 이득은 전연 없을 것이다."

"알고 있다."

"……."

그들은 서로의 눈을 피하지 않았다.

불편한 침묵은 아니었다. 그녀는 지금 '소공작'을 다루고 있었다. 그들은 서른 해를, 그러니까 그가 철이 들고도 스무 해를 알고 지냈다. 그 관계 속 실 하나하나를 살피는 듯했다.

자멘테가 갑자기 빙그레 웃었다.

"예전에 경에게 질문했지. 내가 인생을 망친 것처럼 보이냐고."

아주 옛날이었다. 앙히에의 서임식을 앞두고 자카리와 실랑이를 벌일 때, 후작은 배경처럼 서 있었다. 자신은 앙히에가 꼭 기사직에 종사해야 한다고 고집을 피웠다. 인내심이 바닥난 자카리가 왜 아우를 망치려 드느냐 실언했고, 후작이 그 실수를 부드럽게 받았다. 여기 전쟁터에 선 사람이 한 명뿐이라 착각하지 말거라. 심지어 내게는 의무가 아니었다. 경, 나도 으스러진 인간인가?

발렌시아는 사실 자신이 으스러졌다고 생각했다. 그녀 또한 마찬가지였다. 기사 된 자들은 모두 그 모양이다. 그들은 평등하게 결딴나 있었다.

"나는 인생을 망친 것이 아니라, 쌓아 올렸다. 없는 자리에서 이루어냈다."

"……."

"이상한 말처럼 들릴 것이야. 왜냐하면 미라이예 공작에겐 걸린 기대가 커서, 공작이 진짜 무언가를 성취하는 것이 불가능하기 때문이지. 당신은 타인의 기대라는 그릇에 노력을 부었다. 아무리 노력해도 그릇이다. 그러니 노력하는 행위에 탈력감이 들어도 이상하지 않지."

그는 처음으로 바닥을 내려다보았다. 기이한 느낌이었다. 다른 이가 자신을 해석하고 있는데, 불쾌하지 않았다. 차라리 감사했다. 그녀의 말이 진리는 아닐 것이다. 다만 다른 시각으로 스스로를 관찰할 수 있어 놀라웠다.

"하지만 경, 나는 곧 나의 성취다. 기대받을 일이 적은 사람에게는 그렇다."

"……."

"그때 우리가 똑같은 처지인 양 충고하지 말 것을 후회되는군. 하지만 그날, 어린 소공작에게는 설명할 가치가 없었거든. 이번 전쟁에서도. 하지만……."

"……."

옷자락 스치는 소리가 났다. 그들은 경갑을 갖추고 있어 조금만 움직여도 소리가 요란했다. 발렌시아는 그녀가 한 손으로 얼굴을 감쌌다는 사실을 알았다. 이번 전쟁에서, 제 생에서 처음으로 그녀의 실낱같은 빈틈을 보았다.

"당신에게 무슨 일이 일어났는지 모르겠군. 혹여 피상적인 동정심인가 불쾌해할 수도 없다. 내가 아는 공작은 절대 그런 인간이 아니기 때문이지. 그렇다고 내 사정을 안다기엔 너무 부족하다. 당신은 지금도 날 모른다. 그러니 아직 어떤 동인으로 움직이는지 알 수가 없다. 하지만 거절하기에는 너무 매력적인 제안이다. 경, 나를 혼란스럽게 하는군."

"……."

"당신에게는 중요한 전쟁 중 총사령관직을 포기했다는 악명이 따라다닐 것이다. 특히 전황이 그리 희망적이지 않기에 도망친 사람으로 보일 확률이 높다. 내가 승리를 거머쥔다면 더더욱. 아마 이전 같은 신뢰를 회복하기 힘들 거라고, 장담하지."

"……."

"미라이예는 이제 의심하는 시선을 얻었다. 당신이 그것을 의도했는지 모르겠다. 좋은 일이 아니다. 반석에 물이 흐를 것이다. 겨울이 오면, 갈라질 것이다. 자갈로 무너질 수도 있다."

"……."

"후회하지 않을 텐가? 나는 욕심을 감추기 힘들다."

그녀의 목소리는 그 의미 그대로였다. 욕심이 뚝뚝 묻어났다.

그는 침묵이 흐르도록 둘 생각이 없었다.

"후회하지 않는다. 내 결심은 확고하다."

자멘테는 여전히 한 손으로 차양을 만들고 있었다. 보이는 것은 나무 책상의 갈라진 틈밖에 없을 텐데 그녀가 무엇을 생각하고 있을지 궁금했다.

문득, 이 자리에 있는 두 사람 모두가 서로의 생각을 미칠 듯이 궁금해하고 있다는 사실을 깨달았다. 이 정도로 정직해도, 여전히 서로를 모르겠다고 불평하고 있었다.

왠지 모르게 유쾌했다. 발렌시아는 이 소름 끼치는 기분에 놀랐다.

"……자멘테 경, 당신이 끝끝내 설명하지 않듯, 내게도 나만의 이유가 있다."

"대체 알 수가 없단 말이지."

"나 역시 당신을 이해하기 힘들다."

"당신이라면 몰라도 내가 그래선 안 되는데. 난 서른 해 동안 공작을 안다고 생각해 왔으니."

"기대를 깰 수 있어 다행이군."

자멘테는 갑작스레 자리에서 일어섰다. 그녀답지 않게 급한 동작이었다.

"……물론 전쟁은 성공적으로 마무리 짓겠다. 당신 역시 목숨을 걸고 있다는 사실을 안다."

"내가?"

"공작이 사랑해 마지않는 발미레 백이 있지."

"……."

"적을 모조리 주살할 듯하다가 아우가 소식을 가져온 순간 사그라진 승부욕을 내 잘 보았다. 동생이 살아 돌아왔기 때문에 안도한 모습이라고 보기에는 다소 이상했지. 더 생각하자니, 게외보르트가 사실상 발미레의 목숨을 보장해 주었더군."

"……."

"그러니 당신이 계속 안도할 수 있도록 이 전쟁을 끝내겠다. 지금 당신에게 보답할 방법은 그밖에 떠오르지 않는다."

"한 가지 더."

"말해라."

"나는 미렘마와 혼인하지 않는다. 십이공회의 의사는 묵살된다. 그들도 총사령관직을 포기한 인간에게 무엇을 기대하진 않을 것이다."

"……."

"비틀려도 한참을 비틀린 일이다. 미렘마는 혼인 이야기가 오갔다는 사실도, 혼인을 되돌렸다는 사실도 모른다. 전부 십이공회의 욕심이었다. 나는 그들의 욕심을 거절한다."

자멘테는 침묵했다. 그는 그녀가 총사령관의 무게와 십이공회의 의무를 저울에 달고 있다는 사실을 깨달았다.

파혼을 위해 총사령관직을 포기한 것은 결코 아니었지만, 맥락이 닿아 있었다. 발렌시아는 이 모든 의무와 기대가 지겨웠다. 한심한 망나니가 될 것이다. 그렇게 결심하자 제 일부를 떼어 내듯 고통스러웠다.

"당신 뜻대로."

……그러나 그 고통을 곱씹는 데에도 의미가 있었으며, 동시에 삶이 새로웠다. 그는 자멘테가 포기하는 모습을 볼 줄 몰랐다. 이번마저, 가장 좋은 경우라도 당신의 비행을 무시하겠다는 답변을 받으리라 생각

했다. 그러나 자멘테는 한 걸음 더 나아갔다. 십이공회의 의무를 방기하겠다고 말했다.

그녀는 자신을 '배려'하지 않았다. 마음을 써 준 것이 아니라, 패배한 것이다. 본인의 욕심과 변한 상대를 생각하며 이길 수 없다고 판단했으리라. 작은 승리가 마음에 들었다.

"발렌시아 경, 부사령관은 내가 고른다. 사령부의 일원으로 움직이는 것이 쉽지 않을 것이다. 특히 당신에게는."

"적응해야겠지."

자멘테는 두 번 말하지 않고 뒤돌아 떠났다.

발렌시아는 그녀가 감사를 표하지 않아 만족했다.

외르타는 그날 이후 판이 아무 말도 하지 않자 가슴을 쓸어내렸다. 궁금해하는 시선을 보자면 분명 무슨 질문이라도 한마디 했을 법한데, 결국 침묵했다. 그가 품위 있는 사람이라 잡담을 삼간 것은 아니다. 그의 장갑이 여전하듯, 그는 그녀를 받아들이고도 적당한 거리를 유지하려 들었다. 그렇기에 묻지 않은 것이다.

외르타도 마찬가지였다. 자신이 이기적이었다는 사실을 알아차리자 관계가 편안해졌다. 스스로 나아갔다고 감격해선 여기저기 물을 튀기고 다녔던 잠깐의 순간들을 반성했다. 그게 그렇게 기뻤나 봐. 하지만 판이 발렌시아와 이다에 대해 묻지 않듯 자신도 선을 넘지 않으려 했다. 폭신한 막에 묻혀 서로를 분리하고 있었다. 밀어내는 것이 아니다. 나눌 뿐이다.

판은 여전히 상처를 치유하지 못했지만, 적어도 그런 스스로를 알았다. 이야기하지 않는 것은 소년다운 수줍음이거나 그의 성격 그 자체였다. 외르타는 여러 번 대화 끝에 그가 제 도움을 받을 필요가 없다는 사실을 깨달았다.

복수를 잊었다고? 그건 말처럼 쉬운 것이 아니다. 그는 과거를 잘 소화하고 있었다. 모두가 착각한 셈이다. 대사제는 그의 속내를 들여다본 뒤, 아직 갈기갈기 찢어져 있다는 사실을 알았다. 그렇기에 그것을 누군가가 '도와주어야' 한다고 믿었다. 바냐 미쇠는 그가 침묵하자 구제 불능으로 패배한 줄로만 알았다.

아니었다. 판은 이미 고통을 먹고 있었다. 어느 쪽을 깨물어야 뼈를 소화할 수 있을지 가늠하고 있었다. 가끔 턱관절이 쑤셔 찡하게 눈물이 나도 참을 수 있다. 그것마저 그의 짐이었다. 자신은 이처럼 끼어들어선 안 될 일에 참견했다. 네가 잘못했어. 잘못했고말고.

판에게는 시간이 필요했을 뿐이다. 흐느끼면서, 조용히, 길게.

"이러시면 안 돼요."

"어? 그냥 굽는 거잖니? 다 똑같지."

"안 됩니다……. 그냥 포기하시는 게 어떨까요?"

그녀는 집게로 벽돌을 탁탁 내리쳤다.

"싫으면 싫다고 말하렴."

"싫어요. 그만하고 싶어요. 발전이 없으시니까요."

"……."

"너무 빠르게 올리셨잖아요. 야채 즙이 전부 날아갈 거예요."

"……."

"또……. 아니다. 그냥 제가 해 드릴게요."

외르타는 한숨을 쉬며 집게를 걸어 두었다. 봄볕 아래 지핀 불은 뜨거웠다. 제가 캄비에 머무르는 이상 하인을 기대할 수는 없었다. 간단한 음식 정도는 스스로 할 수 있어야 했다. 특히 이곳에 오래 있으리라 생각하면 더더욱—.

"어차피 오래 계실 것도 아닌데 왜 계속 배우려고 하세요?"
"무슨 소리야?"
목소리가 날카로웠다. 짜증을 숨길 생각도 없었다.
"지난주에 왔던 분이요. 그분이 당신을 꼭 모시겠다고 별렀잖아요."
"그걸 계속 생각하고 있었어?"
"굳이 생각한 건 아니에요. 당연히 그렇게 될 거라고 짐작하고 있었을 뿐입니다."
"뭐야, 누가 날 찾아와서 섭섭하니?"
"발미레."
"왜?"
"당신은 여기 계실 필요가 없습니다. 건강하시잖아요. 정말 건강하시기가, 감히 표현하기 어려울 정도에요."
"당신이 뭘 안다고—."
"그렇다고 생각해서 절 고치려 하신 거 아니에요?"
외르타는 꿀 먹은 벙어리가 되었다.
"……."
"아, 발미레, 저는 화 안 났어요. 이미 그날 용서했어요. 저도 잘못을 했고……."
"미안해."
"괜찮다니까요……."
"내가…… 사실 정확히 미안하다고…… 말하지 않아서, 더 풀 게 남아 있다면……."
판이 주저앉았다. 외르타는 햇살 같은 얼굴이 눈앞에 닥치자 깜짝 놀랐다.
"발미레, 괜찮습니다. 괜찮지 않았다면 그날 이후 당신을 안 봤을 거예요. 당신은 이미 본인 욕심으로 저를 바꾸려 했다고 말씀하셨잖아요. 저도 모자란 부분을 꼽으면 한도 끝도 없을 텐데, 사람이 실수하는 건 당연하다고 생각해요."

"난 그래서…… 당신이, 나와 적당히 거리를 두면서 따로 또 같이 나아질 줄 알았어. 이렇게 내쫓는 게 아니라……."

"당신을 내쫓으려는 게 아니에요……."

"난 이다에게 분명히 안 간다고 말했다. 그런 사람에게 '곧 떠나지 않을 거냐'고? 그게 내쫓는 게 아니면 뭐니?"

"칭찬이에요."

외르타는 인상을 찌푸렸다.

판은 고개를 푹 숙였다가 다시 들었다. 그의 표정을 읽기 힘들었다.

"그날, 당신 욕심이었다고 인정하시는 모습을 보고, 왜 이토록 건강하신데 캄비에 계신지 궁금했어요. 가실 곳이 없는 줄 알았는데 그것도 아니었고, 사람이 없는 줄 알았는데 그것도 아니었고요."

"무슨 상관……."

그녀는 말끝을 흐렸다. 다른 사람이라면 몰라도 그녀는 절대 그런 말을 할 수 없었다. 그를 헤집다 못해 살을 뒤집곤 드디어 구원했다고 믿은 사람이, 감히 그런 말을 할 수는 없다. 서로 거리를 두면서 회복하자고 생각했던 건 자신뿐이었을까. 그는 자신을 들쑤실 기회만을 노리고 있었나.

"어떤 사람이에요?"

외르타는 눈을 깜박였다. 그가 그렇게 질문할 줄 몰랐다.

"어……."

"어려우시면 괜찮아요. 죄송합니다."

"그냥…… 자기 할 일에 열심이지. 그런 성격이야."

"좋은 분 같네요."

"아, 말로 설명하기가 참 어렵구나. 좋은 사람이 아닌데."

"그럼 어떻게 나쁜지요?"

"……."

"설명하기 싫으신 건가요? 아니면 설명하기 어려우신 건가요?"

"……."

"주제넘게 들리셨다면 죄송합니다. 정말 궁금해서 여쭤본 거예요. 제가 잘 몰라서, 부럽기도 하고요."

그녀는 부럽다는 말에 덜컥 미끄러졌다. 턱에 힘이 들어갔다. 한 번도 생각해 본 적 없었다. 자신은 여러 종류의 사랑을 경험했기에 적어도 그것을 아는 체할 수 있었다. 환상을 품거나 경멸해도 대상이 있었다. 그러나 판은…….

외르타는 허겁지겁 고백했다.

"발렌시아는, 미라이예야."

"……아, 그래서 '합하'셨군요."

"그걸로 많은 것이 설명되겠지만…… 아무튼 '자기 일에 충실하다'는 건 주변을 안 돌아보고 본인만 생각한다는 뜻이란다. 자리가 자리인 만큼 남에게 공감할 필요가 없고, 덕분에 움직일 때마다 주변과 부딪쳐 요란한 소리가 나지. 꽤 많은 사람들이 다치는데, 무신경한 게 아니라 정말 몰라서 무시하는 거야. 그 무지가 사람을 질리게 한다. 본인도 노력하고 있지만 아직 많이 모자라다고 생각해."

"당신 덕분에 노력하시는 건가요?"

"응. 그것도 문제란다. 나한테만 노력하면 그게 무슨 소용인가 싶어."

"그게 사랑 아니에요?"

"아니, 아……."

"저는 잘 모르지만, 저를 위해 노력하는 사람이 있으면 좋을 것 같아서요."

"……."

그녀는 침묵했다. 어느 방향으로 움직여야 할지 몰랐다. 발렌시아에 대해 묘사한 것조차 후회되었다.

"발미레, 이상한 생각을 하지 않으셨으면 좋겠습니다. 그렇게 들리셨다면 제가 죄송하고요. 저는 사람이 있으면 나가고 싶을 것 같아서요. 아직도 그렇게 애정을 가지고 표현하신다면, 마무리 짓지 못하신 거고, 그런 건 끝까지 보고 싶잖아요."

"판, 그만."

"죄송해요."

"죄송하단 말도 그만하렴. 그런 말을 들으려 한 게 아니야……."

"네."

"무슨 생각으로 묻는지 모르겠구나. 네가 못 겪어 본 감정을 이야기하기가 민망하기도 하고."

"전혀 그러실 필요 없습니다. 거듭 말씀드리지만 저는 강한 사람은 여기 있을 필요가 없다고 생각해요. 당신이 방해했을 뿐이고, 저는 저 혼자도 괜찮거든요. 민망하다고 하셨지만 무엇이 민망합니까? 전 오히려 제가 모르는 감정을 꿈꾸며 말씀드렸어요. 당신이 포기하지 않으면 좋을 것 같아서요."

판은 지나치게 착했다. 이 모든 것이 지나고도 착해서 조금 서러웠다. 저 어린 나이에, 상대의 욕심을 지적하고, 뒤치다꺼리를 하고, 그럼에도 깨끗하게 앙금을 지운 뒤 당신이 나아갔으면 좋겠다고 말하는 것. 이것은 어른스러운 것이 아니다. 자신은 어른인데도 추저분한 인간이었다. 그러니, 선한 것이다.

외르타는 그에게 정직해지기로 했다.

"판, 고마워."

"아니에요."

"하지만 나는 그를 포기하지 않았단다. 단지 기다리고 있을 뿐이야."

"무엇을요?"

"……."

"나도 잘 모르겠어. 나중에…… 대답해 줄 수 있으면 좋겠구나."

외르타는 씩 웃었다. 판은 고개를 기울이다가, 결국 함께 미소 지었다.

외르타는 기지개를 켜며 바깥으로 나섰다. 오늘은 다른 방향으로 산책을 해 볼 생각이었다. 4월의 해가 따뜻했다.

문을 여는 순간 종이가 툭 떨어졌다.

그녀는 깨끗한 색의 편지를 잡아 들었다. 뒤집자, 그제야 제 이름이 보였다.

외르타.

이번에는 그의 편지를 단정히 앉아서 읽을 생각이 없었다. 자신이 변한 만큼, 답장도 걸어가며 감상할 예정이었다. 제 마지막 편지는 그를 위해 그에게로 가겠다는 내용을 담고 있었다. 발렌시아가 여러 달 동안 무슨 생각을 했을까.

그녀는 문을 잠그지 않은 채 길에 나섰다.

봄을 맞이하여 건강은 편안하신지, 사모하는 마음이 간절합니다.

그는 감추지 않았다. 외르타는 너털웃음을 터뜨렸다. 봄을 맞이하여 내가 건강한데 당신이 사모한다니 정말 뚝뚝 떨어지는 빗방울 같은 문장이었다.

제가 총사령관직을 자멘테 경에게 양선했다는 소식을 전해 드립니다.

오늘부로 저는 무작無爵으로 사령부에 속하게 됩니다.

그녀의 발걸음이 잠시 멈추었다.

서부의 사령부는 미라이예를 경원시하고, 자멘테를 경멸했습니다. 물론 떠받든 것도 제가 아니라 제가 상징하는 노예 같은 이름임이 분명합니다. 그 졸렬한, 위선적인 복종을 견디지 않기로 했습니다.

이에 제 임무를 내려놓습니다. 더 이상 세상의 기대에 책임을 느끼지 않을 생각입니다. 이것이 미라이예의 위신을 손상시켜도 괜찮습니다. 저도 이제 어떤 것을 성취하기 위해서는 먼저 포기해야 함을 압니다.

배 속이 따듯해졌다.

저는 이제 총사령관이 아니지만, 자멘테 경의 능력은 저보다 탁월하며, 저 역시 사령부의 일원으로 열과 성을 다해 승리를 거머쥐겠습니다. 당신의 남은 생이 안전하지 않다면 제 삶 역시 위태롭기 때문입니다.

앙히에의 소식을 아신다고 들었습니다. 그는 지금 제 곁에서 무사히 종기사로 복무하고 있습니다. 제 부주의로 당신을 걱정시켜 드려 죄송스러울 따름입니다.

매일 당신의 답장을 기다리겠습니다.

당신을 만날 그날을 고대합니다.

발렌시아 마조레 기지 얀 미라이예.

외르타의 걸음은 어느새 멈춰 있었다.

그녀는 주변을 둘러보았다. 오래전 바냐가 앉아 있던 의자가 있었다. 캄비의 가장자리를 지키는, 빛바랜 기억 같은 통나무 의자.

힘이 빠져 그 위에 주저앉았다.

이런 편지를 기대하지 않았다. 그녀는 너무 놀랐다.

발렌시아가 더 이상 총사령관이 아니라고? 누가 농담을 하는 것 같았다. 그가, 총사령관직을, 자의로, 떠났다고? 한 글자씩 되새겨도 도통 말이 안 되었다. 외르타는 그가 아무것도 놓지 못할 줄 알았다. 영원히 그 스스로와 미라이예의 명예를 수호하고 입으로만 변화를 지껄일 줄 알았다. 금에서 한 발자국도 다가오지 않은 채 당신을 사랑한다고 팔을 벌릴 줄 알았다.

발렌시아……?

외르타는 얼굴을 감쌌다. 숨이 막혔다. 편지 속 자신에 대한 이야기란 손톱만큼도 없었다. 그는 사랑조차 이야기하지 않았다. 그러나 담백한 결정이 그녀를 짓눌렀다. 숨이 막혔다. 고통스럽진 않다. 물살처럼, 시간처럼, 어린 시절처럼, 자신을 쓰다듬기만 해도 호흡이 까무룩 사라지는 무게가 있었다.

그의 애정이었다.

편지가 잘 익은 과일처럼 벌어졌다. 편지는 다시 한번, 다른 언어로 말했다. 외르타. 저도 포기할 수 있다고. 감히 당신을 위해서라곤 말할 수 없지만, 당신으로 인해 변했다고. 당신이 떠나도 저는 달라진 채 남을 것이라고. 제 삶이, 선택이, 자만심이, 세상이 바뀌었다고.

"……."

편지를 꽉 쥐었다.

"나는 그를 포기하지 않았단다. 단지 기다리고 있을 뿐이야."

외르타는 기다리던 것을 찾았다.

발렌시아는 자리에 앉아 있었다. 손에는 깃펜이 쥐여 있고, 팔은 책상에, 시선은 서류에 머물러 있었으며, 심지어 경갑 차림이었다. 그는 몹시도 평온해 보여 막사에서 한 번도 일어나지 않은 사람처럼 보였다.

"발렌시아 경, 지역 사찰 결과를 보고드립니다."

"들어와."

기사는 한 뼘 두께의 종이 뭉치를 들고 왔다. 물론 대부분 두꺼운 지도일 터, 검토할 양은 그리 많지 않으리라. 기사는 예의 바르게 자료를 내려 둔 뒤 한 걸음 물러나 말했다.

"비첸차, 노이스텝, 첼, 바드 쇼펜, 오스하임부르크를 꼭짓점으로 하여 여섯 개 대대가 면밀히 조사했습니다. 금일 회전에서 저희가 승리할 시 추천드리는 후보지는 첫째, 바드 쇼펜 자체 징발, 둘째, 비첸차 근방 클리힌젤 평야, 셋째, 노이스텝과 울리히 사이의 이름 없는 평야입니다. 모든 후보지의 장단점은 기술해 두었습니다."

"검토하겠다."

"예. 만일 금일 회전에서 패배한다면 기존에 말씀 주셨듯 세자나로 퇴각하는 수밖에 없습니다. 그에 대해서도 함께 보고드립니다."

발렌시아는 고개를 끄덕여 기사를 내보냈다.

지금까지 보던 서류를 밀어 두고, 기사가 들고 온 문서와 지도를 펼쳤다.

발렌시아는 오늘 회전에서 딤니팔이 승리할 시 이동할 지역을 선정해야 했다. 물론 자신과 자멘테, 그리고 앙히에가 알고 있듯 딤니팔은 승리할 것이다. 때문에 한시가 급한 결정이었다. 전령이 달려오기 전 답을 내야 했다.

즉, 회전은 지금, 수 킬로미터 밖에서 벌어지고 있었다.

발렌시아는 회전에 참가하지 않았다. 이상한 기분이었다. 땅이 잠잠했다. 병장기가 떠들지 않았다. 남아 있는 사람도 적었다. 군영은 미처 후방으로 이송되지 못한 부상자들, 다치지 않았더라도 지친 이들의 작은 모임에 불과했다.

그는 이곳에서 자신이 유일하게 건강한 사람이라고 믿었지만, 되짚자 결국 지쳤을 뿐이라는 생각이 강해졌다. 총사령관직을 자멘테에게 넘길 때에는 급기야 노인과 같은 태도였을 것이다. 그 자리에 있는 누구보다 젊었지만, 지금의 위치가 아니라 지향하는 지점에 대한 이야기였다. 그는 더 이상 위를 보지 않았다. 이미 세상이 흔들렸기에, 어느 방향이 '위'인지도 알 수 없었다.

"자멘테 경에게 총사령관직을 양선한다. 폐하께 윤허를 받았으므로, 이 시간부로 나는 사령부의 일원으로서 직무를 수행한다. 내게는 아직 군이 배정되지 않았으나 자멘테 경의 명에 복종하겠다."

사령부는 팔다리가 꺾인 사람처럼 경련했다.

그것은 침묵이 아니었다. 침묵에는 상황을 수용하고 그에 대처하겠다는 의지가 포함되어 있다. 그러나 사령부는 순수히 경악했으며 그 감정은 번개와 같았다. 번쩍였고, 타올랐다. 발렌시아는 실제로 여러 명이 헐떡이는 소리를 들었다.

발렌시아는 자멘테를 바라보았다. 더 이상 자신이 상황을 주도할 이유가 없었고, 그래서도 안 되었다. 그렇기에 책임자에게 넘겼다. 나머지는 그녀의 몫이었다.

자멘테는 한참 동안이나 정적을 지켰다. 정적 속에서 이 순간을 기억하겠다는 듯 한 사람 한 사람을 바라보았다. 자신이 아는 그녀는 추억을 만들 만큼 감상적인 사람이 아니었다. 그러니 그보다는, 사령부 기사들의 반응을 관찰하고 있다는 묘사가 옳을 것이다. 그가 보기에도 서부는 당황을 숨기지 못하고 있었다. 발렌시아는 쓰게 웃으려다, 어쩐지 적절하지 못하다는 생각에 표정을 굳혔다.

자멘테는 느릿느릿 입을 열었다.

"발렌시아 경에게는 메졸라 회전 패배의 책임을 묻겠다. 지금부터 사순四旬간 전투 출전을 금하며, 자숙의 기간을 가진다."

그는 의도된 패배가 제 죄로 전락할 줄 몰랐다. 그러나…….

"예."

조용히 대답했다. 예상치 못한 벌에, 최선이었다.

탁자를 둘러보자 당장 일그러진 얼굴이 보였다. 한둘이 아니기에 호명하는 의미가 없었다. 오로지 타타나와 포데스티만이 시선을 땅에 붙인 채 꿈쩍도 하지 않았다.

"나의 부사령관으로는 타타나 경을 임명하며, 이번 회의는 소식을 전달한 것으로 마친다. 명일 회의는 전투지 탐색과 함께 외부에서 진행한다. 해산."

이번에도 처음 듣는 소식이었다. 타타나가 목이 꺾일 듯 고개를 치켜드는 모습이 보였다. 당연하지만 그와도 전혀 합의가 되지 않은 사안인 듯했다. 물론 복종해야 할 것이다. 그녀의 의도는 확실했다. 모두에게 외치는 수준이었다. 실수를 저지른 미라이예는 좌천시키고, 자신과 마찰을 빚은 십이공회는 짓밟고, 부사령관으로는 허수아비를 세우겠다는 것이다.

"아, 타타나 경과 발렌시아 경은 남아."

사람들은 이가 빠지는 모양으로 하나하나 나갔다. 돌아보는 사람도 있었고, 뻣뻣하게 굳어 나가는 사람도 있었다. 톨레도는 자신을, 본잘과 브레타냐는 자멘테를 흘끗 바라보았다. 바라본 것인가? 노려보았을 수도 있다.

톨레도가 자신을 노려본 것은 아마도 궁금증에서 비롯되었으리라. 톨레도는 이 전쟁에 대한 제 집착을, 외르타에 대한 애정을 아는 얼마 안 되는 사람이었다. 그러니 상대가 잇단 패배를 뒤로한 채 희망 없이 물러난다는 사실을 믿기 힘들 것이다.

물론 발렌시아에게 외르타를 위한 전쟁은 꽤 오래전에 끝났다. 게외보르트는 정적을 제거하는 대신 많은 것을 약속했으며, 외르타의 삶 또한 그 일부였다. 그들이 약속을 어기는 순간 밀약이 폭로될 것이고 그것은 발터하임부르겐의 왕위를 죽일 수도 있었다.

그러니 발렌시아에게 이 전쟁은 이미 끝난 전쟁이었다. 아무 의미가 없었다. 주어진 임무를 성실하게 완수할 용의가 있었지만, 처음 레발로로 떠날 때처럼 삶을 걸지는 않았다. 그에게 외르타의 목숨은 전쟁 그 자체였다. 그녀가 안전하게 살 수만 있다면 더 이상 바라는 것이 없었다. 공명심도, 명예욕도, 전혀—.

"타타나 경."

그는 문득 정신을 차렸다. 옆을 돌아보니 타타나가 잔뜩 긴장한 채

서 있었다.

"경은 적기사단을 계속 이끌길 바란다. 경의 지도력을 신뢰한다. 간혹 따로 논의할 건은 있겠으나, 경의 역할이 근본적으로 바뀌지는 않을 것이다."

"예. 부사령관으로 임명해 주셔서 감사드립니다. 이 영광을—."

"그만. 나가."

타타나는 꼭두각시 역에 안도한 듯 예를 표하고 떠났다.

이제 사령부 막사에는 그와 그녀뿐이었다. 발렌시아는 침묵을 견뎠다. 무엇을 말하든 총사령관이 먼저여야 했다.

"발렌시아 경."

"예."

"함구했다는 사실에 상심하지 않았으면 한다. 오래전부터 경고했으니."

"제게 잘못을 물으시리라 짐작했습니다. 경께선 미라이예에 오명이 씌워질 것을 거듭 걱정하셨습니다. 그러니 어떤 선택을 하실지 몰랐다면, 제가 어리석은 죄를 더 치러야 했을 것입니다."

그는 단정히 정리한 말을 내려 두었다. 단정하지만 진심은 아닌 미사여구였다.

"다행이군. 일주일 안으로 다음 회전을 치를 것이다. 경은 다음 회전에 참전할 수 없다."

"예. 명령에 복종하겠습니다."

"딤니팔은 승리한다. 그러니 이후 군영을 옮길 곳을 탐색해 둬."

아주 하찮은 일이었다.

"중요한 임무를 주셔서 감사합니다."

"사십 일이면, 회전은 최대 세 번까지 불참하게 될 거다. 이후 경의 기여도에 따라 참전을 허가하겠다."

"예. 최선을 다하겠습니다."

"이상."

발렌시아는 지금껏 자신이 받아 왔던 예를 표했다. 기이했다.

마치 지금처럼, 회전이 벌어지고 있는데 각적 소리 한 번 듣지 못했다는 사실처럼 어색했다. 그는 주먹을 꽉 쥐었다 폈다. 충분히 적응할 수 있다고 믿었으나, 습관은 강했다.

그는 자리에서 일어났다. 막사 끝에서 끝까지 조금 서성였다. 사람들이 떠난 지는 벌써 몇 시간도 더 되었다. 아직 소식을 듣지 못했다. 자신이 총사령관일 적에도 상황이 종료되기 전에는 굳이 본 군영에 소식을 전하지 않았다. 아마 자멘테도 똑같이 행동할 것이다.

딤니팔은 승리한다. 이 사실을 누구보다 잘 아는 자신이 초조해할 필요는 없었다. 그러나 그는 초조해했다. 아군의 승리를 바라는 초조감이 아니라, 전쟁터에 서지 못했다는 사실에서 오는 불안감이었다. 그는 스스로를 너무 얕보았다. 전장에서의 스무 해를 무시했다. 회전에 참여할 수 없게 되자 혼란스러웠다.

발렌시아는 칼자루를 꽉 쥐었다.

눈치채지 못한 사이 잠금쇠를 풀었다. 흰 날이 반쯤 올라와 있었다.

그는 자신의 무의식을 바라보다, 천천히 꺼냈다.

니소르의 허여멀건한 이를 보자 더더욱 회전에 서고 싶었다. 적을 죽이고 아군을 보호해야 했다. 물고기 떼 같은 진영을 인도하며 한시도 쉬지 않고 계산해야 했다. 체력적으로, 정신적으로 완벽히 지치고 싶었다.

자신이 전쟁터에 참여하지 못하도록 막은 자멘테의 명령은 부당했다.

발렌시아는 인상을 찌푸렸다. 품어서는 안 될 생각이었다.

"아니. 형님, 해내는 거야. 복종도 '해내는' 거야."

하지만 앙히에, 이는 부당하다.

"복종도 '해내는' 거야."

자멘테의 행동은 부당했다. 아무리 본인 권위를 세우기 위해서라고 하나, 이렇게 벌할 필요까지는 없었다. 출전을 금지하다니 차라리 백의종군을 시켰어도 이보다 모욕적이지는 않았을 것이다. 최소한 경고하여 대비할 시간을 주었어야 했다.

총사령관직에서 내려온 지 시일이 지났으나, 사람 없이 조용한 군영에 홀로 남자 갑자기 쓰라렸다. 자멘테는 타타나를 허수아비로 세움으로써 내심 기대하던 서부에 찬물을 끼얹었다. 너희 잘못을 잊지 않겠노라 선언한 것이다. 미라이예를 치죄한 것은 그리 선언할 수 있는 권위를 세우기 위해서였다. 미라이예는 철저하게 이용당했다. 미라이예의 이름이 그녀에게 사령부를 조롱할 수 있는 권한을 부여했다. 자신이 떨어지면 떨어질수록 그녀의 권위가 바로 서는 것이다. 그것이 제 역할이었다.

그녀의 이기심에 희생되었다는 생각이 들었다. 속 좁게도 불만을 품었다. 호의로 양보했건만, 그녀는 오로지 자기 본위였다. 사실 다른 많은 방법이 있었을 것이다. 품위 있게 패배자를 대우할 수도 있었을 것이다. 적어도 자신이라면, 그리했으리라.

그는 천천히 멈추었다. 발끝을 내려다보았다.

이 모욕감.

"아니. 형님, 해내는 거야. 복종도 '해내는' 거야."

복종은 모욕이었다. 그는 그 사실을 미처 몰랐다.

발렌시아는 칼자루를 꽉 쥐었다.

그러나…….

그는 니소르를 떨어뜨렸다. 내던졌노라 표현해도 좋았다.

제 선택이었다. 당연히 무언가 포기해야 한다는 사실을 알고 있었다. 단지 한 번도 포기한 역사가 없기에, 그것이 이런 감각일 줄 미처 상상하지 못한 것뿐이다.

자멘테의 이기심은 여전히 언짢았다. 그러나 틀에 박힌 기대를 부수겠노라 지껄이고도 은근히 대우받길 기대한 자신은 역겹기까지 했다.

자멘테는 철두철미하게 십이공회를 벌하고 있었다. 실제로도, 정신적으로도 구석에 몰아넣었다. 나 역시 게으른 십이공회가 잘못을 깨닫길 바랐지 않나. 오로지 그 목적으로 총사령관직에서 내려온 것이 아닌가. 그녀는 잘해 냈다. 옹졸한 행태를 벌했고, 욕보였다.

발렌시아는 천천히 깨달았다.

자신이 불쾌해한 이유는 단 하나였다. 눈치채지 못한 사이, 자신 또한 경멸하던 십이공회의 일부가 된 것이다.

그는 무엇을 포기해야 하는지 모르고 있었다. 그러면서도 앙히에에게 말했다. 일생 동안 높은 자리에 머물렀으나, 이는 단순히 내가 다른 길을 선택하지 않았기 때문이다. 나도 충분히 포기할 수 있다. 희생할 수 있다. 마치 그것들이 동등한 선택이고 갈랫길인 양, 아무것도 모른 채 지껄였다.

깨달음은 그를 깊이 찔렀다.

그는 너무 오만했다. '포기한' 것이 아니었다. 일생 동안 '포기하도록' 애써야 했다. 끊임없이 노력해야만 외르타에게 이야기할 수 있었다. 노력하면서도 결코 당당한 태도가 아니라, 수치스러워 일그러진 채 고백할 것이다. 제가 버둥거리고 있다고. 당신을 위해 변하는 것은 아니지만, 당신으로 인해 변하리라고. 내가 다르게 살 수 있음을 나의 삶을 통해 증명하겠다고.

그는 위선자였다. 그러나 위선자도 노력할 수 있다.

발렌시아는 느릿느릿 앉았다. 니소르의 날을 손으로 감쌌다. 알싸한 통증과 함께 피가 배어 나왔다. 상처가 나길 바랐기에 피하지 않았으며, 오히려 더 꽉 잡았다. 살갗을 넘어 살에 스며드는 칼이 느껴졌다.

자멘테의 명령에 복종하겠다. 당연히 전쟁터에 나가지 않을 것이다. 불만은커녕 욕심도 품지 않을 것이다. 제 마음속 짐승의 주둥이를 움켜쥘 것이다. 작은 임무를 해내는 과정에선 자만심을 죽일 수 있다. 익숙하지 않은 자리에 숨이 막혀도, 아니 오히려 그렇기 때문에 스스로 무엇을 포기했는지 매 순간 돌아볼 수 있으리라. 그것이 진짜 희생이었다.

그는 뻣뻣이 굳었다.

처음으로 단어를 이해한 듯한 기분이 들었다.

그는 외르타에게 공감했다.

발렌시아는 면밀한 검토 끝에 군영의 위치를 결정했다.

그리고 편지를 썼다.

에스드로 누프리.

집무실에 들어가 가장 안쪽 책장, 창을 등진 오른편, 아래 두 번째 줄에 있는 동부 역사서를 꺼내라. 사이에 민지대 소유 증서가 있을 것이다. 불태워 없애라. 또한 해당 민지대에 발신인 불명으로 자유인이 되었다는 서신을 보내라. 그들은 더 이상 디무어의 종이 아니며, 나의 종이 될 필요도 없다.

이 모든 일은 철저히 함구하라.

발렌시아는 이제 알고 있었다. 그에게는 더 이상 민지대도, 동전도, 디무어도 필요하지 않았다. 좀 더 삶을 배운 지금에서야 존경하는 그녀를 죽은 사람으로 둘 수 있었다.

자신은 무엇을 모사하지 않아도 되었다.

그는 디무어의 무덤에서 독립했다.

자카리는 아기를 달래는 제 능력에 자부심을 느꼈다. 그는 아무 말도 아닌 것을 부드럽게, 끊임없이 속삭일 수 있었다. 어이구, 그랬어? 어이구, 그래. 어, 아빠가.

자신이 어떤 기술을 자랑스러워한 일은 또 얼마나 오래되었던가. 누군가 이 뿌듯한 감정을 조종하는 듯하여 한순간 거의 악의적으로까지 느껴졌다. 사람을 강제로 이렇게 행복하게 만들 수는 없지. 그건 네놈이 너무한 거야. 제발 그러진 마라. 네 사지에 송장벌레를 채워선 천 년 동안 뜨거운 땅에 묻겠다. 한참이나 증오에 복받쳐 씩씩대다가, 애먼 데 칼을 휘두르는 미친 왕이 아닌가 깨닫곤 했다. 내가 누구한테 화를 내고 있는 거지? 멍하니 돌아보면 품에는 새근새근 잠든 아이뿐이었다.

지금도 마찬가지였다.

그는 얼떨떨하게 품을, 아기를 바라보았다. 급히 마음속 칼을 숨겼다. 이번에는 아이가 깨어 있었다. 이렌은 눈을 깜박였다. 그 천진하니

파란 눈에 숨이 막혔다.

시선을 들자 공손히 선 십이공회가 보였다. 지루한 얼굴들에 갑자기 현실감이 돌아왔다. 십이공회원이 여섯이었다. 그나시오, 톨레도, 안니발레, 체세나, 데군다, 사투르니나. 출전한 십이공회원이 많아 공간은 제법 한산했다.

자카리는 콧김을 내뿜었다.

“십이공회원이 되어선 줄도 똑바로 못 서나?”

누군가 한숨을 푹 쉬었다. 안니발레가 살짝 들어가고, 체세나가 앞뒤를 살펴 자리를 조정했다.

“열둘도 아니고 고작해야 여섯이잖나. 그게 어려워?”

“…….”

“왕녀 앞에서 모범을 보이게.”

“…….”

“물론 자네들이 왕녀의 모범 따위가 될 리는 없지.”

허랑방탕한 말에도 물론 잡담은 없었다. 오늘은 그래야만 하는 날이었다.

왕녀는 백 일을 채우자마자 정식 후계자로 임명될 예정이었다. 이는 딤니팔의 오백오십 년 역사상 가장 이른 임명식이었다. 그러나 누구도 기준을 정하지 않았으므로, 자카리는 그냥 자신이 선수를 치기로 결심했다.

불만을 제기하면 한 대 칠 기세로 선언했기에 임명식은 수월하게 준비되었다. 암, 그래야지. 어차피 이것들은 전부 허례허식이었다. 그뿐 아니라 십이공회도 인정할 것이다.

자카리는 왕좌에 아이를 눕혔다.

이렌은 품에서 떨어지는 순간 우렁차게 울기 시작했다. 소리가 부풀어 올라 넓은 알현실을 가득 채웠다. 자카리는 귀를 막는 사람은 두고 보겠다는 흉흉한 시선으로 십이공회를 둘러보았다.

여섯 명의 십이공회원들은 아주 침착했다.

"순서대로! 가까이 오게!"

물론 이 헛된 의식에선 순서조차 그다지 의미가 없었다. 왕이 제비를 뽑은 결과에 불과했다. 일등으로 선 안니발레가 터벅터벅 다가왔다. 그는 단 아래에서 무릎을 꿇었다.

"라 딤니파 소르사 라에티티 이레나 신드 안나이팔네스 산테카를로. 눌라레의 후예, 알론조 캄비의 수호자. 전하의 무궁한 영광 아래 충성하겠습니다."

어느새 아기 울음소리가 잦아들었다. 내 딸이 말을 알아들은 건가? 천재인가? 아기의 작은 발이 모포 밖에서 꼼지락댔다. 원래 자신이 발을 드러내 줄 예정이었으나, 혼자 걷어찬 것이다. 세상에, 천재인가 보다.

그가 감격에 차 있는 사이 안니발레는 아기 발등에 이마를 댔다. 잠시 머무른 뒤, 예를 표하며 일어서 돌아갔다. 그 뒤 톨레도, 체세나, 그나시오, 데군다, 사투르니나가 충성을 맹세했다. 의식을 마친 귀족들은 빙 돌아 나란히 섰다.

그들은 각자의 발 앞에 공물을 내려 두었다. 공물은 하나같이 아주 작았으며, 각 가문의 천으로 덮여 있었다. 귀금속, 모피, 향유. 물론 이는 단순히 상징일 뿐, 곧 잉그레 창고에 쏟아져 들어올 진짜 선물과는 비교할 수 없었다. 자카리는 십이공회 일 년 수입의 사분지 일 이상을 원했다. 실제로 필요해서가 아니라 잉그레의 권위를 위해 요구되는 최소량이었다. 저들은 명민한 자들이니 왕을 실망시키지 않을 것이다.

"그대들의 다음 주인을 똑똑히 보았겠지?"

"예."

"이렇게 이른 시점에 충성을 맹세할 수 있다는 사실에 감사하게. 짐에게 감사해."

"폐하의 은혜에 감읍하였습니다."

"좋아, 좋아. 여기서 꽤나 여러 명이 지난번 후계자 임명식에도 있었는데 감회가 어떠신가?"

가장 연장자인 톨레도가 헛기침을 했다.

"하루가 다르게 명민해지시는 잉그레의 후계자를 지켜보는 것만이 이 노구의 기쁨입니다. 옛 후계셨던 폐하께서 지금 영광을 인도하고 계시듯, 전하께도 저희의 조타를 맡겨 함께 무궁한 화악花萼을 누릴 수 있길 앙망합니다."

자카리는 빙그레 웃었다. 그 본인은 입 발린 말을 좋아하지 않았으나, 제 자식에게 하는 칭찬은 절대 질리지 않았다. 시간이 있다면 손수 한 사람씩 붙들어선 바닥날 때까지 이렌을 칭찬하게 만들 텐데.

"고맙군."

하지만 할 일이 기다리고 있었다. 십이공회의 맹세보다 훨씬 중요한 일이.

"이제 그만 가도 좋네. 선물은 내려놓고. 따로 전한 물건들에도 이름표를 잘 달아 두게."

십이공회는 기사처럼 가지런히 잉그레의 예를 표했다.

마지막으로 나간 톨레도의 옷자락 뒤, 알현실 문이 묵직하게 닫혔다.

왕좌에 누운 아기가 멀뚱멀뚱 자신을 올려다보았다. 큰 소리에도 놀라지 않다니 역시 대견했다. 자카리는 헛기침을 했다. 누구도 지켜보고 있지 않았는데, 다 자란 인간을 대하듯 말을 살폈다.

"이렌."

"아! 아이부!"

"저들은 나중에 많이 볼 거야. 지겹게 볼 테니 신경 쓰지 마. 지금은 아빠가 꼭 보여 줘야 하는 사람…… 아니, 보여 줄…… 게 있어."

자카리는 이렌을 안아 들었다.

제겐 인생에서 몇 번 방문하지 않고도 뚜렷이 기억에 남은 길이 있었다. 왕의 침실부터 집무실까지 수천 번 오간 복도보다 더 명확하게, 불에 지진 듯한 충격으로 남은 길이었다. 그 길이 왕좌 뒤로 입을 벌리고 있어서, 그는 즉위하고도 한동안 알현실을 꺼렸다.

첫 만남은 아버지가 이끌었던 후계자 임명식 날이었다. 지금과 똑같았다. 자신은 열 살이었다. 선왕을 따라가 '그녀'를 만났다. '그녀'. 차라리 더 어렸을 때 '그녀'를 만나 충격을 덜었더라면, 혹은 아예 머리가 굵은 뒤 소화했더라면 얼마나 좋았을까 소망하기도 했다.

그는 자신이 받지 못한 배려를 딸에게 해 주기로 했다. 백 일 만에 후계자 임명식을 치르는 데에는 이 이유를 빼놓고 생각하기 어려웠다.

자카리는 그 말고는 아무도 모르는 알현실 왕좌 뒤 벽을 매만졌다. 무엇을 누를 필요도 없었다. 부드럽게, 환상처럼 길이 생겼다. 세상에서 그들 외에는 아무도 들어오지 못하는 낮은 계단이었다.

자카리는 어깨를 빳빳하게 편 뒤 아래로 향했다. 등 뒤에서 문이 닫혔다. 거친 낙엽 소리 같기도 하고, 경고하는 속삭임 같기도 했다. 꺼림칙했다. 어쩌면 제 마음이 겁을 내고 있는 것인지도 모르겠다.

그는 이렌에게 속삭였다.

"놀라지 마. 아빠도 놀라지 않으마. 아니, 네가 아빠를 도와야 한다."

이렌은 옹알댔다.

"알겠지? 부탁이다."

아이는 한 번 더 옹알댔다. 마치 대답 같았다.

자카리는 용기를 얻어 바닥에 내려섰다.

이곳은 굴이었다. 잉그레의 기반이 걱정될 정도로 넓고 텅 빈 하나의 백색 공간이었다. 중앙에는 알론조 캄비를 본뜬 샘이 있었다.

그는 긴장한 채 한 걸음씩 다가갔다. 아직 아무도 보이지 않았다.

한 걸음.

두 걸음.

세 걸음.

"아들?"

그는 부르르 떨었다. 떨지 않은 척할 수도 없었다. 그녀는 세상을 굽어본다.

돌아보았다. 바닥까지 끌리는 금발, 출렁이는 황금 눈을 가진 여성이 서 있었다.

언제 나타났는지 몰랐다. 그는 밋밋하게 금으로 빚은 눈이야말로 그녀의 진짜라는 사실을 여전히 인정하기 어려워했다. '시선'이 마주치자 턱에 절로 힘이 들어갔다. 적응하지 못하는 자신을 위해…….

"아들."

……그녀가 배려해 주었다. 금에서 푸른 동공이, 흰자위가 튀어나왔다.

"왕이 되어 늙어 죽을 나의 딸이로구나."

자카리는 눈을 꽉 감았다 떴다.

"눌라레, 당신이 후계를 인지하시면 바로 올라갈 겁니다."

"이렇게 일찍 딸을 소개할 결심을 하다니 내 필경 너의 존경을 샀노라 기대했다. 그러나 여전히 '나는 당신이 싫소' 똑같은 말을 하고 있구나. 네가 열 살일 적에도, 왕위를 물려받을 적에도, 금왕좌에 올라 조언을 구할 적에도—."

"저는 단 한 번도 당신에게 조언을 구하지 않았습니다. 이건 내 나라고, 나의 잉그레입니다."

"배를 부풀리는 모양이 자못 대견하구나."

"……."

"사과하지 않으련?"

"……죄송합니다."

속이 뒤틀렸다. 존칭도 제 입 속에선 뾰족한 모서리를 지닌 얼음 같았으니 하물며 죄송하다는 말은 어떻겠는가. 얼굴이, 아니 자아가 일그러졌다. 그러나 경외할 수밖에 없는, 오백 년 묵은 딤니팔의 시조始祖, 혹은 귀신.

"내 딸을 안겨 주겠느냐?"

내 딸이라는 말이 목구멍까지 치솟았다.

이렌을 내려다보았다. 아기는 무엇이 좋은지 이제 까르르 웃고 있었다. 황금 같은 인간이 재미있다고 느꼈을까. 아, 자신도 아이처럼 무지해지고 싶었다. 그러면 공포를 느끼지 않을 것이다. 무력하게 제 핏줄을 넘기는, 칼과 옷을 빼앗겨 벌거벗은 왕이 된 기분을 느끼지 않을 터다.

눌라레는 이렌을 안아 들었다.

그녀에게서 빛이 나고 있는 것인지, 잘 분간이 안 되었다. 그녀를 균형 잡힌 시선으로 바라볼 수 없었다. 그녀에게서 빛이 나는 것인가? 아니면 단지 내가 시선을 피하는 것인가? 아무튼 이렌은 전혀 놀라지 않았다. 오히려 좋아했다. 눌라레는 검지로 아이의 이마를 눌렀다. 그에서 멈추지 않고 마치 오래된 양피지를 읽듯, 천천히 읊었다.

"라 딤니파…… 소르사 라에티티 이레나 신드 안나이팔네스 산테카를로."

물론 자카리는 한 번도 이렌의 본명을 그녀와 공유한 적이 없었다.

"안나이팔네스는 내가 건넨 이름이구나."

그 이름 역시 자신이 정했다. 그러나 눌라레의 말이 맞을 것이다. 자신은 무의식 중 신의 뜻에 따랐을 것이다. 제 이름에 '이니고'라는 흔적이 있듯, 이렌에게도 버릴 수 없는 금색 점이 남을 것이다. 산테카를로가 아버지의 이름이라면, 그보다 앞선 이름은 어머니의 유산이 되어야 한다.

"딸은 왕위를 승계할 것이다."

눌라레의 목소리는 몹시도 깊은 동굴이었다. 그 목소리가 낮아 비유한 것은 아니었다. 그보다는 누구도 그 안을 들여다볼 수 없기 때문이었다. 무시무시한 것이, 인간의 몸에 갇혔다.

자카리는 애써 말했다.

"예언하지 마십시오. 제가 흐트러집니다."

"아니, 아들. 대체 뉘가 미래를 본다고? 예언이 아니라 축복이다."

"알겠습니다. 끝나셨습니까? 다시 주무시길 바랍니다."

"벌벌 떤들 네 아비보다는 낫구나. 바누안은 살며 나를 딱 두 번 보았지. 왕위를 승계할 때와 이양할 때. 아들은 바누안보다는 용기가 있는 편이야."

"'바누안'? 저도 이름을 불러 주십시오. 제게도 이름이 있습니다."

"아들이 죽으면 딸에게 불러 주마."

"……당신 딸이 아닙니다. 제 딸입니다."

화를 숨기지 못했다.

"언제쯤 반항기를 벗어날꼬."

"……."

"내 오랜만에 어린 딸을 보아 기뻐하도록 둘 순 없었느냐?"

"……."

눌라레는 잠시 품에 안긴 아기를 내려다보았다. 아기는 더 이상 얌전히 안겨 있지 않았다. 어쩌면 아버지가 덜덜 떠는 모습을 보았는지도 모르겠다. 아기는 숨을 확 들이켜더니, 그보다 거칠게 내뱉었다. 그 헐떡임은 자카리에게 아주 익숙한 종류였다. 필경 무언가가 마음에 들지 않아 울음을 터뜨리려는 모양이다. 그녀가 팔을 흔들었지만 본시 아이의 웃음은 소금처럼 어려운 법 아닌가. 바야흐로 이렌이 귀청이 떨어질 듯—.

딤니팔의 시조는 고요 속에서 작은 새를 날려 보냈다. 자연에서 나올 수 없는 황금 새. 꼬리깃으로 금을 흩뿌리는 새가 짹짹거리며 이렌의 뺨에 부리를 비볐다. 아기가 화들짝 놀라 딸꾹질을 했다. 다행히 그 끝에는 웃음이 섞여 나왔다. 딸꾹질, 웃음, 딸꾹질, 웃음, 약간의 캑캑거림. 눌라레가 마지막으로 아이의 가슴을 쓰다듬자 딸꾹질마저 사라졌다.

자카리는 마법과 달램이 절반씩 녹아든 몸짓을 보곤 혼란스러워졌다.

눌라레는 빙그레 웃었다. 다시 아이를 어르며 사람처럼 즐거워했다. 이렌은 먼 어머니의 손을 잡으려 허우적거렸다. 황금 새는 공기에 녹아 사라졌고, 신의 손끝에는 아무것도 없건만 아이가 어찌나 흥분했던지 몸이 빳빳하게 굳었다.

자카리는 이를 갈아붙이며 다가갔다. 그녀를 무서워하기엔 더 이상 눈에 보이는 게 없었다.

눌라레는 한 손을 들었다. 그의 걸음이 우뚝 섰다. 온몸이 얼어붙었다.

"모름지기 왕은 인내심을 갖춰야 한다."

그리고…… 고개를 숙여 아이에게 속삭였다.

"딸은 세상을 가질 것이야."

자카리는 마법에 저항하여 끙끙대던 몸짓을 멈추었다. 뭐라고? 그는 자신이 후계자로 임명될 때 축복이나 예언을 듣지 못했다. 기억나는 것은 오로지 제 머리를 살짝 누르던 손. 질기고 거미 같은 손아귀뿐이었다.

"딸이 만지지 못할 인간의 지명은 없을 것이다. 영화榮華가 아닌 승리를 누릴 것이다. 세상 빛을 처음 보았던 침상에서 추억하거라."

"정복왕을 뜻하시는 겁니까? 저희에게 지금보다 더 넓은 땅이 필요하다고요? 말도 안 됩니다."

그녀는 들은 체도 하지 않았다.

"딸, 내 말을 기억하지 못하겠니? 나중에 알론조 캄비의 에쎄씨나를 찾아가려무나. 대사제가 즐거이 들려줄 게다."

"눌라레, 제 딸에게 전쟁은 없을 겁니다. 제가 터전을 다지는 이유는 오로지 그뿐입니다. 저는 치세 첫 십 년 안에 중앙삼국을 단속, 국경선을 확정 짓겠다고 천명했습니다. 포티미와 전쟁으로 라르디슈 내전의 불을 당겼습니다. 이제 대게외보르트전으로 옛 국경선을 되찾고, 적국의 혼란을 지켜볼 겁니다. 앞으로 적어도 한 세대는 모두가 잠잠할 것이 분명합니다."

"아들. 나는 예언하지 않는다."

"제발, 불길하게……."

"아들."

"……."

"적은 어디에나 있다. 쉼표가 왕을 죽인다."

"여긴 내 땅입니다. 내가 다스립니다. 오백 년 전 파묻혔어야 할 시체가 말할 수는 없습니다. 이 흰개미 굴에 홍수가 닥쳐 당신을 죽였으면 좋겠습니다."

"아들."

"그만!"

그녀는 고개를 살짝 기울였다. 더 이상 웃고 있지 않았다.

눌라레의 입이 벌어졌다.

"랄레레, 신테."

갑자기 숨이 꽉 막혔다.

랄레레 신테는 듀아네일 원년의 전투로, 리마네레를 멸망시켰으며…… 동시에…… 딤니팔이 잉태된 날이었다. 제국이 저물고 오스페다가 솟아올랐다. 그렇기에 누구보다도, 딤니팔의 왕을 틀어막는 주문이었다.

정적.

"나는 마지막 승리 이후로 예언하지 않는다. 전투에서 깨달았다. 이젠 그 권능이 누구에게도 주어지지 않았다는 사실을 안다."

"……."

"아들, 삶은 넓게 직조된 천과 같다. 작은 구멍 사이로 햇살과 비가 스며들고, 어쩌면 가끔 바늘이 찌르고 들어올 게다. 그러나 찢어지지 않는다. 넝마가 되어도 천일 것이다. 나는 천이 운 모습을 보고 날이 흐릴지 두서없이 떠들 뿐이다. 그게 어려운 일인가? 아니."

"……."

"아들, 내가 꿈같은 소리를 한다고 생각하는구나."

"……."

그는 주먹을 꽉 쥐었다.

눌라레는 그 주먹을 바라보며 대뜸 말했다.

"라르디슈는 누용에서 첫 전투를 치를 예정이다. 쌍둥이 모두 승리를 모르기에 손해를 볼 만큼 거칠게 덤비지 않을 게다. 그러나 아들도 알지 않느냐? 손해 보지 않는 태도로 내찌르는 전략은 엉망일 수밖에 없다. 소년들은 아직 두려워한다. 아주 오랫동안 두려워할 것이다. 이런 인간들의 내전은 짧을 수가 없다."

"……그걸 누가 모릅니까?"

"동부에선 큰 폭동이 일어났다. 저 멀리 해안가부터 밀려온 해일이다. 그러나 그간 동부인들이 크게 발전한 것은 아니다. 여전히 어리석어 사람을 숭앙하는 버릇을 고치지 못했다. 그러니 제도는 변하지 않고, 성과 민지대, 그리고 사람만 수없이 불탈 것이다."

"저도 예상하고 있습니다."

"북부에서는 잇단 산사태 소식이 들린다. 온디레 산맥은 반쯤 무너졌다. 북부의 루틸로는 봄에 접어들어 빙하가 녹았기 때문이라고 설명하나, 이전과는 규모가 다르다. 벌써 충격으로 성이 두 개나 함락되었다. 병사로 성을 함락시키려면 얼마나 많은 자원과 시간이 드는지, 아들이 더 잘 알 것이다."

"예. 걱정하고 있습니다."

"남해 군도에 몹시도 영리한 고래 무리가 출몰하고 있다는 사실을 아느냐? 대여섯 아이 수준의 지능을 갖추었다더구나. 얼마 전 어떤 자는 그 물짐승을 길들일 수 있다고 주장하여 큰 주목을 끌었다. 실제로 길들이는 시늉을 하여 모든 섬에 이름을 떨치기까지 했다. 하지만 사실 그는 공명심보단 돈에 관심이 많은 사람이다. 라르디슈 중앙이 혼란에 빠진 틈을 타서 군도의 부를 탐내고 있을 게다."

"소문은 들었습니다."

"카비니바 에프렘고르 링코미에스는 작년에 하나가 아닌 세 명의 집정관을 임명했다. 어려운 시기라는 사실에 모두 동의했기 때문이다. 겉으로는 너희 전쟁을 지켜보는 체하지만, 사실 그들도 더 이상 게외보르트나 딤니팔에 덤빌 힘이 없다는 사실을 안다. 대신, 북부를 개척할 생각을 하고 있다. 이미 여러 탐사대가 떠났고 또한 돌아오는 중이다."

"예, 압니다."

"눈의 방패와 사막 유목민들 사이에는 기묘한 회색지대가 생겼다. 그들은 서로 간의 싸움이 내부 결속 다짐에 불과하다는 사실을 잘 알고 있다. 사막 지도자 중에는 명민한 사람들이 많다. 그들의 일부는 정착하기 위해 협상 중이다. 눈의 방패는 수를 줄이거나, 새로운 적을 찾아 떠나야 한다. 높은 확률로 동부 원정에 몰릴 테지. 동부가 혼란한 가운데 얼마나 잘 대응할 수 있을지, 더 이상 땅을 얻기 싫어하는 딤니팔이 어떻게 엉큼하게도 물러설지 궁금하구나."

"이미 제가 서류에 도장을 찍었습니다."

"대게외보르트전이 끝난 뒤 예정된 알로지아드의 확장 계획은 원대하다. 서부인들이 잡초 아래 묻은 길을 발굴하기란 여간 어려운 일이 아니다. 더 나아가 스트레파르르를 위시한 서북부를 획득한다면, 여태껏 외면당한 북부에도 길을 선물해야 하겠다. 이는 길이길이 보전되어 아들의 치적이 될 것이다."

"지난달에 첫 설계를 허가했습니다."

"중부에서 유일하게 협치의 싹을 틔우던 요를림은 아들이 멸망시켰다."
"……잘 알고 있습니다."
그는 서서히 고개를 숙였다. 그녀가 칩거한 채로도 소식을 듣는다는 사실은 물론 놀라운 일이지만, 결과적으론 —무명과 알로지아드의 도움을 받은— 자신과 크게 다르지 않았다. 즉, 제 존재를 흔드는 기적이 아니었다. 황금, 황금새, 영생. 이런 것들이 그를 두렵게 했다. 그러나 '지식'은 아니었다.
"아들은 내가 말한 내용을 전부 아는구나. 그럼에도 어머니께서 예언을 하시노라 원망하는구나."
"……."
"문제는 앎이 아니라 앎의 연결이다. 나는 이 상황들이 가리키는 방향을 안다."
"……."
"나는 미래를 보지 않는다. 지금을 알고, 희미하게 짐작할 뿐이다."
눌라레는 이렌을 허공에 안겼다. 자카리가 발버둥 쳤으나, 무형의 밧줄은 그를 더 단단히 옭아맬 뿐이었다. 반항하지 못하는 그에게 그녀가 다가왔다.
코앞에 섰다.
"그러니 아들, 나를 겁내지 마라."
눌라레는 그를 껴안았다.
그녀에게서는 아무런 향도 나지 않았다. 정말 인간이 아니었다.
자카리는 미세하게 떨리는 손을 무시하며, 현실에 남아 있으려 노력했다.
"……눌라레, 저를 달래시려면 차라리 지금 전쟁을 벌이고 있는 게외보르트에 대한 정보를 주십시오. 제가 모르는 정보로요. 딤니팔의 영광을 위해 사용하겠습니다."

"아들에게 무언가를 말해 준다면 아주 많은 토대가, 예정되었던 것과 다른 장소에 박힐 게다. 용납하지 않겠다. 나는 세계를 다시 계산할 마음이 없다."

"……."

"내게는 앎이 흘러들어 올 뿐이다. 수천 사람이 한 몸에 있을 뿐이다. 보통 집단이 그렇듯, 지식이 쌓인들 딱히 질적으로 현명해지는 것도 아니다."

"……."

"아들, 나를 겁내지 마라. 신화의 시대는 리마네레와 함께 저물지 않았겠느냐."

눈가가 떨렸다. 긴장했나 보다.

그는 드디어 자신을 옥죄던 구속이 풀렸음을 깨달았다. 그러나 그녀의 포옹에서 벗어나고 싶지 않았다. 이것도 마법인가? 진저리가 났다. 땅 위 세계가 그리웠다.

"아들, 여전히 마음에 들지 않나 보구나."

"……제가 일생토록 애쓴 목표가 당신 앞에선 한 줌 재조차 안 됩니다. 저는 지금 당장 부단히 노력하는데, 당신에게는 그저 역사의 일부일 겁니다. 그 생각이 저를 움츠러들게 합니다. 저는 단 한 번도 무기력했던 적이 없습니다. 그러나 당신 앞에선 삶에 적극적이란 사실을 숨기고 싶어집니다. 어린아이들이 하는 소꿉놀이처럼 보이지 않겠습니까?"

"아들의 자격지심이란 사실을 알지?"

"압니다."

"아들이 채찍질하지 않으면 역사가 굴러가지 않는다는 사실도 알 것이고."

"그렇게 띄워 주셔도 수치스럽습니다."

"아들의 자존심이 강해서야. 그것야말로 아들이 정말 수치스러워해야 하는 단점이지.”

“…….”

“내 아들들의 자존심은 자주 역겹고도 가증스러워진다. 몇백 년 동안 지켜봐 왔으니, 나는 이제 무엇이 아들들을 부패시키는지, 그 전조가 어떠한지 알고 있다. 하지만 침묵할 것이다. 침묵하는 나의 마음속에는 부채감조차 없다. 그러니 아들은 추하게 전락하지 않으려 항상 노력해야 해.”

“……왜 아들입니까?”

“딸들은 항상 탄로 날지도 모른다는 생각으로 살지.”

“무엇이 탄로 나요?”

눌라레는 대답하지 않은 채 몸을 뗐다. 무표정했다.

“아들, 비밀이 있느냐?”

“당신 앞에서는 없습니다.”

“딸들은 내 앞에서도 비밀을 가진다.”

“눌라레.”

“아들은 좋은 왕이 될지도 모른다. 그러나 그뿐이다.”

“저는 좋은 왕이 될 수 있기만을 바랍니다. 제 삶의 목표입니다.”

“곰곰이 생각해 보거라.”

“…….”

“나중에, 딸에게 물어보아도 좋겠다.”

그녀는 아기에게 다가갔다. 몸을 숙여, 이마를 쓰다듬어 준다.

“딸, 삶은 의심에 깎여 나간다. 깎여 나간 시선으로 세상을 보거라.”

“빠?”

“딸은 더 넓은 세상의 왕이 될 것이다.”

더 이상 그녀의 말이 예언처럼 들리지 않았다.

자카리는 양 주먹을 꽉 쥐었다.

눌라레는 뒤돌아 한 걸음, 한 걸음, 다시 한 걸음, 걸어, 어딘가로 사라졌다.

발터는 지난 한 달간 성에서 나오지 않았다. 늦은 아침부터 새벽까지 집무실에 머물렀다.

귀족들은 잇딴, 몹시도 끔찍한 패배에 적응하지 못했다. 처음부터 반슈체친의 능력이 부족했다면 모르되, 연전연승을 거듭하다가 연속 네 번의 회전에서 패배했다면 쉽사리 받아들이기 힘들 것이다. 그들은 더 이상 재산을 징발당하기 싫다는 이기심, 게외보르트가 굴복하고 있다는 불안감에 정신을 못 차렸다.

그리고 당연히 이 땅의 왕이 그들보다 수천 배 더 근심하리라 생각했다. 세간은, 폐하께서 내정에 소모되는 시간을 최소화하고 오로지 전쟁에 집중하고 계신다며 신뢰했다. 동시에 하루가 다르게 어두워지는 왕의 얼굴을 보며 약간의 죄책감을 느끼기까지 했다. 덕분에 근래 귀족 간의 불필요한 다툼이 완전히 사라졌다. 이것은 발터에게 아주 많은 시간을 선사했다.

다행히도 그것만이 그의 유일한 바람이었다.

발터에게는 참 많은 시간이 주어졌다. 물론 그는 그 시간 동안 전쟁에 신경 쓰지 않았다. 전쟁은 슈트람 요오스의 임무였다. 그와 블랑쉬젤로, 그리고 한 손에 꼽을 만큼 적은 어수대원이 속도를 조율하고 있었다. 자신은 단지 책상 위에 놓이는 보고를 확인하고 가불가를 말할 뿐이었다.

사실 그에게 전쟁은 한 줌의 어수대원뿐 아니라, 눈이 뒤집어진 딤니팔과 함께하는 일이었으므로 크게 걱정되지 않았다. 늙은 딤니팔이 어련히 임무를 도울 것이다. 그는 이웃에게 호의적이지도 악의적이지도 않았다. 중앙삼국은 서로 공존할 수 있는 적이었다. 딱 그 정도의 관심과 존중을 가지고 있었다.

대신, 발터는 반 슈체친과 전후 처리에 대해 고민하고 있었다.

"폐하, 슈트람 요오스입니다. 한 시간 전 블랑쉬 젤로, 위르겐 슈미츠, 울리히 크뢰스너에게 전황을 보고받았습니다."

새벽마다 찾아오는 요오스는 항상 피곤해 보였다. 어수대 집무실에서 잠을 청하는 이에겐 당연한 일이다.

"게외보르트는 마지막 승리인 메졸라 회전 이후 네 번의 회전, 즉 알브슈타트, 로트나커, 투칭, 빈저발트 회전에서 연달아 패배했습니다. 특히 지난주 빈저발트 회전의 패배 규모가 대단하여 최종적으로 총 십삼만 중 육만을 잃은 상황입니다. 이에 금주 급하게 이만을 충원했으며, 추가로 이만의 병사가 충원될 예정입니다. 그러나 귀족의 사병을 갹출했기에 머릿수를 채우는 이상의 의미는 없을 겁니다."

"……."

"무엇보다 중요한 것은 예츠트의 창이 빈저발트에서 큰 피해를 입었다는 사실입니다. 예츠트는 쉽게 보충할 수 없는 병력입니다. 믿을 만한 돌격대의 규모가 절반으로 줄어든 셈이니, 게외보르트 군영 내부는 혼란스럽습니다. 일부 기사들이 예츠트의 마지막 대대로 임시 편입되었으나 훈련의 강도가 다를 겁니다. 다시 한번, 메울 수 있는 피해가 아닙니다."

"예츠트의 창은 별도로 충원 계획을 세워라. 시일은 길게 보고."

"예."

"계속 말해."

"딤니팔은 미라이에 공작이 총사령관직에서 물러난 이후 잇따른 승리에 고무되어 있습니다."

"그쪽은 바뀐 총사령관이 분위기를 쇄신했다고 믿겠군."

"예. 여성 총사령관을 의심하던 시선이 모조리 사라진 상황입니다."

요오스는 잠깐 뜸을 들였다. 발터는 순간적으로 그 사실을 의식하지 못했다. 천천히, 혹은 빠르게, 제 머릿속 역시 뜸을 들이고 있음을 깨달았다. 생각하는 침묵이었다.

발터는 끼어들었다.

"총사령관을 바꾼 것은 이상한 선택이었다. 굴라르모는 공작이 원했다고 설명했으나 그렇기에 더욱 이해하기 어렵다."

"한때는 공작에게 광증이 생겼나 의심하였습니다. 다행히 저희는 전쟁이 잘 진행되기만 한다면 딤니팔의 내사에 신경 쓸 이유가 없습니다. 굴라르모가 협정을 유지할 것을 거듭 천명하고, 자멘테가 성실하게 임무를 수행하는 작금의 상황에서는 어느 정도 의심이 불식되었습니다."

"음."

"어수대 내부에서는 딤니팔이 면밀한 계획하에 행동했다고 생각하는 편입니다. 어쨌든 자멘테는 서부의 지도자지 않습니까? 서부의 위신을 세우기 위해 미라이예가 좌천된 것으로 보입니다."

"공작은 여전히 사령부에 있나?"

"예. 하지만 근신령을 받아 메졸라 이후 전투에 참가하지 못했습니다."

"용케도 모욕을 감내하는 모습을 보니, 굴라르모가 희생양에게 큰 선물을 약속했나 보군."

"처음에는 사령부가 공작을 죽은 어미 새처럼 바라보았다고 합니다만, 자멘테가 회전에서 승리하기 시작하자 다시 기강이 잡혔습니다. 공작은 이제 장식용 갑옷인 듯 앉아 있습니다."

요오스는 드물게도 비유를 사용했다. 방금 전에는 공작이 죽은 새라 하더니, 이제는 장식용 갑옷이었다. 발터는 그가 한 번도 만나지 못한 미라이예 공작을 몹시 싫어한다는 사실을 알았다. 아무래도 자신이 외르타를 제거하지 않겠노라 선언한 상황에 공작의 욕심을 떠올리자면 밤잠을 설치게 되는 모양이었다.

발터는 요오스와 다른 의견을 가졌다. 어수대의 장長이 완전히 곤두서 있다면 왕은 외르타에게 선택을 맡기는 편이었다. 기본적으로 그녀의 존재에 개의치 않았으며, 외르타가 남자를 선택해도 신경 쓰이지 않기는 매한가지였다. 그녀의 자유였다. 다만 멍청하다는 생각을 지우긴 어려울 것이다. 자신이 보기에 로크뢰와 공작은 썩 다르지 않은 종자였는데, 그것을 눈치채지 못한다면 멍청하다는 말 외 다른 수식어가 필요치 않았다. 또 다른 고통을 겪을 것이고, 그것은 무지의 값을 치르는 셈이다. 동정의 여지가 없었다.

아이를 가져도 제 알 바가 아니었다. 외르타의 몸은 아주 여러 번 전쟁의 사유가 되어 더 이상 순수한 결속을 맺기 어려웠다. 그녀는 더 이상 '후계자'를 낳을 수 없었다. 즉, 그녀의 자식은 항상 정치적인 음모론에 시달릴 것이다. 이런 이의 핏줄은, 왕의 후계는커녕 위신 있는 귀족의 후계로도 써먹을 수가 없었다.

발터는 더 이상 외르타가 두렵지 않았다. 그녀는 폐품과 같다. 제게는 더 이상 동기가 없었다.

다만 요오스의 적의를 거들어 주고 싶었다. 심술이 났는지도 모르겠다.

"공작은 이제 본인 집에도 못 들어가는 개 꼴이군. 동정하는 시선은 꽤나 오래갈 거다. 다음 전쟁에서 수복하지 않는 이상, 어쩌면 평생이고."

"백번 옳으신 말씀입니다. 자멘테가 훌륭하게 임무를 수행하고 있으므로 공작은 더 이상 전쟁터에 머무를 필요조차 없습니다. 차라리 불명예스럽더라도 빨리 돌아가 집안을 다져야 할 것입니다. 사령부에 머무는 것이 더욱 수치일 테니까요."

요오스는 고개까지 끄덕이며 동의했다. 발터는 속으로 입맛 쓴 웃음을 터뜨렸다.

"아무튼 현재 딤니팔 사령부는 몹시 고무되었습니다. 그들의 옛 땅인 스트레파르가 목전이니 흥분하지 않을 수 없겠습니다. 자멘테는 블랑쉬 젤로와 정보를 공유했고, 다음 회전에서 딤니팔이 패배하겠다는 신호를 보냈습니다. 이번에 반 슈체친에게 충원되는 이만 명이 그 정도 값을 했다고 여겨질 겁니다. 딤니팔은 해당 정보를 모른 체하여 적절히 패배할 예정입니다."

"근시일 내 반드시 스트레파르 평야를 내주어야 한다."

"예, 폐하. 이미 스트레파르 성 함락에 대해서도 논의 중입니다. 폐하의 계획과 같이 여름 전후로 전쟁을 마무리하기 위해서는 '스트레파르 공성전' 자체를 만들면 안 됩니다. 그렇기에 우선 휴전 협정을 제안하는 편이 좋겠습니다만…… 만일 반 슈체친이 일부 인원으로라도 수성을 하겠다고 버티면 문제가 생깁니다. 스트레파르는 천혜의 요새이므로, 딤니팔과 협업해도 빠르게 해결되지 않을 겁니다."

"아니. 휴전 시기가 조금 늦어져도 성을 지키도록 두는 편이 낫다. 어차피 짐이 명령한들 반 슈체친은 멈추지 않을 것이다. 패배를 책임지는 방법에 대해 잘 아는 사람이다. 품위 있게 죽기보다는, 왕명을 거역하고 승리하는 편이 낫다고 생각하겠지. 반 슈체친의 바람대로 수성전을 시켜라. 그는 그렇게 두고, 우리는 스트레파르 공성전을 고민해."

"예. 명을 이행하겠습니다."

"……그리고 딤니팔에 폐허가 다 된 성을 넘긴다는 장점도 잊어선 안 되지. 그들은 그래도 옛 유산이라고 통곡하며 감사해할 것이다."

요오스가 희미하게 웃었다.

발터는 문득 입을 벌렸다. 그에게 고맙다고 할 수 있기를 바랐다. 부드럽게, 자연스럽게. 요오스는 이 전쟁 동안 하루도 빠짐없이 반 슈체친의 전황 보고를 해체한 이였다. 최적의 효율이 나오도록 양 군영에 있는 어수대원들을 조율한 관리자였다. 결정할 수 있는 사람이 아니라, 결정을 바라는 사람이기에 더욱 노고가 컸다.

그러나 발터는 침묵했다. 그에게 더 이상 허락되지 않는 문장이었으므로.

요오스는 엄격하게 예를 표한 뒤 집무실을 떠났다.

발터는 창가로 다가갔다. 오랜 시간이 지나도 여전히 자신을 놀라게 하는 불야성. 불야성에 숨이 막혔나? 아니면 요오스에게 고맙다는 말을 하지 못해 답답한 것인가?

그는 생애 대부분의 시간 동안 아무 말이나 편안하게 지껄여 왔다. 그런 인간이 비사 오필라를 거머쥔 뒤 스스로를 채찍질했으니 아직도 어깨가 뻐근한 것이다. 지겹다거나 도망치고 싶은 마음은 아니었다. 단지 한 호흡 동안 죽을 것 같던 감각에서 살아남았다. 눈 깜박하는 찰나에 무한한 허공으로 떨어졌다가, 갑자기 발밑이 생겼다. 어지러웠다.

발터는 오랜만에 마주한 햇빛에 인상을 찌푸렸다. 봄의 한복판, 5월은 솔렘 노트란트에도 해가 찾아오는 달이었다.

이 밝고 조용한 곳에서 잠시 아찔한 기분이 들었다……. 갑자기 현실감이 돌아왔다. 어지럼증을 또 다른 어지럼증이 막았다.

시야에 '아르민'이 잡혔다. 루이제는 부자간에 대화를 나누라며 일부러 정원을 떠났다. 그녀의 요청을 내내 무시했지만, 아이를 보지 않은 지 거의 석 달이 다 되어 가는 지금은 더 이상 거절할 수가 없었다.

귀한 옷을 입은 사내아이는 발터가 지켜보고 있다는 사실을 몰랐다. 그저 벌레를 쫓아 어설프게 풀밭을 뛰어다니고 있을 따름이었다. 세 살, 아직 제 위치를 모를 나이.

그는 당장이라도 성 안으로 돌아가고 싶었다. 뒤늦게야 자신이 이 자리에서 어린아이를 보기 싫어했다는 사실을 깨달았다. 그가 아는 비사의 어린아이들은 저와 동기뿐이었다. 때문에 스스로 그다음 세대를 만드는 것은 그 시절에 대한 반역처럼 느껴졌다. 홀로 남은 그가 비사의 대를 이어야 하지만…… 여전히 남의 일 같았다. 저 아이가 내 자식인가? 자문하지만 사실 그것이 어떤 느낌인지도 몰랐다.

또한, 아이는 루이제의 자식이자 반 슈체친의 조손이었다. 발터는 반 슈체친, 루이제, 그리고 아이를 죽이는 상상을 했다. 토할 것 같았다. 하지만 복수할 인간을 남겨 두기엔 두려움이 너무 컸다. 심지어 사내아이라면 언제든지 자신을 대체할 수 있었다. 제 아버지가 조모를 배신했듯 제 등에도 칼이 꽂힐 것이다. 아이가 아니라, 사내아이. 확실한, 사내아이. 다른 의미로 구역질이 났다.

문득 자신이 굴라르모의 자식에게 품었던 오해를 떠올렸다.

발터는 딤니팔에 왕자가 탄생할 것을 '알고' 있었다. 분명히 잉그레는 후계자를 맞이할 준비를 했다. 전방위로, 한 치의 의심도 없이, 더 이상 경쟁자를 생각하지 않는 태도로. 그런데 딸을 상상할 수 있겠는가? 아무리 여왕이 존재하는 딤니팔이라지만 그 아이가 태어나기 전부터, 즉 왕의 자격이 검증되기 전부터 후계로 낙점이 되었다면 당연히 사내아이여야 했다. 철석같이 믿었다.

아르민과 딤니팔의 후계자에 대한 생각이 섞이자 비틀린 웃음이 났다.

그는 반 슈체친을 죽일 예정이기에 아르민을 대우할 수 없었다. 더 나아가, 죽여야 했다. 아이는 아무 짓도 하지 않았지만 적장자라는 사실만으로도 충분히 증오받을 자격을 갖춘 셈이었다. 딤니팔의 딸은 적장자가 아니나, 태어나기도 전에 후계자로 인정받았다. 그 탓에 게외보르트는 닭 쫓던 개 꼴로 착각을 했다. 서부는 단 한 번도 딸을 죽이겠다고 생각한 적이 없었다. 권외였다.

적장자라는 칼을 갖춘 아르민은 그 힘으로 제 목을 베기 직전이지만, 칼을 갖추지 못한 딤니팔의 딸은 협박을 피해 갔다.

이 차이가 어떤 생각을 불렀다.

리볼텔라.
기억은 하늘에서 내리꽂히는 창과 같다.

"나는 너를 질투했다."

그는 갑작스레 헐떡였다.
발터는 그녀의 말을 전혀 이해하지 못했다. 지금도 이해하기 어려웠다. 남매간에 차이가 있을지언정, 권력은 동일하다고 믿었다. 어떻게 하늘 같은 동기가 자신을 질투한다는 말인가? 제기랄. 생각하지 마. 아니, 생각해. 더 생각해. 뚫고 들어가.
그러나 말은 아직도 희끄무레하게 막혀 있었다. 그는 여전히 그녀를 몰랐다. 그 불투명한 차단막이 발터를 미치게 했다.
그는 무의식 중 걸음을 내디뎠다. 어쩌면 거의 쓰러지는 듯 보였을 것이다.
아르민이 깜짝 놀라 몸을 돌렸다.
"폐…… 폐…… 하?"
아이는 폐하라는 단어를 기억하기 어려워했다. 물론 그도 연극할 시간을 벌었으니 차라리 다행이었다.
"아르민."
"……존체尊體의 안후安候는 어떠하신가요?"
루이제가 외우도록 시킨 모양이었다. '폐하'라는 단어보다 저 문장이 더 완벽했다.
"괜찮다……. 따라와."
그는 개를 부르는 듯하다고 느꼈지만 달리 대처할 방법을 몰랐다.
아르민은 허겁지겁 뛰어왔다. 발터는 아이가 안전히 맨바닥에 섰는지 확인하고 걸음을 뗐다. 최대한 느리게. 아이는 금세 엄격한 자세가 되어 자박자박 걷기 시작했다.

아이가 걸음이 느려 아버지를 추월하지 않는 것인지, 아니면 그렇게 교육받았는지 알 수 없었다. 그러나 발터는 신경 쓰지 않았다. 적당히 속도를 맞추어 지상층에 위치한 집무실로 들어갔다. 당연히 어떤 수행인도 아르민을 돕지 않았고 그 역시 돌아보지 않았다. 그렇기에 집무실에 들어가기 전, 아이의 위치를 확인해야만 했다.

아이는 복도 끝에서 열심히 걸어오고 있었다. 자신도 한참 느리게 걸었지만 아무래도 상상력이 부족했던 모양이다.

발터는 문을 연 채 아이가 도착할 때까지 기다렸다. 턱짓을 하자, 아이가 인사를 하며 먼저 집무실로 들어갔다.

이 자리에 아르민을 부르는 것은 처음이었다. 아이는 예의 바르게, 아니 그보단 다소곳이 책상 앞에 섰다. 마치 문책이라도 당하는 모양이었다. 발터는 루이제가 지옥처럼 아이를 다그쳤다는 사실을 알아차렸다. 그것이 그녀의 즐거움이라면, 그리 두어야지. 물론 그렇다고 저 자리에 죄인처럼 세워 둘 생각도 없었다.

"앉아 있어라."

아르민은 눈을 휘둥그레 뜬 채 아버지를 올려다보았다. 발터가 다시 한번 손짓하자 흠칫 놀란 시선이었다. 아이는 뻣뻣하게 소파에 앉았다.

발터는 걸음을 내디디려다, 우뚝 섰다. 시선이 비스듬히 옷소매를 노려보았다. 미색의, 축 처진 왕의 비롤라는 특별히 불편했다. 제대로 서지 않으면 거친 안감이 악의적으로 살을 긁어 댔다.

그는 왕의 비롤라를 보며 천천히 생각했다. 부자간의 대화라니. 그런 것은 없다. 아무 의미가 없다.

"……짐의 왕비가 너를 위해 시간을 내라더군."

"네?"

아이는 얌전하게 앉아야 할지 목을 뻗어 왕을 바라봐야 할지 갈피를 못 잡는 모습이었다. 보다 못한 발터가 다가갔다. 그는 방 안에 들어올 때까지 아무 말도 떠올리지 못했으나, 어울리지 않는 소파에 앉은 아이에게는 할 말이 있었다.

"아르민"

"네, 폐하."

"잠은 잘 자는지 궁금하다."

아르민의 어두운색 눈이 여러 번 깜박였다. 아이의 외모가 자신을 닮았다는 사실이 못내 불편했다.

"매일 같은 시간에 자요."

단어가 투박해졌다. 루이제가 연습시키지 않은 문장이었다.

"침대에 들어가거나, 불을 끄는 순간 말고. 네가 잠에 잘 드는지 궁금하다."

"잘…… 모르겠어요……."

"잠들기 어렵다면 반드시 수행인에게 알려라. 그들이 방법을 알려 줄 거다."

"네. 명심하겠습니다."

"짐의 왕비에게도 알려 두겠다."

불면증만이, 자신이 아들에게 가지는 공감대라니. 우스우면서도 조금은 안도했다. 발터는 아이에게 정말 아무 감정이 들지 않았다.

"오늘은 여기에서 짐의 업무를 지켜보아도 좋다."

"네. 영광입니다."

그는 아이를 방치한 채 책상 뒤로 돌아갔다.

그는 책상에 놓인 새로운 표지에 인상을 찌푸렸다. 잠깐 정원에 나간 사이 귀신같이 서류가 두툼해졌다. 발터는 손끝으로 이리저리 무게를 살피다가, 모든 것을 밀어 둔 채 자리에 앉았다. 어차피 이 중 중요한 것은 검은 덮개로 덮인 편지뿐이었다.

그는 아르민이 앉아 있는 소파의 등받이를 흘끗 바라보았다. 아이가 너무 작아 등받이밖에 보이지 않았다.

편지를 읽었다.

배계. 클라우지우스 아벤트로트 피아 라티스본 발터 틸 게외보르트 트리첸바. 검은 홀의 주인.

다른 편으로 상세한 전황 보고를 받으셨을 줄 압니다. 딤니팔의 새 총사령관을 파악하지 못한 것은 저의 잘못입니다. 감히 폐하의 용서를 구합니다.

저는 딤니팔과 공작을 맞이하여 남성적이고 장쾌한 전략에 대비하였습니다. 그리고 자멘테가 총사령관이 된 뒤에도 공작과의 협업을 우선시하리라 착각했습니다. 그러나 자멘테는 홀로 행동하며, 보수적인 것을 넘어 반동적인 사람입니다. 손해를 감수하더라도 결단코 모험을 하지 않습니다. 그 의외성에 저희가 공략당했습니다.

또한 내부 정보 유출자를 수색하고 있습니다.

최대한 빠른 시일 안에 패배를 수복할 것을 맹세드립니다.

오스큘 반 예를라인 슈체친.

편지에는 희미한 열기가 흐르고 있었다. 손을 대자 수치심과 당혹감이 묻어났다. 발터는 헛웃음을 지었다. 이것은 왕에게 올리는 보고라기보단 동료에게 공유하는 종이쪽에 가까웠다. 죄송하다는 말은 차라리 붙이지 않는 편이 나았을 것이다.

발터는 '내부 정보 유출자를 수색한다'는 문장을 짚었다. 그가 눈치챘을까? 아니, 가능성은 낮았다. 반 슈체친이 미치지 않은 이상 비사오필라와 잉그레 간의 내통을 의심할 리 없었다. 두 개의 성 사이에는 애초에 신뢰가 존재하지 않았기 때문이다. 깎아지른 듯한 벼랑뿐이다. 앙히에라는 교묘한 가교가 없었다면 불가능했을 협정이 아닌가. 아니,

가교가 있더라도, 자신이 딤니팔에 살을 떼어 주겠다는 결심을 하지 않았나면 불가능했을 협성이었다.

발터는 숨을 훅 내쉬었다.

내가 딤니팔과 내통하여 너를 죽일 줄 몰랐나. 나는 내 목숨을 지키기 위해서라면 무엇이든 했을 것이다. 나의 안위를 지키는 것은 이 터전을 지키는 것과 같다.

"폐하께서 일왕녀 전하의 대척점에 서 계셔서 감읍합니다."

문득 그의 마지막 말이 떠올랐다. 지금 반 슈체친이 무슨 생각일지 궁금했다. 내게 왜 그 정도로 의미심장한 작별 인사를 건넸나? 미리 짐작했나? 미리 짐작했다면, 어찌 이토록 멍청한 패배의 편지를 보내나? 아니, 짐작하지 못했나? 흑룡의 핏줄을 선택했다는 너의 오만함이 눈을 가렸던가?

발터는 오랜 준비 끝에 계획을 성공시키자 오히려 혼란스러워졌다. 반 슈체친이 당황한 모습을 보자 함께 놀라고 말았다. 이러다간 그를 죽일 때도 깜짝 놀란 얼굴로 죽이고 말 것이다.

반 슈체친이 자신에게 패배한 이유를 누군가 알려 주면 좋을 것 같았다. 이러다간 의심에 파묻힌 채 교수형의 밧줄을 당길 것이다. 인생 최고의 순간을 그런 식으로 놓치고 싶지 않았다.

그러나 제 곁에는 물어볼 사람이 없었다. 아무도 없었다.

발터는 멍하니 깃펜을 들었다.

스트레파르트를 수호해라. 짐을 실망시키지 마라. 패배에 어떤 대가를 치러야 하는지 알 것이다.

마치 남의 글을 읽는 듯했다. 승리가 기쁘지 않으리란 사실은 잘 알고 있었다. 그러나 '믿기지' 않으리라곤…….

발터는 헛기침을 했다. 짧게 쓴, 무감동한 편지를 접었다. 남의 일처럼 여겨진다면 차라리 다행이었다. 처형하기가 한결 쉬울 것이다. 가장 멍청한 동기를 죽였을 때와 같이 다음 날 기억조차 못할 테지. 반 슈체친, 권력에 빌붙은 그의 동기들, 아들딸들, 루이제, 그리고…….

발터는 소파 옆으로 비죽이 나온 아르민의 갈색 머리칼을 바라보았다.

내가 너를 편히 죽일 수 있을까?

아이의 고개는 빳빳했다. 봄을 몇 번 보지 못한 어린아이가 지루한 방에 앉아 숨소리조차 죽이는 것이다. 제 어릴 적과 다르지 않았다. 아이는 왕에게 예를 다하려 노력하고, 왕은 그를 죽이는 방법에 대해 고민하고 있었다.

이것은 이미 비사의 전통이었다. 왕좌는 모두의 생각보다 몇 걸음 더 지옥에 가까웠다. 자신을 제하곤 아무도 그 사실을 몰랐다. 이 칼날 같은 자리 위에 서서, 미래는 보이지 않았다. 단지 발끝에 닿는 감각으로 더듬어 걸어갈 뿐이다.

홀로 가는 길, 오스트레반트 도르커 팔메.

발터는 반 슈체친에게 보내는 편지를 봉인했다.

외르타는 쭈뼛거리며 5월 안에 캄비를 떠나겠다고 말했다. 판은 이야기를 들었을 때 놀라지도, 본인이 그녀를 설득했다고 생각하지도 않는 듯했다. 단지 어깨를 으쓱였다. 잘됐네요.

그 모습이 어쩐지 서운했다. 혼자 두드리고, 설레고, 화를 냈다가, 다시 가슴을 두드리며 선언한 것 같았다. 그러니까 그녀 혼자, 혼자서만.

언제나 제 말에 귀 기울이는 판을 벽창호라고 부를 순 없었다. 그보다는, 자리에 가만히 선 봄 식물에 가까워 보였다. 연약해도 운명에 따르듯 단호한 식물. 쥐고, 흔들고, 심지어 잡아 뽑을 수도 있을 것이다. 하지만 그를 죽이지 않곤 바꾸지 못하리라.

그러다…… 애써 마음을 다잡았다. 단지 방식이 달랐을 뿐 혼자는 아니었노라고. 자신이 그를 보고 배운 만큼 그도 무언가를 보았을 거라고.

그러니까, 한마디 정도는 할 수 있겠지.

"그게 끝이야?"

생각보다 더 툴툴거리는 태도였다.

"네?"

"'잘됐다'는 말이 끝이야?"

"네……?"

"잠깐이었지만 재밌었다, 특히 게외보르트어를 알려 주셔서 고맙다, 이런 이야기……?"

그녀는 애써 단어를 찾다가 계면쩍어 말끝을 흐렸다.

판이 못 참고 웃음을 터뜨렸다. 원체 소리 내어 웃는 사람이 아니기에, 외르타는 눈을 크게 떴다.

"하하…… 발미레……. 사실 저는……."

"……."

"저희가 서로에게 아무것도 아니었으면 좋겠어요."

"뭐?"

"서로의 과거를 안다는 사실이 아무것도 아니었으면 좋겠어요. 아무 일도 벌어지지 않았더라면 물론 좋았겠지만, 그보단 이미 벌어진 일을 아무렇지 않게 여길 수 있으면 좋겠습니다. 그래서…… 제가 별거 아닌 척 흉내를 냈을 수도…… 있을 것 같아요. 그냥 두 계절 동안 섭섭지 않게 친했던 정도로…… 그 정도의 기억이면 얼마나 좋을까요?"

"그게 아니면?"

소년은 조금 주저했다. 고개를 푹 숙인 채 흔들자, 멋진 금발이 살랑거렸다.

"음……."

그는 조심스레 손을 맞잡았다. 아니, 맞잡았다고 생각했다.

외르타는 그가 장갑 끝을 잡을 줄 예상치 못했다. 멍하니 바라보다가, 흉진 손등이 드러나는 순간 숨을 들이켰다. 누군가 제 멱살을 쥔 듯 그 손에서 시선을 떼지 못했다. 무례한 것이 아니었다. 오히려 바라보는 것이 더 예의 바른 선택이었다. 판의 용기를 존중해야 했다.

판은 왼쪽 장갑을 벗었다.

손은 제 발보다 끔찍했다. 제 발은 사람이 직접 부순 것이지만, 그의 손은 어떤 정교한 장치가 개입한 것이 틀림없었다. 마디마다 뭉개진 손으로 펜을 쥘 수 있다는 것이 기적처럼 느껴졌다. 그 시선을 눈치챈 듯 판이 미소 지었다.

"오른손은 조금 더 낫습니다."

그는 똑같이 침착한 속도로 양손을 보였다. 빛 아래 망가진 도구 같은 손이 드러났다. 장갑을 벗을 때의 평온한 태도와 달리, 헐벗자 떨리는 주먹이 보였다. 손상된 손이 어쩔 줄 모른 채 허공에 떠다녔다. 움츠러들었다가, 펼쳐졌다가, 다시 움츠러들었다.

소년이 속삭였다.

"그러니까…… 저도 조금은……."

외르타는 기다리지 않았다. 그의 오른손을 덥석 붙잡았다.

그들은 마치 평범한 사람들인 듯 악수했다.

판이 빙그레 웃었다.

판은 자신과 수업을 할 때에만 조심스레 장갑을 벗었다. 외르타는 그의 노력에 고마워했다. 그의 행동 하나하나가 백 마디 말보다 더 와닿았다.

다만 가끔 글 쓰는 그의 손을 바라보게 될 때가 있었다. 일부러 시선을 둔 것도 아니고 별다른 생각을 품었던 것도 아니지만, 한순간 어쩔 줄을 몰랐다. 외르타는 그제야 제 발을 보며 초조해하던 발렌시아의 마음을 이해했다. 상대의 손을 아무렇지 않게 받아들이는 것과, 그 손을 대할 방법을 고민하는 것은 별개의 문제였다. 전자는 자신에 대한 일이었고 후자는 상대에 대한 일이었기 때문이다.

물론 판은 외르타의 고민을 알면서도 너그러이 넘어가 주었다.

외르타는 자신도 이토록 온화하게 발을 드러낼 수 있을지, 그것을 일상으로 유지할 수 있을지 조금 궁금했다. 그러니까, 발렌시아에게 발을 드러낸 채로 생활할 수 있을까? 그렇게 자문했다가도, 모든 일을 본인과 관련 짓게 되자 자책했다. 제 삶을 고찰하기 위해 판을 이용할 수는 없었다.

그리고 덧붙여, 이제 모든 일에 발렌시아를 먼저 생각하는 자신을 깨닫곤 속이 더부룩해졌다. 자신이 캄비에 머물러 행복하다면, 발렌시아가 캄비를 좋아할지 궁금했다. 자신이 의외로 소박한 음식을 즐기고 있다면, 발렌시아도 그것을 맛볼 수 있을지 궁금했다. 자신이 판의 손에 대해 고민하고 있다면 그가 제 발을 보며 어떤 생각을 할지 알고 싶었다. 판에게 무례한 일이란 사실을 알면서도 가장 먼저 튀어나오는 생각이 그 따위였다. 짜증스러웠다. 마구잡이로 짓누르고 골방의 문을 밀어 닫아도 자꾸만 숨소리가 들렸다.

그녀는 생각을 떨치기 위해 판에게 자주 말을 걸었다. 관사가 틀렸어. 말이 안 되잖아. 그렇게 쓰면 '그는 무례하게도 의자를 덮고 잤다'는 문장이 된단다. 말로 하는 건 사실 편해. 지금도 나랑 어렵지 않게 말하고 있잖니. 정말 중요한 건 멋지고 명료한 글을 쓰는 것이지. 그리고—.

"내가 다시 캄비에 오면 어떨 것 같니?"

"네?"

한창 머리를 감싸 쥐고 문장을 고치던 판이 고개를 들었다. 그는 짧게 반문하곤 그녀의 대답을 기다렸다.

외르타는 이곳저곳 벽을 바라보다, 마침내 시선을 피할 수 없게 되자 판을 마주 바라보았다.

"그러니까…… 예전엔 네가 나올 수 있겠다고 말했으니…… 나는…… 여러 불편한 상황이 있대도…… 내가 방문한다면 지금처럼 대해 줄 수 있겠니?"

"물론입니다. 저는 재촉하지 않는 당신을 좋아해요."

그녀는 목 끝까지 치밀었던 질문을 꾹 삼켰다. 언젠가는 당신이 사제직을 버리기로 결심할까? 그래서 내가 이곳에 올 필요도 없어지진 않을까? 안 되는 것을 알면서도, 그가 명확히 거절했는데도 못 고칠 버릇처럼 머릿속에 맴돌았다. 다행히 이제는 말을 삼킬 수 있었다.

"다시 뵐 때도 홀로 오실까요?"

외르타는 입을 다물었다. '홀로'……?

"아, 그러니까 지금처럼 아무 자격 없이 오실지 궁금했습니다."

그녀는 또다시 발렌시아를 떠올렸던 자신을 원망했다. 대체, 무슨 생각이야.

발렌시아가 총사령관직을 내려놓았다는 편지가 제게 너무나 큰 충격이었나 보다. 그가 영영 변하지 않으리라 생각하고, 그 고집 속에서 어떻게 제 자리를 마련할까, 마련할 수 있기는 할까 몹시 걱정했던 날들이 있었다. 그가 아무리 자신을 사랑한다고 생떼를 피워도 그녀는 애초에 그 감정을 신뢰하지 않았다.

감정은 그의 소유였다. '내가 당신을 사랑한다'는 말은 '나'의 것이지 '당신'의 것이 아니었다. 그녀는 그 사실을 진저리 쳐질 정도로 잘 아는 사람이었다. 그렇기에 그에게 부드러워지는 마음을 목격하고도 겁이 났다. 거리를 두었다. 이렇게 길고 가늘게 관계를 이어 나가다 보면, 사람은 늙고 열정은 식고 희뿌연 안개 같은 감정을 사이에 두어, 보다 침착하게 그들의 만남에 감사할 수 있겠노라 생각했다. 그것이야말로 그녀가 생각하던 최선의 결말이었다.

그러다 난데없이 총사령관직을 내려놓았다는 편지에 팔뚝을 붙들린 것이다. 심지어 그것은 특별히 사랑하는 상대 때문에 벌인 일도 아니었다. 그는 자리에 따르는 책임과 위선들을 지겨워했다. 언뜻 평범하게 목가적인 말이지만, 발렌시아가? 성취하기 위해 포기해야 하는 게 있다는 사실을 안다고? 아니, 그래서 포기하겠다고?

자신이 아는 사람이 아니었다. 좋은 의미로. 발렌시아는 양손 가득 움켜쥔 채 그것이 오로지 본인 책임이라고 생각하던 사람이었다. 물론 책임이자 재산이었으며 그도 그 사실을 알았다. 그것은 거의 운명론적이었다. 주어졌기에 그 자리를 수호하는 것만이 그의 유일한 인생 목표였다. 목표를 버리는 것은 그의 명예를 내려놓는 것이었다. 그가 선택할 때 몰랐더라도, 지금은 깨달았으리라. 말 그대로, '성취하기 위해 포기해야 함을 안다'고.

발렌시아는 아마 그녀가 무슨 생각을 하고 있는지도 몰랐을 것이다. 그러다 갑자기, 홀로, 미친 사람처럼 불을 지른 것이다. 외르타는 강 건너에서 불을 보고 깜짝 놀랐다. 언제까지나 단단한 요새로 남아 있을 줄 알았는데 스스로 주춧돌을 깨고 있었다. 저 불은 모두에게 보일 것이다. 요새는 다시 세울 수 없다. 그녀는 돌이킬 수 없는 선택에 감탄했다.

자신이 기다리던 것을 찾았다.

"외르타?"

그녀는 부르르 떨었다.

"어, 어?"

"수행인과 함께 오셔도 괜찮습니다. 불편하시라고 말씀드린 것은 아니에요. 죄송—."

"아냐! 죄송하기는, 아니다. 아마 그때도 혼자일 거야. 그래도 옷가지만 들고 버려진 지금보단 격식 있게 오지 않을까? 그 정도는 괜찮지?"

판이 웃으며 고개를 저었다.

외르타는 그것도 안 되냐며 농담을 걸었다. 판은 계속 웃으며 다시 종이에 전념하기 시작했다.

그녀는 편한 마음으로 말을 이었다.

"같이 올 만한 사람을 떠올린대도, 어차피 살인을 저지른 이는 캄비에 못 들어오잖니."

"예? 공작님을 말씀하시는 건가요? 사람을 많이 죽이셨나요?"

그의 말은 이상하게 웃겼다. 발렌시아가 살인자라는 말에 놀라는 사람이 있을 줄은 상상도 못 했다. 얼마나 세상과 관계하지 않았으면 전쟁터에 이십 년 가까이 있던 사람이 살인자라는 말에 놀라는 것일까. 지금까지 자신이 게외보르트의 왕녀라든가, 편지를 보낸 사람이 미라이예 공작이라든가 하는 말에도 무던한 판에게 감명받았는데, 어쩌면 꽤나 당연한 반응이었을지도 모르겠다는 생각이 들었다. 판은 정말로 세상에 아무 관심이 없었다. 왕녀와 공작이라는 단어는 그에게 브로콜리와 사과 정도로 들릴 것이다.

"응. 엄청 죽였어. 완전히 살인자야."

"전쟁터에서요?"

"주로 전쟁터에서, 가끔은 평시에도."

"대사제님이 싫어하실 거예요."

"당연하지. 캄비에 출입할 자격이 없단다. 들어오면 내쫓아야 해."

"어떤 분이신지 궁금했는데 아쉽네요. 아무리 제가 외출을 할 수 있다고 해도 그런 분들까지 요란하게 만나 뵐 수는 없을 테니까요."

그녀는 또다시, '네가 사제직을 떠나면 된다'고 말하려다 참았다. 제 속의 어린아이에게 끊임없이 훈계하는 느낌이었다.

"아무튼 난 반드시 다시 올 거란다. 편지도 자주 하마."

"아시듯 여기 일상은 단조로워서, 제가 특별히 드릴 말씀이 있을지 모르겠어요."

"그래도 꼬박꼬박 답장 줘야 해."

"너무하세요."

"여기 있던 반년이 참 좋았어. 나가서도 이만큼 평화로울지 잘 모르겠단다. 그렇지만, 그럼에도 불구하고 나가는 것이라, 돌아올 수 있는 보금자리와…… 당신을 기억해 두려 한다."

"'보금자리'요? 다시 캄비에서 삶을 꾸리실 생각이 있으신 건가요?"

"음, 잘 모르겠어……."

외르타는 고개를 숙였다.

"나는 지금 모험을 하려는 거야. 그게 잘 풀릴지는 알 수 없다. 적어도 모험을 할 힘이 있으니 다행이라고 생각할 따름이지. 힘을 가졌기 때문에 일이 틀어져도 죽지 않고, 단지 쉬겠다는 마음을 먹은 거란다."

판의 시선이 와 닿는 것이 느껴졌다. 그는 천천히 펜을 내려 두었다.

그들 사이의 공기는 팽팽하지만 절대 끊어지지 않는 실과 같았다. 그렇기에 가볍게 긴장한 채 말을 기다릴 수 있었다.

"발미레, 저는 모험을 하지 않아요. 쉬고 있을 거예요. 지금도 쉬고 있어요."

"응."

"그렇지만 발미레를 기억하는 정도의 모험은 할 수 있을 것 같아요. 가끔 편지를 보내셔도 되고 다시 오셔도 됩니다. 제가 당신을 기다리지는 않겠지만, 그래도 이 자리에 있을 테니까요."

"고맙다."

"그리고 언젠가 제가 없으면, 그것도 좋겠지요."

외르타는 천천히 숨을 들이켰다.
"그때는 안 알려 드릴 거예요."
"응."
아쉽지 않았다. 그가 그런 말을 해 주어서 감사하기만 했다.
"참, 그리고 대사제님께서 가시기 전에 한번 만나 뵙자고 말씀 주셨어요."
잔잔하게 미소 짓다가, 갑작스러운 말에 콧등을 찡그렸다. 그녀의 역할은 자신과 판을 이어 준 것으로 끝난 줄로만 알았다.
"내가 떠나려는 걸 어떻게 알고? 허가받을 필요도 없다고 했는데."
"저는 아무 이야기도 안 했습니다. 오늘 아침에 갑자기 말씀 주시더라고요."
"……."
"내가 꼭 가야 할까?"
"굳이 말씀을 따르실 필요는 없지요. 하지만 대사제님이시잖아요."
"무슨 말이니?"
"사제가 아니라면 폐하께서도 뵙기 힘든 분이시니까요. 발미레께서 캄비에 돌아오신다고 해도, 다시 뵐 수 있을지는 아무도 모릅니다. 너무 싫지 않으시다면, 그래도 한 번쯤은……."
"너를 억지로 내게 붙인 사람인데도?"
"인간이 아니시잖아요. 화를 낼 필요가 없어요. 그리고 어떻게 보면 다 잘되었고요."
외르타는 인상을 찌푸렸다. 대사제와의 마지막 만남은 아주 나빴다. 대사제는 평온을 누리던 그녀에게 채찍질을 했다. 자신뿐 아니라 판까지 무시하곤 사람을 조종하려 들었다. 움직이지 않으면 죽은 것과 같다며 두 사람을 접붙여, 균형을 잃은 채 언덕길에서 굴러떨어지도록 만들었다. 그렇게 자신은…….

그녀는 문득 턱에 힘을 주었다.

그렇게 자신은 걸어 나왔다. 판은 혹이 난 머리를 문지르며 자리에 주저앉아 있지만, 적어도 자신은 걸어 나왔다.

외르타는 한숨을 쉬었다.

"그러면 일주일 뒤에……."

"떠나시는 날 아닌가요?"

"응. 그날. 길게 만나지 않을 거야. 이상한 소리를 해도 떨치고 나갈 거란다."

판은 조금 걱정스러운 눈길로 그녀를 바라보았다.

외르타는 더 이상 말을 잇지 않았다. 다짐하듯 그의 손을 잡았다.

외르타는 오랜만에 입는 정복正服에 어쩔 줄을 몰랐다. 고작해야 반 년 전 자신이 가져온 옷인데 이토록 생소하고 불편하다니 놀라웠다. 판에게 캄비의 옷을 몇 벌이나 얻어 둔 것이 천만다행이라고 생각했다.

그녀는 캄비의 옷을 포함해도 들고 왔던 것보다 줄어든 짐을 짊어졌다. 탁자보를 식사 도중 망쳤고, 포도주도 사라졌기 때문이리라. 자신도 견딜 수 있을 정도로 무겁지 않았다. 그녀는 판에게 먼저 대사제관에 가 있으라 말해 두곤 혼자 짐을 들었다. 귀족 영애의 옷을 입은 채 짐을 메고 있으려니 조금 우스웠다.

그러나 판은 웃음을 터뜨리긴커녕, 대사제관 단 위에서 자신을 보자마자 종종걸음으로 달려왔다.

"저는 맨몸으로 떠나시는 줄 알았습니다. 이렇게 짐이 많으실 줄 알았다면 제가 모셨을 거예요."

"응? 아니야. 괜찮아. 무겁지 않단다."

"일단 저한테 주시고 들어가 보세요."

외르타는 어깨를 으쓱이며 짐을 넘긴 뒤, 대사제관에 들어섰다.

"문 앞에 있겠습니다."

"응, 고마워. 빨리 나올게."

외르타는 문을 활짝 연 채 계단을 내려갔다. 뒤에서 판이 조심스레 대사제관을 닫는 소리가 들렸다.

그녀는 더 이상 긴장하지도 않았다. 툴툴대는 마음으로 두 칸씩 뛰어 내려갔다. 발을 헛디딜 너비도 아니지만, 추락한대도 나를 부른 대사제가 받아 주겠지. 근거 없이 막되어먹은 생각으로 뚝 뚝 떨어졌다.

외르타는 한 번도 단을 잘못 짚지 않곤 근사하게 바닥에 내려섰다. 그 사실이 뿌듯해서 잠깐 동안 자신이 누구를 만나러 왔는지, 불쾌감을 잊을 뻔했다.

"외르타."

이름을 부르는 것만으로도 자신을 덜컹이게 만드는 사람은 단둘뿐이다. 발렌시아와…….

"왜 부른 거야?"

그녀는 최대한 무례해지기로 결심했다. 아무리 신이라도 화가 나 자신을 내보내도록.

"잉그레에 딸이 태어났다는 사실을 아느냐?"

그녀는 어젯밤 침대에서 만반의 준비를 했다. 에쎄씨나가 판에 대해 말하면, 당신이 아무리 내게 도움이 되었대도 우리를 존중하지 않고 일을 저지른 건 잘못이라고 대답하리라. 물론 나 자신도 잘못하긴 했지만, 당신이 정말 신이라면 그리될 줄 알았어야 한다고, 우리를 연결 지었기 때문에 내가 판에게 상처를 주었다고, 목적 없이 짜증 내리라 결심했다. 아무리 판과 좋은 사이가 되었어도 그녀가 느낀 수치심과 미안함은 쉽사리 떨칠 수 있는 종류가 아니었다.

그런데 갑자기 '잉그레의 딸'이라니?

외르타는 그제야 에쎄씨나를 바로 보았다.

지난번에는 없던 돌 탁자와 의자가 생겼지만 놀랍지 않았다. 에쎄씨나는 돌 의자에 앉아 있었다. 정확히는, 그 어슴푸레한 곳에 앉아 그림을 그리고 있었다. 종이에서 빛이 나듯 환했다. 나이 든 여성의 초상화. 그러나 에쎄씨나와 전혀 닮지 않은, 바랜 금발을 틀어 올려 관으로 고정한 여왕이었다.

단어는 느릿느릿 이해로 녹아들었다. 대사제의 초상화와, 잉그레의 딸.

그녀는 방어적인 자세로 에쎄씨나를 바라보았다.

"뭐?"

"눌라레의 딸이야."

"레아의……?"

"그래. 왕과 왕비의 딸이기도 하다."

"언제……?"

"벌써 백일을 채워 후계자로 임명되었지. 눌라레가 안수按手하였다. 눌라레는 아이가 세상을 가지리라 생각하지만, 글쎄. 그건 그녀의 의견이란다."

외르타는 이해하지 못했다. 얼떨떨한 얼굴로 수수께끼 같은 말을 하는 에쎄씨나를 바라보았다. 대사제가 판에 대해 이야기하지 않은 순간부터 그녀는 길을 잃어버린 셈이었다.

"잉그레의 주인이 무엇을 생각하는지 알고 있지만, 그녀는 아직도 낙관적인 사람이야. 여태껏 세상과의 연을 끊지 못해 낙관적인 것일 테지. 왕위에 제 핏줄을 세우고 돌보는 것이 좋은 선택이었을지 에쎄씨나는 잘 모르겠구나."

"누굴 말씀— 아니, 무슨 말이야?"

"어린 딸들은 건강하다."

정말 단 한 순간, 아주 짧은 찰나, 온몸이 굳었다. 쪼그라들었다. 모든 핏줄에서 눈물을 짜내는 듯했다. 아주 얇은 가죽만 자신과 세상 사이에 머물러 작은 충격에도 산산조각 날 것만 같았다.

"물론 네가 잘 키우면 영원히 건강할 테지."

외르타는 울지 않으려 했다. 대체 어쩌면 이렇게 무례한지. 화가 나는 것이 아니라 가슴이 미어졌다.

"하지만 조심해야 한다. 어린아이니, 너 스스로보단 강하게 지켜야 하지 않겠느냐."

그녀는 눈을 비볐다. 기다렸다는 듯 단숨에 뛰쳐나온 눈물이 팔뚝을 타고 흘렀다.

"눌라레의 손도 마찬가지지. 그들도 딸을 위해 끊임없이 싸워야 한다. 지위 고하는 아무 상관이 없다. 한순간이라도 긴장을 놓쳤다간 아이를 죽일 거야."

"대체…… 딤니팔의 왕녀가…… 어떻게…… 죽는다고……. 나한테…… 그걸, 왜……."

"이런. 죽는다는 말은 수사적인 표현이 아니겠느냐. 에쎄씨나가 멈춰 있는 이들은 이미 죽었다고 구박했을 때 짐작했어야지."

"그만……. 더 이상 낭비할 시간이 없다. 대사제고 뭐고, 다시는 보기 싫으니 꺼져."

"눌라레의 딸에 대한 이야기이자, 네 이야기다."

"알아……! 제발……. 닥쳐……."

외르타는 여전히 어두컴컴한 시야 안에서 비척비척 뒤돌았다. 눈을 막아도 구멍 뚫린 것처럼 눈물이 흘러나와서, 도저히 손을 뗄 엄두를 내지 못했다.

"외르타."

"부르지 마……."

그녀는 닥치는 대로 걸어가다 돌에 몸을 찧었다.
“너는 미라이예를 만나려 한다.”
“당신이랑 무슨 상관이야!”
“그와 관계를 쌓기로 했다면, 따르는 것이 있지 않겠느냐.”
“입 다물어!”
“네가 느리게 가기로 결심했으니 존중하마.”
“그만!”
에쎄씨나는 침묵했다. 외르타는 헐떡이며 차가운 돌에 이마를 댔다.
“기회가 된다면 네 아이의 초상화를 보내 주마. 네가 노력한다면 건강할 게다. 다만 우습기도 하구나. 눌라레가 낙관적이라는 이야기를 하고 에쎄씨나도 이런 말을 하고 있다니.”
그녀는 혼란스러웠다. 그러나 대사제의 말이 전혀 이해되지 않았다. 아델?
“네가 캄비를 떠나기로 결정하여 에쎄씨나는 기쁘다. 이 돌집에 아무도 남지 않길 항상 염원하는 삶이다. 움직이거라. 혼자일 필요는 없지만, 항상 네가 먼저여야 한다. 삶에 양보하지 말거라.”
“이따위…… 이야기를 하려고 불렀어? 나는 그래도 판이 부탁해서 왔는데……. 혹시 미안하단 말이라도 할 줄 알았지……. 아……. 알론조 캄비에 다시 와도 절대로, 절대로 당신을 안 볼 거다. 절대로.”
외르타는 계단을 향해 발을 내딛었다.
“에쎄씨나는 더 이상 충고할 내용이 없다. 너는 놀랍게도 직접 걸어갔다. 그것을 존중하여 보다 실체가 있는 이야기를 하고 싶었다. 네 딸을 기억하거라.”
외르타는 달렸다.
숨이 턱에 닿을 정도로 뛰었다. 한 번은 치마를 밟아 하마터면 넘어질 뻔했다. 겨우 벽을 부여잡고 아찔하게 섰다. 다시 거칠게 발을 쾅쾅 내디디며 올라갔다. 호흡이 가빴다.

외르타는 기절하기 직전 에쎄씨나에게서 도망쳤다.

그녀는 지상의 계단 난간을 잡고 매달렸다. 숨을 가다듬느라 한참이나 고생했다. 너무 힘들게 뛰어서, 얼굴이 눈물로 얼룩진 것인지 땀으로 얼룩진 것인지 구분하기 어려웠다. 그녀는 티를 내지 않기 위해 숨을 꾹 참았다가 마침내 기침을 터뜨렸다.

문이 벌컥 열렸다.

"외르타?"

판이었다.

"괜찮으십니까? 아니, 대사제님께서 무슨 말씀을 하셨기에……."

"말하고, 싶지 않다. 다시는, 다시는 상종도 안 할 거야."

"외르타……."

"됐어……. 가자. 그만 떠나야겠어."

그녀는 난간을 떨치고 일어섰다. 판이 활짝 열어 둔 문을 성큼성큼 지났다. 그는 그녀의 짐을 진 채 걱정스레 따라왔다. 외르타는 마지막 날에 이런 얼굴을 보이는 것이 못내 마음에 걸렸지만, 어떻게 주체할 수가 없었다.

"물이라도 드릴까요?"

"아니. 웬걸. 어차피 이다가 다 준비해 두었을 거야."

"대사제님을 만나 뵙길 요청드린 제가 죄송합니다. 이렇게 기분이 상하실 줄 알았다면—."

"죄송하다고 하지 마!"

외르타는 화를 낸 뒤 곧장 후회했다. 판에게는 여전히 죄가 없었다. 예전, 바냐에게 이야기를 듣고 대사제관으로 달려와 우연히 마주친 판을 힐난했을 때처럼, 지금도 여전히 죄가 없었다. 그녀는 스스로가 너무 싫었다.

"……미안해, 판……."

"아니에요."

그가 자신에게 기대하지 않아 평온할 수 있다는 사실을 알았다. 그 사실이 그녀를 —아주 조금은— 상처 입혔다. 그녀는 공손한 태도로 거리를 지키는 관계를 잘 몰랐다. 교류하면서도 의지하지 않는 관계. 열린 문이 아니라, 창문 너머에서 웃으며 대화를 나누는 관계. 익숙해지려고 노력했지만 아직 부족했다. 그리할 수 있는 판을 존경했다.

"대사제님께서 심한 말씀을 하신 것 같아요. 하지만 그래도…… 그게 당신을 동요하게 만들 정도였다면 아마 이유가 있으셨겠지요. 제가 대사제님의 말에 진심으로 귀 기울이지 못하더라도, 그분께서 하시는 행동에는 다 이유가 있으니까요."

"지금 무슨 말을 하는 거야……? 너는 저 사람이 나한테 무슨 말을 했는지 몰라서 그렇게 지껄이지."

"네. 하지만 죄송하단 말씀은 안 드릴 거예요. 하지 말라고 하셨잖아요."

외르타는 정작 사과받아야 하는 시점에 사과받지 못했다. 그 사실이 왠지 우스워 갑자기 맥이 풀렸다.

"뭐…… 어차피 다시는 안 볼 사람이야. 신경 쓰지 않을 거란다. 그럴 가치도 없어."

"발미레."

"짐도 돌려주거라. 내가 들 테니."

"싫어요."

"빼앗을 거야."

"배웅은 해 드릴 수 있게 해 주세요. 저 때문에 대사제님께 고초를 겪으셨는데요."

"정말 너무하는군."

그러나 말로만 투덜댔을 뿐 구태여 판에게서 짐을 빼앗으려 들지 않았다.

캄비의 중앙로를 채 절반도 지나지 않았건만, 외르타는 벌써 대사제의 폭언에서 치유되었다. 그녀는 그 사실을 깨닫곤 잠시 멈추었다가, 다시 걸어갔다. 자신은 아델을 향한 무례한 말을 듣고도 순식간에 회복할 수 있었다. 사실 그렇지 않은데 억지로 덮은 것이 아니라, 정말 울화가 치밀지 않았다. 화는 나지만 이미 지나갔기에 책 속 분노를 보는 것 같았다.

대사제는 이만큼 그녀가 회복되었음을 알려 주기 위해 한 몸 희생한 것일까? 대사제만큼 존경받는 사람이 왜 공연히 자신을 모욕했는지 이해할 수 없었다. 그것도 레아가 딸을 낳았다는 좋은 소식을 건넨 뒤…….

그녀는 충격에 저물었던 소식을 기억해 냈다. 딸이라니! 후계자라니!

"판, 그러고 보니 딤니팔에 후계자가 태어났단 소식을 들었니?"

"네? 그런가요? 처음 들었습니다."

판은 이런 이야기를 나누기에 정말 부적절한 상대였다. 전혀 관심이 없어 보였다. 그보단 차라리 앞뜰에 자라고 있는 들꽃을 더 흥미로워할 사람이었다.

외르타는 몇 마디 말을 더 이어 보려다 포기했다. 판이 돌계단 언덕에 먼저 올라 그녀에게 손을 내밀었다. 그녀는 그의 장갑을 마주 잡아 단숨에 위로 올라왔다.

오솔길을 보자니 갑자기 소회가 몰려왔다. 처음 들어왔을 땐 제 실수에 절망하던 죄인이었는데, 바냐를 배웅할 때에는 오만함에 부풀어 있었고, 이제는 겸허한 모험가가 되어 있었다. 지금이 가장 나았다. 괜찮았다. 훌륭했다.

외르타는 씩 웃었다. 대사제 따위, 무슨 의도로 헛소리를 했는지 구태여 고민할 필요도 없었다. 자신은 캄비를 직접 걸어 나가고 있었다. 스스로 그처럼 놀라운 사람이라는 사실만 기억할 것이다. 용기를 잃을 때면 이 오솔길을 기억할 것이다. 길을 보았던 세 번마다 전부 다른 사람이었다. 그 생각을 힘으로 삼으리라.

그녀는 길 끝에 서 있는 마차를 발견했다. 흙바닥을 빠르게 뛰어갔다.

"이다!"

욜란다가 마차에서 주섬주섬 내려오는 모습이 보였다.

"안녕하세요! 다행히 시간 맞춰 왔네요!"

"응, 바로 떠나니? 나 오늘 식사를 아예 안 들었어."

"마차 안에 준비해 두었어요."

"그러고 보니, 마차를 이다가 모는 거야? 설마 나만 타니?"

"다음 도시에서 상단 사람이 합류할 거예요. 그 이후로는 그가 몰 거고요. 걱정하지 마세요."

판은 욜란다에게 꾸벅 인사한 뒤 짐을 넘겼다.

"아, 안녕하세요. 전하를 도와주셔서 감사합니다."

"'전하'가 아니란다."

"전하께서도 물론 말씀하셨겠지만, 저도 진심으로 감사드립니다."

"아닙니다. 사제가 손님을 모실 뿐인걸요."

외르타는 순간적으로 판을 돌아보았다. 그는 어느새 손을 턴 채 물러날 준비를 하고 있었다. 물론 영영 이별하는 것은 아니지만, 그럼에도 이렇게 단순한 말로 떨어질 수는 없었다.

그녀는 성큼 다가가 그를 껴안았다.

판은 예상하지 못한 듯 몸을 떨었다.

"이렇게 일찍 떠날 줄 몰랐네."

"네……. 하지만 당신도 말씀하셨잖아요. 시간은 문제가 아니라고."

그녀는 오래된 대화를 꺼내 오는 판에게 마음이 따듯해졌다. 듣지 않는 듯하지만 듣고 있었다.

"다시 돌아오마. 이제 운신이 자유로우니. 나는 알론조 캄비가 좋았다.

여기에 있던 반년 동안 한 발자국 떨어져 내 고통을 확인할 수 있었단다. 난 여전히 아프지만…… 많은 걸 배웠지. 고마워. 네게도, 고맙다."

"저도 감사합니다."

"응?"

"다음에 뵙겠습니다."

외르타는 답을 얼버무린 인사에 씩 웃었다.

그녀는 몸을 뗐다. 판이 다시 한번 인사했다. 마차에 올랐다. 문을 닫았다. 창문으로 얼굴을 내밀었다. 욜란다는 벌써 말을 다독이고 있었다. 손을 흔들었다. 마차가 움직였다.

판은 마차에서 보이지 않을 때까지 가만히 서 있었다.

외르타는 그를 꼭 다시 만나겠다고 결심했다.

앙히에는 몸을 돌려 다시 전장을 바라보았다. 전장은 소강상태였다.

숨을 들이켠 뒤, 무른 땅에 창을 박았다. 스스로 만든 보금자리에 기댔다. 그는 오늘 총 여섯 번 출전했다. 첫 돌격, 두 번째 돌격, 방어, 방어, 다시 돌격, 후처리. 피곤하지 않다면 거짓말이겠지.

그러나 사람은…… 죽이지 않았다. 기껏해야 자신을 공격하는 적병에게 부상을 입혔을 뿐이다. 여전히 조작된 싸움에 열의를 가지기 힘들었다. 비겁하다는 생각도 들었다. 웃기지. 회전이 조작되었더라도 결국 이 자리에서 목을 내놓고 있는 사람은 자신인데, 괜한 동정심을 가지는 것이다.

그의 주인인 자멘테는 움츠러든 하인을 무시했다. 앙히에는 사실, 내내 준비해 왔다. 살인에 적극적이지 않노라 탓하는, 서릿발 같은 꾸중을 기다렸다. 그러나 지난번의 처형 이후 —아직도 끔찍한 명령이었다고 생각한다— 그녀는 침묵했다. 아마 총사령관께선 종기사 따위를 신경 쓰기엔 너무 바쁘신 모양이었다.

지금은 어디 계시더라? 창에 기댄 방탕한 자세로 주변을 휘휘 돌아보았다. 시계視界가 좋지 않았지만, 사령부는 눈에 잘 띄는 자리에 있기 마련이다. 그는 곧장 언덕 위 사령부의 수많은 깃발과, 그 주변으로 움직이는 병장기들, 그리고 가장자리에 선 흰 갑옷을 발견했다.

앙히에는 골똘히 자멘테를 바라보았다. 그녀는 이 언덕 아래에서 올려다보자면 단호한 점처럼 느껴졌다. 형님이 곧은 칼처럼 서 있었다면 자멘테는 흰 점이었다. 공격당하면 바로 반격하여 죽일 기세의 칼과, 애초에 약점 없이 둥근 점.

기시감이 느껴졌다. 리볼텔라에 대한 기시감이었다.

리볼텔라 역시 완벽한 사람처럼 서 있었다. 공격할 구석을 도무지 찾을 수 없었다. 누군가는 그것을 예리한 칼과 같다고 표현하겠지만, 그녀를 잘 아는 자신만큼은 그럴 수 없었다. 칼이란 제 형님 같은 사람이다. 본인의 행동에 자신이 있어 강하고 단호한 사람. 반면 리볼텔라는 약점을 감추려다 무심코 완벽해졌다. 방어적인 사람은 아무리 매섭게 공격한들 무기로 비유하기 어려웠다.

자멘테는 그녀와 비슷한 느낌이었다. 그 사실이 놀랍지도 않았다. 어쩌면 모든 권력자들이, 여성인 권력자들이, 다 그녀와 같을 수밖에 없겠다는 생각이 들었다. 물론 자멘테가 죽지는 않을 것이다. 리비도 승리했다면 악착같이 살아남았을 테니. 하지만 보자면 입 안이 자꾸 메말랐다. 불편했다.

앙히에는 리볼텔라를 존경했고, 영원히 존경할 작정이었다. 하지만 그녀를 보며 안절부절못했단 사실만큼은 분명했다. 절대 눈을 감지 않는 사람 앞에서 항상 긴장하던 애정이었다. 게외보르트 시절에는 그 감정에 의문을 품지 않았는데, 지옥에 굴러떨어진 뒤로는 가끔 생각했다. 그리고 더 나아가…… 요새는…… 점차…….

그녀가 좀 더 행복했더라면 좋았으리라 생각했다. 비사의 묘실에서 발원發源한 소망이었다.

아주 오랫동안, 자신이 게외보르트에 무지하기 때문에 리볼텔라를 온전히 이해하지 못한다고 생각했다. 그런데 비사 오필라에서 이상한 일이 있었다. 게외보르트의 왕이 동기를 모르는 것이다. 그렇다면 이는 더 이상 게외보르트와 관련된 일이 아니었다. 그 사실이 앙히에에게 용기를 주었다.

그는 천천히 제 속의 리볼텔라를 깎아 냈다. 상아로 만든 신상神像에서, 먼지를 털고, 겉을 깨고, 살살 매만져서 그 안에 있는 진짜 사람을 찾아냈다. 아직은 부분 부분 벗겨진 조각이었지만 한평생 노력하면 그래도 사람을 안을 수 있을 것이다. 그렇게 희망할 수 있어서 감사했다.

정말 길게 살아 다행이다. 리볼텔라를 떠나선, 사람들이 눅눅한 빵 껍질 같은 삶을 파내는 모습을 보았다. 막다른 길에서 오도 가도 못한 채 저지르는, 일그러진 선택들을 발견했다. 이제는 그런 것들이 개개의 사건으로 다가오지 않았다. 그는 쏟아지는 타인의 삶 속에서 배움을 얻었다. 옛날보다 더 나은 인간이 될 수 있었다. 자신을 위해서, 리볼텔라를 위해서.

앙히에는 창을 회수했다.

피에 젖어 무거운 신발로 저벅저벅 걸었다. 먼발치에서 자멘테에게 인사한 뒤 군영으로 돌아갈 생각이었다. 어차피 돌아가도 할 일이 많았다. 골방에 갇힌 형님이 나를 붙잡을 테지.

올라가는 길, 기사들이 자신을 막았지만, 마침 내려오던 타타나 경이 그를 보내 주었다. 앙히에는 예를 표하곤 재빨리 지나왔다. 언덕 위에 서자 듬성듬성 난 사람 사이로 자멘테 경이 보였다.

그는 그녀가 자신을 주목할 때까지 끈질기게 기다렸다가, 마침내 눈이 마주치는 순간 고개를 숙였다. 몸을 바짝 내린 채 시선으로만 떠나겠다고 신호했다.

"종기사."

아, 떠나긴 글렀군.

그는 한숨을 쉬며 자멘테에게 다가갔다. 그녀는 주변 사람들을 물렸다. 아무래도 게외보르트의 내통자들에 대해 논하게 될 것 같았다.

그러니까, 질문이 절대 개인적이지는 않을—.

"몇 명 죽였나?"

앙히에는 진저리를 쳤다. 왜 내가 살인을 얼마나 했는지에 관심이 많지? 지난번에도, 오늘도, 자신을 보자마자 처음으로 묻는 질문이 저따위였다.

"저는 오늘 사람을 죽이지 않았습니다."

순간적으로 덧붙였다.

"그런데 왜 거듭 하문하십니까? 일개 종기사가 몇 명을 죽였는지 그리 궁금하십니까?"

"그래. 나는 네가 '생전 처음으로' 치른 일련의 전투에서 얼마나 죽일 수 있을지가 궁금했다."

그는 욕설을 내뱉기 전 가까스로 멈췄다. 형님께 공유받기로, 자멘테는 십이공회에서 미라이예 공자가 게외보르트 내전에 참전했노라 암시했다고 한다. 그리고 죄다 문서로 보유하고 있단다. 그런 사람이 '네 첫 전투'라고 말하는 것은 어찌나 기만적인가.

"'처음으로 치른 전투'요?"

그는 무례하다는 생각을 하지 않기로 했다.

"물론 나는 모든 종기사들에게 같은 질문을 하곤 했다. '이번 전투에서 얼마나 죽였나?' 그들이 전쟁에 얼마나 적응했는지 가늠할 수 있는 중요한 척도다. 너는 특별히 늦은 나이에 전쟁터로 나왔기에 더더욱 묻고 싶었다."

"기사님."

"네가 다른 방법으로 사람을 죽여 봤을 수는 있겠지. 하지만 전투에서의 살인은 완전히 다를 것이다."

"기사님."

"특히 상상도 못 하고 있다가 어쩔 수 없이 전쟁에 참여했다면 더욱 우려되지 않겠느냐?"

자멘테는 빙그레 웃었다.

"제게 그런 질문은 그만하셨으면 좋겠습니다. 특히 이 전쟁이 거대한 놀음 같은 상황에선 더 듣고 싶지 않습니다."

"네가 벌써 그런 요구를 할 만큼 자란 줄은 몰랐군."

"물러나는 것을 허락해 주십시오."

"마음대로."

"……."

그러나 앙히에는 물러나지 않았다. 언덕 아래를 흘끗 바라보았다.

"정말……. 차라리 직접 물어보시길 바랍니다. 비겁하십니다."

"……."

"제가 게외보르트 내전에 참전했다는 사실을 아시지요."

그녀는 여전히 미소 짓고 있었다.

"그럴 수도 있겠지."

앙히에는 한숨을 쉬었다.

"제가 일왕녀와 일했다는 사실도 아시겠지요."

"발터하임부르겐을 지원했다면, 알로지아드에서 그렇게 얻어맞아 끌려가진 않았을 것이다."

"그냥 화를 내시지, 이렇게 돌려서 괴롭히시깁니까?"

"긴 의심이었고, 의심이 길자 화가 흐려졌다. 이 지경에 이르러서는 군이 책할 마음이 없다. 결국 네 말대로 거대한 놀음일 이 전쟁에 서서 누구를 용서한다는 말이냐."

"언제부터 의심하셨습니까?"

자멘테는 주변을 둘러보았다. 누군가를 경계한다면 이미 늦었겠지만, 언덕 위에는 아무도 없었다. 저 멀리 경비 기사들만 두런두런 이야기를 나눌 따름이었다.

"알로지아드 레발로에서 너를 만났을 때."

"……."

그때 자신은 미쳐 있어서, 자멘테와 톨레도 경을 어찌 대했던지 정확히 떠올릴 수 없었다. 제게 남은 것은 좁은 방 안에서 발발거리며 울던 기억뿐이다.

"너는 정신이 하나도 없어 보였다. 왜 내전으로 얼룩진 땅에서 저런 얼굴로 뛰쳐나왔을까? 칠 년, 잉그레와 미라이예의 추적에도 철저히 몸을 감추고 있다가, 어째서 이 시점일까? 자문하게 되었지."

"……."

"그리고 이후 네가 왕실에 방문하자 잉그레도 미라이예도 다시는 너를 찾지 않았다."

"근거가 부족합니다."

"그래서 의심만으로 너를 경멸했지."

"……."

"그런데 왕녀를 아는 체하고, 멱살 잡혀 비사 오필라에 끌려갔다……라."

"……."

"내가 눈뜬장님이라 생각하지는 않았을 것이다."

"아닙니다. 그렇기에 편히 말씀드렸습니다."

자멘테는 언덕이 아닌 바닥을 내려다보았다. 멀리 보지 않고 가라앉은 눈이었다. 앙히에는 익숙지 않은 모습에, 저도 모르게 칼자루를 꽉 쥐었다. 얼간이처럼 떠들기 시작했다.

“저는 전쟁 이후 다시는 중앙에 끼어들지 않을 겁니다. 이미 저희 형님께도 말씀드린 내용입니다. 저는 미라이예의 자식이길 바라긴커녕……. 아니, 전 정말 제가 아무것도 아니었으면 좋겠습니다. 이번 한 계절만 인내해 주시면 흔적 없이 사라지겠습니다.”

“네 과거는 무시하겠노라 말했다. 너도, 일왕녀도 내게는 의미가 없다. 두 번 말하게 하지 마라.”

“…….”

“미라이예의 양보 덕분에 자멘테는 이 전쟁의 승리자가 된다. 서부가 이권을 독차지할, 확실한 승리. 패배하던 전황을 바꾸었기에 자멘테를 향한 칭송은 더 드높을 것이다. 나는 충분히 보상받았다. 나는 자멘테의 무궁한 부귀와 영명을 바란다. 그렇기에 실패에 머무를 필요를 못 느낀다.”

누구보다 냉정한 말에 자꾸만 리볼텔라가 떠올랐다. 그들은 어떤 ‘가치’ 위로 습자지 같은 인간 가죽을 붙여 놓은 사람들이었다. 리볼텔라는 게외보르트 왕가에, 자멘테는 가문에. 그들은 ‘가치’였지 개인이 아니었다. 하지만 그들이 분쇄하는 것은 개인이다…….

앙히에는 그래서는 안 되는 줄 알면서도 안타까워했다. 고개 숙인 자멘테를 응시하며 감상적인 기분이 되었다.

“다만 한 가지 궁금한 건 있군.”

그녀가 시선을 들었다. 앙히에는 상념에 잠겨 있다가 부르르 떨었다.

“……말씀하십시오.”

“너 스스로 미라이예에서 내놓은 자식이라고 고백하지만, 발렌시아 경은 그렇게 생각지 않을 것이다. 그 경우—과거를 고려하면—네 입지가 다시 위험해질 수 있겠지.”

"네? 저는 형님과 합의했습니다. 형제처럼 우애를 다지되, 개인적인 일이 아니라면 입 벙긋도 않을 겁니다. 저는 미라이예가 아닙니다."

"하지만 발렌시아 경은 혼인 건을 전부 되돌렸다. 미라이예의 후계자라는 관점에서는 처음보다 더 나빠진 상황이다."

"네……?"

"물론 발렌시아 경이 이번 전쟁에서 죽을 것 같지는 않다. 그 점에서는 안심이 되는군. 하지만 너도 마음의 준비를 해 두어야겠지."

"네?"

"네가 가문을 물려받을 준비."

"대체 이게 무슨……."

"네 복잡한 과거를 생각하면 직접 물려받는 것보단 네 자식이 물려받는 것이 피차 좋겠군."

"갑자기……."

"아니면 발미레를 향해 수절하는 공작을 멈춰 보겠나?"

"제가 어떻게 멈춥니까?"

말은 생각보다 더 바보처럼 들렸다.

앙히에는 얼빠진 표정으로 자멘테를 바라보았다. 방금 전까지 아주 진지했는데, 갑자기 멍청이들끼리 대화를 하고 있었다.

"임무가 많기에 나도 더 이상 이 건에 적극적이지 않다. 오히려 다른 십이공회원이 항의한다면 앞장서 공작의 결정을 보호할 예정이다. 하지만 혈육이라면 알고 있어야겠지. 이것이야말로 사삿일 아닌가."

"형님께서 그 난장을 피운 건 물론 몰랐지만……. 아무튼 알려 주셔서 감사합니다. 그런데 이 이야기를 하시려고 제 자격에 대해 논하셨습니까?"

"아니……."

그는 자멘테가 말꼬리를 흐리는 모습을 처음 보았다. 깜짝 놀라서 하마터면 뒤로 물러날 뻔했다.

"오늘은, 혹은 내일, 내일모레, 언젠가는 네가 고백하기를 바랐다. 그것이 자멘테에 대한 예의다. 어수대가 무릎 꿇어 사죄했듯 너 역시 스스로 죄를 말해야 했다. 그 뒤 선심을 베풀 요량이었다."

"……."

"내 용건은 끝이다."

"형님이 혼인이고 뭐고 때려치우셔서, 사실 칼이 제 목전이라는 걸 알려 주시는 게 '선심'입니까? 정말로요? 그러면 제가 당장 가서 형님 멱살을 잡을 걸 분명히 아시지 않습니까?"

"나중에 알았다면 서로를 죽인다고 날뛰었을걸."

"……."

앙히에는 한숨을 푹 쉬었다.

발렌시아는 금일 회전에 참전하지 않았다. 자멘테는 그를 사십 일 동안 전투에 금하고도 다시 무기한으로 군영에 묶어 두었다. 발렌시아는 총사령관이 자신에게 어떤 공로도 넘기지 않으려는 심산임을 깨달았다. 순간적으로 불쾌감이 일었으나, 일상을 영위했다.

그는 완벽히 고요한 천막에 있었다. 이제 이것이 그의 일상이었다. 그를 찾는 사람은 거의 없었다. 사령부의 일개 기사이자 전투에서 유의미한 군대를 이끌지 못하는 자에게는 당연한 대우였다. 처음에는 그에게 조언을 구하거나, 어떤 행동을 종용하던 십이공회원도 잇따른 자멘테의 승리 이후 침묵했다.

권위는 자신에게서 자멘테에게로 느릿느릿 넘어갔으며, 그 권력 이양의 순간을 모두가 목격했다. 마치 유성이 움직이는 듯했다. 이제 새로운 총사령관에게 복종하지 않는 이가 없었다.

발렌시아는 개미 새끼 한 마리 없는 제 천막이 부끄럽지 않았다. 오히려 대가를 치르고 이 고요를 획득했으므로, 상상 이상으로 귀중히 여기고 있었다. 기대에서 벗어났다는 생각에 겨우 숨통이 트였다. 어떤 것도 책임지지 않는 자신에게는 이제 아무도 참견할 엄두를 내지 못했다. 그는 자유로웠다.

그 자유를 어찌나 만끽했던지 외르타에게서 답장이 없다는 사실에도 크게 상심하지 않았다. 무엇보다 그는 바뀐 삶을 체험하고 있었다. 더듬더듬 만지고 냄새를 맡고 손바닥을 눌러 보았다. 완전히 새로운 감각이었다. 마치 다른 사람의 인생인 듯했다.

발렌시아는 외르타를 생각하는 동시에 생을 누릴 수 있다는 사실에 놀랐다. 마침내 그녀를 영원히 사랑하고, 영원히 함께하지 못하면서도 제 삶을 무너뜨리지 않을 자신이 생겼다. 물론 좋은 계절은 아닐 것이다. 단지 혹독한 추위에서 견딜 수 있는 외투를 얻은 것이다. 그래도 이제는, 그녀를 동반자로 맞이하지 않더라도 '생존'하는 것이 아니라 '살' 수 있을 것 같았다.

발렌시아는 아무도 없는 자리에서 미소 지었다.

바깥이 잠시 소란했다. 지금껏 정적에 잠겨 있던 초저녁 군영에 무슨 일이 벌어졌는지 모르겠다. 예전이었다면 순식간에 주변을 추궁했겠지만, 이제는 제 소관이 아니었다. 기껏해야 부상병들이 싸우는 소리일 것이다.

고요 속에서 천천히 서류를 넘겼다.

오늘 회전이 진행되는 도중에도 블랑쉬 젤로가 가져온 새로운 정보를 해석했다. 다른 정보와 어떻게 아귀를 맞출지 철저히 고민하여 작업해야 했다.

또다시 바깥이 시끄러웠다.

"종기사— 허가를 받고—."

발렌시아는 처음으로 인상을 찌푸렸다. 제 평온을 깬 자가 누구인지 알아야겠다. 그러나 그가 꾸짖기 전, 누군가 경비를 밀치고 들어온 것이 분명한 기세로 천막이 펄럭였다.

"발렌시아 경, 죄송합니다! 종기사!"

"아니. 두어라."

앙히에는 자신을 쫓던 경비 기사를 신경 쓰지 않는 듯 —어쩌면 형제마저— 걸어가 의자에 털썩 앉았다.

경비 기사는 주춤주춤 나갔다.

천막 안은 인사도 없이 정적만 흘렀다.

"용건을 말해라."

"자멘테 경이, 형님이 그 누구냐, 미렘마와 혼인하지 않겠다고 했다던데. 아니 그걸 넘어서, 아예 혼인 생각이 없다고 했다던데, 혹시 나를 후계자로 내세울 생각을 하는 건지 여쭤보러 왔지."

갑작스레 어마어마한 화가 치밀었다. 자멘테는 더 이상 자신의 혼사에 간여하지 않겠다고 선언했다. 이건 뒤에서 칼을 꽂는 행위였다.

"……네 일이 아니다. 또한 자멘테 경의 일도 아니다. 경에게 분명히 했는데 전해지지 않았나 보군."

"아니. 오해하지 마. 자멘테 경은 나한테 뭘 어떻게 하라고 권유하지도 않았어. '게외보르트 내전에 참전한 네가 공작이 되면, 그 이해관계의 충돌은 어쩔 거냐'고 했지."

"같은 이치다. 그것은 사사私事다. 자멘테 경에게 궁금해할 권리는 없다."

"사삿일이라는 말로 덮으려는 것 같은데, 내 일이거든?"

"네 일이 아니다."

"그러면 형님, 똑바로 말해 줘. 나를 전혀 염두에 두지 않았다고. 저놈에게, 혹은 저놈 핏줄에게 아버지 집무실을 넘기느니 솔 미라이예를 불태우겠다. 말해 봐."

"……."

발렌시아는 동생을 바라보았다.

물론 자신은 그런 생각을 했다.

"형님."

"선택지가 없다면, 고려하고 있다."

"무슨 소리지?"

"이런 식으로 전하고 싶지는 않았다. 하지만 자멘테 경이 무지렁이 같은 참견을 했군."

"뭐?"

그는 자리에서 일어날 수 없었다. 공연히 칼부림을 내고 싶지 않았기 때문이다.

"내 일순위는 너다. 물론 네가 아이를 가진다면, 네 자식을 후계자로 삼겠다."

"잠깐……. 아니, 잠깐……."

"내가 미리 짐을 내려 둘 테니 많은 책임이 따르지는 않을 것이다."

"조용히 좀 해 봐……."

"……."

앙히에는 얼굴을 양손으로 덮었다. 그는 들어올 때부터 화가 나 있지 않았는데, 지금도 똑같이 평온했다. 분노라기보다는, 이미 모든 것을 짐작했지만 사태를 어찌해야 할지 모르는 얼굴에 가까웠다.

"형님, 혼인을 안 하겠다는 거지, 죽을 때까지? 지금 그 말이지?"

발렌시아는 혀끝에 머무는 단어를 느꼈다. 처음 입 밖으로 내는 결심이었다.

"그래."

앙히에는 여전히 얼굴을 가리고 있었다. 고개를 들긴커녕 오히려 더 수그려선, 둥근 품에선 신음과도 같은 소리가 웅웅거렸다.

"아……."

"부탁한다."

"형님……."

"물론 네가 끝끝내 거부한다면 발레아레스 가문에 문장을 넘길 것이다."

"작은 숙부께? 자식이 있으시던가?"

"금년에 스물이신 리베 발레아레스가 계신다."

"남자애는 문제가 있나?"

발렌시아는 인상을 찌푸렸다.

"무슨 뜻인가. 리베 발레아레스는 누구보다 내게 가깝고 적절한 손이다. 부적격한 사항도 없을뿐더러, 적통성을 따지면 가장 걸맞는다. 발레아레스 공자는 세 살이다."

"아, 미안. 방계로 넘어가니, 그 명분이라도 필요하지 않을까 해서. 아……. 하지만 리베 발레아레스도 얼굴 두 번 본 게 다잖아."

"세간의 평판을 이야기했다. 하지만…… 바로 그렇기 때문에 네가 적통을 잇길 바란다."

"남한테 새끼 쳐 오라는 이야기는 이렇게 쉽지……."

"나도 어려운 일이라는 사실을 안다."

그는 총사령관직을 버리는 순간 후계에 대한 모든 고민도 잘라 낸 셈이었다. 더 이상 갈등할 필요가 없었다. 그는 혼인을 하지도, 후계를 가지지도 않을 것이다.

앙히에가 제 부탁을 들어주면 모든 일이 잘 해결되리라. 그러나 그가 수락하지 않더라도 미라이예의 방계를 찾자면 방법이 있었다. 물론 정통성은 떨어지겠지만, 전쟁으로 장자가 죽어 후계가 대체된 경우는 드물지 않았다. 단지 이번은 누군가 전사해서가 아니라, 공작의 선택이라는 점이 다를 뿐이다.

"형님, 형님이 외르타 때문에 고집 피운다는 걸 모르는 사람이 있긴 한가 싶다……. 잘 생각해 봐. 그럼 외르타가 뻔히 사정을 알 텐데 불편해하지 않을까? 형님이 인생을 걸었단 티를 이렇게까지 내야 하나?

이미 형님에게 영영 화를 낼 친구인데 더 힘들게 할 거야? 외르타를 좀 편하게 해 줘."

"나는 그녀에게 사죄드렸다. 너그럽게도 용서하셨기에, 전쟁이 끝난 뒤 찾아뵙고 허심탄회하게 말씀을 나누기로 했다."

"외르타가 용서했다고? 그 지나가는 개도 웃을 청혼을?"

"한순간 실수였다는 점을 거듭 말씀드렸다. 평생 죄송스러운 마음으로 살 것이다."

"그 말이 진짜라고 쳐도, 아무튼 형님이 자기 때문에 혼인을 때려치웠단 건 알 거 아니야. 그게 부담이 된다고."

"전혀 부담을 가지실 필요가 없다. 나는 그녀에게 다시는 청혼하지 않을 것이다. 그녀도 그 사실을 안다."

"그게 사람 맘대로 쉽게—."

"나는 네 판단을 물었다. 외르타의 감정에 대해 질문한 것이 아니다."

"……."

앙히에는 마른세수를 했다. 그제야 이 긴 대화 내내 파묻혀 있던 시선이 위로 올라왔다. 그 푸른 눈에는 여전히 분노가 보이지 않았다.

아우는 나직이 말했다.

"이렇게 진지하게 부탁하면, 내가 오히려, 내가, 거절하지 못할 걸 알고 하는 이야기지?"

의외였다. 상상하지도 못한 대답이었다. 발렌시아는 최선이라고 해도 앙히에와 침착하게 대화를 마무리한 채 발레아레스에 후계를 넘길 것을 생각하고 있었다.

"……아니. 몰랐다."

앙히에는 마침내 자리에서 일어섰다.

"형님, 내가 누군가와 아이를 가지기 싫은 데엔 솔직히 별 이유가 없다. 어차피 세상 나오자마자 출신도 안 밝히곤 미라이예의 후계로 데

려갈 거 아냐? 게다가 내가 뭐 힘든 게 있나? 수도승도 아니고 여자랑 자는 거야 쉽지. 그리고 그 누군가가 낳아 주겠지. 물론 무례하진 않을 거고, 사례는 형님이 넘치게 할 테고."

"……."

"다만 좀 구역질이 난다. 안 그래?"

"네가 불편하다면, 발레아레스에—."

"고작 구역질이 난다는 이유로 미라이예를 발레아레스에 넘겨야 하나."

"……."

"형님은 온갖 짐을 다 떠안고, 내게 더 이상 기사직을 강요하지도 않고, 외르타를 사랑한답시고 영영 곁불 쬐며 수절까지 하신다는데, 나는 그냥 '구역질이 나서' 싫다? 형님이 평범하게 혼인하고 후계를 가졌으면 나는 끝의 끝까지 형님한테 다 맡길 수 있었겠지. 그런데 그거 하나 포기하겠다고…… 심지어 기대하지도 않는 태도로 말하면……."

"앙히에."

"아……."

"부담 가질 필요 없다. 내가 순서를 잘못 전달한 것 같다. 다시 한번 말한다. 요는 내가 혼인하지 않겠다고 결심했다는 점이다. 혼인하지 않기 때문에, 당연히 자식을 가질 수 없다. 그러니 후계자로는 네가 첫 순위가 되고, 네가 아직 젊으니 만일 아이를 가진다면 그 아이로 후계를 삼고 싶다는 부탁이었다. 그리고 너 역시 거부한다면 발레아레스에 맡기겠다. 그뿐이다. 나는 네게 강요하지 않는다."

"하……."

혼란스러웠다. 왜 아우가 이토록 진지하게 갈등하는지 알 수 없었다. 제 부탁이 그 정도의 무게일 줄 정말 몰랐다.

"앙히에, 방계에 후계를 넘겨도 된다. 내가 그따위에 신경을 썼다면 이미 혼인식을 치르고도 남았을 것이다. 나는 더 이상 그런 잡다한 것에 개의치 않는다."

"나는 신경이 쓰여……."

발렌시아는 인상을 찌푸렸다.

"네가 왜 신경을 쓰나? 미라이예의 일이다."

"형님이 백안시당할 거야."

"이미 총사령관직을 내려 두었다. 몇 가지는 아직 적응하지 못하고 있지만, 그래도 괜찮은 선택이었다. 나는 만족한다."

"지금은 무소불위의 총사령관에서 내려올 뿐인 거고, 후계를 포기한다는 건 십이공회의 임무를 내팽개치는 거지. 그 지경까지 떨어지면 안 돼. 종형제에게 공작위를 넘긴다는 건, 다른 사람들은 —그러니까 자멘테도— 상상을 못 하고 있을 거야."

"나는 태어나서 지금까지 미라이예에 봉사했다. 그러니 단 한 가지는 양보하지 않겠다."

"형님……. 어차피 외르타에게 다시 청혼하지도 않고, 뭘 바라지도 않을 거면, 누구랑 결혼하든 말든 무슨 상관이야?"

"그녀에게 감정을 말씀드리고 다른 사람과 혼인한다면 이는 불측하게 통정하는 것과 마찬가지다."

"……."

"설명이 되었으면 한다."

"아니, 애초에 미렘마랑 혼인하기로 한 건!"

"그녀가 내게 답을 주시기 전이었다."

"외르타가 답을 줬다고?"

"그래."

앙히에는 침묵을 지켰다.

발렌시아는 미라이예가 백안시당하리라는 이야기에는 신경 쓰지 않았다. 오히려 지금 앙히에의 침묵에 관심이 있었다.

아우는 아주 오랫동안 조용했다.

화를 내거나, 역겨워하거나, 하물며 기분이 상한 것 같지도 않았다. 오로지 잠잠한 정적 속에서 흙바닥을 내려다보았다.

마침내, 그가 입을 열었다.

“생각해 볼게.”

발렌시아는 반사적으로 감사해야 한다고 믿었다.

하지만 한순간 쉬었고, 그사이 앙히에는 천막을 떠났다. 남은 것은 바람조차 없는 봄에 가라앉은 천막뿐이었다.

발렌시아는 자신이 자유로운 인간으로서 내렸다고 생각한 결정에 대해 고민했다.

“옛날 생각난다.”

외르타는 벌써 여러 번 같은 말을 속삭이고 있었다. 정말 열일곱 시절 같아 기분 좋은 감탄사를 주체할 수가 없었다.

물론 그녀가 처음 표현했을 때 욜란다는 진저리를 쳤다. 옛날, 미친 듯이, 수많은 사람들의 멱살을 잡아 가며 모장티를 뒤졌던 기억이 나기 때문이라고 했다. 또한 전하께서 무슨 일을 겪었는지 알면서, 그 길을 한 치의 의심도 없이 인도한 원죄가 기억나기 때문이라고도 했다.

외르타는 참 이상한 이야기라고 생각했다. 모장티의 백사장, 성의 만찬, 침실은 지옥 같았지만, 여행은? 새로운 것을 만나는 기쁨 그 자체였다. 여행을 즐겼던 반년은 제 인생에서 제일 멋진 시기였다. 욜란다가 여행길에 대한 이야기를 자꾸만 피하려 드는 것이, 제 삶에 얼마 없는 행복한 시절마저 바스러뜨리려는 것 같아 언짢았다.

하지만 한순간이었다. 외르타는 판을 떠올렸다. 오로지 자기 본위로 생각하여 상대를 밀어 넣었던 구덩이가 기억났다.

욜란다는 옛 여행길을 이야기할 때마다 조금 울 것 같은 표정이 되었다. 자신과 그녀는 좋은 풍경을 보고 유별난 사람들에게 대접받았으며 참 많이도 즐거웠다. 그 사실을 부정하지는 못하리라.

안타깝게도 길의 목적지에서 제 인생은 나락으로 떨어졌다. 그 뒤로 끊임없이 고통스러워 쉽게 인과를 잊었다. 여행을 떠났기 때문에 로크뢰에게 잡힌 것이 아니라, 저놈이 나를 욕심내서 내가 고통받는다는 생각이 강했다. 그렇기에 자신은 그 여행을, 밤이 오기 전 마지막 빛나는 노을처럼 기억할 수 있는 것이다.

하지만 그녀는 내가 아니지 않니.

외르타는 두 번 고민한 뒤 욜란다 앞에서 다시는 옛 여행길에 대해 말하지 않았다. 끝끝내 흥분을 참지 못하면 지금처럼, 이다가 일을 보러 떠났을 때에나 조용히 입 안에서 굴려 볼 따름이었다.

외르타는 마차 조수석에 앉아선 기지개를 쭉 폈다.

근사한 날이었다. 한창 봄이었기에 이른 시간에도 대지는 따뜻했다. 성 앞에는 그들뿐 아니라 여러 화려한 마차들, 멋지게 차려입은 사람들이 두리번거리고 있었다. 비록 오스페다보다는 못했지만 충분히 부유한 중심가로, 욜란다가 마차를 귀하고 안전한 자리에 모신 뒤 떠난 것이다.

물론 그러고도 제 주변에는 여덟 명의 방랑 기사 호위와 상단의 일원들이 있었다. 그녀는 이미 무리가 적당하다고 생각했지만, 욜란다는 코웃음을 치며 또다시 용병을 고용하겠노라 선언했다. 이번이 세 번째 도시였는데 이러다간 들르는 성마다 사람을 더할 기세였다.

욜란다가 떠난 지도 한참이 되었지만, 주변 구경을 하느라 시간 가는 줄 몰랐다. 그녀는 어렸을 적에도 게외보르트와 라르디슈에서의 짧은 외유를 즐겼을 뿐이고, 딤니팔에서도 정상적인 여행이라곤 해 본 일이 없었다. 포티미와 적에는 마차 창문에 창살을 해 놓는 무뢰한의 군대에 끌려갔다. 미라이예 영지로의 외출도 여행길이라기엔 면구했다. 모든 행동을 발렌시아와 함께했기에, 길이 아니라 그를 구경한 것 같았다. 아, 물론 마지막엔 청혼도 당했지.

당시에는 믿었던 사람에게 당한 배신으로 정신을 못 차렸다. 하지만 이제는…….

"정말 오래된 듯 느껴지네."

큰일이었지만, 회복하지 못할 것은 또 아니었다. 외르타는 발렌시아를 받아들였다.

"아! 백작님!"

외르타는 반가운 표정으로 고개를 돌렸다. 욜란다는 품 안에 잔뜩 든 잡다한 물품을 부하에게 넘겼다. 돌돌 만 종이 한 장만 들곤, 졸레졸레 마차로 다가와 섰다.

"잠깐 들어가실까요? 여긴 너무 시끄러워요. 곧 더 시끄러워질 거예요. 딤니팔 사람은 보통 열한 시에 두 번째 끼니들을 들어서."

그녀는 얼떨떨하니 마차 안으로 끌려들어 갔다.

욜란다는 접힌 탁자를 펼친 뒤, 들고 온 종이를 가지런히 놓았다. 딤니팔의 지도였다.

"일단 제가 넘겨짚었던 목적지는 여기인데요."

그녀는 알로지아드 레발로를 꾹 눌렀다가 왼쪽으로 조금 더 가선, 아무것도 없는 탁자 위를 톡톡 두드렸다.

"어디니?"

"아시잖아요."

"……."

"지금 딤니팔 전선은 스트레파르가 목전이라고 했으니 이쯤 되겠지요. 그리고 스트레파르 이상으로 욕심내진 않을 것 같고요. 아! 물론 일개 까막눈인 저는 잘 모르지만, 스트레파르를 넘으면 원래 게외보르트 땅이었기도 하고, 에프렘고르 영향권에 드는 지역은 좀 골치가 아파서 거기까진 안 갈 것 같아요."

"아."

"하지만 너무 넘겨짚은 거니까요. 원하시는 목적지가 있다면 골라 주세요."

"난 딤니팔에 아는 곳이 없어. 네가 안내해 줘야 한단다."

"휴양지를 원하신다면 그렇게 말씀하시면 되어요."

외르타는 곰곰이 생각했다. 지도를 보자니 자신이 자유의 몸이란 사실이 새삼 실감 났다. 여기서 원하는 곳은 아무 데나 갈 수 있다는 거지.

"……."

"물론 지금 당장 결정하실 필요는 없어요. 어차피 저희가 갈 곳은 주로 서쪽이고, 가장 큰 알로지아드 가도도 동에서 서로 가로지르는 길이거든요. 일단 그렇게 따라가도록 하지요."

외르타는 짧은 한숨을 쉬었다. 자신은 결정하지 못한 것이 아니었다. 너무 오래전에 결정을 내렸기에, 계면쩍어 잠시 머뭇거렸을 뿐이다.

"……바냐 미쇠라는 알론조 캄비의 사제를 만나고 싶어. 그녀는 중부 알로지아드 살렘, 팔스 근방으로 수련을 나갔다더라고. 신명은 '바냐 미쇠'지만 타고난 이름은 '상그로 벨레트리'란다. 수소문해 줄 수 있겠니?"

"물론이지요. 캄비에서 만나신 분인가 보아요?"

"응. 얼굴을 비치기로 했어. 만나 주겠다고 확답하지는 않았지만……."

"수련 나온 사제라면 수소문할 필요도 없이 알로지아드 가도 관리장이 알고 있을 것이에요. 찾는 건 걱정 마세요."

"다행이구나."

"도움이 되어 드릴 수 있다니 제가 더 다행이지요."

"……."

그리고 외르타는 또 한 번 뜸을 들였다. 결심은 확고했지만…….

"……르."

"네?"

"스트레파르. 마지막엔 스트레파르에 가고 싶다."

욜란다는 씩 웃었다. 마치 예상하기라도 했다는 투였다.

"좋아요. 그러면 느린 길로 갈까요? 아니면 빠른 길로 갈까요?"

"빠른 길이 좋단다. 그렇다고 마차 바퀴가 빠지지는 않겠지?"

"길이 빠른 것이지 제가 빨리 달린다고 말씀드리지는 않았어요. 저는 여유롭게 가고 싶어요. 백작님의 건강을 위해서라도요."

"난 건강한데?"

그녀는 못 들은 체했다.

"그래도 날은 좋아서 다행이에요. 이 계절의 딤니팔은 꽤 괜찮거든요."

"난 건강하단다! 매일 캄비에서 산책도 하고, 음식도 가끔은 혼자 만들었어, 가끔은……"

"그래도 조심해서 나쁠 건 없으니까요. 발미레께선 몇 달이나 누워 계셨다는 사실을 잊지 않으셔야 해요. 정말요. 물론 백작님께서 잊으시더라도 제가 기억할 것이고, 지금까지처럼 앞으로도 하루에 세 번씩 멈춰서 조리된 음식으로 식사를 할 거예요. 만일 알로지아드 숙소에 묵을 수 있다면 최우선으로 그리하고요."

외르타는 그녀의 기세에 조금 질렸다. 농담처럼 반박하다가 쑥 들어간 모양으로 얌전히 앉았다.

욜란다는 탁자 위에 잉크와 펜을 내려놓았다. 본격적으로 지도를 누른 뒤, 펜으로 선을 죽죽 긋기 시작했다. 외르타는 새삼 그녀가 사방천지 안 가 본 곳이 없는 놀금의 소상이라는 사실을 깨달았다. 게외보르트와 라르디슈도 그리 잘 알던데, 그녀가 태어난 곳이라면 어떻겠는가.

외르타는 설레는 기분으로 그녀의 선을 구경했다.

"여기가 알로지아드 살렘이에요. 쉬지 않고 가면 한 달 정도 걸릴 것이에요. 우선 여기까지는, 사제의 위치를 모르니만큼 착실히 가도록 할게요. 헤매도 중부에서 헤매야 속이 안 터지지."

"좋아."

"그리고 살렘부터 스트레파르까지. 얼마나 주변을 구경하고 다니느냐에 따라 서너 달쯤 걸리겠지요."

"적당히 가 주렴. 바로 가는 것도 싫고, 너무 뭉그적거리는 것도 싫단다."

"네. 그러면 멋진 곳들을 소개해 드리겠어요……."

욜란다는 지도에 그은 선 위로 알아볼 수 없는 기호들을 그렸다. 상단이나 용병대의 이동과 관련된 신호일까.

"이렇게, 이렇게. 여긴 일주일이면 갈 거고……. 이 구간은 지난번 홍수 때문에 길이 망가졌어요. 좀 돌아가야 해요. 그럼 엿새 추가……. 중부에선 꾸준히 알로지아드만 밟고……. 스물, 스물하나……마흔둘……. 아! 좀 줄일 수 있겠네! 그리고 여긴 꼭 들르셔야 하고요. 흠……. 그러면…… 9월 첫날에는 합하를 만나 뵈실 수 있을 것이에요."

외르타는 너무도 직설적인 단어를 듣자 할 말을 잃었다.

"……물론 내가 발렌시아를 보기 위해 가는 건 맞지만……."

"그러면 그렇다고 말씀하시면 되지요."

"조금 이상해. 마치 그게 뭐라도 되는 것처럼."

욜란다는 눈을 크게 떴다. 믿기지 않는다는 태도였다.

"이건 '뭐'예요. '뭐'라도 되는 거란 말예요. 사랑하는 사람을 찾아—."

"말도 안 되는 소리 좀 하지 말렴."

외르타는 한숨처럼 말했다.

사랑이라는 단어는 먼 곳에서 들리는 메아리 같았기에 별달리 반응을 보이고 싶지 않았다. 그녀는 가장 최선이라도 발렌시아의 고백을 부드러운 마음으로 받아 줄 뿐이라고 생각했다. 외르타는 그 감정을 전혀 몰랐다. 모르는 것을 정의할 수는 없는 법이다. 타인의 불가해한 애정을 경계할 수는 있어도, 자신이 가질 수는 없었다.

더 이상 캄비에 고여 있지 않겠다고 결심했다. 발렌시아가 나아가고 있었다. 자신도 발을 내디뎌 우리가 어떤 성취를 따로 또 같이 이루었는지, 그로써 얼마나 가까워졌는지 알려 줄 것이다. 이것을 연애 감정이라 부를 수는 없다. 그보다는 훨씬 더 잔잔하고 견고한…….

문득 정신을 차리자 욜란다와 시선이 마주쳤다.

그녀는 기다렸다는 듯 대답했다.

"말씀을 따르겠어요."

"……."

"합하께는 따로 연통을 드리실 건가요?"

"아니. 약속을 만들면 초조해지기만 한단다."

"예. 알겠어요."

"하지만 앙히에에게는 말하고 싶다. 혹시 몰래 편지를 보낼 방법이 있니?"

욜란다는 씩 웃으며 펜을 내려 두었다.

"당연하지요. 대륙 끝에 떨어져도 이야기할 수 있는 새들이 있어요."

"음, 그럼 편지 쓸 종이를 빌려주겠니?"

그녀는 지도를 반듯이 접어선 품에 넣었다. 잠시 기다리시라고 말한 뒤, 마차 문을 활짝 연 채 주변으로 돌아갔다.

외르타는 그녀가 두고 간 펜을 쥐었다.

거듭 생각해 보자면 솔 미라이예에서 그토록 굳게 다짐했던 친구가 '도망'갔을 것 같진 않았다. 또한 마지막 기대를 박살 낸 아우를 발렌시아가 받아 주었을 것 같지도 않았다. 지금 전장에 형제가 나란히 있다는 사실은 무언가 이상했다. 분명 불가항력의 —어쩌면 어수대와 게외보르트가 연계된— 사건이 있었으리라.

하지만 앙히에에게 무슨 일이 있었는지 궁금해하지 않기로 했다. 제게 필요하다면 어련히 그가 말할 것이다. 그저 자신이 겪은 고초에 대해 조금 투덜대고 그의 안부를 묻는 선에서 끝내고 싶었다. 발렌시아 이야기도 하지 않을 예정이었다. 나중에 가면 놀라겠지?

그녀는 잠시 멈칫했다. 앙히에가 무엇에 놀란다는 말인가?

스스로 대답하기 전, 욜란다가 종이를 건네주었다. 그녀는 흠칫 놀라선 고맙다고 대답했다.

마차 문이 닫혔다.

외르타는 헛생각을 했다는 듯 고개를 저었다. 펜을 코끝에 댄 채로, 곰곰이 첫머리를 고민했다.

편지는 이렇게 시작했다.

앙히에, 안 죽고 살아 있다니 실망이야.

외르타는 날카로운 시선으로 뒤집어진 잔을 노려보았다. 형편없는 자기瓷器였지만, 지금 이 순간만큼은 세상의 무엇보다 중요했다. 상대는 총 열두 번을 회전시켰다. 손놀림이 차분했으며 그렇기에 따라가기 어렵지 않았다.

외르타는 제일 오른쪽에 있는 잔을 꽉 눌렀다. 고개를 들어 야바위꾼과 시선을 마주쳤다. 그가 인상을 찌푸리자, 이미 승리한 듯 의기양양한 태도로 잔을 뒤집었다. 아니나 다를까 잔 안에는 나무로 만든 구슬이 하나 들어 있었다.

"하!"

야바위꾼은 어쩔 수 없다는 표정으로 판돈을 돌려주었다. 외르타는 두 배로 불어난 금화를 치맛자락 위에 얹어 놓았다. 여기서 그만두지 않겠다는 태도였다.

남자 역시 그 사실을 깨달은 모양이었다. 그는 허공을 잠시 쳐다보곤 땅이 꺼져라 한숨을 쉬었다.

"저 거덜 납니다. 그만하겠습니다."

"벌써? 열 판도 안 했어."

"길바닥에서 열 판이나 하는 사람이 더 드물어요. 저는 오늘은 접을랍니다."

"마지막, 마지막 하자."

야바위꾼은 고개를 저으며 구시렁거렸다. 똑같은 공용어지만 줄임말과 속어가 대부분이라 잘 알아듣기 힘들었다.

"알겠습니다. 생각해 보니 또 이렇게 끝내기는 아쉽군요. 정말 마지막으로, 이 주사위로 시도해 보시는 건 어떻겠습니까? 지금까지 건 돈의 두 배를 걸겠습니다."

여덟 번의 내기에서 모두 이긴 외르타는 신나게 동의했다. 동전 한 푼 아깝지 않다는 태도로 금화를 밀어 주었다. 단단해 보이는 주사위를 잔 아래 넣었다. 야바위꾼은 긴장하며 세 개의 잔 위로 손을 얹었다.

"좋아."

그 말을 신호로 손이 현란하게 움직이기 시작했다. 물론 지금까지 그래 왔듯 겨우 눈으로 따라갈 수준은 되었다. 외르타는 차분하게 되짚어 가며 작은 주사위가 어느 잔 안에 있을지 떠올렸다.

야바위꾼은 수십 차례나 돌린 뒤에야 팔짱을 끼었다.

"선택하십시오."

일순간 놓쳤던 이전 판과는 다르게 이번에는 확신하고 있었다. 외르타는 단호한 태도로 제일 오른쪽 잔을—.

"그만하지?"

외르타는 벌떡 고개를 들었다. 바로 옆에 볼일이 있어 자리를 비웠던 욜란다였다. 그녀는 곧장 야바위꾼의 손목을 잡아 들었다.

"너는 이러시는 걸 말리지도 않고 뭘 했어?"

함께 있던 상단 부하를 윽박지르기까지 한다. 놀금의 일원은 어깨를 으쓱이고 말았다.

"원하셨는데요."

"그래서 사기꾼에게 당하는 걸 휘파람 불면서 봐?"

"아니, 누가 사기꾼이라고! 어디서 빌어먹다 온 게 애먼 사람을 사기꾼으로 몰아!"

"입 닥쳐!"

외르타는 흠칫 놀랐다. 욜란다의 험한 말씨를 처음 들었다. 나도 속을 줄 알면서 재밌으니까 놀았다고 말할 분위기가 아니었다.

자신이 선택한 잔을 뒤집자, 당연히 아래에는 아무것도 없었다. 순서대로 하나하나씩 열었다. 주사위는 생각지도 못했던 첫 번째 잔에 들어가 있었다. 그녀가 기억하기론 남자가 건드리지도 않은 방향이었다.

외르타는 잔을 버린 뒤 말했다.

"이다, 나도 알아. 괜찮단다."

"백작님, 이자는 백작님을 능멸하려 했어요."

떠돌이는 백작이라는 호칭을 듣는 순간 얼굴이 새파랗게 질렸다. 그는 곧장 욜란다를 뿌리치더니 바닥에 머리를 찧었다.

"죄송합니다. 잠깐의 실수였습니다. 죄송합니다. 감히 알아뵙지 못한 제 죄를—."

"뭘 어떻게 알아보겠니. 됐다. 다 식었네."

외르타는 금화를 버려두곤 일어섰다. 욜란다가 날카롭게 주우려 했지만, 시선으로 막았다. 좀 가만히 두렴.

외르타는 파하기 시작한 시장길을 털레털레 걸어갔다. 숙소 위치를 기억하고 있었다. 조용히 걷고 싶었지만 욜란다가 옆으로 붙었다.

“혹시 기분이 상하셨나요? 죄송해요.”

“아니.”

“백작님.”

외르타는 발끝으로 길을 툭툭 쳤다.

“너무 그렇게 물가에 내놓은 듯 굴지 말거라.”

“…….”

“왜 그러는지 짐작하지만, 나도 더 이상 열일곱은 아니지 않니.”

욜란다는 침묵했다.

그녀가 바로 대답했더라면 오히려 실망했을 것이다. 그녀가 얼마나 지독한 마음으로 모장티를 후회하고 있는지 알았다. 그 정도의 시간이 필요했다.

“저 사기꾼은 반 시간이나 나랑 놀아 줬어. 나는 그 값을 치르려 했고.”

“……보나 마나 돈을 돌려주려 밤에 수소문해서 따라올 것이에요. 귀찮아지기만 하겠네요. 금전을 목적으로 ‘백작님’을 조롱했다간 가장 약한 형벌이 태형 삼십 대니까요. 삼십 대를 매질당하면 죽어요, 사람.”

“그러면 네가 강제로라도 돌려주지 못하게 하렴. 나는 필요 없다.”

“네. 원하신다면 그리하겠어요.”

“그리고 나도 그만 감시하고.”

“……감시한 적…….”

말끝이 흐렸다. 외르타는 자신이 어딘가 방문하고 싶다고 말만 꺼내도 즉각 옆에 달라붙는 상대를 눈치채고 있었다. 옛 시절처럼 본인은 동물 구경하는 데엔 관심이 없으니 잠이나 자겠다고 하지 않았다. 어떤 급한 일을 처리하던 중이라도 자리를 털고 일어서 따라오곤 했다.

"백작님, 백작님께서 그런 행동을 부담스러워하신다는 사실을 알았으니 노력하겠어요. 하지만 한 번에 고쳐지진 않을 것이에요. 부디 걸리는 점이 있다면 편하게 말씀 주세요."

"난 명령하는 게 아니란다."

각자에겐 각자의 상처가 있는 법이다. 이다에게 명령하지 않는 것, 그녀를 존중하는 것은 그리 노력이 필요한 일도 아니었다.

그들은 정적 속에서 저벅저벅 걸어갔다.

외르타는 갑작스레, 한 발을 축으로 빙글 돌았다. 이다의 팔뚝을 붙잡는 것은 거의 동시였다.

"이다."

"네……?"

"괜찮아."

그녀는 여전히 어리둥절한 표정이었다. 외르타는 스스로를 더 단단히 다졌다. 더 이상 길게 말을 잇고 싶지 않았다. 방금 전 떠오른 감정을 바로 건네고 싶었다.

외르타는 이다를 껴안았다.

그들은 키가 비슷해서, 누구도 상대의 어깨에 고개를 묻을 수 없었다. 기대지 않았다. 그저 부드럽게 포옹했다.

외르타는 다시 한번 말했다.

"괜찮아. 명령이 아니야."

욜란다의 몸이 미세하게 떨렸다. 그녀 전체가 물결같이 차올랐다. 가라앉았다.

빠르지도 느리지도 않은 포옹 뒤 물러섰다.

외르타는 고급 여관을 향해 달려갔다.

이다는 급한 상단 업무를 보기 위해 아침나절 내내 자리를 비울 예정이었다. 외르타는 조금 가늠하는 태도로, 나는 바냐 미쇠의 행방을 물어보러 외출하겠노라 말해 보았다.

"한시라도 빨리 확인해 보고 싶단다. 어제 오자마자 확인할 수 있었더라면 좋았겠지만 사정이 안 됐잖니."

"……."

욜란다는 한순간 침묵하더니, 시르드—그녀의 상단 부하—에게 명령했다. 잘 모시라고. 방랑 기사도 꼭 세 명 이상 함께해야 한다고. 그러고는 외르타와 눈을 맞춘 뒤 꾸벅 인사하고 떠났다.

어느새 방 안에는 시르드와 자신뿐이었다.

외르타는 이다의 대답에 만족스럽게 웃었다.

"아, 저는 방랑 기사님들께 말씀드리러 갈게요. 준비되시면 내려오세요."

"준비됐는데?"

물론 그녀도 그의 의도를 알고 있었다. 같이 내려가기 어색해서 싫다는 거지.

"……모시겠습니다."

시르드는 과장된 태도로 외르타를 안내했다. 불쾌하지 않았다. 자신을 조롱하려는 것이 아니라, 귀족들을 대하는 방법을 전혀 모르기 때문이리라. 그녀는 여행을 떠난 지 한 달이 훌쩍 넘은 시점에선 그 태도에 익숙해져야 한다고 생각했다.

그들은 예상했던바 참 어색하게 계단을 내려와 방랑 기사 몇을 불러 세웠다. 그들은 계약에 충실하여 말 한마디 없이 그들의 뒤를 지키고 섰다.

욜란다는 이 숙소에 도착한 어제저녁, 바로 관리장을 찾았다. 관리소에 사람이 없자 하인에게 짜증을 내며, 욜란다 그네젠이 왔다 가노라고 쪽지를 남겼다. 하인은 놀금의 작은 주인이라는 사실을 듣자마자 바짝 긴장해선 빠짐없이 전달하겠다고 외쳤다.

그 광경이 아직 기억 속에 뚜렷했기에 길을 찾을 수 있었다. 시르드는 그녀가 앞서 나가기 시작하자 주춤거리며 대각선 뒤에 붙어 섰다. 목숨 걸고 상대를 수호하겠다는 의지는 없었으나, 부스럭거리며 놀금의 패를 매다는 모습이 언뜻 보였다. 우리를 건드리지 말라는 표시겠지.

외르타는 자신만만하게 길을 들어 알로지아드 살렘의 관리소를 찾았다. 건물은 대로변의 입구를 차지하고 있었지만, 겉치레를 싫어하는 알로지아드의 습성답게 주의를 기울이지 않았다간 놓치기 십상이었다.

그녀는 쇠로 만든 문고리를 쾅쾅 두드렸다.

대답은 빨랐다.

"누구시오?"

"외르타 아델라이데 기워 얀 발미레."

잠깐의 침묵 뒤, 문이 벌컥 열렸다.

"내방해 주셔서 감사합니다, 백작님. 알로지아드 살렘이 있는 힘껏 돕겠습니다."

외르타는 혼란스러워졌다. 나를 알아?

"……백작인 건 어찌 알고?"

수염이 덥수룩한 남자는 질문에 오히려 놀란 눈치였다.

"세 번째 성함은 공후백작위를 승계하신 분께만 주어집니다. 그리고 딤니팔에 공작님은 한 분, 후작님은 두 분이십니다."

"아."

"표지를 보아 하니 놀금과 함께 오셨군요. 어제 욜란다 그네젠이 방문했다고 들었는데, 소상으로서가 아니라 백작님을 모시는 종으로서 왔나 봅니다."

"그래. 네 말 옳다."

"누추하지만 안으로 모시겠습니다."

그녀는 그가 열어 주는 문으로 들어갔다. 그리 오래 머물 생각은 없었다. 시르드와 방랑 기사 셋이 차곡차곡 벽에 붙어 섰다. 관리장은 문을 닫곤 큰 탁자 주변으로 돌아갔다.

"앉으시겠습니까?"

"괜찮아. 바로 대답할 준비나 하거라."

"하명하십시오."

"이 근방에 파견된 사제를 알고 있나?"

"네, 지금은 얼마 전 새로 온 바냐 미쇠라는 사제뿐입니다."

외르타는 곧장 바냐의 이름이 나오자 반색했다. 아무리 그래도 몇 번 헤맬 줄 알았는데.

"그녀가 지금 머무르는 곳을 알고 싶다. 방문하기 전 먼저 편지를 보낼 수 있는지도."

"지금 사제는 라토레 마을에 있습니다. 지코드강江 서쪽에 위치해 있는 작은 마을입니다. 아시겠지만, 알로지아드 살렘은 팔스 지방의 최동단에 위치하여 마을까지 길이 꽤나 멉니다. 저희의 연락 새가 오고 가는 것도 왕복 일주일인걸요."

"아니. 일주일이라면 나쁘지 않다. 그럼 편지를 먼저 받아쓰거라."

"예. 말씀하십시오."

"'바냐, 찾아가면 맞이해 줄 거니? 외르타 발미레.'"

관리장은 잠자코 이어질 말을 기다리다가 조금 당황하는 듯했다. 그러나 고작 그게 끝이냐고 묻지 않을 만한 깜냥은 되었다. 그는 조용히 편지를 감쌀 천을 찾아 보관함을 뒤지기 시작했다.

외르타는 그의 분주한 모습을 보고 역시 여행이 좋다고 생각했다. 꾀부리는 야바위꾼도, 시르드처럼 데면데면하니 몸을 피하는 사람도, 살렘의 관리장처럼 착실하게 임무를 다하는 사람도 만날 수 있었다. 그리고 그 모든 사람들이 깊이 머무르지 않고 스쳐 사라졌다. 삶의 입맛을 돋워 주는 유별난 향신료로 지나갔다. 향신료는 잠시 입 속에 머물다, 녹기 마련이다. 이다의 보호 아래에서는 이런 맛을 느낄 수 없었다. 이

제 혼자 무언가를 해 보고 싶었다. 그래야 했고, 그럴 수 있었다.

외르타는 편지에 쓰인 단정한 글씨와 그를 감싸는 알로지아드 살렘의 천을 확인하곤 고개를 끄덕였다.

"보내거라. 답장이 오면 바로 놀금 편으로 연락 주고."

발렌시아는 장장 석 달 만에 전장에 나섰다. 자멘테는 스트레파르 목전의 회전에서야 옛 총사령관을 풀어 주었다. 이제 본인의 위신을 충분히 세웠다고 생각했거나, 미라이예를 전쟁의 마지막까지 근신시킨다면 모양새가 좋지 않겠노라 판단했을 것이다.

덕분에 발렌시아는 이 익숙하고도 낯선 자리에 서 있었다. 그는 오늘 마음 편히 중앙기사단을 통솔했다. 다른 군사 배치에 신경 쓸 필요가 없어 편했지만, 무엇보다 흰 갑옷의 총사령관과 달리 결투 신청이 드물어 만족스러웠다. 그는 마치 일개 병사처럼 전투 속에 녹아들었다. 그 정도로 무식한 싸움은 제게 잠자는 것보다 쉬운 일이었다.

그는 언덕 아래를 내려다보며 수갑을 종기사에게 넘겼다. 자유로운 두 손으로 왼쪽 팔뚝의 철갑을 풀어냈다. 철갑 아래 또 다른 사슬 갑옷을 말아 올렸다. 난전 중 창에 관절이 찍혔는데 아무래도 상처가 난 것 같았다. 사령부에 올라와서야 통증을 느꼈다.

"어, 형님, 그 팔 뭐야? 가서 치료해."

발렌시아는 고개 돌려 경사진 면을 걸어오고 있는 앙히에를 발견했다. 잠시 동안 종기사가 저따위로 자리를 이탈해도 되는 것인가 고민했다. 회전이 벌써 네 시간째, 주의가 흐트러진 틈을 타 도망친 모양이었다.

"괜찮다. 반시간 뒤에 다시 나간다."

"뭐? 그 팔을 하고?"

"종기사, 리넨을 가져와. 내가 하겠다."

"뭐? 그 팔을 하고?"

"그만."

종기사는 초식동물처럼 이리저리 살피다가, 발렌시아의 꾸짖는 눈길을 받고서야 달려 나갔다.

앙히에가 가까이 다가와 허리를 숙였다. 상처를 관찰하는 듯했다.

"형님, 이건 좀 문제가 있어."

"멀쩡하다."

"내가 이렇게 꺽으— 캑."

그는 짜증스레 아우를 풀어 주었다. 아픈 자리를 공격당하자 반사적으로 목을 졸랐다.

"쓸데없는 짓 하지 마라."

"그렇다고 사람 목을 졸라?"

"일부러 그런 것은 아니었다. 미안하다."

"그러다 죽일 수도 있어. 조심해. 그리고 상처를 보면, 이거 왼팔이 아니라 오른팔이었으면 본인부터 오늘은 그만 쉬어야겠다고 생각했을 걸. 왼팔이니 부목을 대서라도 나가겠다는 거지. 그런데 굳이 오늘 그렇게 무리해야 하나? 형님도 아닌 거 알잖아."

발렌시아는 종기사가 들고 온 리넨을 받아 들며 아우를 무시했다.

아무리 비관적으로 생각한들 부목을 댈 정도는 아니었다. 새벽에 군영으로 돌아가 치료하면 될 것이다. 리넨의 한쪽을 잇새에 문 뒤, 나머지 자락으로 상처를 감싸곤 단단히 조였다. 순간적인 아픔에 눈살을 찌푸렸다. 그러나 오히려 정상이라는 표지였다. 그는 몇 바퀴 더 돌려 압박했다. 피와 살이 경련하지 못하도록 고정했다.

그는 자리를 뜨지 않은 앙히에에게 눈짓했다. 가서 할 일을 해. 여전히 입에 리넨을 물고 있어 말로 명령할 수 없었다. 앙히에도 그 사실을 알아차린 듯했다.

"몸 좀 성히 하고 있어."

발렌시아는 무의미한 질문에 답할 수 없었다. 물론, 여전히 상처를 조이는 중이라 여의치 않기도 했다.

"누가 언제 어디서 올 줄 알고."

"……."

"오늘 형님이 이끄는 중앙기사단이 무슨 적기사단처럼 쏘다녔다고 잡담이 자자하대. 총사령관이 결국에는 못 참고 고삐를 놔줬다나. 그리고 그 대장이 서너 시간 만에 치른 결투 횟수가 무려 열한 번이라고?"

"안 셌다. 그리고 예전보다 덜 치른 편이다."

"중앙기사단 분대마다 돌려 가며 쉬게 만드는데, 딱 살 것 같다 싶은 시점에 멱살 잡혀 끌려 나가서 다들 불만이 이만저만이 아니래. 다들 발렌시아 경이 군영에서 심심해 미칠 지경이었기 때문에 분을 푸는 거라고 추측하더군."

"중앙기사단이 불복종의 기미를—."

"농담이야. 아무튼 적당히 하라고."

"누가 말을 전하라던가?"

"아우가 걱정해 주는 건데, 의심만 가득 차선."

"나는 너보다 전투에 익숙하다. 네 걱정을 해라."

"형님이 몸 성히 있어야 좋아할 사람들이 있잖아. 물론 이 아우도 있고, 그리고, 더 있잖아……."

"무슨 소린가?"

"아……."

"똑바로 말해."

앙히에는 들리지 않게 투덜거렸다. 발렌시아는 이다음에 이어질 대화를 짐작할 수 있었다. 자신이 말을 이해하지 못했다고 말하면, 상대는 이해하라고 한 소리가 아니라고 대답할 것이다. 그리고 또다시 불평하며 사라지리라. 두루뭉술한 아우의 태도에 익숙했으나, 여전히 답답하고 어린 행동이라고 생각했다. 앙히에가 그런 식으로 이야기하면 듣기보다는 피하고 싶었다. 그는 정확하지 않은 용건은 경청할 가치가 없다고 믿는 사람이었다.

"형님, 아무튼 오늘 고생했으니 그만 쉬어. 중앙기사단이 다시 안 나가도 괜찮을 거야. 아, 이건 자멘테 경의 제안입니다. 저는 전령이고요."

발렌시아는 표정을 굳혔다.

"총사령관의 제안은 명령이다. 따르겠다. 그리고 너는 자멘테 경의 명이라는 사실을 첫 번째로 이야기했어야 한다."

"이게 오늘 처음 들은 말도 아닐 텐데, 바로 먹힐지 몰랐지. 나도 몰랐고, 자멘테 경도 회의적이셨고. 총사령관께선 벌써 두 번이나 제안하셨다더라고. 그 지경이면 차라리 형님을 걱정하는 아우 이야기가 더 낫지 않았을까?"

"경께선 '중앙기사단 자율로 움직이라'고 명하셨다. 내게 출전을 금하지 않으셨다."

"보통 이 시점에 자율로 움직이라는 건 적당히 좀 쉬라는 뜻 아닌가?"

"그러길 바라셨다면 명징하게 말씀하셨어야 한다."

앙히에는 깊은 한숨을 쉬었다.

"형님, 농담 아니야. 자멘테 경 말씀보다 내 이야기나 새겨들어. 몸 좀 챙기라고. 형님이 건강해야 여럿 안심하지."

갑작스레 불쾌한 추측이 떠올랐다.

"설마 후계자 건을 다시 논하는 건가? 나는 네게 요청하지 않겠노라 했다."

"하……. 내가 그 이야길 지금 하겠냐고……."

"내가 더 이상 의무감에 짓눌리지 않겠다는 선언이, 곧 내 일을 망치겠다는 뜻은 아니다. 후계자 건이든, 이 전쟁에서의 책임이든, 끝없이 노력할 것이다."

"알겠어……."

"무엇보다 외르타를 위해 노력하겠다. 그편이 차라리 믿음이 가겠지."

앙히에는 눈만 깜박거렸다. 상대가 갑작스레 정직해질 줄 몰랐다는 시선이었다.

발렌시아는 천천히 반복했다.

"나는 한 가지를 목표로 하고 있다. 그녀에게 유익할 것."

"……."

"그 말을 신뢰한다면, 내가 후계자를 어떻게 처리할지, 이 전쟁에서 외르타의 목숨을 보장받는 것이 내게 얼마나 중요한지도 충분히 짐작할 수 있을 것이다."

"후계자는 관심 없다니까!"

앙히에는 갑자기 소리를 질렀다. 그리고 금세 누군가 들었을까 걱정하는 표정이 되어 주변을 휘휘 둘러보았다. 대체 무슨 용건으로 저리 답답해하는지 모르겠다.

발렌시아는 조인 상처를 마지막으로 점검한 뒤 갑옷을 바로 했다. 그 위로 다시 한번 철을 덮으려다, 문득 오늘은 더 이상 전투에 나서지 않기로 했다는 사실을 깨달았다. 그는 어설픈 자세로 단단한 판을 손에 쥐었다. 종기사를 부르려 했지만 앙히에가 다시 어떤 헛소리를 지껄일지 몰라 걱정이 되었다.

"형님."

대답이 필요한 단어가 아니었다.

그들은 서로를 의심스레 바라보았다.

"외르타를 사랑하는 기분이 어때?"

의심은 더욱 깊어졌다. 더 이상 놀랍지는 않았으나, 거짓을 말할 수도 없는 질문이었다. 단지 그 짧은 시간, 종기사를 부르지 않길 천만다행이라고 생각했다.

발렌시아는 저도 모르게 목이 뻣뻣해지는 것을 느꼈다. 대답했다.

"부끄럽다."

앙히에는 웃지 않았다. 발렌시아는 안도했다. 상대가 웃었더라면 자신은 아마 더 말을 잇지 못했을 것이다.

그는 조심스레 용기를 냈다.

"내가 나인 것이 부끄럽다."

문장을 입 밖에 내자 기진맥진한 듯 경계가 풀렸다. 이제 상대의 의도를 의심할 여력조차 없었다. 외르타는 그에게 있어서 가장 길고도 날카로운 칼이었다. 그 이름이 언뜻 차갑게, 살짝 따듯하게, 쇄골부터 장골까지 사람을 꼬챙이에 꿰었다. 칼날이 피를 막아 죽지 않았지만, 가사假死에 빠졌다.

앙히에는 고개를 기우뚱 기울였다. 궁금해한다기보단 목을 못 가누는 병자처럼 보였다. 그의 목이 길어졌다. 목구멍에 문장이 걸려, 그가 주저하는 길이만큼 늘어나는 듯했다.

그는 마침내 기침처럼 말을 뱉어 냈다.

"형님 말을 믿는다."

"……."

"그리고 외르타도 믿어."

"……."

아우는 왔던 것처럼 갑작스레 뒤돌아 떠났다.

앙히에는 터덜터덜 언덕을 걸어 내려왔다. 아무리 회전이 소강상태에 접어들었다 한들 목에 화살이 꿰이기 딱 좋은 위치였다. 그러나 상관없었다. 그냥 그렇게 걸어갔다.

그러다 누군가에게 어깨를 턱 잡혔다.

"……톨레도 경?"

"원, 멀리 서 있는 모습이 정말 형제 같아서 말도 못 붙이겠더군."

"아, 죄송합니다. 형님, 발렌시아 경께 드릴 안건이 있으셨습니까? 제가 종기사 주제에 시간을 지체시켜……."

"아닐세. 그런 말을 들으려고 한 건 아니야. 용건은 지금 말씀드리면 되고, 단지 그 모습이 놀라워 네게도 이야기했네. 형제가 다 되었어, 형제가……. 그렇게 많은 일이 있었는데……."

톨레도는 어깨를 툭 치곤 지나갔다.

앙히에는 얼떨떨하게 그의 뒷모습을 보다가, 그저 웃고 말았다.

사실 자신들은 꽤 오래전부터 형제였다. 방금은 형제지간의 멋진 대화가 아니라 연애 상담을 한 것이고, 형제의 자격을 판단한 것이었다.

앙히에는 형님을 판단해야 했다. 난데없이 제 손에 떨어진 편지를 똑똑히 기억하고 있었기 때문이다.

앙히에, 안 죽고 살아 있다니 실망이야. 오스페다에서 그 난장판을 피우고, 심지어 내게 맹세를 하고도 다시 기사직에서 도주했다는 사실에는 더 실망했고 말이지. 하지만 무엇보다 돌아와서 내게 제대로 연락을 안 했단 사실만큼은 도저히 용서할 수가 없구나. 하나하나 짚자면 탄식이 터지더군. 그러니 네가 저지른 큰 잘못들에 사과하길 기다리고 있겠다.

네가 떠돌길 좋아한단 사실을 안다. 하지만 이번마저 네 형제를 배신할 필요는 없었잖니. 특히 나와의 신뢰까지 져 가면서 그럴 가치가 있었을까? 네가 그렇다고 말하면, 물론 난 조금 실망하겠지만 그보다 내가 너에 대해 모르는 것이 아직도 남아 있다는 사실에 놀라려 한다. 너는 정말 뼛속까지 방랑자인 거니까. 어디에도, 심지어 게외보르트에도 남아 있지 못했을걸. 언젠가 네게 설명을 듣고 싶다.

내 근황을 전해 줄게. 들어 알겠지만 나는 폐하와 복잡한 오해를 빚어 알론조 캄비로 떠났다. 다행히 현명하신 폐하께서 잘못을 깨닫고 빠르게 감금을 풀어 주셨지. 그래서 이젠 자유의 몸이란다.

그 소식을 이다가 캄비에 직접 전해 주었지 뭐야? 얼굴을 보고 어찌나 깜짝 놀랐는지. 이다는 폐하께 대항하여 나를 탈출시킬 각오까지 하고 왔단다. 당연히 중간에 들켜서 폐하의 소식꾼 역할이나 하게 되었지만, 큰일이 없어 천만다행이라 생각한다. 이다는 폐하의 허가를 맡고 내가 원하는 곳까지 나를 호위해 주겠다고 했어.

그래서 내가 지금 어디로 가는지 아니?

스트레파르!

지금 딤니팔 전황이 좋다니 내가 잠깐 근방을 방문해도 탈이 나진 않겠지? 당연히 군영에 들여보내 달라고는…… 할 거야. 그렇지만 네게 부탁해도 될지 모르겠구나. 종기사에게 무슨 권한이 있을지도 모르겠고 말이지.

언제가 될지 일정은 불명이야. 여기저기 이다랑 서쪽으로 여행하며 갈 거란다. 시간에 쫓기지 않고 여유롭게. 그러면 스트레파르에 도착하는 시기는 여름이 되면 다행이고, 초가을이면 얼추 맞을 것이고, 어쩌면 겨울이 될 수도 있겠네. 아무튼 간다는 이야기를 하고 싶었어.

물론 친구인 네게만 이야기하는 것이니, 비밀을 지켰으면 좋겠구나. 꼭.

알론조 캄비에서 참 행복했지만, 한자리에 머물러 있고 싶지 않았다. 어쩌면 나도 네 방랑벽을 조금은 이해하고 있는지도 모르겠다.

답장을 기다리며,

외르타.

앙히에는 머리가 터질 것 같았다. 편지를 몇 번이나 읽고도 믿기지가 않아, 글씨에 코를 박고 내가 아는 사람의 필적인가 살펴야 했다. 하지만 흘려 쓴 글씨는 분명 외르타의 작품이었다. 손보다 마음이 급해 달음박질을 친 직선과 곡선들.

그래서 내가 지금 어디로 가는지 아니?

스트레파르!

첫째로, 스트레파르는 적의 땅이다! 본인 목숨을 원한다고 지껄인 놈들의 땅이란 말이다. 심지어 외르타는 딤니팔과 게외보르트 간의 밀약을 알지도 못했다. 승리가 보장되지 않은 전쟁에 무슨 용기로 오겠다고 말하는지 도저히 짐작이 가지 않았다. 심지어 이다는 그 무모한 뜻을 따르고? 미치고 팔짝 뛸 노릇이었다.

둘째로, 스트레파르로 오는 이유가 몹시도 의심스러웠다. 외르타는 일부러인 듯 스트레파르 방문 목적을 말하지 않았다. 고향 땅을 밟아 보고 싶어서라거나, 전쟁터를 다시 구경하고 싶어서라거나, 여러 핑계를 댈 수 있었는데 결국 아무 말도 하지 않길 선택했다. 앙히에는 바보가 아니었다. 그녀가 말하지 않았기 때문에 더 정확히 알게 되었다.

외르타는 형님을 만나러 스트레파르에 오고 있었다.

선언하자니 너무 이상했다.

그들은 전쟁이 끝나고 언제든 만날 수 있었다. 그런데 지금 구태여, 온 딤니팔을 가로질러 얼굴을 보겠다는 것이다. 왜? 앙히에는 대답하기 두려웠다. 그러나 기억이 간질간질하게 새어 들어왔다.

"외르타가 답을 줬다고?"

"그래."

형님은 외르타가 '답'을 주었다고 확신했다. 그가 혼인을 끊어 내는 모습을 보자면, 그 '답'이 무엇인지는 공히 짐작되는 바가 있었다.

외르타가 고개를 끄덕인 것이다. 심지어 형님은 모르겠지만, 알론조 캄비에서 스트레파르로 올 정도로 크게, 고개를 끄덕인 것이다.

믿기지가 않았다. 어쩌면 자신이 그녀의 마음을 지나치게 확신했던 것인지도 모르겠다. 외르타가 다시는 누군가를 사랑할 수 없다고 생각했다. 그렇게 호언장담했던 것이 그리 먼 과거도 아니었다. 그가 종기사로서 오스페다를 떠나던 마지막 만남에서도 철석같이 믿고 있었다. 외르타는 최초로 재회했을 당시보다 편안해 보였지만 그뿐이었다. 미친 사람이었다가, 정상적인 인간이 되었을 뿐이다. 애정을 준다는 것은, 그 모든 일을 겪고도 마음을 연다는 것은…… 그 이상이다. 정상적인 인간을 넘어 존경스러운 이가 되는 것이다.

외르타가 진심으로 형님을 받아들일 예정이라면 앙히에는 어떻게 행동해야 할지 도무지 알 수가 없었다.

물론 감정적으로는 끔찍이도 싫었다. 굳이 일생일대의 연애 없이 살아가는 자신, 혹은 많은 사람들이 있는데 외르타가 또다시 그 굴을 지나가야 한다고 생각하지 않았다. 불필요한 사족이었다. 그것도 그 상대가 형님이라면 두 번 이야기할 필요가 없었다.

형님 때문에 리베 몬테가 자살했다. 옛날 일이라고? 아니. 조금 나아지긴 했지만, 여전히 형님은 무심하고 잔인한 이였다. 앙히에는 어떤 한 사람에게만 바뀌는 성정은 환상에 불과하다고 믿었다. 외르타만을 특별히 위한다면 그것은 성격이 아닌 태도를 바꿀 뿐으로, 언젠가는 바람에 풍화되어 다시 맨바닥이 드러날 것이다. 앙히에는 형님의 맨바닥을 좋아하지 않는 편이었다. 자신처럼 건강한 사람도 그럴진대, 외르타라면 어떻겠는가? 앙히에는 제 일이 아닌데도 겁이 났다.

앙히에는 외르타에게 보낸 편지를 기억했다.

내가 한순간 미쳤나 봐. 알로지아드 위에서 오만 잡생각이 다 나더라니까. 그런데 도망치니까 또 바닥없이 고민하게 되더라. 어느 길에서도 만족하지 못했다는 사실을 깨닫곤 결국 돌아왔어. 그러면 적어도 내 입으로 뱉은 약속만큼은 지킬 수 있는 셈이니까.

네게는 미안하다는 말 외엔 입이 열 개라도 할 말이 없군. 나 때문에 오해받아 고초를 당한 것, 그리고 내가 죽었다고 생각해서 힘들었던 것. 그런 고통은 저울로 잴 수 없기 때문에 더욱 사과하고 싶다. 미안해.

군령에 의거, 정확한 위치를 밝히긴 어렵지만, 어차피 이 거대한 군영이 어디에 있는지는 숨길 수 없으니 얼추 말해 줄게. 아직 스트레파르는 아니야. 하지만 정말 다음 달이라도 스트레파르에 서 있을 수 있어. 공성전이 길어지지만 않는다면 말이지. 그러니 형님을 만나기 위해 이쪽으로 방향을 잡고 있다면 잘하고 있는 거야. 일정도 걱정하지 마.

지금은 어디쯤 있어? 편지 받으면, 이다한테 주기적으로 좀 갱신해 달라고 해. 네가 매번 내 편지에 빠릿빠릿하게 답장하지는 않을 거 아니야. 소식을 보내지 않아도 난 네 위치가 궁금하다고.

군영에 들어올 수 있을 거야. 두 가지 길이 있는데 선택해. 형님 방문객으로 정식 허가를 받는 방법과, 군과 계약한 상단의 주인인 욜란다 그네젠의 시중인으로 몰래 들어오는 방법이 있지. 너 좋을 대로 고르면 되지만, 형님에게 비밀로 해 달라는 것을 보면 아무래도 후자일 거야. 마음대로 해. 나는 함구할게.

그간의 이야기를 해 줘. 알론조 캄비나, 여행길 같은 것들. 네가 오스페다가 아닌 딤니팔에 느낀 감상이 궁금하다.

미안한,

앙히에.

앙히에는 외르타의 선택에 왈가왈부하지 않았다. 대신 비겁하게도, 그녀가 발렌시아를 만나기 위해 오고 있다는 사실을 모르는 사람이 없는 것처럼 서술했다. 둘 간에 유대가 있다는 소문이 딤니팔에 자자하다고. 반쯤은 사실이었다. 형님 감정을 모르는 사람이 없으니, 적어도 절반은 진실인 거지.

아무튼 자신이 그리 말하면 외르타가 뒤늦게 본인이 어떤 선택을 했는지 깨닫지 않을까 희미하게 기대했다. 어쩌면 빠르게 후회하고, 그녀가 스트레파르에서 진짜 하려고 했던 일을 고백할지도 모른다. 그리고 자신에게 상담을 요청해 올지도 모른다. 그러면 그는 정당한 권한으로 외르타에게 대답해 줄 수 있을 것이다.

대체 여기 왜 오는 거지? 형님의 청혼을 거절했다고 들었는데 설마 그것을 돌이킬 예정인가? 앙히에는 생각하는 순간 그 구덩이 속으로 굴러떨어졌다. 타당해 보였다. 세상에, 맙소사. 하지만 형님은 전혀 모르고 있는데! 본인은 결혼하지 않겠다고 고집 피우곤 벌써 다른 계승자를 따져 보고 있는데! 네가 청혼을 받아 주겠다고 말하면 형님은 기절하지 않을까? 아니, 그런데 여기서 후계자를 같이 생각해도 되나? 네가 아이를 가질 수 있어?

앙히에는 고삐 풀린 망아지처럼 날뛰던 생각을 부여잡았다. 아이라는 단어를 내뱉는 순간, 누군가 새차게 뺨을 갈긴 것 같았다. 실제로도 입 안이 충격으로 얼얼했다.

하지만 제 안의 수치도 모르는 부분이 다시 한번 읊조렸다.

죄렛을 그렇게 먹었다고 했잖아. 또, 군의 의원이 판정 내린 셈이잖아. 가능할 리가 없지. 바뀌는 것은 공비公妃 자리뿐이고, 후계자에 대한 고민은 여전하겠지.

공비라니.

앙히에는 제가 내뱉고도 어처구니가 없어 웃음을 터뜨렸다. 외르타가, 공비라니! 흰 혼례복을 입고 라퀼라에 들어 전쟁터에 나가는 형님을 배웅할 거라고?

그는 킬킬거리다 못해 길가에 나동그라질 뻔했다.

더듬더듬 걸어, 자멘테 경에게 명령을 완수했다고 보고했다. 목소리에 여전히 웃음기가 서려 있어서, 자멘테 경이 의아한 듯한 표정을 지었다. 물론 그녀는 구태여 캐묻지 않는 품위를 가진 사람이었다. 앙히에는 예를 표한 뒤 군영으로 돌아가겠다는 허가를 받았다.

그녀에게서 등을 돌리자 꾹 참았던 웃음이 다시 새어 나왔다.

말을 타서도 제대로 입을 다물지 못하는 바람에 턱이 다 깨질 뻔했다. 외르타가 선택했으니 존중해야겠지만, 청혼까지 저지른 사람을 용서한다면 아무래도 각오하는 바가 있지 않을까? 예를 들어 솔 미라이에에 든다는……. 하지만 제 눈에 흙이 들어와도 형님이 외르타를 '아내'라고 부르는 꼴을 용납할 수 없었다……. 무슨 소리야? 네 권한이야? 아니, 나는 단지…….

앙히에는 제 뺨을 툭툭 쳤다. 정신 차려라.

이 일련의 생각은 가파른 언덕 같아서, 한 번 발이 미끄러지면 끝없이 굴러떨어지곤 했다. 아까도 똑같은 생각을 하다가 영문도 모르는 형님을 닦달한 것이 아닌가.

전혀 그럴 시점이 아니었는데, 기어이 '외르타를 사랑하는 것이 부끄럽다'는 대답을 들었다. 먼지 날리는 땅을 파헤쳐 못생긴 굴을 발견했다. 부끄럽다는 말이 새삼 놀랍지는 않았다. 하지만 형님이, 외르타를 사랑하는 기분이 어떻냐는 질문에 무던히 대답했다는 사실이 제 발작적인 혼란을 멈추었다. 형님은 선택했다는 사실을 숨기지 않았다. 외르타 역시, 명명백백하게 스트레파르로 오고 있었다.

앙히에는 한마디도 할 수 없었다. 그들이 선택했기 때문이다.

기억해. 그것이 내가 나아간 방향이었지 않나. 남을 넘겨짚지 말고 그들의 선택을 존중할 것. 마음속 웬 비틀린 괴물이 불평하고 있어도, 절대 목구멍 바깥을 넘지 못하도록 짓누를 것.

"……."

앙히에는 군영 앞에서 서서히 말을 멈추었다. 마구간 병사에게 말을 맡기고, 비척비척 천막을 찾아 들어갔다. 자신은 개인 천막을 쓰는 유일한 종기사였다. 형님이 싫어하셨지만 자멘테 경이 설득했다. 앙히에가 불가피하게 기밀을 다룰 경우를 대비해 따로 두자고.

물론 그 뒤 자신이 받은 것은 외르타의 편지 한 통 정도였다.

혹은…….

앙히에는 탁자 위에 놓여 있는 새하얀 종이를 발견했다.

달려가 편지를 낚아챘다. 그는 바닥에 못 박힌 채 외르타의 새로운 답장을 읽었다.

미안하다는 사과는 네 입으로 또 들을 거란다. 각오하렴.

이다에게 가끔 우리 위치를 전해 두라고 말했어. 이다가 사흘에 한 번씩 지명을 적어 보내겠대. 안부 인사는 없을 테니 기대하지 말라더구나.

알론조 캄비는 도저히 편지로 담을 수 있는 수준이 아니야. 나는 이제 그곳이 왜 대륙의 눈인지 안단다. 좋은 사제들, 평온한 시간과 멋진 풍경이 있지. 캄비에 있던 반년 동안 난 정말 근사한 사람이 되었어. 캄비를 내 은인이라고 부르고 싶을 정도지.

여행길도 재밌어. 발미레 백작의 외유가 비밀은 아니지만, 내게 관심 있는 사람이라곤 전혀 없어서 자유롭게 돌아다닐 수 있구나. 지금은 알로지아드 살렘에서 누구 소식을 기다리느라 머물고 있다. 큰 도시들은 재미있어. 귀족들이 평민처럼 길가를 오가고, 장사치들은 귀족만큼 차려입었고. 동 몇 전이라도 벌기 위해 코를 베어 갈 준비가 다 된 시장 때문에 이다가 짜증을 많이 내고 있단다. 딤니팔 중부가 가 본 곳 중 최고로 천박하다나. 하지만 재밌는 걸 어쩌겠니.

군영에 들어갈 수 있다면 이다와 네 도움을 받는 게 좋겠다. 그렇게 생각하고 있으마.

답장을 기다리며,

외르타.

앙히에는 편지를 바닥에 내팽개쳤다가, 다시 고이 주워 왔다.

외르타는 의도적으로 형님 이야기를 안 하고 있었다! 너무 당연한 사실을 말했기 때문이거나, 아니면 너와 나눌 가치가 없는 감정이라고 생각했거나. 아무튼 형님을 만나러 스트레파르에 오는 것인지 묻는 제 속삭임은 완벽히 무시당했다.

왜냐하면, 정말, 진짜, 사실이기 때문이겠지.

그녀는 오로지 형님을 위해 서쪽으로 향하고 있었다. 벌써 살렘이라고? 거의 절반을 왔네. 여유 있게 온다면서 대체 뭐가 이리 급해?

앙히에는 두려움에 떨었다. 외르타가 공비가 될지도 몰라. 형님은 심기일전 승전 협정을 마무리하여 그녀를 맞이하겠지. 선남선녀, 흰 라퀼라. 그들이 그런 엉뚱한 제도 아래 들어간다니 당황스러웠다. 혼인을 하기에 두 사람은 정말 이상한 사람들이었다.

앙히에는 급하게 답장을 휘갈기다, 첫 문장 만에 멈추었다.

그래서 정말 형님을 보러 온다고?

그는 주저했다.

편지를 덮은 채 천막을 떠났다.

외르타는 여관 문을 두드리는 소리에 반색했다. 욜란다는 또다시 업무를 보러 나갔고 시르드는 갑작스러운 복통에 정신을 못 차리겠다며 제 방에 틀어박혀 있었다. 그렇다면 자신에게 용건이 있는 사람이 둘일 리 없었다.

그녀는 반갑게 문을 열었다.

예상했던 대로 며칠 전 편지를 부탁했던 알로지아드 살렘의 관리소장이었다. 그는 먼저 깊숙이 예를 표한 뒤 두 손으로 편지를 바쳤다.

"답장을 받자마자 바로 달려왔습니다. 바깥에서 기다릴 테니, 혹시 편지를 더 부치실 예정이시라면 불러 주십시오."

"응. 나가 있거라."

그녀는 그가 나가자마자 얇은 봉투를 뜯었다. 기대하지 않았다면 거짓말이다.

편지는 짧았다.

당신에게 멋진 앞날이 기다리고 있기를 빕니다.

바냐 미쇠.

외르타는 침대에 걸터앉았다. 다시 한번 읽었다.

당신에게 멋진 앞날이 기다리고 있기를 빕니다.

바냐는 알론조 캄비에서 떠나던 날, 같은 말로 작별 인사를 했다.

완곡한 거절이었다. 사제는 그녀를 만날 생각이 없었다.

갑작스레 억울해졌다. 작별하던 때, 바냐는 늦지 말라고 덧붙였다. 이토록 급히 나왔건만 여전히 늦었다는 말인가? 아니면 자신이 달려올 줄은 꿈에도 상상하지 못해 내뱉어 본 빈말이었던가?

외르타는 글자를 하나하나 짚어 보았다. 어쩐지 바냐의 필체를 처음

보는 듯한 기분이 들었다.

내가 멋진 삶을 살길 바란다고.

이제 어떤 사람들은 나아갈 수 없다는 사실을 알고 있었다. 그이에게 강요할 수 없다는 사실도 잘 알았다. 하지만 여전히 억울했다. 죄인들은 너무도 쉽게 스스로를 마무리 짓고 좋은 이들만 상처 입는 세상이라고 생각했다. 죄를 저질렀다면 가장 나쁜 경우라도 그저 죽고 말지, 슬픈 사람들처럼 길게 길게 고통받지 않았다.

바냐는 그녀 인생의 관계를 본인 잘못으로 잃었다는 생각에서 회복되지 못했다. 또한 다리뼈를 부수던 고문에서 회복되지도 못했다. 그녀의 빈 그릇 같은 시선, 캄비 곁에서 나눴던 대화가 똑똑히 기억났다. 특히 몹시도 자신을 할퀴던 문장…….

"저는 제게 아주 많은 기대를 했습니다."

조금 눈물이 날 것 같았다. 바냐는 그 말 속에서 스스로 언젠가 희망을 품었음을 알려 주었다. 알론조 캄비에 들어와 가까스로 한 줄기 빛을 보았을 텐데, 알고 보니 빛이 아주 멀리 있었던 것이다. 천장이 높아 허우적거린들 닿지 않았으리라. 빛과 자신 사이, 그 텅 빈 공간만큼 그녀를 압도하는 무게가 없었으리라. 실제로 그녀를 찢어 놓은 고통보다 그 절망이 사람을 미치게 만들었으리라.

외르타는 그 같은 기분을 잘 알았다. 포티미의 끝자락, 아델의 말에서 희망을 찾았다. 겨우 일어서 걸어갈 수 있었다. 그처럼 나아졌으니 앞으로도 가능하리라 철석같이 믿었다. 그런데 진창에 고꾸라져 발목을 분질렀다. 허겁지겁 일어나려다 다시 얼굴을 개흙에 처박았다. 그대로 숨이 막혀 죽었다. 신이 얄궂게도 삶을 돌려주지 않았더라면 제게 또 다른 기회가 오지는 않았을 것이다. 그대로 생을 마감했으리라.

바냐처럼.

외르타는 펜을 들었으나 아무 단어도 쓰지 못했다.

펜을 내려 두었다. 눈가를 짚었다. 눈물이 찔끔 났다. 기분이 이상했다. 생판 남을 위해 울고 있었다. 자신은 그녀가 어디 출신인지도, 나이가 어떻게 되는지도, 신체 어디에 고통이 있는지도, 부모와 형제, 벗을 얼마나 잃었는지도 모른다. 같이 있었던 기간도 고작 몇 달, 그나마도 필요한 시간에만 보고 제대로 된 이야기를 나눈 적이 드물었다. 알론조 캄비 옆에서의 대화가 거의 유일한 기억이었다.

하지만 그녀를 알았다. 그녀를 도울 수 없다는 사실도 이해했다.

마치 옛날이 다시 닥친 듯 고통스러웠다. 하지만 스스로가 아니라 타인을 느껴 아팠다. 자신은 온전히 유지한 채로 남의 비명에 눈물이 났다. 뼈까지 드러난 상처에 감히 손대지 못하고 엉엉 우는 좀팽이가 되었다.

종이에 눈물이 떨어졌다. 외르타는 급하게 비벼 지웠다. 그러나 이미 얼룩진 종이가 다시 하얘지지는 않았다. 그녀는 신경질적으로 종이를 구겨 던지곤, 새로운 편지지를 뽑았다. 그러나 손이 미끄러져 잉크를 온통 쏟고 말았다.

"아……."

외르타는 허탈하게 한숨을 쉬었다. 책상이 온통 엉망이 되었을뿐더러, 마지막 남은 잉크병인지라 돌이킬 방법이 없었다. 종이는 어느새 거뭇거뭇하게 모든 잉크를 빨아들였다.

그녀는 한참 동안이나 멍하니 있었다. 잉크가 바짝 마를 때까지.

갑작스레 고개를 저었다. 자리에서 일어섰다.

문을 벌컥 열곤 바로 앞 의자에 앉은 관리장을 불렀다.

"통을 엎어서 그런데, 혹시 지참하고 다니는 잉크가 있니?"

"아…… 예."

그는 얼룩덜룩한 그녀의 얼굴, 쉿물에 담근 듯한 치마를 보고 놀란 모양이었다. 그러나 착실하게 잉크를 건넸다. 외르타는 문도 닫지 않고 돌아서 간이 탁자로 향했다. 간결하게 편지를 마무리 지었다.

편히 정리할 수 있기를 바라.

외르타 아델라이데 기워 얀 발미레.

겁쟁이처럼 희망을 끼워 넣었다. 삶을 정리하지 않고 마음을 정리하길 바란다는 바람을 숨길 수 없었다. 하지만 최선이었다. 나중에 언젠가, 정말 만에 하나 몸을 돌린다면 자신을 쉬이 찾을 수 있도록 이름도 덧붙였다. 이름을 돌려받은 자신에게는 새로운 보금자리가 있을 테니까, 그곳으로 찾아오면 돼. 말해 둔 셈이다.

외르타는 편지를 접어 관리장에게 건넸다. 이번에는 답장을 기다리지 않아도 좋다고, 나는 곧 살렘을 떠날 거라고 말했다. 그는 분부를 받들겠다며 떠났다.

그녀는 오후 내내 침대에서 우울하게 지냈다. 잉크에 진창이 된 치마로 고급 여관을 더 망칠 수 없어서, 속옷 차림으로 이불 속에 구겨져 있었다.

욜란다가 돌아와 기겁을 했다. 책상은 하인들이 바로 치워 귀한 자재에 검은색이 배지 않았지만, 거뭇거뭇한 옷을 정돈하지 못했기 때문이다. 옷은 벌어진 잇몸처럼 바닥에 내팽개쳐져 있었다.

“백작님! 무슨 일이 있으셨어요?”

외르타는 이불을 확 걷어 내며 앉았다. 욜란다는 인상을 살짝 찌푸렸다.

“옷은 왜 이러고, 또 왜 속옷 차림이세요? 곧 하녀들이 저녁을 들고 올 텐데요.”

“내가 찾던 사제에게 답장을 받았어. 우린 더 이상 살렘에 머물 필요가 없단다. 다시 서쪽으로 가자.”

"……만나기 싫으시대요? 미리 약속하셨던 것 아니었어요?"

"나는 약속했다고 생각했다. 하지만 아니었을 수도 있지. 아무튼 당황해서 잉크를 쏟았어. 저녁은 안 먹을 거야."

그녀는 속사포처럼 말했다.

욜란다는 단호한 태도로 의자를 끌어왔다.

"첫째, 살렘은 내일 떠나는 것으로 준비할게요. 둘째, 저녁은 드셔야 해요. 제가 저녁을 들고 올 테니, 옷은 입지 않으셔도 되어요."

"먹기 싫어."

"제 얼굴을 봐서라도 드셔 주세요. 내일 길을 떠난다면 속을 든든히 하셔야 해요. 아시겠지만, 아무리 따뜻한 음식이라도 길에서 준비하는 재료에는 한계가 있어요. 저는 백작님께서 좋은 것으로만 꽉 찬 상태로 여행길을 떠나길 바라요. 알로지아드 보에르가는 일주일이나 더 가야 한답니다."

외르타는 문득 이다의 얼굴을 돌아보았다. 보기 좋게 긴, 사람을 차분하게 만드는 입술을 바라보았다. 낮은 목소리, 애정 어린 설득. 바짝 마른 마음에 물기가 스몄다.

"기분이 안 좋아……. 하지만 이다가 원한다면 먹을게."

"감사해요. 부드러운 음식으로 가져올게요."

외르타는 나뭇잎에 잉크를 문질렀다. 알로지아드 한복판에서 펜촉에 잔뜩 묻은 잉크를 다듬으려면 별수 없었다. 좁은 간이 탁자에 나란히 놓인 친구의 편지와 제 흰 편지지를 번갈아 보았다.

편지의 첫머리는 종이가 찢어질 정도로 검게 물들어 있었다. 잘못된 단어를 썼으면 좀 깔끔하게 교체할 것이지. 그녀는 혀를 찼다.

■■■■■■■■■■■■■? 알로지아드 가도에서 사정은 잘 살펴 주고 있겠지? 네가 비밀이라고 말하니 참, 어디 부탁할 곳도 없어서 불안하군. 하지만 이다가 알아서 잘할 거라고 믿는다. 안 그래도 이다에게 아직 살렘에 있다는 소식을 들었어. 벌써 살렘이면 엄청 빨리 온 건데, 좀 오래 오래 쉬어도 되지 않나?

알론조 캄비를 좋아할 줄 알았어. 대사제를 만났나? 나는 소문으로만 들었는데, 혹시 해서 물어봐.

우리는 스트레파르트 공성전을 앞두고 있어. 반년 넘도록 평지에서만 싸우다가 갑자기 어이없게 이를 세운 협곡, 불뚝 솟은 성과 싸우려니 준비할 게 많다. 지금까지 굉장히 빨리 군사를 전진시킨 만큼 공성전도 속전속결로 끝내겠다는 것이 모두의 의지인데, 그게 마음처럼 잘될지 모르겠어.

나는 스트레파르트를 내 손바닥처럼 알고 있어서 누구보다 바쁜 편이지. —물론 리비의 근거지였기 때문에 아는 것이 아니라, 상인으로서 오갔기 때문에 안다고 말하고 있어— 여기저기 나불대고 다니며 저놈의 성이 얼마나 철옹성인지 홍보를 하는데 아무도 받아쓰지 않더군. 자꾸만 개구멍이 있냐, 없냐……. 당연히 배수구야 있지! 그런데 그쪽으로 들어가면 함정에 줄줄이 목이 꿰일 거야. 그건 내 두 눈으로 직접 확인한 거고, 풍문에는 심지어 배수구가 이어지는 시내에 식인 물고기가 산다더군. 자주 거슬러 올라와 침입자의 사타구니를 물어뜯는다나. 아무튼 대비책을 마련하기 전까지 그쪽으로 들어갈 생각은 하지도 말라고 단단히 일러두었지.

빈틈이 없다면 정공법을 써야 할 텐데, 나도 제대로 된 공성전은 한 번도 겪어 보질 못해 걱정이 많다. 싸움이 얼마나 길어질지 잘 모르겠어. 기사들이 손가락만 빨고 있는 시기도 겨우 며칠 겪었지만 벌써 진저리가 나고. 직접 일하는 건 쥐뿔도 없이 본인들도 태어나서 처음, 아니면 두 번째 정도로 만드는 공성무기에 이래라 저래라 한다니까? 회전에서는 기사들이 죽어나가니 콧대를 높여도 혀나 차고 말았지. 지겹다. 빨리 끝났으면 좋겠다.

딤니팔이 스트레파르 이상으로 욕심을 내지 않는단 건 이미 공공연한 사실이지. 그래서 나도 우선은 스트레파르 공성전이 이번 전쟁을 마무리 지을 거라고 믿고 있어. 즉, 스트레파르 공성전이 끝나면 나는 자유의 몸인 거야.

아, 물론 형님은 무슨…… 서부에 뼈를 묻을 기세로 일하고 있으니 짐작하건대 전후 처리도 맡으실 것 같다. 그러니 좀 늦게 와도 돼. 여유 부리면서 늦게 와. 하필 위험한 대게외보르트전에 와야 하나 고민도 좀 해 보고. 북부 산맥은 구경해 봤어? 아주 멋지다고.

북부 산맥이 멋지다는 사실을 알고 있는,

앙히에.

외르타는 한숨을 쉬었다.

앙히에는 자신이 발렌시아를 만나러 가는 것이 당연하다는 듯 이야기했다. 지난 편지에 제가 가타부타 응답하지 않았음에도, 또 똑같은 암시를 하고 있었다. 형님은, 형님이, 형님을 만나려면……. 마치 내가 그걸 궁금해하기라도 할 것처럼 말이지. 대체 다들 어떻게 입방아를 찧고 있기에 이다도, 앙히에도 확신하고 있는 거지?

그녀는 콧등을 찡그렸다. 발렌시아가 '서부에 뼈를 묻을 기세로 일하고 있다'는 문장을 짚었다. 그의 맹세를 기억했다.

열과 성을 다해 승리를 거머쥐겠습니다. 당신의 남은 생이 안전하지 않다면 제 삶 역시 위태롭기 때문입니다.

그 편지에 답장하지 않았다. 더 이상 공중에 띄울 말이 없었기 때문이었다. 자신은 말 대신 그에게로 가고 있었다.

외르타는 문득 정신을 차렸다.

"아, 앙히에, 정말."

괜히 앙히에에게 성을 냈다. 네가 쓸데없이 발렌시아 이야기를 자주 해서 그래. 그녀는 그가 형님을 언급하는 만큼 입을 꾹 다물기로 했다. 애초에 제 속에서도 정리가 되지 않은 이야기였다. 이다에게조차 어떻게 조리 있게 설명하질 못했다. 그러니 궁금해서 안달이 나 있는 상대에게는 더더욱 꿈쩍도 안 하고 침묵할 작정이었다.

고해하자면 외르타는 정말 아무 계획이 없었다.

발렌시아를 만나면 무슨 말을 해야 하나? 짧은 인사, 여행길에 대한 이야기, 그리고? 그에게 내가 간다는 소식을 전하지 않은 이유는 무엇일까? 제 속에 소리쳐 물어도 잘 몰랐다. 단지 그를 만나겠다는 마음만 소용돌이처럼 맴돌았다.

그녀는 더 생각하지 않기로 했다. 일생일대의 결정도 아닌데 손가락 접어 가며 이유를 꼽고 싶지 않았다. 이유를 마련하려 애쓸수록 제게 더 무거운 짐이 될 뿐이었다. 산책을 나가듯 서성이고 싶었다. 제 마음처럼, 딱 그 정도였다.

외르타는 선심 쓰듯 펜을 쥐었다.

무슨 살렘에 평생 가둘 속셈이야? 아니, 살렘이 뭐니, 북부 산맥을 여행하라고? 네 속셈이 뻔히 보이는군. 대체 내가 스트레파르로 가는 게 얼마나 싫으면 계속 징징대는 거야? 이유라도 똑바로 말하면 경청해 주마. 하지만 네가 그만큼 용기 있는 사람이란 생각이 안 드는구나.

난 엿새 전 살렘을 떠나왔단다. 보에르가가 코앞이야. 지금 먹고 있는 점심을 해치우면 해가 지기 전에 도착할 거란다. 보에르가는 예쁜 호수를 곁에 두고 있어 휴양지로 유명하다고 들었어. 알론조 캄비만큼은 아니더라도 꽤나 넓은 호수인지라 심지어 등대가 있다고……. 음, 내가 왜 설명하고 있지? 네가 먼지 뭉치처럼 굴러다녔을 길인데.

알론조 캄비 이야기를 물어봤으니 말인데. 그래, 난 대사제를 만났어. 아무래도 왕의 골방 손님으로 여겨졌나 봐.

대사제에 대해 설명하고 싶지는 않다. 대사제는 분명 사람을 꿰뚫어 볼 수 있단다. 다만 누구나 그렇듯 나만 폭로당하는 건 언제나 불쾌한 일이지. 과거는 내 밑동을 지탱하는 흙과 같아서, 뿌리가 드러날 것을 각오하고 나누는 것이야. 혹 덜어 가고자 한다면 그만큼 그의 바탕을 대가로 받아야겠지.

대사제는 그러지 않았어. 나는 '에쎄씨나'라는 호칭이 그녀의 진짜 이름이 맞는지도 의심스러워. 내가 본 것이 그녀인지도 잘 모르겠어. 차라리 머리에 후광을 두른 신처럼 보였더라면 나름대로 수긍했을 텐데, 그토록 평범한 인간이 스스로를 감추고 날 아는 체하니 견디기 힘들더구나. 앙히에, 대사제에 대해 궁금해하지 말렴. 그럴 가치가 없어. 나는 신과 대화하기보단 인간과 대화하면서 더 많은 것들을 배웠단다. ―물론 너 같은 멍청이와 대화하면서는 딱히 배울 게 없지만―

각설하고, 조심스레 충고하건대, 스트레파르의 구조를 잘 안다면 그래도 조금은 딤니팔에 고해해 보렴. 그 편이 불필요한 소모전을 줄이지 않겠니? 네 말마따나 딤니팔이 스트레파르에서 전쟁을 마감할 생각이라면 특히나 말이야.

나는 아직도 이 전쟁이 왜 벌어져야만 했는지 잘 모르겠다. 내 목숨은 아주 작은 조각이야. 발터가 정말 나를 걱정했다면 어수대로 깔끔하게 끝냈겠지. 뤼페닝보다 더 간편하게 나를 죽였을 거야. 하지만 그러지 않았어. 요란하게 선전 포고를 해 댔지. 대체 왜? 지금 결과를 보면 무력에 자신이 있던 것도 아닐 텐데? 참 알 수가 없구나.

아무튼 그렇기 때문에 전쟁이 빨리 마무리되었으면 좋겠다. 발터가 무엇을 목표로 하고 있든 그의 계획이 실패해 가는 모습을 보기가 힘들다. 물론 그가 성공한다면 내가 죽겠지만, 그런 뜻이 아니라는 건 잘 알지? 길게, 부끄럽게 패배하는 모국을 차마 보기 힘들 뿐이다. 그들이 이기길 응원하지는 않지만, 수치스럽지는 않았으면 좋겠어. 그것이 내 마지막 바람이란다.

그 과정에서 네가 예상보다 빨리 자유의 몸이 되면 앓던 이를 뺀 기분도 들 것 같구나. 드디어 종기사직을 마쳤으니 썩 꺼지라고 말할 수 있어 기쁘다. 다시는 딤니팔 귀족 운운에 발끝도 담그지 말라고 덕담해 줄 수 있겠어.

북부 산맥은 안 갈 거야. 꿈도 꾸지 말렴.

스트레파르 소식을 기다리는,

외르타.

앙히에와의 편지는 발렌시아와 주고받는 것과는 또 다른 맛이 있었다. 발렌시아에게 건네는 모든 단어가 제 살 같다면, 앙히에에게 건네는 단어는 너털웃음 같았다. 둘 다 적잖이 소중했다.

외르타는 편지를 접어 시르드에게 넘겼다. 그는 무관심한 태도로 줄레줄레 사라졌다.

그녀는 손뼉을 치며 자리에서 일어섰다.

"이제 그만 가자!"

"점심 식사를 다 드실 때까지 아무 데도 안 갈 겁니다!"

"이다, 날 못 믿니?"

"시르드!"

"그만 좀 부르십시오! 바빠!"

"쓸데없는 소리 하지 말고 백작님 그릇을 치워 드려! 떠날 준비를 해야지!"

외르타는 남은 빵을 급하게 입에 쑤셔 넣었다.

어느새 손에서 편지가 사라진 시르드가 코앞에 서 있었다. 그는 캑캑거리는 외르타를 모른 체했다. 대신 빈 그릇을 확인하곤 성의 없이 회수했다.

"아, 후식도 있는데 잠시만요."

"아니, 그만, 그만. 배부르다. 그만."

"그렇지만 소상께서—."

외르타는 도망쳐 마차 문을 잠갔다.

그들은 예상보다 조금 늦은 시간에 보에르가에 도착했다. 성안이 한낮처럼 밝기에 깜짝 놀랐다. 순간적으로 쇼렘이 떠올랐으나, 보에르가는 고도가 훨씬 낮았다. 구석진 곳에 웅송그린 본성을 발견하기도 참 어려울 정도였다.

그보다 눈길을 끄는 것은 멋진 등대였다. 성 바깥 호숫가, 돌들이 큰 말발굽 모양으로 쌓여 있었다. 그 위로 사람 여섯 명 높이의 등대가 보였다. 등대 꼭대기에선 불이 일렁였는데 꼭 유리 속에 별이 든 것 같았다.

외르타는 구경하겠다며 재빨리 걸음을 옮겼다. 시르드와 방랑 기사가 따라붙었지만 신경 쓰일 정도는 아니었다.

초저녁 등대 아래에는 멀리서도 귀하게 차려입은 사람들이 많이 보였다. 아니, 그들뿐이었다. 귀족 휴양지라더니 정말인가 보다. 호숫가 옆, 값비싼 돌로 지은 별장의 주인인 모양이었다.

정말 기기묘묘한 조합이었다. 성 바깥이 안쪽보다 더 화려한 모습은 상식 외였다. 외르타는 그제야 이 자리가 딤니팔에 폭 파묻혀 나태한 중앙이라는 사실을 실감했다. 몇백 년 동안 피 묻은 칼이라고는 듣도 보도 못한 것이다. 찬찬히 둘러보자니 오히려 성벽보다 바깥을 오가는 병사가 더 많은 듯했다.

가까워지는 등대를 살폈다. 등대의 나무 문은 굳게 닫혀 철로 막혀 있었다. 아무래도 꼭대기 불은 사람이 직접 기어 올라가 붙이는 모양이다. 그 지경으로 불안정하면 도저히 호수 위 배를 인도할 수 없지 않을까? 오로지 이 아름다운 광경을 위한 빛—.

"죄송합니다. 들어가실 수 없습니다."

그녀는 예상치 못한 공격에 우뚝 섰다. 등대를 눈앞에 두기는커녕, 겨우 이 멀리서 문의 재질이나 판단할 수 있을까 싶은 거리였다.

"뭐?"

질문은 생각보다 더 날카롭게 들렸다.

"들어가실 수 없습니다. 증명을 보여 주십시오."

"왜 허가를 받아야 하지? 트인 장소잖아."

"적절한 권한을 받으신 분만이 출입하실 수 있습니다."

"알로지아드에 붙은 도시에서 여행객을 거절하는 건가?"

"알로지아드에 근접한 도시이지, 알로지아드 소속은 아닙니다."

누군가 킬킬대는 소리가 들렸다.

외르타는 인상을 찌푸리며 시르드를 돌아보았다.

"아, 아니……. 죄송합니다. 여기 주인이 누구신지 여쭈어보십시오."

"네가 대답해."

"아니요, 백작님. 보에르그가의 사병이 대답하는 편이 훨씬 재미있으실 겁니다. 대답해."

그녀를 막은 병사, 혹은 관리인은 '백작님'이라는 소리에 얼어붙었다. 그러나 곧이어 대답하라는 말에 용기를 회복한 모양이었다. 그는 굽었다가 다시 서는 듯 기이하게 자신만만한 태도로 대답했다.

"보에르그가는 미라이예 산하의 자유도시입니다. 딤니팔 유일 공작가의 명을 받들어 기허가받으신 귀족분들 외의 호숫가 접근을 금하고 있습니다. 좋은 풍광을 보존하기 위한 선택입니다."

외르타는 거뭇거뭇한 하늘을 바라보았다. 한숨을 푹 쉬었다.

"아……. 시르드, 그냥 가자."

시르드의 얼굴에서 미소가 서서히 사라졌다. 그들을 가로막은 이는 끊임없이 이야기했다.

"죄송합니다, 백작님. 혹시 성함이 어찌 되시는지— 아니, 감히 성함을 여쭐 수는 없지요. 단지 미라이예 증명이 있는 문서를 보여 주시면 됩니다. 미라이예의 명을 받들어 감히 요청드리는 점 하해와 같으신 마음으로 이해해 주시길 간절히 바라겠습니다. 만에 하나 증명이 없으시다면, 가까운 미라이예 영지 대리인에게 말씀 주시면 사흘 안에 받으실 수 있을 겁니다."

대체 숨을 한 번 내쉬면서 미라이예라는 단어를 몇 번이나 쓰는지.

"됐다. 그렇게까지 간절하지는 않다."

외르타는 홱 돌아 저벅저벅 걸어갔다.

호숫가를 등지고 조금 걷자, 몇 달 만에 처음으로 시르드가 말을 걸어 왔다.

"백작님."

"그래."

"왜 말씀하지 않으셨습니까? 저희는 미라이예 휘하 상단이므로, 그네젠 소상이 얼굴을 비치었어도 가뿐히 허가받았을 겁니다. 그러니 백작님이시라면 더 쉬우셨겠지요."

"뭘 말해?"

"백작님께서는 미라이예의 객이셨습니다. 또한 공작님, 저희 상고와 개인적으로 막역하신 사이십니다."

"그게 뭐라도 된다고."

"백작님의 존함과 함께, 잉그레에서 작위를 받았노라 말씀하셨다면, 저치도 감히 입을 놀리지 못했을 겁니다. 입에 남의 이름을 달고 사는 자들이 다 그렇지요. 애초에 이런 권위를 무시할 수 있는 저런 권위를 찾고 있지 않겠습니까?"

"여기서 이름을 말하면 더 구차해지는 셈이지. 어차피 입구를 틀어막는 풍광에는 관심 없다. 알론조 캄비에서 한동안 살았는데 무엇을 또 보고 싶어 하면 그게 사치겠지."

"……."

"숙소는 이쪽이던가?"

"아니요. 이 건물입니다. 일부러 그네젠 소상이 성문 가까이 잡으신 것 같아요. 자주 외유하시라고 말입니다. 그런데 그렇게 떠나셨으니 좀 난처하군요……."

외르타는 투덜대며 여관에 들어섰다. 문전박대당한 것에 화가 나지는 않았지만, 오랜만에 참 졸렬한 딤니팔이라는 생각을 참을 수 없었다. 내 고향에서는, 심지어 대륙의 진주인 모장티조차 오는 사람을 막지 않았다. 부랑자와 귀족이 함께할 수 있었다. 대체 이런 생각은 어느 속 좁은 머릿속에서 나오는지 도무지 알 수가 없군.

"이다, 내가 방금 무슨 일이 있었는 줄 알아?"

나무 매대에 기대 있던 이다가 흠칫 놀라 일어섰다. 외르타는 매대 반대편을 슬쩍 보았으나 아무도 없어 무시했다. 빨리 떠들고 방에 들어가 쉴 생각이었다.

"글쎄, 등대 구경하는 것도 막지 뭐니. 증명을 가져오라나?"

"아, 그건 제가 가지고 있어요. 그런데 네 이놈, 시르드! 상단 표지를 안 내밀었어?"

"백작님께서 싫다고 하셨어요."

그가 직접 물은 적은 없지만, 짐작해도 무례하지 않을 정도였다. 외르타는 지위를 대가로 지불한 뒤 풍경을 즐기고 싶지 않았다. 졸렬한 딤니팔인이 되는 느낌이었다.

"아……. 알겠어요. 일부러 여기를 잡았는데. 그러면 이동합시다. 어차피 짐도 안 풀었고요."

"왜? 이왕 온 김에 있자."

"아니에요. 사실 더 좋은 곳이 있어요."

"이미 선금을 지불하셨잖아요. 돌려 달라고요? 그리고 저희보다 더 좋은 곳이 어디 있어요!"

외르타는 걸음을 멈추었다. 몸을 돌렸다.

누군가 매대에 매달려 있었다. 왜 방금 전 자신이 아무것도 보지 못했는지 뒤늦게야 깨달았다. 목소리는 채 여물지도 않은 울대에서 미끄러졌다. 매대 너머로 작은 눈썹과 이마, 머리칼이 살짝 보였다가, 다시 가라앉았다. 다시 한번 발돋움을 한다. 아주 잠깐 더 보았다. 열 살이나 되었을까 싶은 어린 소녀였다.

"엄마가 곧 돌아오실 거예요. 여러분을 놓치면 엄마한테 저 죽어요."

"얘는 무슨 과장을 그렇게 해."

"그러면 이미 손가락 도장 찍었는데 떠나겠다는 소상은 뭐 정직해요?"

외르타는 눈썹을 치켜세웠다.

"그 아이 말이 맞아. 선금을 지불했으면 남아야 하지 않겠니."

이다는 한숨을 쉬었다. 무어라 넌지시 묻더니 외르타를 돌아보았다.

"저녁을 올려 보낼게요."

대답하려는 순간, 방금 들어 온 문이 벌컥 열렸다.

단정하지만 귀한 옷을 입고 머리를 틀어 올린 여자였다. 그녀는 욜란다, 자신, 시르드, 심지어 방랑 기사들에게까지 시선을 두루 맞추며 말했다.

"마차는 잘 정리해 두었어요. 지난주, 마구간지기 두 명이 난폭한 말에 치여 준비가 미진했습니다. 대단히 죄송합니다."

"괜찮아요."

"그네젠, 감사합니다. 딸아이가 잘 안내해 드렸는지요?"

"엄마, 이분들, 떠나려 하셨어요. 그래서 제가 막았어요!"

"이런…… 말버릇하고는! 죄송합니다. 당장 사과드려, 미란돌라."

"네?"

"사과드려!"

소녀는 매대 옆으로 쑥 빠져나왔다. 억울한 표정이 얼굴 가득 묻어나왔다.

“그치만……!”

“죄송합니다. 어서!”

“저 사람들이……!”

“미란돌라!”

보다 못한 이다가 걸어 나와 모녀 사이를 막았다.

“말씀드렸어요. 괜찮아요. 애초에 선금을 지불한 뒤 떠나느니 마니 실랑이했던 제 잘못이 적지 않아요.”

“하지만 결례를 저지르고 덮을 수는 없습니다. 놀금의 작은 주인이시라면 더 잘 아실 겁니다.”

“…….”

“미란돌라, 네 예의 없는 행동을 사과드리렴. 귀한 손님께서 불편하셨다면 공손히 그 연유를 여쭈어야 한다.”

아이의 억울한 표정은 곧 분한 표정으로, 다시 억울한 표정으로, 다시 걱정하는 표정으로…… 마침내 모든 감정이 실타래처럼 엉킨 듯 눈물이 고였다. 하지만 흐르지는 않았다. 소녀는 울지 않기 위해 이를 악물고 버티는 것 같았다.

“죄송해…….”

“똑바로 말하거라.”

“죄송해요…….”

욜란다는 재빠르게 대답했다.

“괜찮아. 괜찮아.”

“용서해 주셔서 고맙습니다…….”

“그래, 돌리, 잘했다. 이제 들어가서 바르비에 아저씨를 도우렴.”

소녀는 꾸벅 인사하곤 매대 뒷문으로 달려 나갔다. 외르타는 문가에 머문 주인의 시선을 놓치지 않았다. 엄하게 야단치고도 더 오래 바라보고 있었다.

외르타는 욜란다의 눈짓을 받은 뒤에야 주인에게서 시선을 뗐다. 욜란다를 따라 순순히 계단을 올랐다. 제 동반자가 평소보다 빨리 걷고 있다는 사실을 깨달았다. 희미하게 웃었다.

방은 지금까지 머물렀던 어떤 숙소보다도 멋졌다. 감히 소귀족의 저택이라 부를 수 있을 정도로 값비싼 가구들이 품위 있게 놓여 있었다. 그녀는 곧장 푹신한 침대에 주저앉았다.

"하던 이야기를 하자면, 대체 어떻게 되어먹은 도시야? 허가를 받지 않으면 호수에 가까이 갈 수도 없다니? 심지어 미라이예에서 관리한다고?"

"……."

"이다?"

"음, 죄송해요. 잠시 다른 생각을 하고 있었어요. 뭐라고 말씀하셨지요?"

"……."

외르타는 평온했다. 그렇기에 침묵을 지킬 생각이 없었다.

"이다, 저 아이를 보고 떠나려 했지? 또, 또, 날 배려한다고."

"백작님."

"내가 여태껏 여행하며 아이들을 못 보았을 리 없잖니."

"죄송해요. 제 생각이 과했어요."

"애틋하지. 하지만 울음이 나진 않아."

"……."

"그간 내 마음은 꽤 넓어졌어. 예전에는 잔에 담긴 물도 못 되었지. 지금은 넓적한 물그릇쯤 되는 듯하구나."

그녀는 씩 웃었다.

"요사이 아이들을 보며 깨달았단다. 이제 좋은 후견인 정도는 될 수 있지 않을까."

욜란다는 천천히 미끄러져 의자에 앉았다.

"이다, 네게 내 상처를 짐작하지 말라며 화낼 수도 있어. 다만 거듭 생각해 보면……. 정말 많이 생각했어……. 생각해 보면, 사실 배려하기 위해선 넘겨짚는 수밖에 없지. 네 수고와 마음 씀씀이는 항상 고맙게 여긴다. 오늘 같은 행동은 좀 줄이면 좋겠지만, 또 모르지. 내게 생각 외로 약한 부분이 있을지도. 그래서 이다를, 나와 세상 사이의 얇은 천이라고 생각하기로 했단다. 더 경험한 사람이 혹시 모를 찬바람에서 지켜 주어 고마워."

"전하."

"부득불 캄비로 찾아온 것도 그렇고……. 참, 정말이지, 조각길에서 다시 만나던 날이 떠오르는구나. 나를 엄청 세게 안았어……."

외르타는 웃느라 말꼬리를 흐렸다. 다행히 욜란다도 따라 미소 지었다.

침묵이 미지근한 물처럼 흘렀다. 그녀는 침대를 톡톡 두드렸다. 단단하고, 안정적인 구조물의 소리가 났다. 주제를 바꿀 생각이었다. 피하려는 것이 아니었다. 오히려 무겁지 않기에 유연하게 고개를 돌릴 수 있다는 투였다.

"저녁은? 배고파 실신할 것 같아."

욜란다의 무릎에 얹힌 손이 살짝 움츠러들었다. 그러나 대답은 명랑했다.

"바로 들고 오라고 부탁해 두었어요. 귀족분들을 대우하는 데에는 잔뼈가 굵은 집이니 후회하지 않으실 것이에요."

"도시 첫인상이 너무 안 좋은데, 음식이라도 맛있으면 좋겠구나."

"딤니팔 귀족 휴양지가 다 그렇지요. 다른 나라에는 없는 풍습이니 당황하셔도 이상하지 않아요. 정확히 말씀드리자면, 즐기기 위해선 귀족이란 직위가 아니라 돈이 필요한 것이에요. 미라이에에 보에르가는 쏠쏠한 수입이니까요."

"난 딤니팔이 정말 싫다."

"저희가 참 위선적인 인간들이라 면목이 없어요. 그렇지만 전하께선 미라이예의 업무를 세세히 아셔야겠지요!"

"뭐? 내가 왜? 아니."

"미라이예는 보에르가 같은 휴양 도시를 다섯 개 더 가지고 있어요. 딤니팔에선 미라이예 산하의 도시들이 돈을 특히 끔찍하게 뜯어 가기로 유명하지요. 감히 추측하건대 공작가의 주요 수입원임이 분명해요. 그리고…… 보유 상단은 알려진 것만 두 개인데, 저희 놀금은 안 알려진 곳 중 하나지요. 저희만 한 규모를 숨겨 두셨다면 더 무엇이 있을지는 감히 상상하기 어려워요. 미라이예의 자산을 하나하나 파악하시는 건 중요해요. 특히, 아시듯, 전하께선…… 아시죠?"

욜란다의 눈이 생기로 반짝였다. 그녀의 상상력이 어디까지 뻗어 나갔는지 짐작할 만했다.

외르타는 항의했다.

"내가 발렌시아를 만난다는 게, 뭔가를 의미하진 않는단다. 말했잖니, 그만……."

그녀는 싱글벙글 웃기만 했다. 외르타는 이마를 짚었다. 진지한 이야기를 했던 것 같은데, 순식간에 소곤거리는 잡담으로 돌아왔다. 그럴 수 있는 관계라 좋았지만, 그래도!

"이다, 누가 누구를 만난다고 신나 떠드는 건 열여섯 때 끝내야지. 꼭 이렇게 민망하게 입 밖에 내야 하나? 지난번에 그만 말을 줄이겠다는 각오는 어디로 갔고?"

"이젠 절 말리지 못하실 거예요. 전하께서 아주 많이 건강해지셔서, 더더욱 이상하지 않다는 마음을 굳혔지요."

"아, 이런 호사가랑 여행을 다녀야 한다니……."

한낮.

스트레파르성城은 비교적 온전했다. 성벽 한구석이 허물어졌지만 그것이 눈에 잘 띄지 않을 정도로 거대한 성이었다. 주춧돌 사이 거뭇거뭇한 자국이 남았지만, 멋진 성에는 타고난 곰보처럼 보일 뿐이었다. 성문 한쪽은 사라졌으며 다른 쪽은 아귀가 비틀린 채 열려 있었다. 다만 그 위를 덮은 아치가 참으로 위풍당당했다. 모든 것이 반역자의 금고 문 같았다. 탄로 나 박탈당했지만, 여전히 몹시 훌륭한.

게외보르트의 앙히에는 이 광경에 익숙했다. 드넓은 평야 위 허물어질 것 같은 나무 집 수십 채, 빛바랜 농지, 그 사이 불쑥 솟은 거인의 성. 전투 속 검댕이가 남긴 상처는 얕았다. 자신이 알던 성 그대로였다. 위엄 있는 얼굴 위로 흠집도 나지 않았다.

전날, 딤니팔은 악에 받쳐 성의 하수구를 뜯어냈다. 어수대가 말했다. 스트레파르의 지하가 험난하다는 정보는 옳으나, 충분히 감수할 만하다고. 우회로가 확실하다며 빠르게 함락하라고 명하기까지 했다. 사람? 무슨 소리야. 죽으면 어때. 그것도 영광이지. 자신은 전투에 얼씬도 하지 않았기에 소문으로 들었다. 기사들은 돌다리 위의 싸움이라도 공성전보다는 수천 배 낫다며 감지덕지했을 것이다. 다행히 위선자가 아닌 몇몇 기사들이 초반에 합류했다는 이야기도 들었다.

형님도 당연히 그중 하나였다. 아니, 심지어 그들을 이끌었다고 들었다. 무작이라고 너무 방종한 것은 아닌가? 정말 목이 달아날까 무섭지도 않은 모양이었다.

아주 옛날, 게외보르트의 자신이 스쳐 지나가듯 본 길이 기억났다. 쥐와 독사와 징그러운 갑충甲蟲, 시체 썩는 내, 수천 년은 묵은 구정물,

그 물을 주식으로 삼은 입 넓은 물고기들, 철이 부식되는 냄새, 오만 곳에 묻어 있는 함정과 독. 아무리 어수대가 경로를 알려 준들 쉽게 이기긴 어려운 적이다.

물론 이 샛길을 뚫는 일은 아주 일부에 불과했다. 전위前衛는 성안으로 올라가는 길을 만들어 내야 했다. 때문에 겨우 돌바닥에 오른 뒤에도 살아남기 위해 사방에서 쏟아지는 공격을 견뎠을 것이다. 어쩌면 반슈체친이 만반의 준비를 해 두었을지도 모른다. 고개를 내밀자마자 꼬챙이처럼 꿰이고 아래로 줄줄이 불에 타는 것이지.

전위대의 피해는 끔찍했다. 자신조차 아직 형님을 만나지 못했을 정도였다. 절단 혹은 박살 난 곳은 없으나, 복부의 상흔이 깊어 절대 안정이 필요하다며 만류당했다. 앙히에는 펄펄 뛰었지만 어쩔 수 없었다. 되돌아 생각해 보면…… 어쩌면 의원이 외부인의 천막 출입을 막은 것이 다행이었을지도 몰랐다. 자신은 형님을 만나자마자 실타래처럼 외르타에 대해 풀어냈을 것이다. 형님, 그따위로 몸을 굴리다간 외르타도 못 만나고 죽어. 얼마나 억울해? 지금 오고 있다니까?

앙히에는 이번 전투에서야 어렴풋이 깨달았다. 형님은 희망을 가진 만큼 절망하고 있었다. 외르타가 자신을 허락했다는 사실에 감사하지만, 사실 그것만으로는 부족한 것이다. 물론 죽어도 형님 입으로 고백받지는 못하겠지. 아니, 심지어 그 스스로도 모를 것이다. 하지만 이렇게 단호하게 무모한 꼴을 보면 답이 둘일 리 없었다.

형님은 지나치게 제멋대로 살고 있었다.

형님이 총사령관이었을 적에 이런 모험을 꿈꿨는지 사실 그는 잘 몰랐다. —'모험'이라니!— 하지만 침착한 사람이라면 짐승 아가리에 쏟아지는 병아리 꼴인 전위대를 관리하겠다고 나서지 않는다. 자멘테는 지원자를, 특히 형님을 말릴 생각이 없었다. 그를 존중하기 때문에.

앙히에도 형님이 미친 사람이라고는 생각하지 않았다. 전위대를 지휘하겠노라 지원하는 기사는 드물었을 것이고, 결국 끈이 없는 포데스티, 타타나 정도가 끌려갔을 텐데, 그들에게는 기사단장으로서 훨씬 중요한 임무가 있었으니까. 앙히에는 전술회의의 분위기와 형님이 내뱉었을 말까지 상상할 수도 있었다. 서로 장화 코만 바라보고 있는 가운데, '제가 하겠습니다.' 하고 마치 저녁은 구운 양고기라는 태도로 말했겠지.

그는 한숨을 푹 쉬었다. 단단한 부츠 끝으로 흙바닥을 문질렀다.

고개를 들자 아직 잔당이 소탕되지 않은 듯 저 너머가 소란스러웠다.

적을 모조리 주살하기까지는 꽤 오랜 시간이 걸릴 것이다. 그러나 전세는 기울었다. 이미 권위 있는 누군가가 '스트레파르는 함락당했다'고 장엄하게 선언했어도 이상하지 않았다. 그러니까, 이쯤 되어서는 자신도 주춤주춤 들어가 도울 수 있었다. 드디어 옛 주인의 성을 무너뜨린다는 무거운 마음이 덜했기 때문이다. 나는 스트레파르를 함락한 것이 아니라, 산책을 나갔는데 우연히 스트레파르로 향했을 뿐이며 어쩌다 몇 사람을 쳤다고 변명할 수 있었다.

앙히에는 문득 허리춤에 맨 리볼텔라의 단검을 느꼈다. 단검이 무거워진 것도 아니고 갈 곳 잃은 손이 닿은 것도 아닌데, 갑자기 현실감이 들었다. 아마 단검이 아니라 약속을 느낀 모양이었다.

앙히에는 천천히 숨을 내쉬었다.

"준비가 되었을 때 버려요."

그는 스스로 결심하면 세상이 달라질 줄로만 알았다. 그러나 주변은 생각보다 고요했다. 그다지 극적으로 환영받지 못했다. 내 인생에서조차 주인공은 아니군. 투덜댔다.

물론 조금 자랐다고 깨달은 부분이 없진 않았다. 제 세상이 단박에 바뀌지 않은 이유는 사람이 단박에 바뀌지 않는 이유와 같을 것이다. 변화는 지난한 삶에서 거쳐야 할 난관이지, 요술처럼 시야를 틔워 주는 무언가가 아니었다. 그는 홀로 증명해야 했다. 오랫동안. 그러다 보면 어느 날 눈을 감았을 때, 생각보다 눈꺼풀이 가볍다는 사실을 깨닫게 될 것이다.

앙히에는 마른 흙바닥에 발을 툭툭 굴렀다.

일어나자.

주변을 둘러보며 자신의 관리인을 찾았다. 그러나 연기가 잔뜩 묻은 평야에서 백색 갑주를 찾기란 몹시도 힘든 일이었다. 그렇담 나는 허락받은 거지. 두말하실 수 없어요, 자멘테 경.

앙히에는 성큼성큼 성벽으로 걸어갔다.

정면이 열려 있었지만, 누군가 드러내놓고 성문으로 들어온 멍청이를 반길까 걱정되었다. 딤니팔 병사들이 함성을 지르며 돌진하는 성에서 안심하기 어려웠다. 시커먼 병사들 사이, 가끔 희끗하게 보이는 백기白旗가 인상 깊었다. 앙히에는 형님과 달리 목숨을 잃을 생각이 전혀 없었다.

그는 무너진 벽에 다가가 가장 아래에 놓인 돌을 때렸다. 양손으로 이리저리 밀어 보았다. 의외로 안전한 느낌이었다. 그는 제 몸뚱이만 한 돌을 잘 밟고 올라섰다. 그리고 다음 돌, 또 다음 돌. 손톱만큼 높은 곳을 디뎠다고 벌써 불타는 성 내부가 잘 보였다. 대로에서 서로 죽이는 몰골들, 어디를 향하는지도 모르면서 쐐액 오가는 수많은 화살들. 이미 승패가 결정되었기에 싸움이 지루하리라 생각한 자신이 한심했다.

긴장한 채 다시금 돌을 타 넘기 시작했다. 형님에게 목숨 아까운 줄 모른다 했지만 자신도 썩 다르진 않았다. 아예 저 평야에 우뚝 서 있었으면 모르되 길을 떠난 상황에 감히 돌아갈 수 있을 리 없다. 허리에 맨 단검을 똑똑히 느꼈다. 앙히에는 기어오르고 있었지만, 사실 내리막길에서 굴러떨어지는 셈이었다.

잠깐 아래를 내려다보았다. 겁나진 않았다. 경사가 비스듬하여 미끄러진들 어디에 머리를 된통 박거나 발이 낄 뿐이겠지. 그가 신경 써야 할 곳은 등 뒤가 아니라 눈앞이었으므로 한시바삐 돌아보았다. 훅 숨을 들이켠 뒤, 무너진 성벽 돌을 한 번에 두세 개씩 타 넘기 시작했다.

일주일이나 푹 쉰 체력으로 정상에 다다르기까지는 오랜 시간이 걸리지 않았다. 그는 노출되자마자 몸을 숙였다. 엉성하게 무너진 성벽은 작은 건물에 연결되어 있었다. 엎드린 자세로 타 넘었다. 그는 제 손바닥보다 스트레파르를 더 잘 아는 사람이었다. 딤니팔 사령부에 아무것도 모르는 척했지만, 그것은 오로지 이 도시를 존중하기 위해서였다.

리비와 아주 오래 머물렀던 거인의 돌성, 스트레파르.

절대 입 밖에 내진 않겠지만 그는 내심 딤니팔이 이 성을 가지길 원했다. 자신이 추적당할 걱정 없이, 원하는 곳에 출입할 수 있길 원했다. 성벽에 촘촘히 서린 과거를 돌아볼 수 있길 원했다. 하지만 그 생각을 떠올리기만 해도 죽은 리비에게 불벼락을 맞을 것 같아 발밑이 찜찜했다.

자기, 미안해. 그런데 자기를 대신해 왕이 된 저 팔푼이가 선택한 길인 걸 어쩌나. 혹시 몰라. 저놈이 딤니팔에 나라를 팔아먹은 데에는 첫째로 반 슈체친을 죽이겠다는 목적이 크겠지만, 둘째로 스트레파르를 게외보르트에서 지우고 싶은 마음이 깔려 있는지도. 그가 어찌나 자기의 연대자를 싫어했는지는 자기가 누구보다 잘 기억하잖아. 그런 인간은 사람을 넘어서 성까지 미워할 수도 있지.

앙히에는 무너진 성벽 무게에 어그러진 건물로 들어갔다. 그 안에서 지하로 이어지는 판자를 찾았고, 주변을 경계하며 내려갔다. 물론 지하 통로는 거미줄처럼 이어질 정도로 고도화된 시설은 아니었다. 기껏해야 구조물 두세 개를 연결할 뿐으로, 그 길을 전부 외워야 본성으로 갈 수 있었다.

물론 앙히에는 스트레파르의 지하 경로를 잘 아는 아주 드문 이 중의 하나였다. 햇빛이 들지 않는 곳으로 오자 더욱 안도하여 걸음이 빨라졌다. 누군가 만일에 대비하여 태워 둔 호롱불이 큰 도움이 되었다. 물론 어두컴컴했더라도 길이 짧아 잠깐 헤매면 그만이었을 터, 어린아이도 벽을 짚고 도착할 수 있었을 것이다.

앙히에는 하품을 쩍쩍 하며 미로를 누볐다. 이걸 외울 생각은 정말 없었는데 자꾸만 리비가 스트레파르도 함락될 수 있다며 겁을 줘서 말이지. 어찌나 길 모양이 익숙하던지, 미로를 헤매는 것보다 가끔 건물 틈새로 얼굴을 내밀 때 누군가 서 있을 것이 가장 두려울 정도였다. 다행인지 불행인지 그는 단 한 사람도 만나지 않았다.

얼마 지나지 않아 본성의 식료품 저장고에 도착했다. 보급을 미처 회수하지 못한 듯 아직도 산더미 같은 양파가 남아 있었다. 그는 양파 대신 훈제 햄을 하나 건져서 먹기 시작했다. 바깥은 여전히 소란한데 여유롭게 고기를 뜯자니 좀 이상한 기분이 들었다. 하지만 목적지가 멀지 않았다.

그래. 자신에게는 목적지가 있었다.

그는 단검을 어디에 버릴지 한 번도 고민하지 않았다. 그가 생각을 했든, 하지 않았든 몸이 먼저 이끌었으리라.

느릿느릿 걸어 다녔다. 고즈넉한 성은 옛날과 구분이 안 될 정도였다. 이제 내성에는 아무도 관심이 없었다. 이곳의 주인은 귀족들이며, 그들은 외성이 무너질 기미를 보이자마자 도주했을 테니까. 결사 항전을 해 보았자 개죽음이다. 자신이 아는 게외보르트의 귀족들, 특히 반슈체친은 조금도 개죽음당할 의사가 없었다. 애초에 수성전이라는 위치부터 탐탁잖아 했을 텐데, 최대한 많은 기사를 보전하여 길을 떠났다고 보는 편이 옳았다.

드디어 소리를 지르며 바쁘게 움직이는 사용인들을 몇몇 보았다. 그들은 자신이 마치 존재하지 않는 것처럼 무시했다. 행색이 허름해도 분명 딤니팔인이라는 표시는 날 터인데, 아무래도 저 전쟁 통을 뚫고 혼자 이곳에 왔다고는 상상하기 어려운 모양이었다. 누군가 식품 저장고를 불에 태우라고 외쳤지만 아무도 그의 명령을 따르지 않았다.

앙히에는 가장 높은 노대로 올라가기 위해 탑에 들어섰다. 그는 눈 감고 손을 묶은 채로도 올라갈 수 있었다. 올라가고, 또 올라갔다. 그는 더 이상 올라갈 수 없는 곳에 서서, 네모나게 들어오는 빛을 발견했다. 멈추지 않고 들어섰다. 옆 성벽과 이어져 넓적한 노대를 밟았다.

앙히에는 스트레파르에 들어와 처음으로 숨을 쉬었다.

"난 저 자식이 다치지 않는단 사실이 항상 용하다니까."

"당신이 상상하긴 어렵겠지만 저 친구는 보신주의에 경도된 편이오."

"겁쟁이라고?"

"아니오. 매번 살아 돌아오는 사람을 겁쟁이라고 부를 순 없잖소."

"매번 '상처 하나 없이' 돌아오면 의혹의 여지가 있지."

"그렇다면 그 전투를 이끈 내 말은 믿겠소?"

"친애하는 남편의 조언인데 어찌 무시하겠나."

"저 친구는 어린 나이에 무탈하게, 혹은 훌륭할 정도로 작은 군사를 이끌고 있소. 나는 무모한 행동에 오히려 점수가 박한 편이오. 정도를 지켜야 후일을 도모할 수 있지. 저자는 그 줄을 참 잘 타오. 일개 평민에 불과할진대 타고나길 텃밭이 좋소. 당신이 실권을 거머쥐면 그림자처럼 묻혀야 한다는 사실이 아쉬울 정도로."

"신기하군. 당신, 그런 말 잘 하지 않는데."

"질문에 대답한 거요. 그뿐이오."

앙히에는 멀뚱멀뚱 두 사람을 지켜보다 천 길 낭떠러지 위 난간에 주저앉았다.

리볼텔라가 인상을 찌푸렸다.

"어떻게 저 꼴로 다니면서 다치질 않지?"
"내가 날 죽이는 건 그럴 수도 있지만, 남이 날 죽이는 건 싫어."
"정말 머리에 피도 안 마른 녀석다운 논리군. 눈먼 칼자루는 누가 쥐든 무시무시하다는 사실을 깨달아야 몸을 사릴 텐데."
"절 겁쟁이라고 모욕하셨으면서 이젠 걱정해 주시다니 몸 둘 바를 모르겠습니다."
"네 대답 고스란히 받아 주지. 나는 네가 남에게 죽는 건 상관없다. 그런데 멍청하게 자살하는 꼴은 못 보겠다. 그렇게 있다가 어라 하는 순간에 저 바깥으로 고꾸라진다고 생각해 봐. 너는 머리 깨지는 거야. 나는 머리가 깨질 만큼 수치스럽고."
"반 볼랑디스트, 도와주세요."

반 볼랑디스트는 긴 의자에 기댄 채 모른 척했다. 모자로 얼굴을 가리기까지 했다. 앙히에는 한 번 더 도움을 요청하려 했으나, 갑자기 리볼텔라의 보랏빛 옷자락이 훅 날렸다. 그녀는 한 걸음 만에 다가와 팔뚝으로 앙히에의 목을 졸랐다. 앙히에는 깜짝 놀라 푸드덕거렸다. 팔뚝까지 새하얘질 정도로 난간을 꽉 부여잡았다.

"이러다가, 진짜! 떨어져! 하지 마!"
"흠, 참으로 본인을 잘 알아. 그런데 그 본인이 멍청해서 문제가 되는군."
"아, 뭐가! 떨어져! 아!"
"넌 남이 널 침범하게 둘 생각이 없겠지. 자존심이 용납하지 않을 테니까. 그런데 자기 파괴에는 꽤나 관대해. 모순적이야."
"아! 좀!"

그녀는 마침내 그를 놓아주었다. 안전하게 노대 바닥에 내팽개치기까지 했다. 앙히에는 대자로 누운 채 씩씩댔다.

리볼텔라는 모순적이라는 문장을 끝으로 더 말을 잇지 않았다. 충고를 불허하는 태도였다. 그녀는 말로 전하기보다는, 어린 너는 후일 깨닫지 않겠느냐는 침묵을 선호했다. 그것을 누군가가, 역시 현명하신 왕의 선택이라고 한다면 분명 그녀에게 걷어차일 것이다. 리볼텔라는 자신을 신앙으로 여기는 사람들을 싫어했다. 말하지 않아도 언뜻언뜻 드러나는 행동으로 알 수 있었다.

그녀가 살아 있을 때에는 이유를 몰랐지만, 이제는 알았다. 엎드려 들은 열두 번의 종소리, 묘지에서의 조용한 대화, 승리하고도 무지에 잠겨 익사한 왕, 매일 오늘은 몇 명을 죽였는지 묻는 총사령관. 삶의 마디마디에서 한 움큼씩 깨달음을 떼어 왔다. 피륙을 이어 붙이자 이제 조금쯤 알 것 같았다.

여름이었다. 과거 속에서 가장 먼저 떠오르는 것은 한낮의 새소리였다. 산이 가까운 탓에 큰 새, 작은 새, 높이 나는 새와 땅에 붙어 사는 새의 울음소리가 섞여 들려왔다. 메아리 속에 원근감이 흐려졌다. 세상이 이 노대 하나로 압축되는 기분이었다.

그다음은 뺨에 와 닿는 바람이었다. 노대 위 누운 시야에는 화강암 산이 우뚝 높았으며, 항상 성보다 수만 년은 오래된 숨을 건네곤 했다. 여름에도 기세가 죽지 않았기에 더욱 감사했다. 바람은 눈을 마르게 하는 것이 아니라 오히려 더 유연하게 만들어 주었다. 눈물을 흘리지 않고도 다시금 바로 볼 수 있었다.

마지막은 시야. 해는 오후의 함정에 걸려 첨탑을 넘어오지 못했다. 그러나 여전히 따듯하도록 환했다. 자주 세상이 잘 돌아가고 있다고 주장했다. 해를 전혀 머금지 못하는 성벽조차 장엄하기는커녕 투덜대는 모양새로 보이게 했다. 그렇게 싱숭생숭한 마음이 들었다. 그리고, 리볼텔라의 그림자 진 얼굴이 자신을 내려다보았다.

그 시선.

소금 같은 시선. 항상 목마르게 하는 그 시선. 자신은 염전에 구른 개구리처럼 쪼그라들었다. 그 속에서 죽어도 좋았다.

리볼텔라를 신으로 여겨서가 아니었다. 언젠가는 그랬을 수도 있지만, 이제는 아니었다. 그녀의 약한 살을 알았다. 바로 그 덕분에 존경할 수 있었다.

앙히에는 노대의 난간에 올라섰다.

어느새 풀어 헤친 단검을 꺼내 들었다. 아무런 미련이 없었다.

그는 깎아지른 듯한 낭떠러지로 칼을 떨어뜨렸다.

발렌시아는 의자에서 일어서던 도중 우뚝 멈추었다. 책상을 노려보다가, 몸이 더 기울자 바닥을 노려보았다. 난전을 지나며 입은 상처였다.

그는 한참 동안이나 멈추어 있었다. 물론 실제로 '한참 동안'이었을지는 모를 일이다. 그는 스스로를 느낄 수 없었다. 그 때문에 시간과 공간 사이에 엉성하게 끼어 있었다. 배 속부터 머리끝까지 올라오는 일련의 고통이 느껴졌다. 주먹을 꽉 쥐었다.

중요한 논의가 기다리고 있었다. 며칠간 잠잠하다가 하필 지금 다시 아플 수는 없다. 애초에 그리 깊은 상처가 아니었는데 왜 이토록 질긴지 그는 의아하기만 했다. 익숙지 않은 공성전, 자신이 잃은 것들. 여러 가지가 겹쳐 혼란스러운지도 몰랐다.

스트레파르 공성전. 그것을 공성전이라 부르기에는 애매한 부분이 많았다. 공성 무기를 짓던 기간까지 포함해도 성문이 열리기까지 기껏해야 스무날이었다. 어수대가 가장 안전한 진입로를 알려 주었을뿐더러, 수십 차례에 걸친 예행연습에 큰 도움을 받았기 때문이다.

지하 창고로 나오기까진 모든 것이 쾌적했다. 진짜 문제는 성 내부로 들어갔을 때 생겼다. 계획대로라면 성벽을 등진 채 가장자리부터 나아가 구역을 확보해야 했다. 그런데 예상외로 등을 안전히 두기 힘들었다. 구역을 확보하는 순간 방어하기 위해 사람이 차출되었고, 지하를 통해 병력이 충원되는 속도는 느렸으며, 가장 중요한 정문은 저 멀리에 있었다. 그리고 무엇보다 이끌이들이 시가전市街戰에 무지했다. 그들은 사방에서 포위당했다.

요를림을 겪은 노장들이 아니었다면 끝끝내 문을 열지 못하고 전멸했을 터다. 발렌시아는 당장에 지휘관 자리를 내려놓았다. 새로운 것을 배울 수 있다는 사실에 감사하며 즉석에서 조언을 받아들였다. 상황이 안정되자 평소처럼 일선에서 싸우기도 했다. 그 와중 자신이 경갑을 입었다는 사실을 자주 잊었다. 철판이 가볍게 방어하리라 생각하던 잠깐의 순간이 그를 상처 입혔다. 대가로 서너 발의 화살과 칼에 두들겨 맞았다. 최대한 급소를 피했으나 행동이 굼떠지는 것은 막을 수 없었다.

그는 스트레파르 성문이 열리자마자 안전한 후방으로 물러났다. 다행히 바깥에서의 협공이 효과를 보아 가까스로 버틸 수 있었다. 성벽이 일차로 정리된 뒤, 새로 수혈되는 대대와 교차하듯 성을 빠져나왔다. 정상적으로 말에 오를 수 있는 사람은 그 자리에 단 한 명도 없었다. 예상했다는 듯 수레가 밀려들어 왔고, 그 위에 기대어 잠깐 눈을 감았다.

정신이 들자 만 사흘 뒤였다. 익숙지 않은 천장을 바라보았다. 가까스로 고개를 돌려 주변을 바라보니 사방에 흰 천이 둘려 있었다. 그는 살짝 들었던 상체를 내려 두었다. 부상당한 기사들을 몰아 둔 자리라고 생각하며 뜬눈으로 몇 시간이나 지새웠다. 수많은 생각을 했지만 전쟁에 대한 내용은 하나도 없었다. 누군가 천을 들췄다가 자신과 눈이 마주치자 달려 나갔다. 한 명이 떠나 여섯 명이 돌아왔고, 폭포수 같은 질문을 통과하자 마침내 사라졌다.

그리고 마지막으로 자멘테가 들어왔다.

"성은 함락되었다."

"예."

"사흘 만에 깨어났다더니 멀쩡하군."

"가벼운 상처입니다. 군영이 이동했습니까?"

"스트레파르 앞으로 이동했다. 안에 머무르지는 않을 예정이다. 기강이 해이해진다."

"성은 어떤 상태입니까?"

"북동쪽 벽이 무너진 것을 제하면 무탈하다."

"포로가 있습니까?"

"고위급을 말하는 것이라면, 모조리 도망쳤다. 내부 지휘 체계가 흐트러진 덕에 선봉대가 무사히 임무를 완수한 것으로 보인다."

"알려 주셔서 감사합니다. 제 천막의 위치를 알려 주신다면 옮기겠습니다."

"일어날 수 있나?"

그는 잠시 상처에 손을 얹었다. 혹은 상처마다 손을 얹었다.

"복부에 창상創傷, 어깨뼈 아래에 자상, 견갑골 위로 타박상과 열상을 입었습니다. 가장 심각한 상처는 화살로 인한 것이지만, 제대로 꿰맸다면 이상이 없을 것으로 생각됩니다. 거울을 비춰 주시겠습니까?"

"그렇게 멀쩡하면 방으로 돌아가 혼자 검사하는 편이 낫겠군. 의원도 피로가 누적된 결과이지 상처 자체는 그리 심하지 않다고 증언했다."

"저는 피곤하지 않습니다."

"직접 걸어 나가면 문 앞 종기사가 새 천막을 안내해 줄 것이다."

자멘테는 떠났다. 발렌시아는 붕대를 열어 부상을 하나하나 확인한 뒤 일어섰다. 마지막으로 등에 입은 상처만큼은 확인하기 어려워, 거울이 구비된 장소가 필요했다. 제 발로 일어섰으며, 몸은 무겁긴커녕 가벼운 축에 속했다. 둘러보자 같은 막사 안의 가려진 구역이 최소 너덧 개는 더 되는 것 같았다. 그는 죽은 듯 조용한 살풍경을 지나 천막 입구를 열어젖혔다.

앞에 선 '종기사'는 앙히에였다.

"……."

"방을 안내해라."

"걱정했나? 상처는 괜찮다. 일어설 수 있을 정도는 된다. 복부의 자상이 조금 깊지만 그래도 감내할 만하다. 철갑옷을 입었다고 생각하여 방심했다. 앞으로는 이런 일이 없을 것이다. 또한 애당초 이런 상황이 닥치지 않도록 노력할 예정이다……."

"앙히에, 안내해라."

앙히에는 안내하는 도중 수없이 욕설을 퍼부었다. 애초에 선봉대를 이끌겠다고 지원한 것이 어리석은 선택이었다고 말했다. 선봉의 역할이 위험하다는 사실도 잊을 수는 없지만, 그보다는 형님이 익숙한 싸움의 방식을 선택하지 않았다는 것이 비난의 주요 골자였다. 한 번도 갑옷을 벗고 싸우지 않았으면서 무슨 배짱이냐고, 그 결과가 어떤지 보라고 윽박질렀다.

하지만 그는 의아했다. 상처는 참을 만했다. 당장 이 자리에서 걸어 나갈 수 있다면 무엇이 문제라는 말인가? 과정과 결과도 좋았다. 요를림의 병사들에게서 시가전을 익혔고 분투 끝에 성문을 열지 않았던가. 둘 모두 후일 쓸모가 있을 것이다.

발렌시아는 천막에 도착한 즉시 앙히에를 내쫓으려 했다. 그러나 아우는 무턱대고 들어왔으며, 그는 상한 몸으로 상대를 겁박할 수 없는 상황이었다. 잠시 동안 입구를 들추고 있었으나 앙히에가 나갈 것 같지 않았다. 그는 심지어 보란 듯이 방 중앙에 놓인 의자에 앉았다.

"용건이 있나?"

아우는 단지 분에 가득 찬 시선으로 노려볼 뿐이었다. 발렌시아는 입구를 닫았다. 의자를 크게 돌아가 책상 위를 살폈다. 서랍을 하나하나 열어젖혔다. 침구 자락을 잡아당겨 털었다. 자신이 읽던 서류, 자주 쓰지 않은 무기나 소지품이 보였으나 중요하지 않았다. 그가 찾는 물건은 정해져 있었다.

"뭘 잃어버렸나 보지?"

우뚝 멈추었다. 돌아보았다.

앙히에는 웃으며 깨끗한 바랑을 들어 보였다. 발렌시아는 성큼 다가가 빼앗았다. 생각할 겨를조차 없었다. 빼앗느라 반쯤 찢어진 배낭 사이로 붉은 천과 검은 롬이 보였다.

그는 조심스레, 천으로 롬을 감싸 들어 올렸다. 바닥에 내팽개친 침구류를 들어 올렸다. 첫 번째 천을 깔고, 가장자리에 외르타의 물건을 놓은 뒤 다시 두꺼운 천으로 덮었다. 그 위로 다시 침구를 놓은 뒤 정돈했다.

앙히에를 돌아보았다.

"건드리지 마라. 네 일이 아니다."

"내가 보관하지 않았으면 형님 다른 물건들처럼, 수레 위로 탈탈 쏟아져 어디 망가지는 줄도 모른 채 실려 왔을걸. 나한테 감사해야지."

"……."

"그렇게 외르타를 챙길 거면 본인 몸부터 챙겨."

"네 일이 아니라고 했다."

질문이 짜증스러웠다. 애써 임무에 집중하고 있건만 평정을 잃게 만들었다. 그는 불쑥 앞으로 나서다가, 고통에 몸을 숙였다. 탁자가 바스러질 지경으로 꽉 움켜쥐었다. 그 모습을 본 앙히에는 욕설을 몇 마디 지껄인 뒤 천막을 떠났다.

그는 한참 동안이나 탁자를 쥔 채 서 있었다. 눈을 감고도 시야가 하얬다.

겨우 침대에 앉아선 잠시간 잊고 있던 품을 뒤졌다. 옷자락 사이로 단단히 접은 종이가 만져졌다. 이 감각이 있었기에 그녀의 편지를 잃어버렸다는 생각을 하지 않았다. 그는 입구가 엉성하게 꿰인 주머니를 뜯었다. 그 안에서 꺼낸 편지는 피로 얼룩져 있었다.

그는 서로 엉겨 붙은 편지를 한 장 한 장 떼어 이불 위에 놓았다. 일부는 검게 마른 피 때문에 거의 보이지 않았다. 그제야 크게 실수했다는 생각이 들었다. 첫째로 자신은 다치지 않을 것이고, 둘째로 다치지 않을 위치에 종이를 넣었으니 안전하다고 믿었다. 그러나 경갑이 막을 수 있는 무기는 새 부리뿐, 기어이 편지를 피로 적시고 말았다.

외르타의 마지막 편지를 받은 지도 벌써 백 일이 가까워졌다. 불안하지는 않았으나, 그녀의 필체가 그리웠다. 그 와중 얼마 안 되는 편지를 망치다니 스스로에게 화가 났다. 수십, 수백 번을 읽어 내용을 기억해도, 여전히 그녀의 선물이라는 점에서 가치가 있었다. 외르타를 다시 만나기까지 아주 오랜 시간 동안 제 양식이 되었을 종이였다.

당연하게도 피를 녹이는 시약은 소용이 없었다. 최소한 두 장은 다시 읽기 힘든 수준이었으며, 나머지도 점점이 피가 튀거나 얼룩져 불쾌했다. 어리석은 행동에 화가 치밀었다. 그녀의 편지를 잘 보관해 둔 뒤 떠났어야 했다. 제 이기심과 자만심이 망친 것이다.

그는 곧장 무엇이라도 쓰기 위해 자리에서 일어섰다. 고통이 엄습하여 잠시 절뚝였지만, 참을 만했다. 굴러떨어지듯 책상에 다다랐다. 종이를 들고, 잉크를 열다가 반쯤 엎었다. 그는 다리로 뚝뚝 떨어지는 얼룩을 무시한 채 편지를 썼다.

외르타, 건강하게 잘 지내시는지 궁금합니다.

제가 다시금 편지를 드리는 것이 당신을 재촉하는 듯 느껴질까 두렵습니다. 하지만 짧은 한마디라도 제게는 큰 힘이 됩니다. 한 글자로도 저를 달래실 수 있습니다. 당신이 저를 위해 그은 줄이라도 좋습니다. 당신의 생활이 아니라, 당신이 그곳에 계신다는 증거를 받고 싶습니다. 당신의 숨이 담긴 종이가 필요합니다.

저희는 스트레파르트를 함락했습니다. 이로써 소기의 목표를 달성했기에, 곧 전쟁이 마무리되리라 생각합니다. 물론 이는 제가 아닌 총사령관의 의지에 달려 있으나 적어도 종전 가능성이 낮지 않다는 사실을 기억해 주십시오.

당신을 뵙지 못한 지 벌써 여덟 달이 넘었습니다. 당신을 보지 않은 채 평생을 기다릴 수 있다고 생각했습니다. 하지만 날짜를 세는 저 스스로를 막을 수도 없습니다. 기다릴 수 있지만, 이것이 기다림이라는 사실 역시 잊지 못할 것입니다. 저는 당신을 기다리고 있습니다.

부디 걱정하지 않으셨으면 좋겠습니다. 결단코 저를 허락하시길 기다린다는 뜻이 아닙니다. 단지 당신의 입김, 글씨, 움직임에 따라 일그러지는 공기를 기다립니다. 당신이 세상에 존재한다는 증거를 느끼고 싶습니다. 당신이 존재하여 제 삶이 의미 있다는 표지를 받고 싶습니다.

그는 펜을 내려놓았다.

제 욕망으로 점철된 편지였다. 구토 같은 글이다.

그는 편지를 구겨 바닥으로 던졌다. 다시금 복부가 오그라들 듯 아파왔다. 그는 책상을 부여잡은 채 버텼다. 호흡을 여러 번 들이마시고, 내쉬고…….

"경, 계십니까?"

다시 현실이었다.

발렌시아는 숨을 들이켜곤 일어섰다. 상처를 꿰맨 지 벌써 몇 주가 지났건만 아직도 간헐적으로 통증이 닥쳤다. 그리고 아픔의 강도는 처음 다쳤을 때와 별로 다르지 않았다. 아니, 오히려 간지럼증이 섞여 더 고통스러웠다.

그는 천막을 나섰다.

종전이 기다리고 있었다.

외르타는 며칠 전부터 가끔 마차 위에 오르곤 했다. 이동하는 동안 자는 것도, 좁디좁은 창으로 바깥을 보는 것도 지쳤다. 바깥에 나와 보니 왜 이다가 극구 마부석을 고집하는지 알 듯했다. 한낮이 아니라면 여름도 버틸 만했고, 무엇보다 사람들이 많이 돌아다니는 계절이 신기했다.

외르타는 마차 위에 엎드려 시르드의 모자를 툭툭 건드렸다. 해가 기울고도 한참 뒤에 튀어나왔지만, 후덥지근한 공기를 이길 수 없었다.

"덥다."

시르드는 돌아보지도 않은 채 대답했다.

"그럼 들어가세요."

"안이라고 시원한 줄 아나?"

"……."

나란히 마부석에 앉은 이다가 차가운 짐을 건넸다. 외르타의 품만 한 크기의, 그러나 여전히 가벼운 무언가였다. 그녀는 보자기를 끌어안다가 비명을 질렀다.

"아, 차가워!"

"조금만 기다리시면 괜찮아지실 것이에요. 끌어안고 계세요."

"언제 도착하니?"

"목적지까지는, 한밤이요."

"아무거나 간식은 없어?"

"저녁 드셨잖아요."

"없어?"

이번에는 시르드가 소지품을 뒤져 과자 쪼가리를 꺼냈다. 외르타는 텁텁한 흙과 설탕이 섞인 맛에 기침을 몇 번 했다. 그러나 조금 더 먹자 적응할 만했다. 어쨌든 배가 고팠다.

"백작님, 빨리 가자고 하셨잖아요. 뒤에서 이렇게 괴로워하시면 속도를 줄일까 고민하게 된다고요."

"힘든 게 아니라 지루해서 그래. 말을 타면 안 되나?"

"절대 안 돼요. 레발로까진 아직도 달포 가까이 남았다고요. 파발처럼 달려도 열흘이니, 대강 거리를 짐작하실 수 있을 것이에요."

"파발처럼 달리면 안 돼? 스트레파르도 함락당했다는데, 레발로라면 전혀 위험하지 않잖니."

"위험한 건 주변이 아니라 백작님의 건강이에요."

"그렇지만, 스트레파르가 함락당했는걸."

외르타는 품에 넣어 두었던 앙히에의 편지를 꺼냈다.

"읽어 봐."

"백작님의 개인적인 서신이잖아요. 저는 괜찮아요. 그리고 상고가 뭐라고 말씀하시든 전 관심 없어요."

그녀는 콧김을 내뿜으며 편지를 내려다보았다. 주변이 어두웠지만, 마부석에 달린 호롱으로 글을 읽을 수 있었다.

외르타, 네 지난 헛소리는 잘 들었어. 하나도 답변 안 할 테니까 그렇게 알아. 우리가 벌써 열 번은 넘도록 편지를 교환한 것 같은데 어쩌면 아직도 영양가 없는 소리만 하는지 정말 미치게 궁금하다.

스트레파르는 함락되었어. 갑작스럽겠지. 하지만 보통 사람들에게 알려지기 전, 편지로 유출할 수 없었던 정황을 이해하리라 믿는다. 그 와중에 형님은 조금, 아니 많이 다치셨어. 본인은 괜찮다고 부득부득 우기는데 한 달이 지난 지금도 붕대를 매달고 다니는 꼴을 보면 그다지 믿음직스럽진 않지. 아직도 가끔…… 멀쩡히 걸어가다가도 우뚝 선다니까. 누가 괜찮냐고 물으면 대꾸도 안 해. 그냥 가만히 서 있다가 다시 걷기 시작하는 거지.

내가 뭐 하나 알려 줄까? 형님은 공성전이 끝나고 고꾸라져서 사흘 동안 정신을 못 차렸어. 그렇게 사흘 만에 깨선 비명도 안 질렀지. 그래서 한참 뒤에 의원들이 들어갔다가, 두 눈 시퍼렇게 뜨고 있는 낯짝을 보고 뛰쳐나왔어. 총사령관께서도 놀라 들어가셨는데 글쎄 본인은 자기 발로 걸어 나오더라니까. 내 멱살을 잡곤 천막으로 안내하라 하더군. 들어가서는 당장 뭘 찾겠다고 천막을 뒤집어엎고, 그 뒤론 다시 벌떡 일어나 서류를 보고. 모든 게 형님이 깨어나고 반 시간 안에 일어난 일이야. 좀 미친 사람 같아서 무서워 죽겠던데. 물론 언제라고 멀쩡했냐만…….

물론 공성전이라는 건 성을 무너뜨릴 때보다 후처리가 더 복잡한 법이지. 특히 '그' 스트레파르라면 말이야. 자세한 건 말할 수 없지만, 스트레파르가 중요한 이유에 대해선 너도 잘 알 거라 믿어. 공성전에서 고생한 대가를 주시려는지, 자멘테 경께선 타타나 경 대신 형님을 부사령관으로 임명하셨어. 그 말인즉슨, 미라이예가 공성전 이후 길고 긴 서류 작업과 토의를 도와야 한다는 뜻이지. 그 바람에 형님은 눈코 뜰 새 없이 바쁜 날을 보내고 있어. 내가 말했지? 아픈 사람이라고. 저렇게 스스로를 채찍질하다니, 몸이 아니라 머리도 아프다니까.

네가 두이네에 다다랐다고 했지. 여전히 느리지만 많이 가까워졌군. 보에르가 이후로는 다른 도시에 들르지 않은 거야? 까짓거 돈 좀 내고 들어가지, 뭐가 그렇게 불쾌하다고. 그리고 보에르가와는 달리 자유롭게 드나들 수 있는 곳도 있어! 파니가제, 이마아, 치아렌스. 네 경로에 있는 성만 해도 이 정도야. 꼭 들려. 꼭. 스트레파르에는 형님이 떠나고 도착하면 딱 좋겠네. 너도 이렇게 제정신이 아닌 사람은 보고 싶지 않을 테니까.

이마아에서 분홍 앵무를 보고 놀란,

앙히에.

외르타는 앙히에의 편지를 받자마자 더 빨리 가자고 욜란다를 재촉했다.

처음 발렌시아에게 연락하지 않았던 것은 제 일이 바빠서였다. 알론조 캄비에서 뛰쳐나왔다는 사실이 뿌듯했고, 이다와의 여행길이 즐거웠고, 그녀를 제하더라도 새로이 알아가는 세상이 신기했기 때문이다. 발렌시아도 전쟁 중이니 그의 삶을 충실히 만끽하고 있으리라 생각했다. 또한 그들 간에는 이제 무엇도 무너뜨릴 수 없는 신뢰가 있었다. 기껏해야 몇 달 연락하지 않는다고 흐려질 감정이 아닌 것이다.

발렌시아도 분명히 동요하지 않고 전쟁을 마무리 짓겠노라 했다. 그래서 자신은 전쟁 뒤, 혹은 언젠가 그와 만나서 허심탄회한 마음을 나누고자 했다. 그나마 제 나아진 모습을 보여 주겠다는 욕심이 스트레파르행을 결정지었다. 그뿐이었다. 그를 한시라도 더 빨리 만나겠다는 생각은 딱히 하지 않았다. 인생은 길고, 언제라도 좋았다.

그러나 앙히에의 편지를 받자니 굳건한 믿음이 약간, 아주 약간 흐려졌다. 괜찮은 거니? 그녀는 행복한 삶을 즐기던 도중 깜짝 놀라 뒤를 돌아보았다. 자신이 맛있는 것을 먹고 멋진 곳을 다니는 사이 발렌시아는 전쟁을 치르고 있었다. 그것도 아주 험하게. 몸도 안 챙기고. 대체 뭘 하는 거야? 나랑 만나기로 한 거 아니었어? 멀리 있어도 우리 신뢰가 굳건하여 다시 만날 날을 잊지 말자고 다짐했잖니?

편지로 전해 들은 발렌시아는 예전 앙히에가 실종되었을 당시 같았다. 어디에 머리를 찧은 새처럼 느껴졌다. 외르타는 걱정이 되었다. 앙히에는 이 정도로 미친 사람이니 나중에 만나라고 했지만, 오히려 정반대로, 한시라도 빨리 그를 확인하고 싶다는 결심이 들었다. 발렌시아가 줄글 위로 정직할 리 없으니 편지를 보내기도 싫었다. 오로지 자신이 직접 그를 확인하는 수밖에 없었다.

발렌시아를 만나지 못한 지 벌써 아홉 달이었다. 그가 보고 싶은지? 대답하기 어려운 질문이다. 그러나 이제 욜란다에게 여행길을 재촉할 정도는 되었다. 얼굴을 보고 싶다기보다는…… 그가 어떻게 지내는지 알고 싶었다. 굳이 대화할 필요는 없었다. 멀리서 발렌시아가 어떤 말을 하고, 어떻게 움직이고, 어떤 표정을 짓는지 볼 수만 있어도 충분했다. 그가 '잘' 존재한다는 사실만 알아도 자신은 만족할 것 같았다.

"피곤하시면 오늘은 마차를 멈출까요? 안에서 주무시면 되잖아요."

"아니. 난 지금 하루하루 세고 있어. 이다가 약속한 시간대로 가 줘."

"……세고 계신다고요? 합하를 만날 시간을요?"

외르타는 더 이상 이다가 놀려도 대꾸하지 않았다. 꿈에서도 이다의 웃음이 어른거릴 만큼 많이 들은 이야기였기에, 오히려 능글맞게 대처할 수 있었다.

"그래. 손꼽아 기다리고 있단다."

"어머머."

"오늘을 빼면 정확히 이십사 일이라고 했지. 이다, 너는 약속을 지켜야 해."

"전혀 문제없어요."

"며칠만이라도 말을 타면 안 되나? 마차는 새 도시에서 다시 챙기면 되잖아."

"안 돼요!"

외르타는 투덜대며 마차 위에 누웠다.

조금 뒤, 덜컹거리는 등을 느끼며 잠들었다.

스트레파르가 함락된 뒤, 한동안 게외보르트군은 쥐죽은 듯 잠잠했다. 아무도 공식적으로 언급한 바 없으나 모두가 스트레파르야말로 전쟁의 끝이라고 믿고 있었다. 딤니팔은 거인의 성을 재정비하며 오랜만의 휴식을 즐겼다. 수일, 수십 일 동안 정찰병마저 여유로웠다.

자멘테는 처음으로 고삐 풀린 군을 막지 않았다. 그들이 쉬도록 두었다. 그녀 역시 스트레파르가 전쟁의 끝임을 알고 있었으며, 게외보르트의 전령이 언제쯤 달려올지에 대해서도 꽤나 명확한 관점을 가지고 있었기 때문이다.

오늘 아침 자멘테는 알고 있었다. 준비할 필요는 없었다.

지금, 자멘테는 전령을 내려다보았다.

"시일."

"딤니팔의 총사령관께서 허락하신다면 열흘 내입니다. 반 슈체친은 패배에 책임을 지고 숄렘 노트란트로 송환되었으며, 전쟁의 마무리는 북부 맹주 반 레베리히트가 도맡을 예정입니다."

그녀는 고개를 기울였다.

"증명."

"저희가 증명하지 않아도 아실 겁니다. 비사 오필라는 이 이상의 손해를 감내할 생각이 없습니다. 총지휘관의 잘못된 선택이 수많았습니다. 돌이킬 수 없는 만큼, 적어도 이 자리에서 끝낼 수 있기를 감히 바랍니다."

"스트레파르만으로는 만족하지 않을 것이다."

"물론입니다. 저희도 타협할 수 있는 수준으로 준비하고 있습니다."

자멘테는 왕에게 약속받은 보상을 나열해 보았다. 스트레파르, 금화 삼천만 장, 그라우뷘덴 심연 귀금속의 단기 유통 권한, 마지막으로 왕녀의 목숨을 보장받아 딤니팔의 명예를 지킬 것이다.

그녀는 연극에 참여할 의향이 충분했다. 자멘테의 가까운 미래에 훨씬 많은 일들이 산적해 있었으므로, 사소한 임무에 발 묶일 여유가 없었다. 전쟁이 시작되기 전까지는 대게외보르트전을 엄중히 준비했으나, 이제는 이 모든 함성이 한 막幕에 불과하다는 사실을 알고 있었다. 비사 오필라의 내통을 통해 시간을 아꼈다. 그녀는 제 인생에서 더 많은 일들을 하게 도와준 이 비열한 협업이 마음에 들었다.

자멘테는 대답하기 전, 주변 사령부를 돌아보았다. 시선은 발렌시아에게서 멈추었다.

스트레파르 공방전 이후, 자신은 발렌시아를 부사령관으로 임명했다. 세간은 그가 실수를 돌이키고자 공성전에서 위험한 임무를 도맡았고, 덕분에 명예를 회복했노라 말했다. 물론 그럼에도 공작이 그리 추하게 발버둥 쳤다는 점이 잊히지는 않았다. 언제나 고고하게 있던 공작이 '노력하는' 모습을 보여 주었다는 사실이 충격으로 다가왔을 것이다. 상처뿐인 승리.

물론 그녀는 그것이 진실과 멀다는 사실을 알았다. 발렌시아는 스스로 총사령관직을 내팽개친 순간 전쟁, 명예, 보상에 관심이 없다고 선언한 것과 마찬가지였다. 그는 지겨운 듯한 태도로 전투를 영위하고 있었다. 선봉대에 참여하겠노라 그가 말할 때, 자멘테는 알아차렸다. 삶이 너무도 무료하여 무모한 짓을 하지 않고는 버틸 수가 없는 것이다.

그에게 부사령관직을 맡긴 것은, 그의 무료함을 달래기 위해서, 혹은 그의 용맹에 감탄해서가 아니었다. 자멘테는 그따위 것에 손톱만큼의 가치도 두지 않았다. 그녀가 목표로 한 것은 종전 협정이었다. 종전 협정에 동석시키기 위해서는 그가 '부사령관'이어야 했기 때문이다.

'부사령관' 발렌시아 경은 누구보다도 편집증적으로 종전 협정을 검토할 것이다. 어수대가 경고한 한계를 지키면서도, 빈틈을 찾아 수많은 조건들을 욱여넣을 것이다. 그에게 중요한 단 한 사람 덕분에. 자멘테는 왕녀에 대한 그 집착을 이용하는 것이 제 수고를 더는 최선의 방법이라고 생각했다. 처음으로 공작의 능력이 아니라 열정이 함께하길 바랐다.

자멘테는 다시 전령을 돌아보았다.

"일주일 주겠다. 준비해 와."

전령은 깊이 예를 표한 뒤 떠났다.

발렌시아는 반 레베리히트가 도착하기까지 일주일 동안 밤새 블랑쉬 젤로와 자료를 정리했다. 어수대는 협정을 대비할 자료를 마련하자마자 자멘테에게로 떠났다. 만 하루 뒤 자멘테는 그에게, 당신은 더 이상 젤로를 만날 필요가 없으며, 모든 것은 잘 마무리되었다고 말했다. 발렌시아는 협정의 부수적인 노예 자리를 받아들였다.

마치 경비 기사라도 된 양, 반 레베리히트를 기다리는 것도 제 역할이었다.

바깥은 선선했다. 여름을 놓친 계절이었다. 그는 어스름이 진 스트레파르를 바라보았다. 병사들이 무너진 성벽을 바로 세우고 있었다. 그리 급하지는 않게, 귀찮다는 듯한 태도로 끊임없이 움직였다. 발렌시아는 저 모습이 이번 전쟁을 요약한 것 같다고 생각했다. 그 역시 급하지 않게, 지루한 표정으로 싸웠다. 왕들은 단지 약속하고, 그 아래에서 재주를 넘어야 하는 것은 기사들이었다.

시선을 돌리자 저 멀리서 먼지구름이 보였다. 그는 바로 섰다. 그가 바로 서자 주변 기사들도 자세를 다듬는 것이 느껴졌다. 그들은 적의 대리인을 기다렸다. 말발굽 소리는 규칙적으로 다가왔으며, 가까이 와서도 속도를 늦추지 않았다. 발렌시아는 전통적이고도 불필요한 기세 싸움을 무시했다. 적이 짓밟을 기세로 다가와도 장님처럼 곧게 섰다.

게외보르트의 대사大使들은 거칠게 멈추었다. 몇몇 딤니팔 기사들의 투구 속으로 흙이 쏟아졌다. 뒤에서 고통을 참는 듯한 신음소리가 들렸지만, 그는 여전히 눈앞만 보고 있었다.

"공작께서 맞이해 주시다니 영광입니다."

매끄러운 공용어였으며, 물론 모욕이었다. 네 지위에 걸맞지 않게 마중을 나왔다는 것이다.

발렌시아는 투구를 벗었다. 그제야 상대도 말에서 내려섰다. 그는 나이에 맞지 않게 또렷한 시선을 지닌 중년의 귀족이었다. 이상하게도 이번 전쟁에서 얼굴을 본 기억이 없었다. 발렌시아는 반사적으로 물었다.

"반 레베리히트?"

"예, 반갑습니다."

"딤니팔 군 부사령관 발렌시아 마조레 기지 얀 미라이예다."

그는 상대의 말을 못 들은 체했다. 반 레베리히트는 네 의도를 알겠다는 듯 고개를 끄덕였다.

"총사령관께서는 내일 회담 자리에서 너를 만나실 것이다. 묵을 장소를 안내할 테니 따라와라."

"예."

발렌시아는 몸을 돌려 걸어갔다. 딤니팔 기사들은 지금껏 나태하게 늘어져 있던 태도가 부끄럽다는 듯 꼿꼿이 걷기 시작했다. 딤니팔 기사는 스물 남짓, 반 레베리히트와 동행한 게외보르트 기사들은 그 절반도 되지 않았다. 심지어 딤니팔인들은 승리에 도취되어 허리를 곧추세운 모습이었다. 그러나 왠지 모르게, 그는 그들이 오소리를 만나 몸을 부풀린 고슴도치 같다는 생각을 했다. 여전히 포티미외와는 완전히 다른, 게으른 전쟁임이 분명했다.

그는 사령부와 가까운 자리에 적을 몰아넣었다. 회담을 편히 가질 수 있을 정도로 가깝되, 밤중에 피습당하지 않을 정도로 먼 자리였다. 반 레베리히트는 각 천막에 두 명씩 할당한 뒤 발렌시아에게 인사했다.

"내일 뵙겠습니다. 경, 준비해 두십시오."

발렌시아는 한순간 레베리히트가 딤니팔과 게외보르트 간의 밀약을 알고 있는지 의심했다. 일방적으로 패배한 이들에게 어울리지 않는 말투였으므로. 그러나 그가 천막으로 사라지기 전, 아주 잠깐, 제 칼을 바라보던 시선에서 마음을 돌이켰다.

그는 이웃의 시선에서 증오를 엿보았다. 그제야 안심이 되었다.

발렌시아는 딤니팔 기사들에게 감시할 막사를 배분해 주었다. 그 뒤, 자멘테에게 돌아가 상황을 전달했다. 반 레베리히트가 어떤 사람으로 보였는지, 어떤 대화를 나누었는지를 샅샅이 고했다. 자멘테는 듣는 둥 마는 둥 고개를 끄덕이다가, 마침 마무리 지은 서류 무더기를 자신에게 넘겼다.

"경이 오는 시점에 검토를 마치려 노력했다. 내일까지 내 첨언을 확인하도록. 의심이 드는 부분은 잘 정리해서 아침에 토의하도록 하자."

지금은 저녁보다는 한밤에 가까웠다. 그러나 발렌시아는 고분고분하게 명을 받잡겠노라 답했다. 그렇게 서류를 한 아름 든 채로, 얼마 떨어지지 않은 제 막사로 돌아가려 했다.

그런데 사령부 막사 사이로 앙히에의 얼굴이 보였다. 그는 자신을 발견하지 못한 듯 맹렬하게 달려가고 있었다. 발렌시아는 서류를 든 채 그가 어느 쪽으로 향하는지 확인했다. 그리고 제 막사 바닥에 종이를 던져 놓은 뒤 곧장 나왔다.

앙히에는 마구간으로 들어갔다. 종기사는 제 주인의 짐승밖에 다룰 수 없었다. 자멘테가 협정에 열중하는 도중 특별히 말발굽을 손질하라 명하지는 않았을 테니 몹시 수상했다. 그는 빠르게 걸어 마구간의 천막을 열어젖혔다.

"……."

마침 풀을 잘 먹인 말을 풀어내던 앙히에와 시선이 마주쳤다. 아우를 보는 순간 그가 무언가 잘못을 저질렀다는 사실을 깨달았다.

"앙히에, 용건이 있나?"

"……형님 일 아니야."

"바쁘다. 어서 말을 풀어 두고 네 막사로 돌아가라."

"형님 일이 아니라니까."

"내 일은 아닐 것이다. 그러나 네 주인께 허락을 받았나?"

"미치겠네. 자기 집인 것처럼 이래라저래라."

"군마軍馬는 군의 자산이다. 필요하다면 용건을 명확히 밝혀라."

앙히에는 씩씩대기만 했다.

아우는 고삐를 내팽개친 채 떠났다.

발렌시아는 놀란 말들을 진정시킨 뒤, 다시 자리에 제대로 매 주었다. 여물통에 풀을 덜어 주고, 한 마리 한 마리 잠들었는지 확인하고 나서야 막사를 떠났다.

앙히에가 왜 난장을 피웠는지에 대해선, 마구간을 떠날 때 이미 관심을 잃었다. 언제나처럼 별일이 아닐 것이다. 제게는 밤새 돌보아야 할 서류가 있었다.

앙히에, 나는 방금 레발로에 도착했어! 잘하면 하루도 걸리지 않아 네게 편지가 전달되겠는걸.

앙히에는 그녀의 편지를 확인하는 순간 반사적으로 종이를 구겼다. 말도 안 돼. 자신이 받았던 마지막 편지에서 그녀는 시라치에 있다고 했다. 파발로는 일주일 거리, 마차로는 보름 정도. 적어도 그때까지는 안심할 수 있었다. 보름은 마음을 준비하기엔 충분한 시간이니까.

그런데 이틀 만에 받은 편지에, 레발로라니!

이다를 재촉해서 좀 빨리 왔어. 여름도 다 지나서 굳이 밤마다 쉴 필요가 없더구나. 전선이 많이 앞서나간 덕인지 사람들이 낯선 이를 경계하지 않던데. 딤니팔이 너무 일방적으로 승리해서일까 생각했어. 좋은 일이지! 지금 내가 이 속도로 갈 수 있는 게 다 그 덕 아니겠니.

알로지아드 레발로는 소문으로 근사하다는 이야기를 들었는데, 실제로 와 보니 꽤나 심심한 국경도시더구나. 전쟁이 여기서 시작되었다는 사실이 믿기지 않는다. 사람들은 이제 전쟁이 끝났으니, 딤니팔 군이 그간의 협조에 감사하며 남은 군량을 뿌린다는 소문을 굳게 믿고 있어. 조금만 생각이 있어도 헛소문인 걸 알 텐데. 갓 퍼진 이야기라고 어찌나 즐거워하던지 낯선 이들도 턱턱 들여보내더라니까. 아니 물론, 이다가 무슨 종지기 노인을 아는 것 같기는 했지만.

레발로에 마차를 두고 떠날까 생각하고 있어. 넉 달이 다 되도록 마차 안에 있으려니 좀이 쑤신다. 마지막 한 달은 밤하늘을 보며 마차 천장에서 굴러다녔지. 거기 있으면 최소한 마부석에 앉은 이다를 괴롭힐 수 있으니까.

아무튼 내가 말을 타면, 알지? 내 승마 실력을 잘 알고 있지? 스트레파르까지 이틀이면 끝이야! 식사를 다 챙기면서 쉬엄쉬엄 가도 나흘이라고.

숨이 턱 막혔다. 난데없이 공격당했다.

형님은 밤낮을 가리지 않고 종전 협정에 대비하고 있었다. 그 와중 블랑쉬가 어찌나 자신을 부려 먹던지, 알기 싫은 내용도 하염없이 공부해야 했을 정도였다. 마침내 준비가 끝나, 형님이 어느 정도 안정적인 상태에서 협정을 마무리할 수 있겠다고 가슴을 쓸어내리고 있었는데 지금 여기에 누가 와?

앙히에는 외르타에게 답장할 생각은 추호도 품지 않았다.

그대로 달려 나갔다.

누가 군마를 훔친 죄를 묻더라도 상관없었다. 자신이야말로 '이틀 안에 스트레파르에 도달할 수 있는 사람'이었다. 당장 가서 그녀를 말려야겠다. 종전 협정이 진행 중이라는 사실을 알릴 수는 없으니, 갑자기 형님이 고꾸라졌다고 말해야겠다. 아니, 애초에 쟤가 빨리 오겠다고 결심한 게 스트레파르에서 형님이 부상당했다는 소식 때문 아니야? 그러면, 그러면 안 되지. 다른 변명이 필요하지. 그래! 총사령관께서 군영에 엄금을 내렸다고 하자. 보급 상단조차 들어올 수 없도록. ―사실은 정반대였다. 딤니팔 군은 자멘테가 허락하자마자 인간이 상상할 수 있는 최대한으로 게을러졌다.―

그는 눈이 맑은 말을 골랐다. 가장 오래 뛸 수 있을 것 같았다. 빠르게―.

앙히에는 천막 앞에 선 발렌시아를 발견했다. 고삐를 쥔 손이 뚝 떨어졌다. 팔 무게를 느낀 말이 투루루거렸다.

"앙히에, 용건이 있나?"

"……형님 일 아니야."

갑자기 너무 짜증이 났다. 자신이 왜 이 고생을 하는지 잘 몰랐다. 앙히에는 몹시도 건강한 사람이었고, 형님이 어찌 되든 사실 알 바 아니었다.

"바쁘다. 어서 말을 풀어 두고 네 막사로 돌아가라."

그러나 저 시선을 보자면 답답했다. 스트레파르 공성전 이후 한순간, 그러니까 자신이 천과 롬을 건넨 그 한순간 밑바닥으로 떨어졌던 형님은 언제 그랬냐는 듯 굳건하게 서 있었다. 물론 바닥을 본 자신으로선 그가 얼기설기 만든 진흙 인형처럼 느껴지기만 했다.

"형님 일이 아니라니까."

따듯한 물을 끼얹으면 곧장 무너질 그런 진흙.

"내 일은 아닐 것이다. 그러나 네 주인께 허락을 받았나?"

"미치겠네. 자기 집인 것처럼 이래라저래라."

"군마는 군의 자산이다. 필요하다면 용건을 명확히 밝혀라."

형님은 덜걱이는 갑옷을 입고 있었다. 무슨 용건이었는지는 몰라도, 이 밤중에는 마치 거대한 농담처럼 느껴졌다. 그가 실제로 거대했으므로, 그저 농담이 구체화된 것처럼 보이기도 했다. 앙히에는 갑자기 맥이 빠졌다.

그는 말없이 마구간을 떠났다.

제 막사로 돌아와, 바닥에 내던진 외르타의 편지를 다시 주워 들었다.

이다는 상황을 본 뒤 떠나야 한다고 자꾸 고집이지만 말이야. 여기까지 잘만 왔으면서 왜 주저하는지 모르겠다. 그녀는 심지어 자기가 한 번 군영에 다녀온 뒤에 내가 움직여야 한다고 말하고 있단다. 어쨌든 전시니까, 어찌 될지 모른다고.

하지만 네가 거기 있고, 발렌시아도 있잖니? 가는 길만 안전하면 도착해서는 무슨 문제겠어. 날 맞이하겠다고 약속하렴.

레발로에서,

외르타.

앙히에는 종이를 북 찢어 글을 쓰기 시작했다.

이다, 레발로에서 못 나오게 막아. 최소 열흘, 최대 한 달까지.

상황이 좋지 않다고 설득해. 거짓말하는 거 아냐. 종전 협정이 맺어지기 전까지 여기가 '전장'이라는 걸 대체 알고는 있는 건가? 심지어 외르타는 선전 포고문에 있는 사람이라고! 절대 오게 두면 안 돼. 어떤 핑계를 대서라도 레발로에 머무르게 해.

앙히에.

그는 자리에서 튕겨 나갔다. 단단히 접은 종이를 주먹에 쥐고 새를 찾으러 보관소에 들어갔다. 향으로 길을 찾는 친구가 필요했고, 마침 딱 한 마리가 남아 있었다. 그는 새에게 불탄 하르떼 초를 맡게 한 뒤, 발목에 쪽지를 채웠다. 바깥으로 날려 보냈다.

"바쁘군."

앙히에는 홱 뒤를 돌았다. 소름이 돋았다. 블랑쉬 젤로였다.

"염탐했나?"

그녀의 눈이 가늘어졌다.

"네게 그럴 가치가 있다고 생각하나?"

"그러면 꺼져."

"할 일이 있다."

블랑쉬는 조용히 다가와 새를 찾았다. 그녀를 훔쳐보았으나, 손에 쥔 것은 아무래도 몹시 평범한 종이였다. 보안 유지를 위한 최소한의 장치도 없었다.

"궁금한가?"

앙히에는 흠칫 놀라 뒤로 물러섰다. 그녀는 그를 본체만체 새를 날려 보낸 뒤, 돌아보았다. 형님이 있는 밝은 막사 안에서 그녀를 만나는 것과, 이 밤중 외딴 장소에서 그녀를 마주하는 것은 완전히 다른 일이었다. 앙히에는 소년들을 죽인 어수대를 여전히 싫어했다. 증오한다기보다는 벌레처럼 혐오했다. 절대 잊지 않았다. 저 인간은 아주 불필요한 경우라도 맨손으로 작은 동물을 눌러 죽일 인간이었다.

블랑쉬는 우뚝 선 채 말했다.

"나를 만난 지 이제 세 계절째다. 또한 함께 대륙 절반을 오갔는데 아직도 무서운가."

"……기가 막혀. 넌 멋대로 상황을 해석하는 재능이 있다. 내가 너랑 '여행'을 한 것 같나?"

제 얼굴 위 상처를 만지지 않기 위해 엄청난 노력을 기울였다.

"나는 곧 떠난다. 어차피 협정 내용은 대부분 정리되었고, 여기 오래 있을수록 위험해질 뿐이니. 아마 마지막으로 잉그레에 들른 뒤 한동안 딤니팔에 돌아오지 않겠지."

"그럼 빨리 꺼지기나 해. 영원히 오지 말고."

블랑쉬는 아주 잠깐 뜸을 들였다. 그가 고개를 젓는 순간—.

"나한테, 질문 없나?"

갑작스러운 말에 인상을 찌푸렸다.

"뭐?"

"궁금한 것들이 있을 텐데."

"있더라도 너한테 말하겠냐?"

"아쉽게 되었군."

블랑쉬는 전혀 아쉽지 않다는 듯한 태도로 몸을 돌렸다. 그는 순간적으로 두 걸음을 나섰다. 흙바닥을 짓밟는 소리가 생각보다 컸다. 그녀가 멈추었다.

"……."

앙히에는 더듬더듬 말했다.

"언제 떠나나?"

외르타 생각을 했다. 그녀가 천방지축처럼 돌아다니고 있다는 사실을 들키면 안 되었다.

"이번 달 내."

"……."

"또?"

"……협정 내용. 물어볼 게 있다."

"내가 굴라르모와 나누었던 대화를 기억해라. 달라진 바 없다."

"그깟 금화 삼천만 장 말고. 더 자세히."

"자세히?"

"……."

"뭘 말하는 건가?"

그는 가까스로 입을 다물었다. 이 천치 같은 놈. 어수대에게 외르타에 대해 물어볼 뻔했다. 저 인간의 평온한 표정, 언뜻 친절한 듯한 태도에 속아 넘어가기라도 했단 말인가? 외르타가 너무도 가까이 있고 방금 전 겪었던 상황에 휩쓸려 어마어마한 실수를 저지를 뻔했다.

앙히에는 굳은 얼굴로 그녀를 지나쳐 걸어갔다.

대화는 잘 닦이지 않은 길 같아 사방으로 그를 튕겨 냈다. 방금 저지른 질문도 한순간 눈이 뒤집어져 튕겨 낸 자갈이었다.

"미라이예."

제 귓가를 스쳐 지나가는 어수대의 목소리가 낮았다.

"너희는 참 알다가도 모르겠군."

"……."

"외르타 발미레는 무사할 거다. 그것이 그렇게 궁금하다면."

"……."

"왕녀는 전쟁 명분이었다. 따라서 비사 오필라의 금록에서 말소된다. 그녀의 딤니팔 명칭을 협정에 명시할 예정이다. 현재뿐 아니라 미래가 서술될 것이다. 만족하나?"

"……."

앙히에는 도망가려 했다.

"물론 내 말은 의미가 없겠지. 공작도 그리 생각하더군. 하지만 비사 오필라를 밟았던 너조차?"

몸을 돌렸지만, 블랑쉬 젤로는 이미 떠난 뒤였다.

외르타는 골똘히 고민했다. 어떻게 하면 이다의 마음을 돌릴 수 있을까?

레발로에 도착하기까진 모든 일이 잘되었다. 나는 듯 마차를 타고 알로지아드를 지나 국경도시에 도착할 수 있었다. 바쁜 일정에도 마침내 딤니팔을 가로질렀다는 만족감에 피로하지 않았다. 그렇게 레발로를 구경하고, 손을 탁탁 털며 이제 그만 떠나자고 말했다.

그러자 욜란다가 주저앉았다. 핑계를 대는 정도의 성의도 보이지 않았다. 그녀는 곧바로 말했다. 자신은 줄곧 레발로에서 멈춘다고 생각했으며, 가끔 스트레파르 이야기를 하실 땐 농담이신 줄 알았다고. 어떻게 당장 병장기가 번쩍거리는 황무지에 가실 생각을 하냐고. 부디 두 번 세 번 고민하신 뒤 말씀 주시라고 딱 잘라 선언한 뒤 사라졌다.

외르타는 당황했다. 그녀 기억에 전쟁터는 조금 시끄럽거나 조금 더 먼지가 날 뿐, 그리 위험한 장소가 아니었다. 특히나 스트레파르가 함락되었고 다들 쉬고 있는 경우라면 무엇이 문제라는 말인가? 당장에 발렌시아부터 부상을 추스르며 따듯한 천막에 머무르고 있을 것이다. 그 천막이나 이 고급 여관이나 상황이 그리 다르지 않을 것 같았다.

며칠간 한자리에 앉아 있자니 슬금슬금 의심이 들었다. 앙히에는 마지막 편지에 답장을 하지 않았다. 더 가까이 왔으면 답장도 더 빨리 와야 정상인데, 자신이 레발로에 있다고 언급하자마자 입을 꾹 다물었다. 내가 뭐라고 했지? 아. 내 승마 실력으로는 이틀이면 충분하다고 자랑했지.

외르타는 짜증스레 다시 펜을 들었다.

앙히에.

이다가 레발로에서 움직이지 않으려 한다. 전쟁터가 위험하다나 뭐라나. 설마 네가 무언가 말하진 않았겠지? 지금까지 내내 오는 방법에 대해 설명해 주었으면서 마지막 순간에 두려워 꽁지가 빠져라 도망가는 겁쟁이가 된 건 아니지? 너는 그렇게 천방지축 도망갔다가 다시 왔다가 제 앞마당처럼 전쟁터를 돌아다니면서 나는 안 된다고, 어떠한 보호하에서도 불가하다고 제한을 그은 건 아니지?

난 이다를 존중해서 움직이지 않고 있어. 하지만 네가 이다에게 강요했다면 절대 받아들일 생각이 없다. 정말 내 멋대로 갈 거야. 나도 전쟁터를 안다.

짜증스러운,

외르타.

그래, 그래.

앙히에.

무슨 소리야? 네가 이다에게 강요했다는 뜻이야?

외르타.

네가 전쟁터를 잘 알고 뭐가 어쩌고 저째? 너보단 내가 많이 돌아다녀 봤을 테니 좀 믿어. 지금 오지 않는 게 좋아. 영원히 레발로에 있으란 것도 아니고, 여름이 끝나면 와. 그래, 그 정도면 되겠다.

너를 위한 전쟁이라는 점도 잊지 말고.

쉬고 싶은,

앙히에.

외르타는 타닥타닥 탁자를 두드렸다. 앙히에의 말 중 거슬리는 내용이 있었다.

'너를 위한 전쟁'.

그녀는 한 번도 이 전쟁이 자신을 위한 전쟁이라고 생각하지 않았다. 그런 생각을 품기에 스트레파르에는 너무 많은 욕심이 넘실거렸다. 그녀는 아직도 딤니팔 왕의 체면 차리는 얼굴에 신물이 났다. 손익을 계산하여 들떴지만, 꿋꿋하게 엄숙한. 그는 진심으로 제 욕심이 아니라 딤니팔의 욕심이라고 믿고 있는 듯했다. 사실 본인 욕심이라는 것을 인정하면 명쾌할 텐데, 본인 욕심으로 수많은 사람을 죽이는 것은 또 언짢은 모양이었다.

그러니 차라리 왕들의 욕심으로 벌어진 전쟁일지언정 절대 자신을 위한 전쟁은 아니었다. 사실 지금에 이르러선 누가 제 목숨에 관심은 있는지 궁금할 지경이었다. 이렇게 아무 일도 없이 딤니팔을 가로질렀다면, 창고 속 먼지 쌓인 화분 처지가 되었음을 겸허히 인정해야 했다.

발터가 패배한 뒤에도 나를 죽이려 들까? 발터라면 충분히 그럴 만한 이였다. 하지만 딤니팔 왕의 사리사욕은 그를 넘어섰다. 굴라르모는 협정에서 맺어진 글자의 토씨 하나도 어기지 못하도록 만들 것이다. 본인 욕심을 아교처럼 지킬 사람이었다. 덕분에 그녀는 딤니팔 승리에 따라올 협정이 아니라 왕의 욕심을 믿으면 되었다.

갑자기 발렌시아가 떠올랐다. 조금 슬펐다. 그의 애정보다 왕의 욕심이 더 믿음직스러운 것이다. 감정의 결, 혹은 격이 달라서 슬펐다. 발렌시아는 당신을 위해 노력하겠다며 스트레파르에서 선봉을 맡았다. 하지만 그렇게 제 몸 깎아 가며 노력할 필요가 없었다는 생각이 들었다. 그가 힘들어하지 않기를 바랐다. 얍체 같아졌으면 좋겠다. 제 이득을 차리고 적당히 물러날 줄 알았으면 좋겠다.

순간적으로 깜짝 놀랐다. 자신은 그의 애정과 자카리의 욕심이 다르다고 말했다. 심지어 그것을 비교하는 것을 수치스럽다고 여겼다. 세상에, 이상했다. 발렌시아의 감정이 욕심이 아니라고 생각한 모양이다. 자연스럽게, 의식하지 않고.

외르타는 멍하니 바닥을 바라보았다.

'애정'?

단어가 새로웠다.

외르타는 아주 오랜만에 품을 더듬었다. 판이 만들어 준 주머니에 편지를 넣어 두었다. 꽤나 여러 장이어서 버거웠지만, 그래도 가장 가까운 곳에 지니고 싶었다. 그녀는 버석거리는 주머니를 헤치고 침대 위에 편지들을 내려놓았다.

복종과 질정을 이야기하던 사람이 날이 따듯하기에 당신을 사모한다고 말하기까지.

외르타는 침대 위로 몸을 숙였다. 편지를 한 번에 껴안듯 엎드렸다. 발렌시아의 향은 나지 않았다. 오로지 제 숨결뿐이라 못내 아쉬웠다. 코앞에 그의 단정한 글씨가 보였다. 그녀는 손끝으로 문장을, 단어를 더듬었다.

그가 어떤 생각으로 글자를 써 내려갔을지 이제는 알 수 있었다. 그의 마음을 헤아릴 수 있었다. 상상력이 넓어졌다. 욕심이지만, 욕심이 아닌 것이다.

외르타는 한참 동안이나 편지 위에 엎드려 있었다.

천천히 일어서 새로운 종이를 잡았다.

발렌시아.

그러나 말을 이을 수 없었다. 너무 많은 감정이 소용돌이쳤다.

발렌시아.

이름을 부르는 것만으로도 손끝에 힘이 들어갔다. 그의 일상에 자신이 얼룩처럼 따라다닐 것을 안다. 칼을 들어도, 서류 앞에서도, 고된 하루를 끝낸 침상에서도 언제나 제 이름이 한편에 있을 것이다.

자신은 그를 생각하지 않고 즐겁게 여행하고 있다고 믿었다. 그러나 주제가 깊어질 때, 생각하는 시간이 길어질 때 항상 그를 돌아보았다. 그의 감정을 어렴풋이 느낄 수 있었다. 결국…….

누군가 문을 두드렸다.

"들어와. 아니—."

외르타는 습관처럼 답하다가 급하게 침대로 뛰어갔다.

그러나 문이 벌컥 열렸다.

"아직—."

그녀는 편지를 마구잡이로 주워 담았다. 구겨지고, 심지어 한 장이 살짝 찢어지기까지 했다.

"백작님."

이다의 목소리엔 약간의 웃음기가 배어 있었다. 외르타는 그 이유를 알아 시선을 피했다.

"저녁을 드시라 권하러 왔는데 바쁘시군요."

"아니야."

"충분히 일을 보신 뒤 내려오세요. 준비하고 있겠습니다."

외르타는 얼굴도 들지 못한 채 문이 닫히는 소리를 들었다.

잠시 뒤, 이다가 진짜 나갔는지 확인하곤 찢어진 편지를 살폈다. 책상에 놓인 밀랍 아교로 붙이려 애썼다. 그러다가 글자만 더 번지게 만들었다.

외르타는 속이 상해 침대에 주저앉았다.

잔뜩 기분이 상한 채로 앙히에에게 보낼 답장을 썼다.

앙히에. 서두에 요약할게. 당장 부탁한 내용을 철회해! 더 끌었다간 용서 안 할 거야!

논리적으로 생각을 해! 내가 전쟁 명분이라고 위험해진다면 알론조 캄비에서 여기까지 안전히 올 수 있었겠니? 나는 심지어 마차 안에 있지도 않았어. 누구라도 공격하기 좋게 여름 아래 드러누워 있었다고.

스트레파르를 점령한 뒤 그렇게 뭉그적대고 있는 모습을 보면 아마 게외보르트와 무언가 이야기가 오가는 도중일 테지. 그 사람들이 교양 있게 협정을 맺다가 갑자기 내 얼굴을 보면 뒤집어지나? 아니, 내 얼굴을 알기는 할까?

이제 나를 지키는 건 알량한 살수에서의 보호가 아니라 전승이란다. 딤니팔의 왕이고, 딤니팔의 욕심이란 말이지.

당장 이다에게 했던 부탁을 물리렴. 나는 훌륭한 여행길을 제공해 준 이다와 싸우고 싶지 않다. 특히 그게 네 이간질 때문이라면 말이지.

핑계를 싫어하는,

외르타.

외르타는 발렌시아가 보고 싶었다.

그리고 외르타는 편지를 감추지 않았다. 저녁 식사를 위해 내려가, 마침 물을 따르고 있던 이다의 눈앞에 활짝 펼쳐 보였다.

욜란다는 물병과 물잔을 양손에 든 채 눈을 깜박였다. 영문을 모르겠다는 태도였다. 그러다 시선이 편지의 첫머리로 기울고, 다시 천천히 오른쪽으로 향하기 시작했다. 내용은 길지 않았다.

"……."

"다 읽으면 말해 주렴."

"……읽었어요."

외르타는 앙히에에게 부칠 편지를 반듯이 접어 식탁 위에 올려놓았다. 최대한 부드러운 태도로 입을 열었다.

"답장이 올 때까지 난 딱 일주일 기다릴 거란다. 이것도 엄청 후하게 쳐 준 거야. 그 뒤에는 무슨 일이 있어도 떠난다. 이 부분에 대해 이다와 이야길 하고 싶었어."

"저도 백작님께서 위험하시지 않을까 생각했어요. 죄송해요."

"아니야. 지금 같이 의견을 나눠 보면 되지."

한동안 굳어 있던 이다가 조용히 유리병을 내려놓았다.

"……사실 저를 말린 것은 상고보다는, 제 마음이었죠. 냉정히 생각하자면 백작님의 말씀에 공감이 되어요. 이미 소문 속의 스트레파르는 잠잠해요. 평화로워요."

"그래. 그러니 내가 가야 해."

"다만 지금까지와는 길이 다를 것이에요. 안락할 수 없어요. 백작님의 신상을 밝힐 수 없지 않아요? 그러면 상단의 주인과 수행인 한 명, 즉 저희 둘만 경비를 통과할 수 있고, 그나마도 저들은 절대 친절하지 않을 것이에요."

"괜찮아."

"백작님께서 괜찮으시다면 저도 문제없어요. 일주일 뒤면 상고가 이야기한 여름도 끝자락이에요. 상고의 조언은 충분히 들었다고 생각해요."

"잘됐다!"

외르타는 기쁜 얼굴로 자리에 앉았다.

"내일 아침, 미리 말을 고르시는 건 어떨까요? 한번 둘러보고 썩 마음에 안 드시면 새로 수급해 오라 언질하지요. 만일 괜찮은 친구가 있다면 먼저 길을 들이고요."

"정말 좋아."

"다만 말씀드렸듯 가는 길은—."

"그리 편하지 않을 거라고. 알겠어. 각오했단다."

"네. 그러면 여행길을 함께할 친구를 찾아보아요."

발렌시아는 레스트왈과 반 레베리히트 중 누가 더 예의 바른 협정 상대인지 구분하기 어려웠다. 둘 모두 수치를 모르는 인간들이었다. 자멘테가 상대를 꾸짖지 않았기에 부사령관이 사냥개의 역할을 도맡아야 했으며, 그것은 아주 불편한 일이었다. 그는 자주 두통에 시달렸다.

오늘도 그는 외르타를 향해 무례한 말을 지껄이는 레베리히트를 참지 못했다. 북부의 맹주라는 수식을 달고 천박한 주정꾼처럼 그녀를 모욕했다. 그는 왕녀가 라르디슈로도 모자라 딤니팔의 왕에게 다리를 벌려 접붙었다고 말했다. 발렌시아는 당장에 당신은 북부는커녕 스트레파르의 주춧돌도 되지 못하리라 맞받았다. 상대가 대답하려는 순간, 자멘테가 일어섰다.

"휴회休會."

반 레베리히트는 잠자코 수긍했다.

자멘테는 고갯짓만으로 발렌시아를 불렀다.

그들은 천막에서 나와 몇 개의 길을 넘어선 뒤에야 멈추었다.

"발렌시아 경, 이제 그만둬."

"예."

"반 레베리히트도 우리 의지를 충분히 이해했을 것이다. 저자가 발미레를 저속히 모욕하는 이유가 둘일 리 없다. 협정에서 중요한 조항이 아니건만 그녀를 욕보이다니 몹시도 불필요한 일이 아닌가."

그는 의아했다.

"반 레베리히트가 그녀를 모욕하는 데 특별한 이유가 있습니까?"

자멘테는 잠시 침묵했다. 돌아보았다. 그녀는 놀랍다는 표정을 짓고 있었다. 발렌시아는 자신이 무엇을 놓쳤는지 하나하나 되짚어 보았지만 찾을 수 없었다. 그가 고민 속에 떨어지기 전, 다행히 그녀가 입을 열었다.

"나. 내가 있지."

"……."

"내가 아니라 경과 대화를 하고 싶다는 것이지. 그런데 경이 미친 듯이 화를 내자 당황하더군."

"이해하지 못했습니다."

"경이 발미레를 사랑하여 기사 된 도리로 화를 냈다고는 말하지 마."

"……모욕적인 언사였습니다. 말씀 주셨듯 불필요하기까지 합니다. 본질을 흐리고 사람을 동요시키려는 목적이 분명합니다."

"경, 반 레베리히트는 경이 발미레에게 가진 감정을 모른다. 그렇다면 누가 들으라고 한 소리겠나?"

"죄송합니다. 제 생각이 짧았습니다."

"아니. 내 생각이 짧았다. 경이 그렇게 미루어 파악할 수 있는 사람은 아니지."

인상을 찌푸렸다. 그러나 분노보다는, 약간의 갑갑증이 가슴을 틀어막았기 때문이다.

"좌우간 모로 갔어도 목적을 이뤄 다행이로군. 저치는 이제 경이 얼마나 총사령관에게 충실히 복무하는지 잘 이해했을 것이다. 기선을 잡지 못했으니 곧 닥치겠지."

"……."

"발렌시아 경, 나는 돌아가자마자 비사에서 제안받은 내용의 배를 부를 것이다. 반 레베리히트가 분노하면 두 주 뒤에 양보하겠다. 그동안은 경이 싸워야 한다."

"예. 잘 알겠습니다."

그들은 짧은 대화 후 다시 돌아왔다.

반 레베리히트는 그들이 들어온 뒤로도 한참 동안이나 뒤에 선 기사와 대화를 나누었다. 발렌시아는 자멘테가 길을 밝혀 준 뒤에야 이것이 온전히 그녀를 향한 공격임을 깨달았다. 자신이 협정 자리에 섰을 때에는 상상할 수 없었던 일이기에 그 개인이 무례하다고 판단했건만, 너무

쉽게 생각한 모양이었다.

마침내 침묵이 흐르자, 자멘테가 입을 열었다.

"슬슬 그만하지."

"무슨 말씀이십니까?"

"첫째, 배상금. 딤니팔 금화로 오천만 장. 둘째, 그라우뷘덴 귀금속 사분지 일의 삼 년 기한 유통권. 마지막, 외르타 발미레를 비사의 금록에서 삭제한 뒤 그녀가 가문을 세우든 후계를 남기든 더 이상 참견하지 마라. 네 왕의 미친 편집증에 맞춰 줄 이유가 없다."

"말조심—."

"입 닥쳐. 찢어 놓기 전에."

침묵이 흘렀다.

발렌시아는 자신이 보다 부드러운 협박으로 메워야 한다고 생각했다.

"반 레베리히트, 게외보르트군은 대부분의 전력을 잃었다. 손실을 메우기 위해선 적어도 농번기가 지나야 하나, 아직 시일이 남았다. 딤니팔이 빈 가을을 노린다면 비사 오필라까지 위험해진다. 우리가 이웃의 예의를 지켜 스트레파르에 만족한다는 사실에 감사하라."

"하지만 너무 과합니다. 저희도 자구책은 많습니다. 내부적으로 책임 소재를 묻고 정돈하기 위해 종전을 바랄 뿐입니다. 절대 자존심 없이 굴복하지 않겠습니다. 저희에게는 아직 수많은 병사가 남아 있으며 그라우뷘덴에서 차출할 여지 또한 충분합니다."

그는 이제 민감하게, 상대가 자멘테가 아닌 자신을 바라보고 있다는 사실을 깨달았다. 천천히 내뱉었다.

"총사령관께 다시 말씀드려라."

"……."

"내게는 권한이 없다."

"……자멘테 경, 조건이 너무 과합니다. 받아들일 수 없습니다."

자멘테가 살짝 몸을 기울였다.

"차차 논의해야겠지. 나는 네가 아닌 네 왕과 이야기하고 싶다. 그러니 우선 우리가 원하는 바를 전해."

"조금 더 말씀을 나누고—."

"그러면 전권을 받아 가져온 네 선물이 어떻게 되는지 들어 보지."

"……잠시 휴회를 요청드려도 되겠습니까?"

"한 시간."

"감사합니다."

반 레베리히트는 빠른 걸음으로 천막에서 나갔다.

잠깐의 침묵 뒤, 자멘테가 웃으며 그를 돌아보았다.

"빨리 적응하는군."

앙히에는 답장하지 않았다. 외르타는 그가 그 정도로 멍청할 것을 짐작하여 미리 짐을 챙겼다.

그녀는 자신이 고른 멋진 흑마에 감탄했다. 몇 날 며칠 동안 즐기고 아낀 뒤에도 감탄하게 되는 탄탄한 근육이었다. 말이 달릴 때마다 안장 아래에서 발돋움 치는 결을 느낄 수 있었다. 그 대지 같은 힘이 그녀를 행복하게 했다.

미라이에 영지로 향하던 길에서 예전 자신을 되찾았다는 사실을 깨달았지만, 그럼에도 이렇게 외로운 여행을 마주하자 설렜다. 정말 소녀 적처럼 이웃 도시로 달려가고 있었다. 온전히 제 의지로 말을 부려 원하는 목적지에 다다르는 것은 잠깐 동안의 산책과는 완전히 달랐다. 그 기쁨이 일주일간 그녀를 달리고 또 달리게 했다.

제 무절제한 연습에 고통받는 이다를 보는 것도 특별히 재미있었다.

욜란다는 그녀를 따라 성을 한 바퀴 돈 뒤, 사전에 움직이는 것은 체력을 낭비할 뿐이라며 주저앉았다. 외르타는 당신이 승마에 재능이 없는 것은 아닌데 나를 따라오려다 보니 지쳤을 뿐이라고 오만하게 평가해 주었다.

외르타는 성을 맴돌던 때와 똑같이 오늘도 활기 넘치는 인간으로 서 있었다.

허벅지로 안장을 단단히 조이곤 허리를 세웠다. 시르드는 잠깐 외르타의 흑마를 쓰다듬는가 하더니, 곧장 이다에게로 가서 짐을 정리해 주었다. 외르타는 말 위에서 팔짱을 낀 채 조곤조곤 대화를 나누는 동료지간을 바라보았다.

“저는 아무리 전쟁이 끝났어도 외부인이 벌써 스트레파르에 가는 건 미친 짓이라고 말씀드렸어요. 그냥 회전도 아니고 무려 공성전이었다고요.”

“그래. 이야기 잘 들었어.”

“다만 가신 김에 군량 거래 문제는 좀 깔끔히 처리하고 와 주십시오. 여러모로 귀찮아 죽겠어요. 접고 싶어요.”

“가지 말라는 거야? 아니면 가라는 거야?”

“둘 다입니다.”

시르드는 씩 웃으며 한 발자국 물러섰다. 이다 역시 짧게 인사한 뒤 외르타를 돌아보았다.

“백작님, 제가 인도할게요. 며칠 내리 가야 하니 체력은 아끼시고요.”

“그래도 조금쯤은 속도를 낼 수 있겠지?”

“허가받지 않고 달리는 이들은 순찰대가 바로 적발하긴 하겠지만, 원하신다면요.”

외르타는 고개를 숙여 말갈기에 뺨을 비볐다. 영리한 짐승의 이름은 여행길의 끝에서 지어 주기로 결심했다. 그래서 단지 말했다. 잘 부탁해.

그들은 이다의 침착한 인도로 꾸준히 길을 만들어 갔다. 딤니팔 군이 주변을 태우고 평탄화해 볼 만한 풍경도, 심지어 사람도 없었다. 영원히 태풍이 쓸고 간 듯한 평야만 남아 있었다. 말이 다니기에는 좋았지만 쉽게 지루해지는 사람은…….

외르타는 반나절 만에 말 위에 늘어진 수건 같은 몰골이 되었다.

그녀가 저녁 식사를 위해 말에서 내리자, 이다가 갑작스레 웃음을 터뜨렸다.

"표정이 정말……."

"응?"

"지루해 죽겠지만 백작님께서 계속 가자고 우기셨던 길이라 불평하지도 못하시는 표정이에요."

"……."

"얼마 동안 저희 둘끼리 평온할 수 있을까요? 지금까지의 경험으로 미루어 보아 저는 차라리 지루한 지금이 좋아요. 상황이 바뀌기까지 그리 오래 걸리진 않을 거…… 예요. 음, 품위도 없군. 말하자마자 오다니."

외르타는 그녀의 시선이 향하는 쪽을 돌아보았다. 횃불이 어른거리고 있었다.

"백작님, 우선 말들이 놀라지 않도록 나무 뒤편에 잘 매 주시겠어요?"

그녀는 뒤를 훔쳐보며 욜란다의 부탁에 따랐다.

약간의 시간 뒤, 땅이 울리기 시작했다. 제 어두운 시력에도 최소 스무 명 이상의 기사들을 확인할 수 있었다. 외르타는 그 기세에 질렸다.

욜란다는 그들이 작은 나무와 두 사람을 둘러쌀 때까지 기다렸다. 외르타는 말고삐를 꽉 쥐었다.

"안녕하세요, 기사님들. 좋은 저녁입니다. 저는 대게외보르트 전쟁 중앙군 제4보급소를 책임지고 있는 쇠메의 욜란다 그네젠입니다. 미라이예에 복종하며 이 모든 내용을 증명할 수 있습니다."

그들은 애초에 여자 둘에게 창을 들 생각은 하지 않은 모양이었다. 가장 나쁜 경우라 해 보았자 부랑자 둘을 처리할 요량으로 달려온 인간들 같았다. 그 즉슨, 지독히 무례한 치들이었다. 외르타는 기사들이 자신을 훑어보는 시선이 너무 싫었다. 자유로운 승마복을 입고 있다가도, 어깨에 걸쳐 두었던 로브를 홱 풀어 온몸을 덮었다.

욜란다는 대뜸 손을 내미는 말 위 기사의 행동에 전혀 놀라지 않은 채 금패와 서류를 건넸다.

그는 잠시 확인한 뒤, 말없이 돌려주었다.

"일어서. 임시 군영으로 인도하겠다. 필요 인원에게 식사와 숙소를 제공하는 것은 군의 의무다."

"실례지만 저희는 지금 따듯한 저녁을 위해 멈추었어요. 정오에 레발로를 떠나 한 번도 쉬지 못하였어요. 아주 잠깐이라도—."

"네 사정이다. 군이 아닌 자를 평야에 풀어놓을 수 없다. 말에 타."

욜란다는 고개 숙여 복종하겠다는 행동을 보였다. 외르타는 속으로 투덜대며 말을 풀어 주었다. 너무 허기졌지만 여기서 정체를 밝힐 수는 없었다. 저들은 이미 자신이 이다의 수행인이라도 되는 듯 공평하게 경멸하고 있었다. 아니, 이다는 상단 주인이기라도 하지, 자신은 그저 새끼 시종이었으므로 더욱 무시당했다.

말고삐를 건네주느라 바짝 붙었다. 이다가 죄송하다고 속삭였다. 그녀가 죄송할 필요는 없었다. 이 무례한 딤니팔 기사 놈들이 벼락을 맞아야지.

그들이 말에 오르자 기사들이 위압적으로 둘러쌌다. 아무도 제대로 얼굴을 보여 주지 않은 채 철갑 속에 갇혀 있었다. 물론 외르타는 바보가 아니었기에 투구 속에서 자신을 샅샅이 뜯어보는 시선을 느낄 수 있었다. 그녀는 저들이 끔찍이도 싫다 못해 발렌시아와 다시 만날 때가 걱정될 지경이었다. 어떤 기사가 억지로 제 고삐를 당겨 방향을 수정해 주었는데, 하마터면 그 손을 물어뜯을 뻔했다.

"백, 저, 크흠……."

외르타는 이다의 숨죽인 경고를 알아들었다.

말이 천천히 달리기 시작했다. 그녀는 고개를 푹 숙인 채 세상을 무시하려 애썼다.

기사들은 멋대로 속도를 높였다가 저들이 원하는 시점에 급하게 멈추었다. 또 마음대로 질주했다가, 사그라졌다. 기사들의 사전 신호를 모르는 사람이라면 몸이 끔찍하게도 힘든 방식이었다. 외르타는 개처럼 끌려가는 듯한 굴욕감을 꾹꾹 참았다. 얼마나 버티나 보자는 걸까?

어쨌든 그들은 견뎠다. 그 고문을 몇 시간이나 이겨 낸 뒤에야 임시 군영에 도달했다. 그들은 전쟁 통에 상한 건물들을 재건하여 사용하고 있었다. 허가받은 기술자와 상단들이 오가고 있는 모양이었다. 외부인이 드물지 않아 어느 정도 자유로운 분위기였다.

외르타는 굴러떨어지듯 말에서 내리다가, 기사에게 팔을 틀어 잡혔다. 그녀는 땅에 서지도 제대로 앉지도 못하는 어설픈 자세에서 이를 악물고 고통을 참았다.

"도망칠 생각 하지 마라. 기록부에 이름을 새기고 안내인을 따라가."

"……네."

기사는 외르타를 떨친 뒤 무리를 이끌고 뿔뿔이 사라졌다. 어이가 없었다. 우리가 이름 쓰는 것까지 감시할 생각도 아니었으면서 붙잡아 경고를 주다니. 외르타는 저자가 순전히 자신을 모욕하기 위해 폭력을 썼다는 사실을 깨달았다. 욕설을 내뱉었다.

"에페, 에페, 에페, 아르트르프 자켐, 에페, 에페……."

"쉬이잇, 백작님."

이다가 기겁하여 주변을 둘러보았다.

"어서 기록부에 이름을 쓰고 저녁을 드시지요. 제가 위치를 잘 알아요."

외르타는 이다를 위해 소리 낮춰 속삭였다.

“난 딤니팔 기사들이 정말 싫다.”

“네, 저도요.”

“장난이 아니야.”

“저도 상고가 왜 그렇게 혐오했는지 알겠다니까요. 이름, 아무거나, 알려 주세요.”

그녀는 씩씩거리며 명부에 적을 이름을 알려 주었다. 시르드 미레. 이다는 웃음과 함께 가명을 적었다.

저녁 식사는 더 최악이었다. 외르타는 이 정도로 희멀건 고깃국을 사람이 먹을 수 있는 것인지 의심했다. 고기 기름은 꼭 촛농을 녹인 것 같았다. 몰래 구역질을 시작하자 이다가 주전부리를 꺼내 급한 불을 껐다. 그나마 식사 말미에 구운 소시지가 나와 억지로 억지로 배를 채울 수 있었다. 외르타는 앞으로 이어질 모든 식사가 이 모양일 것을 생각하자 눈앞이 캄캄해졌다.

물론 잠자리도 엉망이었다. 절대 방 두 개를 줄 수 없다기에 이다와 한 방에 들었는데, 그녀가 의자에서 쉬겠다는 것을 말리느라 한참이나 걸렸다. 겨우 한 침대에서 자자고 설득한 순간 아래층에서 소음이 시작되어 제대로 눈을 붙일 수도 없었다.

그들은 채 몇 시간도 쉬지 못한 채 일어나 엄중한 감시 속에 길을 떠났다. 이다는 익숙한 듯 모든 것을 잘 챙겼으며, 자신만 터덜터덜 끌려갔다. 고작 하루 힘들었다고 이렇게까지 차이가 나다니 이다에게 부끄러웠다.

두 번째부터는 기사가 아닌 병사들이 따라왔지만, 그들이라고 기사와 다른 것은 아니었다. 감시병들은 사정을 봐주지 않은 채 모든 끼니를 말 위에서 해치우도록 강요했다. 다행히 자신은 말 등에서 먹은 빵을 토해 낼 정도로 연약하지 않았다. 그러나 급속도로 피로가 쌓이는 것만큼은 어찌 도울 수가 없었다.

그들은 한밤중 다시 새로운 군영에 들어왔다. 감시병들은 두 사람의 이름을 정확히 기록한 뒤, 숙소까지 안내하곤 문 앞을 지켰다. 스트레파르에 가까워질수록 엄중해지는 모양새였다. 이다가 문을 두드리며 저녁 식사는 어떻게 해결하는지 물었지만 대답이 없었다.

“협력자에게 식사를 제공하는 게 군의 의무라면서…….”

외르타는 푸념했다. 그러나 문밖에서는 헛기침 소리조차 나지 않았다.

이다가 그녀의 어깨를 감싸며 물과 건량을 건넸다.

“신선하진 않지만, 드세요.”

“기사들은 실컷 괴롭힌 뒤 기사된 도리라고 식사를 제공하고…… 병사들은 거기에 덧붙여 저녁도 안 주고…… 딤니팔 것들은…….”

“힘드시더라도 조금만 참아 주세요. 이렇게 이틀 밤만 더 버티시면 스트레파르에 다다르실 수 있을 것이에요.”

외르타는 이다와 같은 침대로 기어들어 가면서, 내일은 말 위에서 기절할 수도 있겠다고 중얼거렸다.

놀랍게도 다음 날은 그 전 이틀보다 더 나빴으며, 마지막 날은 모든 날 중 최악이었다. 체력이 점차 떨어져서 이전과 같은 대우를 받더라도 더 힘든 것 같았다. 여행길에서는 주변을 거의 보지 못한 채 비스듬히 땅을 바라보고 다녔다. 그러다 정말 졸기도 했는데, 그 모습을 보고 겁먹은 이다에게 몇 번이나 도움을 받았다.

그들이 스트레파르에 도착했을 때 외르타는 거의 말도 못 할 지경이었다. 이건 평소 체력이 문제가 아니야. 제대로 된 식사를 안 줘서야. 그녀는 속으로 불평했다. 물론 그녀와 똑같이 부실한 식사를 한 이다는 활발하게 경비병과 이야기를 나누고 있었다.

외르타는 흑마의 목을 껴안은 채 옆을 바라보았다. 이다가 미리 씌워 준 두건 사이로 희미한 풍광이 보였다. 오랜만에 보는 성이었다. 멀다면 멀고 가깝다면 가까운 위치에 낮은 천막들이 수없이 늘어서 있었다. 수많은 딤니팔의 깃발 중 가장 눈에 띄는 것은, 총사령관의 깃발. 접힌 태양 기.

외르타는 갑자기 정신이 들어 몸을 일으켰다. 반쯤 잠든 채로 실려 왔기에 아직 현실감이 들지 않았다.

"아, 시르드. 이리 오렴."

그녀는 멍하니 이다를 내려다보다가, 더듬더듬 말에서 내렸다.

욜란다는 변명하듯 병사들을 돌아보았다.

"실력은 좋은데 말에 익숙지 않은 아이를 시종으로 부려서요."

그녀는 외르타를 부축하며 그녀의 두건을 걷어 주었다. 틀어 올린 머리, 며칠간의 여행 동안 더러워진 바지. 여성임을 모를 수는 없지만 그래도 보다 소년에 가까운 차림새였다. 출입 관리병들이 하얗게 질린 그녀의 얼굴을 보며 한숨을 쉬었다.

"그네젠, 네가 돌보아야 할 수하를 데리고 다니는군."

"차차 나아질 거라고 기대하고 있어요. 아무튼 서류를 정리하려면 이 친구가 필요해요."

"들어가 봐."

욜란다는 고개를 숙인 뒤 다시 외르타에게 두건을 씌웠다.

외르타는 최대한 혼자 걸으려 노력하며 그녀를 따라갔다. 그러나 땅에 내려서자 머리가 더욱 어지러웠다. 며칠 동안 따뜻한 음식을 먹지 못한 데다, 여행 도중 맞바람이 강하여 빈속을 갉아먹었다. 잠자리에서는 하나같이 삭은 냄새가 났으며 언제나 등이 결렸다. 또한 감시병들이 제멋대로 속도를 올리고 줄이는 통에 악착같이 쫓아와야 했다. 혼자 달리는 것보다 수배는 힘든 일이었다.

외르타는 앞을 보지 못하고 걸었다. 아, 내가 이다 없이 이 길을 혼자 올 수 있을 거라고 생각했다니, 자만심도 그런 자만심이 없구나.

그녀는 눈치채지도 못한 사이 어떤 수레에 걸터앉게 되었다. 덜컥덜컥 흔들리다 겨우 칸막이에 기대었다. 욜란다는 앞에 있는 사람과 즐겁게 이야기를 나누고 있었다. 주변 소리가 아주 멀리서 들렸다. 마치 기억 속에서 들리는 것처럼…….

"뒤엔 누구야?"

"그냥 수행인. 처리해야 할 자료가 너무 많아서."

"그러게 누가 이렇게 오래 떠나 있으라 하던가."

"어차피 전쟁이 이 지경이면. 아, 풍경 멋지군. 스트레파르가 엉망진창이야."

"이것도 많이 나아진 셈이지. 북동쪽 벽이 완전히 무너졌다네."

"벌써 재건할 기술자들을 부른 거야?"

"뭐, 소문으로는 이미 군영에 게외보르트 인사가 와 있다니 앞날을 생각해도 위험하진 않겠지."

"전쟁이 한 해를 못 갔네."

"아슬아슬하게."

"여긴 벌써 시장통이군."

그들이 함께 웃음을 터뜨리는 소리가 들렸다가 어렴풋이 사라졌다. 외르타는 천장이 뻥 뚫린 나무 수레에서, 여물 냄새를 맡으며 반쯤 자고 있었다. 잠이…….

"시르드, 시르드."

외르타는 부르르 떨며 일어났다. 어떤 단단한 손에 잡혀 내렸다. 휘청이며 겨우 서자, 이다가 몸을 돌려 누군가에게 말을 거는 모습이 보였다. 정확히는, 뒤집어쓴 두건 아래로 발 두 쌍만 보였다.

"안녕하세요, 미라이예 공작가 수하 쇠메 상단의 욜란다 그네젠이에요. 혹시 미라이예 작은 공자님께서 어디 계시는지 알 수 있을까요? 앙히에 르나치 기지 얀 미라이예 경이세요. 합하께 보고드릴 내용과는 별

건으로 부탁하신 내용이에요."

"미라이예 종기사? 저 왼쪽 푸른 기를 넘어서 마구간을 찾아라. 거기서 간이 창고 방향으로 여섯 번째 되는 천막이다."

"감사해요, 기사님. 정말 감사해요."

외르타는 다시 손을 잡혔다. 이다가 부드럽게 어깨를 감쌌다. 한 걸음 한 걸음 내디뎠다.

"안녕하세요, 포데스티 경. 오랜만에 뵈어요. 이제 와 말씀드리기는 송구하지만 경께서 명하신바 최적의 조건을 찾았어요. 부디 군의 좋은 양식이 되었기를 깊이 바라요. 그것이 상단의 명예이자 또한 저희 공작님의 수하된 명예이기도 해요. 아, 감사해요. 꼭 한 번 절차를 밟아 말씀드릴게요."

"안녕하세요, 돌메레 경. 예전에 드렸던 것이 도움이 되셨다니 정말 다행이에요. 따로 언질 주셔서 얼마나 영광이었는지 몰라요. 다음에도 편하게 명하시면 언제든 기사님의 충실한 심부름꾼이 되겠어요. 감사해요."

"안녕하세요, 파람 경. 너무 아쉽게 되었어요. 동부로 가는 길에 기사님의 도움이 될 수 있다고 철석같이 믿었는데 제 노력이 부족했던 모양이에요. 죄송해요. 아니어요. 그렇게 말씀 주셔도 전달꾼으로서의 제 임무가 가벼운 것은 아니니까요. 다음에는 이쪽으로 연락 주시면 언제든 달려가겠어요. 아하하, 네. 저희 종기사님을 잠시 뵈러 왔어요. 물론 허가를 받았고요. 이해해 주셔서 감사해요."

그리고 태양이 없어졌다. 무언가 실내에 가까운 공기가 훅 끼쳤다. 천이 펄럭이며 가라앉는 소리가 들렸다.

"……."

"오랜만에 뵈어요, 상고."

"백 미터 밖에서도 네가 오는 걸 알겠더라. 그런데 옆에…… 아니,

내가 모르는 사람이라고 해 줘."

욜란다는 외르타의 두건을 벗겼다. 그녀는 비틀거리며 상대를 짚었다.

시야가 흐릿했다. 군영 입구에서 여기까지 오는 그 잠깐 사이에 더 상태가 나빠졌다.

"아니, 하, 참, 나는 오지 말라 했는데, 기어이, 미치겠네."

"그게 하실 말씀이에요? 비키세요."

외르타는 더듬더듬 걸어가 침대에 걸터앉았다. 욜란다가 안내하는 대로 누웠다. 그녀의 차가운 손이 이마를 짚었다.

"아니, 백작님, 잠깐 사이에 웬 열이……."

"편지로는 엄청 건강하다고 주장하던데 대체 왜 이러는 거야……. 레발로랑 멀지도 않잖아. 며칠 걸렸어?"

"만 나흘이요. 오늘이 닷새째 아침."

"대체 그동안 무슨 일이 있었길래?"

"저야 병사들이 머리채 흔들어 데려오는 과정에 익숙하지만, 아무래도 백작님께는 정말 힘드셨나 봐요. 판자때기 같은 곳에서 좀먹은 이불을 덮고 주무셔야 했어요. 그뿐일까요. 따뜻한 음식을 거의 들지도 못하셨어요. 병사들은 말을 엉망진창으로 부리지, 일부러 식사도 개밥 같은 쓰레기만 던져 주지, 못된 것들. 희롱하고 싶어 안달이 난 거야. 나야 금패를 쥐었으니 막 대하기엔 조금 겁이 나도 제 수행인에게는 그렇지 않았던 것이에요. 힘들어하시면 하실수록 좋아하더라고."

"돌겠군."

"새 이불이랑 따뜻한 물수건, 데운 음식 좀 부탁해요."

"내가 말하기 전까진 절대 나오지……. 경고할 필요가 없겠군. 알겠어. 기다려."

외르타는 아찔한 머리를 부여잡고 침대에 늘어졌다. 며칠 만에 맛보는 인간의 침대라는 생각이 들었다. 앞에 있었던 사람은 앙히에인가?

잘 모르겠다. 어지러웠다. 눈앞이 핑 돌았다.

누군가 단단히 묶은 머리를 풀어선 쓸어 넘겨 주었다.

"백작님, 괜찮아요. 상고가 필요한 물품들을 들고 오실 것이에요. 너무 죄송해요. 저 혼자 오가던 때에는 이 정도는 아니었기 때문에 충분히 경고해 드리지 못하였어요. 백작님께서 젊은 수행원이라 특별히 무례했던 것 같아요."

"……머리……아파……."

"여행의 끝에서 저런 개자식들에게 당해 죄송할 따름이에요. 잠시, 주무시지 마시고…… 조금이라도 드시고 주무세요. 그래야 푹 쉬실 수 있어요."

"……."

천막이 거칠게 열리는 소리가 들렸다. 곧장 강한 힘이 위에 덮인 이불을 걷어 내고, 햇빛 냄새가 나는, 더 두터운 이불을 덮어 주었다.

"음식은 고기 파이밖에 못 들고 왔어."

"충분해요. 비켜 봐요."

"……."

"따스운 물, 수건. 좋아요."

"……."

"백작님을 좀 일으켜 주시겠어요?"

외르타는 토할 것 같은 기분으로 누군가에게 안겨 올라갔다.

"백작님, 백작님. 조금이라도 드세요. 따뜻한 파이 속이에요. 향이 강하지도 않아요. 괜찮으실 것이에요."

그녀는 힘겹게 수저를 물었다. 따뜻한 음식을 가까스로 삼켰다. 한 번, 두 번, 세 번. 그리고 고개를 저었다.

"많이 아파 보이는데 의사를 불러야 하지 않아? 네 수행인이라 하고."

"말도 안 되어요. 지금 여기가 어딘 줄 알고. 기사 군영에서 새끼 수행인을 위해 의원을 부른다고요?"

"그렇다고 아픈 걸 가만히 둘 수는 없잖아."

외르타는 갑자기 눈앞에 보이는 손목을 꽉 잡았다.

"부르지 마."

"……."

"싫 거야……."

많은 이유가 있었지만 가장 중요한 것은 정체가 들킬지도 모른다는 두려움이었다. 저들은 제 정체를 들키는 게 생각보다 별일이 아니라고 —이미 군영 안에 들어왔다면 무엇이 문제겠는가?— 생각하겠지만 그녀는 아니었다. 외르타는 반년이 넘도록 활기차게 딤니팔을 횡단하고서 병든 모습으로 발렌시아와 재회할 생각이 없었다. 그에게 또다시 연약하여 지킬 무언가로 보이고 싶지 않았다. 특히나 건강하고 즐겁게 알론조 캄비를 즐겼고, 여행길을 쉼 없이 오갔다면. 그에게 그 기억을 보여 주지 못한 채 병들어 졸고 있는 모습으로 남고 싶지 않았다.

"그래도 이러다 형님에게 들키면 내가 죽을 수도 있어."

"무슨 상관……. 그냥 죽어……."

"……."

"절대…… 말……."

시야가 캄캄해졌다.

앙히에는 외르타의 얼굴에 송골송골 맺힌 땀을 닦아 주었다. 틈틈이 의자에 앉아 있는 욜란다를 노려보기도 했다. 차라리 무례한 놈들을 잡아 죽이지 그랬느냐는 말이 목구멍까지 치솟았지만, 사실 자신이기에 할 수 있는 말임을 알았다. 귀족도 아니고 무력도 갖추지 못한 제 동료가 할 수 있던 최선은 인내뿐이었으리라. 신난 칼잡이들의 성질을 거스르지 않으면서.

욜란다는 자신에게 외르타를 부탁한 뒤 여러 번 나갔다 왔다. 아마 형님에게 군과 관계된 내용을 보고하러 다녀온 것이겠지. 그는 어떻게 그녀가 형님 앞에서 뻔뻔하게 거짓말을 할 수 있는지를 항상 궁금해하곤 했다. 욜란다는 정말 한 치의 두려움도 없이, 죄책감도 없이 진실을 숨기곤 했다.

나는 지금 이 작은 비밀마저 지키지 못해 종잡을 수 없이 불안한데.

비밀 하나. 아직 블랑쉬 젤로가 군영을 떠나지 않았다. 정말 깊은 마음속에선 차라리 외르타가 지금 운신할 수 없는 상태라 다행이라는 생각이 들었다. 그들이 서로 만난다면, 상상하기도 싫었다. 이 자리를 지켜서 아무도 외르타를 발견하지 못하도록 만들 것이다.

욜란다가 다시 나갔다. 이번에는 병사 군영을 좀 돌아다니며 '무언가를' 구해 오겠다고 말했다.

앙히에는 침대 옆에 의자를 더 가까이 끌어당겨 앉았다.

"불길하게시리, 작년 여름 같네."

그때와 달리 외르타는 가끔 끙끙대는 소리를 내고 이리저리 뒤척였으며, 대강 두 시간에 한 번씩 깨어나서 목적 없이 화를 냈다. 너무 춥다거나, 덥다거나, 아니면 혹시 발렌시아한테 말한 거 아니냐든가. 아파서 하는 소리라고 이해하기로 했다. 그만큼 힘들어 보였으니까.

외르타가 부르르 떨었다.

곧 깰 때가 되었군.

앙히에는 그녀가 눈을 뜨자 손을 흔들었다. 나 여기 있어. 아픈 사람이 눈만 이리저리 굴리더니, 어제오늘 처음으로 차분하게 말했다.

"앙히에, 지금 며칠째야? 감이 안 잡히네."

"……이틀이 조금 넘었어."

"머리는 더 이상 안 아픈데…… 몸이 쑤셔."

"아직 피곤한 거야. 쉬어야 해."

"응."

"웬일이야? 내 말도 듣고."

"가까이 와 봐."

앙히에는 몸을 숙였다. 순간 뺨을 얻어맞았으나, 깨닫는 데엔 시간이 걸렸다. 힘이 너무 약했기 때문이다. 그는 툭 떨어진 외르타의 손을 제자리로 돌려주었다.

"때리는 건 나중에."

"예고한 거란다……. 아니, 세상에, 얼굴 좀 봐! 상처가, 그게 뭐야?"

앙히에는 까맣게 잊고 있던 제 얼굴 위 상처를 매만졌다. 이제는 자국이 느껴지지도, 욱신거리지도 않았다.

"……알로지아드에서 도망쳤을 때 문제가 좀 있었어."

"입가의 상처로도 모자라서, 대체 어떤 일들을 하고 다니는 거니? 아프진 않아?"

"전혀. 벌써 꽤 되었어. 다행히 이런 얼굴을 하고 있자니 전쟁터에서 많이 덤비지를 않더군."

"아…… 얼굴에 상처라. 이제 나이가 좀 들어 보이네, 아쉽게도……."

"이야기하는 걸 보면 이제 몸은 멀쩡한가 봐?"

"열이 내렸다니까……."

외르타는 안타까운 시선으로 말끝을 흐렸다. 그러다가 갑자기 때린 용건이 생각난 듯 부르르 떨었다.

"앙히에, 나한테 거짓말을 했어! 진짜 맹세하는 척했으면서 또, 또 포기했어."

"미안해. 겁이 났어."

"난 네 왕 앞에서도 의리를 지켰단다."

"그래도…… 돌아왔어. 이제 거의 마무리 단계야. 전쟁이 끝나면 작위를 얻을 거야. 드디어 내 임무에서 도망치지 않는 형태로 떠날 수 있어."

거짓말 때문에 마음이 조금 켕겼다. 하지만 형님과 화해했다는 본질은 같으니까. 스스로를 위로했다.

"……."

외르타는 누운 채 손을 주물렀다. 아직 저린 모양이었다. 앙히에는 도와줄 테니 제게 달라는 표시를 했지만, 그녀는 꿋꿋했다.

"사람 일이라는 게 참 이상해."

"응?"

"네가 죽었다고 생각한 잉그레의 철에선 눈앞이 캄캄했어. 알론조 캄비에선 나 혼자만 지옥에 갇힌 줄 알았지. 그렇게 흔들리던 인간이 돌아 돌아와서 평온하구나."

"……."

"재료는 원래 있었고, 이제 얼기설기라도 완성했지."

"알론조 캄비에 가서 선문답만 배워 왔군."

"그래. 네가 그런 멍청이 같은 소리를 해야 또 안심이 되네."

그녀는 주섬주섬 상체를 일으켰다. 앙히에는 급히 데워 두었던 식사를 탁자 위로 올렸다. 그녀는 별말 없이 음식을 들기 시작했다.

앙히에는 깨어난 외르타에게서 연약하다는 느낌을 거의 받지 못해 조금 놀랐다. 열이 펄펄 끓을 때에는 자세히 보지 못했지만, 지금은 거의 이다와 맞먹듯 단단해 보였다. 제 동료와 똑같은 길을 오고도 앓아누운 걸 보면 체력이 극적으로 나아지진 않은 것 같은데, 왜지?

그는 곧 정답을 깨달았다. 살이 조금 올랐고 자세는 곧아졌으며 동작의 끝부분이 항상 주의 깊었다. 티스푼을 아슬아슬하게 내려 두지 않고, 제 손과 같이 직선으로 가누었다. 귀족의 예의라기보다는 칼잡이나 평민의 투박함이 섞여 있었다. 즉, 그 자신 같았다.

앙히에는 너털웃음을 터뜨렸다. 왕녀로 자라 왕비로 지낸 사람이 어디서 저런 태도에 익숙해졌는지 모르겠다.

"많이 변했네."

"우리가 무슨 한숨 자고 만난 줄 아니? 거의 한 해가 지났단다."

"응. 그런데 팔 년 만에 재회했을 때보다 더 변했어."

"……."

"어떤 일이 있었는지 모르겠지만 존경스럽네."

"……존경스러우면 이제 나가자."

앙히에는 벼락 맞은 사람처럼 외르타를 노려보았다.

"뭐?"

"응, 나 발렌시아를 보러 왔거든. 용건은 빨리 해치워야 마음이 편해."

그는 외르타를 존경하던 마음이 온데간데없이 증발하는 것을 느꼈다. 자신이 편지로 물어 봤을 땐 수없이 무시하더니 얼굴을 마주한 순간에야 형님을 보러 왔다고 말하는 것이다. 그것도 마치 아무 일도 아닌 것처럼, 옆 도시에 놀러 와 친구를 만나겠다는 것처럼 가볍게.

"네가 왜 형님을 봐야 하는데?"

"무슨 상관이야? 그냥 오랜만에, 보고 싶으니까."

"그걸 위해 딤니팔을 가로질렀으면 좀 궁색한 변명 아니야?"

외르타는 무시했다. 앙히에는 이제 그것이 완전히 의도적이라는 사실을 깨달았다.

"아무튼, 그가 지금 바쁠까? 어차피 밤이잖아? 자기 천막에 있지 않을까?"

"내 말이 안 들려?"

"용건은 발렌시아에게 직접 말한다고 몇 번을 말하니?"

그러나 말하는 투를 듣자면 본인도 모르는 것 같았다.

외르타는 앙히에에게 쟁반을 넘겼다. 그가 엉겁결에 받아 드는 순간,

이불을 내팽개치고 일어나 천막 바깥으로 달려 나갔다.

앙히에는 숨 막힐 듯 놀라 그녀를 따라갔다.

짧은 순간에도 애써 머리를 굴렸다. 이다가 새로 입혀 준 병사 옷에 꽉 틀어 맨 머리칼까지, 덕분에 곧장 눈에 띄진 않을 것 같았지만 사실 시간문제였다. 누가 봐도 병사의 체격은 아닌 데다 기사 군영에서 방정맞게 뛰어다니면 당장 덜미를 잡힐 것이다.

물론 생각하는 것도 잠시, 외르타가 자신을 따돌리는 것은 불가능했다. 그는 쉽사리 외르타의 로브를 붙들었다. 그녀는 패배를 깨달은 듯 순순히 늘어졌다.

"좀 참아. 내가 상황 보고 형님께 전할게. 그리고 네 정체가 드러나면 사령부의 몇이나 기절할지 알고는 있어?"

"아……. 열이 아직 안 내렸나 봐. 머리 아파."

"갑자기 뛰어나가니까 그렇지……."

외르타는 제자리에 팍 주저앉았다. 정말 여러 가지로 미치게 하는군.

그는 그녀를 따라 몸을 숙이려다—.

"앙히에?"

앙히에는 언제 몸을 숙이려 했냐는 듯 꼿꼿이 섰다. 외르타를 다리로 밀어, 그녀의 머리칼조차 보이지 않도록 수레 옆에 숨겼다.

"아, 형님."

그들은 여섯 걸음 거리를 사이에 두고 대치했다.

발렌시아는 품 넓은 상의 위로 어설픈 외투를 걸치고 있었다. 이런 형님의 모습은 자주 볼 수 없는 종류였는데, 아무래도 협정 내리 사슬 갑옷이라도 입고 있어야 하는, 치료에 열악한 환경 때문일 것이다. 낮동안 상처가 숨을 못 쉴 테니 말이다. 평소라면 앙히에도 몇 마디 걱정, 혹은 조롱을 건넸겠지만, 지금은 꿀 먹은 벙어리처럼 그를 바라보고 있었다. 그가 다가오면 비명을 지를지도 모르겠다고 생각했다.

천만다행으로 형님은 그 자리에 우뚝 선 채 말했다.

"안 그래도 소식을 전해 주려 했다. 방금 떠났다."

누가 떠나?

"협정 관련 논의가 끝났으므로, 더 이상 사람이 필요하지는 않을 것이다."

아, 블랑쉬 젤로. 드디어, 드디어 떠났나 보다.

앙히에는 형님이 일부러 모호한 어휘를 쓰고 있다는 사실을 눈치챘다. 주변에 혹시 모를 사령부 기사들을 우려했기 때문이겠지만, 이 상황에서는 외르타가 알아들을 수 없다는 점이 얼마나 감사한지 몰랐다.

흘끗 아래를 내려다보자, 외르타는 벌써 수레에 기대 눈을 감고 있었다. 돌아 버리겠네!

"이만 떠난다. 기사 군영에서 쓸데없는 수작질을 벌이지 마라."

천만다행이다. 그는 죽은 음식을 보는 들짐승보다 무관심했다. 설혹 제 발치의 짐 덩이를 보았더라도 다른 기사와 도박을 벌이고 있었다고 생각할 것이다.

발렌시아는 뒤돌아 떠났다.

앙히에는 선선한 저녁 바람에 식은땀이 흐르는 것을 느꼈다.

그는 한참이나 주변을 경계했다. 형님이 가던 길을 돌아올 리는 없지만, 방금 같은 경우가 또 벌어지지 말란 법은 없었다. 만일 자멘테라도 만나게 되면, 그녀는 결코 녹록지 않을 것이다.

다행히 기사 군영은 한밤중의 정적에 휩싸여 있었다. 그는 웅크리고 앉은 외르타를 안아 들었다. 그녀의 몸은 다시 불덩이 같았다.

앙히에는 한숨을 쉬며 천막으로 돌아갔다.

게외보르트와의 협정이 진행되는 동안 기사 군영은 속속들이 비기 시작했다. 다들 펄럭이는 천막 속 야전 침대가 지겹다면서, 반쯤 무너진 스트레파르로 휴가를 나갔다. 네 벽이 세워진 곳에서 쉬고 싶다는 것이다. 사령부 기사들을 제외하면 군영은 휑뎅그렁한 것과 마찬가지였다. 심지어 사령부 기사들도 코앞에 있는 성에 숙소를 마련하는 경우가 많았다.

정말 여러 번 생각했지만 이번 전쟁은 이기주의자들의 엄숙한 롬일 뿐이었다. 기사의 낭만이나 투지 같은 것들은 엉덩이를 붙일 자리가 없었다. 그러나 어차피 앙히에는 그따위 것을 존경한 적이 없었고, 덕분에 느슨해진 군영의 경비는 고맙다 못해 눈물이 날 정도였다.

그는 천막 안에 짐을 놓겠다는 명목으로 침대를 하나 더 들였고, 식사는 두 배를 먹었다. 안에서 씻는답시고 투덜대는 병사들을 부려 큰 통에 물을 받아 가기도 했다. 이 기이한 행동에도 텅 빈 군영은 무관심했다.

앙히에는 따뜻하게 적신 수건을 챙겨 천막 안으로 들어왔다. 외르타는 천막 속 짐 더미를 뒤지고 있다가, 헛기침을 하며 몸을 돌렸다.

그는 기가 막혀 불평했다.

"장난해? 소지품을 뒤져?"

"아니, 그게 아니라, 혹시 책이라도 있나 해서."

"넌 내가 책을 들고 다닐 사람처럼 보이냐?"

"미안해."

그는 수건이 담긴 나무 그릇을 탁자 위에 내려놓았다.

"몸은 괜찮아?"

"응."

"지난번에도 그 소릴 했지. 바깥 공기를 쐬자마자 쓰러지더군."

"이번엔 정말 괜찮아. 그나저나 그땐 별일 없었지?"

"당연하지. 내가 바로 뒤쫓아 데리고 왔어."

"그럼, 이제 정말로 발렌시아를 보러 가면 안 돼? 가슴에 손을 얹고 말할 수 있어. 건강하단다. 그리고 며칠째 밖으로 나갈 수도 없고 너무 답답하단 말이야."

"맨날 형님, 형님."

"……."

그는 한숨을 쉬었다. 그래. 본인이 만나겠다는데 건강하기만 하다면 더 무엇이 문제겠어.

"마음대로 해. 오늘 저녁에 안내해 줄게."

외르타는 진심이었다. 오늘은 건강한 첫날이었다. 며칠간 이다의 간호를 받으면서 간헐적으로 깨어났다가, 다시 낮의 부엉이처럼 졸았다가, 또 어지러워 얼굴을 덮곤 했는데, 오늘 깨어나자 드디어 뻐근한 어깨가 사라져 있었다!

외르타는 하루 종일 앙히에와 그간의 이야기를 하며 지냈다. 재미있었다. 그는 도망가서 무슨 짓을 저질렀는지 자세히 알려 주지 않았다. 그보다는 전쟁으로 돌아와서의 이야기, 발렌시아나 자멘테 경에 대한 이야기를 말솜씨 좋게 풀어 주었다. 자신 역시 알론조 캄비와 에쎄씨나에 대한 이야기, 특히 그 속 사제들과 자신이 그들을 어떻게 존경하는지에 대한 이야기, 여행길에서 만난 사람들에 대한 이야기를 꺼냈다.

서로 새로운 것을 앞다투어 보여 주다 보니 시간 가는 줄을 몰랐다. 가끔 외르타는 인상을 찌푸리며 앙히에의 상처를 가리키곤 했다. 아파 보인다, 영영 치료는 안 되는 건가, 만져 봐도 되니. 앙히에는 친절하게 대답해 주었다. 안 아파. 이게 치료된 거야. 만지지 마. 외르타는 한숨을 쉬며 이제 어딜 가든 사람들이 네 상처로 기억하겠다고 안타까워했다.

"그걸 노린 거지."

"응?"

그는 곧장 다른 주제로 넘어갔다.

이야기를 나누다 보니 저녁은 꽤나 빨리 닥쳤다. 외르타는 앙히에의 도움을 받아 전령꾼 복장을 단단히 조였다. 그 위 큰 로브를 덮고, 두건까지 움푹 눌러썼다. 앙히에는 그녀를 도와주는 내내 한숨을 푹푹 쉬었는데, 결국 한 대 때릴 수밖에 없었다. 내가 무슨 외나무다리라도 건너는 것처럼 말이야.

그녀는 앙히에가 들춰 주는 천막 사이로 걸어 나왔다.

초가을의 밤공기는 선선했다. 포티미외와 동일한, 그러나 하늘 높이만 다른 장소. 이제야 군영을 샅샅이 구경할 수 있었다. 이것저것을 만져 보았다. 천막, 깃발의 끄트머리, 수레, 철로 만든 도르래, 건초. 옛날 익히 보아 왔던 것이기에 더욱 남달랐다. 그때의 자신이 아주 멀리 있는 느낌이었다. 그녀는 이제 더 이상 흔들리지 않았다.

그들은 건초 쌓인 수레 뒤에서 멈추었다. 앙히에는 어떤 천막을 가리킨 뒤 다시 외르타를 향해 검지를 들었다.

"잠시 안에 있나 확인해 볼게."

그러나 고개를 돌린 순간, 우뚝 멈추었다.

외르타는 이리저리 둘러보고 있었다. 그렇기에 앙히에가 멈추었다는 사실을 뒤늦게야 깨달았다. 그녀는 어리둥절한 채 천막 방향을 바라보았다가, 숨을 멈추었다.

"……."

앙히에의 조심성 덕분인지 천막은 꽤나 멀리 있었다. 그러나 활활 타오르는 횃불 아래 자신이 그를 못 알아볼 리 없었다.

발렌시아는 몸을 돌려 누군가를 찾는 듯했다. 오랜만인데도 거의 변하지 않은 얼굴이었으며, 다만, 그에게 표정이랄 것이 없어 마음이 좋지 않았다.

"경비 기사."

외르타는 주먹을 꽉 쥐었다. 그의 목소리. 큰 동굴 속을 부드럽게 두드리는 듯한 저음.

"예."

"그라우뷘델 관련 자료를 톨레도 경에게 받아 와라. 완벽하지 않아도 우선 준비된 것 먼저 전달하라고 해."

"예."

숨을 멈추었다. 앙히에가 슬쩍 제 반응을 살피고 있다는 사실을 알았다. 친구는 누군가 등을 떠밀기만 해도 떠날 듯 보였지만, 당장 자신부터 옴짝달싹 못 했다. 초가을의 날씨에도 꽁꽁 얼어붙었다.

발렌시아는 천막 옆 사령부 깃대처럼 서 있었다. 대지와 불화하는 선이었다. 자세는 그처럼 곧았으나 한밤에 접어든 덕택에 옷차림은 자유로웠다. 편하게 걸친 듯한 상의가 펄럭였다. 그 사이 단단히 조인 붕대가 보였다. 흰 상의 아래로 수많은 칼자루가 보였다. 개중 가장 긴 칼은, 하얀 바탕을 가지고 있었다.

"그리고 총사령관께서, 경께서 출입하실 때 전달하라고 하신 전언이 있습니다."

"말해."

"내일 회담이 여덟 시에 시작된다는 사실을 잊지 말라고 하셨습니다. 또한 그들의 주장대로라면 처음으로 내부 논의가 완료되었고, 이에 따라 험난한 토의가 예견되니 감안하시어 숙면에 신경을 쓰시라고 말씀 주셨습니다."

"기억하겠다."

"예. 내리신 명은 바로 받잡겠습니다."

"……."

누군가 반듯이 쌓아 둔 돌담 같은 사람이었다. 이 밤중, 달보다 불에 비치는 음영이 단단했다. 화르륵 이는 불티 옆에서도 단호한 시선은 헤매는 경우가 없었다. 단지 생각했던 곳을 바라보고, 바라던 바를 달성하고, 다시 다음 목적지로 떠날 뿐이었다. 그 중간 어디에서도 길을 잃지 않았다.

자신을 바라보던 시선도 길을 잃은 듯 느껴지지 않았다. 발렌시아는 결코 길을 잃고 제게 답을 구한 것이 아니었다. 그는 오래전 결심을 걸어 잠근 뒤 다가왔다. 최초로 마주했던 눈은 뚜렷하고 분명했으며, 그렇기에 영원히 자신을 바라보았다. 단호했지만 서늘하지는 않았다. 이미 따뜻한 물에 손을 담그고 있는데 그 위로 누군가 다시 뜨거운 물을 부어 주는, 그 불안하고 노곤노곤한, 기분 좋은 감각이었다. 그런 시선으로 제게 엉겨 붙던 이가 떠났다면 아마 자신이 먼저 뒷걸음질을 쳤기 때문이리라.

멍하니 앉은 사이, 발렌시아는 다시 천막으로 들어갔다.

앙히에가 속삭였다.

"어떡할까?"

외르타는 침묵을 지켰다. 그녀는 아직도 발렌시아가 시야에 남아 있는 것 같다고 생각했다. 이렇게 충격받은 스스로가 믿기지 않았다. 앙히에의 팔뚝을 짚고, 로브를 잡아당기며 뒤로 돌았다.

"……."

"응?"

"……돌아가자."

외르타는 앙히에를 똑바로 응시하지 않았다. 그러나 제 모습이 어떻게 보였던지, 그가 급하게 붙어 자신을 부축하는 것이 느껴졌다.

"다시 아파?"

"아니……."

그녀는 어떻게 설명해야 할지를 몰랐다. 너무 오랜만이라서 그래. 그림자라도 그의 목소리, 시선, 움직임과 바람을 느끼는 것이 너무도 오랜만이어서 그렇다. 하지만 그것이 무엇이 그리 놀랍기에?

외르타는 대답하지 못했다.

앙히에와 함께 겨우 천막으로 돌아왔다.

그녀는 의자에 주저앉아 이마를 짚었다.

"왜? 대체……."

그는 걱정 섞인 어조로 물었다. 외르타는 제 감정을 묘사하기가 힘들었다. 이마, 눈썹, 뺨을 샅샅이 매만진 뒤, 다시 두 눈을 꾹 눌렀다. 심장이 쿵쿵 뛰었다. 심장이 아니라 가슴이, 가슴이 아니라 목과 손목이 일곱 살 아이의 뜀박질처럼 정신을 못 차렸다.

"진짜 아픈 거 아니지? 이다 불러올까?"

"괜찮아……."

"그럼 왜? 내가 도와줄 게 있나?"

"……."

앙히에에게 말하기 어려웠다.

가까스로 한마디를 뱉어 냈을 따름이었다.

"발렌시아, 바쁜가 봐……."

"말했잖아."

"좀 쉴게……."

그가 조심스레 다가와 이마에 손을 얹었다. 그러나 자신이 느끼기에도 그 손보다 제 피가 더 차가웠다. 아프지 않았다. 앙히에도 의아하다는 듯 눈살을 찌푸리기만 했다.

외르타는 그의 도움을 받고 일어서 침대에 누웠다. 몸을 돌려 웅크렸다. 마음이 혼란스러웠다. 발렌시아를 보고 싶고, 만나야겠다는 마음가짐으로 이 자리에 왔는데, 정작 그를 보자마자 석상처럼 굳어 버린 것이다. 그리 발랄하던 결심은 녹아 흘렀다. 자신에게 실망스럽다기보다는, 겁이 났다.

외르타는 어쩔 줄 모른 채 눈을 감았다.

외르타는 포티미외의 꿈을 꿨다.

로크뢰는 없었다. 그녀는 언제나 그가 두드리는 문을 가로막았으므로. 아델도 없었다. 더 이상 그 아이를 전쟁터의 연기로 기억하지 않았기 때문에. 한 사람은 막아서 죽였고 한 사람은 안아서 녹였다.

그렇다면 남는 것은 단 한 사람뿐이다.

그들은 정말 서로를 몰랐다. 파충류 같은 껍질을 가진 채 전속력으로 부딪쳐 차라리 하나가 죽기를 바랐다. 그래야만 각자를 지킬 수 있다고 굳게 믿었다. 아무리 두드려도 죽지 않자 증오스러운 상대라는 듯, 비늘 뒤 노란 눈으로 노려보았다. 당신이 뭔데 나의 삶을 건 일격에 파괴되지 않아? 신화 속 주인공처럼 분노에 찼다.

그렇게 노려보던 노려보던 가운데, 시야에 가느다란 실이 보였다. 그들 사이 증오가 아닌 것을 남길 수 없다는 생각에 달려들었다. 수십, 수백 번이나 서로에게 칼을 휘둘렀다. 그러나 그 실은 여전히 거미줄처럼, 햇살을 받아 하얗게 빛났다. 결국 그들은 칼을 내렸다. 가느다란 실을 사이에 두고 경계했다. 어느 순간부턴 둘 모두 그 실에 닿으면 죽을 것처럼 두려워하고 있었다. 증오가 아닌 다른 것이 있을까 겁이 났다. 서로의 철퇴가 아니라, 그 '다른 것'이 삶을 일그러뜨릴까 무서웠다.

꿈.

포티미외의 꿈속에서 외르타는 전장에 서 있었다. 얻어맞은 머리를 문지르며 붉은 갑옷을 보고 있었다. 시야에는 그 강렬하고도 밝은 점뿐이었다.

'외르타.'

그때 외르타는 그를 외면했다. 그는 제게 아무 의미가 없었다. 제 삶이 로크뢰를 향한 복수에 응집되어 있어, 주변을 돌아보는 것이 말 그대로 불가능했다. 발렌시아보단 차라리 죽어 가는 전투의 승패에 관심이 있었으며, 그보다는 로크뢰의 분노에 스스로를 쏟아부었다.

그날 발렌시아는 그녀를 두 번 부르지 않았다. 같은 방향을 바라보았으나, 그들의 시선조차 나란하지 않았다. 제 풍경에는 늦은 해에 부서지는 병장기들만 득시글거렸다. 방금 전 장면을 곱씹고 곱씹으며, 오로지 전쟁을 바라보았다. 증오하는 인간을 바라보았다.

그러다 누군가의 숨소리를 들었다. 의도한 기침인지 단지 크게 내뱉은 숨인지 분간하기 어려웠다. 그래서 고개를 들었다. 그때 실제로 고개를 들었는지, 여전히 죽음을 내다보고 있었는지도 잘 모르겠다. 그러나 지금은 그를 돌아봐야 했다. 돌아보았다.

발렌시아는 팔을 들고 있었다. 어설펐다. 한순간 그가 무엇을 의도했는지도 알 수 없었다. 그녀는 멍하니 있다가, 그가 본인의 머리를 가리키자 문득 정신을 차렸다. 그는 말을 꺼내지 않았으며, 단지 애매한 방향을 손짓한 뒤 어정쩡하게 바라볼 따름이었다. 머리에 입은 상처가 괜찮으냐는 것이었다.

외르타는 기억과 다른 장면에 충동을 느꼈다. 갈등하는 상대의 팔뚝을 잡아당겼다. 그는 굳건히 선 채 자신을 지탱했다. 그녀는 반동으로 단숨에 일어서 그의 코앞에 섰다. 말 대신, 그를 껴안았다. 왠지 모르게 그러고 싶었다.

그들 사이에 있던 실이 아슬아슬하게 떨렸다.

그는 감히 제 어깨에 손을 대지 못했다. 단지 멀리 바라보며 얼어붙어 뻣뻣한 나무토막처럼 서 있었다. 물론 외르타는 맞은 머리가 아픈지 물어보지도 못하는 사람에게 큰 것을 기대하지 않았다. 적어도 뒤죽박죽인 그의 표정을 발견했다는 데 의의를 두었다. 옛날 외르타는 그에게 손톱만큼의 관심도 없었다. 그렇기에 새로웠다. 그가 이 정도로 혼란스러워하고 있었다는 사실을 몰랐다.

대체 무엇에 놀란 거지? 왜 이렇게 갈등하고 있지? 물론 게 두 마리보다 못한 포옹을 하는 상황에서는 알 방도가 없었다. 그녀는 그의 당황한 표정을 올려다보았다. 그는 자신을 떨치지도 못했다.

바람 소리가 들렸다.

이어지는 꿈속에서 자신은 무성의한 침상 위에 누워 있었다. 딤니팔 특유의, 철저히 각을 맞춰 나무 기둥을 세운 천막 안. 물론 내실은 없다. 모든 가구는 땅에서 징발한 듯 살풍경했다. 왕비를 대우하는 최선이 이 정도였다.

무언가 잊은 모양이었다.

그제야 눈을 돌려 잔뜩 화가 난 발렌시아를 바라보았다. 놀라다 못해 분노한 시선이 한밤 속에 도드라졌다. 사실 그는 전쟁 속에서 자신을 너무 자주, 많이 바라보았다. 그렇기에 저 분노만으로는 어느 날짜와 어느 시간인지 떠올리기가 참으로 힘들었다. 다행히 그녀가 기억하려 애쓰기 전, 그가 말했다.

'도리 없다. 믿겠다.'

발렌시아는 침상에서 한참이나 멀리 있었다. 제 보폭으로 일곱 걸음. 대화 상대라는 점을 고려한다면, 강 건너에서 소리치는 것과 마찬가지였다. 그러나 희한하게도 목소리는 창끝처럼 살에 박혔다. 발렌시아를 살피기 위해 사람을 뒤질 필요도 없었다. 그를 무시해서가 아니라 감정이 너무도 명확했기 때문에.

아, 이제는 안다. 두 번 겪고서야 정확하게 표현할 수 있었다. 그는 거의 이성을 잃었다.

'너는 내가 기어이 로크뢰의 수급을 베어 와야 만족할 텐가.'

외르타는 정해진 대답을 했다.

'괜찮아. 왕의 수급이라니? 무리하지 마.'

그는 뒤로 물러났다. 그때는 아델을 사랑하여 보지 못했던 것들이 있었다. 예를 들어 크게 들린 어깨, 누군가 짓이긴 듯 눌린 목젖, 그리고 무엇보다, 얼굴에 인 경련.

'로크뢰의 목을 가져와도 싫다?'

그는 실을 건드렸다. 사람을 죽일 정도로 팽팽한 줄을 튕기자 소리에 귀가 멀 것 같았다.

외르타는 얼얼한 표정으로 발렌시아를 바라보았다. 그의 턱에 잔뜩 힘이 들어가 있었다. 이 자리에서 잘못한 사람은 아무도 없었다. 따라서 저 정도의 분노를 받을 사람도 없었다. 왜 당신이 화를 내는 거지? 명령하지 않고 회유하려 한 사람은 당신이었잖아. 이 몸이 이렇게까지 해 주시는데 고분고분히 선물을 받지 않아 불쾌했어? 내가 당신 호의에 발발 떨며 감사하다고 절을 올려야 했나?

바야흐로 화가 치밀었다. 당시에는 제 온 마음이 유일한 혈육에 잠겨 있었으나, 지금은 분노를 위한 샘이 마련되어 있었다. 그녀는 주먹을 꽉 쥔 채 그를 노려보았다. 무릎으로 일어섰다.

숨을 들이켜고, 소리를 지르려는 찰나.

발렌시아가 크게 헐떡였다.

주먹 쥔 손의 힘이 풀렸다. 꿈속에선 생각할 겨를이 없었다. 떨고 있는 발렌시아를 향해 몸을 일으켰다. 침상 밖으로 한 걸음 디뎠다. 그의 새까맣고 큰 그림자가 머리를 어지럽혔다.

외르타는 자신이 어느 시간에 있는 줄도 모르고 그를 껴안았다. 화가 났던 기억이라곤 까맣게 잊었다. 발렌시아 역시 물러서지 않았다. 머리 위로 거친 숨이 터졌다. 곧장 제 어깨를, 허리를 감싸 안았다. 그녀는 그의 철갑에 이마를 부딪쳤다. 그녀가 부드럽게 안았는데도, 그는 어쩔 줄 모른 채 단단히 조였다. 그녀는 발돋움하여 그 어깨에 턱을 묻었다.

포티미외의 그는 아무 말도 하지 않았다. 자신을 끌어안고 가쁘게 숨을 쉴 뿐이었다. 그러나 반사적으로 떼어 내려는 순간, 상대의 팔이 스르르 풀렸다. 그는 자신을 안고 있는 사람에서 단지 얹힌 짐으로 변했다. 그녀는 발돋움을 했다가, 다시 내렸다가, 다시 올렸다. 꿈속 상대는 목소리를 잃어버린 것 같았다. 꿈이기에 온기도 향도 느껴지지 않았다.

그는 연기처럼 사라졌다.

다시 어느 날이었다. 자신이 막다른 곳에 몰려 배에 칼을 꽂은 날. 외르타는 방금 전 그를 껴안았던 감각을 잊지 못한 채 품을 내려다보았다. 그러나 더 이상 추위에 갇힌 듯 바르르 떠는 남자는 없었다.

대신 칼이 있었다. 고통은 그대로였다. 눈앞이 뭉개지는 것을 느끼며 무릎을 꿇었다. 먼지 구덩이 같은 하늘. 그 언저리의 붉은 갑옷이 잔뜩 덧칠한 낙서처럼 보여 다행이었다.

내 인생에서 꺼져! 시야가 뒤집혔다. 어두운 왕이 크게 흔들렸다. 피에 번진 안개가 우두커니 서 있었다. 누군가 자신을 받쳐 안았다. 정신이 점점이 끊기다가, 빈 술병처럼 목마른 채 사라졌다.

한순간 그녀는 이를 악물었다. 이렇게 희미해질 순 없어. 물속으로 천천히 잠기다, 발버둥 쳐 솟아올랐다. 기침과 함께 세상으로 터져 나왔다.

기억하지 못하는 삶에서 그 홀로 시야에 있었다. 언덕 위, 그는 자신이 아는 흰 갑옷으로 흰 칼을 꽉 쥐고 있었다. 현실이 아님을 안다. 그렇기에 까무러칠 것 같은 고통을 무시한 채 더듬더듬 팔로 기어갔다. 그가 적을 앞둔 채 칼을 내팽개치는 모습이 보였다. 곧장 제게 몸을 숙여, 아니 자신이 몸을 들어, 그를 껴안았다.

먼지도 땀도 없는 진공의 공간에서 그를 안았다.

그들 사이의 실은 어린아이들이 장난친 듯 엉망진창으로 꼬였다. 습기와 비틀린 힘 사이에서 가까스로 둘을 이었다.

그에게 속삭이려 했다. 그러나 숨이 부족해 아무 말도 하지 못했다. 자신을 껴안은 공간이 더 강하게 조여들었다. 꿈틀거렸지만 남자는 놓을 생각을 하지 않았다. 그의 양팔은 말라붙은 식물처럼 오그라들었으며 바스러지지 않은 채 화석이 되었다. 자신은 영원히 목숨 줄처럼 붙잡혔다.

포옹하는 그들은 붉은 왕을 기억하지 못했다. 적어도 그녀의 꿈에선 그러했다.

그렇게 사그라졌다. 밀레비스를 끝으로 더 이상 아무 기억이 치밀지 않았다. 자신이 제정신으로 로크뢰의 목을 선물받던 멋진 기억도 떠오를 법한데, 끝이었다.

외르타는 조용한 공간에서 골똘히 생각했다. 무엇에 대해 생각하는지도 모른 채로 고민했다.

한참이나 자기 자신을 애태우던 중 부스스 깨어났다. 꿈과 다른 것은 따듯한 저녁의 햇살이 비치는 천막뿐이었다.

그녀는 꿈이 한결같이 궁금했다. 왜 하필 그 세 번이었을까? 왜 첫 만남도, 마지막도 없었을까? 그때 발렌시아의 무엇이 인상 깊었기에 나타났을까?

문득 깨달았다. 어쩌면 그가 분질러지던 마디마디를 추억했는지도 모르겠다. 포티미외의 처음에도 마지막에도 흔들리던 사람은 아니었으므로, 오로지 그가 기우뚱 갈등하던 기억을 불러낸 셈이다.

그는 자신을 만나 아주 여러 번 조각났다. 침엽수처럼 서 있다가 수없이 꺾여 동그란 벌레가 되었다. 그 뚝 뚝 꺾이던 찰나. 결정을 해야 했던 순간순간들. 자신이 악쓰던 등에 손을 얹으려다 놀라 주먹을 쥐던 짧은 초…….

그런데 나는 왜 그와의 포옹을 꿈꾸었지?

외르타는 눈을 깜박였다.

그러니까, 나는 왜 도망쳤나?

번뜩 놀라 몸을 일으켰다. 그랬다. 지난밤에 발렌시아를 보고도 되돌아왔다. 잊고 있던 중요한 사실을 갑작스레 깨달은 이처럼 가슴이 철렁 내려앉았다. 주변을 둘러보자 앙히에조차 없었다. 자신은 홀로 이 침상 위에 자리했다.

포티미외? 스트레파르? 순간적으로 혼란스러웠다. 외르타는 바닥에 내려서 무턱대고 종종걸음을 쳤다. 나가서 확인을—.

그녀는 양 팔뚝을 잡혔다.

"백작님, 무슨?"

외르타는 주춤 뒤로 물러섰다.

이다가 걱정스러운 듯 몸을 숙여 그녀의 얼굴을 올려다보았다.

"괜찮으세요? 헛것이라도 보신 얼굴이에요."

"괜찮아……."

"괜찮은 거 맞아? 표정 봐. 어제부터 이상해, 너."

그녀는 앙히에까지 챙길 수가 없었다. 또한 두 사람의 시선을 모두 피하기도 어려웠다. 그녀는 이리저리 고개를 움직이다가 결국 포기했다.

"왜 그렇게 쳐다보는 거야?"

"너야말로 왜 그런 표정인데?"

"아무 일 없단다. 그리고 어제는 변덕 부려서 미안했어. 다시 발렌시아를 보고 싶어."

특별히 무언가가 바뀐 것은 아니었다. 더 용감해진 것도 아니다. 다만, 궁금한 것이 생겼다. 질문으로 만들 수 없는 호기심이었다. 그를 만나야지만 해결할 수 있었다.

앙히에는 기묘한 표정을 짓고 있었다. 대체 하루 새 두 사람이 무슨 대화를 했는지, 이다를 향해 살짝 눈짓하기까지 했다. 외르타는 인상을 찌푸렸다. 그녀가 투덜대려는 순간—.

"마음대로 해. 대신 이번에는 뒷감당 안 한다."

"……."

"기면 기고, 아니면 아닌 거야. 알겠어? 네 입으로 형님을 만나러 왔다면서 끊임없이 돌아가는 거에 지쳤어."

사람을 부리는 말투에 짜증이 났다.

"앙히에, 이번에는 안 돌아가."

"너, 내가 왜 자꾸 오지 말라고 파장을 놓은 줄 알아?"

"말해 보렴."

"형님은 거의 미쳐 있는데, 너는 한마디도 안 해서였어."

그 말에 방 안에 있는 모두가 한꺼번에 반응했다. 외르타는 그 비교가 부당하다고 생각했으나, 생각보다 발이 먼저 뒷걸음질을 쳤다. 이다는 이마를 짚은 채 한숨을 쉬었다. 앙히에는 양손을 얌전히 모았다. 꾸며 낸 연극이 아니라 진심임을 강조하려는 모양이었다.

"매듭짓지 못한 감정에 서로 길게 고통스러울까 봐. 줄다리기로 겨룰 수 없으면 마침내 칼을 들어 승부를 낼까 봐. 나도 그게 어떤 갈등인지 잘 아니까."

"……네 일이 아니야."

"그래. 그래서 어제 너를 형님께 안내했잖아. 그런데 알고 보니 네 일도 아닌 것 같더군."

"……."

"원한다면 갈게. 그런데 마지막이야. 난 알론조 캄비의 사제가 아니니 고해성사를 들어 줄 의무가 없다고."

외르타는 대답하지 않은 채 두건을 뒤집어썼다. 설명하기는 어려웠지만, 앙히에의 떨떠름한 반응을 이해했다. 자신이 혼란스러운 만큼 다른 모두를 함께 혼란스럽게 만든 것이다. 심지어 지금도 스스로 나아졌는지 확신할 수가 없었다.

그녀는 단지 발렌시아에게 달려가 머리를 쥐고 싶은 기분이었다. 아니, 꿈처럼 크게 포옹한 뒤 자신이 잊은 것이, 아쉬워했던 것이 무엇인지 떠올릴 생각이었다. 아직 포티미와 적 얻어맞았던 충격에서 벗어나지 못한 채 멀뚱멀뚱 서 있었다. 그 정도로 대책이 없었다.

그녀가 앞으로 움직이자, 이다의 손이 스르륵 미끄러졌다. 그녀는 몇 걸음 급하게 따라와 속삭였다.

"부담 가지지 마세요."

외르타는 두건 속 어둠에서 어리둥절한 시선을 보냈으나 이다는 그 자리에 꼿꼿이 섰다. 희미하게 웃으며, 돌아선다. 외르타는 왠지 모를 안타까움을 느끼며 천막 바깥으로 나섰다.

앙히에는 무뚝뚝하기까지 한 태도로 길을 인도했다. 농담을 하거나, 혹은 조심스레 꺼내는 위로조차 없었다. 자신이 갈팡질팡한 것이 그를 저 정도로 분노케 한 것인지 궁금했다. 처음에는 미안했으나 바닥을 보며 걷는 도중 억울해졌다. 기껏해야 세 번째잖아. 그냥 도와줄 순 없는 거야?

불평하던 도중 앙히에를 따라 우뚝 멈췄다.

"형님을 뵈러 왔습니다."

"긴 회의에서 방금 돌아오셨다. 특별한 용건 없이는 보고드릴 수 없다. 그리고 옆에는 대체 누구야?"

"전령입니다. 가문 일입니다."

외르타는 앙히에의 태연자약한 거짓말에 고개를 저을 뻔했다. 얼굴을 보지 않고도 경비 기사가 얼마나 짜증스러워하는지 알 수 있었는데, 당장 제 두건을 들어 보라 명할 것이 분명했다. 대체 저 멍청이는 당연히 들킬 일에 무슨 생각인지 모르겠다.

"어디서 얼굴을 가리고—."

"들여보내."

그녀는 숨을 들이켰다. 천막 안에서 들렸다. 경비 기사보다 더 언짢은 듯한 목소리였다.

"그러면 실례하겠습니다. 그리고 죄송합니다만 주변에서 사람을 물려 주시면 감사하겠습니다. 미라이예의 중요한 안건이오니 간곡히 부탁드립니다."

"……."

앙히에는 큰 동작으로 천막을 열어젖혔다. 그녀는 천천히 그를 따랐다.

한순간, 바깥 소음이 훅 낮아졌다.

"무슨 일인가."

외르타는 주먹을 꽉 쥐었다. 자신은 이토록 긴장했건만 앙히에는 대꾸도 하지 않았다. 대신 몸을 숙여 작게, 빠르게, 외르타에게 속삭였다.

"나는 그때 너를 포기했고, 지금은 충분히 확신하지도 못하는 사람을 밀어 넣고 있다. 넌 이미 충분히 후회했어. 무슨 생각을 하는진 모르겠지만, 한 가지 분명한 건 네가 후회하지 않았으면 좋겠단 거야."

외르타는 눈을 휘둥그레 뜬 채 답하려 했다. 그러나 그는 기다릴 마음이 없는 모양이었다.

"나는 간다. 알아서 해."

"……앙히에."

앙히에는 자신을 무시한 것과 마찬가지로 제 동기 역시 무시했다. 그는 대꾸도 하지 않고 천막을 들추어 떠났다.

"……."

"두건 젖혀."

외르타는 잠시 고민하려 했다. 그러나.

"두건."

한순간도 시간을 낭비할 마음이 없으니 윽박지르는 것이다. 그렇게 효율적으로 굴고 싶다니 마음이 참 가난하지.

외르타는 천천히 두건을 젖혔다.

발렌시아는 뒤돌아 책상 위로 상체를 숙이고 있었다. 누군가에게 보이려는 용도인 듯 귀하고 빳빳한 하의, 그러나 흰 윗옷은 그다지 바르지 않았다. 단단히 졸라매지 못한 탓에 사방이 바람을 먹은 채 떠 있었다. 전혀 그다운 차림이 아니었기에 눈에 띄었다. 다만 의자에 가까스로 벗은 듯한 사슬 갑옷을 보자니 상황을 짐작할 만했다. 중요한 일을 마치자마자 상처에 부담되는 갑옷을 벗은 것이다.

"전령. 용건을 말해라. 앙히에가 설명하지 않은 이유가 있을 것이다."

그는 마침내 웬 서류 두어 장을 쥔 채 몸을 돌렸다. 여전히 시선은 종이에 고정되어 있었다.

외르타는 주먹을 꽉 쥐었다. 자신이 기억하던 얼굴 그대로였다. 단정한 눈썹과 입매, 무엇보다 세상에 무관심한 듯 보이지만 한 꺼풀 아래 갇힌 강박이 여전했다. 총사령관직에서 물러났다기에 보다 자유로워졌을 줄 알았던 자신에게 조금 웃음이 났다.

"만일 에스드로 누프리의 판단이라면……."

그의 목소리가 사그라졌다.

외르타는 물끄러미 상대를 관찰했다.

그가 잇따른 침묵에 불쾌해하며 고개를 들기로 한 바로 그 순간의 경련을 알아차렸다. 꿈틀거리다 밀려 올라오는 이마의 곡선을 보았다. 가까스로 어둡다는 평을 들을 만한 눈, 그것을 밟아 터뜨린 듯 갑작스레 커진 동공을 발견했다.

그녀는 인사했다.

"안녕."

"……."

"잘 지냈니?"

"……."

"한동안 잊으니 편지를 보내기도 참 쉽지가 않더구나. 그래도 반겨 주겠지?"

"……."

침묵이 이어졌다. 외르타는 문득 깨달았다. 그는 시선을 마주친 뒤 단 한 번도 눈을 깜빡이지 않았다. 숨을 쉬는 것 같지도 않았다. 그녀는 걱정이 되어 여러 걸음 다가갔다.

"괜찮아?"

"……."

발렌시아는 단단히 굳어 있었다. 외르타는 어쩔 수 없이 코앞까지 걸어가 그의 뺨에 손을 댔다. 아주 살짝. 두드린다기보단 어루만지듯.

그러자 그가 발작적으로 물러났다. 균형을 잃고 비틀거렸다. 책상은 작은 아이의 키만큼 뒤로 밀렸다. 그나마도 힘이 모자라 선 것이 아니라, 의자와 천막에 막힌 것이다.

외르타는 깜짝 놀라 뒷걸음질을 쳤다.

"발렌시아?"

그제야 그의 목소리가 터져 나왔다.

"전쟁터까지 직접 오시다니 위험합니다. 단순한 전쟁이어도 위험할진대 당신을 명분으로 삼은 전쟁이라면 경고해 드리는 것조차 불필요한 일입니다. 앙히에가 안내했습니까? 반드시 죄를 묻겠습니다."

정말 놀랍도록 놀랍지 않았다. 쿵쿵 뛰던 마음이 새까맣게 탔다. 알론조 캄비부터 지금까지 어른스럽게 다진 마음이 순식간에 바스러졌다. 여전한 그의 태도를 느끼는 순간 숨이 막혔다.

"……발렌시아, 나는 반년 가까이 딤니팔을 돌아다녔단다. 어수대가 날 죽이려면 오래전에 죽일 수 있었어. 그러니 그런 말은 그만두고 우선 반겨 주면 안 될까?"

"당장 여기에 게외보르트 인사가 있습니다. 딤니팔 권역에서도 수시로 당신 이름을 조롱하는 치들입니다. 당신이 그것들의 눈에 띈다면 어떤 공격을 받을지 두렵습니다. 부디 헤아려 주십시오."

"그냥 찧고 까부는 거잖니. 나를 죽이진 않을 거란다."

"외르타, 부디 제 의견에 귀 기울이시길 바랍니다. 단 한 번만이라도 경청해 주시면 깊이 감사하겠습니다. 당신이 위험해질 수 있다는 가능성을 이해하십시오."

"아니, 지금 상황이라면, 아침에 깬 사람이 식사 도중 체할 확률만큼 위험하긴 하겠지. 하지만 그게 이렇게 걱정을 들을 일인가? 그것도 이렇게 분노에 가까운?"

"앙히에를 일시적으로 사면하겠습니다. 당신을 레발로까지 배웅하도록 명하겠습니다. 당신은 절대 이곳에 계실 수 없습니다."

외르타는 한숨을 쉬었다.

"내쫓는 거니?"

"아니요. 당신의 현 상황을 고려하여 지나치게 위험한 장소를 피하도록 조언드리는 것입니다. 만일 계속 이곳에 계시길 고집하신다면 첫째로 총사령관이신 자멘테 경께 허가를 받으시고, 둘째로 앙히에의 천막에 몸을 숨기셔야 합니다. 이 두 가지 외엔 다른 최선의 방법을 찾기 어렵습니다."

"당신은?"

"말씀을 이해하지 못했습니다."

그는 금방이라도 도망갈 사람처럼 책상을 꽉 쥐고 있었다. 외르타는 자신이 한 발자국 다가가면 저자가 천막을 찢고 달아날까 걱정이 될 지경이었다.

"당신은 어떻게 생각하느냔 말이야."

"저는 당신의 안전을 염려합니다."

"'만나서 기쁘다'는?"

"만나 뵈어 기쁩니다. 당신을 염려하는 마음이 너무도 커 미처 말씀드리지 못했습니다."

외르타는 그다음으로 튀어나오려던 말을 꾹 삼켰다. 그럼, '사모한다'는?

"외르타, 부디 검토해 주시길 바랍니다. 협정이 마무리되면 정식으로 당신을 찾아뵙겠습니다."

지금까지 말 한 마디 한 마디 기가 막히지 않은 곳이 없었다. 제 기대와 다른 모습을 보자니 허탈했다.

발렌시아가 깨달아 나아갔다고 굳게 믿었다. 그처럼 신뢰하는 이에게 진지하게 물어볼 것이 있었다. 어제에 대한 이야기였다. 외르타는 전날 멀찍이 발렌시아를 보고 배 속에 든 것을 모두 토해 낼 뻔했다. 방방 날뛰는 감정을 알 수 없어 너무도 두려웠다. 겁먹은 채 도망쳐선, 가까스로 꿈속의 그를 포옹하며 마음을 달랬다.

당신도 우리 사이의 실을 보았니? 그것을 조심스레 만지면서도 끊기면 죽을 것 같아 두려웠니? 그래서 포티미외의 갈림길마다 덜덜 떨고 있었니? 하지만 지금, 이 자리에, 실에 구애받지 않은 모습으로 섰잖니?

그에게 당신이 살아남을 수 있던 비법을 물어보고 싶었다. 긴장했지만, 그래도 호기심에 부풀어 종종걸음을 쳤다.

물론 지금은 호기심의 잔해조차 남아 있지 않았다.

"내가 알론조 캄비부터 스트레파르까지 왔는데 할 말이 그것밖에 없어?"

"당신의 수고에 감사드립니다."

순간적으로 화가 치솟았다.

외르타는 품에서 주머니를 꺼냈다. 곧장 그의 얼굴로 던졌다.

제 주먹만 한 주머니는 천막에 맞고 책상 위로 떨어졌다. 발렌시아는 잠시 주머니를 바라보다가 느릿느릿 주워 올렸다. 외르타는 그가 내용물을 확인한 뒤 무슨 반응을 보일지 생각하자 피가 식었다. 너무 감정적이었는지도 모르겠다. 자신이 알론조 캄비에서 받은 편지를 항상 품에 지녔다고 생각한다면—.

발렌시아는 제게 물건을 돌려줬다.

외르타는 부르르 떨며 밀쳐 냈다.

"발렌시아!"

이걸 돌려줘? 안 돼. 안 되지. 도망칠 수 없게 만들어야겠다.

그녀는 주머니 입구를 활짝 펼쳐 접힌 종이를 바닥으로 내던졌다. 아주 짓밟을 기세로 팔을 휘둘렀다.

"그게 전부란 말이지!"

그리고 마지막 쪽지는 그의 얼굴에 던졌다. 뺨을 맞히자 아주 속이 시원했다. 통쾌한 마음으로 서서, 그가 자신을 더 패배시키리라곤 상상도 하지 못했다.

발렌시아는 접힌 편지, 아니 종이들을 하나하나 주워 다시 주머니에 넣었다. 마치 누군가 시간을 거꾸로 되감기라도 한 듯했다. 그녀는 신음을 흘렸다. 말도 안 돼. 그에게서 멍하니 주머니를 받아 드는 이 광경이 비현실적으로 느껴졌다. 포티미외의 꿈보다 비현실적이었다.

"죄송합니다. 당신이 이곳까지 오느라 많이 고생하셨다는 사실을 압니다. 저는 물론 당신이 캄비로 돌아가시길 바라지 않습니다. 단지 전쟁터가 아닌 레발로에 계시길 소원할 뿐입니다. 방금까지 게외보르트 인사와 논의를 마친 뒤라 다소 급하고 염치없게 부탁드렸습니다. 그러나 당신을 걱정하는 마음에서 비롯되었음을 부디 헤아려 주십시오."

"아……."

외르타는 주머니를 바닥에 내던진 뒤 마구잡이로 뒷걸음질 쳤다. 답답했다. 자신은 그가 편지에서처럼 말하면 흐뭇하게 미소 지어 볼 생각이었다. 나는 혼란스럽지만 당신이 확고하여 그 철벽에 나를 갈아 갇혀 있던 비밀을 구경하겠노라 생각했다.

그러나 그는 당신이 걱정된다는 이야기만 멍청하게 반복하고 있었다. 그들 간의 편지나, 아니, 심지어 청혼조차 기억에 없는 사람처럼 행동하고 있었다.

외르타는 허둥지둥 물러서다 갑자기 턱에 걸렸다. 오금을 찍혀 그대로 주저앉았다. 침대였다. 기운이 빠져 천천히 누웠다.

"됐다……."

"외르타, 늦게 여쭈어 죄송합니다. 혹시 오시는 데 불편함은 없으셨습니까?"

"무슨 상관이야? 내가 정찰병들한테 고초를 당했든, 며칠 앓다가 당신을 겨우 봤든……."

"정찰병이 무례를 저질렀습니까? 건강은 괜찮으십니까?"

"무슨 상관이냐고 말했어."

"마땅히 제가 사정을 살피고자 합니다."

"내가 왜 오겠다고 고집 피웠을까……. 대체 무슨 말을 듣자고……."

편지에서 그토록 차분했기에, 이젠 자신에게 사랑을 말하는 것이 정갈하고 자연스러우리라 착각했다. 스스로 순간순간 그를 떠올리며 웃는 것처럼, 그 역시 제 이름을 가장 깊은 자리에 품고 있으리라 생각했다.

그녀는 스트레파르까지 온 것으로 제 마음을 표현한 셈이었다. 그러니 적어도 따듯한 물과 같은 애정을 기대했으며, 더 나아가 제 질문에 대한 답을 함께 궁리하리라 결심했다.

내가 왜 혼란스러웠을까? 당신은 알아?

물론 분노는 이성적이지 않다.

"걱정 말렴!"

"……."

"이만 떠날 테니!"

외르타는 앉아 있던 침대에서 부르르 떨며 일어섰다. 이불자락이 살짝 끌려왔다. 문득 이 세상보다 큰 화가 치솟아, 이 이불이라도 망가뜨리고 가야 직성이 풀릴 것 같았다. 그녀는 곧장 누빔이 된 천을 바닥에 떨어뜨린 뒤 짓밟았다. 아주 정성껏 구겨 놓았다. 그리고 나머지 베개와 속 이불도 흙먼지에 내팽개치려—.

우뚝 멈췄다.

"……."

"……."

외르타는 느릿느릿 침구에 주저앉았다.

말린 속 이불 아래 붉은 천을 바라보았다. 생각이 고장 난 것 같았다. 순간적으로 누구를 찾아야 할지 몰라 한 번에 앞으로 또 뒤로 바보처럼 걷다 고꾸라질 뻔했다. 그러나 다행히 범인을 발견했다. 정적 속에서 그를 돌아보았다.

발렌시아는 문득 정신을 차린 사람처럼 보였다. 덜컹거리는 나무 인형처럼 다가와 이불 속 천을 집어 들었다.

"마땅한 보관처가 없어 두었습니다. 불쾌하셨다면 죄송합니다. 또한 필요하시다면 돌려드리겠습니다."

외르타는 그가 건네는 아델의 천을 거부했다. 밀쳐 냈다.

"당신은 더 이상 이럴 수 없어."

"……."

"끝끝내 침묵을 지키며 도망갈 순 없지."

"……."

그는 바닥을 내려다보았다. 다시 한번 천을 내밀었다. 그녀는 밀쳐 냈다. 그가 다시 내밀었다. 밀쳐 냈다.

"외르타."

"……."

그들은 마침내 서로를 바라보았다. 시선은 가까워졌으나 걸음은 멀어졌다. 발렌시아는 움켜쥔 천을 책상 위에 올려 두었다. 돌아본다.

외르타는 벌떡 일어섰다.

“발렌시아, 말해. 아델의 천이 왜 저기 있니?”

발렌시아가 말했다.

“……당신의 흔적이라도 보지 않고는 사모하는 마음을 이겨 낼 수 없었습니다.”

한 걸음.

“그런데 첫마디는 왜 그 모양이었어?”

여러 걸음.

“……소식도 없이 눈앞에 나타난 당신을 보고 냉정을 잃었습니다. 당장 멀어지고 싶다는 마음뿐이었습니다.”

코앞에 섰다.

“그러면 내 목숨이 위험한 거야? 안 위험한 거야?”

질문과 함께 있는 힘껏 그의 멱살을 잡았다. 목을 조를 기세였다.

“위험하지 않으십니다. 저희는 게외보르트에 승리했습니다.”

그것은 포기에 가까운 선언이었다. 그녀의 손아귀에서 힘이 풀렸다. 바짝 긴장해 있던 온몸이 느슨해졌다. 팔이 뚝 떨어졌다. 아니, 떨어지지 않았다. 갑자기 부드러운 결심이 솟았다.

외르타는 발렌시아를 껴안았다.

그의 손이 잠시 허공을 더듬었다. 손끝이 등에 닿았다. 그 뒤 손바닥이, 온 팔이 그녀를 감싸 안았다.

외르타는 까치발을 들어 단단한 어깨에 고개를 묻었다. 꿈과 달리 깃털처럼 코끝에 파고드는 향이 있었다. 몸이 따뜻했다. 단단했으나 철갑은 아니었다. 펄떡펄떡 뛰는 맥박이 느껴졌다. 외르타는 무턱대고 발렌시아에게 죄를 물었다. 내가 아니라 그가 떨고 있는 것이다. 누군가 종이를 끼워도 들어갈 정도로 느슨한 포옹에 삶이 흔들린다면, 이것은 내가 아니다. 오로지 그였다.

"외르타……."

그 목소리는 아주 낮아서, 음절마다 꺾이는 혀뿌리까지 느낄 수 있었다.

"저는 당신을 사랑합니다. 그렇기에 당신이 저를 마주 사랑할 수 있다는 일말의 가능성만 떠올려도 세상이 무너지는 것 같습니다."

"……."

"제 세계가 빨려 들어갑니다. 희망이 없기 때문입니다. 숨을 쉴 수가 없습니다. 북부 산맥이 무너지는 편이 차라리 더 빠를 것입니다. 저는 당신에게 사랑받기는커녕 미움받지 않는 것을 일생의 목표로 삼아야 할 정도로 절망적입니다."

"……."

"물론 그조차 쉽지 않습니다. 이 천치 같은 인간이 어떻게 당신에게 미움받지 않을 수 있을지 매 순간 간곡히 여쭙고 싶습니다. 절실합니다. 지금 당장도 침묵하여 제 욕심을 단속할지, 천방지축이라도 말을 해야 나을지 모르겠습니다."

"……."

"……."

침묵 끝에 올려다보았지만, 그의 시선은 이미 저 멀리로 떠나 있었다. 고개가 들리는 것을 느꼈을 텐데도 정면을 바라보고 있었다. 그녀는 이해할 수 없었다. 청혼할 때조차 계면쩍어하지 않은 사람이었는데, 눈을 '피한다'고 표현하기에는 조금 부족하다.

그의 팔뚝을 잡아당기자 그제야 시선이 내려왔다. 그나마도 절벽에서 나동그라지듯 떨어진 셈이다. 그는 스스로를 주체하지 못하고 있었다…….

외르타는 비로소 그가 떠는 이유를 짐작할 수 있었다. 불안한 것이다. 한 마디 한 마디가 중심을 잃고 쏟아지는 바구니처럼 불안하게 느껴지는 것이다. 그렇기에 평생토록 잘 조율했던 시선조차 와르르 분실

하는 것이다. 그렇기에 지금 제 허리에 얹힌 것도 사람의 팔이 아니라, 물에 엉겨 붙은 낱장인 것이다. 이처럼 조금만 힘을 주어도…….

외르타는 물러났다.

발렌시아는 조심스레 팔을 내렸다.

잠깐의 열기와 떨림을 제하면 그가 자신을 안았다는 증거를 찾을 수 없었다. 사람이 아니라 단지 어떤 천 사이로 몸을 맞추었다가 미끄러져 나온 듯했다.

그녀는 조용히 말했다.

"발렌시아."

"……."

"몸은 괜찮니?"

그의 시선에서 무언가가 느껴졌다.

"예. 잘 치유되고 있습니다."

"……."

"잠시 실례하겠습니다."

발렌시아는 스스로 밀쳤던 책상 모서리를 끌어당겼다. 책상은 가볍게 밀린 만큼 가볍게 끌려왔다. 그는 이전 자리를 찾기 위해 여러 번 위치를 조정했다. 떨어진 필기구와 서류를 줍기까지 했다.

소란스러운 정적이었다. 물건이 스치고 부딪치는 소리가 그들 대신 대화하고 있었다.

외르타는 그가 난데없이 등을 돌리는 모습을 보곤 깨달았다. 아, 내가 피한 것이다. 그도 그녀가 피했다는 사실을 알았다. 그렇기에 불쾌한 주제를 쓸어 내자는 태도로 공기를 환기하고 있었다. 자신이 그렇게 닦달하여 숟가락째로 살을 파냈으면서, 입에 대지도 않고 버렸다.

"……."

그녀는 용기를 냈다.

"질문이 있어."
"말씀하십시오."
"사실 나는 어제 당신을 봤어. 톨레도 경에게 서류를 받아 오라 명하고 있었지."
그는 무표정했다. 혹은, 애써 가둔 괴물을 견디는 자물쇠 같았다.
"바로 올 수도 있었어……. 하지만 도망갔단다."
외르타는 그가 곧장, 바쁜 자신을 배려해 주셔서 감사하다고 대답할 줄 알았다. 그러나 어색한 침묵만이 그녀를 반겼다. 그 어쩔 줄 모르는 태도가 상황을 멋쩍게 했다.
"음…… 그러니까……."
외르타는 문득 꿈속에서 선명했던 실을 발견했다. 정말, 보였다.
"발렌시아."
실이 떨렸다.
"예."
"발렌시아."
그를 부를 때마다 실이 떨렸다. 그녀는 그 감질나는 기분을 견딜 수 없었다. 고통스러웠다. 누군가 제 굴에 불을 지른 양 급하게 달려 나왔다.
"내가 왜 그랬는지 아니?"
"모르겠습니다."
"조언해 줄 순 없을까?"
"저는 모든 면에서 당신보다 열등합니다. 제 조언이 당신에게 유용할지 모르겠습니다."
"당신이 먼저 실을 건드렸단다."
"예?"
"나를 사랑한다고 했잖니."
외르타는 스스로도 무슨 말을 하는지 모르고 있었다. 그러다 갑자기,

부르르 떨었다.

제 위로 드리워지는 그림자에 고개를 들었다. 발렌시아는 부서진 표정을 숨기지도 못했다.

그녀는 그의 손이 허공에 매달린 풍경 같다고 생각했다. 한숨에도 똑 부러질 만큼 위태로웠다. 손가락이 구부러졌다. 아니, 굽힌 것이 아니라, 숨긴 것이다. 달아난 것이다.

그녀는 먼지를 튀기며 내뻐던 손을 움켜잡았다.

"아니. 놀라지 말렴. 아무래도 이 이야기를 하기가 두려웠나 보구나. 사실 너무 늦었지. 당신이 전쟁에서 나를 위해 어떻게, 얼마나 노력했는지 안단다. 그래서 내 입으로 직접 말하지 않으면 안 될 것 같았다. 나는 절대 당신을 배반하지 않았어. 어수대는 단지, 습관처럼 잊었을 뿐이야. 미라이에 영지를 걸을 적부터 지금까지, 아니 앞으로도, 내가 죽어도 당신을 배반할 생각이 없단다. 당신이 이해해 주길 조심스레 바라본다. 고맙고 미안해."

그는 무언가 급한 사람처럼 보였다. 맹세를 듣는 태도가 아니었다.

"외르타, 당신이 아우를 해치셨어도 저의 사모하는 마음은 변치 않았을 것입니다."

외르타는 눈을 휘둥그레 떴다. 완전히 다른 이야기였다. 자신은 신뢰에 대해 말했는데 그는 미친 것처럼 자신을 사랑한다고 말했다.

"응?"

"외르타, 조언을 요청하셨습니다."

"응. 어제 도망가고도 영 이유를 모르겠더라고. 그래도 답을 찾지 않았겠니."

"당신은 제게 자주 적敵처럼 느껴집니다. 그 정도로 바깥에 있습니다. 저는 포기하고 싶어도 포기할 수 없습니다. 더 나아가기에는 용기가 없습니다. 멈추기보다는 차라리 죽고 싶습니다. 그러나 무엇보다,

제가 영원히 당신 세계 바깥에 있다는 사실이 삶도 죽음도 누릴 수 없도록 제 목을 조릅니다."

"……."

"그런데, 외르타, 외르타……. 제가 팽팽히 당겨진 실을 건드렸다고 말씀 주셨습니다. 저희 사이에 존재하는 금과 같은 실을 제가 감히, 건드려 당신에게 닿았다고 말씀 주셨습니다."

"발렌시아."

"제가 당신을 긴장하게 했습니까? 제게 떨림을 느끼셨습니까?"

바보 같았다. 외르타는 웃음을 터뜨렸다.

"뭐? 당신을 아낀다고 했잖니. 신의를 지키는 벗으로 오래도록 함께 하자꾸나. 난 당신이 가진 마음을 이해하고, 더 이상 불편하지도 않단다. 하지만 사람 키만큼 타오르던 불조차 마침내 재를 남기듯 우리도 함께 열정이 사그라지길 기다릴 수 있겠지."

그러나 불은 달래지지 않았다. 손아귀 안에서, 그의 손이 꿈틀거렸다. 이상했다. 발렌시아는 오늘 처음 태어난 사람처럼 생기가 넘쳤다. 그녀는 의아한 표정으로 상대를 올려다보았다. 아까와 달리 그는 똑바로 자신을 응시하고 있었다.

"발렌시아?"

"……."

외르타는 그를 감싸 쥔 제 양손을 내려다보았다. 굳은살이 박인 기사의 손을 관찰했다. 큰 손이 주먹이었다가, 풀렸다. 움츠러들었다가, 제 보호를 찢고 나왔다. 그녀는 마디 사이로 비어져 나온 그의 손가락을 바라보았다. 그들은 이상한 방향의 깍지를 꼈다.

발렌시아가 팔을 살짝 들었다.

그녀의 양손이 이끌려 올라갔다.

그는 몸을 숙였다.

그녀는 평온히 그의 행동을 지켜보았다.

그는 그녀의 손톱에 입 맞추었다.

살에 닿는 것조차 용납하지 못하듯 조심스럽다가, 갑자기 손톱 끝을 깨물었다.

외르타는 인상을 찌푸렸다. 그러나 손을 빼지는 않았다. 그럴 여유가 없었다. 그녀의 몸속 괴물이 날개를 펴 어깻죽지를 터뜨렸다. 동시에 너덜너덜한 팔이 수십 번 접혀 작아졌다. 시체처럼 식었다가, 순식간에 불타올랐다. 오락가락했다. 짧은 순간 수십 번 죽은 손끝이 미세하게 떨렸다.

그제야 발렌시아가 시선을 들었다.

그들은 코앞에서 마주쳤다.

외르타는 조금 높은 목소리로 말했다.

"당신 지금 이걸 조언이라고 한 거야?"

화를 내려 했다.

하지만 신발 안쪽에 힘이 들어갔다.

"외르타, 저는……."

그녀는 그의 속눈썹 길이를 알고 있었다. 제 반달 세 개만 한 속눈썹이 살짝 떨렸다.

"희망이…… 저를 마비시켰습니다……. 죄송합니다."

외르타는 자신의 무엇이 그에게 희망을 주었는지 몰랐다. 하지만 방금 전 제 손을 더듬던 그에게 느낀 감정은, 어제 도망쳤던 이유와 똑같았다. 제멋대로인 조언이 이상하게도 합리적이었다.

그녀는 그를 밀어냈다. 그의 입이 꽉 다물렸다. 시선은 절망적이었다. 체념하긴커녕 좌절조차 틀어막혔다.

"……."

그는 감히 빌지도 못했다.

외르타는 발렌시아를 외면했다. 누군가 등골에 사람을 눅진하게 만드는, 울긋불긋한 물을 부은 것 같았다. 편지로 오가던 감정이 단단한 구조물이었다면 숨을 마주한 지금은 꿈속 환상처럼 녹아내렸다. 자신은 주춧돌, 혹은 아치 속에서 헤엄쳤다.

"외르타……."

외르타는 손바닥을 들어 그가 가까이 오지 못하도록 막았다.

"제가 한순간 눈이 멀었습니다."

"……."

"당신은 분명 잉걸불 같은 관계를 꿈꾸셨습니다. 그를 위해 제가 평생토록 당신 곁을 지킬 것을 맹세했습니다. 그런데 만나 뵙자마자, 감히……. 죄송합니다. 용서를 바랍니다. 다시는 잘못을 저지르지 않겠습니다……."

그녀는 뒤로 물러나, 이제 헐벗은 침대에 주저앉았다. 발렌시아가 무슨 말을 하는 듯했지만 들리지 않았다.

중요한 것은 아직도 남아 있는 떨림. 온몸에 뜨거운 모래를 부은 듯 소름 끼치게 간질이는 느낌. 이것이 감정인지 감각인지 몰라 혼란스러웠다. 제 앞에 굳어 있는 남자는 그 두 가지를 아주 자연스럽게 꿰맨 모양이었다. 어떻게 그럴 수 있지?

사실 그녀는 사랑에 대해 잘 몰랐다. 어려서 본이 될 만한 사람을 찾지 못했다. 그렇기에 영원히 첫사랑을 겪지 못했으며, 오히려 가장 먼저, 가슴 뛰는 감정이 모래 위 그림처럼 사라진다는 사실을 알아 실망했다. 또한 연인이란 단어는 사랑과 완전히 별개임을 배웠다. 마지막으로 험난한 여정 끝에, 사랑한다는 상대의 말을 곧이곧대로 해석할 필요가 없다는 것도 깨달았다. 아주 많이 배웠으나 그로 인해 얻은 것은 체념뿐이었다. 체념이라고 표현하기에도 부끄러울 정도로 담백하게 포기했다.

그렇기에 발렌시아를 제 인생의 관계로 여기겠다는 것은 사랑한다는 말 이상의 선언이었다. 그는 자신에게 지독히 중요한 사람이었다. 시간에 지워질 욕망이 아니었다.

그는 투박하여 욕망과 애정을 분리하지 못한 것이다. 자신은 충분히 성숙하기에 욕망을 제외한 순수한 애정을 선사할 수 있었다.

그렇게 생각했다.

그런데 그가 입 맞춘 손끝이 떨렸다.

그녀는 그동안 다양한 이들에게 많은 것을 익혔다. 전부 좋은 사람들이라곤 할 수 없어도 바로 그렇기에 균형 잡힌 질감을 배울 수 있었다. 시간이 지난 뒤 새로운 감각으로, 매일같이 삶의 구석진 곳에 빛을 비추고 다녔다. 먼지를 머금고 굴러다니던 나뭇결 기쁨, 갓 솟아오른 풀잎 향 후회, 살이 달라붙을 정도로 차가운 금속성 신뢰.

그런데 단 한 가지 변치 않았다면 그것이 '배워' 나아진 것일까?

단 한 가지…… 애정에 대한…….

외르타는 발렌시아를 바라보았다.

그는 천막 중앙에 가만히 서 있었다. 단 한 순간도 제게서 눈을 떼지 않은 사람 같았다. 가라앉은 시선은 죄책감에 물들었다. 쥠쇠 같은 걸음은 실망하여 뿌리 박혔다.

"……죄송합니다."

그녀는 일어나서 그에게 다가갔다.

그 앞에 섰다.

손을 내밀었다.

발렌시아의 시선이 제 눈에서, 뺨에서, 어깨에서, 손으로 내려갔다. 또한 마지막 질문을 하듯 그녀의 눈으로 돌아왔다. 외르타는 대답 대신 손바닥을 보여 주었다. 세심하게 구부렸다. 피리를 연주하듯 유려하게. 그리고 다시, 물고기처럼 튕겼다. 보이지 않는 물방울 사이로 지느

러미를 펼쳤다.

그렇게 그들 사이 팽팽히 당겨진 실을 건드렸다.

발렌시아는 외르타의 손을 움켜쥐었다.

그녀는 두 사람이 맞닿은 부분을 내려다보았다. 아프지도 두렵지도 않았다.

그는 천천히 손을 잡아당겨…… 다시 한번 입 맞추었다.

거칠었다가, 따듯하고 습했다. 그는 그녀의 손등 위로 얼굴을 묻은 채 숨을 들이켰다. 꽉 짓눌린 호흡과 함께, 입술이 서서히 올라가 톡 튀어나온 뼈에 머물렀다. 베어 물었다. 그의 코끝이 손가락 사이사이에 짓눌렸다. 살짝 떨리는, 아주 낮은, 신음이 들렸다.

"외르타……."

그 신음은 욕망이며 애정이었다. 혹은 둘 중 하나이기도 했으며, 사실 그 무엇이든 상관없었다.

외르타는 배 속에서 부드럽게 퍼지는 감각을 느꼈다. 단순히 '아프거나 두렵지 않은' 것이 아니었다. 아주 좋았다. 그의 저릿저릿한 숨은 설탕과 소금과 향신료 같았다. 달다가도 소름 끼치게 짰고, 짭짤하다가도 얼얼할 정도로 톡 쏘았다. 무엇보다 정신을 차릴 수 없었다. 어지러웠다.

그녀는 잠시 중심을 잃고 그의 이마에 기댔다.

그 순간, 발렌시아가 갑자기 몸을 젖혔다.

여러 걸음이나 물러섰다. 그러나 그녀가 놓지 않았기에 마차를 이끄는 말이 되었을 뿐이다. 그는 억지로 손을 빼내려다 한순간 저항에 부딪쳤다. 결국 물러서지 못한 채 빳빳이 섰다.

"제가 실수를 저질렀다면……. 아닙니다. 제 잘못입니다. 죄송합니다, 외르타."

부르르 떨리는 실에선 벌새 소리가 났다.

그러나 그녀는 더 이상 실에 대해 궁금해하지 않았다. 그것은 그들 사이에 있는 것이 아니었다. 제 속에, 숨구멍부터 발끝을 잇는 하나의 혈관으로 존재했다.

외르타는 나직이 말했다.

"사실 우리는 편지로 마음을 나누었지. 나는 다양한 삶을, 당신은 포기하는 법을 배웠다고 구구절절 고백했어. 둘 다 너무 놀라워서, 어쩌면 기뻐서……. 흘러넘치는 순간, 당신과 평생을 지내자고 결심했단다."

"……."

"그 결심은 아무도 몰랐어. 나도 몰랐나 봐. 그런데 강요당하지도 않았건만 대륙을 넘어가겠노라 고집을 피웠지. 딤니팔이 승리를 쟁취했다는 소식엔 말을 채찍질했다. 고초를 겪고도 한 톨 후회하지 않았어. 오로지 당신이 보고 싶었어. 당신을 봐야만 했어."

대화가 길어질수록 그의 손아귀에 힘이 들어갔다. 작은 신음을 듣고 그제야 놀란 모양이었다. 그가 후들거리며 다가왔다. 이제 숨소리가 들릴 정도로 가까웠다.

외르타는 한숨인지 웃음인지 모를 것을 터뜨렸다.

"당신 얼굴을 다시 보기 전까지는, 우리 사이에 무엇이 달라졌는지 정말 아무것도 몰랐는데."

그녀는 조심스레 발끝을 들었다.

붙잡히지 않은 손으로 그의 뺨을 감쌌다.

"정말 아무것도 몰랐는데."

지금 하려 드는 행동에는 조금쯤 겁이 났다. 아니, 엄청, 어마어마하게 겁이 났다. 눈물 날 정도로 겁이 났다. 발렌시아와 가까스로 시선을 마주하여, 한 사람보다는 두 사람이 함께 고민하자 제안하려 했다.

그러나 그는 창백하게 얼어붙어 있었다. 그 모습이 처음 만났던 백색의 껍데기 같아 갑자기 웃음이 났다. 그 가벼운 웃음에, 제 몸을 감싼

고치가 우수수 끊겨 나갔다.

그녀는 그의 목에서 조금 떨었다. 그러나 곧 새로운 물결처럼, 부드럽게 치고 올라갔다. 까끌까끌한 턱에 머물렀다가, 천천히, 천천히…….

외르타는 발렌시아에게 입 맞추었다.

기억이 끊길 정도는 아니었다.

세상이 뒤집히지도 않았다.

그러나 여전히, 신뢰가 아닌 애정의 몸짓이었다. 서툴러도 중요했다.

그는 한참 동안이나 굳어 있었다. 그 옹이에 끼인 손을 옴짝달싹할 수 없을 정도였다. 그러다 한순간, 풀려난 석상처럼 덜컥 고개를 숙였다. 상대가 편하도록 허리를 받치곤 몸을 수그렸다. 그녀는 그제야 정말로, 여러 의미로 안도하여 그를 껴안았다.

그들은 조심스레 서로를 살폈다. 깊지도 얕지도 않았기에, 처음이었다. 그들은 서로를 밀어내는 적으로 만나 삶의 밑바닥을 함께 보았다. 극단이 아닌 감정은 애초에 존재하지도 않았다.

그렇기에, 처음이었다. 넓게 깔린 모래를 하나하나 돌볼 수 있었다. 사금沙金 따위는 없다. 모래 알갱이 하나하나가 관계를 만들었다. 급하지 않게, 천천히, 천천히…….

외르타는 발뒤꿈치를 내렸다.

모래를 함께 헤아린 동반자 역시 서서히 가라앉았다.

시선이 마주쳤다. 빙그레 웃곤, 그를 꽉 부둥켜안았다. 가슴팍에 얼굴을 묻었다가, 바람이 속삭인 듯 누군가 안타까워하는 소리를 듣곤 다시 고개를 들었다.

자신이 닿은 곳마다 그의 얼굴이 물들어 있었다.

발렌시아는 그녀와 시선이 마주친 뒤에야 눈을 감았다. 여유롭게 침묵을 즐기자는 태도는 아니었다. 아주 중요한 무언가를 생각하기 위해서는 단절되어야 한다는 듯, 한순간 공간을 잘라 스스로 갇혔다.

그들은 오랫동안 껴안았다. 그녀는 그를 바라보는 데 지치지 않았다. 오히려 눈 감은 그를 달래며 뺨을, 어깨와 등을 살살 어루만지기까지 했다.

그리고 마침내 그가 시선과 함께 입을 열었다.

"외르타."

"응."

대답하며, 그를 꽉 부여잡았다.

"제게는 더 이상 왕의 수급이 없습니다. 또한 당신이 서 계신 땅에서 저는 영원히 참전하지 않기로 결심했습니다. 그렇다면 남는 것은 손상된 명예와 영구한 갈등뿐입니다. 그러니, 가진 것 없이 간직한 희망만으로 말씀드립니다."

"응."

"저는 당신을 사랑하는 연인으로서 평생토록 당신의 바람을 지지하고 싶습니다. 맹세에는 칼을 들고 일상의 홈에는 쟁기를 들겠습니다. 제 목을 베어 바치는 것이 차라리 쉬우므로, 저는 저로서 온전히 남아 나아가겠습니다. 나아간 자리에서 힘쓰겠습니다."

발렌시아는 주의 깊게, 단어 하나하나를 고르며 관계를 바랐다.

외르타는 미소 지었다. 그가 선택한 단어들은 제게 있어 송곳보다 발랐다.

"응."

발렌시아가 떨리는 숨을 내뱉었다.

그녀는 자신 역시 그의 기대에 부응할 수 있기를 간절히 바랐다.

"발렌시아, 내가 당신 곁에 있으마. 그리고 당신도 내 곁에 있어. 죽을 때까지. 내가 당신을 믿듯 나를 믿으렴. 계약으로 맺어지지 않으면 우리 관계가 아무것도 아니라고 생각하지 말거라. 만남과 기억이, 약속과 갈등이 우리를 증명한단다. 그러니 나를 믿어. 나도 당신을 사랑해."

그는 눈을 꽉 감았다. 천천히 심호흡했다.

그녀가 긴장하는 순간, 반으로 가른 듯한 답이 흘러나왔다.

"예."

외르타는 자신이 그를 이해하듯, 그가 자신을 이해하여 뛸 듯이 기뻤다.

기쁨에 소리치며 달려 나가기 전, 발렌시아가 그녀의 손목을 잡아당겼다. 또다시 급하게 입 맞추었다. 드러난 팔꿈치에, 새로이 목에, 다시 입술에. 외르타는 목뒤의 간질간질한 감각을 느끼며 그의 뺨을 감쌌다.

그는 정말로 자신의 동반자였다. 이 남자를 삶의 반쪽으로 '사랑'했다. 긴 시간 동안 쌓아 올려 그 어떤 과거에도 침범당하지 않도록 '사랑'했다. 그런 동시에 손바닥 안에 담긴 물처럼 아슬아슬하고 귀하게 '사랑'했다. 그처럼 한 가지 감정이면서 둘이고, 셋이고, 전부였다.

발렌시아가 희미하게 웃었다. 외르타는 눈을 뜨고 있어 알아차렸다. 그녀도 웃었다.

자신은 먼 길을 돌아오지 않았다. 아주 똑바로 왔다. 덕분에 그와 이렇게 마주했다.

앞으로 살아갈 긴 생. 당신과 함께할 수 있기를 깊이 바랐다. 우리의 그림자가 이어지되 여전히 또렷이 보이기를 바랐다. 그림자는 뒤로. 그러니 언제나 해를 바라볼 것이다. 손바닥이 아니라, 삶으로, 절벽같이 갈라진 상흔으로 햇살을 담을 것이다. 당신과 함께 삶을 지탱할 것이다.

사금沙金 없는 모래를 헤아리며.

뤼페닝은 사슬 갑옷을 바라보았다. 왕가의 적색 사자가 새겨진 방어구였다. 언뜻 새로운 듯했지만, 세심히 살피면 어느 오래된 금고에서 훔쳐 온 듯 이곳저곳이 낡아 있었다.

그는 무언가를 생각하며 아주 오랫동안 서 있었다. 물론 침묵이 언제나 신묘한 수를 내보일 수는 없으므로, 찌푸린 얼굴로 늘어진 사슬을 돌려 볼 뿐이다. 미늘의 정면과 후면은 정확히 똑같은 모양이었다.

청년은 갑옷을 책상 위에 내던진 뒤 주저앉았다.

누군가 뭉툭한 끌처럼 참견했다.

"지금 못 해 먹겠다고 생각하셨죠?"

"아니. 새끼손가락 없는 인간이 걸쇠를 낄 수 있는 방법에 대해 고민하고 있었다."

"거짓말하지 마십시오. 안을 더듬어 보시고요. 오른쪽으로 편평한 비늘을 만질 수 있으면 그 방향이 앞입니다."

"……."

노루아는 처음부터 끝까지 그를 돌아보지도 않은 채 편지를 쓰고 있었다.

뤼페닝은 상대를 노려보며 갑옷을 뒤집어썼다.

"이러다 내가 화살에라도 맞으면 어쩔 건가? 제대로 살펴야지."

"임무를 소홀히 한 방지거 놈을 죽여야겠지요. 저는 문외한이라 잘 몰라요."

"노루아, 돌아봐."

노루아는 당장 편지 위로 문진을 내려놓고 일어서 돌았다.

"하명하십시오."

뤼페닝은 빙그레 웃었다.

"너도 갑옷을 챙겨 입어야 한다."

"저는 오늘 후방에만 있을 예정이라 괜찮습니다."

"그러면 나는 전방에 있고? 누구보다 안전히 숨어 있을 인간들끼리 말이 많군."

"저는 인간이고 전하는 왕이시지요."

잠깐의 정적이 흘렀다. 그 뒤 노루아가 부드럽게 편지를 가리켰고, 뤼페닝은 대꾸하지 않은 채 방을 떠났다.

"왕 납신다!"

자카리는 침대로 달려들었다.

레아는 아이를 보호하며 소리를 빽 질렀다.

"죽을래!"

"……너무하군. 나를 뭘로 보고."

자카리는 억울한 표정으로, 침대 끄트머리에 부드럽게 안착했다. 물론 레아는 이미 그를 용서할 수 없는 모양이었다. 아이를 조심스레 내려놓더니, 넓은 침대를 가로질러 왕의 배에 주먹질을 했다.

"아, 아니, 제발……."

"엄살 피우지 마. 어이가 없네."

"정말 아프다……."

"그런 장난 칠 거야?"

"안 칠게……."

갑자기 까르륵 웃음소리가 났다.

두 사람 모두 반색하며 침상 위를 엉금엉금 기어갔다. 돌돌 강보에 말린 채, 머리가 삐쭉삐쭉 난 아기였다. 아기는 자비롭게도 한 번 더 웃어 주었다.

딤니팔에서 제일 귀한 세 사람은 침대를 두드리며 행복해했다.

"아! 오늘 웃은 게 지금까지 중 제일 귀여운 것 같아!"

"그리고 내일은 오늘보다 더 귀엽고?"

"아니, 멋지겠지. 슬슬 위엄을 부릴 때도 되었거든."

"다 아빠가 잘생겨서 그래."

"당신 진짜 양심이 있는 거야?"

"당연하지."

"좀 성의껏 뒤져 보고 말해."

"알겠어."

자카리는 누군가 말릴 틈도 없이 상의를 벗어젖혔다. 레아가 너털웃음과 함께 등을 때렸다. 그는 신음과 함께 몸을 숙였다. 등 위로 벌건 손바닥 자국이 남았다.

"엄살은!"

그들은 침대 위로 뒹굴었다.

자멘테는 반듯이 차려입은 모습으로 침상에 누워 있었다. 군영이 떠들썩한 낮이었다.

그녀의 손에는 로켓이 쥐여 있었다. 천천히 열었다. 다시 닫았다. 천막 모서리를 바라본다. 한참이나 머문 시선은 꼭대기부터 미끄러지는 곡선을 감상하는 모양이었다. 그녀는 갑작스레 로켓을 열었다. 닫았다. 똑똑 소리가 났다. 그다지 의미 있는 몸짓이 아닌 듯 보였다.

한동안 로켓은 흐트러진 채 그녀의 배 위에 놓여 있었다. 활짝 열린 가문의 붓꽃 속, 반듯이 오린 초상화가 있었다. 갓 위엄을 갖추기 시작한 중년의 여성이었다. 초상화를 뒤덮은 빛은 따듯했으나 그 주인의 냉정한 시선까지 감출 수는 없었다. 주인은 자멘테가 아니었다. 다만 그녀와 한 핏줄처럼 닮았다. 코와 입을 가린다면 같은 사람이라고 믿을 수 있을 정도였다.

로켓이 똑 소리를 내며 닫혔다. 자멘테의 붓꽃 문양은 뚜껑 위에서 더 현란했다. 재질이 간소한 것은 오로지 그 권위를 드러내기 위해서인 듯했다.

그녀는 또다시 오랫동안 같은 자세로 있었다.

누군가 바깥에서 기침을 했다.

"자멘테 경."

그녀의 복부가, 평생토록 단련한 목소리를 위해 단단히 조여들었다.

"듣고 있다."

"반 레베리히트가 식사를 마쳤습니다."

"이번에도 독대하길 원하던가?"

"예. 어제 맺은 결의의 세부 사항은 지도자의 엄준한 안배 아래 남기겠다고 합니다."

"귀찮게 구는군."

자멘테는 일어섰다. 그녀가 누운 자리에는 흔적이 남지 않았다.

그녀는 천막을 걷고 나가, 곧은 자세로 선 경비 기사를 돌아보았다.

"파람 경."

"예."
"오전 중 기사 군영에 빈자리가 난다. 찾아서 치워라."
"존명."

앙히에는 주섬주섬 짐을 챙겼다. 천막 구석진 곳마다 빠짐없이 노려보더니, 마침내 뿌듯한 얼굴로 박수를 쳤다.
"좋아. 이 정도면 됐어."
욜란다 그네젠은 탁자 위로 턱을 괸 채 고개를 기우뚱 기울였다.
"상고, 이렇게 떠나도 돼요?"
"나? 오늘 아침에 무려 총사령관께 '작위'를 받아 공식적으로 형님께 '사죄'드린 몸인데 뭘. 네놈이 감히 기사를 능멸하느냐!"
"정말 소름 끼치게 싫으니까 그런 소리 하지 마세요. 제 말씀은, 백작님 얼굴도 다시 안 보고 가시냐는 것이에요."
앙히에는 인상을 찌푸렸다. 상처는 태생적으로 장난기 어린 얼굴을 감추지 못했다. 덕분에 그 풍부한 표정 위로는, 조금만 우울한 시선이 들어도 땅거미가 지는 듯했다. 그의 얼굴이 꿈틀거렸다. 배낭을 꾹 쥐었다.
"알아서 해결했나 보지. 놓친 대화가 그렇게 많은지, 아니면 다른 뭐라도 많은 건지."
"잘도 망측한 말씀을 하시네요."
"어차피 외르타에게 전해야 할 말은 다 전했어. 그리고 나머지는 네가 잘 돌봐 주겠지."
"물론 그리하겠어요. 하지만 아쉬우니까. 저는 반년을 뵙고 또 뵙겠지만, 상고는 반년을 헤어졌다 아주 찰나를 보고 다시 헤어지는 거니까. 선한 사람은 그립지 않도록 배려하기 마련이지요."
"난 그리운 사람 별로 없어."

욜란다의 시선이 샐긋하게 틀어졌다. 갑자기 누군가 공기를 북 찢었다가 억지로 꿰어 맞춘 것처럼 기울어 있었다.

정적.

물론 그녀는 시선과 달리 부드럽게 말했다.

"제가 선량하다는 사실은 인정하세요?"

"돈 문제만 아니면."

앙히에는 아무렇지 않게 농담하며 신발을 털었다. 어느새 배급받은 군화가 아니라 여행길에 어울리는 신을 신고 있었다. 짐과 옷자락이 부딪쳐 바스락거리는 소리가 요란했다.

"……."

"정말 한순간도 가만히 못 있네, 상고는……."

"다 해결됐어. 이번엔 그래서 가는 거야."

그는 바닥을 몇 번 걷어찼다. 발목은 단단히 서서, 신발 끝은 부드럽게 밀리며 흙을 디뎠다. 배낭을 고쳐 멨다. 이제 완연한 여행객 같았다.

앙히에는 문득 욜란다를 돌아보았다. 갑자기 씩 웃었다.

"나, 스트레파르에 당신 선물을 버리고 왔잖아."

그녀의 눈이 놀란 듯 크게 뜨였다. 대답은 없었다. 마주 웃었다.

그는 양손을 흔들며 떠났다.

발터는 양손으로 책상 위에 놓인 불을 감쌌다.

불을 주의하지 않아 한순간 손을 태우는 듯했으나, 그보다는 다소 자살에 가까운 시위처럼 보였다. 단순히 밝기를 조절하는 데에도 절망적인 감각이 있었다. 그는 빛을 가렸다가, 다시 드러냈다.

그런데 어쩌면 빛이 중요하지 않은지도 몰랐다. 그 옆, 오파린 독을 나란히 재운 잔 세 개가 어둑어둑한 그림자로 서 있었다. 왕은 오로지 잔이 있는 방향으로 빛을 쪼였다. 빛 방울이 미끄러졌다. 독이 밝았다가도 잔이 밝았다. 잘 뒤섞였다.

이제는 분명했다. 그의 시선은 눌어붙은 진물처럼 살인에 매달려 있었다. 아무도 없이 넓은 방에서, 고작해야 세 명을 죽이겠다고 비장한 각오였다.

그는 언뜻 웃는 듯하다가 다시 우울하게 기울었다. 물론 그의 표정이 실제로 바뀌었는지, 아니면 비사의 화려한 음영 탓인지 구분하기는 어려웠다.

그러다 휘황한 밤이 그의 눈에 띈 모양이었다. 손아귀가 크게 열렸다가, 주먹으로 쪼그라들었다. 그 손가락 사이사이 밤을 알알이 담았다. 굴린다. 수많은 빛들. 언젠가 그가 시체에 엎드려 숨 가빴을 때 멱살을 붙잡아 세워 준 넓고도 큰 종복. 그 당시와 얼마 달라지지 않은 빛이었다. 아니, 어쩌면 완전히 같았다.

왕은 무언가 결심한 듯 일어서 어수대를 불렀다.

그가 책상 뒤로 돌아가기도 전에 문을 두드리는 소리가 났다.

"들어와."

요오스가 고개를 조아렸다.

"잔을 나누거라."

"예."

"동요하지 않도록 조용히."

"명심하겠습니다."

블랑쉬는 독을 흔들었다. 백작아초와 라촐, 쥐베닉, 파그 버섯 진물을 섞어 열 시간을 끓인 뒤, 냄비 위에 엎힌 띠만 세심하게 긁어 담은, 사람 손바닥만 한 유리병이었다. 그녀는 햇살에 비추어 밝기를 계산하고 있었다. 어려운 일을 쉽게 해내는 장인처럼, 그녀에게는 일상으로 보였다.

지금껏 아주 오랫동안 한자리에 있었던 것이 오로지 이 투명한 독을 만들기 위해서라는 듯, 블랑쉬는 단 한 병을 얻고 일어섰다. 주변을 둘러본다. 지평선까지 다 쓰러져 가는 헛간 하나만 서 있는 단출한 평야였다.

멀리 하늘 위에서 수리가 빙글빙글 돌았다. 가을이 가까워져 풍요로운 땅에는 희한한 일이었다.

물론 블랑쉬는 무슨 일이 벌어졌는지 아는 모양이었다. 그녀는 방금 전 열 시간을 끓인 병을 열어 특이하게 생긴 해면에 부었다. 끓일 때와는 다르게 지독한 냄새가 났다. 물론 그녀는 눈 하나 깜짝하지 않았다. 그렇게 한동안, 혹은 수리가 사람을 눈치챌 때까지 꽤 오랫동안 서 있었다.

그녀는 곧이어 닥친 새의 발톱을 피했다. 새는 그녀의 목을 베려 들었다가, 돌연 무언가를 깨달은 것처럼 잠잠해졌다. 그녀는 새 다리에 묶인 편지를 풀었다.

편지 위로, 새를 부른 해면을 문질렀다. 그제야 백지에 희미한 글씨가 나타났다.

편지는 이렇게 시작했다.

블랑쉬.

'젤로'는 없었다.

그녀는 지독한 악취를 느끼며 왕의 편지를 읽어 내렸다.

판은 벌써부터 은은히 풍기는 악취에 인상을 찌푸렸다. 뒷간으로 향하는 여정이 잠시 방해받은 모양이었다. 손에 쥔 용구를 보자면 그는 마침 식물을 달랠 거름을 찾아 나온 정원사 같았다.

다른 방과 연결된 옆길을 본다. 다시 제 길을 본다. 문득 저 멀리 대사제관을 바라보다가, 고개를 저으며 본디 구역으로 돌아왔다. 마치 어린아이 같은 질문을 던진 듯 부끄러운 모양이었다. 즉 신도 화장실에 가나 궁금했다든지.

판은 기사가 전투를 준비하는 모습으로 엄격하게 콧구멍을 막았다. 물샐틈없이 준비했다. 코앞에는 천, 팔뚝에는 나무 방어대, 한 손에는 삽, 다른 손에는 단단한 철 바구니를 들었다.

그리고 잽싸게 들어가 굴을 퍽퍽 파냈다. 바구니를 절반쯤 채웠을 때, 그의 얼굴이 갑자기 노래졌다. 기절하기 직전에 바깥으로 몸을 날렸다. 그 와중에도 거름을 쏟지 않으려는 노력이 장했다.

그는 가까스로 바구니의 균형을 잡은 뒤 구역질을 하기 시작했다. 엎드려 땅을 짚었다가, 마침내 쓰러졌다. 아무도 없다고 생각하는 모양인지 아주 사납게 굴러다녔다. 다만 그 소동 속에서도 아무 말을 하지 않았다. 돌 위에서 꿈틀거리는 소리, 생리적인 신음을 제하면 인간의 단어는 없었다. 욕설도, 불평도 없었다. 의성어만 주렁주렁 널렸다.

한참 뒤, 판은 일어섰다. 팔뚝으로 입가를 문질러 닦았다. 다시 한번 굳세게 거름 바구니를 주워 들었다.

그는 얇고 길게 난 길 사이로 사라졌다.

델리다는 얇고 긴 복도를 조심스레 걸어갔다. 발끝을 세워 소리가 나지 않도록 애쓰는 모습이었다. 물론 입가로 킥킥대는 웃음이 새어 나오자, 모든 행동은 조금 어수룩한 비밀처럼 보였다.

그녀는 살금살금 다가가 문을 열어젖혔다.

"이것 보세요!"

소리 지르며 품에 든 것을 와르르 쏟아 냈다. 주로 제멋대로 빛을 반사하는 어여쁜 돌과 같은 것이었다. 물론 상대가 잠시 장난감 보석에 시선이 팔린 틈에, 두꺼운 책이 쾅 떨어졌다.

안니발레 백작은 당황스러운 표정으로 그녀를 바라보았다. 아무래도 가장 큰 이유는 앞자리에 반쯤 일어선 손님 때문일 것이다. 손님은 백작의 후계자에게 웃으며 인사했다.

"안니발레 자작, 잘 지내는 것 같군."

"그, 그나시오, 백작님. 죄송해요. 계신 줄 몰랐어요."

"아니. 지금 떠나려던 참이네. 백작, 혼자 돌아갈 터이니 부담 가지지 말고 말씀 나누시지요."

안니발레 백작은 십이공회의 일원에게 양해를 구하지 않았다.

"유익한 대화였습니다. 살펴 가십시오, 백작."

"예. 약속한 시일에 다시 뵙겠습니다."

그나시오는 떠났다. 그의 등 뒤로 문이 달칵 닫혔다.

델리다는 몹시도 죄송한 얼굴로 쇼파에 다가갔다.

"저……."

"책을 다 뗐니?"

"……네."

"그런데 이 빛나는 돌들은?"

"같이 보여 드려야 책이 좀 더 멋질 것 같았어요. 생각할 땐 멋졌는데요……."

잠깐의 침묵. 안니발레 백은 벌써 웃고 있었지만, 델리다는 고개를 숙여 볼 수 없었다. 그녀는 제 어깨를 두드리는 손에야 번뜩 시선을 들었다. 웃음을 확인한다. 마음이 풀린 듯했다.

"책씻이를 할까?"

"좋아요!"

모리는 책을 잔뜩 옆에 쌓아 두었다. 그로 모자라 세 권을 동시에 펼친 채 바람보다 빠르게 넘기고, 또한 발췌하고 있었다. 벌써 여러 시간 집중한 듯 자주 등을 두드렸으며 한순간, 책상 위에 있던 물을 엎질렀다.

"앗차! 쯧!"

그녀는 무릎에 덮고 있던 천으로 책과 종이를 닦아 냈다.

"괜찮나?"

모리는 깜짝 놀란 표정으로 고개를 들었다.

"언제부터 거기 있었어?"

"방금 왔다."

문가에는 누프리가 서 있었다. 그는 한 손에 한 아름 웬 짐을 들고 있었는데, 수많은 집기가 아슬아슬하게 균형을 유지하는 모습이 장관이었다. 그는 그 와중에도 몸을 살짝 움직여 촛대가 떨어지지 않도록 했다.

"왜?"

"아코나가 팔을 다쳤어."

그녀는 책을 덮었다.

"무슨 일로?"

"노을 정원을 정돈하다가 장식 기둥이 쓰러졌다."

"세상에!"

누프리는 놀란 얼굴로 일어나는 그녀를 붙잡았다. 스쳐서 삔 것뿐이란다. 모리가 인상을 찌푸렸지만, 아랑곳하지 않은 채 안고 있던 수많은 잡동사니 속에서 왕진 가방을 건넸다. 그녀는 짜증스레 가방을 낚아챘다.

"과장하고 그래?"

"당신이 한 일주일 정도 팔을 못 쓰면 과장이라 하겠나?"

모리는 반쯤은 기가 막힌 듯, 반쯤은 미안한 듯한 표정이 되어 등 돌려 나갔다.

누프리는 계단 너머로 멀어지는 그녀의 뒷모습을 향해 외쳤다.
"고향의 동생에게 편지를 못 쓴다네!"

톨레도는 일견 편지 뭉치로 보이는 종이를 들추었다. 그러나 편지는 아니었다. 누군가 괜찮은 솜씨로 십수 장의 그림을 그려 두었다. 그림마다 작은 글씨로 설명이 쓰여 있었다. 새로이 단장한 알로지아드 졸피의 연회장, 그나시오 영지와 맞닿은 알로지아드 모루의 밤, 그나시오 영지의 들판, 그나시오 성의 우리 방, 우리.

그는 마지막 장을 빤히 바라보았다. 같은 방에 있는 훌쩍 큰 키의 부부, 그러나 알피는 거울을 보며 그림을 그리는 모습으로, 시누사는 수십 병의 기름을 앞에 둔 채 구분 짓고 있는 모습으로 그려졌다. 각자의 일에 어찌나 집중해 있던지 무채색 그림에서조차 두 사람의 눈이 빛났다.

그들에게는 부부라는 어떤 표지도 보이지 않았다. 단지 같은 방에 앉아, 각자의 일에 전념해 있었다.

"이런 걸 보여 주고 싶은 게로군."

톨레도는 혼잣말을 했다.

그의 손이 탁자 위에 올라와 있는 작은 단검 자루를 툭툭 건드렸다. 다른 칼자루를 건드린다. 또 다른 칼자루. 두드리는 음계가 모두 달랐다. 신전의 음악으로 만들기에는 부족했지만 콧노래로 부르기에는 충분했다. 그는 문득 제 손을 바라보고는 빙그레 웃었다.

그는 곧 모든 칼을 내려놓았다. 탁자 위에는 그림이 그려진 종이 묶음, 그리고 작은 호롱뿐이었다.

그는 한참이나 그림을 바라보았다.

바냐 미쇠는 아이들이 돌바닥에 그린 그림을 바라보았다. 투박한 선탓에 제대로 보기 위해선 쭈그려 앉아야만 했다. 그녀는 돌 위로 잎사

귀를 드리운 작은 덤불을 젖혔다. 그제야 전체적인 윤곽이 보였다. 넓적한 돌 위에 그려진 것은 그림이 아니었다. 글자였다.

그녀는 소리 내 읽지 않았다. 단지 글씨를 더듬었다. 오늘. 하늘. 해. 고작해야 세 단어인데, 아주 오랫동안 앉아 있었다.

바냐는 고개를 들었다. 그녀의 콧잔등에 새겨진 금색 점 세 개가 창문처럼 반짝였다. 새까만 눈이 꾹 감긴다. 금색 점 또한 눈처럼 일그러졌다. 그 얼굴은 이제 갈색 땅에 나무 막대로 그은 이목구비 같았다.

숨을 들이마신다. 내쉰다. 들이마신다.

그녀는 일어섰다.

바냐의 거친, 어두운 옷자락이 바닥을 쓸었다. 그 주인처럼 추억하지 않는 색이었다.

의자에 추억하는 천이 걸려 있었다.

혹은 추억하지 않을 수도 있었다.

붉었다. 어떤 부분은 더 붉었다. 핏자국이 아닌, 어스름이었다. 바람 없이 고요했다. 피도 바람도 움켜쥘 손아귀도 없이 단단한 등받이 위로 편히 쉬었다.

외르타 아델라이데 기위 얀 발미레(526-589)

제1대 발미레 백작.

그 핏줄은 게외보르트의 제19대 왕 발터하임부르겐 1세의 누이에 마땅하나 라르디슈의 제21대 왕 로크뢰 1세의 왕비가 되어 게외보르트 왕족의 자격을 잃었다(547). 또한 볼-나더스디 전쟁 종료 이후 비사오필라의 금록에서 멸적되었다(552). 이에 공식적, 비공식적으로도 백작을 게외보르트의 왕족으로 칭할 수 없도록 신분이 봉인되었다.

로크뢰 1세와의 사이에서 일녀를 두었으나, 게외보르트의 정화淨化 정책으로 인하여 처형되었다(548).

야사野史는 포티미외 당시 라르디슈 전패前敗를 조장한 장본인으로 왕녀를 꼽으나, 공식 기록은 로크뢰 1세 사후 미망인이 된 왕비가 노장 내전(551-571, 제13권 2쪽)의 자구책이 미약하여 딤니팔에 망명한 것으로 쓰고 있다(550).

망명 이후 굴라르모 4세에게 백작위를 받았다(551).

이후 제21대 미라이예 공작과 유대를 가졌으며 그 사이에서 일녀, '안베르사 델비나 발미레 얀 미라이예'를 보았다(557). 안베르사 델비나는 후일 제22대 미라이예 공작이 된다(585).

한 가문의 유일한 적장자가 다른 가문을 계승하는 것은 극도로 희귀한 일이다. 관련하여 법규와 도리의 측면에서 논란이 있었으며, 이례적으로 승계할 수 있었던 원인은 크게 두 가지로 요약된다.

첫째, 백작은 발미레 가문을 잇지 않을 것을 강력하게 주장했다. 이는 백작이 볼-나더스디 전쟁의 결과로 비사 오필라의 금록에서 멸적된 뒤에도, 삶의 초창기에 겪었던 숙청을 두려워했기 때문이다. 안베르사 델비나가 신흥 귀족인 발미레의 이름하에 살아남는다면 게외보르트에 희생당할 가능성이 있으나, 미라이예의 후계자를 살해하기는 불가능하다고 백작은 강조했다. 이 논거는 십이공회에 의해 인정되었다.

둘째, 동시대 자멘테 후작의 이례異例가 있었기에 가까스로 협의에 이른 것으로 평가된다. 14대 자멘테 후작은 그란사소가家의 유일한 적장자였던 질자姪子를 양자로 맞이하여 가문을 계승시켰다. 이 논거는 십이공회에 의해 인정되었다.

굴라르모 4세와 십이공회의 찬동으로, 안베르사 델비나는 만 2세에 미라이예 적장자로서의 인지와 후계자의 권위를 획득하였다(559).

백작 사후 솔 발미레와 영지는 잉그레에 재귀속되었다.

589년 11월 7일, 향년 63세.

발렌시아 마조레 기지 얀 미라이예(521–590)

제21대 미라이예 공작.

전훈戰勳.

– 북부 인지오 반란(541–543) 부사령관. 식민지 반발 진압, 딤니팔

에 완전 흡수 통합.

– 굴라르모 제7차 동부 원정(544–548) 총사령관. 동부 15개국 연합 사령관 무타스 디무어 분쇄, 동부 32개 주 병합.

– 포티미외 전쟁(549–550) 총사령관. 라르디슈 제29대 왕 로크뢰 1세 패사敗死. 포티미외, 오르셰에즈 전반 병합, 르주뢰 협정 파기, 라쥐모르 상권의 딤니팔 잠식 단초 제공.

– 볼–나더스디 전쟁(551–552) 부사령관*. 스트레파르 재병합. 전쟁 보상금 삼천만 장, 그라우뷘덴 산출물 이십분지 일의 삼 년 기한 유통 권한.

*공작은 볼–나더스디 전쟁 초기 총사령관으로 임명되었으나, 잘못된 판단으로 딤니팔을 패전 위기에 몰아넣었다. 이에 군법을 위반한 죄를 물어 직위를 해제당했다. 이후 무작으로 전쟁을 수행하였으며, 마지막 스트레파르 공성전에서 공을 세워 부사령관 직위를 기록에 남겼다.

생의 전반부에 세운 전공이 훌륭하지만, 볼–나더스디 전쟁에서의 모욕적인 패퇴 및 총사령관 직위 해제 후 명예를 회복하지 못했다. 전쟁 지도자로서 평판을 잃은 뒤 일생 동안 전면에 나서지 않고 가문의 내정을 다졌다.

특기할 만한 건으로, 볼–나더스디 전쟁 이후 임시로 불하받은 그라우뷘덴 귀금속 유통권을 유용하여 단기간에 페자로에 필적할 만한 귀금속 상로商路를 개척했다. 이는 현재(620)까지 이어지는 미라이예 금강석 전매권의 시초가 된다.

또한 전술론에 관한 여러 책을 집필하였다. 동부 무타스 디무어의 「전술」에 대한 반론 〈전술–반反〉과 독자적인 〈전술론〉(초판 18권), 〈공세적 군사력〉 및 이에 따른 〈방어 군사력〉은 기사 교본으로 쓰이고 있다.

현재까지 모든 미라이예 공작 중 유일하게 혼인하지 않았다. 단, 발미레 백작과의 유대로 일녀 '안베르사 델비나 발미레 얀 미라이예'를 보았다. 안베르사 델비나는 제22대 미라이예 공작을 승계한다.

590년 1월 6일, 향년 69세.

앙히에 르나치 기지 얀 미라이예(526-581?)

제21대 미라이예 공작의 유일한 아우.

볼-나더스디 전쟁에서 총사령관 제14대 자멘테 후작의 종자로 복무하였다.

이후 공식 기록이 일천하다. 단, 한 가지 사실만큼은 인정되는데, 현재(620)에도 존재하는 골동품 전매 놀금의 개시자라는 점이 그것이다.

딤니팔에는 그의 죽음이나 매장, 후계에 대해 알려진 바가 없다.

몰년歿年 581년 추정, 향년 55세.

클라우지우스 겐셴 지클레 리볼텔라 틸 게외보르트 트리첸바(515-547)

막시밀리안 5세의 제2왕비 소생 장녀. 발터하임부르겐 1세의 친누이.

420년 이후 처음으로 발발한 후계자 전쟁인 막시밀리아네 왕위 계승 내전을 4년간 치렀다(544-547). 한때 이왕자(후일 발터하임부르겐 1세)를 서부 해안에 봉쇄해 둘 만큼 강대한 세력을 과시했으나, 내전 후반 반 게르츠의 배반, 소모렛의 패배 등으로 급격히 세가 약화, 비사의 연회를 제안받고 항복했다.

547년 11월 20일, 향년 32세.

클라우지우스 아벤트로트 피아 라티스본 발터 틸 게외보르트 트리첸바(520-578)

게외보르트의 제19대 왕, 발터하임부르겐 1세.

막시밀리안 5세의 일곱 왕손 중 제2왕비 소생 장남이다.

4년간의 내전을 치르고 즉위한 까닭에, 치세 초반에는 왕의 지지 세력인 반 슈체친을 경계하여 내정에만 주력하는 경향을 보였다. 그러나 볼-나더스디 전쟁(551-552) 도중 스트레파르 복속의 책임을 물어 반 슈체친을 처형, 이후 북부 산맥까지 게외보르트에 복속시키는 무력을 과시했다. 단 한 해를 사이에 둔 상이한 전쟁 때문에 딤니팔의 사가史家들 사이에서는 볼-나더스디의 패전이 반 슈체친을 제거하기 위해 조장된 것이라고 보는 이들이 많다.

사백여섯 번째 건국절에 발표된 중소 귀족에 대한 발터하임부르겐령(560)을 제한다면 내정에는 큰 발자취가 없다.

두 명의 왕비와 두 명의 후궁에게 삼남 일녀를 두었다. 첫 왕비와 장자는 반 슈체친의 혈족으로 볼-나더스디 직후 처형당했다. 두 번째 왕비 소생인 왕녀가 파란 없이 나머지를 멸절해 다음 대 계승자의 권한을 획득했으며, 왕녀의 일남이 발터하임부르겐 2세로 왕위를 승계한다.

578년 6월 28일, 향년 58세.

라 딤니파 카타름 생로 자카리 디본도네 이니고 산테카를로(521-587)

딤니팔의 제27대 왕, 굴라르모 4세.

굴라르모 3세의 유일한 태자로 순탄하게 왕위를 물려받을 것이라 생각되었지만, 예상치 못한 선왕의 급사로 치세 초반부가 불안하였다. 다행히 현명한 지도력으로 치세 전반 십 년, 스스로는 내정에 집중하고 외정에는 제21대 미라이예 공작을 유용해 민감한 중앙삼국의 파란에 대처할 수 있었다.

이후 미라이예 공작의 전공이 퇴락하였지만 내리 적재적소에 인재를 유용하여 전쟁을 이어 나갔다. 북부 인지오 반란 진압, 굴라르모 제7차, 제8차, 제9차 동부 원정, 포티미외 전쟁, 볼-나더스디 전쟁, 라부르드 전쟁, 라비녜 전쟁. 이상이 굴라르모 4세 치하에 발발한 국내외 분란으로 전부 딤니팔의 전승, 혹은 딤니팔이 이득을 보는 형태로 종결되었다.

이는 현재 안정된 듀아네일의 기초가 되어 북부 산맥 개척론에 지대한 영향을 미쳤다. 온디레 산맥 붕괴 이후 촉발된 최초 개척 정책(595)은 딤니팔 우위의 중앙삼국 균형이 이루어지지 않았다면 협의를 이끌어 내기 어려웠으리라는 분석이 중론이다.

내정 부문 별첨(동일 책자 502쪽).

27세에 왕비 이스말과 혼인하여 세 왕손을 보았다. 일왕녀, '라 딤니파 소르사 라에티티 이레나 신드 안나이팔네스 산테카를로'는 현재 딤니팔의 모든 딤니팔의 수장, 오스페다의 성주, 잉그레의 지고한 주인, 눌라레의 후예, 알론조 캄비의 수호자이신 셀룽가 1세로 즉위(587), (국서國壻 일뤼리 관련 동일 책자 320쪽)하시어 딤니팔의 영구히 번영하는 성세盛世를 이루었다.

이왕자와 삼왕자는 그나시오의 소생과 함께 북부 제를롬모를 창단했다.

587년 2월 10일, 향년 66세.

라 딤니파 이스말 레아 톨레도 산테카를로(527-600)

굴라르모 4세의 왕비.

알로지아드를 수호하는 톨레도의 고명딸로서, 21세까지 알로지아드

가도와 기사단 위에 군림했다. 혼사를 우려한 당대의 노老톨레도 백작에 의해 왕도에 소환되어 뜻하지 않게 굴라르모 4세의 청혼을 받았다.

굴라르모 4세와의 사이에 일왕녀와 이왕자를 두었다.

600년 1월 17일, 향년 73세.

야즈밀라 수스 폰소 얀 산테 자멘테(505-562)

제14대 자멘테 후작.

전훈戰勳.

- 굴라르모 제6차 동부 원정(538-540) 부사령관. 동부 8개 주 병합.
- 볼-나더스디 전쟁(551-552) 총사령관. 스트레파르 재병합. 전쟁 보상금 삼천만 장, 그라우뷘덴 산출물 이십분지 일의 삼 년 기한 유통 권한.
- 라부르드 전쟁(557-560) 총사령관. 북부 자치국과 카비니바 에프렘고르 링코미에스 세력 분쇄. 듀아네일 북부 전반에 대한 딤니팔의 지배권 확인.

딤니팔의 본에 걸맞은 기사로서, 볼-나더스디 전쟁에서 딤니팔을 패배로부터 구원한 이후 지도력을 인정받았다. 라부르드 전쟁의 경우 굴라르모 4세의 선전 포고문을 직접 하사받을 정도로 총애받았으며, 그에 상응하는 훌륭한 성과를 거두었다.

후작의 멸사봉공은 후대에 의해 존경받고 있다. 특히 제15대 자멘테 후작이 지속적으로 선대의 업적을 강조하여, 마침내 후작 사후 굴라르모 4세에게 '산테'를 수여받았다.

562년 6월 14일, 향년 57세.

델리다 누에바 바말디 얀 안니발레(534–620)

제21대 안니발레 백작.

제20대 안니발레 백작의 준비된 계승자로서, 안니발레의 새로운 공명功名에 지대한 기여를 했다. 십이공회가 주로 개별 가문의 영광, 즉 각 가문의 무력과 자산에 천착해 있던 것과 달리 딤니팔 전반의 자원 동원 능력에 대한 빛나는 이론을 제시했다. 이로써 딤니팔 내외의 제도, 기구, 주요 귀족들과 상단의 지지 정도를 파악할 수 있는 소위 정책론의 시초를 마련하였다. 이는 안니발레 개별 가문의 학문적 성과에 머무르지 않고 나아가 셀룽가 1세 치하 개척 정책의 기초를 마련하는 디딤돌이 되었다.

제21대에 이르러 마침내, 안니발레의 시조가 찬사받기 힘든 방법으로 부를 이룩하여 십이공회에 자리를 마련했다는 오점이 사라졌다는 평을 받는다. 어떠한 군사적 성과 없이 구축한 위업이기에 더 탁월한 평가를 받는다.

장생長生하여, 지속적으로 돋보이는 이론을 제시하였다. 이는 후대와의 많은 교류를 통해 현재에도 생산적으로 확장되고 있다. 주요 저서로는 〈자원 동원과 팽창 간의 상관관계〉, 〈대내 인력과 금에 대한 효율적 증강론〉이 있다.

슬하에 이녀를 두었다. 이중 장녀인 '벨라페리타 마리 바자노 얀 안니발레'가 안니발레가를 승계하였다.

620년 2월 10일, 향년 86세.

라톤 자나 카라치올로 얀 톨레도(517–580)

제43대 톨레도 백작.

딤니팔의 준수한 기사로서, 생애 전반 딤니팔의 내외부 분란에 적극적으로 참여했으나 특기할 만한 공적은 없다. 이에 볼-나더스디 전쟁 이후 십이공회 및 알로지아드 내부의 건에만 집중하였다. 물론 볼-나더스디가 딤니팔 국경에 대대적인 변화를 가져온 만큼, 알로지아드 가도의 개축을 도맡은 톨레도의 책임을 가벼이 여길 수는 없을 것이다.

알로지아드 서부를 새로 정돈하여, 북부 진입로의 토대를 세웠다.

슬하에 이남 이녀가 있다. 이중 장남인 '카벨레토 바소니 트리치오날레 얀 톨레도'가 톨레도가를 승계하였다.

580년 8월 30일, 향년 63세.

시누사 퀴리노 모드벤나 얀 그나시오(531-597)

제42대 그나시오 백작.

전훈(戰勳).

– 라부르드 전쟁(557-560) 부사령관. 북부 자치국과 카비니바 에프렘고르 링코미에스 세력 분쇄. 듀아네일 북부 전반에 대한 딤니팔의 지배권 확인.

– 라비녜 전쟁(573-575) 총사령관. 라르디슈와의 20년 불가침조약 갱신.

– 셀룽가 1세 1차 개척 정책(595) 총책임자

기사 중의 기사로서 개인 무력으로는 당대에 따라갈 자가 없었다. 잉그레의 기대에 부응하여 참여한 전쟁마다 훌륭한 성과를 냈다. 개척 시대로 접어들기 전의 마지막 기사로 평가된다.

셀룽가 1세와의 반목에도 개척 정책을 도맡아 임종 직전까지 임무를 완수했다.

슬하에 사남이 있다. 이중 장남인 '발라크 오크레 바이아 얀 그나시오'가 그나시오가를 승계하였다.

597년 3월 4일, 향년 66세.

라그랑주 오랑프 리오넬 장-지네스트 보아르네 라르디슈 올 발루아 (513-550)

라르디슈의 제29대 왕, 로크뢰 1세.

화관의 12차 사막 원정, 자틀랑티크 진압, 동부 보블뤼즈 진압, 자카르기에-오트마른 전쟁에서 직접 친정親征하여 승리를 거두었다. 이로써 선대에 빛을 잃은 라르디슈의 위상을 회복하였으며 더 나아가 듀아네일 남동부에 대한 라르디슈 세력권을 공고히 하였다. 이 성과만으로도 패왕霸王의 칭호를 받기에 부족함이 없으며 내정에 있어서도 귀족원과의 협의를 통하여 순탄히 통솔하였다.

이후 포티미외 전쟁에서 딤니팔에 패배하여 패사敗死하였다. 실로 패왕에게 걸맞은 최후로 평가된다.

이처럼 통치에는 흠잡을 만한 곳이 없으나, 사사私事에 논란이 있다. 무엇보다 노장 내전(551-571)을 예방하지 못했으며, 이로써 라르디슈의 국력에 심대한 손상을 초래하였다. 또한 이왕비로 게외보르트의 손인 '라그랑주 파르무티에 외르타-라르공드 비에이라 라르디슈 올 발루아(추후 딤니팔에 망명하여 '외르타 아델라이데 기위 얀 발미레'라는 이름을 받음)'를 맞이하여 그들 사이에서 탄생한 '라그랑주 아델라이데 르장드르 라르디슈 올 발루아'의 처형을 막지 못했다. 게외보르트의 정화 정책이 명백했던 상황에서 이 역시 불필요한 권위 훼손으로 평가된다.

550년 12월 1일, 향년 37세.

라그랑주 오랑프 뤼페닝 무쟁 브느와 라르디슈 올 발루아(532-607)

라르디슈의 제30대 왕, 알리에노르 1세. 포티미외 전쟁, 로크뢰 1세의 패사 이후 발발한 악명 높은 노장 내전(551-571, 제13권 2쪽)의 승자로, 재위 내내 숙청이 끊이지 않았다. 572년 공포된 알리에노르 1세의 개혁안(제14권)은 아직까지도 전제왕권 이룩을 위해 선행되어야 할 가장 모범적인 규범으로 칭송받고 있다.

왕비와 두 후궁 사이에 사남 사녀를 두었다. 선왕의 세를 직접 물려받은 삼남이 왕위를 계승하였다.

607년 4월 2일, 향년 75세.

라그랑주 레스트왈 비제 라르디슈 올 발루아(532-567)

알리에노르 1세의 아우.

노장 내전(551-571, 제13권 2쪽) 도중 사망했다. 왕자 사후 오 년 동안 귀족파는 그의 유일한 자식을 추대하여 내전을 치렀으나, 비상한 두뇌의 지도자였던 왕자의 빈 자리를 채우기에는 역부족이었다. 귀족파는 결국 571년, 모든 지지기반을 잃고 항복하게 된다.(왕자의 죽음이 자연사가 아닌 암살에 기인했다는 설이 있으나, 일단락된 담론이 아니므로 생략한다.)

공식적으로 일남 일녀, 비공식적으로 이남 이녀가 있었으나 내전 종결 직후 모두 숙청당했다.

567년 7월 20일, 향년 35세.

사르트뢰즈 노루아 상스 퓌미셸(523-573)

퓌미셸의 8대 주인.

남부 31개 용병대를 이끈 퓌미셸가의 여덟 번째 주인이다. 가문의 무력뿐 아니라, 본인의 명석한 두뇌로 일리에노르 1세를 보좌하였다. 일리에노르 1세도 그에 응답하여 평생토록 제일가는 참모로 퓌미셸을 대우하였다.

일리에노르 집권 이후 급격히 건강이 악화되었다. 이를 패배 세력의 모살로 보는 의견이 있으나 타당성이 떨어지며, 가문의 지병인 궐통으로 사망하였다는 것이 정설이다.

사후 알리에노르 1세에 의해 왕가의 감시자로 추서追敍되었다.

573년 5월 10일, 향년 50세.

—나무를 담벼락에 끌고 들어가지 말라 완결

부록

부록

◆ **딤니팔의 태양**

딤니팔의 태양 문양은 국조 눌라레*와, 그들이 마지막으로 승리한 전투 랄레레 신테를 의미한다.

랄레레 신테는 듀아네일 원년, 리마네레 제국 19만과 딤니파 '역도' 10만이 맞붙은 전투다. 그러나 이 전투에서 병정의 수효에 의미를 두는 이는 드물다. 리마네레의 천 년 권력은 오로지 마법에 기인했기 때문이다. 즉, 마법사들을 부수는 공격만이 제국을 부수는 철퇴라 일컬을 수 있었던 것이며, 이에 따라 랄레레 신테는 리마네레를 좌초시킨 처음이자 마지막 전투로 여겨진다.

당시 듀아네일의 모든 마법사는 리마네레 제국에 속해 있었다. 리마네레 제국은 마법사들을 만들 때 그 힘의 원천을 황실에 두는 방식으로 교육했기에 모든 마법사가 제국에 속해 있던 것은 또 당연한 일이다. 강력한 개인의 원천을 인질 삼았던 것과 진배없으며, 제국은 이 노예와 같은 마법사 집단을 사용하여 천 년 동안 군림하였다.

천 년 동안 단 두 마법사만이 제국에 대항했다. 모두 딤니파의 반역에 참여하였으며 한 사람은 미라이예의 시조인 예폰 달마테, 남은 한 사람은 딤니팔의 태상太上이자 수호자인 눌라레이다. 예폰은 반역의 죄로 마법이 역류하여 전사하였으나 눌라레는 교육받지 않고 발현한 신의 사자였고, 덕분에 누구도 그녀에게 죄를 물을 수 없었다.

대지의 힘을 움켜쥔 눌라레는 랄레레 신테에서 세상에 남은 모든 마법사들의 공격에 대적했다. 마침내 눌라레가 승리했을 때, 평야 너머로 여명이 밝았다. 딤니파의 기사들은 마법으로 시야가 어두워 그것이 여명인지 마법인지 구분할 수 없었다. 죽은 시체 위에서 확실했던 것은 그들의 승리뿐이었다.

딤니팔의 태양은 이 여명과, 딤니팔이 이십 년에 걸쳐 일군 승리와, 그들이 가진 유일하고 지고한 마법사를 의미한다.

딤니팔이 현재까지도 대륙의 수호자임을 주장할 수 있는 것은 이 승리에서 기인한다. 눌라레와 데카를로는, 불가해한 힘을 휘둘러 도저히 저항할 수 없던 절대 권력을 패퇴시켰다. 딤니팔의 사가들은 이것만이 진정한 개국 전투임을 잊지 않는다.

랄레레 신테는 또한 한 세상의 종말이자 시작으로 여겨지기도 한다. 세상에 남아 있던 모든 마법사가 랄레레 신테에서 죽었고, 그들을 패퇴시킨 마지막 마법사 눌라레는 누구도 가르치지 않았으므로 듀아네일 원년 이후로는 신비한 기술을 찾아볼 수 없다.

◆ 라르디슈의 사자

자주 오해하는 이들이 있지만, 라르디슈의 사자 문양은 살아 있는 사자에서 기원하지 않았다. 물론 지금의 라르디슈에는 사자가 살고, 자주 실제 사자나 그림을 사용하여 왕의 상징으로 삼고 있으나, 건국왕 리무쟁 1세는 뭍과는 거리가 먼 뱃사람이었다. 그가 태어난 곳은 작은 섬이었으며, 어렸을 적 오간 모든 섬, 더 나아가 삼천 군도를 살펴도 사자를 찾을 수는 없다.

따라서 라르디슈의 붉은 사자는 동물이 아니다. 이는 폭풍에 갈기갈기 찢어진 마스트 꼭대기의 붉은 기를 의미한다. 리무쟁 1세가 해적으로 남해를 호령하던 시절, 붉은 기는 항상 폭풍에 길고도 난폭하게 찢어져 수평선에서도 맹수가 포효하는 깃처럼 보였다. 덕분에 그들이 삼천 군도를 평정하고 육지를 밟기 전까진, 붉은 깃발만이 그들을 상징했다.

리무쟁 1세와 그 신하들이 본격적으로 대륙에서 활동하기 시작하면서, 그리고 발루아가 더 이상 제독이 아니라 왕이 된 순간부터 깃발을 정돈할 필요가 생겼다. 그때 최초의 기와 가장 비슷하게 생긴 맹수를 자신들의 상징으로 삼았으며, 그것이 바로 지금의 사자이다.

라르디슈인들은 왕의 상징에도 관대한 편이다. 사자 문양을 사용하거나 실제 사자를 사냥할 수는 없지만 글이나 그림에는 자유롭게 묘사할 수 있다. 몇몇 이들은 리마네레 이후 실제로 손에 쥐이는 상징을 사용한 왕가는 라르디슈가 유일하기에 잔인하게 대처하지 않는다고 말하지만, 중론은 라르디슈의 국풍이 자유롭기 때문으로 보고 있다.

◆ 게외보르트의 흑룡

게외보르트의 흑룡은 상상 속의 동물이다. 용은 삽화 속에 남은 짐승일 뿐, 광대나 허풍선이를 제외한다면 실재한다고 믿는 이는 없다. 대신 그들의 흑룡은 바르데나 파뇌, 즉 왕의 유목민을 상징한다.

유목민들은 방랑하던 도중 어려운 상황에서 살아남기 위해 가장 강한 사람을 따랐고, 지휘 체계에 혼란을 부르지 않기 위해 지도자의 나머지 동기를 살해하는 풍습을 지녔다. 이것은 바르데나 파뇌의 전통이지만, 동시에 그들이 밤에 잠들기 전에 이야기하던, 핏줄을 남기지 않는 흑룡의 전설이기도 하다. 유목민에게는 기록이 없기에 구전으로만 전해져 온 이 이야기를, 바르데나 파뇌는 수 세기 동안 섬겨 왔다.

중앙삼국과 딤니팔 가문의 상징

게외보르트 지배 집단의 모태인 바르데나 파뇌는 전 대륙을 방랑하다 겨울이 되면 알론조 캄비에 머무르는 유목민이었다. 국조 노트란트가 알론조 캄비에서 태어났을 만큼 대륙 중부와의 연계가 도타운 편이다. 그러나 딤니팔이 개국 후 리마네레의 느슨한 정책에 반기를 들듯 강력한 유목민 정착 사업을 시작하자 전통을 이을 수 없었다. 딤니팔이 죽음 혹은 정착 중 하나를 강권하는 상황에서 오스페다 근경에 있는 알론조 캄비로 돌아오는 것은 자살행위였다.

바르데나 파뇌는 부당함을 인내치 않는 딤니팔의 본을 받아 반역하여 승리하였다. 일족은 다시는 알론조 캄비로 돌아가지 못했지만, 그보다 맨땅에서 일군 승리를 귀히 여길 줄 알았다.

따라서 이 흑룡은 그들이, 그리고 유목민 전부가 딤니팔의 탄압에서 살아남았다는 상징이다. 즉, 바르데나 파뇌뿐만 아니라 반항한 죄로 죽은 유목민, 억지로 정착하여 전통을 잃은 유목민 모두를 뜻한다. 동시에 옛 바르데나 파뇌의 흑룡 전설처럼 강력한 지도자와, 지도자가 겪은 역경과, 그를 필요로 하는 개개인의 열망에 대한 상징이기도 하다.

수백 년 동안 이어진 공경 덕에 현재 흑룡은 게외보르트 왕가이자 그들의 시조인 바르데나 파뇌를 뜻하게 되었다.

◆ 미라이예의 두 그루 나무

미라이예의 상징은 푸른 바탕에 흰색으로, 자라다 얽힌 두 그루의 나무다. 리마네레 시절 한미한 달마테 집안이었을 때, 그들은 마법사를 의미하는 자작나무 한 그루만을 사용했다. 자작나무는 마법학에서 잡초처럼 자주 이용되는 식물이었으므로, 아마 대대로 마법사였던 혈통을 기리기 위함이었을 것이다. 그러나 달마테 가문은 마법사로 지낸 수백 년 동안 두드러진 성과를 이루지 못했다. 간혹 리마네레의 공문서에 성씨가 나타나나, 세금에 대한 사소한 내용을 제하면 수백 년 동안 유의미한 기록이 전무한 수준이며, 달마테의 전승 또한 없다.

그들은 딤니파의 반역에 들어서 새로운 가문의 시조를 맞이하게 되었다. 물론 반역에 참여한 예폰 달마테 역시 당대 최고의 마법사 중 하나였으나 그의 장자인 미라이예는 딤니팔 건국 시기 최초로, 그것도 전통과 다른 형태로 진가를 드러낸다. 미라이예 달마테는 랄레레 신테에서 눌라레를 죽이려던 마법사의 수장 아스트리달 혼을 막아 냈으며, 대가로 한쪽 팔과 눈을 잃었다. 이 최후의 전투에서 신체를 태운 미라이예는 영원한 기사로 남게 되었다.

건국왕 데카를로 쏘노는 새로운 길을 축복하며 '미라이예'라는 새로운 성을 내리고, 가문 문양에 나무 한 그루를 더했다. 이는 뿌리가 하나가 아니라 둘임을 기억하라는 의미이다.

이로써 이백 년이 넘도록 데카를로의 유언처럼 유지되던 문양은 오리우엘라 예거, 발레다오스타 1세**의 장녀가 미라이예를 물려받으며 변한다. 기존에는 두 그루 나무가 외따로 선 채 가지를 굽혀 하나처럼 보이는 모양이었다면, 이후에는 두 그루 나무의 밑동이 얽혀 구분할 수 없게 되었다. 이 하나 됨은 데카를로의 원뜻과는 별개로, 딤니팔 분단 시 미라이예가 저질렀던 죄과를 봉합하는 의미다. 그들의 반역이 왕에 의해 용서되었다는 사실이 잊히지 않도록 함이다.

◆ 자멘테의 붉은 붓꽃

자멘테 문양은 붉은 붓꽃이다. 붉은 붓꽃의 원산지인 동부 연합에서 이 강한 꽃은 피와 자유의 상징이다. 원전을 찾을 수 없이 오래된 역사 속, 항상 자유민들이 즐겨 썼던 문양이 또한 딤니팔의 고위 귀족을 상징하게 된 것은 역설적인 면이 있다.

붓꽃 상징을 차용한 자멘테 가문의 시조는 동부 시골 출신의 평민으로서 단 한 번 큰 공을 세워 딤니팔 귀족 작위를 얻었다. 이후 긴 시간 동부 국경선을 무너뜨리며 십이공회에 올랐다. 십이공회에 오른 지 채 십 년도 되지 않아 천우신조의 결단을 내리니, 딤니팔 분단 시 오리우엘라 예거, 발레다오스타 1세를 지지하여 무니시팔 형제와 게외보르트를 패퇴시킨 것이 바로 그것이다. 패배자들의 땅과 황금을 집어삼켜 단번에 몸집을 불린 가문은 주인 없는 서부로 본거지를 옮겼다. 반역자를 언제나 경계한다는 변경백의 명목으로, 이제는 동부보다는 서부에 충성심이 필요하기에 누구보다 앞서 전사할 것을 천명했다.

현재에도 동부 출신임을 잊지 않겠다는 증표로 붉은 붓꽃을 쓰고 있다. 이에 딤니팔의 위계에 복속된 귀족이 자유민의 상징을 차용한다는 측면에서 동부에서는 특별히 적대받는 귀족 가문이다.

◆ 브레타냐의 삼중三重 지팡이

브레타냐는 세 개의 지팡이를 문양으로 삼는다. 여기서 지팡이란, 마법을 쓰던 옛 나무 막대가 아니라 나이 든 이가 짚는 지팡이를 뜻한다. 이 구부정한 지팡이는 브레타냐 가문의 시조가 세 명의 노인이었다는 기록에서 비롯되었다.

부록

삼 형제였던 노인들의 청년 시절과 부모에 대한 기록은 전무하다. 오로지 형제의 머리가 희게 세었을 때부터 이룩한 업적에 대해서만 알 수 있을 뿐이다. 그들은 '기술'이 잊힌 리마네레 시절, 마법을 사용하지 않고도 거대한 구조물을 만들 수 있던 훌륭한 설계자들이었다. 뛰어난 능력으로 느리게, 그러나 견고하게 수많은 제방과 신전, 도서관과 목욕탕을 세웠다. 마법은 결국 지식의 최선을 구현할 뿐이기에 당대에 세 노인의 작품을 능가하는 구조물이 없었다고 전해진다. 천 년 가까이 지난 현재에도 웅대한 건물이 브레타냐 본 영지에서 위용을 드러내고 있다.

그 셋의 자식은 하나였으며, 대를 이은 이가 누구의 후손인지는 불명이다. 때문에 브레타냐는 공경하는 의미로 세 명의 시조와 세 지팡이를 모신다.

◆ 본잘의 검은 호선

본잘의 문양은 검은 호선이다. 리마네레 제국 시절 그들의 모든 아버지와 어머니들이 반역자로 몰려 사형당했다. 본잘은 가문에서 직접 마법사를 양성한 잘못으로 고발당했으며 당시에 이는 진위도 묻지 않은 채 역도로 몰릴 만한 죄였다. 그들은 제도帝都로 붙잡혀 가 잔인하게 처형당했다. 따라서 검은 호선은 그들의 처형장 속 피와 칼의 궤적, 그리고 그에 바치는 후손들의 조의를 의미한다.

서슬 퍼런 색출에서 겨우 도망친 한 명의 유랑기사가 후일 서부에서 가문을 일으켜 세웠다. 기사는 가문의 시조를 기억하고 가문명을 유지했지만, 가문 문양을 바꿨다. 본잘이 어떻게 폐허가 되었고 다시 돌을 세웠는지 후손들이 잊지 않도록 안배한 것이다.

◆ **안니발레의 비단벌레**

안니발레의 문양은 비단벌레다. 초록과 황금의 비단벌레는 동부 토착종으로 세계에서 귀히 여기는 곤충이다. 안니발레의 시조는 한미한 딤니팔 지방 영주 시절 우연히 발견한 방법으로 엄청나게 많은, 살아 있는 비단벌레를 밀수하여 막대한 부를 거둬들였다. 물론 긴 운반 과정에서 비단벌레가 살아 있기는 거의 불가능한 일이므로, 대부분의 사람들은 그가 떳떳지 않은 속임수를 이용했다고 믿는다.

다만 황금은 여전히 그 자리에 남아 있다. 비단벌레를 가문의 상징으로 삼는 것이 볼품없다고 느껴지지 않을 만큼 어마어마한 부였다. 잉그레는 그가 기부한 돈으로 알로지아드를 개축했다. 또한 두 개의 전쟁에서 이겼으며 여섯 개의 군단을 만들 수 있었다. 그 결과 안니발레는 십이공회 자리를 움켜쥐었다.

이제 안니발레는 장사꾼이 아니고, 따라서 밀수와는 손을 끊었으며, 혹여 상업에 신경 쓰더라도 비단벌레만을 취급하는 것은 아니지만 그 단단한 부와 개척 정신을 기리는 의미에서 비단벌레를 자신들의 문양으로 삼고 있다.

◆ **그나시오의 올리브와 금화**

그나시오의 문양은 올리브와 금화다. 올리브 기름 속에 금화를 숨겨 와 곤경에 처한 황제를 도왔다는 시조의 설화에서 기원했다.

딤니팔의 왕을 도운 것이 아니라 리마네레의 황제를 도운 것이기에, 딤니팔의 대귀족으로 자리매김한 지금에서는 그의 상징이 오히려 역도의 것으로 보일 수도 있다. 그러나 그나시오가 딤니팔 건국 때부터 십이공회 자리를 지킨 세 명의 귀족 중 하나라는 점을 상기할 필요가 있다. 딤니파 반역 시기의 그나시오는 모두를 대신해 황제의 열 살, 일곱 살, 두 살 먹은 아이들을 죽여 리마네레의 대를 끊었다. 딤니파 공작은 물론이고 모든 진영이 무지한 상황에서 갑작스러운 살인이었으며, 참살의 죄를 물으려면 자신에게 물으라는 태도였다. 이어지는 반역의 기간 동안 딤니파를 도운 것은 또한 당연한 일이다.

이후 그나시오는 오백 년에 걸쳐 딤니팔의 가장 중앙, 오스페다 근경을 감싸 안은 영지와 함께 충성했다. 딤니팔 분단 시절에도 오리우엘라 예거, 발레다오스타 1세의 제일가는 참모였다. 가뭄과 폭풍우 속에서 언제나 잉그레의 곁을 지킨, 미라이예 이상의 충복으로서 명예가 드높다.

때문에 올리브와 금화는 이제 와서는 오히려 잉그레의 위신을 세워 주는 상징이 되었다. 황제의 설화를 가져 충성심 깊은 귀족이 오늘날 딤니팔 아래 엎드려 멸망까지 함께한다는 의미로 받아들여진다.

◆ 톨레도의 화강암 표지석

톨레도의 문양은 알로지아드 가도의 화강암 표지석이다. 물론 가도는 듀아네일 원력 이전부터 존재한 제국의 유산이다. 가도를 건설하는 것은 리마네레의 가장 중요한 임무였으므로 어떤 한 귀족이 도로에 이름을 붙일 수는 없었다. 때문에 톨레도는 제국이 쇠락하던 시점부터 멸망할 때까지 길의 '관리'를 맡은 대귀족 가문에 불과했다.

그는 여느 딤니팔 유력 가문들처럼 딤니파 공작과 같이 제국을 배반했으며 결의와 함께 그들의 몫인 길을 날라 왔다. 이로써 당시 곤경에 처해 있던 일부 제국군에게 고통을 주었으나 이는 아주 짧은 시간 동안만 유효한 공격이었다. 가도는 넓게 퍼져 방어가 불가능했기 때문에, 그들의 재산은 하나하나 파괴되었다. 종내 남은 것은 톨레도 개인, 그리고 스무 명의 알로지아드 봄뿐이었다.

그들은 반역 전반부, 제국을 혼란스럽게 만들었던 것을 제외하면 딤니팔 개국에 유형의 도움을 주지 못했다. 더 나아가 초기에 재산이 고갈되었기에 톨레도의 이름 아래 재산이나 군사가 남지도 않았다. 때문에 어떤 이도 데카를로 쏘노가 파산한 톨레도를 대접하리라 생각지 않았으나, 데카를로는 그를 십이공회에 올렸다. 동시에 파괴된 알로지아드 가도의 개보수를 맡기며 동부 영지를 하사했다.

톨레도는 충성을 맹세하며 새로운 가도의 지석으로 가문 문양을 바꿔, 현재까지 이어 오고 있다.

◆ 데군다의 옥색 눈

남부 데군다의 상징은 옥색 눈이다. 데군다 문양에 묘사된 것은 사람의 눈이고 따라서 실제 시조의 눈 색을 상징하기도 하지만, 사막 변경 출신인 그들은 이를 와디평소에는 메말랐지만 큰비가 내리면 흐르는 사막의 강라 생각하길 좋아한다.

데군다는 사막 유목민 중 유일하게 딤니팔에서 작위를 받은 귀족이다. 간혹 사막의 수많은 유목민들을 단 하나로 생각하여 그를 배반자로 치부하는 낭만

주의자들이 있지만, 이는 사실과 다르다. 사막은 동부 연합과 본질적으로 다르지 않으며, 유일하게 다른 점은 그들이 유목민이라는 점뿐이다. 따라서 '사막 유목민'을 하나의 집단으로 여길 수는 없다. 그 사실은 데군다가 눈의 방패를 창설했다는 점, 그럼에도 사막이 반응하지 않는다는 점에서 명백히 드러난다.

현재 갓 임명된 딤니팔 종기사들이 거치는 눈의 방패는 데군다가 빚은 군사다. 듀아네일 122년, 파세타 2세는 딤니팔의 골칫거리인 사막을 처리하기 위해 변경의 중소 귀족들을 강제 징발하여 관리하도록 맡겼다. 사막 유목민인 선조로 인해 일부 영지와 사막이 교차해 있던 데군다도 예외는 아니었다.

대부분의 중소 귀족들이 보상 없이 차출되어 잉그레를 적대하던 와중, 데군다는 마치 제 사명인 듯 유목민 퇴치에 앞장섰다. 처음에는 황금으로, 그다음엔 개인의 지도력으로, 마지막으로 잘 다듬어지고 견고한 무리의 힘과 명예로 지탱했다. 그들이 지속적으로 일군 대단한 성과에 잉그레가 고무되었다. 이에 왕명으로 눈의 방패가 더 이상 일개 귀족의 사병이 아닌, 딤니팔 휘하의 정식 기사단이 될 수 있도록 조치했다. 또한 후의를 베풀어 데군다를 상징하는 이름, 즉 '눈의 방패'를 유지해 주었으며, 훌륭한 공적에 대한 대가로 십이공회직을 증여하였다.

◆ 루틸로의 나병 환자의 얼굴

루틸로의 문양은 나병癩病 환자의 얼굴이다. 그들의 시조는 세간에서 기피되는 병에 걸려 갓 스무 살에 가문에서 버림받은 이였다. 그는 멸시하는 말, 혐오의 눈빛과 살해 위협에 쫓겨 인적이 드문 북부 산맥까지 도망갔다. 가진 재산도 없이 추운 곳으로 쫓겨나 수십, 수백 번의 죽을 고비를 넘겼으나 마침내 살아남았다.

그는 태생적으로 강하고 지도력이 뛰어난 사람으로 평가된다. 발병 초기, 거동이 자유롭던 시절 산적으로 시작해 맨땅에서 재산과 병사를 모았다. 그렇게 이십 년간 활동하며 단 한 번도 가면을 쓰지 않고 고통받아 일그러진 병자의 얼굴을 보여 주었는데, 그것이 그에게 이상한 유명세를 부여했다. 그 시절 북부 산맥에서 '문둥병자'를 이야기하면 오로지 그뿐이었다. 그는 구태여 잔인하지 않았으나 빼앗길 것이 있는 사람들 사이에서는 악명이 높았다. 다만 시간이 지나 그 역시 사랑에 빠졌고, 무법 지대의 성을 사 정착했으며, 마침내 아이들을 보게 되었다.

그는 아이들에게 자신의 병이 옮을까 두려워 항상 침실의 가문비나무 문을 사이에 두고 이야기했다. 그를 사랑하는 부인은 언제나 반려자 곁에 있었으나, 아이들만큼은 그의 곁에 허락되지 않았다. 그는 아이들에게 손대기는커녕 얼굴조차 보지 않았다.

이십 년 후, 그의 장자는 관에 누운 아버지의 얼굴을 처음 보았다. 한 번도 마주하지 못했던 아버지였지만 이끄는 사람들에게는 언제나 존경받는 이였다. 루틸로의 이름을 물려받은 그는 살림 팍팍한 성 하나만 있는 가문을 물려받아, 나병 환자의 얼굴을 문장으로 삼았다. 평생토록 조금씩 진전되는 병에 고통받다 죽은 아버지의 마지막 얼굴과 똑같았다.

이는 딤니팔 개국 이후의 이야기이므로, 전설이라기보다는 역사에 가깝다. 그의 후손들은 북부에서 세력을 키워 상당히 강성한 귀족이 되었다. 아홉 세대 뒤 잉그레에 큰 공을 세웠고 후작위를 받아 중앙에 진출한다. 다만, 십이공회에 들어간 것은 551년 기준으로 채 반세기가 지나지 않았다. 그들의 세력이 부족해서라기보다는, 딤니팔 분단 시 발레다오스타 1세를 지지했던 귀족들의 여세가 이백 년 동안 확고했기 때문이다. 십이공회에 대변혁이 있던 시기는 단 두 번, 십이공회가 창립되었을 때, 그리고 딤니팔 통일 직후이다. 이외에는 대단한 공로와 과실이 있지 않은 한 유지되는 경향을 보인다.

그들은 그들의 상징에 걸맞게 아직도 북부로 도망쳐 온 나병 환자들을 돌보고 있다.

◆ 체세나의 죽은 고래

체세나의 문양은 죽은 고래다. 이 유래는 리마네레 제국의 괴이한 법과, 거짓말 같은 시조 설화에서 비롯되었다.

리마네레 시절에는 고래 기름이 같은 무게의 금값에 육박하여, 황실의 허가 없이 고래를 포획, 이득을 얻는 것이 불법이었다. 이처럼 황제법이 엄중한 시대, 평화롭게 지내던 남부 해안가로 작살에 꽂힌 고래가 흘러들어 왔다. 당시 해안가 성에는 바람을 피하고자 무너져 가는 돌벽 아래 터전을 마련한 고아 소녀가 살고 있었다. 누해간 물물 교환을 위해 주변 이웃들과 교류했기에, 죽은 고래가 있다는 사실이 발각되면 부랑아에게 혐의가 돌아갈 것이 분명했다. 이에 부랑아는 그날 밤 고래 사체를 해체했으며, 곧바로 바다에 버리려던 중 돈벌이 없이 사는 삶이 곤궁하여 욕심이 생겼다. 이에 기름 덩어리 고기를 해안가 동굴에 숨겼고, 모든 고래를 묻은 시점에 동굴 안에 숨어 있던 이와 마주치게 되었다. 그는 싸움에 패배하여 세력 규합을 위해 도망쳐 있던 남부의 해적이었다. 두 사람은 사랑에 빠졌으며 해적은 아무것도 없는 여자를 위해 쌓아 둔 명성과 사람, 돈을 포기하고 뭍으로 올라왔다. 그리고 그 무너진 성에서 시작했다.

이야기에서 알 수 있듯 두 사람 모두 전통에 개의치 않는 성정이기에, 그들의 후손들은 산적 떼처럼 살며 조상을 이어 준 죽은 고래를 상징으로 삼았다. 몇 세대가 지나 산적들이 보다 세력을 키우고 인간의 예의를 차릴 수 있게 되었을 때, 황실은 어마어마한 공물을 받고 작위를 내렸다. 당시 황제가 농담을 좋아하는 성격이었으므로 체세나는 작위와 함께 고래 포획권, 또한 죽은 고래를 상징으로 넘겨받았다.

이들은 리마네레가 멸망한 뒤에도 고래잡이로 부유한 생활을 영위했으나, 라르디슈가 발호했을 때 불의하게 악덕 영주로 낙인찍혔다. 이에 목숨이 위태로워지자, 타국의 명망 있는 망명자를 우대하는 딤니팔로 도주했다. 다만 금전과 병사를 유지하여 부족함 없는 삶이 되었다.

마침내 체세나는 바다가 없는 딤니팔 동부에 깃발을 꽂았다. 이에 현재 내륙에서 죽은 고래를 상징으로 삼는 다소 우스운 처지가 되었다.

◆ 사투르니나의 곡괭이 두 개

사투르니나의 문장은 두 개의 곡괭이다. 이는 북부 산맥에서 얼음 철을 최초로 채굴했다고 여겨지는 가문의 곡괭이 두 개를 표현한 것이다.

물론 사투르니나는 얼음 철을 처음 발굴한 이들이 아니다. 얼음 철 채굴은 리마네레 이전, 아주 옛날부터 내려오던 기술이다. 또한 얼음 철은 사투르니나의 영지뿐 아니라 루틸로의 영지에서도 찾아볼 수 있다.

그럼에도 그들이 이 문장을 가질 수 있는 이유는 오로지 딤니파 반역 당시 사투르니나가 얼음 철을 가지고 딤니팔을 지지했다는 사실 때문이다. 오백 년 전 딤니파의 반역을 도왔다는 것은 이제 그 자체가 명예로 여겨진다. 절대 이길 수 없는 싸움에 목숨을 건 것과 마찬가지므로 오래도록 대접받고 있다. 이에 잉그레가 비호하기 어려울 정도로 명예가 실추되거나, 금전적으로 어려운 상황이 아니라면 딤니팔에서의 지위는 확고하다.

◆ 페자로의 촛불을 든 손

페자로의 문장은 어스름 속 촛불을 든 손이다. 그들은 스스로가 랄레레 신테에서 유일하게 도망친 마법사의 후손이라고 믿는다. 따라서 마법사를 상징하는, 공부하는 동틀 녘의 촛불을 문장으로 쓰고 있다.

물론 그들을 패퇴시킨 눌라레를 생각하자면 다소 반역에 가까운 행동이다. 그러나 현재 마법은 눌라레의 입김이 닿지 않는 모든 곳에서 메말라 죽었기에 큰 의미가 없다. 이는 눌라레의 압도적인 힘을 의심할 수 없는 것과 같다. 완성된 신 앞에서는 농담도 조롱이 아니 되는 것이다.

또한 페자로의 권력은 형체도 없는 마법에서 나오는 것이 아니라 동부 상로에 있다. 따라서 잉그레는 상징과 이야기를 무시했으며, 더 나아가 그들의 금전과, 선진적인 상단 운영법, 신회계법을 존중하여 십이공회 지위를 부여했다.

[딤니팔 왕의 호칭]

◆ 성姓, 산테카를로

◆ 모든 딤니팔의 수장

◆ 오스페다의 성주

◆ 잉그레의 지고한 주인

◆ 눌라레의 후예

◆ 알론조 캄비의 수호자

◆ 산테카를로

호칭 이전, 딤니팔의 직계 손은 모두 '산테카를로'라는 성을 부여받는다. 이는 건국 시조 '데카를로 쏘노'의 소유격이다. 딤니팔은 눌라레*를 신성시하지만 이는 신화적인 공경에 가까우며, 인간의 세계에선 나라를 건축한 데카를로를 존경한다.

데카를로는 딤니파 공작으로서 현실 땅에 발을 딛고 인간의 힘을 모은 사람으로 평가된다. 주변인들의 기록을 참고하면 그의 태도란 기본적으로 불가능한 일이라 생각하나, 사실 알 수 없다고 믿는, 따라서 두려울 것이 없는 희망의 형태였다. 데카를로 쏘노라는 구심점이 없었다면 리마네레에 대적하는 어떤 힘도 모이지 않았을 것이다. 또한 눌라레는 영원히 여관 여급에 불과하여 모든 마법이 남아 있되, 모두가 황제의 노예에 불과했을 것이다.

데카를로 쏘노는 건강한 정신과 책임감으로 표현되는 딤니팔의 초대왕이다. 항상 머물러 있지 않고 앞을 보던 이였으므로 많은 사람들을 잃었지만 견뎌 냈다. 양부 같던 스승과 연인을 잃고 남은 이들은 나라와 자신을 지지해 준 사람들, 그리고 눌라레였다. 오스페다를 세웠을 때 그의 사적인 부분은 죽은 것과 다름없었다. 그러나 그것이 그가 비관주의자로 전락했다는 뜻은 아니다. 그는 잃은 조각 대신 공공公共에 헌신하여 기쁨을 찾았다.

'산테카를로'에서 비롯된 이름 '산테'는 인생에 걸쳐 공을 세운 귀족에게 수여되는 호칭이다. 이는 그를 잉그레의 혈족으로 인정하겠다는 표지이므로 최고의 영예로 여겨진다.

◆ 모든 딤니팔의 수장

딤니팔 사람들의 주인이라는 의미다.

다만 한 가지 의의를 두자면, 단어의 기원은 제국 시절 명칭인 '딤니파의 수장'이다. 당시 그는 딤니파 공작이었으므로, 이는 단지 공작 가문의 수장이라는 뜻에 불과했다. 그러나 이제 딤니팔은 가문이 아니라 나라가 되었다. 때문에 혈족의 우두머리라는 뜻에서 확장되어, 딤니팔 자체가 제 혈족임을 의미하고 있다.

더불어 어떤 면에서는 딤니팔의 왕이 반역자임을 선명하게 드러내고 있는 명칭이기도 하다. 리마네레 시절 황실 종복으로서 가졌던 불명예스러운 이름의 재전유인 것이다.

◆ 오스페다의 성주

데카를로 쏘노가 가장 사랑했던 명칭이다. 딤니파 공작의 근거지였던 오스페다는 리마네레에 의해 주춧돌까지 불타 사라졌다. 성벽이 허물어진 것뿐만 아니라 그 속에서 그의 스승과 연인, 수많은 가신들이 전사하였다.

랄레레 신테 이후 눌라레는 하룻밤 만에 도시를 재건했다. 물론 기존과는 다른 모양이었고, 단순한 왕도를 넘어 눌라레의 깊은 의도로 계획된 성이었으나, 당시 데카를로는 멸망했던 도시의 부활 자체에 감격했다고 전해진다. 독을 뿌려 풀 한 포기 안 자라던 자리에 또 한 번 오래도록 사람들이 드나들게 되었다는 점에, 반역을 함께한 이들의 연속성이 보장된다고 믿었을 것이다. 이에 데카를로는 태어날 때도 오스페다의 성주로 태어났고, 죽을 때도 오스페다의 성주로 죽는다는 말을 좋아했다.

또 다른 측면으로 데카를로는 이 명칭으로 후손들에게 책임감을 부여하려 했다. '성주'라는 말은 딤니팔 왕의 명칭 중에 제일 낮기 때문이다. 왕 또한 수많은 성주 중의 하나라는 점을 기억하여, 땅에 발을 디딘 채 겸손하게 생각할 것을 경고하는 것이다.

다만 시간이 흘러 이 의도는 다소간 퇴색되어, 현재는 오스페다의 일개 '성주'가 아닌 '오스페다'라는 제일 도시의 성주로 여겨진다.

◆ 잉그레의 지고한 주인

왕궁의 주인이라는 단순한 해석이 가능하다. 그러나 이 이름을 부여한 이는 데카를로가 아닌 눌라레다. 아무도 명확히 알지 못하지만, 전해지는 기록상 그녀는 오스페다에 딤니팔의 왕도로서의 역할을 넘어선 어떤 의미가 있다고 믿었다. 이에 건국 시부터, 흰 왕궁이 왕도의 일부가 아닌 더욱 특별한 건물이라는 사실을 기억하라는 의도로 데카를로에게 건넨 별칭이다.

물론 현재 본 의도는 흐려져 단지 '왕궁의 주인'처럼 이해되는 편이다.

부록

◆ **눌라레의 후예**

딤니팔의 제2대 왕인 눌라레 이후 다시 두 세대가 지나, 딤니팔이 반역의 승리자라기보다는 대륙의 지배자로 여겨질 때 이제파 1세가 덧붙인 별칭이다. 그가 명확한 이유 없이 눌라레의 이름을 차용했기에, 어떤 이들은 불경이라 여겼고 어떤 이들은 왕권 강화를 위한 포석으로 해석했다.

최초 이후 백 년 동안 여러 해석이 각축을 벌였지만 그중 단 하나도 사람들을 설득하지 못했다. 타협하지 못한 십이공회가 유래가 흐린 명칭을 지울 것을 여러 번 읍소했으나, 딤니팔의 왕들은 결코 호칭을 돌이키지 않았다.

마침내 오리우엘라 예거**, 발레다오스타 1세가 즉위와 함께 왕명으로 이후 이 건에 대해 논하지 않을 것을 명했다. 이에 논쟁은 새로운 권위로 진화鎭火되었다. '눌라레의 후예'라는 호칭은 눌라레와 동시에, 건국 이후 최대의 위기에서 딤니팔을 구원한 영웅인 오리우엘라 예거를 되새기는 단어로 남았다.

◆ **알론조 캄비의 수호자**

알론조 캄비는 역사상 누구도 가로지르지 못한 호수이다. 더불어 초대 왕인 데카를로는 캄비의 대사제와 막역한 사이였다. 이 때문에 알론조 캄비는 반역에 기여했다는 덕목으로 딤니팔과 잉그레의 신전이 될 수 있었다.

신전에는 사제와 망명자들이 거주하며 세상의 이치에 대해 연구하고 아무 성과도 내지 않는 것을 자부심으로 여기고 있다. 일부 신비주의자들, 그리고 일부 양식 있는 연구자들의 주장에 의거하면 캄비에 머무르는 인원에 따라 신전은 확장과 축소를 반복한다고 한다. 사실 여부를 떠나 대사제의 힘을 강조하는 데서 비롯되었다고 보는 시각이 많다.

오스페다는 지리적으로 이 알론조 캄비에 근접해 있다. 리마네레 시절에는 누구도 신경 쓰지 않는 신앙이었으나, 딤니파가 반역을 저질러 위명을 떨침과 동시에 망명자들에게 소문이 퍼져 나갔다. 이에 대륙 전체가 캄비를 존경하지는 않아도, 적어도 인지하고 있다.

딤니팔은 신성한 캄비를 왕실이 수호한다는 사실에 자부심을 느낀다. 왕의 후계자는 알론조 캄비에서 대사제의 이름을 전달받는다. 다만 알론조 캄비에는 대사제가 이미 한 명 존재하기 때문에, 왕은 명예직에 가까운 대사제가 된다.

[라르디슈 왕의 호칭]

◆ 성姓, 발루아

◆ 라르디슈의 왕

◆ 생 로욜의 유일한 민

◆ 귀족원의 수장

◆ 적해의 제독

◆ 남부 삼천 군도의 눈.

◆ 발루아

성이자 시조의 이름이다. 딤니팔의 시조인 데카를로 쏘노의 경우 그의 성인 딤니파, 이름인 데카를로 모두 왕의 본명에 남아 있으나, 라르디슈의 시조는 지위가 없는 평민이었다. 그는 짊어진 이름 없이 오로지 개인의 능력, 지도력으로 수많은 그물과 함께 갑판에서 뭍으로 걸어 나왔다.

평생 짠 바람을 맞으며 남해를 호령한 사람이다. 사실상 바다가 그의 것이었다. 덕분에 대지에 발을 딛지도 않은 채 세계에서 가장 큰 섬인 비앙쇼즈섬을 정복했다. 물론 그는 섬에서 멈추지 않고 남부에 올라 지배 구조를 확립하는 데 성공한다. 딤니팔이 대륙을 삼킨 후 축소되어 남부 일부를 지배하던 후기 리마네레 제국에 종지부를 찍은 군사이다.

그렇기에 그의 성 없이 짧은 이름인 '발루아'가 라르디슈에 남았다.

◆ 라르디슈의 왕

라르디슈의 왕이라는 뜻이다.

국명인 '라르디슈'는 발루아의 본의와 다르게 만들어졌다. 기록에 의거하면, 발루아는 딤니팔을 따라 시조의 이름을 나라 명칭으로 삼자는 수하들의 요청을 혐오했다. 발루아는 출신에 걸맞게 항해자의 성질을 지니고 있었다고 전해지는데, 그런 성정에는 역사서에 칼로 새겨질 왕국명에 본인 이름을 남기는 행위가 상상하기 어려운 일이었을 것이다. 발루아는 이름을 남기기는커녕 자신을 상징하는 어떤 것도 고정된 단어로 남기고 싶지 않아 했다.

그러나 그를 경애하던 참모와 수하들은 포기하지 않고, 바다 신을 모시는 사제들의 언어인 남부 줠브렝어로 '최남단 섬의 주인'이라는 명칭을 제안했다. 여기서 '주인'이란 당연히 고향인 비앙쇼즈섬을 단숨에 정복하여 근거지로 삼은 발루아를 의미한다. 당시부터 이미 비앙쇼즈가 곧 발루아였고, 발루아가 곧 비앙쇼즈였기 때문이다. 평민 출신이었던 발루아는 줠브렝어를 배우지 못했다. 이에 라르디슈가 단순히 '남부'를 의미하는 줠브렝어라는 수하들의 거짓말에 속아, 이를 흔쾌히 왕국명으로 삼았다.

그들은 왕이 '라르디슈'라는 국호를 공포하는 즉시 사실을 토로했다. 이에 대한 발루아의 반응은 전해지지 않는다. 발루아의 가장 막역한 친우이자 참모였던 아를렝스의 증언으로 수하들의 논거는 일부 기록되어 있는데, 가장 첫 번째는 건국 자체가 공명심의 발로이므로 발루아는 더 이상 항해자일 수 없다는 항변이었다. 논쟁이 어떻게 마무리되었는지는 전해지지 않으나, 현재 우리는 남부의 대국을 '라르디슈'라는 명칭으로 부른다는 사실을 알고 있다.

◆ 생 로욜의 유일한 민民, 귀족원의 수장

생 로욜은 건국왕인 발루아와 무관한 호칭이다. 발루아 이후 일곱 세대 뒤, 마침내 남부를 독차지하여 딤니팔과 국경을 맞댄 트레귀에 2세가 천도하여 붙인 이름이기 때문이다.

당시 왕은 섬에서 대륙으로 권력의 축을 옮기며, 기존에 대륙의 기득권을 쥐고 있던 귀족들과 타협할 필요를 느꼈다. 때문에 생 로욜로 왕도를 옮김과 동시에 기존 귀족들을 달래기 위해 귀족원을 창설했다. 그러나 귀족들이 누구에게 패배했으며, 누가 권력을 가졌는지 잊지 않도록 스스로 귀족원의 첫 번째 지도자이자 생 로욜의 유일한 인간임을 단단히 이야기하는 명칭이다.

◆ 적해의 제독

남해는 보다 예스러운 이름으로 '적해'라고 불린다. 무엇보다 건국왕 발루아가 가장 먼저 '적해의 제독 발루아'라는 명칭으로 불렸다는 점에서 의미가 크다. 이 명칭은 그가 나타나기 전에는 존재하지 않았던 이름이다. 제국 시절 남해의 관리자는 단순히 황제의 권력을 위임받은 관리자일 뿐, 바다라는 봉토를 지닌 귀족이 아니었기 때문이다. 리마네레 이후, 발루아는 최초로 적해의 모든 해로와 금, 점점이 흩어진 섬들을 파악했고 지배했으며 또한 재판관으로 행동했기에 제독이라는 새로운 단어를 선물받게 되었다.

그러나 현재의 이르러, 라르디슈의 왕은 함대를 가지되 대륙이 먼저일 정도로 대지의 영화를 누리고 있다. 이에 제독이라는 영광스러운 명칭은 다른 이름에 비해 소홀히 여겨진다.

◆ 남부 삼천 군도의 눈

삼천 군도는 라르디슈의 발원지인 비앙쇼즈섬을 둘러싸고 점점이 흩어져 있는 대륙 최대의 군도를 의미한다. 그토록 많은 섬이 있음에도 비앙쇼즈가 여전히 최남단의 섬이라고 불리는 이유는, 뱃사람들이 예로부터 그 모든 섬이 비앙쇼즈의 찢어진 일부라고 믿었기 때문이다. 따라서 그 삼천 군도의 진정한 핵심이자 '눈'은 비앙쇼즈다. 즉, 이 명칭은 남부 삼천 군도의 감시자 및 지배자를 의미함과 동시에 비앙쇼즈 자체를 뜻한다.

발루아가 사망할 때 후계자에게 하사한 이름이며, 여전히 왕의 명칭에 남아 있다.

[게외보르트 왕의 호칭]

◆ 성姓, 트리첸바

◆ 검은 홀의 주인

◆ 트리첸바

바르데나 파뇌는 수백 년 동안 리마네레 중부, 즉 후일 딤니팔이 되는 지역을 유랑하며 자연스레 중부의 작명법과 전통을 받아들이게 되었다. 당시 유목민 중 알려진 이름들은 아베차, 리치 벨테로 등으로 딤니팔의 영향을 크게 받았다.

바르데나 파뇌는 딤니팔과의 분란 끝에 서부로 적을 옮기며, 고의로 서부 지역의 풍습을 이식하였다. 국조 노트란트의 이름 '노트란트'와 성 '트리첸바' 모두 이 전환기 동안 서부에 맞게 개명한 결과이다.

국조 노트란트는 확고한 목적하에 본인의 이름과 성을 가공해 냈다. 그 이전의 이름은 전혀 알려지지 않았다. 유목민들은 기록을 남기지 않고, 노트란트는 이미 지방 정부를 구축하는 시점부터 개명된 이름을 가지고 있었기 때문이다. 심지어 알론조 캄비조차 노트란트를 그간 '지도자'로 불러 와 이름에 무지했으며, 서부에 정부가 세워지기 전까지는 누구도 바르데나 파뇌의 역사에 관심을 가지지 않았기에, 몹시 안타깝게도 노트란트의 젊은 이름을 아는 이는 없다.

트리첸바, 노트란트와 마찬가지로 게외보르트의 국명 역시 철저한 바르데나 파뇌 말살 정책의 일환이다. 그들은 제 땅이 아닌 곳을 다스리기 위해 풍습을 받아들이고 언어를 바꾸고 계급제를 만들었다. 심지어 '게외보르트'는 그라우뷘덴 심연의 바닥을 일컫는 말로, 중부를 유랑하던 파뇌와는 일말의 관련도 없는 서부의 신앙이었다.

이처럼 완전히 새로운 껍질을 입은 채 유목민들이 가까스로 수호한 두 가지 기조가 있었으니 첫째가 생존자 후계 계승 정책이고 둘째가 알드 바제사에 대한 신앙이다. 그들의 신앙은 오로지 지도자를 가리기 위한 힘이기에, 모든 요구는 종교라기보다는 권력의 문제였다. 서부는 진통 끝에 이 기괴한 승계법을 받아들였다. '알드 바제사는 숄렘 노트란트의 신앙에 불과하며, 우리는 종교와 무관하게 힘을 모아 딤니팔에 대적할 것이다. 또한 지금껏 힘을 규합한 대가로, 지도자를 뽑는 개국 시조의 방식을 존중하겠다.'라는 선언을 골자로, 파도 아래 부드러운 합의가 이루어졌다.

그들은 개국과 동시에 딤니팔 분단(216–231)까지 패배한 역사가 없었다. 그 연승의 기록 속 바르데나 파뇌가 수호한 흑룡 전설과 유목민의 승계 방식이 절대 법칙으로 자리 잡아 오늘날에 이르렀다.

◆ **검은 홀의 주인**

왕위 계승식을 치르며 게외보르트 왕이 받는 검은 홀을 의미한다. 승계식은 작은 예배당에서 치러진다. 예배당에는 게외보르트 왕홀이 있으며, 승계자는 그에 따라 무엇을 해야 할지 자연스레 알 수 있다고 전해진다.

왕 외에 그곳을 목격한 이는 없다. 그 장소는커녕 왕홀조차 볼 수 없다. 왕이 단 한 번 움켜쥐었던 홀은 예배당과 함께 다음 승계식까지 단단히 밀봉되기 때문이다. 홀에 대해서는 여러 설이 있으며 국조 노트란트의 검집, 혹은 알드 바제사의 신성한 지팡이라는 논지가 가장 유력하나, 어떤 것도 확실하지는 않다.

모든 것이 불확실한 가운데 단 하나 왕의 이름으로 기록된 내용은 이 홀이 전혀 검지 않다는 것이다. 이에 적지 않은 수가 '검은 홀'에서 검은 것은 '홀'이 아니라 상복을 입은 왕이라고 믿고 있다. 죽은 동기들이 그의 애도를 기다리고 있기 때문이다. 이에서 뻗어 나간 더 특별한 해석으로는, '검은 홀' 자체가 왕을 의미하며, 예배당에는 아무것도 없다는 주장이 있다. 무엇을 해야 할지 알게 된다는 것은 아무것도 없기 때문이라는 것이다. 많은 게외보르트 사람들이 이 해석을 좋아하는데, 그들의 담백한 성정엔 '검은 홀의 주인'조차 화려한 미사여구라고 여길 만한 여지가 있기 때문이다. 여기서 '검은 홀'이 왕을 의미한다면 자신들의 왕은 단지 그 스스로의 주인이 되는 것이다.

국조 노트란트는 이 명칭을 쓰지 않았다. 다만 직접 자신의 '유일한' 후계자에게 하사했다. 그 후계자는 다시 자신의 유일한 후계자에게 건넸고, 또 건넸고, 또 건네서, 어느 순간에는 아무도 건네지 않았음에도 게외보르트 왕의 자연스러운 명칭으로 정착되었다.

***미주: 눌라레**

딤니팔의 개국 영웅 눌라레는 열네 살에 태어났다.

최초에는 데카를로 쏘노가 대사제의 부름을 받아 사람을 수색했노라 전해진다. 당시 제국에서 알론조 캄비의 위상은 단순히 넓은 호수에 불과했으며, 소수의 사제들 역시 유목민처럼 무시되었다. 하지만 알론조 캄비를 품은 딤니파 영지이므로, 일찍이 조실부모한 쏘노가 '신비주의자'들에게 이끌린 것은 자연스럽다 할 수 있을 것이다. 대사제는 지금과 마찬가지로 결코 예언하지 않았으며 오로지 아이를 찾아 그의 책임을 말해 주길 요구했다. 데카를로는 대사제의 조언을 받아, 당시 스물넷이었던 미라이에 달마테와 그의 하수인–일부 기록에서 '마누 르오윈'이라는 이름을 찾을 수 있으나 단순한 종자로 상세한 내용은 전해지지 않는다–을 보냈다.

그들은 지도에 검은 칠이 된 지역에서 아이들을 확인했다. 여러 달 동안의 탐색 끝에 마침내 도시 여관에서 쟁반을 나르던 여자아이를 발견하게 되었다. 미라이에 달마테는 대사제의 조언에 충실히 따라 그녀에게 질문하였다. '대가를 치러야 한다면, 변명하지 않으실 겁니까?' 아이는 그렇다고 대답하였다.

이후 사흘 밤낮 동안 열이 오른 아이는, 다시 일어섰을 때 모든 것을 알고 있었다. 아이가 손을 튕기자 물과 불과 바람과 숨이 그녀를 따랐다.

갓 태어난 눌라레는 스물일곱의 데카를로에게 왔다. 힘을 얻은 그녀에게 명령할 수 있는 이는 세상에 없으므로, 그녀 스스로 반역에 참가했다는 사실은 분명하다. 그러나 눌라레는 자주 불안정했다. 옛날의 기억, 감정, 인간성을 모두 지니고 있었기에 여전히 큰 힘을 다루지 못하는 아이와 같았다. 마법은 세 번째 팔과 같이 사용할 수 있었으나, 지식을 소화하는 데 시간이 걸렸다. 여러 사람과 성을 무너뜨렸다.

대사제가 눌라레의 무도한 힘을 깨웠기에 또한 잠재울 수도 있었으리라 추측된다. 따라서 데카를로는 수많은 피해를 근거로 들어 눌라레를 봉인하길 요구할 수 있었을 것이다. 그러나 초대 왕은 이십 년 동안 불안정한 마법사와 소통하려 애썼다. 물론 가장 강력한 전력을 포기할 수 없다는 이유도 무시하기 어려우나, 그럼에도 단 한 번도 대사제에게 찾아가지 않았다는 점이 중요하다. 데카를로는 그런 방식으로는 문제가 해결될 수 없다는 사실을 알고 있었다.

눌라레는 한순간 나이에 맞는 소녀였다가도 순식간에 대사제처럼 변모했으며, 제 손짓이 세계에, 사람에게 어떤 영향을 미칠지 개의치 않았기에 더욱 피해가 컸다. 그러나 마침내, 혹은 딤니파 본성의 함락 이후 점차 지식을 그러모아 분류할 수 있었던 것으로 추측된다.

마법사의 첫 전투는 랄레레 신테였다. 열넷에 데카를로를 처음 만나, 스물여덟에 이르렀을 때였다.

눌라레는 전투에서 싸웠던 사만 명의 마법사뿐 아니라, 제국의 혈관처럼 널리 퍼져 존재하던 모든 마법사들에게서 마법을 앗아 갔다. 그러자 그들은 제국의 방식 그대로 마법이 역류하여 죽었다. 다른 점은 처벌의 밧줄을 끊은 이가 황제가 아니라, 자유로운 마법사였다는 점뿐이다. 반역군은 최대 난제였던 마법사가 제거되자 쾌속으로 대륙의 중앙을 점거하였다.

랄레레 신테 직후, 딤니팔이 건국되었다. 눌라레는 데카를로에게 초대 왕위를 수여한 뒤 그의 조언자로서 함께했다. 건국 오 년 뒤, 데카를로는 더 이상 본인의 능력 너머의 것을 거짓으로 자랑할 수 없다며 눌라레에게 왕이 되어 줄 것을 요청했다. 그녀가 특별히 부정적으로 대답하지 않았기에, 눌라레는 2대 왕이자, 초대 공동 왕으로 즉위하여 데카를로의 사망까지 함께 듀아네일을 다스렸다.

딤니팔은 라르디슈, 게외보르트와 달리 초대 왕 대에 국가의 틀이 완성되었는데 이는 두 사람의 놀라운 능력에서 비롯되었다. 그들은 마법이 없는 세상에서 더 이상 땅을 욕심내지 않고, 알로지아드 가도로 중앙 집권이 가능한 범위만을 차지할 것을 천명하였다. 귀족의 위계를 다듬었으며 각 구역별로 대표 귀족을 선발하여 십이공회에 들였다. 또한 무명과 그들의 제도를 만들었다. 리마네레 시절 신과 황제의 법을 제거하고 재판관과 논의가 존재하는 법을 만들었다.

데카를로 이후 눌라레 역시 딤니팔을 떠났다. 그러나 잉그레에 안치된 데카를로와 달리, 눌라레의 묘가 위치한 자리는 누구도 알지 못한다.

****미주: 발레다오스타 1세, 오리우엘라 예거**

발레다오스타 1세는 자주 '오리우엘라 예거'와 병기된다. '오리우엘라 예거' 중 '오리우엘라'는 선왕인 굴라르모 1세가 부여한 본명이며, '예거'는 우슈탈어로 지도자를 뜻한다.

오리우엘라 예거는 딤니팔 역사 속 유일한 분단 시기, 지도자로서 이 별호別號을 고집했다. 특히 적을 모두 주살하기 전까지는 결코 즉위하지도, 왕호를 사용하지도 않을 것을 맹세하여 존경받았다. 이에 현재에도 발레다오스타 1세는 단순한 왕호이며, '오리우엘라 예거'야말로 왕의 존칭으로 여겨진다.

오리우엘라 예거는 216년 제2차 바에 논쟁으로부터 촉발된 딤니팔 왕위 계승 내전의 조타를 잡았다. 당시 선왕제의 장남으로서 왕위를 찬탈하려 든 무니시팔을 미라이에가 지원하며 내전이 발발했다. 초기에는 병력이 모자랐던 오리우엘라 예거와 왕의 동기인 라파 산테카를로가 수세에 몰렸다. 그러나 220년, 미라이에 공작의 아우 '체사레 카아빌라레알 얀 미라이에'가 형제를 배반하고 예거에게 몸을 의탁했다. 이에 반전된 병력으로 무니시팔을 말살하기 직전, 게외보르트가 참전하였다. 이것이 222년이다.

게외보르트는 건국 시절부터 딤니팔과 대적했기에, 딤니팔의 내홍內訌을 반겼다. 그들은 무니시팔을 지원하여 내전을 무려 231년까지 장기화시켰다. 그들의 지도자인 '바라이스 큝 일딘 노이레 도르프슈투벤'은 게외보르트 역사상 단 두 명 살아남은 왕의 형제 중 하나이다. 그의 전투에 대한 감각은 형제인 사이페르트 1세가 위험을 무릅쓰고 직접 치하할 만큼 뛰어났다.

230년까지 일딘 도르프슈투벤의 활약으로 교착되던 전선은 마침내 데마르시 전투에서 종결된다. 이는 서로 간 보급선의 문제가 있어, 불가피하게 데마르시 협곡에서 벌이게 된 전투이다. 이 전투에서 오리우엘라 예거와 도르프슈투벤이 실종되었다. 47일간 그들의 소재를 아는 이가 없었다. 십이공회는 슬픔을 억누르고 예거의 어린 왕자를 옹위하여 전열을 다듬고자 했으나, 그들의 큰 축인 국서國壻 미라이예가 반대하여 성사되지 못했다. 혼란한 와중 총사령관의 반대를 이길 만한 인물이 없어 왕위에 대한 건설적인 논의가 이어지기 어려웠다.

48일째, 오리우엘라 예거는 부상을 입은 몸으로 알로지아드 마르시에 나타났다. 왕은 협곡 아래로 미끄러져 동굴에 갇혔고, 전투 이후 수십 일이 지나 금제가 사라졌을 때 지나가던 이의 도움을 받았노라 증언했다. 당시 십이공회는 지주가 부활했다는 사실에 감격하여 무조건적인 신뢰를 보냈다.

그러나 후일 검토하자면 일부 이상한 지점이 있다. 데마르시 전투는 딤니팔의 승리로 마무리되었기에, 왕이 실종되었다는 사실이 알려지는 즉시 수만 병사들이 주변을 샅샅이 수색하였다. 그럼에도 발견되지 않았고, 모두가 물러났을 때 방랑자의 도움을 받았다는 사실이 다소 미심쩍다고 보는 이들이 있다. 의심은 무엇보다, 이 전투에서 일딘 도르프슈투벤이 돌아오지 못했기에 제기되는 측면이 있다. 도르프슈투벤은 가문을 잇지 못한 채 죽은 게외보르트 왕제들의 운명을 따랐다. 딤니팔의 사가들은 왕이 비열한 외적과 결투하여 죽였다는 가설을 지지한다. 다만 그 와중 큰 부상을 입어 왕을 찾는 기사들에게 답하지 못했다는 것이다.

도르프슈투벤의 실종 이후 한 해가 지난 231년, 딤니팔의 괴뢰 정권은 병합되었다. 게외보르트는 왕족과 병력을 잃고 패배했으며, 무니시팔은 효수되어 오스페다의 성벽에 걸렸다.

같은 해 오리우엘라 예거는 발레다오스타 1세라는 왕호를 부여받았다. 열일곱에 내전을 시작하여 서른둘에 딤니팔을 통합한 왕의 업적을 존경하지 않는 이는 없다. 왕은 271년 승하할 때까지 누해간 전화에 휩싸였던 국토의 재건에 힘썼다.

이 시기는 건국 이후 리마네레의 전철을 밟아 보신주의 기조로 전락한 딤니팔을 새로이 세웠다는 평을 받는다. 데카를로와 눌라레는 딤니팔을 세웠고, 오리우엘라 예거는 딤니팔을 재건했다는 것이다.

작가의 말

2010년 7월 9일-2019년 2월 13일. 〈나무를 담벼락에 끌고 들어가지 말라〉 첫 편과 마지막 편을 공개한 날짜입니다. 이야기의 생몰년도처럼 보입니다. 강산이 아슬아슬하게 바뀔 정도로, 아주 오랜 시간이었습니다.

세상에 내놓은 모든 것이 완전할 수는 없습니다. 그중에서도 글은 언제나 수치심이 따르는 창작물입니다. 돌아서면 후회되고 가끔은 두렵기까지 합니다. 십 년 전의 저 자신과 마주해야 하는 공포는 감히 어떤 것과 비교하기 힘들 정도입니다.

하지만 조심스레 희망해 봅니다. 졸문의 짜임새와 다듬어지지 않은 문장은 부끄러워질 수 있으나, 이야기는 부끄러워지지 않기를 바랍니다.

〈나무를 담벼락에 끌고 들어가지 말라〉의 모든 인물들은 개인이 아니라 사회의 일부입니다. 단순히 그녀만의, 혹은 그만의 이유로 분노하지는 않습니다. 가상의 배경이지만, 바로 그렇기에 작위적이고 잔인한 방 안에서 어떤 사람들의 고통을 자연스레 보여 줄 수 있었습니다.

제게는 그것을 마주하고 치유하는 과정이 꼭 필요했습니다. 부디 여러 분께도 그러한 이야기였기를 바랍니다.

마침내 완결로 뵙게 되어 기쁩니다.
긴 시간 기다려 주셔서 감사드립니다.

외르타가 행복하기를 바라는,
윤진아 드림.

나무를 담벼락에 끌고 들어가지 말라 3부 하

초판 인쇄 2019년 8월 1일
초판 인쇄 2019년 8월 9일

지은이 윤진아
펴낸이 신현호
편집부장 예숙영
책임편집 박상희
편집디자인 한방울
영업 · 관리 김민원 조인희
물류 이순우 최준혁 박찬수

펴낸곳 ㈜디앤씨미디어
출판등록 2002년 5월 1일 제117-90-51792호
주소 서울시 구로구 디지털로 26길 111 JnK디지털타워 503호
대표전화 (02)333-2513 팩스 (02)333-2514
전자우편 dncbooks@dncmedia.co.kr
디앤씨북스 블로그 http://blog.naver.com/dncbooks

ISBN 978-89-267-0679-4 (04810)
ISBN 978-89-267-2611-2 (세트)

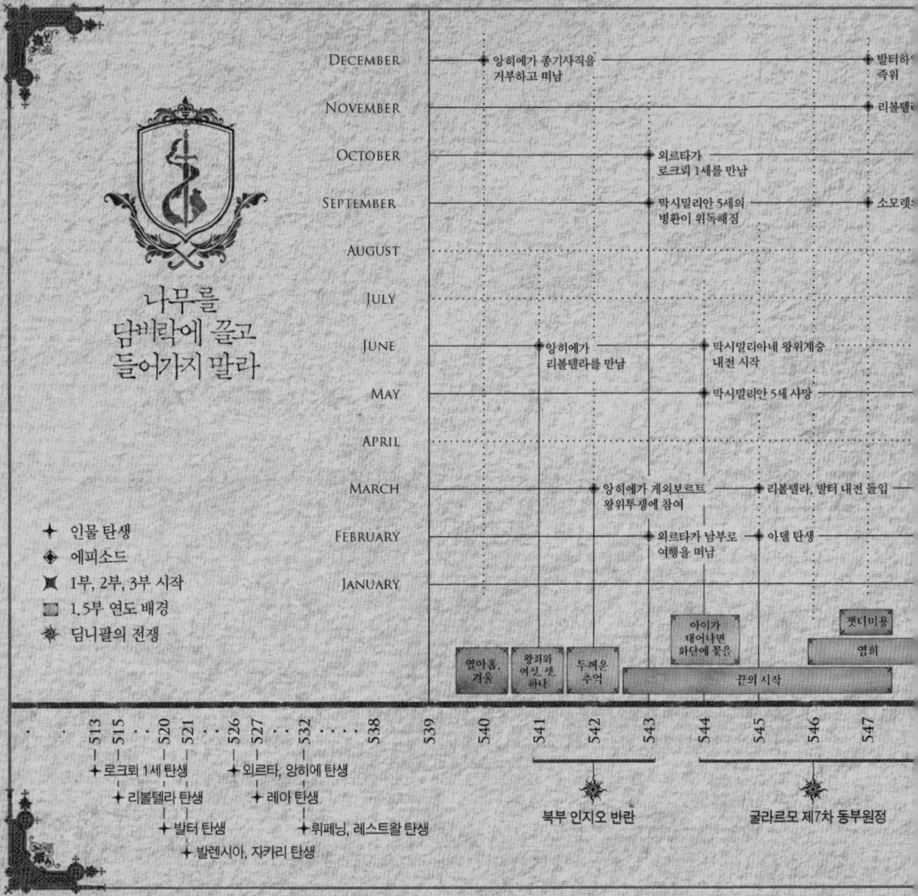
나무를 담벼락에 끌고 들어가지 말라
인물 탄생
에피소드
1부, 2부, 3부 시작
1.5부 연도 배경
딤니팔의 전쟁
DECEMBER
NOVEMBER
OCTOBER
SEPTEMBER
AUGUST
JULY
JUNE
MAY
APRIL
MARCH
FEBRUARY
JANUARY
앙히에가 종기사직을 거부하고 떠남
발터하
즉위
리볼텔
외르타가 로크뢰 1세를 만남
막시밀리안 5세의 병환이 위독해짐
소모렛
앙히에가 리볼텔라를 만남
막시밀리아네 왕위계승 내전 시작
막시밀리안 5세 사망
앙히에가 게외보르트 왕위투쟁에 참여
리볼텔라, 발터 내전 돌입
외르타가 남부로 여행을 떠남
아델 탄생
열아홉, 겨울
왕좌와 여섯, 셋, 하나
두꺼운 추억
아이가 태어나면 화단에 꽃은
끝의 시작
염희
잿더미용
513
515
520
521
526
527
532
538
539
540
541
542
543
544
545
546
547
로크뢰 1세 탄생
리볼텔라 탄생
발터 탄생
발렌시아, 자카리 탄생
외르타, 앙히에 탄생
레아 탄생
뤼페닝, 레스트왈 탄생
북부 인지오 반란
굴라르모 제7차 동부원정

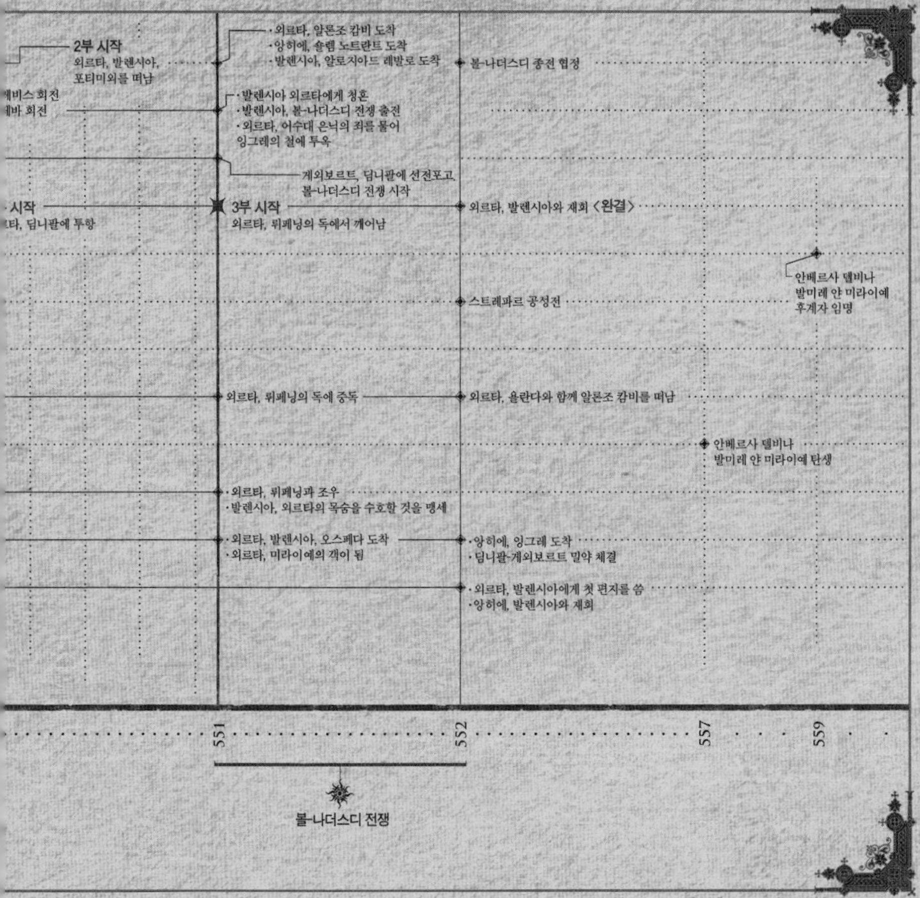
2부 시작
외르타, 발렌시아, 포티미외를 떠남
회전
회전
시작
딤니팔에 투항
·외르타, 알론조 캄비 도착
·앙히에, 숄렘 노트란트 도착
·발렌시아, 알로지아드 레발로 도착
·발렌시아 외르타에게 청혼
·발렌시아, 볼-나더스디 전쟁 출전
·외르타, 어수대 은닉의 죄를 물어 잉그레의 철에 투옥
게외보르트, 딤니팔에 선전포고, 볼-나더스디 전쟁 시작
3부 시작
외르타, 뤼페닝의 독에서 깨어남
외르타, 뤼페닝의 독에 중독
·외르타, 뤼페닝과 조우
·발렌시아, 외르타의 목숨을 수호할 것을 맹세
·외르타, 발렌시아, 오스페다 도착
·외르타, 미라이에의 객이 됨
볼-나더스디 종전 협정
외르타, 발렌시아와 재회 〈완결〉
스트레파르 공성전
외르타, 욜란다와 함께 알론조 캄비를 떠남
·앙히에, 잉그레 도착
·딤니팔-게외보르트 밀약 체결
·외르타, 발렌시아에게 첫 편지를 씀
·앙히에, 발렌시아와 재회
안베르사 델비나 발미레 얀 미라이에 탄생
안베르사 델비나 발미레 얀 미라이에 후계자 임명
551
552
557
559
볼-나더스디 전쟁